rowohlt
POLARIS

HANNAH RICHELL

DAS INTERNAT

JEDER HAT EIN GEHEIMNIS.
NIEMAND IST SICHER.

Thriller

Aus dem Englischen von
Sabine Längsfeld

Rowohlt Polaris

Die Originalausgabe erschien 2025 unter dem Titel
«One Dark Night» bei Simon & Schuster, London.

1. Auflage

Deutsche Erstausgabe
Veröffentlicht im Rowohlt Taschenbuch Verlag,
Kirchenallee 19, 20099 Hamburg, Oktober 2025

Redaktion Anne Nordmann
Karte © Jill Tytherleigh

Covergestaltung ZERO Werbeagentur, München
Coverabbildung Shutterstock
Satz aus der Feijoa Medium
bei Pinkuin Satz und Datentechnik, Berlin
Druck und Bindung GGP Media GmbH, Pößneck
ISBN 978-3-499-01483-3

Kontaktadresse nach EU-Produktsicherheitsverordnung:
produktsicherheit@rowohlt.de

MIX
Papier | Fördert gute Waldnutzung
FSC® C014496

Für Gracie und Jude

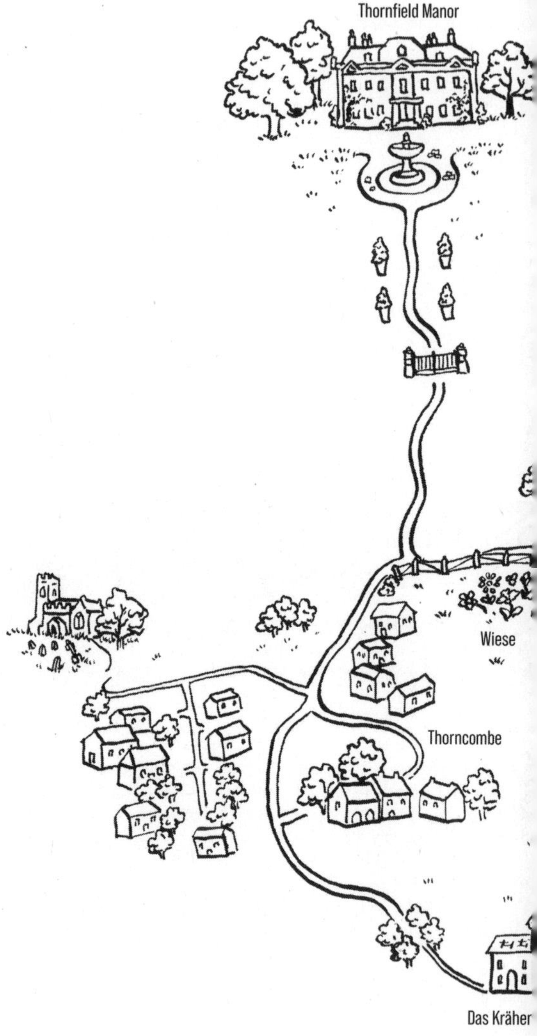
Thornfield Manor
Wiese
Thorncombe
Das Kräher

Nach Bath
& Bristol
Turm
N
W
O
S
Sally in the Wood
Höhle
Steinbruch
Wald von
Thorncombe
Waldparkplatz
Kunstsaal
Folly View
Jagdhaus
Cottage
Folly View College

PROLOG

Samstag, 22.00 Uhr

Sie stehen ums Lagerfeuer herum, die Gesichter in flackerndes Orange getaucht, hinter ihnen undurchdringliche Dunkelheit.

«Das ist nicht wahr. Sally hat es nie gegeben.»

«Doch. Es ist wahr», beharrt der Junge. «Sally war hier. Ihr Name ist in die Wände der alten Jagdhütte geritzt.»

Gebannt lauschen sie seinen Worten.

«Sie war ein Mädchen aus der Gegend. Eigentlich war sie verlobt und wollte heiraten, aber dann hat ihr Verlobter sie beim Fremdgehen erwischt. Am Tag der Hochzeit hat er sie umgebracht, oben am Turm, und ihre Leiche den Krähen überlassen. Es heißt, sie spukt bis heute im Wald, ein Mädchen im weißen Kleid, das die Leute in den Tod lockt.»

«Sag ich doch. Ein dämliches Märchen.»

«Wir werden ja sehen.»

Sie versammeln sich um das Brett, Hände greifen nach dem Einweckglas. Der Junge wartet, bis es ganz still geworden ist. Nur noch das Knistern des Feuers und die leichte Brise zwischen den Bäumen sind zu hören. «Ist jemand hier?»

Irgendwer unterdrückt ein Kichern.

«Ist jemand hier?»

Dann geht ein Ruck durch das Glas, es erzittert unter ihren Fingern. Jemand keucht auf.

«Sei still!»

«Das warst du!»

«Nein, ich schwör!»

«Das ist doch Kinderkacke!»

Sie warten. Schließlich setzt das Glas sich in Bewegung und rutscht zielstrebig zum Buchstaben S.

Dann weiter zum A. L. L. Y.

«Sally!», flüstert jemand. «Sie ist hier.»

Eine unsichtbare Schlinge hält die Teenager umfangen. Die Spannung ist mit Händen zu greifen.

«Was willst du, Sally?»

Sie schauen zu, wie das Glas sich bewegt. T.R.A.U.T. E.U.C.H.

Eines der Mädchen fährt zurück und sprengt den Kreis.

«Da ist jemand!», sagt sie erschrocken. «Da oben, zwischen den Bäumen.»

«Das ist nicht witzig.»

«Das war kein Witz. Ich hab jemanden gesehen.»

Der Junge beugt sich wieder über das Brett. Die Flammen spiegeln sich in seinen Augen. «Wer ist da?», fragt er. Stumm schauen sie zu, während das Glas unter ihren Fingern in einer fließenden Bewegung von einem Buchstaben zum nächsten gleitet und ein einziges Wort formuliert.

SALLY

SALLY

SALLY

KAPITEL 1

Sonntag, 2.00 Uhr

Die zwei Frauen steigen torkelnd aus John Slaters Taxi, hinein in den Lichtkegel einer Straßenlaterne. Die Blonde zupft an ihrem Minirock und rückt die blinkenden Teufelshörner auf ihrem Kopf zurecht. Prompt fällt ihr der Hausschlüssel runter, und sie fängt laut an zu fluchen. Ihre Freundin schwankt kichernd auf die Haustür zu und treibt sie zur Eile an. Sie muss dringend pinkeln. John wartet, bis die Frauen sicher im Haus sind, innen das Licht angeht und die Haustür wieder zu ist, ehe er den Wagen wendet.

Die letzte Fahrt einer chaotischen Nacht. Arbeit erledigt, ab nach Hause. Jetzt, wo John allein ist, gähnt er herzhaft, dreht das Radio auf und lässt das Fenster ein paar Zentimeter herunter in der Hoffnung, dass frische Luft und Lionel Richie ihn auf den letzten Kilometern wach halten. Mit etwas Glück bekommt er noch ein paar Stunden Schlaf, ehe seine Frau ihn weckt.

Er lässt die Kleinstadt hinter sich und nimmt die gewundene Straße Richtung Bath. Der Wagen kurvt hinunter ins Tal, vorbei an der Abzweigung zu der noblen Privatschule, wo er manchmal reiche Kids mit frisch gebügelten Blazern und Gepäck mit Monogramm absetzt, dann geht es tiefer in den Wald. Zwischen den eng stehenden Bäumen schimmert ein pergamentdünner Mond. John lässt die Schultern kreisen und blinzelt, um sich zu fokussieren.

Nicht, dass er die Geschichten glauben würde, die über diesen Streckenabschnitt im Umlauf sind, aber die Verkehrsstatistik spricht eine deutliche Sprache. Die Einheimischen haben diesem Straßenabschnitt einen Spitznamen verpasst – *Sally in the Wood* –, und im Laufe der Jahre sind in dem dichten Waldgebiet tatsächlich überdurchschnittlich viele Fahrzeuge von der Straße abgekommen. Er kennt die Tragödien aus der Zeitung. Die junge Fahrerin, die vor ein paar Jahren bei einem Frontalzusammenstoß starb. Der aufstrebende junge Rugby-Spieler mit Querschnittslähmung nach einem Sturz mit dem Motorrad. Es ist ernüchternd, sich klarzumachen, dass ihn nur ein einziger Moment der Unachtsamkeit von dem steilen Abhang zu seiner Linken trennt. Er wird mit Sicherheit kein Risiko eingehen, nein danke. Er freut sich darauf, gleich in sein warmes Bett kriechen zu dürfen und sich an seine Frau zu schmiegen. Dank ihrer Hartnäckigkeit stehen die Koffer bereits fix und fertig gepackt im Flur. Morgen um diese Uhrzeit werden sie tief und fest schlafen, eingelullt von den beruhigenden Geräuschen des Atlantiks, die durch die offene Balkontür dringen.

Seine Finger klopfen einen Rhythmus aufs Lenkrad. Im selben Moment, als John auf die Uhr im Armaturenbrett schaut, es ist 2.38 Uhr, erhascht er im Augenwinkel eine Bewegung. Etwas Weißes huscht zwischen den Bäumen hindurch. Ein Tier, denkt er. Eine Eule, die durch die Nacht fliegt. Oder vielleicht ein Reh? Er wendet den Kopf und wirft einen Blick zur Seite, versucht, das Bild zu fixieren, doch was immer es war, ist schon wieder im Dunkeln verschwunden. Die kurvige Straße fordert seine ganze Aufmerksamkeit.

Er umklammert das Lenkrad, nimmt die Kurve ein bisschen zu schnell, stößt einen Schreckensschrei aus. Der gleißende Strahl seiner Scheinwerfer erfasst etwas Weißes, es schießt direkt vor ihm quer über die Straße. *Was zum Teufel?* John steigt in die Eisen.

Für etwas anderes als instinktiven Selbstschutz bleibt keine Zeit. Die Räder blockieren, das Lenkrad reagiert nicht mehr. Er flucht laut, als der Wagen auf den Abhang zuschlittert, und weiß mit grausamer Gewissheit, dass es kein Halten mehr gibt. Der Wagen wird über das Bankett ins Tal runterstürzen, dem Ding hinterher, was auch immer das war. Seine Knöchel treten weiß hervor. Die Bremsen kreischen. Dann, plötzlich, im letzten Moment, reagiert das Lenkrad auf seine verzweifelten Versuche, das Taxi steuert weg vom Rand und zurück auf die Straße.

Allmächtiger! Johns Herz pocht wild in seiner Brust. Das war knapp. Ihm steht der Schweiß auf der Stirn. Was zum Teufel war das?

Er wagt einen Blick in den Rückspiegel. Hinter ihm verliert sich die Straße im Dunkeln. Alles, was er sieht, sind dunkle Bäume, in den roten Schein seiner Bremslichter getaucht.

Sally in the Wood. John schaudert. Ein Reh, sagt er sich. Kein Grund für lächerliche Geschichten von Gespenstermädchen, die auf ihn Jagd machen. Nicht um diese Uhrzeit. Die vielen Halloween-Teufel und Zombies, die er durch die Gegend kutschiert hat, spielen seinem Verstand einen Streich.

Er fährt den Rest der Strecke mit gedrosselter Geschwindigkeit, und als er den Hausschlüssel ins Schloss steckt, sind seine Hände noch immer schweißnass. Der Anblick der wartenden Koffer beruhigt ihn, und nachdem er sich ein großes Glas Whiskey eingeschenkt und in einem

Schluck geleert hat, im Bad war und sich neben seine weiche, tief schlafende Frau ins Bett gelegt hat, hat sich der Vorfall beinahe schon in einen vergessenen Winkel seiner Erinnerung zurückgezogen.

Er wird nicht wieder daran denken. Ein paar unbeschwerte Urlaubstage lang. Bis er beim Warten auf den Rückflug die blutrünstigen Schlagzeilen der britischen Boulevardzeitungen sieht, die stapelweise am Flughafen herumliegen.

KAPITEL 2

Sonntag, 6.00 Uhr

Paarweise stapfen sie den steilen Waldweg hinauf, acht Pfadfinderinnen, während die Lichtkegel ihrer Taschenlampen über die eng stehenden Bäume hüpfen. Hoch über ihren Köpfen erzittert das schüttere Herbstlaub in der klammen Morgenluft. Eine der Größeren hält sich die Taschenlampe unters Kinn und dreht sich zu den anderen um. Das Licht verzerrt ihr Gesicht zu einer hässlichen Fratze. «Ich bin Sally», sagt sie, und die anderen kichern und kreischen. «Sally im Wald. Buuuh!»

Die Gruppenleiterin, eine nüchterne, praktisches Goretex tragende Frau mittleren Alters, herrscht die Mädchen an, mit dem Unfug aufzuhören. Die Ruhe hält nur kurz, dann fangen die Mädchen wieder an, geflüsterte Gespenstergeschichten und der Name «Sally» schweben wie Beschwörungen durch den Wald. Bei Licht besehen, denkt die Gruppenleiterin, war eine «Sonnenaufgangswanderung» am Morgen nach Halloween wahrscheinlich doch nicht die beste Idee für das Abenteuer-Abzeichen. «Wenn ihr ein bisschen leiser seid, könntet ihr vielleicht die Vögel singen hören», sagt sie. «Lauscht mal.»

Die Mädchen verstummen und bleiben stehen, doch der Wald hüllt sich weiter in drückendes Schweigen, und als sie weiterlaufen, ist nichts zu hören als das Stapfen ihrer Stiefel und keuchender Atem. «Mein Bruder hat gesagt, in diesem Wald singen nie Vögel», flüstert ein Mädchen. «Nicht mal im Sommer.»

«Die sind stumm, weil es noch dunkel ist», sagt ein anderes. Sie versucht, überzeugt zu klingen, doch das leichte Zittern ihrer Stimme ist nicht zu überhören.

Eines der Mädchen fällt über eine Wurzel. «Ihr bleibt zusammen», sagt die Leiterin zu den anderen und bleibt stehen, um sich um das aufgeschürfte Knie zu kümmern. «Sobald wir am Turm sind, gibt es was Heißes zu trinken.»

Aber die Mädchen hören nicht zu. Sie haben es eilig, in Erwartung des Gipfels und des versprochenen Sonnenaufgangs.

«Schaut mal!», sagt ein Mädchen ganz vorne. Sie deutet auf Thorncombe Folly, den imposanten Zierturm, der ein Stück entfernt über den Wipfeln aufragt, eine schwarze Säule vor dem hell werdenden Morgenhimmel. «Da ist der Turm.»

Sie stupst ihre Kameradin in die Seite, und sie fangen gleichzeitig an zu rennen, lösen sich von der Gruppe und legen bergauf einen letzten Sprint hin, bis sie den Turm erreicht haben. Sie bleiben stehen, nehmen die Köpfe in den Nacken und lassen den Blick über die schwindelerregend hohen, efeubewachsenen Mauern gleiten.

Aus der Nähe ist der Turm noch überraschender - dunkel und eindrucksvoll ragt er in der Dämmerung auf, ein schlanker, rechteckiger Bau mit flachem Giebeldach.

«Mir wird schon vom Hinschauen schwindelig», sagt die Jüngere. «Willst du da wirklich rauf?»

Ihre Freundin nickt und verschwindet, um den Eingang zu suchen.

Das Mädchen bleibt allein zurück und lässt den Blick

staunend über die Mauern schweifen, bis hinauf zu der gähnenden Öffnung oben unter dem Dach. Der Rundbogen sieht aus wie das schwarze, zahnlose Maul eines Riesen. Sie muss an die Orte in den Märchen denken, die sie gelesen hat, wo man Jungfrauen hundert Jahre lang einsperrt oder dazu zwingt, Stroh zu Gold zu spinnen. Sie streckt die Hand aus und fasst die Mauer an. Der Stein ist kalt und eigenartig feucht in der Morgenluft. «Ich kann immer noch keine Vögel hören», ruft sie.

Weil keine Antwort kommt, geht sie um den Turm herum. Vor dem Eingang steht ihre Freundin, wie erstarrt, mit aufgerissenen Augen und vor Schreck offenem Mund. Vor ihr auf der Erde liegt etwas. Was genau, ist im fahlen Morgenlicht schwer zu erkennen. Es sieht aus wie ein Sack oder ein Haufen schmutzige weiße Lumpen. «Was ist das denn?», fragt das Mädchen.

Ihre Freundin stößt einen erstickten Schrei aus.

Als die Jüngere näher tritt, sieht sie, dass es kein Sack ist, sondern ein langes weißes Kleid, aus dem zwei sorgsam gefaltete Hände ragen. Sie sieht unordentlich gekritzelte schwarze Buchstaben auf blutleerer Haut und lange blonde Strähnen. Zögernd lässt sie den Blick den Körper entlang nach oben wandern, auf der Suche nach einem Gesicht, doch da ist keins, da sind nur blau verfärbte Lippen, leicht geöffnet wie zu einem letzten Atemzug, darüber schimmerndes, schwarzes Gefieder, ein krummer Schnabel, der im Morgenlicht matt glänzt. Das Ganze liegt in einer dunklen Pfütze, die aussieht wie verschüttete Farbe.

Das Mädchen steht sprachlos da und glotzt, während die wirren Bilder dieses Anblicks ineinanderfließen. Als sie endlich schreien kann, hallt ihre Stimme gellend durch den hohlen Turm hindurch und fliegt oben zur Öffnung hinaus, weit übers Tal wie eine Schar aufgeschreckter Krähen.

KAPITEL 3

Sonntag, 8.30 Uhr

Rachel Dean steigert das Tempo. Die Muskeln in ihren Beinen schmerzen, ihr Herz rast, die Lungen brennen. Sie rennt, als liefe sie um ihr Leben.

Es ist ihr inzwischen zur Gewohnheit geworden, am Wochenende früh aufzustehen, wenn Ellie noch schläft und ehe der Rest der Schule auf den Beinen ist. Morgens joggen zu gehen, ist befreiend. Es ist ihre Art, nach einer schlimmen Nacht den Kopf frei zu kriegen, ihre Gedanken zu ordnen und sich wieder mit ihrem Körper zu verbinden, indem sie sich auf das Zusammenspiel von Muskeln, Sehnen und Knochen reduziert. Es ist ihre Art, sich die Wochenenden zurückzuerobern, ihnen neue Struktur zu geben, nachdem Ben sie verlassen hat und sie mit Ellie in das kleine Personal-Cottage auf dem Schulcampus gezogen ist.

So früh am Sonntagmorgen ist es auf dem Gelände still wie sonst nie, die Mädchen und Jungen liegen noch in ihren Schlafräumen, und die Probleme, um die Rachel sich zu kümmern hat, stecken noch sicher unter den Bettdecken, einstweilen jedenfalls. Irgendwann wird der Morgengottesdienst die Schülerschaft aus den warmen Betten treiben, aber fürs Erste gehört das Gelände nur ihr. Sie läuft an den herrschaftlichen, efeubewachsenen Gebäuden vorbei, an der Aula, am Fachbereich Englisch und dem modernen Wissenschaftstrakt und biegt dann in einen schmalen, mit ordentlich getrimmten Buchsbaumhecken gesäumten Pfad ein, der zum Fachbereich Kunst führt. Die Kunsträume sind in einem schmalen, niedrigen Gebäude mit begrüntem Flachdach und raumhohen, auf den Wald hinausgehenden Fenstern untergebracht, das sich zwischen zwei Hügel schmiegt. Rachel läuft eine Schleife und biegt dann auf die langgezogene Kieszufahrt ein, die auf das schmiedeeiserne Tor zuführt, hinter dem die Straße beginnt.

Ihr Bewegungsdrang ist heute Morgen noch stärker als sonst, und das liegt nicht nur an der Flasche Rotwein, die sie gestern Abend zum Kochen entkorkt hat, für sich allein. Es war niemand zum Teilen da, niemand, der sie gebremst hätte, und Rachel hat sich dabei ertappt, wie sie sich mit dem Argument nachschenkte, der Wein würde ihr beim Einschlafen helfen. Hat er tatsächlich, aber dann ist sie irgendwann mitten in der Nacht mit pelziger, trockener Zunge aufgewacht. Sie hat automatisch die Hand über die Matratze neben sich gleiten lassen, auf der Suche nach Ben, doch ihre Finger haben nur die kalte, leere Stelle des einstigen Ehebetts ertastet.

Ihr ist auf einen Schlag bewusst geworden, welche neue Form ihr Leben jetzt hat. Ihr Exmann schläft auf der anderen Seite des Tals im Bett einer anderen, und ihre Tochter Ellie verbringt inzwischen das zweite Wochenende bei ihnen, so wie sie es in ihren höflichen, aber definitiv verkrampften Trennungsverhandlungen vereinbart haben. Ben hat ihrer Tochter garantiert den roten Teppich ausgerollt und gemeinsam mit Chrissie glückliche Familie gespielt, was für einen Teilzeitvater, dem die täglichen Reibereien erspart bleiben, ein Leichtes ist.

Rachel gibt sich Mühe, nicht verbittert zu sein. Für Ellie ist es gut so. Ein Wochenende bei ihrem Vater ist bestimmt genau das Richtige für sie. Rachel selbst gelingt es momentan nur schwer, zu ihrer Tochter durchzudringen. Mit ihrer letzten Aktion hat Ellie sich drei Tage Schulausschluss eingehandelt. Wenn sie so weitermacht, verliert sie ihr Stipendium und damit jede Chance auf den heiß ersehnten Platz am London Art College.

Rachel beißt die Zähne zusammen und steigert noch einmal ihr Tempo. Sie hält den Blick fest auf das hohe Tor am Ende der Zufahrt gerichtet, doch als sie sich der Ausfahrt und dem ehemaligen Jagdhaus nähert, das neben den steinernen Säulen steht, bleibt sie abrupt stehen. Das Entree zum Schulgelände hat seine makellose Pracht verloren. Mitten auf dem Weg liegt ein matschiger Kürbishaufen aus Rinde, Fruchtfleisch und Kernen, und das Jagdhaus ist mit mindestens einem Dutzend Eiern verziert. Angetrocknetes Eigelb klebt in impressionistischem Geschmier auf der Veranda und den Fenstern. Auch das Willkommensschild der Schule hat ein paar Eier abbekommen. Heftig keuchend und mit in die Hüften gestemmten Händen nimmt Rachel den Schaden in Augenschein.

Ganz eindeutig ein gedankenloser Halloween-Streich. Diejenigen, die auf die Idee gekommen sind, ausgerechnet das Wohnhaus ihrer Schulleiterin derart unverfroren zu verunstalten, kamen sich garantiert sehr mutig vor. Als Rachel den Blick hebt, sieht sie, dass im ersten Stock die Vorhänge zurückgezogen sind. Wahrscheinlich ist Malcolm schon wach, Margarets leidgeprüfter Ehemann, der sich später garantiert daranmachen wird, alles wieder in Ordnung zu bringen. Es ist ein Jammer! Ein paar rücksichtslose Kids genügen, um einem den Sonntag zu verderben.

An einem der Fenster geht eine dunkle Silhouette vorbei, verschwindet und kommt wieder, eine große Gestalt, hager, von hinten beleuchtet. Eindeutig Malcolm. Rachel hebt die Hand zum Gruß. Es ist ihr ein wenig peinlich, dass er sie dabei ertappt hat, wie sie das Haus anstarrt, aber er scheint sie gar nicht zu bemerken. Sie sieht ihn mit erhobenem Kopf dastehen, den Blick auf die bewaldeten Hügel in der Ferne gerichtet.

Rachel ergreift die Gelegenheit und macht sich davon. Sie umrundet die Sauerei in der Auffahrt, passiert das Tor und folgt der öffentlichen Straße bis zum Beginn des Wanderwegs, der bergauf in den Wald führt. Die Sonne steht bereits etwas höher und vertreibt die dunklen Schatten von den Hügeln. Rachel folgt dem gewundenen Pfad durch die Bäume, findet ihren Rhythmus, verliert sich im Geräusch ihrer Schritte, dem Geraschel des trockenen Herbstlaubs unter ihren Sohlen und im Anblick der weißen Atemwölkchen. Plötzlich tritt vor ihr ein Mann aus dem Gebüsch und reißt sie abrupt aus ihrer Versenkung.

Rachel stößt einen erschrockenen Schrei aus und greift sich an die Brust. «Haben Sie mich erschreckt!», sagt sie keuchend.

«Bitte entschuldigen Sie, Ma'am.» Der Mann ist breitschultrig, trägt eine dunkle Uniform und hat einen hellblonden Haarschopf. Er hält etwas Blau-Weißes zwischen den Händen. Absperrband.

Sie beugt sich vornüber und stützt die Hände auf die Knie. «Sperren Sie den Pfad?»

Mit einem Nicken führt der Polizist das Absperrband quer über den Weg, wickelt es um einen Baumstamm und führt es wieder zurück.

«Fürchte, ja. Der Zugang zum Turm ist bis auf Weiteres gesperrt.»

«Schade!» Rachel späht an dem Mann vorbei hügelaufwärts, kann aber nichts Ungewöhnliches erkennen. Ihre übliche Runde beinhaltet einen fordernden Bergauflauf von etwa einer Meile bis zum oberen Ende der Steilwand, am Turm vorbei und dann auf der anderen Seite des Hügels durch den Wald wieder hinunter bis nach Thorncombe, dem kleinen Städtchen, zu dem die Schule gehört. Von dort aus geht es über die Straße wieder zurück bis zum Campus. «Was ist passiert?», fragt sie. «Ich hoffe, es ist niemand verletzt.»

Der Beamte sieht sich kurz um, dann beugt er sich zu ihr. «Ich darf eigentlich nichts sagen, aber so wie es aussieht, ist gestern Abend eine Halloween-Party aus dem Ruder gelaufen.»

Rachel runzelt die Stirn. «Ich bin Schulpsychologin und Betreuungspädagogin am Folly View College. Ich hoffe, es waren keine Schüler von uns involviert.» Sie muss an die allgemeine Aufregung auf den Gängen vor dem Halloween-Wochenende denken und an die Sauerei am Schultor vorhin.

«Tut mir leid, Ma'am, dazu kann ich nichts sagen, selbst wenn ich's wüsste. Was ich nicht tue», fügt er eilig hinzu. «Mein Befehl lautet, den Leuten den Zugang zum Turm zu verwehren.»

Rachel beschleicht ein ungutes Gefühl. Internatsschüler dürfen das Schulgelände ohne Erlaubnis eigentlich nicht verlassen, aber sie ist nicht naiv. Ihr ist vollkommen klar, dass die Schülerinnen und Schüler immer Mittel und Wege finden, die Regeln zu umgehen, vor allem an den Wochenenden. Es wäre für die Schule ein Albtraum, wenn sich herausstellte, dass einer ihrer Zöglinge außerhalb des Schulgeländes an etwas Illegalem beteiligt war. Sie wischt sich mit dem Ärmel den Schweiß von der Braue. «Also dann, ich hoffe, Sie müssen nicht zu lange hier draußen rumstehen.» Sie schaut sich um. «Ist ziemlich trübe heute, nicht wahr?»

«Mir gefällt die Stille in diesem Wald nicht», gibt der Mann zu und mustert skeptisch die umstehenden Bäume. «Mich könnten keine zehn Pferde dazu bringen, nach Sonnenuntergang hier draußen zu feiern.»

«Nein.» Rachel gibt ihm recht. «Aber für die Kids aus der Gegend gibt es sonst kaum Möglichkeiten.»

«Ja. Zu schade, dass es für den Skatepark kein grünes Licht gab.»

«Meine Siebzehnjährige würde Ihnen da voll und ganz zustimmen.»

Sie winkt zum Abschied, dreht um und läuft den Weg zurück. Bucheckern und Zweige knacksen unter ihren Schuhsohlen und vertreiben die unheimliche Stille. Die Vorstellung, dass in unmittelbarer Nähe der Schule etwas passiert ist, direkt hier im Wald, ist beunruhigend. Wenigstens war Ellie gestern Abend bei Ben. Plötzlich ist Rachel dankbar für ihre Abmachung. Immerhin eine Sache weniger, um die sie sich Sorgen machen muss.

Ihre Gedanken bleiben bei Ellie und Ben und dem Vater-Tochter-Wochenende, bis sie am Fuß des Waldes wieder Asphalt unter den Füßen hat. Sie zieht ihr Telefon aus der Tasche und tippt eine kurze Nachricht. *Ich hoffe, du hast es schön mit Dad. Hab dich lieb. X*

Für eine Antwort ist es noch zu früh. Ellie schläft sicher noch.

Lass es gut sein, sagt sie zu sich. Das tust du jetzt nicht. Aber ihre Finger haben offensichtlich eigene Pläne und öffnen einen anderen Chat. *Hi. Hier im Wald ist was passiert. Irgendwas, von dem die Schule wissen sollte?* Sie überfliegt die Nachricht noch mal und drückt, zufrieden mit dem sachlichen Tonfall, auf Senden. Dann, fast sofort und ehe sie sich davon abhalten kann, tippt sie noch eine Zeile. *Hoffe, du und Ellie, ihr hattet es schön gestern Abend. X*

Wieder drückt Rachel auf «Senden» und starrt entgeistert den Bildschirm an. O Gott. Ein Kuss. Sie hätte auf keinen Fall das x für Kuss anfügen dürfen. Wahrscheinlich liegt Ben in diesem Augenblick neben Chrissie im Bett und liest ihr die Nachrichten laut vor, und beide verdrehen die Augen und lachen sich über ihre bedürftigen frühmorgendlichen Kontaktversuche kaputt. Die Ärmste! Hat offensichtlich immer noch kein eigenes Leben.

Sie steckt das Telefon wieder ein. Herrgott noch mal! Sie ist eine erwachsene Frau. Höchste Zeit, sich auch so zu benehmen. Rachel setzt sich wieder in Bewegung. Der Schweiß fängt bereits an, sie auszukühlen. Das Adrenalin und der Enthusiasmus ihres Laufs sind inzwischen verflogen; jetzt schleppt sich nur noch ein erschöpfter Körper zurück zu einem leeren Haus, während die Reue hinter ihr herrennt wie ein kleines, einsames Hündchen.

KAPITEL 4

Sonntag, 9.30 Uhr

In dem Moment, als DS Ben Chase durch die Polizeiabsperrung auf den Waldparkplatz gewunken wird, hört er die Nachrichten auf seinem Telefon, zwei direkt aufeinander folgende «Plings». Er parkt seinen schlammbespritzten Allrad neben DCI Hassan Khans makelloser Limousine und greift zum Handy. Zwei Nachrichten. Beide von Rachel.

Der Anblick ihres Namens reicht, um das Telefon fester zu umklammern. Empört liest er die beiden Nachrichten. Ein Kuss? Im Ernst? Als würde das was an der Tatsache ändern, dass sie ihnen das Familienwochenende versaut hat. Keine Entschuldigung, keine Erklärung. Er hackt eine schroffe Antwort ins Telefon. *Kann jetzt nicht. Bin arbeiten.* Nach kurzem Zögern schreibt er noch: *Für unsere Abmachung gibt es gute Gründe. Änderungen in letzter Minute sind für uns inakzeptabel.* Er erkennt den Fehler gerade noch rechtzeitig und verbessert das «uns» in ein entschieden taktvolleres «mich».

Jemand klopft an die Scheibe und holt ihn gedanklich auf den Parkplatz zurück. Er winkt DCI Khan zu, greift nach seiner Jacke und begibt sich nach draußen in die kalte Morgenluft. «Morgen, Chief.»

«Tut mir leid wegen Ihrem freien Tag», sagt Khan und setzt sich bereits Richtung Wanderweg in Bewegung. «Ferguson ist krank, und die Sache hier erfordert umsichtiges

Handeln. Ich hoffe, ich hab Sie nicht von was Wichtigem weggeholt?»

«Glücklicherweise nein.» Als er neben seinem Vorgesetzten Tritt fasst, vibriert tief in seiner Tasche das Telefon mit der nächsten Nachricht. Ben ignoriert es. Er hat jetzt keine Zeit für ein schnippisches Hin und Her mit Rachel. «Worum geht es?», fragt er und schließt den Reißverschluss seiner Jacke.

«Eine Leiche oben am Turm. Jung. Weiblich.»

«Scheiße.» Ben zuckt zusammen. «Selbstmord?»

«Hört sich eher nicht danach an. Es heißt, die Auffindungssituation sei ‹ungewöhnlich›. Silverton macht sich mit ihrem Team gerade an die Arbeit. Wir sind dabei, die Hauptwege rauf zum Turm abzuriegeln, aber so weitläufig, wie dieses Waldgebiet ist, wird es nicht einfach werden, die Unversehrtheit des Fundortes sicherzustellen. Es gibt deutliche Hinweise darauf, dass hier gestern Abend ganz schön was los war.»

Ben versucht, sich die Topografie des Geländes ins Gedächtnis zu rufen. Ihr Treffpunkt, ein kleiner Parkplatz am unteren östlichen Waldrand, ist ihrem Ziel, dem Turm auf der Hügelkuppe, am nächsten gelegen. Von hier aus muss man zu Fuß weiter. Der kürzeste der steilen Wanderwege windet sich ungefähr eine halbe Meile durch den Wald bis zum oberen Ende des Abhangs über dem Steinbruch und weiter bis zu dem allein stehenden, steinernen Zierturm. Von dort aus bietet sich allen, die mutig oder dumm genug sind, die enge Wendeltreppe zu der Plattform ganz oben hinaufzusteigen, ein atemberaubender Ausblick über das Avon Valley. Vom Turm aus in Richtung Westen gelangt man über mehrere längere Wanderwege runter auf die kurvige Straße, die bei den Einheimischen nur *Sally in the Wood* heißt. Von dort aus geht es Richtung Süden zur Privatschule, Richtung Norden nach Bath, oder aber man biegt noch ein Stück weiter westlich zur nächstgelegenen Ortschaft Thorncombe ab.

Ben ist seit Jahren nicht mehr zum Turm raufgewandert, doch er erinnert sich noch gut an den beinahe furchteinflößenden, exzentrischen Steinbau, der wie eine Längsachse auf dem Gipfel des Berges steht, und an das hügelige Waldgebiet darunter, das von mehreren aufgelassenen Steinbrüchen und Höhlen durchzogen ist, die seinerzeit einen Großteil des Baumaterials dieser Gegend lieferten.

Er schlägt den Jackenkragen hoch und folgt Khan hügelaufwärts. Bis jetzt ist der Herbst ungewöhnlich trocken gewesen, und sie finden auf dem festen Untergrund guten Halt. In der kalten Morgenluft liegt würziger Holzgeruch, durchmischt mit einer Spur kaltem Rauch und noch etwas Schwererem, das nasskalt und modrig riecht, beinahe pilzartig. Der herbstliche Verfall organischer Materie ist bereits in vollem Gange.

«Vor Jahren, als Teenager, war ich öfter mal hier», sagt Ben zu Khan. «Das war damals einer der wenigen Treffpunkte. Na ja, genauer gesagt, war es der einzige.» Ihm kommen Erinnerungen an dunkle, klamme Nächte, knisternde Lagerfeuer, Musik aus einem tragbaren CD-Spieler, Literflaschen mit billigem, viel zu süßem Wein und an ausgelassene Teenager, deren Schreie durch den Wald hallen.

«Hat sich offensichtlich nicht viel geändert», sagt Khan und tritt mit dem Fuß gegen eine leere Ciderflasche, die aus dem Gestrüpp ragt.

«Genau das ist Ellies Thema», sagt Ben. «Sie jammert seit Monaten rum, weil es nichts gibt, wo man sich treffen kann. Sie war total begeistert von den Plänen für den Skatepark, aber so, wie's aussieht, hat der Plan für das Neubaugebiet endgültig den letzten Nagel in den Sarg geschlagen.»

«Ich habe davon gehört», sagt Khan. «Schade. Aber Geld regiert nun mal die Welt.»

Ben tun von dem steilen Anstieg langsam die Beine weh, und die Männer verstummen und nutzen ihre Energie, um die Steigung zu meistern. Khan, der kleinere der beiden, fällt etwas zurück, und Ben wird unauffällig langsamer, damit sein Chef Schritt halten kann.

Das letzte Mal ist er mit Rachel und Ellie hier hinaufgewandert. An einem Frühlingstag, er erinnert sich noch genau. Schlammige Pfützen, erstes, zartes Grün an den Zweigen und Ellie, ungefähr acht Jahre alt, die unbeschwert und mit einem langen Stock im Schlepptau den Wanderweg hinaufsprang. Gemma war zu Besuch aus London gewesen und hatte sie ebenfalls begleitet. «Tante Gem», wie Ellie sie immer genannt hat. Die beiden hatten zwischen den Bäumen Verstecken gespielt, nach Tierfährten und imaginären Elfenportalen Ausschau gehalten, während er und Rachel gemütlich hinterherschlenderten, Hand in Hand.

Es ist bestürzend, wie anders damals alles war. Wie einfach. Ehe Gemma starb. Bevor seine Ehe in die Brüche ging. Ehe Ellie letzten Monat bei den Protesten in Bristol mit dem Gesetz in Konflikt kam. Ehe das Leben langsam, aber unaufhaltsam ins Schlittern geriet. Zu viele Fehler. Mit Chrissie wird ihm das nicht mehr passieren. Bei dem Gedanken an sie und an das Gespräch mit Ellie im Garten gestern Abend muss er schlucken. Ellie, die im Dunkeln stand und ihn mit undurchdringlicher Miene ansah, in den Augen ganz kurz ein minimales Aufflackern von Emotion, ehe sie die Schotten wieder dichtmachte. Sie war verschlossen wie eine Auster, hat nichts preisgegeben, auch nicht, als er sie zur Seite genommen und sie gefragt hat, ob *wirklich* alles okay mit ihr sei. Nichts. Nur dieser ihn zur Weißglut treibende, ausdruckslose Blick, als sie sich steif abwandte.

«Himmel, ich muss dringend zurück aufs Laufband», keucht Khan. Ben dreht sich um und sieht, dass seinem Chef der Schweiß auf der Stirn steht. Die schmalen Schultern in dem Wollmantel sind gekrümmt, und die schwarzen, normalerweise zurückgekämmten Haare fallen ihm in die Augen. Khan ist der Inbegriff von Eleganz, trägt Designerklamotten und ist stets wie aus dem Ei gepellt, doch jetzt, an einem Sonntagmorgen auf einem steilen Wanderweg im Wald, wirkt er mit seiner schmal geschnittenen Anzughose und den auf Hochglanz polierten Halbschuhen komisch fehl am Platz.

Das Opfer sei jung und weiblich, hat Khan gesagt. Gott sei Dank ist Ellie gestern Nacht zu Hause gewesen, aber die Tochter von jemand anderem nicht, und jetzt gibt es einen Job zu erledigen. Er hat keine Zeit, sich in der Vergangenheit zu suhlen oder über seine eigenen Probleme zu grübeln. «Was soll das heißen, die Auffindungssituation ist ‹ungewöhnlich›?»

«Das werden Sie sehen, sobald wir oben sind.»

«Wer hat sie gefunden?»

«Ein paar Pfadfinderinnen. Ihr Trupp ...», Khan hält keuchend inne, um wieder zu Atem zu kommen, «... war auf einer Sonnenaufgangswanderung.»

Ben zuckt zusammen. «Und wie geht es *denen*?»

«Wie man's erwarten würde. Ich habe DC Maxwell beauftragt, sich um die Mädchen und ihre Familien zu kümmern.»

Ben nickt. Fiona Maxwell ist eine der stärksten Beamtinnen in ihrem Team, eine lebhafte, energische Rekrutin, die kürzlich von Manchester nach Bath versetzt worden ist. «Die ist sicher begeistert, so früh an einem Sonntagmorgen zum Dienst zitiert zu werden.»

«Maxwell ist ein Arbeitstier. Ich habe sie noch nie maulen hören. Ganz im Gegensatz zu ihrer Lebensgefährtin», sagt Khan. «Ihr Gezeter im Hintergrund war unüberhörbar.»

Bens Grinsen ist nicht von Dauer. «Sich mit einem Haufen traumatisierter Mädchen und deren Eltern auseinanderzusetzen, wird nicht leicht.»

«Nein. Zum Glück ist es der Gruppenleiterin gelungen, den Großteil der Mädchen vom Schauplatz fernzuhalten, als sie gemerkt hat, über was sie da gestolpert sind. Maxwell ist angewiesen, alle um Diskretion zu bitten, aber es wird nicht lange dauern, bis die Sache die Runde macht. Die Leute reden.»

Ben nickt nur, um sich den Atem zu sparen, während sie weiter steil bergauf durch den Wald eilen.

«Seltsamer Ort für einen Pfadfinderausflug mit einer Gruppe junger Mädchen in der Morgendämmerung», keucht Khan. «Im Dunkeln hier entlangzuwandern – ein Wunder, dass sie sich nicht vor Angst in die Hosen gemacht haben.»

«Das war wahrscheinlich der Witz an der Sache. Wissen Sie nicht mehr, wie das war als Kind? Wir haben uns ständig Gespenstergeschichten erzählt, und dann kamen die Horrorfilme.»

Khan sieht ihn missbilligend an. «Das Zeug mag ich nicht. Mochte ich noch nie. In der Welt existiert auch so schon genug Finsteres. Es gibt Dinge, an die man nicht rühren sollte.»

«Ich wäre nie auf die Idee gekommen, dass Sie abergläubisch sind.»

Khan zuckt die Achseln. «Bin ich eigentlich auch nicht, aber Sie müssen zugeben, dass dieser Ort was Unheimliches an sich hat.» Er sieht sich um, und Ben registriert überrascht, dass seinen Boss ein Schaudern durchläuft.

«Über diese Wälder kursieren jede Menge Geschichten. Wir haben uns als Kinder gegenseitig damit Angst gemacht», gibt Ben zu. «Was mir jedoch wirklich Gänsehaut macht, ist der alte Zierturm. Es kursiert eine Geschichte über ein Mädchen, das an ihrem Hochzeitstag dort oben von ihrem Verlobten ermordet wurde; er hat sie in ihrem blutgetränkten Brautkleid den Krähen überlassen, die ihr die Augen aushackten.» Als er Khans Gesicht sieht, nickt er. «Manche behaupten, sie sei die ‹Sally›, nach der der Straßenabschnitt auf der anderen Seite des Steinbruchs benannt ist, das Gespenst im weißen Kleid, das plötzlich aus dem Wald kommt, von dem Autofahrer immer wieder berichten.»

Khan nickt. «Ich kenne die Geschichten.»

«Ja. Mehr ist es auch nicht. Eine Geschichte. Eine Gruselstory, die sich jemand aus der Gegend ausgedacht hat, um Kindern und Touristen einen Schauer über den Rücken zu jagen und um die Unfallstatistik auf dieser Straße zu erklären.» Ben spürt Khans Blick und weiß, was er denkt. «Sobald etwas Schlimmes passiert, brauchen die Menschen einen Grund.» Ben ballt die Hände zu Fäusten. «Aber Sie und ich, wir kennen die Wahrheit. Wenn man mit dem Smartphone in der Hand am Steuer sitzt, ist die Gefahr, von der Straße abzukommen, ziemlich groß, und auch, dass man dabei jemanden mitnimmt.» Ben hat unwillkürlich die Zähne zusammengebissen. Er schluckt, versucht, den dicken Kloß aus seiner Kehle zu vertreiben. Er geht etwas schneller, um Khans mitfühlenden Blick nicht sehen zu müssen. «Um das zu erklären, braucht es keine Gespenstergeschichte.»

«Haben Sie den Turm schon mal bestiegen?», fragt Khan, dem nicht entgangen ist, wie dringend Ben das Thema wechseln will.

«Nicht so mein Ding. Ich habe Höhenangst.»

Khan grinst. «Ach was? Unser ortsansässiger Actionheld hat also doch eine Achillesferse.»

Ben verdreht die Augen. Seit er vierzig geworden ist, sich den Schädel rasiert und sich im örtlichen Fitnessstudio angemeldet hat, hat sein Team keine Gelegenheit ausgelassen, ihn mit dem Midlife-Crisis-Klischee aufzuziehen. Aber damit hatte er gerechnet, er ist schließlich nicht dumm. Ihm ist bewusst, dass diese äußerlichen Veränderungen zumindest zum Teil mit seiner gescheiterten Ehe zu tun haben; der verzweifelte Versuch, gegen den schwammig werdenden Papibauch anzukämpfen; mit seiner jüngeren Freundin mitzuhalten. Gleichzeitig ist Ben stolz auf seine neuen Bauchmuskeln, und an einem Morgen wie diesem ist er froh über seine neue Kondition, auch wenn das bedeutet, sich von seinem Team ständig verarschen zu lassen.

«Haben Sie's gesehen?», protestiert Ben. «Die Stufen führen in einer steilen Spirale nach oben. Kein Geländer. Nichts zum Festhalten. Ganz oben ist eine Plattform und ringsum vier große Öffnungen. Die Aussicht ist grandios, aber es gibt nichts, um einen Sturz zu verhindern.»

«Klingt beängstigend, auch ohne Höhenangst. Ich verstehe nicht, warum das nicht längst gesichert wurde.»

«Der Zustand des Turms ist ein lokales Dauerärgernis. Vor ein paar Jahren hat die Gemeindeverwaltung eine Sicherheitstür aus Stahl anbringen lassen, aber die hat nicht lange gehalten. Vandalen - oder irgendwelche Kids - haben die Tür aufgebrochen. Seitdem steht der Turm wieder ungehindert offen. Ist eben eines dieser verlassenen Gebäude, für die sich niemand zuständig fühlt. Ein Treffpunkt für Halbwüchsige, die nicht wissen, wohin mit sich, und ein Sicherheitsalbtraum, der offensichtlich durch sämtliche Zuständigkeitsbereiche rutscht. Die Gemeinde will nichts damit zu tun haben.» Ben bleibt abrupt stehen. «Riechen Sie das?»

Khan schnuppert. «Rauch?»

«Ich hatte das eben schon mal kurz in der Nase. Hier oben ist der Geruch stärker.»

Sie weichen ein paar Schritte vom Wanderweg ab und spähen über eine niedrige Trockenmauer. Unter ihnen erstreckt sich das ausgehöhlte Becken eines aufgelassenen Steinbruchs. Der flache, etwa einhundert Meter breite Kessel, der wie eine offene Narbe in der Landschaft liegt, ist von Bäumen und moosbewachsenen, abgesprengten Felsen umstanden. «Aha», sagt Ben mit ausgestrecktem Arm. «Dann wird hier oben also immer noch gefeiert.»

Unten finden sich zwischen Herbstlaub und abgerissenen Zweigen die achtlos weggeworfenen Überreste einer Party. Leere Dosen, dazwischen silbern schimmernde Vape-Kartuschen, im Morgenlicht glitzernde Glasscherben, und im Zentrum die verkohlten Überreste eines Lagerfeuers. Von einem Felsvorsprung grinst ein einsamer Kürbis mit geschnitzter Grimasse zu ihnen hinauf, und am oberen Ende der Steilwand flattert ein vergessenes, wie eine Fahne gehisstes T-Shirt in der morgendlichen Brise.

«Sieht nach einer Halloween-Party aus. Kids aus dem Ort? Oder aus dem Internat?»

«Hoffentlich nicht. Das ist Ellies Schule.»

Khan pfeift durch die Zähne. «Himmel, Chase. Haben Sie etwa im Lotto gewonnen?»

«Hat nichts mit mir zu tun. Liegt allein an Ellie. Sie hat ein Stipendium bekommen. Das hat sie ihrem Talent zu verdanken.» Ben kneift irritiert die Augen zusammen, als etwas leuchtend Rotes seine Aufmerksamkeit erregt. Er springt über die Mauer und kraxelt den steilen Abhang hinunter bis zu einem großen Felsbrocken am Rande des Kessels. In roter Farbe ist ein einzelnes Wort darauf gesprüht: SALLY. Ben mustert das Geschmier, dann berührt er mit dem Zeigefinger vorsichtig einen Buchstaben. «Trocken, aber frisch.»

«Darauf kommen wir später zurück», sagt Khan. «Sobald wir wissen, womit wir's am Turm zu tun haben.»

Sie kehren zum Wanderweg zurück und laufen das letzte Stück durch den Wald, dann kommt zwischen den Bäumen der Turm in Sicht. Am Himmel stehen graue Wolken, und vereinzelte Sonnenstrahlen treffen auf die hohen Mauern.

«Wie hoch ist der?», fragt Khan und mustert, die Hände in die Hüften gestützt, den Turm. «Zehn, zwölf Meter?»

Ben nickt. «Würde ich auch sagen.»

«Was hat der eigentlich hier zu suchen, so mitten im Nirgendwo?»

«Das ist eine der Fragen, auf die ich tatsächlich eine Antwort habe. Der Zierturm, auch Folly genannt, war das Prestigeobjekt eines örtlichen Steinbruchbetreibers Mitte des neunzehnten Jahrhunderts. Er wollte damit die Qualität seiner Steine demonstrieren. Die Arbeit an dem Turm hat seine Leute während einer Krise der Branche in Lohn und Brot gehalten.»

Khan grinst. «Mann errichtet gigantisches Phallussymbol, um mit seinem Geschäftsgeschick anzugeben. Eine Geschichte, so alt wie die Menschheit.»

Als sie die Böschung betreten, ist das Team der Rechtsmedizin mitten in einem Briefing. Trish Silverton, die leitende Forensikerin, ist eine kleine, vogelhafte Frau mit kurzen, weißblonden Haaren und blitzenden grünen Augen. Sie winkt ihnen kurz zu, ohne ihre Ansprache an die versammelten Ermittler zu unterbrechen. Ben nickt ihr zu, zieht sich einen weißen Schutzanzug über und duckt sich dann unter dem Absperrband hindurch, das in einem großen Rechteck rund um den Turm gespannt ist.

Behutsam nähert er sich dem Fundort der Leiche, umrundet dabei den Turm und einen kleinen Haufen schwarzer Asche – Überreste eines weiteren frischen Lagerfeuers – und bleibt, sobald er den auf dem Erdboden liegenden Körper erreicht hat, stehen. Er geht in die Hocke, beruhigt seinen Atem, fokussiert seine Gedanken und lässt den Anblick auf sich wirken.

Was er sieht, ist verstörend, und auf den ersten Blick wirkt es geradezu unecht. Das ist kein Mädchen, das ist eher ein posierendes Modell oder eine bewusst drapierte Wachsfigur. Langsam lässt Ben den Blick über die Details schweifen. Das Gazekleid, eindeutig alt und mit Spitzen besetzt, wie ein viktorianisches Nachthemd oder Unterkleid. Der zerrissene Ausschnitt, der ein Stück zierliche weiße Schulter entblößt. Die blassen, sorgfältig über der Brust gefalteten Arme. Lange, blonde Haare, ordentlich um die Schultern gelegt. Die Füße geschlossen, die Spitzen der Turnschuhe exakt zum Himmel ausgerichtet.

Ben schluckt. Auf dem Kleid sind auf Brusthöhe eine erhebliche Menge Blutspritzer zu sehen, auch der Ausschnitt ist blutverschmiert, und der Kopf liegt in einer dunklen Pfütze, die schimmert wie Öl. Mit einem tiefen Atemzug lässt Ben den Blick weiter nach oben schweifen, hin zu dem mit Abstand verstörendsten Detail. Das Gesicht des Mädchens ist zur Hälfte verdeckt, nur das blau unterlaufene Kinn und die blauen Lippen sind zu sehen. Direkt darüber verwandelt sich der Kopf in einen ausladenden schwarzen Schnabel, und glänzende Rabenfedern vermischen sich mit den blonden Haaren. Eine Maske, erkennt Ben, mit grotesk gebogenem Schnabel, halb venezianisches Karnevalskostüm, halb Pestdoktor. Der verstörende Anblick wird weiter durch die Worte verstärkt, mit denen die Gliedmaßen der Toten beschmiert sind, in schwarzen Großbuchstaben steht da: BESTRAFEN. ZERSTÖREN. BEREUEN. Wieder und wieder, sämtliche freiliegende Haut ist damit bedeckt. Ben schaudert. Das also meinte Khan mit «ungewöhnlich».

Obwohl das Gesicht nicht zu sehen ist, ist eindeutig, dass das Opfer jung ist. Eine Teenagerin, wahrscheinlich nicht älter als Ellie. Faltenfreie Hände, auf den Fingernägeln pinkfarbener Glitterlack, ein silberner Schmuckanhänger - ein halbes Herz - schlaff an einer Kette um ihren Hals. Ben weiß, dass es von solchen Ketten immer zwei gibt, ein Herz in zwei Hälften, um es mit der besten Freundin oder mit dem Freund zu teilen. Irgendwo gibt es jemanden mit der zweiten Hälfte.

Der Schmerz in seiner Brust schwillt an. Dieses Mädchen hatte sich mit seinem Outfit Mühe gegeben, hatte sich auf den Samstagabend gefreut. Hatte sich fertig gemacht für eine Party oder ein Date. Sie ist zu jung, viel zu jung, um hier zu liegen, tot und allein, im Wald.

«Haben Sie so etwas schon mal gesehen?» Khan geht

neben ihm in die Hocke. «Die Worte auf ihrer Haut … die Maske … die Körperhaltung.»

Ben schüttelt den Kopf.

Khan deutet auf die roten Kratzspuren an den Armen des Mädchens und auf den Bluterguss am Kinn. «Sieht aus, als hätte sie sich heftig gewehrt.»

«Schauen Sie, die Maske ist nicht befestigt.» Ben zeigt auf die beiden losen Gummibänder. «Jemand hat sie ihr aufs Gesicht gelegt.»

«Was glauben Sie? Hat das was mit Halloween zu tun? Irgendein okkulter Scheiß?» Khan hebt den Blick zum Turm und mustert die klaffende Öffnung hoch oben in der Mauer.

Eine leichte Brise weht über das Gelände, das trockene Herbstlaub zu ihren Füßen fängt an zu rascheln. Der Wind ergreift ein paar blonde Strähnen, dann sinken sie wieder auf die Schultern der Toten zurück. Ben runzelt die Stirn, versucht, ein Wort zu fassen zu bekommen, das ihm im Kopf herumspukt. «Ehrerbietung», sagt er, als er schließlich darauf kommt.

«Wie bitte?»

«Die Art, wie sie drapiert wurde, legt etwas … ich weiß nicht … etwas wie Sorgfalt oder Kunstfertigkeit nahe. Da hat jemand sich Zeit genommen. Und dann diese Worte. Die Maske. Das hat etwas zu bedeuten. Wir müssen herausfinden, was.»

Khan ruft einem der Beamten in der Nähe etwas zu. «Habt ihr schon was? Eine Tasche? Ein Telefon? Irgendwas, das uns verrät, wer sie ist?»

«Nein, noch nichts, Chief.»

Khan runzelt die Stirn. «Kennen Sie einen einzigen Teenager, der auch nur einen Schritt ohne sein Smartphone macht?»

Silverton hat das Briefing inzwischen beendet und kommt auf sie zu. «Wir sind jetzt bereit, das Zelt aufzustellen.»

Khan nickt. «Tun Sie sich keinen Zwang an.»

Ben steht auf und tritt zurück, um den Forensikern Platz zu machen. Er sieht zu, wie das Metallgestell und die weißen Leinwände wie Grabtücher um die Leiche des Mädchens aufgebaut werden, wie sie erste Abstriche nehmen und anfangen zu fotografieren. Er registriert die Umsicht, die Professionalität, mit denen die Leute von der Spurensicherung agieren. Auch eine Form von Ehrerbietung, denkt er. Als sie sich bereit machen, die Maske vom Gesicht zu nehmen, tritt Ben einen Schritt näher, ihm schnürt es fast die Kehle zu.

«Vorsichtig», sagt Silverton, als ein Rechtsmediziner mit einer langen Pinzette die gefiederte Maske anhebt.

Ben registriert das leichte Zittern, als der Mann die Vogelmaske hochhebt, um das Gesicht darunter zu entblößen - doch es ist eigentlich kein Gesicht mehr. Der halbe Schädel besteht nur noch aus blutiger Masse und Knochen.

«Herrgott!», sagt Khan und wendet sich ab.

Silverton wirft ihnen einen grimmigen Blick zu. «Die Identifizierung könnte länger dauern, als wir dachten.» Sie nickt zum Turm hinauf. «Ist ein weiter Weg von da oben.»

«Ist sie gestürzt? Gesprungen?» Aber Ben kennt die Antwort bereits. Niemand springt aus dreizehn Meter Höhe von einem Turm und landet auf diese Weise, ordentlich drapiert. Wieder mustert er die beschmierten Gliedmaßen. BESTRAFEN. Die Szenarien in seinem Kopf jagen ihm Schauder über den Rücken.

Khan räuspert sich. «Ich möchte eine gründliche Spurensuche in der gesamten Umgebung», sagt er. «Vom Waldparkplatz bis zum Turm und auf der anderen Seite bis ganz hinunter, wo der Wald auf die Straße trifft. Ich will, dass alles, was auch nur im Ansatz außergewöhnlich ist, markiert wird. Und schafft mir einen Techniker hier rauf.»

«Was ist mit den Trampelpfaden und Nebenwegen, die sich durch den Wald ziehen?», fragt Ben. «Davon gibt es mindestens ein Dutzend.»

«Vor uns liegt ein Haufen Arbeit, das steht fest. Und wir müssen uns beeilen. Die ganze Gegend abzusperren, ist unmöglich. Sobald die Nachricht von der Toten die Runde gemacht hat, werden wir von der Presse und jeder Menge Möchtegern-Columbos überrannt werden. Noch haben wir einen Vorsprung, aber sicher nicht sehr lange. Sobald sie Wind davon bekommen, werden sie angeschwirrt kommen wie die Schmeißfliegen. Ich will wissen, wer letzte Nacht alles in dem Steinbruch war, wer genau dort gefeiert hat. Die Schule ist ganz in der Nähe - könnte es sich um eine Schülerin handeln?»

Ben nickt. Er wendet den Blick von dem zerquetschten Gesicht des Opfers ab und konzentriert sich auf andere Einzelheiten. Die frisch gewaschenen Haare des Mädchens. Den Glitternagellack. Das glänzende Medaillon um ihren Hals. Er hat ein Mädchenzimmer vor Augen, einen Schminktisch voller Kosmetik, eine Schmuckschatulle mit geöffnetem Deckel, verstreute Klamotten und Poster mit Eselsohren, ein Bett, leer, wo eigentlich ein schlafwarmer Körper liegen sollte. Plötzlich wird ihm klar, dass er nicht irgendein Teenagerinnen-Zimmer vor Augen hat, sondern das von Ellie, damals, in ihrem ehemaligen Zuhause, dem, in dem er mit ihr und Rachel gelebt hat.

«Wir müssen das Opfer identifizieren. Und zwar schnell.»

Irgendwo vermisst irgendjemand dieses Mädchen. Hoffentlich dauert es nicht zu lange, bis die Betreffenden sich an die Polizei wenden.

KAPITEL 5

Sonntag, 10.45 Uhr

Philippa Easton steht am Erkerfenster des Salons und nippt an dem Steinguttässchen mit Espresso. Von dem Platz, an dem sie steht, überblickt sie den gesamten parkartigen Garten bis hin zu der angrenzenden Koppel, wo Pferde ausgelassen herumgaloppieren, die Mähnen glänzend im Wind. Der Anblick der fröhlich tobenden Tiere entfacht ein hohles Ziehen in ihrer Brust, eine dumpfe Sehnsucht. Es ist ein seltsamer Tag, der Wind weht in heftigen Böen, widerspenstig und erregend und weckt eine tiefe Sehnsucht in ihr, die ihr nicht willkommen ist. Die Tabletten, die sie am Vorabend genommen hat, zirkulieren immer noch schwer durch ihre Adern. Sie wartet darauf, dass der Koffeinkick endlich einsetzt und sie mit sich in den Tag zieht.

Ein Blick auf ihre Rolex verrät ihr, dass es kurz vor elf ist. Dieser Tage entgleitet ihr die Zeit so leicht. Christopher ist schon seit frühmorgens auf den Beinen, aber die Mädchen sollten wirklich nicht den ganzen Vormittag im Bett rumlungern. Sie sollten endlich aufstehen und den freien Tag nutzen. Seufzend stellt Philippa die Tasse zurück auf den Unterteller, betritt das Vestibül und geht die gewundene Treppe hinauf.

Die Zimmertür ihrer Tochter im ersten Stock ist fest geschlossen. Philippa klopft verhalten und wartet einen Augenblick, dann öffnet sie die Tür einen Spaltbreit. «Olivia», ruft sie mit sanfter Stimme. «Zeit aufzustehen.»

Im Zimmer ist es dunkel und still, das Schweigen hängt regelrecht schwer in der Luft. Durch einen Spalt zwischen den Samtvorhängen dringt ein schmaler Streifen Licht. Philippa betritt das Zimmer. «Olivia?», wiederholt sie. «Es ist fast elf.»

Vorsichtig steigt sie über das Durcheinander auf dem Parkett, umrundet schemenhafte Bücherstapel, Klamottenberge und den Schulrucksack, dessen Inhalt sich quer über einen Lammfellvorleger ergießt. Sie tritt näher und keucht auf. Das Bett ihrer Tochter ist leer.

Sie blinzelt in die Dämmerung und macht noch einen Schritt. Panik steigt in ihr hoch, aber nein. Olivia ist doch da, der schmale Körper liegt dicht an die Wand gepresst unter der Decke, nur ein verräterischer Fuß schaut raus. «Olivia», sagt Philippa, die Erleichterung verleiht ihrer Stimme Kraft. «Zeit aufzustehen.»

In die Bettdecke kommt Bewegung. Ein Stöhnen ertönt.

«Wie war die Party?» Philippa geht zum Fenster, zieht die Vorhänge zurück und lässt helles Tageslicht ins Zimmer.

Olivias unverständliches Krächzen wird lauter.

«Ich hab euch gar nicht nach Hause kommen hören. Es war kurz vor Mitternacht, hat dein Vater gesagt.»

Unter der Zudecke taucht das blasse Gesicht ihrer Tochter auf. Sie reibt sich die Augen. Philippa bückt sich nach dem weißen Tüllrock zu ihren Füßen, hebt ihn auf und streicht ihn glatt. «Wirklich, räum doch deine Sachen auf», sagt sie. «Du hast so schöne Anziehsachen.» Sie hält sich den leichten Stoff ans Gesicht und atmet einen süßlichen, leicht rauchigen Geruch ein. Sie zieht die Nase kraus. «Hast du etwa geraucht?»

«Mum, heute wird nicht mehr geraucht. Wir vapen.» Olivia blinzelt in Richtung Fenster und dreht sich auf die andere Seite.

Philippa riecht noch einmal an dem Rock und verzieht das Gesicht. «Das riecht eindeutig nach Rauch.»

«Es gab ein Lagerfeuer.» Olivia streckt die Hand nach dem Telefon auf ihrem Nachttisch aus. Der Bildschirm leuchtet auf und taucht ihr schmales Gesicht in bläuliches Licht.

«Ich hoffe, ihr beiden habt nicht vergessen, dass ihr mir versprochen habt, mich nach Bath zu begleiten? Sarah sollte vorher dringend noch ihre Mutter anrufen. Diana sagt, sie hat die ganze Woche nichts von ihr gehört.»

Weil Olivia nicht reagiert, füllt Philippa schließlich die Stille. «Soll ich sie wecken, oder gehst du?»

Einen kurzen Augenblick lang sieht es so aus, als wollte Olivia zurück unter die Decke kriechen, doch dann rafft sie sich auf und schwingt die nackten Beine über die Bettkante. «Ich geh schon.»

«Gut. Ich mache euch Tee und Toast.» Sie wirft ihrer Tochter einen wissenden Blick zu. «Das ist gut gegen Kater.»

Philippa ist gerade dabei, losen Schwarztee mit Wasser zu überbrühen, als Olivia in die Küche kommt, immer noch in ihrem kurzen Nachthemd, die langen, blonden Haare lösen sich aus dem unordentlichen Dutt auf ihrem Hinterkopf. «Was ist los?», fragt sie, und das verhaltene Lächeln versiegt, als sie das Gesicht ihrer Tochter sieht. «Was ist passiert?»

«Sarah.» Olivias Stimme zittert. Sie überkreuzt die langen, nackten Beine und hebt das Medaillon, das sie um den Hals trägt, an ihre Lippen. «Sie ist nicht da.»

Philippa sieht sie stirnrunzelnd an. «Was meinst du damit, sie ist nicht da?»

«Ich meine, sie liegt nicht in ihrem Bett.»

Entgeistert starrt Philippa ihre Tochter an und versucht zu begreifen. «Ja, aber wo ist sie denn?»

Olivia schüttelt den Kopf. «Keine Ahnung. Das Bett ... es sieht nicht aus, als hätte sie drin geschlafen.»

«Was? Gar nicht?» Philippa spürt, wie sich Unbehagen einen Weg durch den Nebel in ihrem Kopf bahnt und als Schaudern ihren Nacken hinunterrieselt. «Aber sie ist doch gestern Nacht mit dir zurückgekommen. Irgendwo muss sie ja sein.»

Olivia senkt betreten den Blick. «Na ja, ... nicht direkt.»

Philippa stellt die Teekanne zurück auf den Tisch. Das Prickeln wandert den Rücken hinunter. «Was soll das heißen, nicht direkt? Willst du damit sagen, Sarah und du, ihr seid nicht zusammen nach Hause gekommen?»

Olivia schaut ihre Mutter an, dann schüttelt sie den Kopf und verzieht das Gesicht.

«Du erzählst mir jetzt, was gestern Abend passiert ist, verstanden?» Philippa geht quer durch die Küche auf ihre Tochter zu und packt sie am Arm. «Augenblicklich.»

KAPITEL 6

Sonntag, 11.00 Uhr

Ellie ist tief unter der Bettdecke vergraben, und als sie das Kopfkissen wendet, um ihr viel zu heißes Gesicht in die kühlere Hälfte zu drücken, verheddern sich ihre Gliedmaßen. In ihrem Kopf schlägt jemand eine riesige Trommel, und ihre Zunge fühlt sich an wie die stinkige Innensohle aus einem ihrer Turnschuhe. Überreste der letzten Nacht sickern ihr aus sämtlichen Poren.

Sie macht ein Auge auf und sieht ihre Klamotten in einem unordentlichen Haufen auf dem Fußboden liegen – die abgeschnittene Jeans, die zerrissene schwarze Strumpfhose und ihren grauen Lieblings-Hoodie. Über die Vorderseite des Hoodies zieht sich ein rostbrauner Streifen, und sie ist sich ziemlich sicher, dass sich diese Schweinerei nicht einfach rauswaschen lässt. Ellie schluckt. Darüber will sie jetzt nicht nachdenken. Sie will an gar nichts denken, das irgendwie was mit letzter Nacht zu tun hat. Sie hebt den Kopf und schaut sich in der ungewohnten Umgebung um.

Auf der anderen Seite des Zimmers liegt Jasmine schnarchend in einem identischen Bett, unter einer mit kleinen Gänseblümchen verzierten Decke. Ein schmaler, brauner Arm ist über ihren Kopf gebreitet, ihr Mund steht weit offen. In der Ecke gluckert und stöhnt ein alter gusseiserner Heizkörper.

Als Ellie sich auf den Rücken dreht, kann sie im Dämmerlicht undeutlich die Poster erkennen, die neben ihr an die Wand geheftet sind, fröhliche, strahlende Popstargesichter grinsen sie an. Das sind nicht Jasmines Poster. Jasmine wäre lieber tot, als sich Harry Styles oder Ed Sheeran übers Bett zu hängen. Das Bett gehört Zara, Jasmines Zimmergenossin, die praktischerweise übers Wochenende nach Hause gefahren ist. Jasmines Seite des Zimmers ist vollgepflastert mit Greenpeace, Extinction Rebellion und Bob Marley. Viel besser.

Ellie kneift die Augen zusammen, um das grässliche Zahnpastagrinsen auszublenden, und zieht sich die Decke über den Kopf. Sie will einfach nur schlafen, sehnt sich nach der seligen Abwesenheit vom Sein, aber es geht nicht. Jetzt nicht mehr. Weil jetzt die Erinnerungen wieder da sind. Der Alkohol, der noch als süßsäuerlicher Geschmack in ihrer Kehle hängt. Die lodernden Flammen vor dem dunklen Nachthimmel. Das Kratzen von Zweigen. Der Streit und die Sticheleien, Worte so stechend wie glühende Metallsplitter. Weißer Stoff, der sich zwischen ihren Fingern dehnt und zerreißt, warmes Blut, das ihr über die Hände spritzt.

Auf ihrer Stirn prickelt der Schweiß, während grauenhafte Bilderfragmente in ihrem Kopf Karussell fahren.

Was hat sie getan?

Sie könnte ihre Klamotten verbrennen. Sie in einem Ölfass versenken, mit Benzin tränken und in Flammen aufgehen lassen. Sich umdrehen und einfach gehen, ohne einen Blick zurück, wie man es aus Filmen kennt. Aber wo soll sie ein Ölfass und einen Benzinkanister herkriegen? Das gehört nicht gerade zu den Sachen, die in einer Schule wie Folly View einfach so rumliegen.

Draußen gehen zwei Mädchen vorbei, ihre fröhlichen

Stimmen dringen durchs Fenster. Jemand kichert ausgelassen, dann hört man rennende Schritte. Der Duft nach Spiegeleiern liegt in der Luft. Bald werden die Glocken der Kapelle läuten und die Internatsschüler zum Gottesdienst rufen. Ellie dreht sich der Magen um. Das lässt sich nicht wegschlafen. Den Kater und den ekelerregenden Geschmack von Selbsthass wird sie den ganzen Tag mit sich rumschleppen. Und was ist mit den Konsequenzen für das, was sie letzte Nacht getan hat? Die könnten ein ganzes Leben lang andauern. Ihr kommt die Galle hoch.

Ellie muss lernen, ihre Impulse noch besser zu kontrollieren.

Ellie muss sich dringend in Selbstbeherrschung üben.

Ellie sollte nachdenken, ehe sie handelt.

Sätze aus alten Zeugnissen schwirren ihr durch den Kopf. Erst handeln, dann denken - das war schon immer ihr Problem. «Die roten Haare hast du von deiner Mutter, aber dein feuriges Temperament hast du von mir», hat ihr Dad irgendwann mal gesagt und ihr die Haare zerzaust, und Ellie hat sich in seine Hand geschmiegt wie eine Katze. «Leidenschaftlich. Ungestüm. Das sind gute Eigenschaften ... manchmal», hat er mit einem Grinsen hinzugefügt.

Als ihr leidenschaftliches Temperament sie dazu verführt hat, die Schule zu schwänzen, um sich der Sitzblockade auf der Autobahn in Bristol anzuschließen, um gegen die Klimapolitik zu protestieren, war er nicht mehr ganz so begeistert gewesen, oder neulich, als sie in der Stadt dabei erwischt worden war, wie sie die Werbeplakate einer Fast-Food-Kette mit Graffiti beschmierte. Sie hat drei Tage Schulausschluss kassiert, eine offizielle Verwarnung von Mrs Crowe und eine ernste Standpauke ihrer Eltern, beide mit betroffenen Gesichtern, sanften Blicken und tief enttäuscht.

Aber all das ist gar nichts im Vergleich zu letzter Nacht. Letzte Nacht ist sie zu weit gegangen.

Jetzt bist du am Arsch, Ellie Chase.

Ellies Herz pocht schmerzhaft in ihrem Brustkorb, ihre Kehle fühlt sich an wie zugeschnürt. Sie hat komplett die Kontrolle verloren. Sie hat sich selbst Angst eingejagt. Was sie getan hat, ist unverzeihlich - und diesmal kann es sie tatsächlich die Zukunft kosten.

Endgültig wach, greift sie zu ihrem Telefon. Sie hat eine Nachricht von ihrer Mum, lauter Blabla voll geheuchelter Begeisterung über das Wochenende mit ihrem Dad. Das schlechte Gewissen steigt stechend in ihr auf, doch Ellie verdrängt den Schmerz. Hätten ihre Eltern es nicht dermaßen verkackt, hätte sie sie nicht anlügen müssen. Mit der Tatsache, dass sie nicht mehr verheiratet sein wollen, könnte sie umgehen. Womit sie nicht umgehen kann, ist, dass jetzt jeder winzige Aspekt ihres Lebens geregelt werden muss und sie zwischen ihnen hin- und hergereicht wird wie eine Sechsjährige. Schlimm genug, dass ihre Mutter ihr in der Schule tagtäglich auf die Pelle rückt. Sie hat keinen Bock darauf, dass ihre Eltern sich auch noch am Wochenende um sie zanken. Sie ist siebzehn. Es ist nicht okay, dass die ihr vorschreiben, wie sie ihre Freizeit zu verbringen hat.

Ellie ignoriert die Nachricht ihrer Mutter und geht weiter zu Snapchat, wo sie sich durch Storys voller Halloween-Selfies scrollt, beeindruckende Kürbisse mit geschnitzten Grinsegesichtern, ein Drei-Sekunden-Video von Jasmine, die einem Jungen die Zunge in den Mund geschoben hat, die Arme um seinen Hals geschlungen, Danny und Saul, die mit einer Flasche Wodka vor einem Lagerfeuer posieren, grinsend und mit Hang-Loose-Gesten. Dann noch ein verwackeltes Video, der Bildschirm ist die meiste Zeit schwarz, im Hintergrund dröhnt aus einer Box Elektro, dann schwenkt die Kamera auf knisternde Flammen. Aus Ellies Kehle steigt es bitter auf. Sie würde am liebsten das Telefon fallen lassen, aber sie kann nicht wegschauen.

«Sally», hört sie jemanden spöttisch rufen. «Saaaally!» Baumstämme kommen flackernd ins Bild, weißer Stoff, blonde Haare, dann die Nahaufnahme eines strahlenden Lächelns mit perfekten Zähnen. Dann ertönt Poltern, die Kamera fängt chaotisch an zu schlingern, und das Video ist vorbei.

Ellie könnte jetzt weitermachen, sich mit dem verhängnisvollen Scrollen weiter quälen und rausfinden, was es sonst noch in den Feed geschafft hat, aber die Fragmente, die sie gesehen hat, reichen, um ihr klarzumachen, dass sie nicht noch mehr sehen will. Wenigstens werden die Storys morgen um diese Zeit schon wieder verschwunden sein, automatisch von den Snapchat-Servern gelöscht. Sie switcht zu ihren privaten Nachrichten.

Hey, wo bist du hin? Alles okay?

💀

Letzte Nacht war KRASS.

Du aber auch. Ein Mädchen mit einer Mission.

🔥😈

Sie schließt die App. Sie hat Schmutz an den Händen, und unter ihren Fingernägeln hängt rotbraunes Zeug. Der Anblick verursacht die nächste heftige Welle Übelkeit. Sie schiebt die Decke weg, taumelt ans Fenster und muss mit dem klemmenden Riegel kämpfen, ehe sie es hochschieben kann und ihr endlich kalte Luft entgegenschlägt. Ellie atmet tief ein. In der Ferne hinter dem identischen Wohngebäude auf der anderen Seite des Innenhofs erheben sich die bewaldeten Hügel. Irgendwo da oben steht der Turm.

Ellie macht die Augen zu und holt noch mal tief Luft. Scheiße.

Hinter ihr ertönt das Knarzen von Bettfedern. «Hey», stöhnt Jasmine. «Wie spät ist es?»

Ellie schluckt die Galle runter. «Nach elf.»

«Mist. Ich komme zu spät zum Gottesdienst. Was machst du da am Fenster? Es ist arschkalt.» Jasmine wirft sich dramatisch die Hand an die Stirn. «Hab ich einen Schädel!»

«Ich auch.»

«Was war überhaupt mit dir gestern Nacht? Weißt du noch, wie du hergekommen bist?»

«Nicht genau.»

«Du hattest Glück, dass ich dich gehört habe. Wenn die Hausmutter dich draußen erwischt hätte ... aber die hat wahrscheinlich mal wieder zu tief ins Gin-Glas geschaut.» Jasmine rappelt sich mit einem weiteren theatralischen Stöhnen auf einen Ellbogen hoch. Ihr Kopftuch ist verrutscht und hat einen unordentlichen Zopf entblößt. «Also? Wohin bist du gestern Nacht verschwunden?»

Ellie schließt die Augen, aber es ist, als wären die aschfahlen Baumstämme und der steinerne Turm innen auf ihre Augenlider tätowiert. «Ich hab Bewegung gebraucht. Ich glaub, ich bin ständig im Kreis gelaufen. Wie spät war es, als ich hier aufgeschlagen bin?»

Jasmine zuckt die Achseln. «Keine Ahnung. Ich war völlig am Arsch.»

«Hast was gut bei mir.»

«Ja.» Jasmine grinst. «Allerdings.»

Ellie dreht sich zu ihr um. «Aber an eine Sache kann ich mich erinnern.»

«Und zwar?»

«An dich und Saul.»

Jasmine reißt die braunen Augen auf. Sie gibt ein würgendes Geräusch von sich und versteckt das Gesicht hinter ihrem Kissen. «Saul. Ekelhaft.»

«Das hast du gestern Abend aber anders gesehen.»

«Ich hab ihn mir schöngesoffen.»

«Habt ihr ...» Ellie sieht sie bedeutungsvoll an.

Jasmine nickt, und ein verlegenes Lächeln stiehlt sich auf ihr Gesicht.

Ellie denkt einen Moment nach. «Glaubst du, Danny geht's gut?»

Jasmine sieht sie mit hochgezogener Augenbraue an, und Ellie wird rot, aber sie versucht, sich nichts anmerken zu lassen, und hält dem Blick stand.

«Bestimmt», sagt Jas. «Höchste Zeit, dass er klarsieht, was die Tussi betrifft. Aber meinst du, *ihr* geht's gut? Ich meine ... Connor. Im Ernst? Selbst Olivia wirkte deshalb ziemlich angefressen. Kein Wunder, dass sie früher abgehauen ist.»

Ellie will nicht daran denken. Sie will an gar nichts denken, was mit gestern zu tun hat. «Es darf mich echt niemand verraten», sagt sie. «Wenn die erfahren, dass ich dabei war, stecke ich megamäßig in der Scheiße.»

Jasmine nickt. «Keine Angst. Wir halten dicht. Die wissen alle, dass sie die Klappe halten müssen.»

«Hoffentlich.» Ellie streckt das Gesicht wieder in den kalten Luftzug, der durchs Fenster kommt. Die Sonne schafft es nicht ganz über die bewaldeten Hügel, und die Hänge stehen irgendwie bedrohlich über dem Schulgelände. Sie kann ein Schaudern nicht unterdrücken. «Ich hab ein total mieses Gefühl.»

«Das ist der Kater.»

«Ist es okay, wenn ich noch ein bisschen liegen bleibe?

Ich muss den Kopf klar kriegen. Meine Mum packe ich jetzt noch nicht.»

«Wo bist du denn offiziell?»

«Noch bei meinem Dad.»

«Hast du ein Glück», seufzt Jasmine. «Mit getrennt lebenden Eltern hast du viel leichteres Spiel. Nicht wie in diesem Gefängnis hier.»

«Hm», sagt Ellie, aber während sie ihre Klamotten vom Boden angelt und ein Bein in die zerrissene Strumpfhose zwängt, weiß sie, dass sie kein Glück hat. Ganz im Gegenteil, beim Anblick ihrer verdreckten Hände und der ruinierten Klamotten ist sie sich sicher, dass jegliche Glückssträhne, die sie vielleicht mal hatte, letzte Nacht endgültig beendet wurde.

KAPITEL 7

Sonntag, 13.00 Uhr

Rachel sitzt mit ihrem Laptop am Küchentisch und kämpft mit einer PowerPoint-Präsentation, als sie das leise Klicken der Haustür hört. «Ellie?», ruft sie. «Bist du das?»

«Ja.»

Nur ein einziges Wort, doch der tonlose Klang verrät ihr, dass Ellie in heikler Stimmung zurückgekommen ist, müde und übellaunig.

Rachel hat den Vormittag über an einem Vortrag über die Gefahren von Partydrogen gearbeitet. Angesichts eines Überdosis-Falls an der örtlichen Oberschule auf der anderen Seite der Stadt, der sich kürzlich ereignet hatte, erscheint es angebracht, dem Thema im Gesundheitsprogramm dieses Halbjahres besondere Priorität einzuräumen. Sie hat Margaret Crowe dargelegt, dass es naiv ist, anzunehmen, das Ansehen des Folly View College würde ihre Schülerschaft in irgendeiner Weise davor bewahren. Wenn es an der örtlichen Oberschule passiert, ist davon auszugehen, dass es höchstwahrscheinlich auch in Folly View passiert.

Sie schiebt den Laptop beiseite, neben einen Teller mit abgeschnittener Sandwichrinde. «Ich habe nicht so früh mit dir gerechnet», ruft sie. «Musste Dad zur Arbeit?» Weil sie auf ihre Frage keine Antwort bekommt, versucht sie es noch einmal. «Ich habe gar kein Auto gehört. Hat Chrissie dich zurückgefahren?»

Ellie reagiert mit unverständlichem Gemurmel. Es könnte ebenso gut «ja» wie «nein» heißen.

Rachel ist Chrissie nur ein Mal begegnet, ein ziemlich peinlicher Wortwechsel zwischen Tür und Angel, auf den sie bestanden hatte, weil sie wusste, dass Ellie künftig Zeit mit dieser Frau verbringen würde, in deren Wohnung. Sie hat einen sehr netten Eindruck gemacht, wenn auch vielleicht ein bisschen nervös angesichts der direkten Konfrontation mit Bens Ex. Einige Jahre jünger als Rachel. Blonde Locken und ein hübsches Gesicht, makellose Augenbrauen und leuchtend roter Lippenstift, ein Anblick, bei dem Rachel sich sofort altbacken und ungepflegt vorkam. Sie sei eine Bürokauffrau aus Bath, hatte Ben ihr erzählt. Rachel würde nur zu gerne wissen, was Ellie von ihr hält, und kann sich eines verstohlenen Gefühls diebischer Freude nicht erwehren, weil ihre Tochter beschlossen hat, früher nach Hause zu kommen - zurück zu ihr -, anstatt noch ein bisschen Zeit mit Chrissie in ihrer schicken Neubauwohnung am anderen Ende der Stadt zu verbringen.

Es ist trotzdem kein schöner Gedanke, sich vorzustellen, wie Chrissie Ellie zu Hause abliefert, vor dem Haus steht und neugierig das Cottage beäugt. In den Sommermonaten ist es wirklich hübsch hier, der winzige Vorgarten voll blühender Rosenbüsche und wuchernder Clematis, hinter denen die abblätternde Farbe und die verblichenen Fensterrahmen verschwinden. Doch je weiter der Herbst fortschreitet, desto düsterer ist das Cottage, fast bedrängt von dem dichten Wald direkt hinter dem Campus. Es wirkt, als würden die Bäume sich nach dem alten Steinhaus recken, um es eines Tages ganz zu verschlingen und für immer sämtlichen Blicken zu entziehen. Innen ist es zugig und schlecht isoliert, mit bestenfalls lauwarmen gusseisernen Heizkörpern und einem launischen Ofen, der, statt zu brennen, nur raucht und spuckt, wenn sie sich denn dazu aufraffen kann, ihn anzuschüren. Trotzdem weiß Rachel, dass sie unter den Angestellten, die auf dem Schulgelände leben, zu den Glücklicheren zählt. Es gibt Kolleginnen und Kollegen, deren kleine Apartments direkt an die Schlafräume der Internatsschüler angrenzen. Wenigstens haben sie hier draußen ein wenig mehr Privatsphäre. Falls Chrissie auf ihre Wohnsituation herabschaut, kann Rachel ihr das kaum verdenken.

Als sie Ellies Schritte auf der knarzenden Treppe hört, versucht sie es noch einmal. «Warte! Ich möchte mit dir sprechen.»

Ein genervtes Seufzen ertönt, dann erscheint das aschfahle Gesicht ihrer Tochter im Türrahmen, mit violetten Schatten unter den grünen Augen und dem Make-up vom Vorabend noch im Gesicht. Die kurzen roten Haare stehen wie immer in sämtliche Richtungen ab. «Was denn?»

Atmen, ermahnt Rachel sich selbst. Sie will jetzt auf keinen Fall streiten, nicht, wo Ellie eben erst zur Tür hereingekommen ist. Sie müssen sich alle erst daran gewöhnen. Sie zwingt sich zu einem Lächeln. «Und? Wie war's?»

«Schön.»

«Komm her. Ich hab dich vermisst.»

Ellie betritt die Küche, und Rachel sieht sie mit den Augen rollen. «Du hast deinen Hoodie verkehrt rum an. Du musst ja ganz schön müde sein. War's spät gestern?»

Ellie antwortet nicht.

«Na?», sagt Rachel und hasst sich dabei für die gespielte Fröhlichkeit in ihrer Stimme. «Was habt ihr so gemacht?»

«Nichts Besonderes.»

Rachel schürzt die Lippen. «Mir ist klar, dass du genervt bist, weil du die Halloween-Party verpasst hast, aber es ist wichtig, dass du Zeit mit deinem Dad verbringst.»

«Weiß ich. Sonst noch was?»

Rachel will sie schon rauswinken, als ihr ein schwacher Geruch in die Nase steigt. Sie schnüffelt betont. «Du riechst nach Rauch.»

«Chill mal, Mum. Das ist Holzkohle. Dad hat sich einen Pizzaofen angeschafft. Er hat gestern Abend im Garten Pizza gemacht.»

«Ach, wie schön. Und? War's lecker? Sag mal, geht es dir gut?» Rachel mustert ihre Tochter. Irgendetwas stimmt nicht. Sie kann es spüren. Ellie, immer noch an der Tür, weicht ihrem Blick aus und tritt unruhig von einem Fuß auf den anderen. Sie hat so einen ganz bestimmten Gesichtsausdruck. Ein schlechtes Gewissen? Angst? Rachel weiß es nicht. «Ellie, falls du über irgendetwas reden möchtest –»

«Was soll das, Mum? Geht es um das Baby?»

Rachel runzelt die Stirn. Sie ist nicht sicher, ob sie richtig verstanden hat. «Das Baby?»

«Wenn es dir darum geht, dann mach dir keine Sorgen, das ist für mich nämlich völlig okay. Kein Grund, bei mir eine deiner Therapie-Nummern abzuziehen.»

Es ist wie ein Schlag in die Magengrube. «Du meinst doch nicht etwa …?»

«Dad ist ein freier Mensch. Er kann tun und lassen, was er will. Kann so viele Kinder in die Welt setzen, wie er nur will und mit wem er will.»

Die Erleichterung, dass sie hier nicht über *Ellies Baby* sprechen, löst sich sofort wieder in Luft auf. *Bens Baby.* Die Erkenntnis ist ein weiterer Schlag in die Magengrube. Ben und Chrissie bekommen ein Kind? Die beiden sind doch gerade mal fünf Minuten zusammen!

«Ehrlich!», sagt Ellie mit ihrer tonlosen Stimme. Sie hat die Hände in die Ärmel gezogen und knetet den Stoff. «Mir ist klar, dass du mir das nicht abnimmst, aber es ist mir echt scheißegal. Ich haue sowieso ab, sobald ich meinen Abschluss habe.» Plötzlich schaut sie Rachel fragend an. «Du wusstest aber schon, dass Chrissie schwanger ist, oder?»

«Klar», lügt Rachel. «Logisch.»

«Um was geht es dann?»

«Äh ... ich ...» Rachels Gehirn ist wie leergefegt. Sie ist offensichtlich zu keinerlei logischen Gedanken mehr fähig. Ein Kind? Ben bekommt ein Kind mit Chrissie. Verzweifelt sucht sie nach etwas, um den Schock zu verbergen. «Hast du schon was gegessen?»

«Ich hab keinen Hunger.»

«Was ist mit Hausaufgaben?»

«Sitz ich dran.»

Immer noch unter Schock von der Bombe, die ihre Tochter unbeabsichtigt hat platzen lassen, lässt sie zu, dass Ellie sich zurückzieht und vernehmlich die Treppe wieder raufpoltert. Sobald oben die Zimmertür zugeht, sinkt Rachel auf ihrem Stuhl zusammen und starrt den Bildschirmschoner mit dem Folly-View-Logo an, der kreuz und quer über ihren Bildschirm wirbelt. Der kleine Steinturm im Zentrum vollführt einen chaotischen Tanz, der das Wirrwarr ihrer Gedanken zu spiegeln scheint.

Chrissie ist schwanger? Das hat Ben Ellie gestern bei einem gemütlichen Pizzaabend erzählt und ist nicht mal auf die Idee gekommen, es könnte angebracht sein, Rachel vorzuwarnen? Ihr höflicherweise einen Wissensvorsprung einzuräumen? Ist nicht auf die Idee gekommen, ihre komplizierte, emotionale Tochter könnte ein bisschen Unterstützung von ihrer Mutter gebrauchen, um mit dieser riesigen Veränderung in ihrem Leben umzugehen? Sind Ben Rachels Gefühle nach achtzehn Jahren Ehe dermaßen gleichgültig, dass ihm nicht mal der Gedanke gekommen ist, sie hätte die Neuigkeit lieber von ihm direkt erfahren?

Mein Gott! Rachel schüttelt fassungslos den Kopf. Dieser Mann ist wirklich der Hammer. Wie ätzend, die besten Jahre des Lebens mit einem Menschen zu verbringen und erst danach zu merken, dass man ihn in Wirklichkeit kaum gekannt hat.

Sie nimmt ihr Telefon vom Tisch und sieht, dass Ben nicht auf ihre letzte Nachricht reagiert hat. Das einzelne «?», das sie am Morgen als Reaktion auf seine unverständliche Nachricht bezüglich Absprachen geschickt hat. Jetzt erscheint ihr das allein stehende Fragezeichen noch angemessener. So verlockend es auch ist, ihm eine beißende Nachricht hinzuknallen, sie wird warten, bis er sich dazu herablässt, ihr zu antworten, ehe sie dieses neue Pulverfass aufmacht.

Weil sie nicht weiß, was sie sonst tun soll, setzt sie Wasser auf und steht dann eine Weile am Fenster und schaut hinaus in den verwilderten Garten mit dem windschiefen Holzzaun und den toten Samenständen längst verblühter Sommerblumen, die im Herbstlicht wehen, hinaus zu den dunkel bewaldeten Hügeln, die sich dem Himmel entgegenrecken. Sie steht da und denkt an Ben und Chrissie, die es nicht für nötig gehalten haben, ihr etwas von der Schwangerschaft zu erzählen, und sie spürt, wie passend zum schrillen Pfeifen des Wasserkessels der Zorn in ihr hochkocht.

KAPITEL 8

Sonntag, 14.00 Uhr

Vor dem Portal des Herrenhauses steht eine Frau und wartet. Ben entdeckt sie, als er den Brunnen umrundet und den Wagen auf dem Kiesvorplatz neben einem grünen Jaguar abstellt, dessen Motorhaube frisch poliert im sanften Schein der Novembersonne glänzt. Sie steht an der riesigen Holztür, die zu einem Bob geschnittenen, weißblonden Haare hinter die Ohren geschoben, die zierliche Gestalt fest in eine übergroße kamelfarbene Strickjacke gehüllt.

Er ist direkt vom Fundort im Wald hergefahren, nachdem die Dienststelle die Vermisstenanzeige für ein Mädchen gemeldet hatte. Unterwegs hatte er noch versucht, Chrissie zu erreichen und um Verständnis zu bitten, aber vergebens. Das Telefonat war schroff und unschön gewesen, weil Ben nicht bei der Sache war, in Gedanken bereits bei der bevorstehenden Begegnung. «Hörst du mir überhaupt zu?», fragte Chrissie, eindeutig verletzt.

«Entschuldige. Ja.»

«Du bist heute Morgen so früh verschwunden. Ist alles okay?»

«Nein, nicht wirklich. Ich fürchte, es wird ein langer Tag werden.»

«Was ist denn passiert?»

«Das kann ich dir nicht sagen - noch nicht. Tut mir

leid.» Er umklammerte mit beiden Händen das Lenkrad. «Geht es dir gut?»

«Ja, ja.»

Ihre Stimme sagte etwas anderes. «Ist es wegen gestern Abend?»

Chrissie seufzte gedehnt. «Ich hatte mir das alles ganz genau überlegt. Ich dachte, Ellie würde sich ein bisschen für uns freuen, dass es uns einander näher bringen würde. Stattdessen ... Na ja, der Abend ist nicht wirklich so gelaufen, wie ich mir das erhofft habe.»

«Sie wird damit klarkommen. Es ist eine große Veränderung für Ellie.» *Für uns alle*, hätte er fast hinzugefügt und konnte sich gerade noch rechtzeitig bremsen.

«Du hättest zu Rachel Nein sagen müssen.» Ein gereizter Tonfall schlich sich in Chrissies Stimme. «Du lässt dich von ihr gängeln.»

Ben war hin- und hergerissen. Er hatte sich den gestrigen Abend ebenfalls anders vorgestellt und ja, er hatte sich auch über Rachel geärgert. Dass Ellie wieder ging, hatte er genauso wenig gewollt wie Chrissie, aber er hatte auch gespürt, wie tief die Ankündigung, dass sie ein Baby bekamen, seine Tochter getroffen hatte, sosehr sie auch versuchte, sich nichts anmerken zu lassen. Er hatte sich schuldig gefühlt, Ellie in emotionale Not gebracht zu haben. Chrissie gegenüber hatte er es zwar nicht erwähnt, aber insgeheim fragte Ben sich, ob Ellie Rachel womöglich heimlich angerufen und sie gebeten hatte, eine Ausrede zu erfinden, damit sie abhauen konnte. Natürlich hätte er sie auch konfrontieren können, aber der Anblick des blassen, verschlossenen Gesichts seiner Tochter hatte ihn zu dem Schluss gebracht, sie zurück zu Rachel zu fahren, wäre das Beste, was er jetzt tun könnte. Um ihr etwas Zeit zu geben.

«Ich glaube, wir müssen Geduld mit ihr haben. Hör zu, ich kann jetzt nicht», sagte er, als vor ihm das elektrische Tor von Thornfield Manor aufglitt und eine langgezogene Kieszufahrt frei gab, «aber ich werde mit Rachel reden. Versprochen.»

Ben steigt aus und geht der Frau entgegen. Verstohlen lässt er den Blick über die Fassade des imposanten georgianischen Herrenhauses gleiten. Drei Stockwerke hoch, aus honigfarbenem Bath Stone, bewachsen mit dicken Glyzinienranken. Alles hier verkündet Geld und Status. Es passiert nicht oft, dass er an solch einen Ort gerufen wird.

«Detective Sergeant Ben Chase von der Avon & Somerset Police», sagt er und steigt mit ausgestreckter Hand die Treppe hoch.

Ihr Händedruck ist schlaff, ihre Stirn gerunzelt, die Sorge steht ihr ins Gesicht geschrieben. «Philippa Easton. Bitte kommen Sie herein.» Sie dreht sich um und führt ihn in die große Eingangshalle. «Mein Mann und unsere Tochter warten in der Bibliothek. Hier entlang, bitte.»

Sie geht irgendwie steif, fällt ihm auf, und zieht den linken Fuß kaum merklich nach, als wäre einer ihrer eleganten Lederslipper einen Hauch schwerer als der andere. Er registriert polierte Natursteinplatten, eine Wand mit einer Ahnengalerie und eine gläserne Konsole mit der größten Vase voller Lilien, die er jemals gesehen hat. Der übersüße Duft der Blüten hängt schwer im Raum. «Hier wären wir», sagt sie und lässt ihm den Vortritt in ein dämmriges, mit Bücherwänden bestücktes Zimmer.

Ein groß gewachsener Mann mit einem dichten Schopf aus grau melierten Haaren steht am Fenster, mit dem Rücken zur Tür. Neben ihm, auf ein niedriges Ledersofa gekuschelt, sitzt ein blondes Mädchen, etwa sechzehn oder siebzehn, schätzt Ben. Als er eintritt, hebt sie den Blick, sie wirkt ängstlich und blass.

«Verdammt noch mal!», sagt der Mann plötzlich, und Ben wird klar, dass er telefoniert. «Ich dachte, der Zaun würde sie abhalten. Mit was für einer Schweinerei haben wir's jetzt schon wieder zu tun?»

«Dad», sagt das Mädchen und zupft ihn am Ärmel. «Dad. Die Polizei ist da.»

Der Mann hebt den Zeigefinger, um sie zum Schweigen zu bringen, und lauscht weiter der Stimme am anderen Ende der Leitung. «Ja. Tun Sie das. Keine weiteren Verzögerungen, haben wir uns verstanden?» Er drückt den Anruf mit bestimmter Geste weg, dann dreht er sich um. Als er Ben sieht, verwandelt sich sein Gesicht in Windeseile von frustriertem Ärger zu höflicher Begrüßung. «Hallo», sagt er. Sein Händedruck ist fest und bestimmt. «Christopher Easton. Danke, dass Sie gekommen sind.» Ben registriert das Wiedererkennen in seinem Blick. «Sind wir uns ...»

Ben nickt. «DS Ben Chase. Wir sind uns letzten Monat bei der Anhörung im Rathaus begegnet.» Ben hält es für klug, sämtliche potenziellen Elefanten im Raum sofort klar zu benennen. «Meine Tochter hat als Vertreterin der Skateboard-Community gesprochen. Die Rothaarige», fügt er hinzu.

«Ach ja. Der Frechdachs. Ich finde, sie hat das alles in allem gar nicht schlecht gemacht.»

Ben nickt, doch angesichts des herablassenden Tonfalls sträubt sich etwas in ihm. Er ist stolz auf Ellie gewesen. Sie hat starke Argumente für einen Skatepark in Thorncombe ins Feld geführt. Nicht, dass es irgendwas gebracht hätte, so wie es inzwischen aussieht.

«Sie müssen entschuldigen», sagt Christopher mit sanfter Stimme. «Normalerweise kann ich mir Namen gut merken, aber an dem Abend waren ziemlich viele Leute da. Und was für ein Abend das war», fügt er mit einer Spur Selbstgefälligkeit hinzu. Er hat eine gute Figur, ist breitschultrig und muskulös, die Überreste kostspieliger Sommerbräune noch auf der Haut, am kleinen Finger einen goldenen Siegelring. Mit dem ordentlich gebügelten Hemd und den Manschettenknöpfen aus Perlmutt wirkt er auf Ben wie ein Mann, der stolz auf sein Aussehen ist. «Es war gut, das Stimmungsbild in der Stadt abzufragen und dafür zu sorgen, dass alle sich einig sind», ergänzt er.

Ben nickt wieder, auch wenn der Abend in seiner Erinnerung ein wenig anders verlaufen ist. Die hitzige Versammlung auf Einladung von Eastons Baufirma war der Versuch, die Bürgerinnen und Bürger der Gemeinde hinsichtlich eines geplanten Neubaugebiets zu beschwichtigen, das am anderen Ende der Stadt entstehen soll. Ben persönlich war auf Ellies Seite. Thorncombe hat seine Zielvorgaben an neuem Wohnraum bereits erfüllt und schon jetzt mit der nötigen Infrastruktur zu kämpfen; es gibt Beschwerden über zu hohen Druck auf die örtlichen Schulen, den öffentlichen Nahverkehr und das Gesundheitswesen. Aber ein Mann wie Christopher Easton hat offensichtlich kein Problem damit, dass riesige Schneisen in die Landschaft geschlagen werden sollen – kein Wunder, wenn man quasi in seinem eigenen Schloss lebt, umgeben von hektarweise Privatgrund. Nicht mal die örtliche Umweltschutzgruppe scheint den Entwicklungsplänen etwas entgegenzusetzen zu haben. Christopher Easton ist offensichtlich ein Mann mit Freunden in hohen Positionen und genug Bargeld, um alle notwendigen Hände zu schmieren.

«Philippa, meine Frau, kennen Sie bereits.» Christopher

nickt zu der blonden Frau an seiner Seite und wendet sich dann dem Mädchen zu. «Und das ist meine Tochter Olivia.»

Das Mädchen sitzt noch immer zusammengekauert auf dem Sofa und versinkt beinahe in einem riesengroßen dunkelroten Sweatshirt, das sie sich über die Knie gezogen hat. Unten schauen die nackten Füße raus. «Hallo, Olivia.» Ben sieht sie mitfühlend an. «Ich bin DS Chase.»

Sie antwortet mit einem leisen «Hallo». Ben erkennt den dunklen Teint ihres Vaters und die blonden Haare und feinen Gesichtszüge ihrer Mutter; mehr gutaussehend als hübsch.

«Darf ich Ihnen etwas anbieten, DS Chase?», fragt Philippa mit seltsam abwesendem Blick. «Tee? Kaffee?» Eher mechanisch schlüpft sie in die formellen Konventionen der Gastgeberinnenrolle.

«Danke, nein. Ich schlage vor, wir kommen direkt zur Sache, ja?»

Philippa sinkt auf die Armlehne des Sofas. Neben der massiven Gestalt ihres Mannes wirkt sie noch zerbrechlicher, fast unwirklich, wie ein Stück Papier, das jeden Moment zu Boden flattert. Ben schlägt seinen Notizblock auf. «Sie haben ein Mädchen als vermisst gemeldet?»

«Ja.» Christopher übernimmt das Ruder. «Wir haben heute Morgen festgestellt, dass unsere Nichte Sarah gestern Abend nicht von einer Party zurückgekehrt ist. Wir machen uns große Sorgen.» Er wirft seiner Tochter einen schnellen Blick zu. «Mitternacht seid ihr wieder zu Hause, hatten wir den Mädchen gesagt. Erst, als Olivia sie heute Vormittag wecken wollte und ihr Bett leer war, haben wir gemerkt, dass Sarah *überhaupt nicht* nach Hause gekommen ist.»

Ben sieht ihn stirnrunzelnd an. «Ist Sarah bei Ihnen zu Besuch?»

«Nein, Sarah lebt bei uns. Meine Schwester Diana ist als Partnerin in einer internationalen Anwaltskanzlei in Dubai tätig. Ursprünglich war Sarah ebenfalls dort, aber nachdem ihr Vater gestorben war - Krebs, tragische Geschichte -, meinte Diana, ein englisches Internat wäre eine gute Option für Sarah. Die Mädchen - er deutet auf seine Tochter - hatten schließlich die Idee, sie könnte doch herkommen.»

Olivia streicht sich ein paar Strähnen aus dem Gesicht.

«Die beiden stehen sich sehr nahe», ergänzt Philippa. «Eher wie Schwestern als Cousinen.»

«Wir haben vereinbart, dass Sarah bei uns bleiben kann, bis sie mit ihrer Ausbildung fertig ist. Sie ist Anfang der Zwölften an Olivias Schule gewechselt. Die beiden sind Externe. Meine Schwester kommt sie besuchen, sooft sie kann.»

Ben vergegenwärtigt sich im Geiste die Familienverhältnisse. «Verstehe. Und wo ist Sarahs Mutter jetzt? In Dubai?»

Christopher nickt.

Olivia befingert den Saum des burgunderfarbenen Sweatshirts. Über der Brust prangt das gestickte Logo mit dem Turm. Mit seiner nächsten Frage wendet Ben sich direkt an sie. «Geht ihr aufs Folly View College?»

Olivia nickt.

«In welcher Klasse seid ihr inzwischen?»

«In der dreizehnten.»

«Ein wichtiges Jahr für euch.» Er bemüht sich, seiner Stimme weiter einen leichten Klang zu geben, aber innerlich bearbeitet ein Hammer sein Herz. Sie sind in derselben Schule - und im selben Schuljahr - wie Ellie, und es ist die Schule, an der Rachel als Schulpsychologin arbeitet. Eines ist Ben klar. Falls es sich bei dem Mädchen im Wald tatsächlich um Sarah handelt, wird das für alle schreckliche Folgen haben, und die Schlinge der Ermittlungen wird sich eng um die kleine Gemeinschaft legen. «Dann könnte es sein, dass du meine Tochter kennst - Ellie.»

«Ja, ich kenne sie.» Olivia legt den Kopf schief und sieht ihn ein wenig abschätzig an. «Sie sehen sich ähnlich.»

«Das würde Ellie wahrscheinlich nicht so gerne hören.» Ben lächelt verhalten. «Du und Sarah, ihr wart also gestern auf einer Halloween-Party?»

«*Gesagt* haben sie, sie wären bei einer Freundin zu Hause», schaltet Philippa sich hörbar pikiert ein. «Wie sich herausstellt, haben sie nicht ganz die Wahrheit erzählt. Olivia, am besten erklärst du das selbst.»

Anstatt Ben anzusehen, zupft Olivia mit den Fingernägeln an einem losen Faden ihres Aufschlags herum.

«Olivia? Wo seid ihr gestern Abend gewesen?» Bens Stimme ist sanft. «Keine Sorge, du kommst nicht in Schwierigkeiten, aber um Sarah zu finden, brauche ich so viele Informationen wie möglich.»

«Sag es DS Chase», bedrängt Christopher sie.

Als Olivia schließlich spricht, ist ihre Stimme dünn und zittrig. «Wir waren auf einer Party im Wald. Am alten Steinbruch.»

Ben nickt. «Wie viele wart ihr?»

«Ich weiß nicht.» Sie zuckt die Achseln. «Fünfzehn. Zwanzig. Vielleicht auch ein paar mehr.»

«Waren das alles Kids von deiner Schule?»

«Die meisten.»

«Und du warst den ganzen Abend dort? Gemeinsam mit Sarah?»

Olivia nickt. «Bis wir nach Hause mussten.»

«Wann hast du Sarah zum letzten Mal gesehen?»

«Ich bin bis etwa halb zwölf dort geblieben. Ich hatte Angst, dass wir Ärger kriegen, wenn wir zu spät loslaufen.» Sie wirft ihrer Mutter einen Blick zu. «Ich hab Sarah *gesagt*, dass wir gehen müssen, aber sie wollte nicht. Ich wusste nicht, was ich machen soll. Ich konnte sie ja schlecht zwingen.»

«Olivia ist allein nach Hause gegangen!», mischt Christopher sich mit missbilligendem Tonfall ein.

«Und Sarah ist noch dort geblieben?», hakt Ben nach.

Olivia nickt. «Sie hat mir gesagt, ich soll gehen. Meinte, sie will noch bleiben. Also bin ich allein nach Hause gelaufen.»

Ben wirft den Eltern einen Blick zu. Philippa zuckt die Achseln. «Ich habe schon geschlafen.» Sie wendet sich an ihren Mann. «Aber du bist noch wach gewesen, Christopher, nicht wahr?»

«Ja. Ich war gerade dabei wegzudösen, als ich Livvy nach Hause kommen hörte. Ich bin natürlich davon ausgegangen, dass die Mädchen zu zweit sind, und bin dann auch eingeschlafen.»

«Hattest du danach noch Kontakt zu Sarah, Olivia?»

Sie nickt. «Als ich ins Bett ging, war Sarah immer noch nicht zurück. Wir folgen einander über die Find-my-Phone-App, und ich hab gecheckt, wo sie gerade ist.»

«Weißt du, wann das war?»

«Ungefähr um Viertel vor eins.»

«Hast du ihren Standort gefunden?»

Olivia nickt. «Sie war immer noch im Wald. Ich konnte es nicht fassen. Ich hab ihr sofort geschrieben. Hier.»

Olivia entsperrt ihr Telefon und hält ihm den Bildschirm hin, um ihm eine Message auf Snap zu zeigen, von 0.49 Uhr. *Sag mal, spinnst du, Sarah? Hast du Todessehnsucht oder was?*

«Man kann sehen, dass sie's gelesen hat.» Olivia deutet auf den Nachrichtenstatus. «Ich habe noch ein bisschen gewartet, ob sie sich endlich auf den Heimweg macht oder zumindest antwortet, aber dann muss ich wohl eingeschlafen sein.» Olivia lässt den Kopf hängen.

Philippa streichelt ihrer Tochter über den Rücken. «Du hast getan, was du konntest.»

«Das ist nicht deine Schuld», sagt Christopher. «Es ist ziemlich egoistisch von Sarah, uns allen solche Angst einzujagen.»

«Hat Sarah einen Freund?»

Olivia räuspert sich. «Sie ist mit jemandem aus der Schule zusammen - aber nicht wirklich fest. Eher so on-off.»

Christopher verschränkt die Arme vor der Brust und sieht sie mit schmalen Augen an. «Also, das ist uns neu.» Er beugt sich vor. «Wer ist es, Olivia? Warum hast du das nicht gesagt?»

«Weil es gestern Abend definitiv mehr off als on war. Sein Name ist Danny Carlisle», fügt sie hinzu und schaut zu Ben hoch. «Er ist ein Junge aus unserem Jahrgang.»

Christopher seufzt. «Gut. Jetzt, wo Olivia die Güte hatte, diesen Danny zu erwähnen, versuchen wir's als Nächstes bei ihm. Wir möchten Ihnen auf gar keinen Fall noch mehr Umstände bereiten, Sergeant, oder Sie noch weiter in alberne Teenager-Dramen involvieren. Sarah hat uns schon genug Scherereien gemacht.»

«Sie machen uns keine Umstände, Mr Easton. Eine Minderjährige ist nachts nicht nach Hause gekommen. Es war richtig von Ihnen, uns anzurufen. Wie hat Sarah gestern auf dich gewirkt, Olivia? Ist dir irgendetwas Besonderes aufgefallen?»

Olivia runzelt die Stirn. «Ehrlich gesagt, war sie ziemlich nervig.» Sie wirft ihren Eltern einen kurzen Blick zu. «Sie hatte ein bisschen was getrunken und hat eine ziemliche Show abgezogen.»

«Was meinst du damit?»

«Getanzt. Geflirtet.» Olivia läuft rot an.

«War sie gut drauf? Fröhlich?»

Olivia nickt.

«Weißt du noch, was sie anhatte?»

«Natürlich. Sie war verkleidet. Sarah ist als Sally gegangen.»

Ben sieht sie stirnrunzelnd an. «Als Sally?»

«Ja. *Sally in the Wood*. Sie wissen schon» - Olivia sieht zu ihm hoch -, «die Gespenstergeschichte über ein Mädchen aus der Gegend, die am Turm ermordet wurde. Sarah fand es witzig.»

Ben läuft es eiskalt den Rücken runter. Sally. Der Turm. Erst vor ein paar Stunden hatte er DCI Khan genau diese Geschichte umrissen. Falls Sarah tatsächlich tot da oben im Wald liegt, was ist das dann? Ein völlig kranker Zufall? Oder etwas viel Böseres? Er versucht, sich zu konzentrieren. «Kannst du mir Sarahs Sally-Kostüm beschreiben?»

«Sie hatte ein weißes Kleid an - viel Spitze. Es war eins von meinen», fügt sie hinzu, und Ben erhascht einen Anflug von Unmut auf ihrem Gesicht, sieht zwei Teenagerinnen vor sich, die sich um Klamotten streiten. «Wir haben ihr schwarze Schminke um die Augen geschmiert, damit sie wie ein Geist aussieht. Die Haare hat sie offen gelassen, und auf dem Weg zur Party hat sie sich Blätter und Zweige und so reingemacht. Sie sah echt gruselig aus.»

Ben räuspert sich. «Hat sie sich sonst noch was aufgemalt? Irgendwelche anderen Zeichen? Worte oder so?»

Es sollte möglichst beiläufig klingen, aber Olivia sieht ihn irritiert an. «Worte? Nein.»

«Hat sie eine Maske getragen?»

Wieder schüttelt sie den Kopf. «Sarahs Verkleidung war auch ohne Maske gruselig genug.»

«Und Sarah hatte ihr Telefon gestern Abend definitiv bei sich?»

Olivia nickt. «Ohne ihr Telefon geht sie nirgendwohin.»

«Wie sieht es aus?»

«Ein iPhone, roségold, mit ihren Initialen personalisiert.»

«Das ist sehr hilfreich, danke. Ich brauche bitte die Nummer.»

Christopher nickt. «Kein Problem. Wir haben sie natürlich schon mehrmals angerufen, aber es geht immer direkt die Mailbox ran.»

«Ich habe gleich heute Morgen noch mal bei Find my Phone nachgesehen», fügt Olivia hinzu, «aber inzwischen ist offensichtlich der Akku leer. Es zeigt nur den letzten Standort, und der war im Wald.»

«Du hast gesagt, ihr hättet gestern Abend am Steinbruch gefeiert. Was ist mit dem Turm?», fragt Ben wieder möglichst beiläufig. «Sind da auch welche raufgegangen?»

«Nicht, während ich dort war. Wir sind am Lagerfeuer geblieben, bei der Musik.» Olivia verlagert das Gewicht, und Bens Blick fällt auf ihre nackten Füße und die lackierten Zehen. Er erkennt den Nagellack wieder: Pastellrosa mit goldenem Glitter, der das Licht reflektiert. Das grauenhafte Gefühl in seiner Magengrube wird schlimmer. Er wendet sich an Christopher. «Haben Sie Ihre Schwester schon über Sarahs Verschwinden informiert?»

Christopher und Philippa sehen sich an. «Wir dachten, wir warten besser, bis wir mit Ihnen gesprochen haben. Wir wollten sie nicht unnötig beunruhigen. Wir dachten, Sarah hätte es vielleicht ... übertrieben. Wahrscheinlich schläft sie nur irgendwo ihren Rausch aus. Vielleicht hat sie einfach vergessen anzurufen, oder sie ist irgendwo und kann ihr Handy nicht laden.»

«Das ist doch die wahrscheinlichste Erklärung, oder nicht?» Philippa sieht ihn ratsuchend an. «Ich hoffe wirklich, wir haben Ihre Zeit nicht verschwendet.»

«Wirklich nicht. Ich benötige bitte ein aktuelles Foto von Sarah. Haben Sie eines?»

Christopher sieht ihn stirnrunzelnd an. «Halten Sie das wirklich für notwen...»

«Ja», sagt Ben schnell. «Das wäre hilfreich.»

Philippa legt ihrer Tochter eine Hand auf die Schulter. «Olivia, ihr macht doch ständig irgendwelche Bilder. Vielleicht könntest du DS Chase eins von diesen ‹Selfies› geben?»

Wie aufs Stichwort gibt Olivias Telefon einen Signalton von sich. Sie nimmt es von der Couch, fängt eilig an zu scrollen und kümmert sich nicht weiter um Ben.

Der wendet sich an ihre Eltern. «Nur fürs Protokoll: Können Sie mir noch mal abschließend bestätigen, wo Sie beide gestern Abend waren?»

«Selbstverständlich», sagt Christopher. «Wie ich schon sagte, wir waren beide den ganzen Abend zu Hause.»

Ben wartet.

«Ich war sehr müde», sagt Philippa. «Ich habe etwas ferngesehen und bin dann zu Bett gegangen. Gegen zehn habe ich eine Schlaftablette genommen.»

Die auffällig neutralen Gesichter von Christopher und Olivia wecken in Ben den Verdacht, dass Philippa Easton mit Schlafmitteln bestens vertraut ist.

Sie wendet sich an ihren Mann. «Du warst im Arbeitszimmer, nicht wahr?»

Christopher nickt. «Ja, noch ein paar Dinge erledigen. Die Vorplanungen für den Bau sind in der entscheidenden Phase. Die abschließenden Genehmigungen sollten längst unter Dach und Fach sein. Arme Livvy», sagt er und tätschelt seiner Tochter die Schulter. «Ich war in letzter Zeit ziemlich abgelenkt, stimmt's? Wir mussten sogar den Herbsturlaub verschieben», sagt er erklärend zu Ben. «Aber ich habe ihr versprochen, sobald dieser alberne Zwergenaufstand hier vorbei ist» – er runzelt die Stirn –, «bin ich wieder im Papamodus.»

Ben nickt. «Sie waren also gestern Abend zu Hause und haben gearbeitet. Wann sind Sie schlafen gegangen?»

«Um Viertel vor zwölf, wie schon gesagt. Gegen Mitternacht hörte ich Olivia nach Hause kommen. Ich bin davon ausgegangen, dass sie zu zweit sind.» Er schüttelt den Kopf. «Jetzt wünschte ich, ich hätte mich vergewissert. Hast du ein Foto gefunden, Livvy?»

Olivia starrt ihr Telefon an. Das bisschen Farbe, das sie hatte, ist aus ihrem Gesicht gewichen. Sie ist leichenblass.

«Olivia?», sagt Philippa fragend. «Hast du gehört, was dein Vater gesagt hat?»

Olivia ignoriert ihre Mutter und wendet sich an Ben. «Das ist von jemandem aus der Schule», sagt sie mit zitternder Stimme. «Sie schreibt, oben im Wald ist Polizei.»

Ben räuspert sich. Er hatte gehofft, diese Nachricht etwas sensibler anbringen zu können. «Das ist richtig. Ich fürchte, wir wurden heute Vormittag zu einem Fund im Wald gerufen.»

«Was für eine Art von Fund?» Christopher setzt sich zwischen seine Frau und seine Tochter.

Ben mustert ihn. «Es tut mir leid, Ihnen mitteilen zu müssen, dass heute in den frühen Morgenstunden oben am Zierturm über dem Steinbruch die Leiche einer jungen Frau entdeckt wurde.»

Philippa schlägt sich die Hände vor den Mund. Christopher springt wieder auf. «Um Gottes willen. Wollen Sie etwa sagen …?» Fassungslos sieht er von Ben zu seiner Frau und wieder zurück.

Philippa ist aschfahl geworden. Sie sieht ihre Tochter an. «Olivia, ich denke, es ist besser, du gehst hinaus.»

Olivia schüttelt den Kopf. «Ich gehe nirgendwohin.»

«Ist es Sarah?» Christopher sieht Ben eindringlich an.

Ben wählt seine Worte mit Bedacht. «Eine formelle Identifizierung der Toten steht noch aus, aber ich fürchte, ich muss Sie bitten, sich auf das Schlimmste gefasst zu machen.»

«O Gott.» Christopher lässt sich kraftlos aufs Sofa zurücksinken und sieht Philippa fassungslos an. «Was ist passiert? Gab es einen Unfall?»

Bilder des Tatorts blitzen vor Bens innerem Auge auf. Die sorgfältig gefalteten Arme. Die Blutspritzer auf der Brust des Mädchens. Die groteske Maske auf dem zerquetschten Gesicht. «Ehe der Bericht der Gerichtsmedizin vorliegt, können wir nichts Genaues sagen, aber alle Hinweise sprechen dagegen. Also nein.»

Olivia fängt leise an zu wimmern. Philippa beugt sich vor, greift nach ihrer Hand und umklammert sie.

«Ich rate Ihnen dringend, Ihre Schwester anzurufen», sagt Ben zu Christopher. «Umgehend.»

Philippa lehnt sich an ihren Mann und lässt zu, dass er ihr einen Arm um die schmalen Schultern legt. Den anderen Arm schlingt er um Olivia, und so sitzen sie da, eng aneinandergedrängt. Bei dem Anblick legt sich Ben ein schwerer Druck auf die Brust. Solche Nachrichten zu überbringen, ist nie einfach. Er versteht besser als die meisten, was für ein Trauma er in diesem Augenblick bei dieser ach so perfekten Bilderbuchfamilie auslöst. «Olivia», sagt er. «Es wäre sehr hilfreich, wenn du auflisten könntest, wer bei der Party gestern Abend im Wald alles dabei war.»

Olivia runzelt die Stirn. «Ich will aber niemanden in Schwierigkeiten bringen. Nicht alle von denen hatten die Erlaubnis, das Schulgelände zu verlassen.»

«Sie wird die Liste machen», sagt Christopher.

«Eine Sache noch.» Ben entsperrt sein Telefon und wischt zu einem Foto zurück, das er am Fundort der Leiche aufgenommen hat. «Darf ich fragen, ob jemand von Ihnen das hier wiedererkennt?» Er dreht ihnen den Bildschirm zu und zeigt ihnen die Nahaufnahme des halben Herzanhängers an der Silberkette. Olivia schluchzt auf.

«Livvy», sagt Philippa mit erstickter Stimme. «Zeig es ihm.»

Mit zitternden Händen fasst Olivia sich in den Sweatshirt-Kragen, zieht eine Silberkette heraus und zeigt Ben den baumelnden Anhänger: ein halbes Silberherz, das exakte Gegenstück zu dem Schmuck auf dem Foto. «Hast du Sarah die andere Hälfte geschenkt?», fragt Ben sanft.

Olivia treten die Tränen in die Augen. «Nein. Sarah hat es mir geschenkt. Zum Geburtstag.» Sie dreht sich weg und vergräbt das Gesicht in der Schulter ihres Vaters.

«Es wäre gut, wenn Sie mir ein Foto von Sarah schicken könnten - per Messenger oder E-Mail, beides okay ...» Er legt seine Visitenkarte auf den Couchtisch. «Außerdem werde ich vermutlich eine DNA-Probe benötigen … von einer Haarbürste oder Zahnbürste, so etwas in der Art.» Beim Anblick ihrer gequälten Gesichter verstummt er. «Es tut mir leid. Ich melde mich, sobald es etwas Neues gibt oder sich weitere Fragen ergeben. Bitte rufen Sie Ihre Schwester an.»

Ben lässt sie in der Bibliothek allein und geht zurück zu seinem Auto. Die Zeitumstellung hat gerade erst stattgefunden, und von den bewaldeten Hügeln senkt sich bereits die Dämmerung herab und hüllt Thornfield Manor in fahles Licht, als er hinters Lenkrad rutscht und die Tür zuknallt. Er bleibt einen Augenblick reglos sitzen und starrt hinaus in die dunkel werdende Welt.

Das ist der schlimmste Teil seines Berufs. Jedes Mal aufs Neue. Dazu kommt, dass ihm dieser Fall näher geht als die meisten anderen. Er ist erschüttert, das gibt er offen zu. Erschüttert von der Tatsache, dass sich in ihrer verschlafenen Gegend draußen auf dem Land so etwas ereignen konnte. Erschüttert vom Alter des toten Mädchens im Wald – sie war noch so jung – im selben Alter und im selben Jahrgang wie Ellie. Sarahs Cousine Olivia Easton tut ihm schrecklich leid. Als er wendet und über die Kieszufahrt zum Tor fährt, hat er immer noch das halbe Silberherz vor Augen. Eine solche Tragödie betrifft nicht nur die Familie allein. Sie erschüttert die ganze, eng miteinander verwobene Stadt, und die Nachbeben werden die gesamte Gemeinschaft in Angst und Misstrauen hüllen.

Das Versprechen, das er Chrissie gegeben hat, fällt ihm ein, und er überlegt, Rachel anzurufen. Er stellt sich vor, wie er zur Schule fährt, an die Tür ihres kleinen Häuschens klopft, sich zu ihr an den Küchentisch setzt und ihr von den schrecklichen Ereignissen erzählt. Er hat das drängende Bedürfnis, Ellie in den Arm zu nehmen – seine streitlustige, taffe Tochter vor den unzähligen Gefahren zu warnen, die da draußen lauern. Sie hat ihre jugendliche Naivität noch nicht verloren, den Glauben, dass sie alles umhauen kann, was sich ihr in den Weg stellt, alles und jeden. Er weiß, dass sie ihn für einen überfürsorglichen Schisser hält, aber man kann einen Job wie seinen nicht zwanzig Jahre lang ausüben und blind gegen die Tatsache bleiben, dass da draußen auch böse Menschen unterwegs sind, dass es manchmal nur eine einzige Minute braucht, um ein Leben zu zerstören. Aber einfach unangemeldet bei Rachel vor der Tür zu stehen, wäre keine gute Idee. Schließlich hat er noch keinerlei Details zu diesem Fall, über die er mit jemand anderem sprechen könnte – noch nicht. Außerdem ist es nicht so, dass er bei Rachel einfach so willkommen wäre, selbst wenn es etwas zu erzählen gäbe.

Er ist hundemüde, Chrissies schlechte Laune sitzt ihm im Nacken, und die Vorstellung, sich auch noch mit Rachel auseinandersetzen zu müssen, ist einfach zu viel. Nicht nach der Begegnung eben. Er muss einen klaren Kopf bewahren, denn was auch immer letzte Nacht da oben am Turm passiert ist, es ist haargenau der Stoff für die schlimmsten Albträume, die Eltern haben können. Bis sie herausgefunden haben, was geschehen und wer dafür verantwortlich ist, kann er beim besten Willen nicht behaupten, dass keine Gefahr mehr bestünde.

KAPITEL 9

Montag, 7.00 Uhr

In aller Früh greift Ellie sich den Schulrucksack, ihre Lieblings-Beanie und das Skateboard aus dem Flur und stiehlt sich leise aus dem Haus. Sie zieht sich die Wollmütze tief ins Gesicht, joggt hinüber zur Grundstücksgrenze und sieht sich kurz um. Dann schlüpft sie durch eine schmale Lücke in der hohen Lorbeerhecke. Nur noch kurz die grasige Böschung hinunter auf die Thorncombe Lane, und dann steht sie auch schon auf ihrem Board und rollt Richtung Stadt.

Sie ist froh, von zu Hause wegzukommen. Sie war frühmorgens hochgeschreckt, geweckt vom schrillen Läuten des Telefons und dem besorgten Gemurmel ihrer Mutter. Ein Anruf zu dieser Tageszeit ist nie ein gutes Zeichen. Starr hat Ellie im Bett gesessen und gewartet und jeden Moment damit gerechnet, dass die Zimmertür auffliegen und das entsetzte Gesicht ihrer Mutter erscheinen würde. Stattdessen ist das Telefonat irgendwann einfach vorbei gewesen und vom Geräusch der Dusche abgelöst worden. Ellie hat die Chance genutzt, sich hastig angezogen und ist abgehauen. Sie hat nicht viel Zeit. Wenn sie auch nur den Hauch einer Chance haben will, einen Schritt vorauszubleiben, muss sie sofort handeln.

Auf der Straße herrscht Totenstille. Sie heißt den eisigen Fahrwind willkommen, der ihr ins Gesicht beißt, als sie vorwärtsrollt, während die Gummiräder über den holprigen Asphalt rauschen. Am Vorabend ist sie fix und fertig ins Bett gefallen, nachdem sie den ganzen Sonntag lang ihren Kater und ihre Schuldgefühle mit sich herumgeschleppt hat. Sie hat eine Ewigkeit unter der Dusche gestanden, sich gewaschen und geschrubbt und auch noch die letzten Spuren Blut unter ihren Fingernägeln getilgt. Sie war sicher, sie würde sofort einschlafen, sobald ihr Kopf das Kissen berührt, hat sich auf traumlose Bewusstlosigkeit gefreut. Doch von Schlaf konnte keine Rede sein. In dem Augenblick, als Ellie die Augen schloss, war sie wieder im Wald, bei den finsteren Bäumen und dem flackernden Lagerfeuer. Es war, als würde der scharfe Rauchgeruch alles durchdringen – die Haut, ihre Bettwäsche … und in ihr waberte ein mulmiges Gefühl. Als sie dann doch irgendwann einschlief, war der Schlaf unruhig und nur kurz. Das Gefühl von warmem, klebrigem Blut an ihren Händen hat sie hochschrecken lassen, der Name eines Mädchens auf den Lippen.

Du bist am Arsch, Ellie Chase.

Schuldgefühle brennen ihr im Magen. Atmen, sagt sie sich und zwingt ihre Lungen dazu, im Takt mit dem Fuß, der das Skateboard anschiebt, Luft einzusaugen und auszustoßen. Atmen.

Aus den Augenwinkeln sieht sie die herbstlichen Bäume vorbeigleiten, im Straßengraben liegt haufenweise nasses Laub. Ein Stück weiter sticht ihr in der Hecke etwas Farbiges ins Auge. Als sie näher kommt, sieht sie, dass der Zugang zum Waldweg mit blau-weißem Absperrband abgeriegelt ist. Ihr wird bange. Die Polizei? Jetzt schon?

Hinter dem kreuz und quer gespannten Plastikband ist nichts zu erkennen, nur die eng zusammenstehenden Bäume und der Pfad, der sich in den Wald hinaufschlängelt. Keine Spur von irgendwelchen Polizisten. Keine Spur von irgendwem, der sie aufhalten könnte. Sie späht noch einmal prüfend die Straße entlang, versteckt das Skateboard hinter dichten Efeuranken und zieht die Rucksackgurte fest. Dann duckt sie sich unter der Absperrung hindurch und folgt dem Waldweg bergauf.

Nach etwa zwei Dritteln des Anstiegs verlässt Ellie den Hauptweg und biegt in einen kleineren Pfad ein, der den Hang querend auf direktem Weg zum Steinbruch führt. Die Bäume stehen in voller Herbstpracht, eine Farbpalette aus William-Turner'schen Tönen, Sepiabraun, Ocker und Schwefelgelb. Sie geht am Rand des Steinbeckens entlang, beäugt die dunkle Narbe ein Stückchen unter ihr, wo das Lagerfeuer brannte, sieht auch die rote Farbe auf dem Fels, bleibt aber nicht stehen. Sie folgt weiter dem Rand des Beckens und kraxelt dann einen wenig begangenen Trampelpfad entlang, der direkt unter die Abbruchkante führt. Die steile Wand des Steinbruchs ragt über ihr auf wie ein Raubtier über seiner Beute.

Der Pfad endet vor einem in den Stein eingelassenen, mit Rost überzogenen Gitter. Das verblasste Warnschild daneben ist beinahe völlig hinter Efeu und Brombeerranken verschwunden und nur zu finden, wenn man weiß, wonach man suchen muss. ZUTRITT VERBOTEN. EINSTURZGEFAHR. FLEDERMÄUSE.

Einzelne Strahlen der Morgensonne fallen durchs Herbstlaub. Es ist gespenstisch still, nicht ein einziger Vogel ist zu hören, nur das leise Rauschen des Winds in den Bäumen, als würde der Wald ihr seine Geheimnisse zuraunen. Ellie dreht die Schraube heraus, mit der das Gitter befestigt ist – sie sitzt locker, was Ellie schon weiß –, und zerrt an der Abdeckung. Das Gitter lässt sich leicht anheben, nach oben und seitwärts in einer einzigen, glatten Bewegung. Sie schaltet die Taschenlampe an ihrem Telefon an, kriecht gebückt in den Hohlraum und zieht das knarzende Gitter hinter sich zu.

Innen stinkt es modrig, nach feuchter Erde, Pilzen und verbranntem Holz. Als wäre der Rauch des Lagerfeuers, das sie Samstagabend gemacht haben, hergezogen und jetzt hier gefangen. Sie hat nicht viel Zeit, aber sie braucht auch nicht viel - sie will nicht weiter rein. Will sie nie. Sie hat ihre Sachen in einer dunklen Ecke direkt am Eingang versteckt. Sich tiefer in die Höhle hineinzuwagen, würde das Risiko bedeuten, sich in dem Gewirr der Förderminen unter der Abbruchkante zu verirren oder die Fledermäuse an ihren Schlafplätzen zu stören. Nein danke. Hier oben in der Nähe des Tageslichts zu sein, reicht ihr völlig.

Sie greift sich ihre Utensilien, stopft sie in die leere Vordertasche des Rucksacks und tastet nach der Plastiktüte, die sie unter die Schulsachen gestopft hat. Sie will die Tüte gerade packen und in die Tiefen der Höhle schleudern, als plötzlich ein Luftzug ihre Wange streift. Ellie erstarrt. Die Härchen an ihren Armen stellen sich auf. Sie hat Angst, sich umzudrehen, und Angst, es nicht zu tun. Im Schatten lauert etwas. Jemand oder etwas beobachtet sie. Sie ist sich ganz sicher.

«Hallo?» Ihre Stimme hallt von den Wänden wider, schrill und unsicher. Sie leuchtet mit der Taschenlampe umher. «Ist da wer?»

Der Lichtstrahl fällt auf einen Gegenstand, etwas tiefer in der Höhle. Direkt neben einem Häuflein Asche liegt zusammengesackt ein graues Bündel. Da ist noch etwas, noch ein Stück weiter hinten, etwas Glänzendes, zu weit weg, um es zu erkennen. Ellie muss an die Fledermauskolonie tief drin in der Höhle denken, ledrige kleine Körper im Tiefschlaf, die, aufgeschreckt vom Klang ihrer Stimme, die schwarzen Augen aufschlagen, die Flügel ausbreiten und mit den Krallen zucken. Dies ist ihr Zuhause. Sie zu stören, ist ein Verbrechen. Sie muss hier weg.

Ellie dreht sich zum Ausgang zurück, lässt den Lichtstrahl über die Wände tanzen, dann hält sie inne und runzelt die Stirn. Da ist noch etwas. Etwas Neues. Etwas Beunruhigendes. Die Felswand ist mit schwarzem Gekritzel übersät, Buchstaben in chaotischer Wiederholung, die überhaupt keinen Sinn ergeben. Worte und Bilder. Geschmier, das beim letzten Mal garantiert noch nicht da war.

«Hallo?», ruft sie noch einmal, leiser. Jemand war hier. Jemand ist vielleicht *immer noch* hier.

Das Geräusch polternder Steine zerreißt die Stille. Sie leuchtet hinter sich, aber die Lampe ist zu schwach, um die Dunkelheit zu durchdringen. Jetzt hat sie echt Angst. Sie rennt vor zu dem Metallgatter, drückt es auf und klettert zurück ins Freie, zurück ins Licht.

Daran ist nur der Samstagabend schuld und alles, was passiert ist, sie ist schon ganz wirr im Kopf. Aber die Geräusche waren wirklich da. Das Gefühl, beobachtet zu werden. Das waren sicher nur die Fledermäuse, oder? Ellie holt tief Luft, versucht, sich zu beruhigen. Und dann diese Wörter, die Kritzeleien. Total gruselig. Das Schlimmste aber ist, dass sie die Plastiktüte mit dem verräterischen Inhalt, die ihr sprichwörtlich ein Loch in den Rucksack brennt, immer noch nicht losgeworden ist. Sie braucht dringend einen Plan B.

Angst und Beklommenheit lassen sie den ganzen Rückweg über nicht mehr los, und als sie endlich wieder an der

Straße steht, sagt ihr ein Blick auf die Uhr, dass ihr noch etwas Zeit bleibt. Ellie ist erleichtert. Anstatt zur Schule zurückzufahren, fährt sie weiter Richtung Ortschaft und kommt schließlich an einem hohen Maschendrahtzaun vorbei. Dahinter liegt eine verwilderte Wiese voll vertrockneter Disteln und Brombeergestrüpp. Ellie streckt im Fahren die Hand aus und lässt die Finger über die metallene Absperrung gleiten. Der Zaun steht noch nicht lange hier, erst eine Woche etwa, und sein Anblick macht sie sauer. Ein Stück weiter kommt sie an einer ebenfalls neuen, riesengroßen Werbetafel vorbei. In ihr kocht die Wut hoch, als sie liest, was da steht. WIR BAUEN FÜR SIE. FOLLY HEIGHTS. EXKLUSIVE EINFAMILIENHÄUSER VON EASTON ESTATES, DEM LOKALEN BAUUNTERNEHMEN IHRES VERTRAUENS.

Das Bild zeigt eine computergenerierte Siedlung aus identischen Lego-Häusern, die sich in ordentlichen Reihen um ordentliche Sackgassen scharen, jedes aus senfgelben Ziegeln gebaut, hinter jedem ein makelloser Briefmarkengarten mit einem umzäunten Rasen. Computergenerierte Kinder spielen auf einer winzigen computergenerierten Grünfläche Ball, und eine computergenerierte Frau schiebt lächelnd einen Kinderwagen. Weil Ellie sowieso nichts mehr zu verlieren hat, zieht sie sich die Mütze noch ein bisschen tiefer ins Gesicht, öffnet den Rucksack und holt eine ihrer Spraydosen heraus. Sie sieht sich kurz um, dann macht sie sich an die Arbeit.

Fünf Minuten später, Ellie steht schon wieder auf dem Skateboard, taucht wie aus dem Nichts tatsächlich ein Plan B auf. Am Straßenrand liegt eine alte Streugutkiste halb umgekippt im Gebüsch. Ellie hält an, hebt den Deckel hoch und stellt erleichtert fest, dass die Kiste fast leer ist. Auf den

Überresten von Streusalz finden sich nur ein paar leere Chipstüten und eine zerknautschte Coladose. Sieht aus, als wäre die Kiste schon länger nicht mehr gefüllt worden. Ellie holt die Tüte aus dem Rucksack und stopft sie in die Kiste. Dann lässt sie mit dumpfem Schlag den Deckel zufallen.

Als sie sich der Schule nähert, kommt ihr ein Strom schicker Mercedes-Limousinen und glänzender Teslas durchs Tor entgegen. Die Fahrzeuge haben die Externen ausgespuckt und brausen, Herbstlaub aufwirbelnd, die Landstraße entlang. Von hinten nähert sich Motorengeräusch. Als der Fahrer mit ihr auf einer Höhe ist, geht er vom Gas. Ellie tritt beiseite, um dem weißen Transporter Platz zu machen, und liest den Schriftzug auf der Seite der Karosserie. AVON VALLEY NEWS.

Sie fragt sich, ob er aufs Schulgelände abbiegen wird, doch stattdessen kriecht der Wagen im Schritttempo am Schultor vorbei, bleibt dann stehen und wendet umständlich auf der schmalen Landstraße. Die Frau auf dem Beifahrersitz kommt Ellie bekannt vor. Schicker brauner Bob. Hohe Wangenknochen. Roter Lippenstift. Ellies Augen werden kugelrund. Das ist die Reporterin einer regionalen Nachrichtensendung. Was zum -? Erst die Polizeiabsperrung am Wald, jetzt ein Nachrichtenteam?

Sie kommt zehn Minuten zu spät zur Anwesenheitskontrolle. Ihr Klassenlehrer, Mr Morgan, oder Edward, wie sie ihn nennen dürfen - das Privileg, die Lehrer beim Vornamen zu nennen, ist der Oberstufe vorbehalten -, hebt den Blick, als sie das Klassenzimmer betritt. Sie wappnet sich, aber Edwards übliche Sprüche bleiben aus, nicht mal ein spitzes «Guten *Nachmittag*, schön, dass du's geschafft hast». Stattdessen sieht er sie ernst an. In der Klasse herrscht eine eigenartig gedrückte Atmosphäre.

Edward tippt nur stumm auf seine Uhr und macht eine angedeutete Geste in Richtung ihres Kopfes. Eilig nimmt Ellie die Wollmütze ab. Sie fährt sich durch die Haare und geht zu ihrem Platz.

Jasmine schaut mit hochgezogenen Augenbrauen zu ihr rüber. Direkt dahinter sitzt Danny und verfolgt sie mit Blicken durch den Raum. Die Prellung auf seiner Wange sieht übel aus. Ellie nickt ihm zu, aber er runzelt die Stirn und duckt sich weg. «Alles okay?», flüstert sie ihrer Sitznachbarin Holly zu. «Hab ich was verpasst?»

«Noch nicht viel.» Das Mädchen beugt sich flüsternd zu ihr rüber und verzwirbelt mit den Fingern ihre dichten Ponyfransen. «Edward ist selbst eben erst gekommen. Er ist sehr seltsam drauf. Die Lehrer wurden heute Morgen zu einem Personalmeeting gerufen.» Holly schaut sich eilig um, ehe sie weiterspricht. «Die kleine Schwester von meinem Freund ist bei den Pfadfinderinnen. Sie hat gesagt, am Wochenende wäre im Wald was passiert. Was Schlimmes.» Sie sieht Ellie forschend an. «Hat deine Mum dir irgendwas erzählt?»

Ellies Magen verkrampft sich. Reiß dich zusammen, sagt sie sich innerlich. Sie schüttelt den Kopf und registriert Hollys Enttäuschung.

Edward hat inzwischen damit begonnen, die Ankündigungen zu verlesen, die Termine für anstehende Sportveranstaltungen, Theaterproben und eine Geschichtsexkursion zu den französischen Schlachtfeldern, alles mit ungewöhnlich monotoner Stimme. Normalerweise hockt er morgens lässig auf der Pultkante, holt mit großer Geste einige Krawatten aus der Schublade und lässt die Klasse darüber abstimmen, welche er tragen soll. Sein Argument lautet, dass man unmöglich mit Schlips und weißem Hemd auf dem Motorrad zur Schule kommen kann, was in Ellies Ohren plausibel klingt. Meistens ist Edward montagmorgens fröhlich und zugewandt, fragt, was sie am Wochenende unternommen haben, informiert sich über Sportergebnisse, Ausgänge und Besuche zu Hause. Er erzählt ihnen von einer Galerie oder einem Konzert, das er besucht hat, reißt einen oder zwei Witze und erleichtert ihnen den Wochenstart mit Warmherzigkeit und Humor. Edward ist in Ordnung - zumindest für einen Lehrer.

Holly hat recht - heute Morgen stimmt etwas nicht. Edward ist anders. Formeller, ernster, die Krawatte sitzt bereits ordentlich geknotet an Ort und Stelle. Sogar das sonst übliche ironische Augenrollen fehlt, als er Mrs Crowes bestens bekannte Ermahnungen hinsichtlich einer kreativen Interpretation der Trageordnung der Schuluniform verliest. Er verliert den Faden, runzelt die Stirn, fährt sich mit der Hand durch die dunklen Haare und raschelt mit den verbliebenen Unterlagen, als es plötzlich an die Tür klopft.

Eine rotwangige Schülerin aus der Neunten kommt hereingestolpert und reicht Edward einen Zettel. Er liest ihn stumm, ehe er sich damit an die Klasse wendet. «Unmittelbar im Anschluss an diese Stunde werden die zwölften und dreizehnten Klassen zu einer außerordentlichen Versammlung gebeten. Bitte begebt euch beim Läuten unverzüglich in die Aula. Die Teilnahme ist verpflichtend.»

Ellie überfällt ein schreckliches Gefühl, so als würde ein Auto in Höchstgeschwindigkeit auf sie zurasen, und der Aufprall wäre unvermeidlich. Ihre Gedanken überschlagen sich. Das flatternde Absperrband, der Übertragungswagen, der vor dem Schulgelände gewendet hat. Hollys aufgeregtes Raunen. *Im Wald ist was passiert. Was Schlimmes.*

Schau nicht hin, sagt sie sich, aber sie kann nicht anders.

Sie wirft Jasmine einen Seitenblick zu und sieht in das erschrockene Gesicht ihrer Freundin. Direkt hinter Jasmines Schulter bohrt sich Dannys böser Blick in sie. Das war's, denkt sie. Jetzt fliegt mir mein Leben um die Ohren.

KAPITEL 10

Montag, 8.00 Uhr

Ben ist mit Diana Lawson vor dem Gebäude der Rechtsmedizin verabredet. Aus der Ferne wirkt die Frau, die aus dem Fond der silbernen Mercedes-Limousine steigt, gepflegt und elegant. Aschblonde Haare liegen locker auf dem Wasserfallkragen eines grauen Kaschmirpullovers, sie trägt eine schwarze, maßgeschneiderte Hose und Lackpumps, die Handtasche und einen Kamelhaarmantel hat sie über dem Arm. Erst, als sie näher kommt, kann Ben die Spuren einer schlaflosen Nacht im Flugzeug erkennen. Tiefe Sorgenfalten ziehen sich über ihr Gesicht. Er stellt sich vor, und sie geben sich die Hand.

«Ist mein Bruder schon da?», fragt Diana mit einem Blick über seine Schulter. «Wir haben auf der Fahrt telefoniert. Er sagte, er würde kommen.»

«Noch nicht. Möchten Sie auf ihn warten?»

Diana schüttelt den Kopf. «Nein. Ich brauche Gewissheit.»

Ben ist erleichtert. Sie brauchen alle Gewissheit. «Ich begleite Sie jetzt in den Schauraum», erklärt er und führt sie durch die stillen grauen Flure des Gebäudes. Steriler Chemikaliengeruch liegt schwer in der Luft, als wären die Linoleumböden gerade erst gewischt worden. Während sie gehen, versucht Ben, sie auf den bevorstehenden Anblick vorzubereiten. «Sie liegt auf einer Bahre, mit einem blauen Kittel bekleidet, ähnlich wie im Krankenhaus. Sie ist mit einem Tuch abgedeckt. Meine Kolleginnen von der Rechtsmedizin haben dazu geraten, das Gesicht bedeckt zu halten. Angesichts der massiven Kopfverletzungen halten sie es für ratsam, Sie zu schonen.» Ben weiß, wie wichtig es ist, die Zeugen möglichst gut auf einen solchen Anblick vorzubereiten, aber er ist sich nicht sicher, dass es ihm in diesem Fall gelingt.

Diana zuckt leicht zusammen, hält aber weiter mit ihm Schritt. «Woran soll ich erkennen, ob es wirklich Sarah ist, wenn ich ihr Gesicht nicht sehen kann?»

«Möglicherweise gar nicht. Wir arbeiten derzeit an einem DNA-Abgleich, aber wir würden Sie trotzdem bitten, uns mitzuteilen, wenn Sie irgendwelche eindeutigen Merkmale erkennen. Falls das zu belastend ist, geben Sie bitte Bescheid. Wir können jederzeit wieder gehen.»

Diana nickt. Sie wirkt noch ein bisschen blasser als eben. «Das fühlt sich alles so unwirklich an. Seit Christophers Anruf habe ich ... habe ich das Gefühl, in einem Albtraum zu stecken, aus dem ich jede Sekunde aufwachen werde.»

Er nickt. Diesen Satz hat er im Laufe seiner Karriere schon oft gehört, aber er kann ihn auch ganz persönlich nachvollziehen. Nichts kann einen je auf den Augenblick vorbereiten, in dem das Leben ohne jede Vorwarnung plötzlich eine unerträgliche Wendung nimmt, eine Wendung, die einem abverlangt, ab sofort ohne einen geliebten Menschen weiterzuleben. Ben hat seine eigenen, schmerzvollen Erinnerungen daran, durch dieses Gebäude geführt zu werden, von einem Polizisten mehr schlecht als recht darauf vorbereitet, sich seinem eigenen Albtraum zu stellen. «Es tut mir leid. Ich weiß, wie schwer das ist.»

Vor einer Metalltür bleiben sie stehen. Durch ein kleines, weit oben angebrachtes Fenster sieht er auf der anderen Seite einen Mitarbeiter der Rechtsmedizin in langen Handschuhen warten. «Wenn Sie bereit sind, führe ich Sie jetzt hinein. Wann immer Sie gehen wollen, sagen Sie es einfach. Okay?»

Sie nickt, die Lippen fest aufeinandergepresst.

Der Mitarbeiter tritt vor, um sie zu begrüßen. Diana bringt ein knappes Nicken zustande, den Blick bereits auf die Bahre fixiert.

Behutsam greift der Mann nach dem Laken und zieht es hoch, bis der Körper des Opfers fast vollständig zu sehen ist. Wie besprochen, bleibt der Kopf bedeckt. Nur rund um die Schultern sind ein paar blonde Strähnen zu sehen. «Lassen Sie sich Zeit», murmelt er und tritt zurück, um Diana Platz zu machen.

Zögernd macht sie einen Schritt vorwärts und geht um die Bahre herum, zuerst in einem weiten Bogen, als hätte sie Angst, der Toten zu nahe zu kommen. Ben sieht, wie sie den schmalen, zarten Leichnam in dem blauen Kittel mustert. Die blassen Arme und Beine des Mädchens sind inzwischen gewaschen und von dem Dreck und den grauenhaften Worten gesäubert worden, die die Haut verunstaltet hatten. In diesem Raum sieht sie plötzlich nicht mehr makaber und beängstigend aus, sondern wirkt jung und zerbrechlich. Zart. Hilflos.

Diana steht die Qual ins Gesicht geschrieben, als sie schließlich näher tritt, mit zusammengesunkenen Schultern. Sie strauchelt leicht, und Ben macht einen Satz, um sie zu stützen, aus Angst, dass sie womöglich zusammenbricht. «Sie ist es», sagt Diana. Ihre Stimme ist kaum mehr als ein Flüstern. «Das ist Sarah.» Die Handtasche über ihrer

Schulter rutscht zu Boden, doch Diana bemerkt es offensichtlich nicht.

«Sind Sie sicher?»

Sie nickt. «Das Muttermal.» Mit zitternder Hand zeigt sie auf den rechten Knöchel des Mädchens. «Sie hat es gehasst. Sie wollte sich lasern lassen, aber David hat ihr immer gesagt, es würde sie einzigartig machen. Ich fand es schön. Wie ein Eichenblatt.» Dianas Stimme bricht. Sie schließt die Augen und holt tief Luft.

Ben sieht ihr an, dass sie kurz vor einem Zusammenbruch steht. Schlimmer als an solchen Tagen kann es kaum werden. Bei jungen Opfern ist der Schock besonders groß. Welch eine Verschwendung. Es fühlt sich an, als wäre die Luft erfüllt von grauenhafter Traurigkeit, vermischt mit der Kühle der Klimaanlage und diesem durchdringenden Geruch nach Desinfektionsmitteln, der ihm jedes Mal wieder verlässlich durch Mark und Bein geht.

Diana macht die Augen auf. «Darf ich sie berühren?»

Als der Mitarbeiter nickt, tritt Diana noch etwas näher an den Tisch und nimmt die Hand des Mädchens sanft in ihre eigene. Sie fährt mit dem Finger über Sarahs Handrücken, und der rosarote Nagellack reflektiert das helle Deckenlicht. Ihr kommen die Tränen. «Es tut mir so leid», sagt sie. «Es tut mir so schrecklich leid. Ich hatte geglaubt, dies wäre ein guter Ort für dich, dass du hier glücklich wärst.» Ein raues Stöhnen dringt aus ihrer Kehle. Purer Schmerz, denkt Ben. Das Geräusch geht ihm durch und durch. Diana laufen ungehemmt die Tränen übers Gesicht, als sie sich vorbeugt, um die Hand ihrer Tochter zu küssen. Die roten Schrammen auf den Armen der Toten heben sich beinahe lebendig gegen die blutleere Blässe der Haut ab.

Ben muss schlucken. Eilig schaut er an die Decke, um

seine Emotionen zu verbergen, und konzentriert sich auf den dumpfen Schmerz, der sich in seiner Magengegend ausbreitet. Er steht still da, wartet und lauscht den Geräuschen einer trauernden Mutter, bis Diana sich mit der Hand übers Gesicht fährt und sich zu ihm umdreht.

«Sie haben eine Halskette erwähnt. Gibt es sonst noch etwas?»

Ben geht zu einem Beistelltisch. Auf einem Tablett liegt die Silberkette und ein Ring, den Sarah am Finger hatte. «Diese Sachen trug sie am Körper.»

Diana mustert den Schmuck. «Der Ring war ein Geschenk zu ihrem sechzehnten Geburtstag ...» Ihr versagt die Stimme. Dann fährt sie fort. «Bei der Halskette bin ich mir nicht sicher.»

«Das ist eine Freundschaftskette. Olivia hat bestätigt, dass sie die zweite Hälfte besitzt. Sarah hat sie ihr geschenkt.»

«Arme Olivia.» Diana verliert wieder die Fassung. Sie presst sich die Faust gegen den Mund. Sie schaut Ben in die Augen. Aus ihrem Blick sprechen Schmerz und Verwirrung. «Was ist passiert? Wer hat meiner Tochter das angetan?»

«Das werden wir herausfinden.» Er hält ihrem Blick stand. «Das verspreche ich.»

Diana bleibt bei Sarah, bis von draußen auf dem Flur Stimmen in den stillen Raum dringen. Ben wirft einen Blick durch das Glasfenster. Vor der Tür auf dem Gang stehen Christopher Easton und seine Frau. Er trägt einen Wollmantel über dem Arm und hat den anderen fest um die Schultern seiner Frau gelegt. Philippa sieht aus, als wäre sie in den wenigen Stunden seit Sonntagnachmittag um Jahre gealtert. Ihr Gesicht ist fahl und zerfurcht, und sie ist ungeschminkt. «Ihre Familie ist hier», sagt Ben zu Diana.

Diana Lawson nickt kaum merklich. «Danke.»

Er hält ihr die Tür auf und sieht zu, wie Diana zu ihrem Bruder und ihrer Schwägerin auf den Gang tritt, die ihr mit angespannten Gesichtern entgegenblicken. Diana senkt den Kopf und lässt zu, dass Philippa sie in eine steife Umarmung zieht. «Es tut mir so leid», sagt Philippa. «Ich habe gebetet, dass sie es nicht ist.»

Diana bricht in ihren Armen zusammen, und Christopher tritt eilig hinzu, um sie zu stützen. «Ist es bestätigt?», fragt er Ben.

«Ich fürchte, ja.»

Diana schluchzt in Philippas Schulter hinein. «Ich hätte sie niemals herkommen lassen dürfen. Sie hätte in Dubai bleiben müssen.»

«Nein, Diana, sie war eisern dazu entschlossen», widerspricht Christopher. «Sie wollte unbedingt hierher. Weißt du nicht mehr, wie sehr uns die Mädchen damit in den Ohren gelegen haben?»

Ben räuspert sich. «Wie geht es Olivia?»

«Ich glaube, sie hat seit der Entdeckung, dass Sarah verschwunden ist, kein Auge zugetan. Sie hat sich in ihrem Zimmer eingesperrt und weigert sich, herauszukommen.»

«Was soll ich denn jetzt tun?» Diana sieht Ben ausdruckslos und mit tränenüberströmtem Gesicht an. «Was soll ich denn nur tun?»

«Du kommst jetzt erst mal mit zu uns nach Hause.» Christopher legt ihr die Hand auf die Schulter. «Wir lassen die Polizei ihre Arbeit tun. Sie werden den Täter erwischen, wer auch immer Sarah das angetan hat.»

Ben nickt. «Meine Kollegen sind seit heute Morgen an der Schule, um die Schulleiterin und das Personal ins Bild zu setzen. Nachdem Sarah Samstagabend auf der Party zuletzt lebend gesehen wurde, fordern wir alle Schülerinnen und Schüler, die mit im Wald waren, dazu auf, sich bei uns zu melden.»

«Und was ist mit dem Jungen?» Christopher Easton sieht Ben mit zusammengekniffenen Augen an. «Der Typ, den Olivia erwähnt hat? Danny Carlisle? Haben Sie mit dem schon gesprochen?»

«Er steht ganz oben auf unserer Liste.»

Christopher nickt. «Die Carlisles haben offensichtlich einen recht interessanten Ruf. Ich habe mir die Freiheit genommen, mich ein bisschen umzuhören.»

Ben horcht alarmiert auf. Das Letzte, was sie jetzt brauchen können, ist, dass jemand wie Christopher Easton mit seinen Beziehungen und seinem Einfluss zur Jagd auf einen Minderjährigen bläst, ohne dass es irgendwelche Hinweise auf dessen Beteiligung gäbe. «Es ist für uns alle unerlässlich, in dieser Sache absolut unvoreingenommen zu bleiben. Gut möglich, dass Danny wichtige Informationen hat, aber es ist essenziell, die Befragungen und das Sammeln von Beweisen uns zu überlassen, um denjenigen, der Sarah das angetan hat, zu ergreifen und - noch viel wichtiger - zur Rechenschaft zu ziehen. Ich weiß, dass Sie Antworten wollen. Glauben Sie mir, Mr Easton, die wollen wir auch. Wir sind auf derselben Seite.»

Sie verlassen das Gebäude. Ben bleibt kurz stehen und sieht zu, wie die drei auf einen grünen Jaguar zulaufen, der direkt neben dem Eingang auf dem Behindertenparkplatz abgestellt ist. Christopher Easton eilt voraus, während Philippa mit steifen Schritten an der Seite ihrer vor Verzweiflung gebeugten Schwägerin läuft. Christopher drückt auf die Fernbedienung, die Warnblinker leuchten auf, und dann gleiten die beiden Frauen auf die Rückbank und verschwinden hinter getönten Scheiben. Anstatt einzusteigen, entfernt Christopher Easton sich mit gezücktem Telefon ein paar Schritte vom Wagen. Mit wachsendem Unbehagen sieht Ben ihn lebhaft gestikulieren. Selbst auf die Entfernung spürt er den Zorn, der von dem Mann ausgeht. Er lässt ihn nicht aus den Augen, bis Christopher das Telefon zurück in die Tasche steckt, zum Wagen geht, sich hinters Steuer setzt und mit quietschenden Reifen davonfährt. Ben seufzt. Christopher Easton auf Kriegspfad hebt die Ermittlungen definitiv auf ein neues Stresslevel.

KAPITEL 11

Montag, 10.00 Uhr

Rachel steht an der Rückwand der Aula und mustert die Gesichter der Schülerinnen und Schüler, die den Raum betreten. An einem normalen Schultag würde die unerwartete Unterbrechung des Stundenplans für Aufregung sorgen. Die Schüler würden herumalbern, einander anrempeln, und in der Luft läge gespannte Erwartung. Heute jedoch sind die Oberstufenschüler verdächtig still. Nur das Schlurfen der Schritte auf dem geölten Parkett ist zu hören und das Knarzen von Plastik, als sie auf den Stühlen Platz nehmen, die vor der Bühne aufgereiht sind.

Mag sein, dass der Anblick der respekteinflößenden Schulleiterin, Margaret Crowe, zur Stimmung beiträgt. Wie immer von Kopf bis Fuß in elegantes Schwarz gekleidet, mit zugeknöpftem, tailliertem Jackett über dem schlichten, knielangen Kleid, die strammen Waden in blickdichte Strumpfhosen verpackt und mit glänzend schwarzen Pumps, gibt sie Anweisungen, das Rednerpult in die Mitte der Bühne zu stellen. Mit über dem üppigen Busen verschränkten Armen, die langen grauen Haare zu einem festen Knoten hochfrisiert, steht sie da und mustert mit scharfem Blick die Schülerschaft. Sie ist der Inbegriff ernster Würde. Wahrscheinlich jedoch ist das bedrückte Schweigen auf die Anwesenheit von Bens Kollegen Detective Chief Inspector Hassan Khan und Detective Constable Fiona Maxwell zurückzuführen, die vorne neben Mrs Crowe stehen.

DCI Khan könnte in seinem stilvollen grauen Anzug und den aus dem Gesicht gegelten Haaren auch als Geschäftsmann durchgehen, wie er da mit hinter dem Rücken verschränkten Händen auf den Zehen wippt. DC Maxwell jedoch ist eindeutig Polizistin, schlank und athletisch und wie aus dem Ei gepellt in ihrer gestärkten Uniform. Das einzig Ungezähmte an ihr ist der braune Lockenkopf, der ihr sommersprossiges Gesicht umrahmt.

Rachel kennt DCI Khan relativ gut, sie ist Bens Boss, als sie noch mit Ben zusammen war, bei diversen Wohltätigkeitsveranstaltungen und Familienfeiern der Polizei begegnet. Hassan ist immer ausgesprochen nett zu ihr gewesen, hat sich lebhaft mit ihr über die Herausforderungen ausgetauscht, jugendliche Töchter großzuziehen, ist nach ein, zwei Bier immer regelrecht aufgetaut, war stets herzlich und fröhlich und grundsätzlich der Erste auf der Tanzfläche, wo er mit enthusiastischer Unbekümmertheit die wildesten Verrenkungen machte.

Fiona Maxwell ist erst seit Kurzem bei der Truppe. Ben hat sie ihr auf der allerletzten Veranstaltung vorgestellt, an der Rachel vor der Trennung teilgenommen hat. Maxwell machte damals einen stillen und ernsten Eindruck auf sie, war noch auf der Suche nach ihrem Platz im Team – eine Frau, die das Gefühl hatte, sich beweisen zu müssen, auch wenn Ben ihr bereits damals Rachel gegenüber beachtliches Talent bescheinigte. Rachel erinnert sich noch, wie Maxwell mit ihrer Lebensgefährtin am Rand der Gemeindehalle herumgeschlichen ist, Cider getrunken und sich höflich mit Rachel unterhalten hat, bis plötzlich eine Karaoke-Maschine hereingerollt wurde und Maxwells Freundin sie auf die Bühne zerrte. Zur allgemeinen Überraschung fiel in dem Moment sämtliche Schüchternheit von Maxwell ab, und sie schmetterte ein umwerfendes Adele-Cover heraus. «Mein Reden.» Khan stupste Rachel und Ben freundschaftlich an und klopfte mit den polierten Schuhen den Takt. «Ob Teenager, Kollegen oder Verbrecher, es sind die Stillen, die man im Auge behalten muss.»

Doch auch abgesehen von der Polizeipräsenz ist die gedrückte Atmosphäre in der Aula mit Händen zu greifen. Seit Margaret Crowes Anruf sie noch vor der Dämmerung geweckt hat, befindet Rachel sich in einem Zustand der Fassungslosigkeit - sie kann kaum atmen, und ihr Adrenalinspiegel ist durchgehend am Anschlag. «Im Wald wurde eine Leiche entdeckt», informierte Margaret sie. Rachel dachte an das flatternde Absperrband quer über dem Waldweg, an Bens knappe Nachrichten und das anschließende Schweigen, und plötzlich war ihr klar geworden, was offensichtlich bei ihm los war. «Ich werde sofort eine Personalversammlung einberufen, um den Lehrkörper zu informieren, aber ich war der Meinung, Sie als Schulpsychologin sollten bereits im Vorfeld informiert sein», sagte Margaret zu ihr. «Das ist aus seelsorgerischer Sicht eine heikle Situation für unsere Schule.»

Als Rachel beim Runterkommen feststellte, dass Ellie offensichtlich bereits das Haus verlassen hatte und in dem vollgestopften Eingangsbereich weder ihr Skateboard noch der Schulrucksack zu sehen waren, machte sie sich sofort auf den Weg ins Lehrerzimmer.

Es kam nicht oft vor, dass sich das gesamte Kollegium auf einmal dort einfand, und der Raum war ihr eng und stickig vorgekommen. Staubflocken hatten im fahlen Morgenlicht getanzt, als sie sich um die bequemsten Plätze auf

Sofas und Sesseln gerangelt und dann auf Margaret Crowe gewartet hatten.

«Worum es wohl geht?», hatte jemand geflüstert. «Drogen?»

«Oder schon wieder Pornos im IT-Raum?»

«Vielleicht hat Malcolm eine neue Liste verfasst, was künftig als ‹unzulässiger Gegenstand› zählt, wenn's um die Benutzung der Schulklos geht.»

Malcolm, der Ehemann von Margaret Crowe, war bei der Belegschaft oft die Zielscheibe von Spott. Doch Rachel, die als Einzige wusste, worum es ging, hatte nichts gesagt. Schließlich war Margaret erschienen, und das Gefrotzel erstarb. Direkt hinter ihr schlurfte mit gewohnt gebeugter Haltung Malcolm in den Aufenthaltsraum, wachsam wie immer. Die Schulleiterin kam sofort zur Sache.

«Danke, dass Sie es so kurzfristig einrichten konnten. Ich fürchte, ich habe erschütternde Neuigkeiten.» Ihr Gesichtsausdruck war noch härter und unnachgiebiger gewesen als sonst, und augenblicklich hatte sich ein Gefühl der Beklommenheit über den Raum gelegt.

«Die Polizei hat mich gestern Abend darüber in Kenntnis gesetzt, dass im Waldgebiet über unserer Schule die Leiche einer jungen Frau gefunden wurde.» Sie hatte gewartet, bis das schockierte Gemurmel sich etwas gelegt hatte. «Die offizielle Bestätigung hinsichtlich der Identität der Toten steht zwar noch aus, aber es besteht Grund zu der Annahme, dass es sich um eine unserer Schülerinnen handelt.»

Es hatte sich angefühlt, als wäre auf einen Schlag keine Luft mehr im Raum. Ein oder zwei Schreie hatten sich gelöst. Mrs Bateman, die Schulsekretärin, hatte angefangen zu weinen. Dann hatte sich ein Gewirr an aufgeregten Fragen erhoben, doch Margaret hatte so gut wie keine Antworten darauf.

«Wer ist die Tote?»

«Ich fürchte, dazu kann ich keine Auskunft geben, ehe die Identifizierung offiziell abgeschlossen ist, was, glaube ich, noch heute Vormittag geschehen soll.»

«Können Sie uns sagen, *wie* sie gestorben ist?»

«Mir sind derzeit keine Einzelheiten bekannt.»

Sie hatte die Anwesenden darüber informiert, dass die Polizei sich in Kürze bei ihnen melden würde. In der Zwischenzeit würde der schulinterne Krisenplan greifen, außerdem hätte die sofortige Überprüfung sämtlicher Sicherheitsmaßnahmen oberste Priorität. Margaret informierte sie über ihr Vorhaben, am Vormittag eine außerplanmäßige Oberstufenversammlung einzuberufen, um den Schülerinnen und Schülern die schreckliche Nachricht in einem geschützten Rahmen zu unterbreiten, bevor die Gerüchteküche hochbrodelte. Außerdem würden sämtliche Eltern und Erziehungsberechtigte umgehend per E-Mail in Kenntnis gesetzt. Die Polizei wollte keine Zeit verlieren - man würde noch am Vormittag hier vor Ort mit der Befragung ausgewählter Schüler und Lehrer beginnen.

«Aber was ist mit den Eltern? Müssten die bei Befragungen Minderjähriger durch die Polizei nicht anwesend sein?», hatte jemand aus der Verwaltung gefragt.

«Das ist korrekt», hatte Margaret bestätigt. «Jedoch haben alle Erziehungsberechtigten im Zuge der Aufnahmeformalitäten bestimmten Mitgliedern der Belegschaft die schriftliche Genehmigung erteilt, im Notfall *an Eltern statt* zu handeln. Ich habe mich erkundigt. Die Polizei hat das Recht, unverzüglich mit der Befragung der Schülerschaft zu beginnen, vorausgesetzt, jemand von der Belegschaft ist ebenfalls anwesend.» Margaret hatte Rachel mit festem Blick fixiert. «Ich habe Rachel Dean in ihrer Funktion als Schulpsychologin gebeten, die Befragungen zu begleiten. Unserer Schule stehen schwierige Zeiten bevor, die es so noch nicht gegeben hat», fuhr sie fort. «Dies wird uns sehr viel abverlangen, sowohl persönlich als auch auf professioneller Ebene. Unsere Schützlinge und deren Familien brauchen jetzt unsere Unterstützung und unseren Rückhalt. Jede und jeder Einzelne von uns hat in der Bewältigung dieser Krise eine Rolle zu übernehmen. Die Herausforderung für uns wird riesig sein, und das umso mehr, falls sich die Vermutung der Polizei tatsächlich bestätigt und das Todesopfer eine unserer Schülerinnen ist.» Margaret ließ den Blick durch den Raum schweifen. «Wenn Sie merken, dass Sie ins Straucheln geraten, kommen Sie bitte zu mir. Meine Tür steht Ihnen immer offen.»

Betroffen hatte die Lehrerschaft den Aufenthaltsraum verlassen und sich zu ihren jeweiligen Klassenzimmern begeben, wo die Schüler mit verschlafenen und ahnungslosen Gesichtern auf sie warteten. Rachel war gerade genug Zeit geblieben, um die für den Tag geplanten Termine zu verschieben, den Krisennotfallplan der Schule zu überfliegen und einen Blick in ihre Unterlagen über Trauerbegleitung zu werfen, als auch schon der Versammlungsgong ertönte.

Jetzt steht sie in der Aula, dankbar für die solide Wand in ihrem Rücken, und lässt den Blick von Margaret und den Beamten auf der Bühne hin zu dem Meer aus burgunderfarbenen Blazern gleiten. Sie überlegt, wer fehlt, versucht, die Lücke in der Menge auszumachen, aber sie sucht auch nach Ellie, hält Ausschau nach dem roten, wilden Haarschopf ihrer Tochter. Sie fragt sich als Mutter, wie Ellie mit derart erschreckenden Neuigkeiten umgehen wird.

Edward Morgan, der Leiter der Kunstabteilung, betritt die Aula und bleibt kurz stehen. Die offenstehenden Flügeltüren umrahmen seine große Gestalt. Er zieht sich die Jackenaufschläge zurecht und schaut sich stirnrunzelnd um. Als er Rachel entdeckt, nickt er ihr grüßend zu, und sie winkt ihn zu sich.

«Das wird hart», murmelt er und lehnt sich neben sie an die Wand. «Ich beneide Margaret nicht um ihren Job.»

«Es ist schrecklich», antwortet Rachel. «Unfassbar.»

Sie ist froh, Edward neben sich zu haben. Er ist nicht nur Ellies Klassenlehrer und ziemlich offensichtlich der Lieblingslehrer ihrer Tochter, er ist auch für Rachel seit ihren Anfangstagen hier eine Art Verbündeter. Er besuchte sie an ihrem allerersten Tag in ihrem Büro, um sich vorzustellen, und kam ihr zu Hilfe, als sie drohte an der Kaffeemaschine im Lehrerzimmer zu scheitern. «Darf ich?», fragte er, zeigte ihr, wie man die Kapsel einlegt, und machte dann einen Schritt zurück, während die Maschine zischend und dampfend einen doppelten Espresso in Rachels wartende Tasse spuckte.

«Danke. In meiner letzten Schule konnte man froh sein, wenn man irgendwo einen funktionierenden Wasserkocher und ein Glas Löslichen entdeckte. Wahrscheinlich haben Sie mich gerade vor einer horrenden Reparaturrechnung und einem ernsthaften Zerwürfnis mit meinen neuen Kollegen bewahrt.»

«Um Gottes willen, ja», sagte er. «Der alten Garde nur ja niemals ihr Koffein nehmen. Sonst macht man sich Feinde fürs Leben. Wir Jungspunde müssen zusammenhalten.»

In dem Moment fiel ihr auf, dass er recht hatte; Edward Morgan stach aus dem würdevollen, grauhaarigen, in Tweed gekleideten Kollegium, das die geheiligten Hallen von Folly

View bevölkerte, heraus wie ein bunter Hund. Er war höchstens fünfunddreißig, hatte einen dunklen Wuschelkopf, trug schmal geschnittene Hemden und ein lässiges Lächeln, das für Lachfältchen um seine braunen Augen sorgte.

«Sagen Sie's nicht weiter, aber ich glaube, wir beide senken den Altersdurchschnitt des Kollegiums um mindestens zehn Jahre», sagte er und musterte sie frech von oben bis unten. Sein schiefes Grinsen hatte ihr eine leichte Röte auf die Wangen getrieben.

«Ich komme mir vor wie auf einem fremden Planeten. So viele neue Systeme und Gesichter. Und diese ganzen Vorschriften.» Sie hatte sich an ihrer Kaffeetasse festgeklammert und sich in dem eleganten Raum mit den antiken Möbeln, den knarzenden Bodendielen und den verzierten Bleiglasfenstern umgesehen. Das hier war eine vollkommen andere Welt, nicht zu vergleichen mit der fleckigen Auslegeware und den verschrammten Kunstledersesseln im Lehrerzimmer ihrer letzten Schule. «Stehen wir unter Beobachtung?», fragte sie ihn angesichts der mindestens sechs Augenpaare, die in diesem Augenblick auf die Kaffeeecke gerichtet waren, und zupfte verlegen an dem leuchtend bunten Stoff ihres geblümten Kleids. Am Morgen vor dem Schlafzimmerspiegel war es ihr noch so passend erschienen, die richtige Mischung aus Selbstvertrauen und konservativer Fröhlichkeit. Doch plötzlich hatte sie angesichts dieses Meers aus Beige und Braun Angst, die ganz und gar verkehrte Wahl getroffen zu haben.

«Sie hätten ihre Blicke sehen sollen, als ich am ersten Tag in meiner Lederkombi hier aufgekreuzt bin. Offene Münder, sag ich nur.» Er beugte sich näher zu ihr. «Die sind in Ordnung. Ab und zu ein bisschen steif, aber nett, sobald sie Sie erst mal ausgiebig beschnüffelt haben. Ich wette, Sie erobern deren Herzen im Nullkommanichts. Und was die Vorschriften betrifft» – er rollte kaum merklich mit den Augen –, «Margarets Vorträge über den hohen Anspruch unserer Schule hin oder her, Sie werden Möglichkeiten finden, sie zu umgehen. Schließlich haben wir es mit Kindern zu tun, nicht mit Robotern. Jeder hat die Chance verdient, er selbst zu sein, finden Sie nicht?»

Sie lächelte ihn an.

«Schön, Sie an Bord zu haben, Rachel», sagte er und stieß sanft mit seiner Kaffeetasse gegen ihre.

Seit jenem ersten Tag haben ihre Wege sich regelmäßig gekreuzt. Das Dröhnen des Motorrads verkündete jeden Morgen Edwards Ankunft auf dem Campus, wenn er tief über den Tank gebeugt, mit mattschwarzem Helm und in Lederkombi durchs Tor fuhr. Auf Rachel wirkt er in dem Aufzug jedes Mal düster und abweisend, doch dann nimmt er den Helm ab, fährt sich durch die Haare, zieht eine Krawatte über den Kopf und verwandelt sich wie ein Chamäleon. Mühelos schlüpft er in die vertrautere Gestalt des beliebten Kunstlehrers, der meistens von einer Schar Kollegen oder bewundernder Schülerinnen umringt ist, die an seinen Lippen hängen, ob auf dem Flur oder in den Pausen in der Kantine. Als einer der jüngeren und attraktiveren männlichen Lehrer hat Edward sowohl im Kollegium als auch bei den Schülern seinen Stempel weg, doch offenbar begegnet er dieser Herausforderung mit viel Umsicht und Diplomatie. Rachel schätzt ihn sehr dafür.

«Ich hoffe inständig, dass die Polizei falschliegt», gesteht sie und sieht ihn an. «Ich hoffe, das alles ist ein schrecklicher Irrtum.»

Er deutet mit dem Kinn zu den beiden Beamten neben Margaret auf der Bühne. «Ich fürchte, wir müssen uns aufs

Schlimmste gefasst machen. Ganz gleich, wie die Sache ausgehen wird, die Kids haben auf alle Fälle eine Menge zu verdauen.»

Als Nächster betritt Malcolm Crowe den Saal, die Hände wie immer hinter dem Rücken verschränkt, die große, dürre Gestalt gebeugt, als wäre er schon sein Leben lang daran gewöhnt, sich unter Türrahmen hindurchzuducken. Langsam kommt er zu ihnen geschlurft, die Gläser der runden Nickelbrille auf seiner Nasenspitze reflektieren das Licht. Mit dem schütteren weißen Haar, den schweren Lidern und einem heftigen Hautleiden, das in den kalten Monaten offensichtlich besonders ausgeprägt ist, ruft er in Rachel eine Mischung aus Mitleid und Abscheu hervor. Das führt dazu, dass sie sich bemüht, besonders nett zu ihm zu sein, und das nicht nur, weil er der Ehemann ihrer Vorgesetzten ist. Malcolm wirkt auf sie immer ein bisschen wie eine verlorene Seele, wenn er in seinem beigefarbenen Anorak über das Schulgelände wandert, eine Art selbsternannter Hausmeister, der stets an irgendetwas herumtüftelt oder auf einer Bank an der Seitenlinie sitzend die Kids beim Sport beobachtet, während Margaret heldenhaft auf der Brücke steht und das Schulschiff steuert. Es ist offensichtlich, dass der vorzeitige Ruhestand ihm nicht gut bekommt.

«Alles in Ordnung, Malcolm?», fragt Edward und rutscht zur Seite, um ihm Platz zu machen. «Haben Sie sich wehgetan?» Er deutet mit dem Kinn auf Malcolms schlurfenden Gang und das leicht nachgezogene Bein. «Soll ich Ihnen einen Stuhl holen?»

Malcolm zuckt zusammen. «Ich habe mir an den verdammten Stufen im Jagdhaus den Knöchel verdreht. Ist nicht weiter schlimm. In ein, zwei Tagen geht's mir wieder gut.»

Er zieht ein Taschentuch aus der Hemdtasche und tupft sich das Gesicht ab. «Schlimme Geschichte. Vierzig Jahre im Schuldienst, aber mit so einer Situation hatte ich es noch nie zu tun.»

«Ja, es ist grauenhaft», sagt Rachel. Sie kann hören, wie sein Taschentuch über die schuppige Haut schabt.

«Zu meiner Zeit wären Kinder nachts jedenfalls nicht allein im Wald rumspaziert», sagt Malcolm. In seiner Stimme schwingt eine Spur Empörung.

Rachel spürt etwas an ihrem Arm, Edward hat sie angestupst, ganz leicht nur. Sie schaut zu ihm hinüber, und er verdreht kaum merklich die Augen. Malcolm ist definitiv ein Vertreter der «alten Garde».

Schließlich kommt der Schülerstrom zum Erliegen, dann werden hinter dem letzten Nachzügler die Türen geschlossen. «Geht mir genauso», sagt Edward, als er Rachels suchenden Blick bemerkt. «Ich frage mich auch die ganze Zeit, wer fehlt.»

«Hast du Ellie heute schon gesehen? Sie ist sehr früh aus dem Haus gegangen. War sie im Kunstsaal?»

«Meines Wissens nicht. Sie kam zu spät zur Anwesenheitskontrolle.» Rachel runzelt die Stirn, und er beugt sich zu ihr. «Ist alles okay?», fragt er leise.

«Ich glaube, sie setzt sich wegen dem Abschlussprojekt ziemlich unter Druck. Sie tut immer so taff, aber im Grunde hat sie einen weichen Kern.»

«Das sehe ich ihren Arbeiten an.» Edward drückt ihren Arm. «Es ist normal, sich Sorgen zu machen. Wenn so etwas passiert, fragen wir uns doch alle automatisch, was die Kids durchmachen, oder? Ob sie damit klarkommen. Auf ihnen lastet sehr viel Druck.» Er senkt die Stimme. «Ein Unfall ist das eine. Tragisch. Aber falls es Selbstmord war ...»

Rachel muss schlucken. Als Schulpsychologin wäre es eigentlich ihre Aufgabe, die gefährdeten Kids auf dem Schirm zu haben.

«Du kommst jetzt aber nicht auf die Idee, das hier wäre in irgendeiner Weise deine Schuld, oder?», fragt Edward, als er ihr Gesicht sieht. Rachel reagiert nicht sofort, und er stupst sie sanft an. «Hey!», sagt er. «Ich werde Ellie im Auge behalten.»

Sie nickt ihm dankbar zu. Auf der anderen Seite der Aula entdeckt sie die breiten Schultern von Danny Carlisle und direkt neben ihm seinen besten Freund Saul Ayofo. Als Danny sich zu Saul hinüberbeugt, um ihm etwas zuzuflüstern, bemerkt Rachel direkt unter Dannys rechtem Auge einen heftigen, violett leuchtenden Bluterguss. Saul hört zu, dreht sich um und streift mit seinem Afro Jasmines Wange, als er sich zu ihr beugt, um ihr etwas ins Ohr zu flüstern. Ein groß gewachsener Junge aus der Zwölften in der Reihe hinter Jasmine versperrt Rachel die Sicht, und als sie den Hals reckt, kommt plötzlich Ellies leuchtend roter Haarschopf in Sicht. Rachel atmet erleichtert auf. Kein Wunder, dass sie Ellie vorher nicht gesehen hat. Sie sitzt völlig zusammengesunken auf ihrem Stuhl, es sieht aus, als würde sie sich jeden Moment zu einer Pfütze auf dem Parkett auflösen.

Jasmine löst sich von Saul und beugt sich zur anderen Seite, um ihrerseits Ellie etwas ins Ohr zu flüstern. Es kommt Rachel vor wie stille Post. Sie sieht ihre Tochter nicken und wartet darauf, dass sie ihrerseits die Nachricht weitergibt. Doch Ellie tut nichts dergleichen. Sie sieht nicht einmal auf. Dannys Botschaft war offensichtlich für Ellie bestimmt.

Als Margaret gerade Anstalten macht, ans Mikrofon zu treten, geht die Seitentür zur Aula auf, und Rachel sieht Ben hereinkommen. Sein Anblick geht ihr durch und durch. Ben. Der Mann, mit dem sie über zwanzig Jahre ihres Lebens verbracht hat. Er ist ihr so vertraut und inzwischen trotzdem so fremd mit seinem rasierten Schädel, der figurbetont geschnittenen Outdoor-Jacke und der schwangeren Freundin in der gemeinsamen Wohnung auf der anderen Seite der Stadt. Rachel muss schlucken. Sie ist überrascht über die Wut, die in ihr aufsteigt.

Ben gibt DCI Khan von der Tür aus ein Zeichen. Sämtliche Köpfe drehen sich um und folgen ihm mit Blicken, als Khan daraufhin die Bühne verlässt und zu Ben nach hinten geht. Rachel kann sehen, dass Ellie den Kopf noch tiefer gesenkt hat als eben schon. Armes Kind. Die volle Packung Familie.

Ben und Khan tauschen sich kurz aus, mit unbewegten, nicht zu deutenden Mienen, dann kehrt DCI Khan auf die Bühne zurück. Margaret schirmt mit den Händen das Mikrofon ab, und der Chefermittler bringt sie auf den neusten Stand. Währenddessen sieht Ben sich suchend im Saal um. Rachel glaubt, dass er wissen möchte, wo Ellie sitzt, doch als er sie an der Wand lehnen sieht, kommt er zu ihr und stellt sich neben sie. Mit einem höflichen Nicken begrüßt er sie und ihre Kollegen, verschränkt dann die Arme und wendet seine Aufmerksamkeit der Bühne zu.

Rachel würde Ben zu gerne fragen, was er weiß, aber Margaret kommt ihr zuvor. Sie klopft aufs Mikro und räuspert sich.

«Guten Morgen. Vielen Dank, dass ihr euch so schnell und diszipliniert hier eingefunden habt. Ich fürchte, ich habe euch eine sehr traurige Mitteilung zu machen.» Die Direktorin holt tief Luft, eindeutig, um sich zu wappnen. «Wir haben soeben die Bestätigung erhalten, dass Sarah

Lawson, eine unserer Schülerinnen aus der dreizehnten Jahrgangsstufe, am vergangenen Wochenende ums Leben gekommen ist.» Sie verstummt, und ein kollektives Aufkeuchen bewegt sich durch die Aula wie eine Schockwelle.

Sarah Lawson. Rachel schließt die Augen. Sie sieht das Mädchen deutlich vor sich. Hellblonde, lange Haare. Blaue Augen. Kirschrote Lippen. Hübsch wie eine Porzellanpuppe. Sie hatte zu Beginn der Zwölften von einer internationalen Schule im Ausland nach Folly View gewechselt, um sich ihrer Cousine Olivia Easton anzuschließen. Die beiden waren im selben Jahrgang. Rachel hat die zwei Mädchen oft zusammen gesehen, wenn sie Arm in Arm durch die Schulkorridore liefen, einander unverkennbar ähnlich mit den blonden Haaren und den feinen Gesichtszügen. Sie haben gestrahlt, vor allem Sarah hat sämtliche Blicke auf sich gezogen, wie es bei schönen Mädchen oft der Fall ist. Was um alles in der Welt ist mit ihr passiert? Sarah hatte Englisch, Schauspiel und Psychologie als Hauptfächer und sich, zumindest von außen betrachtet, sehr gut in Folly View eingelebt, vor allem, wenn man die Umstände ihres Schulwechsels berücksichtigte. Ist Rachel am Ende etwas entgangen?

Sie öffnet die Augen und sieht, wie die Schüler sich auf ihren Stühlen umdrehen, einander schockiert und überrascht ansehen. Nur Ellie, fällt ihr auf, bleibt regungslos sitzen, mit gesenktem Kopf, den Blick noch immer fest auf den Boden geheftet. «War Sarah in deiner Klasse?», fragt sie an Edward gewandt.

Edward ist blass geworden, seine Augen sind dunkel vor Sorge. «Nein, Sarah nicht. Ihre Cousine Olivia ist im Kunstkurs. Sarah habe ich letztes Jahr flüchtig durch die Theater-AG kennengelernt. Ein kluges, talentiertes Mädchen, soweit ich mich erinnere. Eine, bei der immer alles lief wie geschmiert. Kanntest du sie gut?»

Rachel zuckt hilflos die Achseln. «Ein bisschen. Nicht wirklich.» In ihrer Kehle formt sich ein dicker Kloß.

Nachdem Margaret den unvermeidlichen Reaktionen etwas Raum gegeben hat, fasst sie sich ein Herz, tritt wieder ans Mikrofon und spricht weiter. «Sarah war eine allseits beliebte Mitschülerin unserer Oberstufe, und ich bin mir sicher, für viele von euch war sie eine liebe Freundin. Sie hat unsere Schule sehr bereichert, vor allem ihre Kameradinnen und Kameraden des Fachbereichs Schauspiel. Unsere Gedanken und Gebete sind jetzt natürlich bei Sarahs Familie, insbesondere bei Olivia, Sarahs Cousine und ebenfalls Schülerin an unserer Schule.»

Rachel sucht in der Stuhlreihe an der Seitenwand, wo ihre Kollegen sitzen, nach Mrs Wiley, der Fachbereichsleiterin Schauspiel. Die grauhaarige Dame sitzt da und betupft sich mit einem Taschentuch die Augen.

Margaret hält inne und lässt den Blick durch die Aula schweifen. «Die Polizeipräsenz an unserer Schule heute Vormittag dürfte euch allen nicht entgangen sein. Ich bin in Begleitung von Detective Chief Inspector Khan von der Avon & Somerset Police Force und seiner Kollegin Detective Constable Maxwell. DCI Khan und seine Kollegin sind heute hier, um Nachforschungen über Sarahs letzte bekannte Aktivitäten anzustellen.»

Rachel runzelt die Stirn. *Letzte bekannte Aktivitäten?* Sie sieht zu Ben hinüber, doch der schaut weiter geradeaus zur Bühne. «Die Befragungen werden Schülerinnen und Schüler aus Sarahs Freundeskreis sowie Mitglieder des Kollegiums betreffen. Ich weiß, dass wir alle die Ermittlungen bestmöglich unterstützen möchten. DCI Khan wird euch im Anschluss noch etwas mehr darüber erzählen. Zuvor jedoch möchte ich die Gelegenheit ergreifen, euch alle noch einmal daran zu erinnern, wie wichtig es gerade jetzt ist, die Schulordnung penibel einzuhalten. Bis zum Abschluss der polizeilichen Ermittlungen ist es zwingend notwendig, jederzeit zu wissen, wo genau ihr euch aufhaltet, um eure Sicherheit gewährleisten zu können. Das gilt sowohl für Internatsschüler als auch für Externe. Als eure Lehrer stehen wir euren Eltern gegenüber in der Verantwortung. Wer heimlich dem Unterricht fernbleibt oder unerlaubt das Schulgelände verlässt, muss mit ernsthaften Konsequenzen rechnen. Beurlaubungen werden bis auf Weiteres ausgesetzt. Ich hoffe, ich habe mich verständlich ausgedrückt.»

Kurz erhebt sich verhaltenes Murren und erstirbt wieder, als Margaret Crowe ihren stechenden Blick durch die Reihen schweifen lässt.

«Es ist ganz natürlich, dass ein schreckliches Ereignis wie dieses starke Gefühle weckt und komplizierte Fragen nach sich zieht, aber ich erwarte von uns als Schule, dass wir uns in den kommenden Tagen von dem Anstand und Respekt leiten lassen, zu dem ihr alle, das weiß ich, fähig seid. Psychologische Betreuung steht allen offen, die sie brauchen. Ich möchte euch dringend ans Herz legen, euch an eure Klassenlehrer, Hausmütter oder natürlich an unsere Schulpsychologin Ms Dean zu wenden, wenn ihr Unterstützung braucht. Zum Schluss möchte ich noch darauf hinweisen, dass ich sämtliche Einzelheiten zur Beerdigung an euch weiterleiten werde, sobald mir diese bekannt sind, gemäß den Wünschen der Familie. Jetzt jedoch bitte ich euch, so gut es euch möglich ist, den Schultag fortzusetzen, ohne Gerüchte oder Spekulationen.»

Rachel senkt den Kopf. Der Kloß in ihrem Hals wird immer größer.

«Ist alles okay?» Ben beugt sich zu ihr und schaut sie besorgt an.

Rachel nickt.

«Wie war Sarah denn?»

«Klug. Selbstbewusst. Zuversichtlich. Sie hat sich benommen, als wüsste sie, dass ihr die Welt offensteht.» Rachel seufzt.

«Weißt du um irgendwelche Auffälligkeiten? Egal ob hier oder zu Hause. Sorgen um Sarahs Sicherheit? Mobbing?»

«Nein. Gar nichts. Zumindest nichts, von dem ich weiß.» Sie überlegt. «Ich habe Sarah kennengelernt, als sie zu uns an die Schule kam. Das ist ganz normaler Standard. Ich behalte die Kids, die von anderen Schulen zu uns wechseln, am Anfang gerne im Auge. Ich hatte Sarah im Zuge des Aufnahmeprozesses als Schülerin etikettiert, die etwas mehr Aufmerksamkeit brauchen könnte, weil sie aus dem Ausland kam und gerade erst ihren Vater verloren hatte. Das ist für jemanden in ihrem Alter ziemlich viel Veränderung auf einmal.» Rachel runzelt die Stirn. Sie fragt sich, ob sie damals in den ersten Begegnungen mit dem Mädchen etwas Zentrales übersehen haben könnte, einen Hinweis darauf, dass Sarah instabil oder auf sonstige Weise gefährdet war. «Sie hat mir erzählt, dass sie nach dem Tod ihres Vaters in der Schule in Dubai Schwierigkeiten hatte. Sie wirkte froh, hier zu sein. Froh über den ‹Tapetenwechsel›, wie sie es genannt hat. Sie und ihre Cousine Olivia standen sich sehr nahe. Sie haben ständig zusammengesteckt.» Rachel muss schlucken. «Was ist passiert, Ben? War es ein Unfall? Hat sie … hat sie sich was angetan?»

Ben bekommt keine Gelegenheit, ihr zu antworten, denn

jetzt tritt DCI Khan ans Rednerpult, klopft aufs Mikro, und sofort erstirbt das Gemurmel im Saal. Alle Augen sind auf ihn gerichtet. Seine würdevolle Ausstrahlung genügt, um die gesamte Aufmerksamkeit zu fesseln. «Wir haben im Zusammenhang mit Sarah Lawsons Tod einige Fragen, und meine Kollegin Constable Maxwell wird im Anschluss mit denjenigen von euch sprechen, die in den letzten Tagen Kontakt zu Sarah hatten. Insbesondere interessieren wir uns für alle, die Samstagabend an einem Treffen in dem Waldgebiet oberhalb der Schule teilgenommen haben.»

Stühlerücken ist zu hören. Die Erwähnung des Walds sorgt offensichtlich für Unruhe.

«Ich möchte alle, die dort waren, dringend ersuchen, sich bei uns zu melden. Wir haben das Gebiet einstweilen abgeriegelt und fordern euch auf, euch von dort fernzuhalten, euch strikt an die Registrierungsvorschriften der Schule zu halten und auch an die aktuellen Ausgangsregelungen.» Khan mustert die Schülerschaft. «Zu eurer eigenen Sicherheit müssen wir euch dringend ersuchen, die Regeln zu befolgen.»

Rachel und Edward sehen einander besorgt an und schauen dann wieder zur Bühne hoch.

«Wenn so etwas in der eigenen Gemeinschaft geschieht», fährt Khan fort, «sind Reaktionen wie Schock und Angst ganz natürlich. Ich bin heute auch hier, um euch zu versichern, dass meine Beamten und ich dazu da sind, um euch alle zu unterstützen. Eure Sicherheit hat für uns oberste Priorität.»

«Die Sicherheit?» Rachel wirft Ben einen fragenden Blick zu. Er sieht müde aus. Unter den grünen Augen liegen dunkle Schatten, und sie registriert die steile Falte zwischen seinen Augenbrauen, die nach einer schlaflosen Nacht immer besonders deutlich ausgeprägt ist. Wenn man zwanzig Jahre mit einem Mann zusammen war, hat man gelernt, die Zeichen zu lesen. Anstatt ihre Frage zu beantworten, beugt er sich wieder zu ihr und fragt selbst weiter. «Standen Ellie und Sarah sich nahe? Waren sie befreundet?»

Sie weiß, worauf er hinauswill. Er fragt nicht als Polizist, sondern als Vater. *Wie hart wird es Ellie treffen?*

«Ellie und Sarahs Cousine Olivia besuchen dieselbe Kunstklasse. Aber das war's dann auch schon. Nach allem, was ich weiß, haben sie sich in unterschiedlichen Kreisen bewegt.» Sie sieht Ben an. «Du kennst Ellie doch. Sie hatte es von Anfang an nicht besonders leicht hier.»

Ben nickt. Sie haben schon öfter Gespräche über ihre Tochter und deren Freundeskreis geführt, vielmehr den Mangel an Freunden. Ellie ist schon immer schüchtern gewesen. Sie tut sich schwer damit, Freundschaften zu schließen. Als Ellie das Stipendium für Folly View bekam, hatte Rachel sich große Hoffnungen für sie gemacht, aber anders als bei Sarah Lawson hat der Neustart für Ellie nicht zu einem blühenden neuen Freundeskreis geführt. Ellie ist, was das Soziale betrifft, eher eine Eigenbrötlerin. Sie beschränkt sich lieber auf ein paar wenige enge Freundschaften. Außerdem hat sie nicht das Glück, eine Cousine wie Olivia zu haben, die ihr den Weg hätte ebnen können.

Zu Rachels insgeheimem Kummer war der Wechsel zu Folly View für Ellie auch nicht leichter gewesen als der an ihre letzte Schule. Ellie war Ellie. Das war Ben und ihr klar.

«Was ist passiert?», fragt sie ihn, nicht in der Lage, ihre Besorgnis noch länger im Zaum zu halten, nicht fähig, die leise nagende Stimme ganz hinten in ihrem Kopf noch länger zu ignorieren, die ihr sagt, dass das vielleicht zu verhindern gewesen wäre. «War es ein Unfall? War es Selbstmord?»

Ben zögert, dann schüttelt er kaum merklich den Kopf, doch Rachels Erleichterung dauert nur kurz. Etwas in seinem Blick lässt heiße Angst ihren Rücken hinaufschießen. Sie sieht Ben mit großen Augen an. «Hat ihr jemand etwas angetan?»

Sorgsam wägt Ben seine Worte ab. «Du hast gehört, was Khan gesagt hat. Wir müssen alle Schülerinnen und Schüler befragen, die Samstagabend auf der Party im Steinbruch waren.»

Rachel ist fassungslos. Will er damit etwa sagen, jemand aus der Schülerschaft könnte in Sarahs Tod involviert sein?

«Ich muss jetzt zu den Eastons raus, um Olivias Aussage aufzunehmen, aber wir müssen uns unterhalten. Über Ellie. Über das Wochenende.»

Rachel spürt, dass der abrupte Themenwechsel sie wütend macht. «Ja. Falls es aber um Chrissie und das Baby geht, das weiß ich schon.» Sie registriert, dass Edward, der immer noch direkt neben ihr steht, taktvoll ein paar Schritte beiseitetritt. Wenigstens besitzt Ben genug Anstand, peinlich berührt zu sein. «Ellie hat es mir erzählt. Obwohl es, offen gesagt, nett gewesen wäre, es aus deinem Munde zu erfahren. Das ist verdammt viel Verantwortung, die du ihr da aufgeladen hast - von ihr zu erwarten, dass sie für dich die Drecksarbeit übernimmt.»

«Das ist keine Drecksarbeit. Das ist ein Baby.» Er reckt das Kinn, aber seine Wangen fangen verräterisch an zu leuchten. «Ehrlich gesagt, ich hätte nicht gedacht, dass es dir so viel ausmacht.»

Sie starrt ihn perplex an. «Meine Gefühle mal ganz beiseite, für Ellie ist es eine Riesensache. Ich hätte gern vorher Bescheid gewusst, um sie unterstützen zu können. Wir müssen unbedingt besser kommunizieren.»

«Ganz deiner Meinung. Ich wäre definitiv anders damit umgegangen, wenn du nicht kurzfristig die Pläne geändert hättest. Wir müssen uns beide an unsere Abmachungen halten. Ellie zuliebe.»

«Die Pläne geändert?» Sie hat keine Ahnung, wovon er spricht, aber falls er versucht, hier den moralisch Überlegenen zu spielen, hat er einen denkbar schlechten Stand. Eine Schülerin ist gestorben. Sie sollten zusammenarbeiten, nicht gegeneinander, die Kinder an erste Stelle setzen. Ellie an erste Stelle setzen. «Hör mal», sagt sie, «das ist jetzt wirklich nicht der richtige Zeitpunkt dafür.»

«Absolut deiner Meinung», blafft Ben.

Sie bemüht sich um einen ruhigeren Tonfall. «Kommst du heute Abend vorbei? Dann können wir reden. In Ruhe. Dann kannst du auch mit Ellie sprechen – ich bin sicher, sie wäre froh, dich nach allem, was passiert ist, zu sehen.»

Ben nickt und lässt den Blick über die versammelten Schüler gleiten, bis er seine Tochter gefunden hat, die sich gerade einreiht, um die Aula zu verlassen. Als sie an der Tür ist, wirft Ellie einen kurzen Blick in ihre Richtung. Ben hebt die Hand, und Rachel registriert den erschrockenen Blick, mit dem ihre Tochter sie beide mustert. Sie senkt eilig den Kopf und schlurft hinaus.

Rachel kann nur hoffen, dass sie das unschöne Gespräch eben nicht mitbekommen hat. Sie senkt die Stimme. «Sag mir nur eines», raunt sie ihm zu. «Sind die Kinder in Gefahr? Khan hat sich angehört, als wäre es da draußen nicht sicher.»

Ben meidet ihren Blick. «Du weißt, dass ich dazu nichts sagen kann.»

«Aber was sollen wir den Schülern sagen?» Sie hebt den Blick und sieht, dass Edward bereits von einer Gruppe

Schülerinnen umzingelt ist, vier Teenagerinnen, die ihn mit großen Augen sorgenvoll anstarren, während er versucht, sie zu beruhigen - Beschwichtigungen, die es eigentlich nicht gibt.

Ben reibt sich stirnrunzelnd das Kinn. «Sagt ihnen, sie sollen vorsichtig sein», sagt er. «Sagt ihnen, sie sollen aufeinander achtgeben. In der Nähe der Schule oder zu Hause bleiben, bis wir wissen, womit wir es zu tun haben.» Mit loderndem Blick fügt er hinzu: «Sagt ihnen, dass wir denjenigen, der Sarah das angetan hat, finden und einsperren werden.»

Rachel sieht ihrem Exmann nach, wie er nach vorne zu seinen Kollegen geht, Margaret Crowe die Hand gibt und leise mit ihr spricht, vielleicht ein paar Worte des Trostes äußert. Auch wenn es nicht viel Trost gibt. Das hat er eindeutig zu verstehen gegeben. Jemand hat Sarah etwas angetan, und bis sie den Täter haben, sind sie alle latent in Gefahr.

KAPITEL 12

Montag, 12.00 Uhr

«Hätten Sie mich letzte Woche gefragt, hätte ich gesagt, es gibt niemanden auf der Welt, der Sarah etwas antun will.»

Olivia Easton sitzt Ben gegenüber an dem langen Eichentisch in der Küche von Thornfield Manor, ein Raum, der, schätzt Ben, mindestens doppelt so groß ist wie das gesamte Erdgeschoss von Rachels Cottage. Das Mädchen sitzt in Leggings und Hoodie zusammengesunken auf einer samtbezogenen Sitzbank, die Arme um das hochgezogene Knie geschlungen. Trauer, Schock und der Stress der vergangenen vierundzwanzig Stunden haben sie sichtlich mitgenommen. Die ungewaschenen Haare sind zu einem unordentlichen Pferdeschwanz hochgebunden, die blutunterlaufenen, rot geränderten Augen wirken müde, der Nagellack ist abgeblättert, und sie ist aschfahl. Ben verspürt einen schmerzhaften Stich Mitleid mit ihr - Sarahs Tod geht Olivia schrecklich nahe.

«Ich kann an nichts anderes mehr denken.» Olivia zeichnet mit dem Finger einen Wirbel im Holz nach. «Es kommt mir vor wie ein Albtraum, aus dem ich nicht aufwachen kann. Wie kann sie denn tot sein?»

«Es tut mir leid», sagt Ben. «Ich weiß, dass es schwer für dich ist.» Er schiebt die Aktenmappe beiseite und zieht mit gezücktem Stift den Notizblock zu sich ran. «Gehen wir noch einmal an den Anfang zurück, okay?»

Sie sprechen noch nicht lange. Olivia war diejenige, die ihm die Haustür aufgemacht hat, und sie mussten noch ein paar Minuten auf die Mutter des Mädchens warten. Schließlich kam Philippa Easton mit abwesendem Blick in die Küche geschwebt. «Verzeihen Sie, dass ich Sie habe warten lassen. Mir geht es heute nicht besonders gut.»

«Kommt Dad nicht dazu?», hatte Olivia mit großen, forschenden Augen gefragt.

«Nein, Darling, tut mir leid.» Philippa Easton wandte sich an Ben. «Ihm ist etwas dazwischengekommen. Wieder irgendwelche Projektgegner aus der Gegend, die Probleme machen. Hört das denn nie auf?», hatte sie mit leiser, gepresster Stimme hinzugefügt.

«Aber er hat es versprochen.» Olivia war eindeutig enttäuscht, und ihre Mutter hatte sich unter sichtlicher Mühe auf einem Stuhl am Kopfende niedergelassen.

Ben wusste, wenn er jemanden mit körperlichen Schmerzen vor sich hatte. «Geht es Ihnen gut?»

Philippa hatte abgewunken. «Sobald die Tabletten wirken, ist alles wieder bestens.» Es war eindeutig, dass sie keine weiteren Nachfragen duldete. «Wollen wir anfangen?»

So sitzen sie also hier, zu dritt, in der eleganten Interpretation einer Bauernküche der Spitzenklasse, die direkt der *Architectural Digest* hätte entsprungen sein können, während Ben sich nur allzu bewusst ist, dass seine Kollegen in diesem Moment in der Privatschule auf der anderen Seite des Tals darauf warten, dass er Namen liefert.

«Lass uns noch einmal ein Stückchen zurückgehen, Olivia. Wer hat die Party im Steinbruch organisiert?»

Olivia denkt einen Augenblick nach. «Ich glaube, als Erster hat Saul davon gesprochen. Es war nichts, wozu man eingeladen wurde oder so. Es hat einfach die Runde gemacht. Sarah und ich fanden, es klänge lustig. *Trick or Treat* ist so kindisch.»

Ben nickt. Er hasst Halloween. Für die Polizei gibt es jedes Mal viel zu tun, spätestens dann, wenn sich die finstere Atmosphäre in asozialem Verhalten entlädt. Wenn er die Macht hätte, den ganzen verfluchten Abend per Schnellvorlauf zu überspringen, er würde es tun.

Olivia hebt den Blick und schaut ihn mit schräg gelegtem Kopf an. «Sie waren mal mit Ms Dean verheiratet.»

Ben nickt.

«Weiß Ellie das mit Sarah schon?»

«Die Oberstufe wurde heute Vormittag auf einer außerordentlichen Versammlung informiert. Alle sind schockiert und traurig.»

Olivia lässt erneut den Kopf hängen. Sie streckt die Hand aus und fegt ein paar Krümel vom Tisch. Ben muss das Gespräch vorantreiben. Er steht unter Zeitdruck. «Du sagtest, Samstagabend wären etwa fünfzehn bis zwanzig Leute im Wald versammelt gewesen, richtig?» Er sieht sie abwartend an.

«Ja, so ungefähr. Sarah und ich sind gegen neun gekommen. Es gab ein Lagerfeuer. Irgendwer hatte eine Bluetooth-Box dabei. Wir haben zusammen abgehangen. Quatsch gemacht. Ein paar alberne Spiele gespielt.»

«Vermutlich gab es auch Alkohol?»

Olivia nickt.

«Habt ihr auch etwas getrunken, Sarah und du?»

«Wir haben uns eine Flasche Wein geteilt.» Sie wirft ihm einen hastigen Blick zu. «Meine Eltern erlauben uns, ab und zu was zu trinken. In vernünftigem Rahmen», fügt sie, an ihre Mutter gewandt, hinzu, aber Philippa wirkt nicht, als hätte sie zugehört. Sie schaut durch die Terrassentür in den Gemüsegarten hinaus, offensichtlich versunken in den Anblick der schwankenden Ziergräser, die an die Ränder gepflanzt sind.

«Wir waren nicht betrunken», fährt Olivia fort. «Ich zumindest habe aufgepasst. Ich weiß nicht, was Sarah gemacht hat, nachdem ich weg war.»

«Verstehe. Was ist mit Drogen? Hast du irgendwen gesehen, der irgendwas genommen hat?»

Sie sieht ihn verlegen an. «Ich hab gesehen, dass ein paar Joints die Runde machten.»

«Abgesehen davon noch etwas?»

«Ich weiß es nicht.»

«Hat Sarah was genommen?»

Olivia zuckt die Achseln.

Er spürt, dass sie ihm nicht alles sagt. Ben nimmt sich vor, später noch einmal auf das Thema Drogen zurückzukommen. Eine Schule wie Folly View ist garantiert nicht immun gegen Drogenprobleme. Ihm ist bewusst, dass reiche, gelangweilte Kids mit großzügigem Taschengeld oft die eifrigsten Konsumenten sind. Wie dem auch sei, der toxikologische Befund wird ihnen diesbezüglich schon bald Gewissheit verschaffen.

«Ihr habt euch verkleidet, richtig? Als was wart ihr beide noch mal unterwegs?» Ben blättert demonstrativ in seinem Block, als hätte er nicht mehr parat, was Olivia ihm erzählt hat.

«Ich war eine Zombie-Ballerina. Ich habe ein altes Trikot getragen und einen langen Tüllrock aus dem Ballettunterricht, zu dem Mum mich früher geschickt hat. Sarah ist als Sally gegangen.»

«Ah, richtig», sagt Ben leichthin. «Das Mädchen aus der Gruselgeschichte hier aus der Gegend. *Sally in the Wood*?»

Olivia nickt. «Die Idee war toll. Ich wünschte, ich wäre selbst darauf gekommen.» Mit abgeblättertem Fingernagel schnippt sie einen weiteren Krümel vom Tisch.

«Kannst du dich sonst noch an irgendwelche Kostüme erinnern?»

Olivia überlegt einen Augenblick. «Sauls Verkleidung war die beste. Er war der Serienmörder aus der neuen Serie, die momentan alle anschauen. Er sah toll aus. Zum Fürchten.»

«Sonst noch was Besonderes?»

«Max Allen ist als Dementor gegangen. Er war schon immer verrückt nach Harry Potter. Seine Freundin Viola ging als Racheengel. Sie sah gruselig aus. Ehrlich gesagt, außer Sarah und mir waren die die Einzigen, die sich wirklich Mühe gegeben haben. Alle anderen waren ziemlich langweilig. Ein paar Vampirgebisse, Teufelshörner, Billigmasken. Solches Zeug eben.»

Ben notiert sich die Namen von Max und Viola. «Wen meinst du mit alle anderen …?»

Olivia seufzt. Ben ist klar, dass sie nicht dumm ist. «Mrs Crowe ist sehr streng, und nicht alle hatten die Erlaubnis, den Campus zu verlassen.» Sie sieht Ben forschend an. «Ich möchte auf keinen Fall jemanden anschwärzen.»

«Das verstehe ich, Olivia, aber es ist wichtig. Du würdest damit den Ermittlungen helfen, und du würdest Sarah helfen.»

Schließlich nickt sie und zählt ein paar weitere Namen auf. «Jasmine. Saul. Danny.» Olivia beugt sich vor. «Steht Ellie schon auf Ihrer Liste?»

«Ellie?» Ben runzelt die Stirn. «Meine Tochter Ellie?» Er spürt, wie sich seine Brust verengt. «Ellie war Samstagabend auf der Party im Wald?»

Olivia nickt wieder, und Ben versucht, seine Überraschung zu verbergen, indem er Ellies Namen langsam mit auf die Liste setzt. Er lehnt sich zurück, starrt seinen Block an und versucht, sich einen Reim darauf zu machen. Dann räuspert er sich und wendet sich wieder an Olivia. «Sprechen wir über Danny. Waren Sarah und er ein Paar?»

«Nicht direkt ein Paar. Danny und Sarah treffen sich ...» Sie korrigiert sich. «... *haben sich* getroffen.»

Ben ruft sich ein Gespräch mit Ellie ins Gedächtnis. Sie hatte versucht, ihn in die verwirrende Terminologie rund um die Liebesbeziehungen zwischen Teenagern von heute einzuweihen. Er kann sich noch gut daran erinnern, wie genervt sie angesichts seiner Begriffsstutzigkeit war, als sie versuchte, ihm die Feinheiten zu erklären. «Rummachen» bedeutete leidenschaftliches Küssen, «sich treffen» hieß, sich regelmäßig zu sehen, war aber weniger verbindlich als «daten». Um ein Paar zu sein, musste einer den anderen gefragt haben, nur davon auszugehen, dass es so war, genügte nicht. «Offiziell» war eine Beziehung von dem Augenblick an, wo man in den sozialen Medien ein gemeinsames Foto postete.

Es war alles schrecklich kompliziert. Nicht so wie damals, als Rachel und er zusammengekommen waren. Damals knutschte man einfach rum und fing, weil man davon ausging, dass man sich mochte, an, miteinander zu gehen. Bingo. Freund und Freundin. Inzwischen werden die Kids mit ihren Social-Media-Accounts und Apps offenbar mit einem permanenten Roulette aus neuen Gesichtern und potenziellen Partnern konfrontiert und müssen durch sich ständig ändernde Abstufungen von Beziehungsstatus und Intimität navigieren.

«Danny mochte Sarah. Vielleicht mehr als sie ihn. Sie eierten rum, es war ein ständiges On und Off.»

«Und Samstagabend? Waren sie da eher on oder off?»

Olivia kaut auf der Unterlippe. «Bevor Connor aufkreuzte, war alles gut zwischen ihnen.»

«Connor?»

«Dannys großer Bruder. Connor Carlisle.»

Ben richtet sich alarmiert auf. Connor Carlisle ist für die örtliche Polizei kein Unbekannter. Mit einundzwanzig Jahren hat er bereits eine beeindruckende Liste kleinerer Drogendelikte aufzuweisen. Das Neueste, was Ben zu Ohren gekommen ist, ist eine Erweiterung von Connors Tätigkeitsfeld. Es gibt ein paar widerliche kleine YouTube-Videos, wo er, umstrittene Influencer wie Andrew Tate nachahmend, versucht, seine Frauenfeindlichkeit zu Geld zu machen. «Connor Carlisle ist Dannys Bruder?»

Olivia nickt. «Danny redet kaum über ihn. Sie stehen sich nicht sehr nahe. Eigentlich sind sie krasse Gegensätze.»

«Trotzdem war Connor Samstagabend auf der Party im Wald?»

Sie nickt. «Er ist plötzlich aufgetaucht, zusammen mit einem Freund. Ein bulliger Typ mit Ziegenbärtchen und Lederjacke. Keiner von beiden hatte sich die Mühe gemacht, sich zu verkleiden.»

Ben spürt einen Adrenalinstoß durch seinen Körper jagen, es ist dieses Gefühl, das er bekommt, wenn sich in einem Fall etwas Entscheidendes ergibt. «Und als Connor plötzlich aufgetaucht ist, hat sich etwas zwischen Sarah und Danny verändert?»

«Ja. Sie fingen an zu streiten. Und dann haben die Brüder sich geprügelt.» Olivia runzelt die Stirn. «Fragen Sie lieber Danny. Ich bin dann bald gegangen. Ich hab Sarah gesagt, dass ich gehe, aber sie hat sich geweigert mitzukommen.

Ich wollte eigentlich nicht allein nach Hause laufen, aber ich hatte echt Schiss, dass wir zu spät kommen und Ärger kriegen, also bin ich los. Ich war sauer auf sie.» Sie sinkt gegen die Bank, ihr steigen Tränen in die Augen. «Ich hätte sie nicht allein lassen dürfen.»

Ben wechselt einfühlsam das Thema. «Dein Vater hat gesagt, ihr wart sehr eng miteinander. Wie Schwestern. Erzähl mir ein wenig von Sarah. Wie war sie?»

Olivia seufzt. Ein leises, trauriges Lächeln umspielt ihre Lippen. Es ist das erste Mal, dass Ben sie lächeln sieht, seit sie an diesem Tisch sitzen. «Ich glaube, wir sahen uns ein bisschen ähnlich, aber vom Charakter her waren wir sehr unterschiedlich. Sarah fand, ich wäre eher introvertiert. Sie dagegen, na ja, man könnte sagen, sie war ein Magnet. Temperamentvoll. Wenn man mit ihr zusammen war, hatte man manchmal das Gefühl, mitten in einem Feuerwerk zu stehen. Es war laut und chaotisch. Explosionen von Farbe und Lärm. Aber sie war auch nett, hilfsbereit. Anfang des Sommers war ich ziemlich verknallt in jemanden, von dem ich dachte, er würde was für mich empfinden.» Olivias Gesicht verfinstert sich bei dem Gedanken, und Ben erinnert sich daran, mit welch schmerzvollen und intensiven Gefühlen die erste Liebe verbunden ist.

«Jemand aus der Schule?», fragt er mitfühlend.

Schnell schaut Olivia zu ihrer Mutter hinüber, aber Philippa scheint ihnen immer noch nicht zuzuhören, ihr Blick ist weiterhin auf den Garten gerichtet. Olivia nickt. «Sarah hat meine Schwärmereien stundenlang ertragen. Sie hat mir gesagt, ich müsste selbstbewusster sein. Hat angeboten, mir zu helfen. Sie sagte, sie würde mich ‹aufpeppen› und dass ich nur an mich glauben müsste.»

«Wir alle brauchen so jemanden im Leben. Eine Cheerleaderin. Vor allem bei Liebeskummer. Es klingt, als wäre sie eine tolle Cousine gewesen. Eine gute Freundin.»

Olivia beißt sich auf die Lippe. Ihr treten wieder Tränen in die Augen.

«Wie kam Sarah mit den Lehrern zurecht?»

«Gut, glaube ich.»

«Gab es jemanden, den sie besonders mochte? Oder wen, mit dem sie Probleme hatte?»

«Nein. Sie wirkte glücklich. Sie hat ihre Schauspiellehrerin geliebt, Mrs Wiley. Sarah wollte unbedingt Schauspielerin werden. Gut genug war sie jedenfalls. Bei der Theateraufführung Ende des letzten Schuljahrs hat sie als Cosette das ganze Haus zum Toben gebracht.» Sie wendet sich an ihre Mutter. «Mum? Du warst doch bei der letzten Aufführung auch da. Sie war umwerfend, oder?»

Philippa verlagert das Gewicht auf ihrem Stuhl. «Was sagtest du, Liebling?»

«Sarah, Mum, in *Les Misérables*, sie war doch toll, oder?», sagt Olivia leicht genervt. «Hat allen anderen die Show gestohlen.»

Philippa lächelt matt. «Das stimmt.»

«Ich glaube, da hat sie sich immer am wohlsten gefühlt. Auf der Bühne. Wenn sie in eine Rolle geschlüpft ist. Das konnte sie richtig gut.» Olivia senkt den Kopf und fängt an zu weinen.

Ben nickt. «Es tut mir leid, ich weiß, wie schwer das für dich sein muss.»

«Ich warte die ganze Zeit darauf, dass sie zur Tür reinspaziert kommt und uns erzählt, dass alles nur ein fieser Scherz war.»

Ben ist sich bewusst, dass die anderen in der Schule sitzen und darauf warten, endlich mit den Befragungen anfangen zu können, und er beschließt, fürs Erste Schluss zu machen.

«Du kennst ja Rachel ... Ms Dean, eure Schulpsychologin», fügt er hinzu, als er ihr fragendes Gesicht sieht. «Du kannst jederzeit mit ihr sprechen, wenn du das Gefühl hast, dir wird das alles zu viel.» Er mustert die dunklen Schatten unter ihren Augen, die abgekauten Fingernägel und denkt an Philippa Easton, die völlig geistesabwesend am Tischende sitzt, und an Olivias Vater, der ständig nur arbeitet. «Geh zu ihr, wenn du mit jemandem reden willst. Trauer wirkt sich auf uns alle unterschiedlich aus ...» Er verstummt. Er weiß nicht, was er ihr sagen soll, weiß nur, dass er ihr irgendwas anbieten will, doch zwischen ihnen liegt tückisches Gelände. Er weiß, auf was für einem messerscharfen Grat sie unterwegs ist, und hat Angst, es nur schlimmer zu machen. «Du musst da nicht alleine durch. Glaub mir, das ist der falsche Weg.»

Aus Angst, zu weit gegangen zu sein, steht Ben eilig auf und sammelt seine Unterlagen ein. «Meinst du, ich dürfte, ehe ich gehe, noch kurz einen Blick in Sarahs Zimmer werfen? Es könnte mir dabei helfen, ein noch besseres Bild von ihr zu bekommen.»

Olivia sieht zu ihrer Mutter hinüber, aber Philippa ist schon wieder irgendwohin abgedriftet. «Da herrscht Chaos», warnt Olivia ihn.

Ben lächelt warmherzig. «Als Vater einer Teenager-Tochter bin ich mit der Definition von Chaos bestens vertraut.»

Olivia führt ihn über eine herrschaftliche Treppe hinauf in den ersten Stock. Philippa folgt ihnen mit schleppenden Schritten. Oben betreten sie einen breiten, mit Teppich ausgelegten Flur und gehen bis zu einer geschlossenen Tür. «Das ist Sarahs Zimmer», sagt Olivia.

Mutter und Tochter bleiben stumm im Türrahmen stehen, während Ben das Zimmer betritt. Abgesehen von den Proportionen, der hohen, stuckverzierten Decke, dem Kronleuchter und dem antiken Himmelbett sieht das Zimmer aus wie das einer ganz normalen Teenagerin. Plüschkissen. Lichterketten. Mit winzigen Goldsternen bestickte, gefranste Bettwäsche. Ein Haufen Klamotten auf einem Stuhl und ein weiterer Berg auf dem Fußboden vor dem Bett. Eine überquellende Schmuckschatulle mit offenstehendem Deckel. Auf einem Schminktisch Make-up-Paletten, Parfumflakons und diverse Flaschen mit Lotion. Zwischen den Plüschkissen hockt ein Stoffpinguin. Ben betrachtet eine an die Wand gepinnte Fotocollage. Die meisten Bilder zeigen Sarah und Olivia, die einander die Arme um die Schultern gelegt haben und in die Kamera grinsen. Die beiden Mädchen sehen sich erstaunlich ähnlich, auch wenn Ben erkennt, dass Olivia zwar eindeutig attraktiv, Sarah mit ihren hohen Wangenknochen und den vollen Lippen aber noch schöner ist. Mitten zwischen den Selfies entdeckt er ein Foto, auf dem Sarah stark geschminkt ist und ein schäbiges Kleid trägt. Sie steht inmitten einer Reihe von kostümierten Schülerinnen und Schülern und auch ein paar Lehrern, und sie feiern eindeutig das Ende einer Theateraufführung. Ein weiteres Bild zeigt Sarah etwas jünger, strahlend inmitten einer grellweißen Wüstenlandschaft, eingerahmt von zwei Erwachsenen. Rechts von ihr steht Diana, ihre Mutter, und links ein attraktiver Mann, vermutlich Sarahs verstorbener Vater. Beim Anblick der Dinge, die vom Leben des jungen Mädchens erzählen, verspürt Ben einen hohlen Schmerz in der Brust.

Er kann Olivia leise weinen hören, das Gesicht an der Schulter ihrer Mutter geborgen. Ben lässt den Blick über das Durcheinander auf dem Schreibtisch gleiten: Bücher, Stifte, zerknüllte, bekritzelte Blätter, eine leere Tasse. Der Anblick der Kritzeleien bringt ihn auf eine Idee. «Weißt du, ob Sarah Tagebuch geführt hat?»

«Ich - ich bin mir nicht sicher», sagt Olivia und wischt sich die Tränen weg.

«Hast du sie mal was schreiben sehen, in ein Notizheft vielleicht?»

Olivia schüttelt den Kopf.

«Wäre es okay, wenn ich mich kurz umsehe?»

Philippa nickt, und Ben zieht ein paar Latexhandschuhe aus der Jackentasche und öffnet die kleine Kommode neben dem Bett. Er fährt mit der Hand tastend unters Kopfkissen, unter die Matratze und schaut unters Bett. Er wirft einen kurzen Blick in sämtliche Schubladen und Ritzen, überprüft alle Orte, an denen eine Teenagerin ein Geheimnis verstecken würde, aber ein Tagebuch findet er nicht.

Er beschließt, endlich Schluss zu machen. «Du hast mir heute sehr geholfen, Olivia. Vielen Dank.»

«Werden Sie den Täter fassen?», fragt das Mädchen ihn mit zitternder Stimme.

Er sieht die Angst und die Besorgnis in ihrem Blick. Ben nickt. «Ich verspreche, dass ich alles in meiner Macht Stehende tun werde, um rauszufinden, was mit Sarah passiert ist.»

Noch unter dem Eindruck von Olivias Qualen geht er zu seinem Wagen und stellt sich die vielen Gesichter in Folly View vor, auf denen sich in diesem Augenblick dieselben oder sehr ähnliche Emotionen spiegeln. Er wählt DC Maxwells Telefonnummer.

Sie geht umgehend ran. «Wen haben wir?»

«Fangt mit Danny Carlisle an», sagt er. «Nach Olivias

Aussage hatten er und Sarah eine Art Liebesbeziehung. Sie haben sich auf der Party gestritten, der Grund hat offenbar was mit Dannys älterem Bruder zu tun.»

Maxwell reagiert sofort. «Warte mal. Danny Carlisles Bruder? Meinst du etwa Connor Carlisle?»

«Höchstpersönlich.»

«Ach du Scheiße.»

«Wie's aussieht, hat er zusammen mit einem seiner Schwachköpfe die Party gecrasht.»

Maxwell stößt einen leisen Pfiff aus. «Ich hätte nicht gedacht, dass Connor sich für Schülerpartys interessiert.»

«Holt so viel aus Danny raus, wie ihr könnt. Ich kümmere mich inzwischen um Connor. Ich werde ihm einen kleinen Besuch abstatten.»

«Wer noch?»

Er liest ihr die Namensliste vor, Maxwell schreibt mit und wiederholt.

«Sonst noch jemand?»

Ben starrt seine Notizen an, den Blick fest auf den letzten Namen geheftet, der Name, den er nicht über die Lippen bringt. Er räuspert sich. «Das ist momentan alles.»

«Gut. Ich halte dich auf dem Laufenden.» Sie verstummt.

Ben wartet, spürt ihr Zögern.

«Es gibt ein bisschen Knatsch unter den DCs. Hast du's schon mitbekommen?»

«Nein. Worum geht's?»

«Es heißt, Khan hätte ein Lieblingskind. Jemand hat sich beschwert, mit Recherchearbeit zugeballert zu werden, während ich die Befragungen durchführen darf.»

«Lass mich raten. Du meinst Crawford?»

«Ich nenne keine Namen.»

«Na ja, wer auch immer, das ist sein Problem. In diesem

Fall ist jedes Fitzelchen Polizeiarbeit wichtig. Wir unterstützen einander.»

«Ich weiß, derjenige wirft ihm vor, Günstlingswirtschaft betreiben. Wegen dem ganzen Zeug, das kürzlich durch die Presse ging, über institutionalisierten Sexismus und Frauenfeindlichkeit bei der Polizei. Du weißt schon, eine Beamtin ins Rampenlicht bugsieren, damit das Team gut dasteht. Es heißt, meine Position wäre nichts weiter als ein schlauer PR-Schachzug von Khan.»

«Das ist doch Schwachsinn. Khan hat dir den Job gegeben, weil du die Beste bist. Er vertraut dir.»

Maxwell antwortet nicht gleich. Dann sagt sie: «Na ja, ich bin mir nicht sicher, dass das alle so sehen. Crawford hat mich auf dem Kieker, seit ich von Manchester zu euch gewechselt bin. Sobald er rausgefunden hat, dass ich mit Steph liiert und gegen seinen ‹männlichen Charme› immun bin ...» Sie verstummt.

«Zerbrich dir nicht den Kopf darüber, was ein Paragrafenreiter wie Crawford denkt. Der sollte sich lieber ein Beispiel an deiner Arbeitsmoral nehmen. Das ist wirklich nicht dein Problem, Maxwell. Konzentrier du dich auf den Fall.»

«Danke, Chase. Mach ich.»

Sie beenden das Gespräch, und Ben bleibt noch einen Augenblick sitzen, den Blick nach draußen gerichtet. Hinter der langgezogenen Kieszufahrt erheben sich dunkel und schwindelerregend die bewaldeten Hügel bis hinauf in den tief hängenden grauen Himmel. Irgendwo da oben steht der Turm, wo Sarah gefunden wurde. Er kann an nichts anderes denken als an den Namen, der ganz unten auf seinen Block gekritzelt steht, der Name, den er Maxwell verschwiegen hat. Ben stöhnt auf. Verdammt noch mal, Ellie.

Der Samstagabend ist eine einzige Katastrophe gewesen. Sie ist bis etwa zwanzig Uhr bei ihnen geblieben, hat mit Chrissie und ihm draußen am Pizzaofen gestanden und dann plötzlich verkündet, sie müsse nach Hause.

Er hat vehement protestiert. «Das ist unser Wochenende, Ellie!»

Ellie hat ihm ihr Telefon hingehalten und ihm die Nachricht von «MUM MOBIL» gezeigt.

Du musst nach Hause kommen. Sag Dad Bescheid. Tut mir leid, aber es ist wichtig.

«Ellie, hat die Neuigkeit was mit dem Baby zu tun?», hat er sie gefragt. «Ich weiß, dass es für dich überraschend kommt, aber ich hatte gehofft, du würdest dich über ein Geschwisterchen freuen.»

Ellie hat ihn achselzuckend angesehen. «Ich freu mich für euch, aber ich muss trotzdem los. Mum ist ganz allein.»

Er hat die Spitze in ihrer Stimme deutlich gehört, und auch wenn er ziemlich genervt war, war Ellie eindeutig zu alt, um dazu gezwungen zu werden, gegen ihren Willen bei Chrissie und ihm zu bleiben. Da wäre für sie alle nichts Gutes bei rausgekommen. Kleine Schritte, einer nach dem anderen, beschwichtigte er sich. Irgendwann würden sie sich alle an die Situation gewöhnt haben. «Na gut», lenkte er seufzend ein. «Ich fahre dich rüber.» Auf Ellies Drängen hin setzte er sie ein Stück vom Cottage entfernt ab, «um uns allen peinliche Begegnungen zu ersparen», und sah zu, wie sie den Pfad zum Haus hochlief, den Schlüssel ins Schloss steckte, sich umdrehte und ihm zum Abschied zuwinkte.

Hat sie ihn verarscht? Hat Rachel davon gewusst? Hat sie für Ellie gelogen und sie nach Hause zurückbeordert, damit Ellie trotz Vaterwochenende auf die Party gehen konnte? Spielt Rachel ihn aus, um bei Ellie zu punkten?

Er sieht zu dem Notizblock auf dem Beifahrersitz und bekämpft den Drang, das oberste Blatt abzureißen, zu einer Kugel zu knüllen und ganz unten in seine Tasche zu stopfen, den Beweis zu begraben. Genau das würde er am liebsten tun. Das, was jeder Vater tun würde, oder etwa nicht?

Frustriert boxt Ben aufs Lenkrad.

Das müssen sie nachher im Cottage klären. Jetzt muss er sich dringend konzentrieren, und auch wenn es ihm unangenehm ist, seinen Kollegen Informationen vorzuenthalten, sieht er keinen Grund, die Ermittlungen mit unnötigen – und möglicherweise unwahren – Informationen zu verwässern. Nicht, ehe er rausgefunden hat, was zum Teufel Ellie dieses Wochenende getrieben hat. Nicht, ehe er einwandfreie Fakten über ihren Verbleib gesammelt hat, so wie jeder gute Ermittler es tun würde. Zumindest redet Ben sich das ein, während er den Motor anlässt und den Wagen über die Zufahrt lenkt.

KAPITEL 13

Montag, 14.00 Uhr

Die Befragung durch eine Polizeibeamtin nach dem plötzlichen Tod seiner Freundin würde jeden Jugendlichen nervös machen, aber irgendwas an Dannys zusammengesunkener Haltung und dem gehetzten Blick gibt Rachel ein ungutes Gefühl. Er steht im Türrahmen zu ihrem Arbeitszimmer und sieht aus, als würde er jeden Moment kehrtmachen und die Flucht ergreifen.

«Hallo, Danny», sagt Fiona Maxwell und deutet auf den leeren Sessel am Kamin. «Ich bin Detective Constable Maxwell. Ich werde dir jetzt ein paar Fragen stellen.»

Danny rührt sich nicht. Sein Blick schießt von DC Maxwell zu Rachel.

«Ich hoffe, es ist okay für dich, wenn ich dabeisitze?», sagt Rachel mit einem, wie sie hofft, beruhigenden Lächeln. «Wir haben versucht, deine Mutter zu erreichen, aber sie geht nicht ans Telefon. Also bin ich für dich da, wenn du damit einverstanden bist.»

«Die ist bestimmt im Kaufhaus», sagt er mit gepresster Stimme. «Die dürfen während der Schicht nicht telefonieren.»

Rachel nickt. «Deshalb handle ich *in loco parentis*. An Eltern statt», fügt sie erklärend hinzu. «Also als stellvertretende Erziehungsberechtigte. Ist das in Ordnung für dich?»

Er nickt, betritt das Zimmer, setzt sich in den Sessel, auf

den Maxwell gedeutet hat, überkreuzt die Füße an den Knöcheln und schüttelt sich die zerzausten Haare aus dem Gesicht. Die Schwellung unter seinem Auge hat inzwischen eine erschreckend violette Farbe angenommen.

«Bin ich der Erste?», fragt Danny.

Rachel nickt.

«Ein paar von den anderen sagen, sie wäre ermordet worden. Stimmt das?»

«Wir können zu diesem Zeitpunkt zur Todesursache noch nichts Genaues sagen, Danny», antwortet Maxwell ernst. «Ich bin hier, um dir einige Fragen zu stellen.»

Rachel kennt Danny seit drei Jahren, seit sie nach Folly View gekommen ist. Sie konnte dabei zusehen, wie er sich von einem schlaksigen Jungen in einen breitschultrigen jungen Mann verwandelt hat, groß gewachsen und muskulös, mit breitem Kinn, strahlend blauen Augen und makelloser Haut. Verglichen mit einigen seiner hormonell stärker geplagten Schulkameraden, hat er in der Genlotterie eindeutig gewonnen, zumindest an den Tagen, wo er nicht aussieht, als hätte er sich ein paar Runden mit Mike Tyson geliefert.

«Das sieht schmerzhaft aus», sagt DC Maxwell und deutet mit dem Kinn auf Dannys Gesicht. «Wann ist das passiert?»

«Samstagabend.» Danny blickt zu Boden, die dunklen Haare fallen ihm über die Augen. «Es schwirren so viele Gerüchte durch die Gegend. Manche sagen, Sarah hatte einen Unfall, aber es gibt auch Leute, die sagen, da draußen würde ein Serienmörder rumrennen.» Er hebt den Kopf und schaut zwischen beiden Frauen hin und her. «Und? Stimmt das?»

DC Maxwell geht nicht darauf ein. «Ich würde gerne zuerst ein paar persönliche Angaben abgleichen. Du besuchst Folly View jetzt seit … wie lange? Seit fünf Jahren?»

Als Danny klar wird, dass Maxwell nicht nachgeben wird, schüttelt er sich die Haare aus der Stirn und nickt. «Seit der Neunten. Ich war an der Oberschule in der Stadt, aber dann habe ich hier ein Sportstipendium bekommen.»

«Gratuliere. Welche Sportart?»

«Leichtathletik. Hauptsächlich Laufen. Außerdem spiele ich ein bisschen Fußball.»

«Auf welcher Position?»

«Mittelfeldspieler.»

«Bist du gut?»

Danny zuckt die Achseln. «Schon okay.»

Rachel ist versucht einzuwerfen, dass er ein absoluter Starathlet auf Landesebene ist und der Dreh- und Angelpunkt ihrer in der Liga äußerst erfolgreichen Fußballmannschaft, aber sie weiß, dass sie nicht gefragt ist. Stattdessen sieht sie ihn an und nickt ihm aufmunternd zu. Sie hatte für Danny Carlisle von Beginn an eine Schwäche, vielleicht, weil er, wie Ellie mit ihrer Aufnahme ins Kunstprogramm der Schule, einer der wenigen Stipendiaten in Folly View ist. Durch Ellies Erfahrungen weiß sie aus erster Hand, dass es für die Kinder aus dem Ort nicht ganz leicht ist, sich anzupassen. Sie hatte von Anfang ein Auge auf ihn.

Allerdings muss sie zugeben, dass Danny den Übergang offensichtlich relativ mühelos gemeistert hat. So unfair es sein mag, aber Rachel weiß natürlich, wie der Hase läuft. Ob an einer Privatschule oder an einer staatlichen, Beliebtheitshierarchien existierten überall, und in einer Schule wie Folly View hat der Status als Sportstar ungleich mehr Gewicht als der einer schüchternen Einzelgängerin wie Ellie. Danny ist mit seiner athletischen Ausstrahlung, seiner

Bescheidenheit und seinem guten Aussehen quer durch die verschiedensten Cliquen beliebt. Außerdem ist er ein ausgemachter Mädchenschwarm, und sie vermutet, dass das, was sie über ihn und Sarah gehört hat, stimmt.

«Bist du Tagesschüler?»

Danny nickt.

Maxwell wendet sich an Rachel. «Wie ist das Verhältnis von Internen und Externen an dieser Schule?»

«Wir haben etwa sechzig Prozent Internatsschülerinnen und -schüler, auf vier Häuser verteilt.»

Maxwell wendet sich wieder an Danny. «Und wo bist du zu Hause?»

«In Thorncombe. Woodleigh Rise 18.»

«Bei wem lebst du?»

«Ich wohne allein mit meiner Mum. Mein Bruder ist vor einem halben Jahr ausgezogen. Zu meinem Vater habe ich keinen Kontakt.»

DC Maxwell macht sich Notizen, dann fängt sie an, mit dem Stift auf den Block zu klopfen. «Reden wir über Samstagabend, Danny. Vor allem über die Party im Wald.» Maxwells Tonfall hat sich verändert. Der Smalltalk ist vorbei. «Kannst du mir sagen, wann du letzten Samstag wo gewesen bist?»

«Klar. Samstagvormittag war ich beim Fußballtraining, hier auf dem Campus. Danach bin ich nach Hause gefahren, um eine Hausarbeit fertigzustellen.»

«Erzähl weiter.»

Danny räuspert sich. «Ich hatte mich für zwanzig Uhr mit Saul am Schultor verabredet. Von dort sind wir zusammen rauf zum Steinbruch gelaufen. Ich war ein paar Stunden lang dort, mit ein paar anderen, und irgendwann bin ich wieder abgehauen …» Er unterbricht sich und denkt nach. «Ich glaube, so gegen Mitternacht. Kurz darauf war ich zu Hause.»

«Hattest du, während du beim Steinbruch warst, Kontakt zu Sarah Lawson?»

Danny wirft den Kopf in den Nacken und schielt unauffällig zu Rachel rüber. Direkt unter seinem linken Ohrläppchen prangt ein rötlicher Knutschfleck. Sie fragt sich, ob er Maxwell ebenfalls aufgefallen ist. Er räuspert sich. «Ja. Sarah und Olivia sind irgendwann aufgetaucht, gegen neun, glaube ich. Olivia ist kurz vor mir wieder gegangen. Als ich ging, war Sarah immer noch da.» Er schluckt schwer und senkt den Blick auf seine Hände. «Ich versteh einfach nicht, wie so was ... ich meine ... ist sie wirklich tot?»

Maxwells Stimme wird etwas sanfter. «Ja, Danny.»

Er rutscht in seinem Sessel tiefer, seine Augen werden sichtlich feucht, und sein ganzer Körper wirkt wie erstarrt – als würde die Anstrengung, seine Emotionen in Schach zu halten, die Beteiligung jedes einzelnen Muskels erfordern. Falls er tatsächlich mit Sarah liiert war, trifft es ihn härter als die meisten anderen. Alle Impulse in Rachel, sowohl in ihrer Rolle als Mutter als auch in der als Schulpsychologin, wollen sie dazu treiben, ihn zu trösten, ihm zur Seite zu stehen, aber Fiona Maxwell war im Vorfeld sehr deutlich: «Sie sitzen nur dabei, Rachel, in Ihrer Funktion als Stellvertreterin der Eltern. Als stille, beruhigende Präsenz.» Stumm bleiben zu müssen, tut ihr weh, aber sie weiß, dass sie nicht eingreifen darf.

Maxwell beugt sich vor. «Möchtest du kurz Pause machen?»

Er schüttelt den Kopf. «Nein. Ich will helfen.»

«Okay. Ich gehe davon aus, dass ihr euch *sympathisch* wart, du und Sarah?»

Maxwell betont das Wort, als würde sie eine Anspielung machen.

Er sieht sie an. «Wir haben uns hin und wieder getroffen. Es war on und off.»

«Und wart ihr auf der Party Samstagabend gerade ‹on› oder ‹off›?»

«Ich dachte eigentlich ... ich meine ... Keine Ahnung.» Sichtlich aufgewühlt reibt er an einem Fleck auf seinem Ärmel herum. «Ich hab gehört, sie wurde oben am Turm gefunden. Ist sie runtergestürzt?»

«Ich weiß, wie verstörend das alles ist, Danny, aber du musst dich bitte auf meine Fragen konzentrieren.»

«Entschuldigung.»

«Ich gehe mal davon aus, dass ihr beide Samstagabend auf der Party zusammen wart, du und Sarah?» Maxwells Blick gleitet zu Dannys Knutschfleck.

Er nickt. «Eine Zeitlang. Ja.» Danny sieht sie an. «Wir ... wir haben uns gestritten.»

«Worüber?»

Danny verzieht das Gesicht. «Connor war schuld. Er ist plötzlich aufgetaucht.»

«Connor ist dein älterer Bruder, richtig?»

«Ja.»

«Was wollte Connor Samstagabend im Wald?»

Danny wirft genervt die Hände in die Luft. «Keine Ahnung.»

«Hat Connor etwas mit der Schule zu tun? Ist er ein ehemaliger Schüler?»

Danny lacht auf. «Als ob! Connor hat vor ein paar Jahren die Thorncombe High geschmissen. Er hatte immer Probleme mit der Schule, und Mum hätte sich das Schulgeld für so was wie hier nie leisten können. Ich bin selbst nur wegen meinem Stipendium hier. Connor zieht mich permanent damit auf. Er nennt die Schule ‹was für reiche, hirnlose Scheißer›. «'tschuldigung», fügt er an Rachel gerichtet hinzu und wird rot. «Ich sage nur, was Connor gesagt hat.»

«Und weshalb ist dein Bruder dann Samstagabend aufgetaucht?»

Maxwell sieht ihn abwartend an. Danny reibt sich das Kinn und wirft einen sehnsüchtigen Blick zur Tür. «Muss ich auf *jede* Frage antworten?»

Maxwell lehnt sich zurück. Ihr Gesicht ist neutral, aber Rachel spürt, dass die Atmosphäre sich verändert. «Nein, Danny, du *musst* nicht auf jede Frage antworten. Du kannst die Aussage verweigern, und wir setzen das hier in der Stadt im Kommissariat fort, im Beisein deiner Mutter, und gehen dann tiefer ins Detail, falls dir das lieber ist.» Das von ihr gezeichnete Szenario hängt wie eine Drohung zwischen ihnen. «Oder du antwortest jetzt gleich und hilfst uns bei unseren Ermittlungen – für Sarah.»

Danny sieht aus, als würde er seine Optionen abwägen. «Na schön. Das geht dann auf Connor. Nicht mein Problem.»

«Was geht auf Connor?»

«Hören Sie, ich war genauso überrascht wie alle anderen, als er plötzlich da aufgetaucht ist. Ich war der Meinung, er hätte Besseres zu tun. Aber er hat offensichtlich von der Party Wind bekommen und ... keine Ahnung ... vielleicht hat er es als *günstige Gelegenheit* betrachtet.»

«Gelegenheit wofür?»

Danny seufzt. «Sie kennen doch meinen Bruder, oder?» Die Frage klingt rhetorisch, und Maxwell antwortet nicht. «Mum will nie ein schlechtes Wort über ihn hören, aber die Wahrheit lautet, er ist ein ziemliches Arschloch.»

«Erzähl weiter.»

«Er tauchte Samstagabend mit einem seiner Kumpel im Steinbruch auf. Big Kev. Ein Riese wie ein Scheißhaus.» Mit einem Seitenblick auf Rachel verstummt er. «Entschuldigung. Aber der Kerl ist wirklich riesig. Ich glaube, sie hatten sich in den Kopf gesetzt, meine ‹reichen› Freunde hätten Geld, weil ... na ja ... Privatschule und so.» Er zuckt die Achseln. «Wahrscheinlich hat er gedacht, er könnte meinen Freunden was andrehen.»

«Was meinst du damit?»

Danny windet sich. Es ist offensichtlich, dass es ihm schwerfällt, seinen Bruder reinzureiten. «Na ja. Nur Gras ...»

«Und?»

Er wirft die Hände in die Luft. «Keine Ahnung? Pillen?»

«Aha. Connor und Big Kev tauchen also auf eurer Party im Wald auf, um zu dealen. Wann war das?»

«Gegen zehn vielleicht. Ungefähr zu der Zeit, als das mit den Spielen anfing.»

«Mit den Spielen?» Auch diesmal bleibt Maxwells Tonfall neutral, aber Rachel registriert ihre veränderte Körperhaltung, die hochgezogenen Augenbrauen. «Erzähl mir davon.»

«Es war total dämlich. Halloween eben. Die meisten waren verkleidet. Sarah war als Geist eines Mädchens aus der Gegend gekommen ... Sally ... und» – Danny zögert, dann räuspert er sich. «Wahrscheinlich fing deshalb das mit den Gespenstergeschichten an. Saul hat versucht, uns mit der Sally-Geschichte Angst einzujagen. Sie wissen schon, die Geschichte von dem Mädchen, das im Wald ermordet wurde.» Er muss schlucken. «Oben am Turm.»

«Und weiter?»

«Dann kam irgendwer auf die dämliche Idee, Kontakt zu ihr aufzunehmen.» Er hebt den Blick. «Ja, ich weiß schon. Ich glaube nicht an den Kram, aber Saul war eindeutig auf einer Mission. Er hat aus einem Pizzakarton und einem Marmeladenglas, das er gefunden hatte, ein windiges Ouija-Brett gebastelt. Eine alberne Idee, um die Mädels zu erschrecken. Dann haben wir eine Zeitlang damit rumgespielt. Jemand hat heimlich das Marmeladenglas angeschoben, um zu zeigen, dass Sally anwesend ist, und Mutproben von uns verlangt.» Wieder muss Danny schlucken. «Aber dann meinte Jasmine, sie hätte im Wald jemanden gesehen, und wir haben aufgehört. Sie meinte, da wäre jemand oben über dem Steinbruch zwischen den Bäumen und würde uns beobachten.»

Rachel läuft ein Kribbeln den Nacken hinauf. Maxwell hat aufgehört zu schreiben. «Jemand hat euch beobachtet?»

Danny zuckt die Achseln. «Wie gesagt, Jasmine hat zwischen den Bäumen wen gesehen. Sie war richtig hysterisch, also sind Saul und ich nachschauen gegangen. Wir wollten ihn vertreiben.»

«Habt ihr jemanden gefunden?»

«Nein. Wir haben überall gesucht, aber da war niemand. Wahrscheinlich ist nur Jas' Fantasie mit ihr durchgegangen. Dann hat Saul angefangen, die Mädchen aufzuziehen, hat sie Angsthasen genannt, woraufhin Sarah den Vorschlag mit den Mutproben gemacht hat. Um zu beweisen, wer ein Angsthase ist und wer nicht.» Danny seufzt. «Es war nur ein Spiel, verstehen Sie? So was wie Wahrheit oder Pflicht. Nur, dass wir es ‹Sally sagt› getauft haben.»

«So wie ‹Simon sagt›?»

«Ja, genau.»

«Was für Mutproben waren das?»

Danny zuckt zusammen. «Alberner Scheiß. Am Anfang war alles ganz harmlos. Viola musste mit Max Klamotten tauschen. Saul ist übers Lagerfeuer gesprungen. Irgendwer hat einen Regenwurm gegessen. Es gab auch Küsse und ... äh ... anderes Zeug.» Danny läuft rot an. «Eigentlich war es ziemlich lustig, bis Connor sich eingemischt hat. Von da an wurde es schräg.»

«Dein Bruder hat bei den Mutproben mitgemacht?»

«In gewisser Weise.»

«Wie meinst du das?»

Danny windet sich. Er sieht aus, als würde er am liebsten unter Rachels Schreibtisch vor den Fragen Zuflucht suchen. «Sarah hat mich dazu aufgefordert, eine von seinen Pillen zu schlucken.»

Maxwell hakt in neutralem Tonfall nach. «Und? Hast du?»

Er schüttelt den Kopf. «Niemals. Ich hatte keinen Bock, mit so einem Scheißdreck meinen Platz in der Mannschaft und mein Stipendium hier an der Schule aufs Spiel zu setzen.» Er korrigiert sich. «Mit so einem *Zeug*. Sie weiß genau, wie viel mir das bedeutet. Wie sehr ich mich darauf konzentriere, an die Uni zu kommen. Ich war total sauer, dass sie so was überhaupt vorgeschlagen hat.»

«Wie hat Sarah auf deine Weigerung reagiert?»

Danny sieht wütend aus. «Sie war betrunken, und ich glaube nicht, dass sie's wirklich so gemeint hat, aber sie nannte mich einen ‹Schlappschwanz›.» Er lässt den Kopf hängen. «Ich hab mich geweigert, ihre Mutprobe anzunehmen, und stattdessen zwei Kurze gekippt. Ich dachte, damit wäre die Sache erledigt.»

«Hat jemand Sarah zu einer Mutprobe herausgefordert?»

Danny nickt. «Connor meldete sich als Nächster. Er stellte Sarah eine Aufgabe.»

«Was genau?»

Danny schluckt. «Er sagte, sie soll den Jungen auf der Party küssen, auf den sie am meisten steht.» Rachel kann Dannys Wut förmlich spüren.

«Wen hat Sarah geküsst, Danny?» Wieder gleitet DC Maxwells Blick kurz zu dem Knutschfleck an seinem Hals.

Er lässt den Kopf hängen und sagt mit rauer Stimme: «Connor. Sie hat eine Riesenshow daraus gemacht.»

Maxwell reagiert nicht sofort. «Das war sicher nicht einfach für dich, mit anzusehen, wie ein Mädchen, das du magst – das Mädchen, mit dem du dich regelmäßig triffst –, deinen Bruder küsst.»

«Tja», sagt Danny. «Connor fand es natürlich superwitzig. Er konnte einfach nicht die Klappe halten. Meinte, die ‹reichen Weiber› stehen eben auf die bösen Jungs. Und dass schließlich jeder wüsste, dass die Mädchen von Folly View es mit allen treiben. Das war der Moment, als ich ihm eine reingehauen habe. Wir haben uns geprügelt.» Er deutet auf sein Gesicht. «Wie man sieht.»

«Und wenn wir mit Connor sprechen würden, würde er uns dasselbe erzählen?»

Danny reißt den Kopf hoch. «Gut möglich, dass er nicht zugeben würde, von seinem kleinen Bruder geschlagen worden zu sein. Oder das mit den Drogen. Aber, doch, ich vermute, im Kern würde er Ihnen dasselbe erzählen. Sarah und ich haben gestritten. Ich hatte vorher schon den Verdacht, dass sie nicht ehrlich zu mir war, und dann ... dann hab ich auf ihrem Telefon was gesehen, das mir gesagt hat, dass sie mich verarscht.»

«Was genau?»

«Ich hab nicht aktiv danach gesucht, aber es ploppte auf dem Sperrbildschirm auf. Eine Nachricht, in der so was stand wie *Vermisse dich ... will bei dir sein*. Ich hab es ihr laut vorgelesen, aber sie hat mir nur das Telefon aus der Hand gerissen und wollte mir nicht sagen, wer ihr geschrieben hat. Ich hatte die Schnauze voll, wie ein Idiot behandelt zu werden, also bin ich abgehauen. Mir hat es gereicht.»

«Eine anonyme Nachricht?», hakt Maxwell behutsam nach.

«Ja.»

«Und du hast keine Ahnung, von wem?»

«Nö. Sie wollte es mir nicht sagen. Da stand auch kein Name. Nur irgendeine Buchstabenkombi. Sie checken doch sicher ihr Telefon, oder?»

«Ja, das würden wir tun, wenn wir könnten, aber es gibt da ein Problem. Wir haben ihr Telefon bis jetzt noch nicht gefunden.»

Danny sieht sie perplex an. Maxwell hält seinem Blick stand, und schließlich senkt Danny den Blick. Die Ermittlerin lehnt sich zurück und mustert einen Moment nachdenklich ihren Block. «Danny, hat eine eurer Mutproben euch Samstagabend hoch zum Turm geführt?»

«Zum Turm?» Er schüttelt den Kopf. «Soweit ich weiß, nicht. Schon möglich, dass irgendwer was in der Richtung vorgeschlagen hat, aber ich glaube nicht, dass jemand Bock hatte, da raufzulaufen. Wir waren nur im Steinbruch.»

Rachel kann es ihm ansehen. In seinem Gesicht ist jede Spur von Wagemut verschwunden. Sie kann sich kaum vorstellen, wie angsteinflößend es Samstagnacht im Wald gewesen sein muss, wie angespannt die Atmosphäre war, mit all den Halloween-Kostümen, dem Ouija-Brett und den albernen Gespenstergeschichten, mit denen sie sich gegenseitig Angst eingejagt haben, mit Mutproben und dem Gerede von einem Fremden, der sich zwischen den Bäumen versteckt.

«Dieser Witz, mit dem dein Bruder dich provoziert hat, dem Spruch darüber, dass die Mädchen von Folly View ‹es mit allen treiben›? Warum hat er das gesagt? War da schon mal was zwischen Sarah und Connor?»

Danny wirkt erschrocken. «Nein! Sicher nicht. Er hat einfach nur das Arschloch raushängen lassen.»

Maxwell wartet kurz, dann sagt sie: «Normalerweise kommen Gerüchte nicht aus dem Nichts. In den meisten steckt tatsächlich ein Körnchen Wahrheit. Bist du dir sicher?»

Danny schüttelt heftig den Kopf. «Wenn sie wirklich einen anderen hatte, dann sicher nicht Connor. Sie hat ihn geküsst, um mich zu ärgern - aus Rache, weil ich ihre Mutprobe abgelehnt habe.»

«Was ist damit?» Maxwell öffnet ihr iPad und schiebt es über den Tisch. «Weißt du, wer das getan hat?»

Rachel beugt sich vor. Auf dem Foto ist ein zerklüfteter Felsen zu sehen, auf den jemand mit roter Farbe das Wort «Sally» gesprüht hat.

Danny legt den Kopf schief. «Davon weiß ich nichts.»

Maxwell mustert ihn ruhig, dann zieht sie das iPad zu sich zurück. «Okay. Um wie viel Uhr hast du die Party verlassen?»

«Hab ich doch schon gesagt. Ich war um kurz nach Mitternacht zu Hause.»

«Bist du direkt nach Hause gegangen?»

«Ja. Saul und ich sind gemeinsam zurückgelaufen. Über einen der Waldwege runter auf die Thorncombe Lane. Von dort aus ist er in die Schule zurück und ich nach Hause.»

«Und Sarah hast du im Wald zurückgelassen … bei Connor?»

Danny nickt. «Olivia war schon weg. Sie ist ziemlich sauer abgedampft, weil Sarah nicht auf sie gehört hat. Ich muss zugeben, ich war selbst ziemlich sauer auf Sarah, aber ich wollte auch nicht, dass sie alleine durch den Wald läuft. Ich habe ihr angeboten, sie nach Hause zu begleiten, aber sie meinte nur, das könnte ich mir abschminken. Sie wirkte wütend auf mich, was, ehrlich gesagt, schon ein bisschen krass war.» Er verzieht das Gesicht und lässt den Kopf hängen. «Ich wollte ihr helfen, aber Saul meinte, ich soll mich zusammenreißen. Er meinte, ich soll ihr nicht nachlaufen wie ein Schoßhündchen. Meinte, ich sollte sie doch bei Connor lassen, wenn sie so scharf auf ihn ist. Und warten, bis sie wieder angelaufen kommt. Tja. Also bin ich nach Hause gegangen.» Als er den Kopf wieder hebt, wirkt er verzweifelt. «Ich hätte sie niemals dort allein lassen dürfen.»

«Und war das das letzte Mal, dass du Sarah gesehen oder etwas von ihr gehört hast?»

Er nickt. «Sobald ich zu Hause war, hab ich ihr auf WhatsApp geschrieben. Ich weiß, dass sie's gesehen hat, die Häkchen waren da. Aber sie hat nicht reagiert. Ich dachte, sie wäre immer noch sauer auf mich.» Er zuckt hilflos die Achseln.

«Was hast du geschrieben?»

«Ich hab nur gefragt, ob zwischen uns alles okay ist. Ob es ihr gut geht.»

«Und das war der letzte Kontakt?»

Danny nickt. «Ich kann es Ihnen zeigen.» Er zieht das Telefon aus der Tasche seines Schulblazers, entsperrt den Bildschirm und öffnet WhatsApp. Er hält Maxwell das Telefon hin. «Das hab ich um 0.53 Uhr geschickt.»

«Hat dich jemand gehört oder gesehen, als du nach Hause gekommen bist?»

Danny denkt nach. «Ja. Meine Mum war noch wach, als ich kam. Sie bat mich, den Hund rauszulassen. Also, ja. Meine Mum.»

«Gibt es außerdem noch irgendetwas, das du mir über den Abend erzählen möchtest, Danny? Etwas, von dem du glaubst, es könnte wichtig sein?»

Danny steckt das Telefon zurück in die Tasche. Er wirft Rachel einen kurzen Blick zu, dann schaut er wieder weg. Sag es ihr, denkt Rachel. Behalte es nicht für dich. Auf lange Sicht bringt dir das nichts.

Als hätte Maxwell ihre Gedanken gelesen, fügt sie hinzu: «Es wäre besser, wenn du uns jetzt gleich alles erzählst. Solltest du wissentlich Informationen zurückhalten, könnte dir das später als Behinderung der Ermittlungen ausgelegt werden.»

Danny hält den Blick starr nach unten gerichtet, seine Hände liegen verkrampft im Schoß. Er schüttelt den Kopf. «Ich wünschte, ich hätte darauf bestanden, sie nach Hause zu begleiten. Ich wünschte, ich hätte sie nicht allein gelassen.» Mit Tränen in den Augen sieht er zu Maxwell hoch. «Aber dafür ist es jetzt ein bisschen zu spät, oder?»

Maxwell wartet eine Sekunde. «Glaubst du, Connor könnte einen Grund gehabt haben, ihr etwas anzutun?», fragt sie schließlich.

Danny reißt die Augen auf. «Glauben Sie etwa, dass Connor was damit zu tun hat?» Er schüttelt den Kopf. «Auf keinen Fall. Connor ist manchmal ein Arschloch, aber er hätte ihr nie was getan.»

Maxwell gibt der Stille Raum.

«Ich kenne meinen Bruder. Auf gar keinen Fall.» Selbst

Rachel hört ihm an, dass er nicht mehr ganz so sicher klingt. «Mehr habe ich nicht zu sagen.»

«Sehr gut.» Maxwell macht ein entschlossenes Gesicht. «Vielen Dank, Danny.»

Nachdem er den Raum verlassen hat, lehnt Rachel sich seufzend zurück. «Armer Junge. Es ist offensichtlich, wie sehr die Sache ihn mitnimmt.»

«Mhm», macht Maxwell. «Könnte aber auch sein, dass er ein sehr guter Lügner ist.»

Rachel sieht sie überrascht an. «Sie glauben doch nicht, dass ...?»

Maxwell zuckt die Achseln. «Das gehört zu meinem Job – immer in alle Richtungen offen zu bleiben.»

«Ich kenne Danny. Er ist ein guter Junge. Sämtliche Instinkte sagen mir, dass er nichts damit zu tun hat.»

Fiona Maxwell legt den Stift quer über den Block. «Ich weiß, dass diese Kinder Ihnen am Herzen liegen, Rachel. Ihre Empathie ist der Grund, weshalb Sie in Ihrem Job so gut sind. Aber ein wesentlicher Bestandteil meiner Arbeit ist es, nur auf die Beweise zu schauen.»

Rachel schluckt. Sie fühlt sich gemaßregelt. «Ich kann einfach nicht glauben, dass einer von ihnen ...»

Maxwell schlägt ihre Aktenmappe auf, sieht einen Stapel Fotos durch und schiebt eines davon zu Rachel hinüber. «Ich dürfte Ihnen das eigentlich nicht zeigen ... es ist das harmloseste von allen ... aber vielleicht hilft Ihnen das zu verstehen, womit wir es zu tun haben. Warum wir unser Urteilsvermögen nicht von Emotionen verwässern lassen dürfen.»

Rachel ist sich nicht sicher, ob sie es sehen will, doch das Bild liegt direkt vor ihr auf dem Tisch. Es zeigt eindeutig einen menschlichen Körper. Blonde Strähnen. Gefaltete Hände. Bläulich weiße Gliedmaßen auf einem Bett aus Herbstlaub. Worte, in rußigem Schwarz auf blasse Haut geschmiert. BESTRAFEN. ZERSTÖREN. BEREUEN. Sie schaut mit großen Augen zu Maxwell auf. Ihr wird schlecht. «Ist das … Sarah?»

Die Polizistin nickt. «Jetzt verstehen Sie sicher, weshalb ich nicht bereit bin, irgendwem einen Vertrauensvorschuss zu gewähren, solange nicht sämtliche Beweise auf dem Tisch sind. Jemand hat Sarah ermordet und so hingelegt, und im Augenblick haben wir keine Ahnung, wer das getan hat und wozu derjenige noch fähig ist. Ich weiß nur, dass der oder die Täterin immer noch frei da draußen rumläuft, während Sarah auf einem Stahltisch im Leichenschauhaus liegt.»

Rachel schiebt das Foto von sich weg. «Entschuldigung», sagt sie und steht eilig auf. «Ich muss kurz an die frische Luft.»

«In Ordnung. Wir machen fünf Minuten Pause.»

Rachel stürmt aus ihrem Büro hinaus in den langen, eichengetäfelten Korridor. Sie hält kurz inne und atmet ein paar Mal tief durch, froh, dem stickigen Zimmer und dem schrecklichen Foto auf ihrem Tisch entronnen zu sein.

«Geht es Ihnen gut, Ms Dean?» Auf einem Stuhl im Wartebereich neben der Tür sitzt Jasmine Ware und sieht sie besorgt an.

«Ja, ja», sagt Rachel. «Mir geht es gut. Bist du die Nächste, Jasmine?»

Das Mädchen nickt und sinkt bei Rachels Anblick noch ein bisschen tiefer in ihren Stuhl.

Rachel versucht, sich zusammenzureißen. «Mach dir keine Sorgen.» Sie bringt ein schwaches Lächeln zustande. «Geh einfach da rein und sag die Wahrheit. Mehr brauchst du nicht zu tun.»

Jasmine nickt, aber Rachel merkt, dass sie ihr nicht in die Augen sehen kann. Genau wie Danny, denkt sie und ruft sich seine ausweichenden Blicke in Erinnerung. Irgendwas ist da oben im Wald passiert, worüber die Kids nicht sprechen wollen. Die Erkenntnis lässt Rachel erschaudern bis ins Mark.

KAPITEL 14

Montag, 16.00 Uhr

Als Ben ihn erblickt, ballert Connor Carlisle Kugeln auf eine mit Sturmhauben vermummte Gruppe von Angreifern. Er fläzt sich auf einer Kunstledercouch, den Controller der Xbox in beiden Händen, die langen Beine von sich gestreckt, die teuren Nike Airs auf einem mit Pappbechern, Flaschen und leeren Pizzakartons übersäten Glastisch. «Moment noch, bin gleich für dich da», sagt er, ohne den Blick von dem riesigen Flachbildschirm zu lösen.

Ben sagt nichts. Er setzt sich auf einen Ledersessel in der Nähe und sieht sich um. Das Kunststoffkissen unter seinem Hintern gibt ein pfeifendes Geräusch von sich. Die Vorhänge sind zugezogen, nur das Flackern des Bildschirms erhellt den Raum. In der Luft hängt der stickige Geruch von süßlichem Aftershave und Vape-Rauch.

Ben ist überrascht, dass es so einfach war, an den Kerl ranzukommen. Angesichts Connors ständiger Konflikte mit dem Gesetz war er davon ausgegangen, dass eine spontane Unterhaltung mit ihm unmöglich sei. Er hat auf der Fahrt zu dem Wohnblock am Stadtrand von Bristol seine Optionen durchgespielt und beschlossen, es mit dem direkten Weg zu versuchen und zu sehen, wie weit er damit kommt. Also hat er den Wagen neben einem massiven schwarzen Allrad-SUV auf dem Parkplatz abgestellt und den Klingelknopf mit der Aufschrift «Penthouse» gedrückt.

Nach einer gefühlten Ewigkeit bellte ein Mann eine unverständliche Begrüßung durch die Gegensprechanlage.

«Ich will zu Connor», hatte Ben gesagt und den Blick an der roten Ziegelfassade hochgleiten lassen. Er vermutete, dass er durch die Türkamera beobachtet wurde, und griff bereits nach dem Dienstausweis, doch zu seiner Überraschung hatte es keinerlei Nachfragen gegeben. Der Summer ertönte, die Haustür sprang auf, und Ben schlüpfte ins Haus und fuhr mit dem Lift ins oberste Stockwerk, wo ein Riese mit viel zu engen Skinny Jeans und verdächtig glasigem Blick ihn in die dunkle Wohnung gewunken hatte. «Er ist hinten.»

Die Wohnung ist völlig monochrom, überall Glas und Edelstahl, eine langweilige, absolut nichtssagende Bude, die dringend etwas Farbe und eine Grundreinigung brauchen würde. Im Vorbeigehen sah Ben einen Stapel schmutziges Geschirr, ungemachte Betten mit Deckenbergen und verstreuten Kissen, einen Küchentisch, der halb unter leeren Fast-Food-Verpackungen verschwand, und im Flur diverse Hanteln und Gewichte. Er war dem Geräusch von Maschinengewehrsalven und angestrengtem Stöhnen gefolgt und hatte schließlich das Wohnzimmer betreten, wo Connor an der Xbox hing.

Darauf wartend, dass der sein Spiel beendet, schaut Ben sich um. Er registriert das teuer wirkende Lautsprechersystem, eine Ringlampe und einen Laptop und hoch aufgestapelt an der Wand mehrere Umzugskartons. Die Wohnung ist eine Mischung aus Studentenbude und aufgemotzter Junggesellenbleibe.

«Wer zum Teufel bist du denn?» Connor hat den Controller sinken lassen und starrt Ben misstrauisch an.

«DS Chase. Avon & Somerset Police.» Ben zieht kurz seine Dienstmarke heraus und genießt Connors ungläubigen Blick.

«Leck mich doch», sagt Connor und schaut erschrocken zur Tür. «Hat Big Kev Sie einfach so hier reinspazieren lassen?»

Ben zuckt die Achseln. «Na, Big Kev hat mich nicht direkt nach meiner Karte gefragt, falls Sie das meinen. Ziemlich lasche Zugangskontrollen nach meinem Gefühl.»

Connor lässt nervös den Blick durchs Zimmer schießen, über den Couchtisch und dann weiter. An den Umzugskisten, die sich hinter dem Sofa türmen, bleibt er kurz hängen, dann sieht er Ben an. Er stemmt sich hoch, versucht, zwischen den Sofakissen eine etwas aufrechtere Haltung hinzukriegen, und reckt das Kinn. «Ich hab keine Zeit. Ich bin beschäftigt. Ich habe gleich ein Meeting.»

«Sehe ich.» Ben mustert betont den Controller auf Connors Schoß.

«Falls es um die Videos geht, kann ich Ihnen gleich sagen, das ist alles durch die Meinungsfreiheit gedeckt. Punkt und Ende.»

«Es geht nicht um Ihren YouTube-Kanal. Ich bin hier, um Ihnen einige Fragen über Sarah Lawson zu stellen.»

Ben lässt Connor nicht aus den Augen, sieht, wie die Defensive der Verwirrung weicht und sich die Rädchen sichtlich drehen, ehe es ihm langsam dämmert. «Ach du Scheiße!» Er fängt breit an zu grinsen. «Die reiche Tussi?»

Der Anblick des Lächelns löst in Ben einen Schwall Wut aus. Er hätte gute Lust, Connors Füße vom Tisch zu kicken und ihm das selbstgefällige Grinsen aus dem Gesicht zu wischen. Stattdessen beugt er sich vor und starrt ihn mit zusammengekniffenen Augen an. «Kennen Sie Sarah?»

«Sie hat doch wohl keine Anzeige erstattet, oder? Verfickte Göre.» Er angelt sich einen Energy-Drink vom Tisch und schraubt den Deckel auf. «Die mit Kohle sind die schlimmsten. Austeilen, aber nicht einstecken können. Ich hab Danny gesagt, er soll die Finger von ihr lassen. Also? Was hat sie erzählt?» Er nimmt einen Schluck von der grellen Flüssigkeit. «Weil, eins sag ich Ihnen. Das ging alles von ihr aus. Niemand hat sie zu irgendwas gezwungen. Wenn jemand Grund hat, sich zu beschweren, dann eher ich. Sie hat meine Zeit verschwendet.»

Ben ballt die Hände zu Fäusten. Er wartet, bis Connor die Flasche wieder zugeschraubt hat, dann sagt er: «Sie hat überhaupt nichts erzählt. Sarah Lawson ist tot.»

Die Flasche verharrt in der Luft. Ben beobachtet Connor genau, um rauszufinden, wie seine Worte bei ihm landen.

«Sie ist tot?» Connors Augen werden weit.

Chase nickt.

«Wie?»

Ben sieht ihn nur an.

«Scheiße.» Connor schüttelt den Kopf. Selbst im Dämmerlicht ist sichtbar, dass ihm alle Farbe aus dem Gesicht gewichen ist. «Weiß Danny das schon?»

«Ja, er weiß es.»

«Verdammte Scheiße.» Connor lässt die Flasche zwischen seinen Händen kreisen. «Was hat sie getan? Sich umgebracht?»

«Wir haben die Todesumstände als verdächtig eingestuft.»

Connor lehnt sich zurück. «Als verdächtig?»

«Hatten Sie ein Verhältnis mit Sarah Lawson?»

«Ich?» Er schüttelt den Kopf. «Scheiße! Nein!»

«Aber Sie waren Samstagabend mit ihr zusammen? Im Wald?»

«Mit ihr zusammen?» Er schüttelt wieder den Kopf. «Ich war beim Steinbruch, um Danny und seine Freunde zu besuchen. Bin aber nicht lange geblieben. Hätte eigentlich vorher wissen können, dass es eine lahmarschige Party wird. Ein paar reiche Kids aus Dannys Angeberschule, die im dunklen Wald alberne Partyspielchen spielen.»

«Aber Sarah war da?»

Connor nickt. «Ja. Sie war da.»

«Wir haben gehört, Sie und Sarah wären sich an dem Abend ein bisschen … nähergekommen.»

Connor verdreht die Augen. «Sie hat an mir geklebt wie eine Klette, falls Sie das meinen.» Er hebt abwehrend die Hände. «Ja, ich weiß. Danny war deshalb total angepisst, aber ich kann doch nichts dafür, dass die Frauen mich unwiderstehlich finden. Das liegt an meiner Ausstrahlung.» Er mustert Ben von oben bis unten. «Sie sollten meinen YouTube-Kanal abonnieren. Da erkläre ich Typen wie Ihnen, wie man das macht. Wie man Weiber aufreißt. Sie dazu bringt, alles zu tun, was man will. Das hat alles nur mit deiner BDE zu tun.» Er fasst sich an den Schritt. «Sollten Sie sich unbedingt mal reinziehen.»

Ben hat keine Lust, über Connors angebliche Big Dick Energy nachzudenken. «Kein Bedarf, danke. Gemäß einer Zeugenaussage haben Sie Samstagabend Drogen mit in den Wald genommen, mit der Absicht, dort zu dealen.»

Connor verschränkt die Arme vor der muskulösen Brust. «Ich habe Samstagabend niemandem irgendwas verkauft.»

«Haben Sie Sarah Lawson mit Drogen versorgt?»

«Nein.» Es klingt wie ein Ja.

«Okay. Wenn der toxikologische Befund also illegale Substanzen in ihrem Blut bestätigt, können wir davon ausgehen, dass Sie nichts damit zu tun haben, richtig?»

Connor neigt das Kinn, aber Ben sieht einen Hauch Zweifel in seinem Blick aufflackern. «Glauben Sie, das ist passiert? Dass sie was Riskantes genommen hat? Das hat dann definitiv nichts mit mir zu tun. Sie hat ein bisschen was geraucht. Und das war's auch schon.»

«Was habt ihr geraucht?»

«Nur ein bisschen Skunk.»

«Skunk wie das Zeug, mit dem Sie letzten Monat vor der Thorncombe High gedealt haben? Skunk mit Spice versetzt, das drei beinahe komatöse Kids in die Klinik verfrachtet hat?»

«Ja, ja, ihr habt versucht, mir das anzuhängen» – Connor sieht ihn gehässig an –, «aber beweisen konntet ihr gar nichts.»

«Also hat Sarah nichts anderes genommen?»

«Nicht, soweit ich das mitbekommen habe.» Connor starrt ihm ungeniert ins Gesicht. «Als ich abgehauen bin, ging's ihr gut. Besser als Danny jedenfalls. Hab ihm ein schönes Veilchen verpasst. Kleiner Scheißer, einfach so auf mich loszugehen.»

«Richtig. Wir haben gehört, dass es zwischen Danny und Ihnen eine Auseinandersetzung gab. Worum ging es dabei?»

Connor zuckt die Achseln. «Sein Mädchen war außer Kontrolle. Gierig. Hing an mir dran, als müsste sie irgendwem was beweisen. Das fand Danny gar nicht witzig. Kann ich ihm nicht verübeln. So eine muss man an der kurzen Leine halten, sonst hat man nichts als Probleme. Danny ist auf mich losgegangen, und ich habe mich verteidigt. Schlicht und einfach.»

Ben schluckt seinen Widerwillen hinunter und versucht, sich seinen Ekel nicht anmerken zu lassen. «Was war dann?»

«Ein paar Leute sind gegangen. Inklusive Danny. Irgendwann waren nur noch Big Kev, ich und diese Sarah übrig. Sie war komisch drauf, aufgewühlt. Wahrscheinlich wegen Danny, aber wissen Sie was? Ich fand's okay. Ich hatte den Eindruck, sie wollte ihn für dumm verkaufen. Ich war froh, dass er den Schuss gehört hat. Froh, dass ich dabei helfen konnte, ihm die Augen zu öffnen», fügt er anzüglich grinsend hinzu. «Ich hab vorgeschlagen, rauf zum Turm zu gehen, um was zu rauchen. Wir haben eine Zeitlang dort abgehangen, ein kleines Feuer gemacht, Scheiße gelabert, bis Big Kev angefangen hat, sich zu langweilen, und den Vorschlag machte, nach Bristol abzuhauen, um die Nacht noch zu retten. Sarah sah gut aus, also haben wir angeboten, sie mitzunehmen. Ich hätte nichts dagegen gehabt, ihr in einem Club ein paar Drinks zu spendieren, aber sie hat abgelehnt. Sie wollte nach Hause laufen. Das war wirklich nicht unsere Richtung, und so haben wir sie ziehen lassen.»

In Ben sträubt sich alles. «Sie haben eine Minderjährige mitten in der Nacht allein im Wald zurückgelassen? Nicht sehr galant.»

«Sie wollte, dass wir abhauen. Wenn Sie's unbedingt wissen wollen, sie meinte, wir sollen uns *verpissen.* Also sind Big Kev und ich zurück zum Auto gelaufen und nach Bristol gefahren. Ins Lakota.»

«Wann genau haben Sie den Club erreicht?»

«So gegen eins, würde ich sagen. Um fünf war ich wieder zu Hause», sagt Connor selbstzufrieden.

«Wir können die Überwachungskameras vor Ort überprüfen, um Ihre Aussage zu bestätigen.»

«Nur zu.»

«Gibt es noch jemand, der Ihren Verbleib Samstagnacht bestätigen kann?»

«Ja. Kev, zumindest bis er sich verpisst hat. Und eine Tussi aus dem Club. Kayla. Sie war voll drauf», fügt er selbstgefällig grinsend hinzu. «Wollte unbedingt mit mir nach Hause kommen.»

«Gibt es einen Nachnamen? Eine Telefonnummer?»

«Den Nachnamen kenne ich nicht, aber sie hat ihre Nummer hiergelassen. Hat drauf bestanden. Nicht, dass ich vorhätte, sie anzurufen, aber falls Sie sie anrufen wollen, ich habe nichts dagegen.» Er beugt sich über den Tisch, kramt zwischen den Pizzakartons herum und zieht ein Stück Serviette heraus. «Hier. Brauche ich nicht mehr. Können Sie behalten.»

Ben schreibt die Nummer ab, dann zieht er eine Visitenkarte aus der Tasche und wirft sie auf den Tisch. «Meine Nummer. Falls Ihnen noch was Wichtiges einfällt.»

Connor verdreht die Augen, die Hände schon wieder am Controller in seinem Schoß.

Sobald Ben wieder im Auto sitzt, holt er das Telefon aus der Tasche und wählt die Telefonnummer. Beim dritten Klingeln meldet sich eine Frauenstimme. «Hallo?» Es klingt sanft. Zaghaft. Hoffnungsvoll.

Kayla verstummt, als Ben ihr sagt, wer er ist, aber er kann spüren, wie ihr Interesse neu aufflammt, sobald er Connor erwähnt. «Ich war bei ihm. Um vier Uhr morgens haben sie uns aus dem Club geworfen, und wir sind zu ihm gefahren. Auf dem Weg haben wir noch bei einem Dönerladen Halt gemacht.»

«Sind Sie den Rest der Nacht dort geblieben?»

«Ja. Ich habe seine Wohnung am nächsten Tag wieder verlassen, so gegen Mittag. Er meinte, er müsste arbeiten.»

«Sie haben mir sehr geholfen. Vielen Dank.»

Ben will gerade auflegen, da meldet sie sich noch mal zu

Wort. «Falls Sie noch mal mit Connor sprechen, sagen Sie ihm, er schuldet mir noch die Kohle für das Uber. Und sagen Sie ihm, er kann mich gerne anrufen ... jederzeit.»

Ben seufzt. «Sie klingen, als wären Sie ein nettes Mädchen, Kayla. Mir ist bewusst, dass Sie mich nicht um Rat gebeten haben, aber ich sage Ihnen nur das, was ich auch zu meiner Tochter sagen würde. Von Männern wie Connor Carlisle sollten Sie am besten die Finger lassen.»

Kayla reagiert mit beleidigtem Schweigen, und Ben weiß, als er auflegt, dass sie nicht auf ihn hören wird.

Er lässt die Betonwüste der Vorstadt hinter sich und macht sich über die M4 auf den Rückweg ins abgelegene Tal von Thorncombe. Während der Fahrt denkt er über Connor nach, über dessen Frauenfeindlichkeit, sein Gepolter, sein unangenehmes, narzisstisches Ego. Er weiß genau, was für eine Sorte Videos er produziert – welchen Typ Mann er vergöttert. Männer, die Frauen für minderwertig halten, glauben, Frauen seien da, um zu dienen, um manipuliert und herabgewürdigt zu werden. Das ist die Welt, in der Ellie aufwächst, die Welt, durch die sie sicher hindurchnavigieren muss. Er müsste lügen, würde er behaupten, dass ihm das keine Angst macht.

Unwillkürlich gleiten seine Gedanken zu Sarah ab. Er muss daran denken, wie sie auf dem Laubbett lag, wie mit Absicht dort platziert, fast behutsam, die langen Haare im Wind flatternd. Er muss an die Worte denken, die jemand auf ihre Haut geschmiert hat. An das Wort, das ihm auf der Lichtung in den Sinn kam. Ehrerbietung. Da hatte sich jemand mit ihr viel Mühe gegeben.

Seine Ausbildung und jahrelange Erfahrung haben Ben gelehrt, niemals zu unterschätzen, wozu ein Mensch in der Lage ist, aber mit jedem Kilometer, den er sich weiter von

Bristol entfernt, spürt er es immer deutlicher und instinktiver: Connor ist nicht Sarahs Mörder. Ein junger Mann wie Connor Carlisle ist schlicht, dreist, ein Angeber. Mag er Frauen auch noch so sehr missachten und abwerten, für ein derart verstörendes Szenario, wie es sich ihnen am Fundort von Sarahs Leiche bot, fehlt es ihm an Vorstellungskraft und auch Kunstfertigkeit. Wer immer Sarah ermordet hat, hatte mehr im Sinn. Ist einer ganz bestimmten Absicht gefolgt. Wollte mehr damit zum Ausdruck bringen.

KAPITEL 15

Montag, 18.00 Uhr

Nachdem die letzte Befragung des Tages beendet ist, verlassen Rachel und DC Maxwell gemeinsam erschöpft das Haupthaus. Der Campus liegt bereits im Dunkeln, als Rachel die Beamtin zu ihrem Wagen begleitet. «Vielen Dank», sagt Maxwell und schaut sie über das Dach des Einsatzfahrzeugs hinweg an. «Mir ist klar, dass das nicht leicht für Sie war, aber ich bin froh, dass Sie für die Kids da waren.»

«Ich hoffe, Sie finden den Täter.»

«Werden wir.» Maxwell mustert sie besorgt. «Kommen Sie zurecht?»

Rachel zuckt die Achseln. «Ich glaube, ich muss jetzt dringend nach Hause und meine Tochter in den Arm nehmen. Kommen *Sie* zurecht? Ich weiß, welchem Stress Sie ausgesetzt sind. Ich habe es aus nächster Nähe miterlebt. Ihr Polizisten tut immer so cool», fügt sie hinzu, als sie Maxwells Stirnrunzeln bemerkt. «Aber es ist viel.»

«Ich? Na klar. Das ist das Schöne daran, mit einer Megaköchin liiert zu sein. Sobald ich zur Tür rein bin, wird Steph mich mit leckerem Essen und Zuneigung überhäufen. Sie ist zu all dem hier das perfekte Gegenmittel.» Sie zögert kurz. «Rachel, ich möchte mich bei Ihnen entschuldigen. Ich hätte Ihnen das Foto nicht zeigen dürfen. Es tut mir leid - ich bin zu weit gegangen.»

Rachel muss schlucken. Sie wünschte auch, sie hätte das

Bild nicht gesehen. «Ich kann verstehen, warum Sie's getan haben.»

Maxwells Wagen ist unterwegs Richtung Tor, als Rachel hört, wie jemand nach ihr ruft. Sie dreht sich um und sieht Margaret Crowe im Eingang zum Haupthaus stehen, eingehüllt in einen schwarzen Schal. Sie winkt Rachel zu sich. «Haben Sie noch eine Minute? Ich würde gerne wissen, wie die Befragungen gelaufen sind.»

Rachel runzelt die Stirn. Sie ist sich ziemlich sicher, dass sie sich nicht zu dem Inhalt der Gespräche äußern darf, aus Gründen der Vertraulichkeit gegenüber der Polizei und den Kids. Sie antwortet vage. «Die Kinder waren heldenhaft», sagt sie. «Ganz im Geiste der Schule», fügt sie in der Hoffnung hinzu, ihre Chefin damit zu beschwichtigen.

«Ist die Polizei zufrieden?»

«Das ... das kann ich nicht sagen. Die Gespräche dienten dazu, Informationen zu sammeln. Ich glaube nicht, dass sie zufrieden sind, ehe sie jemanden gefasst haben.»

«Natürlich», stimmt Margaret ihr zu. «Ich meinte damit, sind sie zufrieden damit, dass die Schule nicht involviert ist? Dass sich nichts ergeben hat, das ... für irgendwen hier Konsequenzen hätte? Niemand aus dem Lehrkörper, zum Beispiel?» Sie spricht nicht weiter.

Das Licht aus der geöffneten Tür hinter Margaret macht es unmöglich, ihren Gesichtsausdruck zu interpretieren. Was soll diese Frage? Rachel räuspert sich. «Nach meiner Einschätzung verfolgt die Polizei mehrere Spuren. In die genauen Hintergründe der Ermittlungen bin ich nicht eingeweiht.»

Margaret winkt ab. «Sie haben sicher Verständnis für meine Sorge. Als Schulleiterin ist es meine Pflicht, mich schützend vor unsere Institution zu stellen. Für eine Einrichtung wie die unsere ist Reputation von höchster Bedeutung.»

Ein Mädchen ist gestorben. Rachel hat nicht das Gefühl, dass dies der richtige Zeitpunkt ist, sich um den Ruf der Schule Sorgen zu machen.

«Kinder sind leicht zu verwirren», fährt Margaret fort. «Gerede und Gerüchte werden vermengt und nehmen an Fahrt auf. Manchmal sagen Schüler Dinge, um Aufmerksamkeit zu bekommen, nur, um auch Teil von etwas ... na ja, ... etwas Aufregendem zu sein. Man darf nicht immer alles glauben, was sie erzählen, finden Sie nicht? Ich bin sicher, Sie wissen, was ich meine.»

Nein, Rachel ist sich nicht sicher, dass sie das tut.

Als würde Margaret ihre Irritation spüren, fügt sie hinzu: «Ich will damit nur sagen, falls bei den Gesprächen theoretisch etwas Beunruhigendes zur Sprache kommen würde, etwas, das Ihrer Meinung nach die Schule tangieren könnte, würde ich erwarten, dass Sie damit zu mir kommen. Verstehen Sie? *Wir gehen weit darüber hinaus.* Alle leisten ihren Beitrag. Das ist das, wofür wir hier stehen.»

Rachel nickt zögernd.

«Gut.» Offenbar zufrieden, wendet Margaret sich der Tür zu. «Ich wünsche Ihnen einen erholsamen Abend, Rachel. Gute Nacht.»

Erleichtert, Margarets Verhör entkommen zu sein, läuft Rachel die Eingangsstufen hinunter und überquert eilig das Schulgelände. Sie hält sich dabei an die Lichtkegel der Straßenlaternen und versucht, die Schattenbereiche und weniger gut beleuchteten Fußwege zu vermeiden. All ihre Sinne sind in Alarmbereitschaft, sie hat sämtliche Büsche im Blick, hinter denen man sich verstecken könnte, zuckt bei jedem knackenden Zweig erschrocken zusammen und auch beim entfernten Schrei einer Eule weit oben im Wald.

Derart durch den Wind zu sein, sieht Rachel nicht ähnlich, und schon gar nicht an einem Ort, an dem sie sich sonst so sicher und geschützt fühlt. Andererseits hat sie einen Tag wie diesen während ihrer gesamten Laufbahn auch noch nicht erlebt. Ständig hallte das aufgeregte Geflüster der Schüler durch die Gänge. Vielleicht ist es nur natürlich, dass Margaret sich Sorgen darüber macht, was die Kinder während der Befragungen womöglich von sich geben. Vielleicht war das seltsame Gespräch von eben nichts weiter als eine unglücklich formulierte Bitte, die aufrichtiger seelsorgerischer Besorgnis entspringt, nichts Unheilvolles und auch kein Kalkül. Sie alle sind momentan übervorsichtig, erschrecken vor jedem Schatten, sich der Gefahr bewusst, die wie eine dunkle Wolke über der Schule hängt.

Schaudernd zieht Rachel den Mantel etwas enger um sich, erleichtert, als sich endlich das Cottage aus der Finsternis schält, das Licht in Ellies Zimmer, das sie nach Hause führt.

Sie schließt auf, betritt den schmalen Hausflur und hat gerade noch Zeit, die Schuhe von den Füßen zu schlenkern, den Mantel übers Geländer zu werfen und hektisch irgendwas zum Abendessen zusammenzuwürfeln, als Ben auch schon kommt.

Drei knappe Klopfer gegen die Haustür verkünden seine Ankunft. Rachel wirft sich das Geschirrtuch, mit dem sie den Rauch aus der Küche vertreiben wollte, über die Schulter und streicht sich eine feuchte Strähne aus dem Gesicht. «Komm rein», sagt sie nervös. «Entschuldige den Gestank. Mir ist das Abendessen angebrannt.»

Sie tritt beiseite, um ihm Platz zu machen, und winkt ihn

an Ellies Skateboard, einem Berg Schuhe und einem verdreckten Hockeyschläger vorbei. «Geh du vor.» Sie kickt einen einzelnen Turnschuh aus dem Weg und folgt ihm in die Küche.

Seine hochgezogenen Schultern und die Anspannung in seinem Kiefer sagen ihr, dass er auf Streit gefasst ist. Es ist noch nicht lange her, als sie das Gefühl hatte, Ben in- und auswendig zu kennen. Als sie einander damals bei einer kleinen Zeremonie vor Freunden und Familie das Jawort gaben und gelobten «in guten wie in schlechten Zeiten» füreinander da zu sein, hatte sie geglaubt, es wäre ernst gemeint. Doch im Laufe der vielen gemeinsamen Jahre hatte sich zwischen ihnen ein gewisses, nicht zu leugnendes Unwohlsein eingeschlichen. Sie waren beide schuld daran, weil sie einander für selbstverständlich gehalten hatten. Gegen Ende hatte sie das Gefühl gehabt, als könnte sie ihn nicht mehr deutlich erkennen.

Rachel findet diese neue Distanz zwischen ihnen, sowohl räumlich als auch emotional, erschreckend. Als hätte jemand die Brillengläser geputzt oder das Objektiv wieder scharfgestellt. Jedes Mal, wenn sie Ben sieht, fühlt sie sich wie auf dem falschen Fuß erwischt. Das ist *ihr* Ben, und gleichzeitig ist er es nicht mehr. Diese neue Version von ihm, die neben ihr in der Schulaula steht oder durch ihre Haustür tritt, fühlt sich unbekannt an. Fremd.

Das liegt nicht nur an den äußeren Veränderungen – der glattrasierte Schädel, der ihm geradezu nervig gut steht, weil er seine grünen Augen und die kräftige Kieferpartie betont; oder die schlankere Figur, die ebenso nervig attraktiv ist. Es ist eher etwas in seinem Blick, wann immer sie sich begegnen. Da ist etwas Verschlossenes, eine Art Verteidigungsmechanismus vielleicht, der für eine Barriere zwischen ihnen sorgt und unbekanntes Terrain markiert, das sie nicht länger einfach so betreten darf. Sie fragt sich, ob es ihm genauso geht, wenn er sie ansieht. Fragt sich, ob er an ihr ebenfalls Veränderungen wahrnimmt. Ob er überhaupt über sie nachdenkt. Eher unwahrscheinlich, glaubt sie, und in dem Moment, wo ihr die Neuigkeiten über das Baby und seinen Umgang damit wieder einfallen, verwandelt sich Rachels Bedauern in etwas Scharfkantigeres, etwas Heißes und Stacheliges.

«Schön habt ihr's hier.» Er löst den Blickkontakt und sieht sich in der vollgestopften Wohnküche mit der niedrigen Decke um. «Gemütlich.»

Mit einem Kompliment hat Rachel nicht gerechnet. Sie schaut sich überrascht um, versucht, den Raum mit seinen Augen zu sehen. Margaret Crowe hat Rachel das alte Gärtnerhäuschen als Teil ihrer Bezüge angeboten, anstelle einer Gehaltserhöhung nach dem ersten Jahr an der Schule. Ellie ist nicht eben scharf darauf gewesen, auf dem Campus zu wohnen, aber vor allem finanziell hat es für Rachel sehr gut gepasst. Eine mietfreie Unterkunft ist großzügiger als jede Gehaltserhöhung und emotional für sie beide definitiv gesünder, als in dem alten Haus zu bleiben, in dem sie so lange mit Ben gelebt haben und das voller Erinnerungen und Geister der Vergangenheit war. Das hat Ellie naturgemäß anders gesehen.

«Es ist kaum größer als das erste Haus, in dem wir zwei damals gelebt haben», sagt Rachel zu Ben und macht eine vage Geste in den Raum.

«Du hattest schon immer das Talent, eine Wohnung so zu gestalten, dass man sich zu Hause fühlt.» Sein Lob macht sie verlegen und transportiert Emotionen, die Rachel nicht fühlen will. Was soll das sein? Ein Friedensangebot? Vielleicht, denkt sie und reißt sich am Riemen, hat er einfach nur Schuldgefühle, und es ist seine Taktik, um nach seiner missglückten Verkündung am Wochenende die Wogen zu glätten.

Rachel sieht sich in dem Raum um, der gleichzeitig die Küche, den Ess- und den Wohnbereich umfasst, und muss zugeben, dass sich seit jener chaotischen Umzugswoche tatsächlich viel verändert hat. Ellie und ich haben dem Raum unseren eigenen, kreativen Stempel aufgedrückt, denkt sie. Rachel hat ihre Lieblingswerke von Ellie an die Wände gehängt – abstrakte Bilder voll mit kräftigen Farbschichten, experimentell mit Ölfarben bespritzte und mit Sprühfarbe besprühte Leinwände. Die wackligen Regalböden über dem Kamin sind vollgestopft mit Romanen und Kochbüchern. Auf den abgenutzten Holzdielen liegt ein farbenfroher Webteppich, den Rachel aus irgendeinem karitativen Second-Hand-Laden angeschleppt hat, und das abgewetzte Stoffsofa, das sie aus ihrem alten Haus mit hergenommen hat, steht vor dem gemauerten Kamin. Wenn sie nur zu zweit sind, findet sie es eigentlich nie zu eng, aber jetzt, in Gegenwart von Ben, der mit dem Kopf fast an die Decke stößt, kommt ihr das Zimmer plötzlich winzig vor. «Gemütlich ist wahrscheinlich der richtige Ausdruck», sagt sie. Sie schwenkt eine Flasche Wein und sieht ihn an. «Möchtest du ein Glas?»

Er sieht aus, als wollte er Nein sagen, doch dann gibt er nach. «Eigentlich sollte ich nicht, aber der Tag war die reinste Hölle. Danke.»

Rachel schenkt ihm ein Glas ein und schiebt es über den Küchentresen. «Die Befragungen der Schüler waren ziemlich heftig. Fiona ist wie ein Hund mit einem Knochen.»

«Sie ist eine gute Ermittlerin. Sehr gründlich.»

Rachel nickt. «Ich mag sie, also persönlich, aber bei den Kids macht sie keine Kompromisse.»

«Sie hat eine Aufgabe zu erledigen.» Er sieht sie stirnrunzelnd an. «Ist Ellie zu Hause?»

«Ja. Ich rufe sie runter.»

«Warte. Vorher müssen wir uns unterhalten.»

Sein Tonfall verrät ihr, dass etwas in ihm brodelt. Inzwischen sind auch die letzten Reste des Adrenalins, das den ganzen Tag durch ihren Körper gerauscht ist, verflogen, und sie ist nur noch erschöpft, müde und denkbar schlecht vorbereitet auf ein Krisengespräch. «Was ist los?»

Ben lehnt sich gegen den Küchentresen und verschränkt die Arme. «Weißt du, Rachel, einfach in letzter Minute unsere Abmachungen zu ändern! Aus welchem Grund auch immer, es ist einfach nur störend und unfair, mir gegenüber ... und auch Chrissie gegenüber.»

Rachel fühlt, wie sich gehässige Worte durch ihre Kehle nach oben drängen und unbedingt rauswollen, aber sie reißt sich zusammen. Aussprechen lassen, ermahnt sie sich, einfach nur zuhören.

«Ich glaube, wir müssen beide sorgfältig darauf achten, uns von Ellie nicht gegeneinander ausspielen zu lassen. Ich dachte, wir hätten uns darauf geeinigt, dass sie Samstag auf Sonntag bei mir verbringt, auch wenn sie sauer war, dadurch eine Party zu verpassen.»

Rachel schaut ihn irritiert an. Sie macht den Mund auf, um etwas zu entgegnen, aber er ist noch nicht fertig.

«Ich weiß, dass die Neuigkeiten von diesem Wochenende für Ellie ... herausfordernd gewesen sind. Mir ist auch klar, dass du Chrissie gegenüber deine ganz eigenen Gefühle hegst, mir gegenüber und ... und dem Baby», fügt er hinzu und senkt den Blick. «Aber hast du dir mal überlegt, was für einen Präzedenzfall wir schaffen, wenn Ellie glaubt, sie könnte dich als Fluchtweg benutzen, sobald es im Leben ein bisschen ungemütlich wird? Was bringen wir ihr bei, wenn wir sofort kapitulieren und sie tun lassen, was sie will, wann immer sie will, ohne jede Rücksicht auf unsere Familienabsprachen? Es ist unfair, auf diese Weise dafür zu sorgen, dass sie dich bevorzugt.»

«Moment mal!» Rachel kann sich nicht länger zurückhalten. In ihr kocht die Wut hoch angesichts seines ärgerlich ruhigen, gemessenen Tonfalls, seiner extrem herablassenden Art. «Ich habe keine Ahnung, wovon du sprichst, Ben. Ich habe Ellie ‹keinen Fluchtweg geboten›. Sie war Samstagabend bei *dir*!»

Ben sieht sie aus zusammengekniffenen Augen an. «Ja! Bis zum Essen, aber dann hast du ihr eine Nachricht geschickt und sie zurückgepfiffen, und sofort mussten wir alle nach deiner Pfeife tanzen.»

«Was? Was denn für eine Nachricht?»

«Ich hab's mit eigenen Augen gelesen. Die Nachricht, in der du von ihr *verlangt* hast, dass sie wieder nach Hause kommt. Ganz dringend.» Er lacht höhnisch auf. «Ganz ehrlich? Es war regelrecht respektlos, als würdest du versuchen, mir eins auszuwischen.»

Ihm eins auszuwischen? Was zum Teufel? Rachel hebt die Hand. «Moment mal. Willst du mir damit etwa sagen, dass Ellie Samstagabend *nicht* bei dir und Chrissie übernachtet hat?»

«Ich habe sie direkt nach dem Abendessen wieder nach Hause gefahren, so, wie du es verlangt hast.»

Rachels Augen verengen sich zu Schlitzen. «Ich habe gar nichts *verlangt*. Ich war Samstagabend hier, und Ellie ist nicht nach Hause gekommen.» Sie starrt ihn an. «Du hast sie hergefahren? Hast du gesehen, dass sie das Haus betreten hat?»

Bens Gesichtsausdruck verändert sich, aber sie hat immer noch keine Ahnung, worauf er eigentlich hinauswill. «Hör zu!», sagt sie bestimmt. «Ich habe keine Nachricht geschrieben. Und Ellie war Samstagabend auch nicht hier zu Hause, verdammt noch mal!»

Ben schüttelt den Kopf. «Dann hat sie uns beide reingelegt.»

«Hört sich ganz so an. Aber viel wichtiger ist doch die Frage, wenn sie nicht bei euch war und auch nicht hier bei mir ... wo zum Teufel war sie dann?» Rachel fürchtet, dass sie die Antwort bereits kennt.

«Im Wald», sagt Ben mit finsterem Blick.

Rachel verliert beinahe das Gleichgewicht. «Auf der Party am Steinbruch? Dann hätte sie heute doch aussagen müssen», fügt sie fast panisch hinzu, weil ihr in diesem Augenblick das Ausmaß von Ellies Lügen bewusst wird. «Maxwell hätte sie befragen müssen.» Und dann wird ihr alles klar: Die Flüsterpost in der Aula, die für Ellie bestimmt war. Dannys beklommener Blick während seiner Befragung. Jasmines ausweichender Blick draußen auf dem Flur. Sie wussten alle Bescheid. Sie haben Ellie gedeckt. «Ich verstehe das nicht. Warum hat keiner sie erwähnt?»

Ben verlagert das Gewicht. «Olivia Easton schon.»

«Tatsächlich?»

Er nickt. «Ich wollte zuerst sichergehen. Ich habe ihren Namen nicht mit auf die Liste gesetzt, ehe ich Gewissheit hatte.»

Rachel starrt ihn ungläubig an. «Du hast was getan? Willst du mir damit sagen, du wusstest schon, dass sie Samstagnacht da oben war? Du dachtest, ich würde da mitdrinstecken, hätte dich angelogen, damit sie auf die Party gehen kann? Herrgott, Ben! Was denkst du eigentlich von mir?»

Er greift zu seinem Glas. Leichte Röte überzieht seine Wangen. «Es tut mir leid. Ich dachte, du wärst vielleicht sauer auf mich. Oder ... ich glaube, ich hatte gehofft, Olivia hätte vielleicht etwas durcheinandergebracht. Sie ist wirklich verzweifelt – das arme Mädchen hat in den letzten Tagen sehr viel durchgemacht.» Er schüttelt den Kopf. «Ich musste zuerst mit dir und Ellie sprechen. Mir ein vollständiges Bild machen. Aber egal, wie man's betrachtet, es ist auf alle Fälle nicht gut. Ellie hat uns angelogen. Und sie hat sich damit in Gefahr gebracht.»

In Rachel brodelt es still, sie versucht immer noch, Bens Denkweise zu verdauen. Hat er sie tatsächlich für so eine erbärmliche Mutter gehalten? Eine, die Ellie dabei hilft, sich vor ihren Verpflichtungen zu drücken, um auf eine Party gehen zu können, und dann die Polizei darüber im Unklaren lässst?

Verhalten schlägt Ben mit der Faust auf den Küchentresen. «Himmel noch mal. Ihr hätte sonst was passieren können, und wir hätten beide keine Ahnung gehabt, wo sie ist. Was zum Teufel hat sie sich dabei gedacht?»

«Ich muss das aus ihrem Mund hören.» Rachel geht raus zur Treppe und ruft laut nach Ellie. Es dauert einen Moment, aber schließlich kommt ihre Tochter die Treppe runtergeschlichen, in einem Ohr einen weißen Kopfhörer. Sie betritt die Wohnküche und erfasst die Szene mit einem einzigen lässigen Blick. «Wie gemütlich», sagt sie und nickt zu der geöffneten Weinflasche hin. «Was ist los?»

Es ist eindeutig, was los ist. Ellie spielt zwar die Coole, aber Rachel sieht ihr an, dass ihre Tochter genau weiß, was jetzt kommt.

«Nimm das Ding aus dem Ohr», fährt Ben sie an. Er wartet, bis sie den Kopfhörer in die Tasche geschoben hat. «Du hast uns angelogen.»

Seine Stimme bebt vor Wut, und Rachel sieht, wie bei ihrer Tochter die Rollläden runtergehen. Kein guter Start, direkt zum Angriff überzugehen, denkt sie. Definitiv keine Taktik, die sie verwendet hätte. Typisch Ben. Verhört seine Tochter wie ein Ermittler, anstatt wie ein Vater mit ihr zu sprechen.

«Was meinst du?» Ellie blinzelt nicht. Sie verschränkt die Arme vor der Brust und spiegelt damit die Körperhaltung ihres Vaters.

Rachel versucht zu vermitteln. «Warum erzählst du uns nicht erst mal, wo du Samstagnacht gewesen bist?»

Ben nickt. «Bei mir warst du nämlich nicht, und bei deiner Mutter auch nicht.»

«Ben», fällt Rachel ihm ins Wort. «Lass Ellie antworten.»

Ellie zuckt die Achseln, macht immer noch auf cool, auch wenn inzwischen verräterische Röte ihren Hals hinaufkriecht. Sie reckt das Kinn. «Ich war auf der Halloween-Party.»

«Du bist zum Steinbruch im Wald gegangen», fügt Ben hinzu.

«Na und?»

«Na und? Dein Ernst?» Ben sieht Rachel ungläubig an.

Sie wirft ihm einen bittenden Blick zu. *Bleib ruhig.*

«Du hast uns angelogen. Wir hatten keine Ahnung, wo du die ganze Nacht gewesen bist. Kapierst du nicht, wie unverantwortlich das war? Wie gefährlich?»

Ellie mustert ihre Hände und kratzt sich ein paar Spritzer getrocknete Farbe von den Fingern. «Mir geht es gut, oder?»

«Ellie, Sarah Lawson ist an dem Abend nicht nach Hause gekommen», sagt Rachel eindringlich. «Eine Freundin von dir ist gestorben.»

«Als Freundin würde ich sie nicht direkt bezeichnen. Trotzdem, ja, ich weiß.»

Rachel ist schockiert über Ellies Tonfall. «Ellie, das ist kein Spaß hier. Sarah wurde ermordet. Und derjenige, der das getan hat, läuft irgendwo frei rum. Jemand mit Gott weiß was für Motiven. Was, wenn er dich angegriffen hätte?» Ellies Gesichtsausdruck verrät ihr, dass ihre Worte sie getroffen haben. Jetzt wäre es ihr lieber, sie hätte sich nicht ganz so unverblümt ausgedrückt. «Bis wir wissen, was passiert ist, müssen wir davon ausgehen, dass alle gefährdet sind. Es könnte noch mal so etwas passieren.»

Ellie sieht aus, als hätte sie's kapiert.

«Alle, die dabei waren, wurden gebeten, sich zu melden. Warum hast du das nicht getan?» Ben sieht sie durchdringend an.

«Was wird das? Ein Verhör?» Als sie sein Gesicht sieht, rudert Ellie zurück. «Vielleicht, weil mir klar war, dass ihr an die Decke gehen würdet, wenn ihr rauskriegt, dass ich auf der Party war? Ich wollte keinen Ärger.» Sie zuckt die Achseln. «Ich hätte der Polizei doch sowieso nichts Nützliches zu sagen.»

«Das mag sein, trotzdem müssen wir dich ermittlungstechnisch ausschließen. Allein die Tatsache, dass du an dem Abend mit dabei warst, versetzt mich innerhalb des Teams in eine schwierige Lage. Aber noch viel wichtiger», fügt Ben hinzu, «es geht einfach nicht, dass du nachts unterwegs bist, ohne dass deine Mum und ich wissen, wo du steckst. Du bist immer noch minderjährig, Ellie. Du lebst unter unserem Dach. Du musst dich an unsere Regeln halten.»

«Unter eurem Dach? Du lebst unter Chrissies Dach. Mum lebt unter Mrs Crowes Knute.»

«Das ist nicht fair ...»

Ellie unterbricht ihn mit erhobener Stimme. «Was habt ihr denn erwartet, du und Chrissie? Dass ich mich Samstagabend gemütlich hinsetze und mir anhöre, wie ihr von eurem neuen Baby schwärmt, und mich auch noch darüber *freue*? Was, bitte, habt ihr erwartet?»

Rachel wirft Ben einen gereizten Blick zu. War er tatsächlich derart blind für Ellies Gefühle?

«Du hast eine Nachricht von deiner Mutter vorgetäuscht.»

Ellie zuckt die Achseln. «Das war Jasmines Idee. Ich hab ihren Kontakt in meinem Handy auf ‹Mum› geändert, und sie hat mir geschrieben, ich müsste nach Hause kommen. Ganz ehrlich? Ich hätte nicht gedacht, dass es funktioniert, aber als ich dir die Nachricht gezeigt habe, hast du nur die Augen verdreht und mir gesagt, ich soll mein Zeug zusammensammeln. Mir kam's vor, als könntet ihr's gar nicht erwarten, mich wieder loszuwerden.»

«Ellie, wir wollten dich nicht loswerden.»

«Ach, echt nicht?» Ihre grünen Augen sprühen Funken.

Rachel geht dazwischen. Ihr brennt eine ganz andere Frage unter den Nägeln. «Du bist am nächsten Tag erst mittags nach Hause gekommen», sagt sie leise. «Wo bist du gewesen, Ellie?»

«Ich hab bei Jas übernachtet. Ihre Zimmernachbarin war übers Wochenende weg. Mir ging's gut. Ich war absolut in Sicherheit.» Sie wirft die Hände in die Luft. «Ich hatte keine Ahnung, dass Sarah was passiert ist. Können wir das Ganze nicht einfach vergessen?»

«Vergessen?», sagt Ben fassungslos. «Du kannst nicht

einfach tun und lassen, was du willst, übernachten, wo du willst, ohne dass deine Mutter und ich wissen, wo du steckst. Und jetzt schon gar nicht. Nicht während einer laufenden Mordermittlung. Du hast unser Vertrauen missbraucht.»

«Mir geht's doch gut. Ihr macht hier voll das Drama. Bei euch ist immer alles so kompliziert. Das liegt an euren Jobs. Ihr geht beide ständig vom Schlimmsten aus. Das schnürt mir die Luft ab. Ich will doch nur mein Leben leben!»

«Ellie, das Schlimmste *ist* passiert - ein Mädchen wurde ermordet. Sarah hat ihr Leben Samstagnacht verloren.»

Irgendwas in Rachels Worten scheint Ellie zu erreichen. Sie senkt den Kopf und schabt mit dem Socken über den Fußboden. Rachel mustert sie mit schmalen Augen. Sie kennt ihre Tochter. Kennt ihre Kratzbürstigkeit, ihre Abwehrmechanismen. Da stimmt etwas nicht. «Dir hätte was passieren können. Ich will dir keine Angst einjagen, aber es besteht vielleicht immer noch Gefahr. Bis jetzt wissen wir alle nicht, was passiert ist. Bis dahin müssen wir sicher sein, dass es dir gut geht ... und du musst Verantwortung übernehmen.»

Ben seufzt. «Du gehst morgen früh in die Schule, meldest dich bei DC Maxwell und erzählst ihr, dass du auf der Party im Steinbruch warst. Sie wird einige Fragen an dich haben. Du antwortest wahrheitsgemäß, und damit ist die Sache erledigt. Ich spreche mit Khan. Ich erzähle ihm, dass du uns belogen hast. Ich werde ihm erklären, dass du es getan hast, weil du Angst hattest, Ärger zu bekommen.» Ben zögert kurz. «Das ist doch der Grund, weshalb du dich heute nicht gemeldet hast, oder?»

Ellie hält den Blick starr zu Boden gerichtet. Wieder spürt Rachel dieses Gefühl in der Brust, das Gefühl, dass hier etwas nicht stimmt.

«Wir sind hier unter uns, Ellie, und ich frage dich jetzt ganz direkt.» Ben sieht sie eindringlich an. «Gibt es etwas, das du uns sagen möchtest? Etwas Wichtiges über Samstagnacht, das du loswerden willst, ehe uns die Sache aus der Hand genommen wird?» Er schluckt. «Wir lieben dich, Ellie. Wir sind beide immer für dich da, ganz gleich, was passiert. Aber wir können dir nicht helfen, wenn du nicht ehrlich zu uns bist.»

Rachel fragt sich, ob er dieselben Befürchtungen hat wie sie.

Ellie hält den Blick weiter fest auf den Boden gerichtet. «Ich war auf der Party. Ich habe bei Jas übernachtet. Aus und Ende.» Sie sieht hoch. «Ehrlich.» Nach einer Sekunde sagt sie: «Du glaubst doch nicht etwa, ich hätte was damit zu tun, oder?» Ellie starrt Ben direkt ins Gesicht.

«Natürlich nicht.»

«Wir wollen nur, dass du ehrlich bist, Ellie», mischt Rachel sich ein.

Ellie antwortet nicht.

Da ist noch eine Frage, die Rachel keine Ruhe lässt. Die Worte lassen sich nicht länger zurückhalten. «Diese Mutproben ... diese Dinge, auf die sich ein paar von den anderen eingelassen haben ...» Rachel zögert. «Hast du da mitgemacht?»

Ellie schüttelt den Kopf.

Rachel seufzt erleichtert auf. «Gut.»

«Ich kapiere nicht, warum die Polizei es dermaßen auf uns abgesehen hat. Es könnte jeder gewesen sein.»

«Die Polizei muss euch trotzdem alle ausschließen.»

«Haben sie den Wald durchforstet?»

«Ja.» Ben sieht sie forschend an. «Warum fragst du? Hast du was gesehen?»

Ellie mustert ihn, dann senkt sie den Blick. «Nein. Ich glaube nur, wenn jemand Sarah was angetan hat, dann sicher keiner von uns. Das war bestimmt reiner Zufall, irgendein Irrer. Der Wald ist riesig, da ist der Steinbruch, dann die Höhlen ... da gibt es lauter gute Verstecke.»

Ben sieht sie lange an. «Falls du uns etwas sagen willst, ist jetzt der richtige Moment dafür.»

Sie schüttelt den Kopf. Ihre Unterlippe klemmt fest zwischen den Zahnreihen.

Der Anblick erinnert Rachel an eine sehr viel jüngere Version ihrer Tochter, an das kleine Mädchen, mit dem sie «Engelchen flieg» gespielt und das sie abends ins Bett gebracht haben.

«Okay.» Er wendet sich Rachel zu, und diesmal kann sie seinen Blick eindeutig lesen. Nicht wirklich überzeugt, aber momentan mit seinem Latein am Ende. Sie zuckt die Achseln. Sie können nicht mehr tun.

«Kann ich jetzt bitte mit den Hausaufgaben weitermachen?»

Ben nickt. «Wir sehen uns bald, ja?» Er streckt die Arme aus, und nach kurzem Zögern durchquert Ellie die Küche und lässt sich von ihm umarmen, flüchtig und steif. «Ciao», sagt sie in seinen Jackenärmel hinein. Dann dreht sie sich um und geht. Rachel sieht Ben an, dass ihre Schroffheit ihn verletzt hat.

«Es wird nicht leichter, oder?», fragt er, nachdem sie verschwunden ist. «Dieses Elternding.»

«Nein. Wird es nicht.»

«Es ist noch gar nicht so lange her, da hat sie sich mir in die Arme geworfen, wenn ich abends von der Arbeit nach Hause kam. Weißt du noch, wie sie sich an meine Hosenbeine geklammert hat, ihre kleinen Füße auf meinen, und ich mit ihr zu Liedern von Little Mix durch die Küche getanzt bin?»

«Die würde sie heute auch unter Strafandrohung nicht mehr hören wollen.»

Ben seufzt wehmütig. «Sie wird so schnell erwachsen.»

Sein Gesichtsausdruck versetzt ihr einen Stich, aber nur, bis es ihr wieder einfällt. «Für dich ist das nicht so schlimm. Du hast ja noch eine Runde vor dir, auf die du dich freuen kannst. Eine neue Chance, es richtig zu machen.» In ihrem Tonfall steckt ein Stachel, sie kann nicht anders. Die Vorstellung, dass Chrissie und er sich nach ein paar Monaten schon auf das gemeinsame Abenteuer Elternschaft einlassen, trifft sie schwer.

«Wir hatten das nicht geplant ...» Er verstummt. Sie wartet, aber Ben hat es sich offenbar anders überlegt und, was immer er auch sagen wollte, wieder heruntergeschluckt. Er wechselt das Thema. «Ellie wirkt so wütend. Ist das meine Schuld?»

Rachel zuckt die Achseln. Sie weiß nicht, welche Antwort er von ihr erwartet. «Ich glaube, dafür tragen wir beide einen Teil der Verantwortung. Falls dir das hilft, ich glaube, auf mich ist sie genauso wütend wie auf dich.»

«Hat sie was über das Baby gesagt?»

Rachel starrt ihn an. *Im Ernst?* «Ich fürchte, ich bin etwas zu nahe dran, um das alles klar zu sehen, aber ich bezweifle, dass es besonders hilfreich war.» Auf seinen niedergeschlagenen Blick hin fügt sie hinzu: «Sie ist eine Teenagerin, Ben. Es ist normal, dass sie sich zurückzieht. Wenn wir unsere Kinder genug lieben, wenn wir unseren Job gut genug machen, dann belohnen sie uns mit Distanz ... indem sie uns verlassen. Das ist gesund, und, na klar» – sie zuckt die Achseln – «es ist schmerzhaft und beängstigend. Vor allem jetzt, in dieser Situation», sagt sie. «Mach dir keine Vorwürfe. Du musst dich auf den Fall konzentrieren. Und auf Chrissie», sagt sie leise.

Ben trinkt einen Schluck Wein. «Ich kann mir nicht vorstellen, dass ich noch lange mit dem Fall zu tun haben werde.»

«Warum denn nicht?»

«Meine Hoffnung lautet, dass Ellie ein paar Fragen beantwortet und die Sache damit erledigt ist.» Er dreht den Stiel des Glases zwischen den Fingern. «Aber es ist durchaus möglich, dass mir meine Position als Interessenkonflikt ausgelegt wird.»

Sie schüttelt den Kopf. «Das ist doch alles verrückt. Solche Dinge passieren in dieser Gegend nicht.»

«Solche Dinge können überall passieren. Das weißt du, Rachel.»

«Verdächtigt ihr schon jemanden?»

«Wir verfolgen einige Spuren.»

«Könnte es tatsächlich jemand aus der Schülerschaft gewesen sein?»

«Wir bleiben für alle Möglichkeiten offen.»

Sie sieht ihn kritisch an. «Du speist mich hier mit lauter PR-Sprüchen ab. Maxwell hat mir ein Foto gezeigt. Ich weiß schon», sagt sie eilig. «Ich glaube, sie hat ihren Fehler sofort eingesehen. Aber ich habe es trotzdem gesehen, Ben. Ich habe gesehen, was Sarah angetan wurde. Es sah wahnsinnig aus. Sadistisch. Im Ernst, Ben? Muss ich Angst um Ellie haben? Sollten wir ihr verbieten, abends rauszugehen, bis ihr den Täter gefasst habt?»

«Nichts lieber als das, aber du hast sie ja eben erlebt. Wenn wir zu streng mit ihr sind, riskieren wir damit vielleicht, dass sie sich völlig entfremdet. Ich hoffe, sie ist klug genug, zu verstehen, dass sie großes Glück hatte, und dass sie sich nun vorsichtig verhält und einstweilen freiwillig in der Nähe von Schule und Zuhause bleibt.» Ben macht ein finsteres Gesicht. «Wer auch immer das getan hat, wir schnappen ihn», sagt er. «Das müssen wir.»

Er trinkt aus, und Rachel fragt ihn, ob er schon gegessen hat oder mit Ellie und ihr zu Abend essen möchte, aber er sagt, er müsse gehen. Auf der Türschwelle dreht er sich noch mal zu ihr um, aus der Dunkelheit schweben Motten heran, angezogen vom Licht. «Es tut mir leid», sagt er. «Mir ist klar, dass unsere Neuigkeiten verstörend für dich sein müssen.»

Rachel nimmt die Entschuldigung mit einem leichten Nicken zur Kenntnis.

«Weißt du, wenn ich könnte, würde ich die Zeit zurückdrehen ... die Dinge anders machen. Das war nicht ...»

«Nein, Ben, nicht.» Rachel ist sich nicht sicher, dass sie das, was er womöglich sagen wollte, ertragen könnte. «Nach Gemmas Tod ist alles anders geworden. Es ist vorbei.»

«Nein, Rach, du und ich, wir sind immer noch dieselben. Wir tun, was wir tun, weil wir Menschen unterstützen wollen. Wir wollen den Leuten helfen. Kannst du dir vorstellen, wie es sich anfühlt, jemandem nicht helfen zu können, den du liebst? Diesen Menschen leiden zu sehen und zu wissen, dass du nichts tun kannst, um zu helfen, um ihn oder sie zu retten?»

Sie weiß, dass er von der Zeit nach Gemmas Unfall spricht, als seine Schwester bewusstlos in einem Krankenbett lag und allmählich starb. Sie weiß, wie schwer es für ihn war, aber sie war damals ebenfalls da, dicht an seiner Seite. Auch sie hatte gelitten, und er war verschwunden. Wie abgeschnitten. Unerreichbar. Er hatte sie ausgeschlossen, und seine Zurückweisung, ob absichtlich oder nicht, war schmerzhaft gewesen. Rachel hält seinem Blick stand. «Kann ich mir ungefähr vorstellen, ja.»

«Falls du von mir sprichst, das ist nicht dasselbe, Rach.»

«Ich wollte dir helfen. Du hast mich nicht an dich rangelassen.»

Bens Kiefermuskeln zucken, in seinen grünen Augen blitzt etwas auf. Sie sieht, dass er ihr widersprechen möchte, sich verteidigen, dass das destruktive Muster zwischen ihnen Gefahr läuft, reaktiviert zu werden, ein Lasso, das sich um sie legen will. «Das Thema aufzuwärmen, hat doch keinen Sinn. Nicht jetzt», seufzt sie. «Wir stehen, wo wir stehen.»

Er nickt und wendet sich ab. «Falls Ellie dir Sorgen bereitet, ruf mich an. Wir sollten jetzt an einem Strang ziehen.»

«Ciao, Ben.»

Rachel spürt ein schmerzhaftes Ziehen im Brustraum, als sie die Tür schließt und seinen Schritten lauscht, die langsam in der Dunkelheit verklingen. Sie lehnt den Kopf gegen das kühle Türblatt. Die Vergangenheit scheint ihr entgegenzurasen, während er gerade in seine eigene Zukunft verschwindet.

Die ersten Risse waren direkt nach Gemmas Unfall sichtbar geworden, und als sie starb, hatten sich die Brüche in ihrer Beziehung weiter vertieft. Vier Wochen nachdem Bens Schwester mit dem Rettungshubschrauber ins Krankenhaus eingeliefert worden war, war sie schließlich ihren schweren Verletzungen erlegen. Das Ganze war so plötzlich gekommen, so schockierend gewesen. Jemand hatte an ihre Tür geklopft und ihnen gesagt, Gemma hätte einen Verkehrsunfall gehabt. Es hatte sich surreal angefühlt. Es war an einem Sonntag gewesen, Gemma hatte eben noch bei ihnen gesessen, hatte an ihrem fröhlichen Mittagessen teilgenommen, mit Ellie Mario Kart gespielt und in der Küche zu Schlagern aus dem Radio gesungen, während sie gemeinsam Töpfe und Pfannen abspülten. Sie hatte sich auf der Türschwelle von ihnen allen mit einer Umarmung verabschiedet, Ben in den Arm geboxt und gesagt: «Wir sehen uns, Benny Boy.» Dann war sie in ihrem kleinen gelben Fiat davongefahren. Sie war genau drei Meilen weit gekommen, als ihr Auto mit einem Fahrzeug zusammenprallte, das ihr in einer scharfen Kurve auf der falschen Spur entgegenkam - ein neunzehnjähriger Junge, bekifft am Steuer, die Finger am Handy. *Sally in the Wood* hatte ihr jüngstes Opfer gefordert, und für ihre Familie hatte sich das Leben für immer verändert.

Die Tragödie hatte sich auf sie alle ganz unterschiedlich ausgewirkt. Rachel war untröstlich und sehr emotional gewesen, Ellie hatte zwischen Verzweiflung und Verwirrung hin und her gependelt, war immer wieder in ihre Trauer hineingesprungen und wieder daraus aufgetaucht, wie ein Kind, das sie nun mal war, durch Pfützen sprang. Ben aber hatte sich völlig abgekapselt, war unerreichbar geworden, aufgezehrt von Wut und völlig fixiert auf den Gerichtsprozess und darauf, dass der Fahrer seine Strafe bekam. Er war in seinen Schmerz eingeschlossen und hatte jeden Versuch, an ihn heranzukommen, brüsk zurückgewiesen, bis Rachel irgendwann das Gefühl hatte, der verfluchte Wagen hätte die Sicherheitsabsperrungen ihrer Ehe durchbrochen. Was danach blieb, war kaum mehr als ein tagtäglicher höflicher Tanz umeinander herum, gefolgt von kühler Sprachlosigkeit abends im Bett, wo beide sich lieber in die Bildschirme ihrer Telefone flüchteten, als sich ihrer in die Brüche gehenden Beziehung zu stellen.

Rachel verzieht das Gesicht. Sie will diese Erinnerungen nicht in ihrem Kopf haben. Nicht jetzt. Sarahs Tod ist verstörend genug. Sie wird sich von Ben nicht noch weiter aus dem Konzept bringen lassen. Sie wird nicht zulassen, dass die alte Wunde wieder aufbricht. Sie löst sich von der Tür, dreht sich um und ruft die Treppe hinauf: «Ellie! Abendessen!»

Sie essen schweigend, lustlos, und die bedrückende Stimmung, die sich auf das Cottage gesenkt hat, wird nur von dem Kratzen von Besteck auf Geschirr durchbrochen. Rachel sieht Ellie forschend an. «Möchtest du über das Baby sprechen?», fragt sie, als sie die Stille nicht länger erträgt.

Ellie schüttelt den Kopf.

«Wie geht es dir damit?»

Mit einem genervten Seufzen legt Ellie das Besteck aus der Hand. «Wie geht es *dir* damit, Mum?»

Rachel legt die Stirn in Falten.

«Hör auf, mich zu therapieren, Mum. Ich bin deine Tochter, nicht dein Job», murrt Ellie.

Rachel sieht sie stumm an und beschließt, die Sache fallen zu lassen. Direkt nach dem Essen verschwindet Ellie mit einem knappen «Gute Nacht» auf ihr Zimmer.

Rachel bleibt allein sitzen, starrt die leere Feuerstelle an und fragt sich, wie sie wieder Kontakt zu Ellie bekommen soll. Ihre Tochter ist Ben so unglaublich ähnlich. Hat sie die emotionale Zugbrücke erst mal hochgezogen, ist sie nicht mehr erreichbar, und Rachel fühlt sich im Gegenzug noch überflüssiger und einsamer.

Ihr Telefon piept mit einer Nachricht, und weil sie in Gedanken bei ihm ist, geht sie davon aus, Bens Namen auf dem Bildschirm zu lesen. Doch zu ihrer Überraschung ist es eine Facebook-Mitteilung: Edward Morgan hat ihr eine

Freundschaftsanfrage geschickt. Zögernd schwebt ihr Finger über «annehmen». Sie erinnert sich an die mitfühlende Besorgnis in seinem Blick heute Morgen in der Aula und an den beruhigenden Druck seiner Hand auf ihrem Arm. Die sozialen Medien sind nicht wirklich ihr Ding. Sie schlägt sich mehr schlecht als recht damit herum und versucht, den Überblick über die vielen Apps zu behalten, an denen ihre Schülerinnen und Schüler tagtäglich kleben, aber es ist die reinste Sisyphos-Arbeit: Noch ehe sie den Bogen wirklich raushat, gibt es neue Apps, die die alten ablösen. Facebook ist die einzige Plattform, mit der sie einigermaßen zurechtkommt. Es ist irgendwie *oldschool* und definitiv mehr ihr Stil als diese ganzen Reels und selbstlöschenden Snaps, trotzdem ist sie eher selten dort unterwegs.

Sie betrachtet grübelnd Edwards Namen auf ihrem Bildschirm und das eine Wort daneben: *Freundschaftsanfrage*. Es gibt wirklich keinen Grund, nicht darauf zu reagieren. Er ist mehr als ein Kollege und kommt an dieser Schule einem Freund definitiv am nächsten. Sie drückt auf «annehmen», und unmittelbar darauf meldet ihr Telefon die nächste Mitteilung.

Hey.

Nur ein einziges Wort, neben dem Kreis mit Edwards Profilbild. Es zeigt ein Foto, das sie von der offiziellen Schul-Website kennt; Edward, glattrasiert, mit Hemd und Krawatte, die dunklen Haare sind zurückgekämmt, und er lächelt verhalten, was ihn nachdenklich und zugänglich wirken lässt. Rachel mustert die ausdrucksstarken braunen Augen und die vollen Lippen, und in ihr steigt ein warmes Gefühl auf. Dann kommt auch schon die nächste Nachricht.

Geht es dir gut?

Eine ganz einfache Frage. Sie ist überrascht von der plötzlichen Gefühlsanwandlung, die sie bei ihr auslöst. *Hatte schon leichtere Tage*, schreibt sie. *Und dir?*

Ähnlich, dabei war mein Tag sicher nicht halb so schlimm wie deiner. Die Befragungen waren bestimmt nicht einfach.

Rachel zögert. Sie antwortet nicht sofort. Die Unterhaltung mit Margaret von vorhin hallt in ihrer Erinnerung wider. Sie kann sich vorstellen, dass alle neugierig sind und Antworten wollen. Doch es schadet sicher nicht, ihre eigene Perspektive zu schildern.

Es war hart. Die Kids tun mir leid. Da ist im Augenblick viel Schmerz und Angst.

Drei Punkte erscheinen, dann die nächste Nachricht: *Und jede Menge wilde Gerüchte! Ich habe heute versucht, das Getratsche im Unterricht ein bisschen einzudämmen, aber die Kids reden nun mal.*

Rachel weiß, dass er recht hat. Dasselbe hat Danny heute während seiner Befragung gesagt, und Margaret vorhin ebenfalls. *Wir können nur hoffen, dass die Polizei bald ein paar Antworten liefert.*

Ja. Pass auf dich auf. Versuch zu schlafen.

Danke. Du auch.

Rachel schaltet das Telefon auf stumm, und nachdem sie geduscht und sich den Schlafanzug angezogen hat, geht sie zu Ellies Zimmer und öffnet die Tür einen Spalt. Drinnen ist es dunkel, und Ellies regelmäßiger Atemrhythmus verrät ihr, dass sie schon schläft.

Auf Zehenspitzen schleicht Rachel ins Zimmer und versucht dabei, den knarzigsten Dielenbrettern und Ellies Bildern auszuweichen, die auf dem Fußboden verstreut liegen. Sie kann nur lebhafte Farbkleckse und ausgeschnittene Pappstücke erkennen, die den Teppich zumüllen. Durch einen schmalen Spalt zwischen den Vorhängen scheint ein Strahl Mondlicht direkt auf Ellies Kopfkissen und erhellt ihr blasses Gesicht. Rachel steht einen Augenblick einfach nur da und mustert ihre rätselhafte Tochter. Sie betrachtet die Gesichtszüge, die ihr nun bereits seit siebzehn Jahren so tief vertraut sind, den Schwung ihrer Nase, die kurzen, verwuschelten Haare, die Sommersprossen. Im Schlaf ist alle Härte und aller Widerstand verschwunden. Unter der coolen Teenager-Fassade sind unschwer Spuren des kleinen Mädchens zu erkennen, das sie einst war. Der Anblick versetzt Rachel einen Stich. Das Kind, das nie ein Pflaster oder Schmerzgel wollte, wenn es hinfiel und sich das Knie aufschlug, das nie freiwillig ins Bett wollte, das grundsätzlich in jedem Einkaufswagen aus dem Sitz aufstand und auf jedem Spielplatz die Rutsche hochlief, anstatt die Leiter zu benutzen. Das Mädchen, das grundsätzlich immer alles auf die harte Tour tun wollte.

Es ist noch gar nicht lange her, da hat sie hier auf der Bettkante gesessen, Ellie in ihre Armbeuge geschmiegt, und ihr ihre Lieblingsbücher vorgelesen. Abenteuergeschichten von Geheimnissen und Ungeheuern, und Ellie quietschte vor Vergnügen, wenn die wilden Kerle ihr fürchterliches Brüllen brüllten und ihre fürchterlichen Zähne fletschten. Jetzt tut Rachel der Gedanke weh, wie eilfertig sie damals gewesen war, als es darum ging, Ellie davon zu überzeugen, dass es keine Ungeheuer gibt. Keine finsteren Gestalten, die unter dem Bett lauern oder sich tief im Wald verstecken. Denn jetzt, wo Sarah tot ist und sich das schockierende Bild des geschundenen Leichnams auf ihrer Netzhaut eingebrannt hat, ist Rachel sich, was Ungeheuer betrifft, nicht mehr so sicher. Sie steht im Dunkeln in Ellies

Zimmer, draußen fährt der Wind flüsternd durch die finsteren Bäume, und plötzlich hat Rachel Angst. Da draußen *gibt* es Ungeheuer – Ungeheuer, die schreckliche, unerklärliche Dinge tun – und sie hat keine Ahnung, wie sie jene beschützen soll, die sie liebt.

Was hatte Ben vorhin in der Küche zu Ellie gesagt? *Falls du uns etwas sagen willst, ist jetzt der richtige Moment dafür.* Ellie hatte nicht reagiert, und Rachel kann nicht anders. Sie fragt sich, ob sich in dem Moment einfach ihre mütterliche Paranoia geregt hat oder ob ihre berufliche Einfühlung dafür gesorgt hat, dass sie misstrauisch geworden ist. Denn in dem Moment ist ihr eines klar geworden: Ellie verschweigt ihnen etwas, und dieses Wissen jagt Rachel riesengroße Angst ein.

KAPITEL 16

Montag, 23.30 Uhr

Ellie hört, wie ihre Mutter aus dem Zimmer geht, wartet auf das Geräusch der sich schließenden Tür, auf das leise Knarzen der Dielen im Flur, dann dreht sie sich auf die Seite und macht die Augen auf. Ihre Mutter lässt sich nicht leicht täuschen, aber Ellie ist gut darin, so zu tun, als ob sie schläft. Es geht nur ums Atmen. Um das langsame Heben und Senken der Brust. Um ein entspanntes Gesicht.

Sie tastet unter dem Kopfkissen nach ihrem Telefon, zieht es heraus, entsperrt den Bildschirm und öffnet den Chat mit Jasmine. «Noch wach?», tippt sie und wartet.

Jasmines Snap-Status bleibt hartnäckig auf offline, und um der Stille in ihrem Zimmer zu entgehen, lenkt Ellie sich mit TikTok-Videos von Skateboardern ab, die irgendwelche Parks verwüsten, von Streetart-Künstlern, die Graffiti auf Bänke sprayen und Mauern mit ihren schablonierten Werken verzieren, und mit einem banalen Tutorial über den perfekten Grunge-Lidstrich.

Aber nichts kann die widerliche Angst aus ihrer Magengrube vertreiben. Sie soll morgen die Wahrheit sagen, haben ihre Eltern gesagt, aber was, wenn die Wahrheit auszusprechen das ist, wovor sie sich am meisten fürchtet? Das, was niemand verstehen wird?

Sie hat alles getan, um ihre Spuren zu verwischen. Jetzt muss sie die Nerven bewahren. Immer einen Schritt vorausbleiben. Niemand wird je erfahren, was sie getan hat, weil der einzige Mensch, der davon wusste, jetzt tot ist.

Du musst schlafen!, befiehlt sie sich und legt das Telefon weg. Sie braucht morgen einen klaren Kopf. Sie muss ruhig wirken. Sie rückt das Kopfkissen zurecht und will gerade die Bettdecke hochziehen, als der Bildschirm den dunklen Raum erhellt. Eine neue Nachricht.

Sie rechnet mit Jasmine, aber sie ist es nicht. Ellie braucht eine Sekunde, um zu verstehen, wer da schreibt.

sally@imwald.

Was soll die Scheiße?

Adrenalin schießt durch ihren Körper. Mit einem wachsenden Gefühl des Grauens liest Ellie die Nachricht.

Wenn du heute Nacht durch den Wald streifst ...

Das Absenderprofil hat kein Foto, nur einen Screenshot des Gespenster-Emojis, und das fühlt sich irgendwie noch schlimmer an.

Fast unmittelbar erscheint eine zweite Nachricht auf dem Bildschirm.

Böses Mädchen.

Schon wieder erscheinen die drei Punkte.

Glaubst du etwa, du bist in Sicherheit, nur weil du in deinem warmen Bettchen liegst?

Wenn ich du wäre, würde ich da bleiben.

Man kann nie wissen, was einen draußen erwartet.

Ellie lässt das Telefon fallen.

Schaudernd schaut sie sich in ihrem Zimmer um. Sie hat das Gefühl, in den dunklen Ecken würde jemand lauern, eine böse Präsenz unter ihrem Bett hervorkriechen. Genau wie in der Höhle, als sie den Luftzug im Nacken gespürt hat und sie dachte, im Schatten wäre jemand. Jemand, der lauert und sie beobachtet.

Sie könnte ihre Privateinstellungen ändern. Sie könnte den Absender blockieren. Aber wenn sie das tut, wird sie nicht erfahren, was ihr Gegenüber weiß. Was er oder sie plant. Ist es nicht besser, den Chat offen zu halten, statt sich hilflos dem auszuliefern, was irgendwo irgendwer ausheckt?

Angst und ein finsteres, Übelkeit erregendes Schuldgefühl wogt durch Ellie hindurch. Sie zieht sich das Kissen über den Kopf und versucht, sich vor der bedrohlichen Gefahr zu verstecken, die auf sie zugekrochen kommt. Sie drückt das Gesicht in die Matratze, das Laken presst sich gegen Mund und Nase und nimmt ihr die Luft zum Atmen, bis in ihren Ohren nur noch Platz ist für das Geräusch ihres rasenden Herzschlags. *Es tut mir leid*, brüllt sie stumm in die Matratze hinein. *Es tut mir leid, es tut mir leid, es tut mir leid.*

KAPITEL 17

Dienstag, 8.00 Uhr

Khan beruft das Meeting für Punkt acht Uhr ein, die Einsatzgruppe des Kommissariats versammelt sich vollständig. Mit Akten und Kaffeetassen bewaffnet kommen die Beamten im Besprechungsraum zusammen, und nach einigem Stühlerücken bittet Khan um Ruhe. «Wir haben die Medien am Hals», sagt er. «Die Eltern eines der Mädchen aus der Pfadfinderinnengruppe haben sich an die lokale Presse gewandt. Ich hatte insgeheim auf eine kleine Gnadenfrist gehofft, aber heute Morgen erschien der erste kleine Beitrag zu einem ‹gravierenden Vorfall› am Turm, weshalb ich davon ausgehe, dass in Kürze der ganze Zirkus versammelt sein wird. Ich werde im Anschluss eine offizielle Mitteilung rausgeben. Denen ein paar Brotkrumen hinwerfen. Vielleicht fördert die Berichterstattung ja was Nützliches zutage. Wir können nur hoffen.»

«Was Nützliches?», raunt DC Maxwell zu Ben rüber. «Eher heftige Kopfschmerzen.»

Ben nickt. Ihnen allen ist klar, dass sie mit Hinweisen aus der Bevölkerung überrollt werden, sobald die Nachricht es in die Mainstream-Medien geschafft hat. Dass sie mit Hypothesen und wilden Theorien zugeschüttet werden, von denen sich das meiste als reinste Zeitverschwendung herausstellen wird.

«In der Zwischenzeit», fährt Khan fort, «muss ich Sie

kaum daran erinnern, dass undichte Stellen das Letzte sind, was wir während laufender Ermittlungen brauchen können. Keiner von uns will, dass irgendwelche Netzspürhunde und True-Crime-Podcaster kreuz und quer über den Tatort trampeln. *Alles,* was in diesen vier Wänden besprochen wird, ist strikt vertraulich. Habe ich mich klar ausgedrückt?»

Der zierliche Khan, klein von Wuchs, aber von großer Persönlichkeit, ist, wenn er sich in Rage redet, ziemlich beeindruckend, voller Entschlusskraft und Energie. Ben weiß, dass einige der jüngeren Kollegen bereits auf die harte Tour lernen mussten, ihn nicht ausschließlich nach der liebenswürdigen Art zu beurteilen, die er in ruhigeren Zeiten auf dem Kommissariat an den Tag legt. Während wichtiger Ermittlungen wird Khan zum Terrier, hartnäckig, fordernd, schnell zubeißend. Niemand, dem man in die Quere kommen möchte. Alle signalisieren nickend ihre Zustimmung.

Ben hatte gehofft, seinen Chef noch vor der Besprechung zu erwischen, aber als er frühmorgens ins Büro kam, hatte Khan sich bereits mit dem Pressesprecher zurückgezogen, und bis jetzt hat sich noch keine Gelegenheit ergeben, ihn über Ellies Anwesenheit auf der Party am Steinbruch zu informieren. Er wird noch ein bisschen länger warten müssen.

«Silverton, wir beginnen mit Ihnen», sagt Khan an die leitende Rechtsmedizinerin gerichtet. «Machen Sie bitte den Anfang mit Ihrem Update.»

Silverton schiebt sich die weißblonden Haare hinters Ohr, klappt ihren Laptop auf und wirft mehrere Bilder auf die Leinwand hinter Khan. «Die meisten Verletzungen des Opfers sind typisch für einen Fall aus großer Höhe: Genickbruch, Beckenbruch, gebrochene Rippen und massive Kopfverletzungen. Der Tod trat unmittelbar ein. Allgemeinverständlich ausgedrückt, hat sie sich das Genick gebrochen.»

«Können wir Selbstmord ausschließen?»

«Das übliche Verletzungsmuster nach einem absichtlichen Sprung aus dieser Höhe ist, kurz gesagt, ein anderes. In einem solchen Szenario würde man von beträchtlicher Gewalteinwirkung auf Becken, Bauch und die unteren Extremitäten ausgehen. Die vorliegenden Kopfverletzungen und Gewebeschäden sprechen eher für einen Sturz. All das natürlich ohne Berücksichtigung des Zustandes, in dem die Leiche aufgefunden wurde, welcher stark auf postmortale Intervention hindeutet. Dazu komme ich gleich.»

Khan nickt. «Fahren Sie fort.»

Sie klickt weiter zu einer Aufnahme des Turms. «Die identifizierte Aufschlagstelle passt zu einem Sturz aus dem offenen Bogen oben im Turm. Die Kollegen der Spurensicherung haben auf der Plattform eindeutige Kampfspuren gefunden. Blutspuren, die sich Sarah zuordnen lassen, etwas Speichel und hier, an den Ziegeln direkt neben der Öffnung, Kratzspuren, die wiederum zu den Stein- und Moospartikeln passen, die wir unter Sarahs Fingernägeln sichergestellt haben. Außerdem haben wir an Sarahs Leichnam Kratzer und Prellungen gefunden.» – Sie klickt das betreffende Bild an und deutet auf Sarahs Arme und Hände. «Diese Verletzungen passen zu einem körperlichen Angriff.»

Silverton schürzt die Lippen. «Unsere derzeitige Hypothese lautet, dass es oben auf dem Turm zu einer Auseinandersetzung zwischen Sarah und einem Angreifer kam. Sarah hat nahe der Öffnung wild um sich geschlagen und versucht, sich an die Mauer zu krallen, wurde jedoch überwältigt und in den Tod gestürzt. Wenn ich eine Vermutung wagen dürfte, hat sie da oben um ihr Leben gekämpft.»

Silverton fährt fort. «Interessant wird es hier unten, auf ebener Erde.» Sie klickt mehrere Bilder weiter und hält bei einer Aufnahme an, die Sarah in ihrer Totenstellung direkt unter dem Turm zeigt.

«Sarahs Körper wurde kurz nach ihrem Tod bewegt, noch ehe die Leichenstarre einsetzte. Sie wurde vom Bauch auf den Rücken gedreht und in diese Haltung gebracht. Die Vogelmaske wurde über ihrem Gesicht platziert und die Worte, die Sie hier sehen, mit Ruß auf Arme und Beine geschrieben. Die Asche stammt offenbar von dem kleinen Lagerfeuer, das oben am Turm entdeckt wurde, das können wir allerdings erst in einigen Tagen definitiv bestätigen. Wir haben Blutspuren *unter* der schwarzen Farbe gefunden, die darauf hinweisen, dass die Worte post mortem auf der Haut platziert wurden.»

Die grauenvollen, verstörenden Details sorgen für Gemurmel.

«Olivia hat erwähnt, Sarah hätte sich als Teil der Verkleidung die Haare toupiert und Blätter und Zweige hineingesteckt», meldet Ben sich zu Wort. «Auf den Bildern sieht es nicht mehr wirr aus.»

«Nein, das ist richtig», sagt Silverton. «Wir wissen nicht, wie lange der Mörder mit Sarahs Leiche zugange war. Sicher ist nur, dass all das stattfand, ehe sich die Leichenstarre bemerkbar machte, also etwa innerhalb der ersten Stunde nach ihrem Tod.»

«Sie säubern? Ihr die Haare kämmen? Was für ein krankes Hirn denkt sich so was aus?» Maxwell sieht Ben beunruhigt an. Er zieht die Augenbrauen hoch, genauso ratlos wie sie.

«Gibt es Hinweise auf sexuelle Gewalt?», fragt Khan und stellt damit die Frage, die alle gefürchtet haben.

«Nein.»

Wenigstens eine winzige Gnade, denkt Ben.

«Es gibt auch gute Nachrichten», fügt Silverton hinzu, und ihr Gesicht hellt sich auf. «Wer immer Sarah die Worte auf die Haut geschrieben hat, war nicht sonderlich vorsichtig. Der Großteil der Fingerabdrücke war verwischt, aber es ist uns gelungen, zumindest einen Teilabdruck zu sichern. Er wird gerade durchs System gejagt. Eine Übereinstimmung ist nicht ganz einfach, aber es kann sein, dass wir Glück haben. Außerdem haben wir direkt neben der Leiche einen Fußabdruck sichergestellt. Ein Männerturnschuh. Größe 44.»

«Nur einen?»

«Das viele Laub rund um den Fundort hat die Suche nach weiteren Beweisen erschwert.»

«Können wir davon ausgehen, dass der Abdruck vom Täter stammt?»

Silverton schüttelt bedauernd den Kopf. «Wenn ich das richtig verstehe, ist der Turm bei Spaziergängern, Wanderern und Joggern ein beliebtes Ziel. Es wäre gewagt, anhand eines einzelnen Fußabdrucks jemanden für den Mord verantwortlich zu machen, aber es könnte dabei helfen, den Kreis der Verdächtigen einzugrenzen.»

«Was ist mit dem toxikologischen Befund?»

«Den müssten wir im Laufe des Tages bekommen. Der Todeszeitpunkt liegt irgendwann zwischen zwei und vier Uhr früh am Sonntagmorgen. Sie bekommen weitere Details, sobald sie uns vorliegen.»

Silverton beendet ihren Bericht und sieht sich um, offen für Fragen. Als keine kommen, nickt sie.

Es ist wichtig, bei Ermittlungen unvoreingenommen zu bleiben, aber Ben spürt den Frust rund um den Tisch. Das Feld der Verdächtigen ist weiterhin offen. Irgendwo da draußen läuft ein Mörder herum - brutal und offenbar gestört - und es könnte absolut jeder sein. Jemand völlig Fremdes oder jemand aus dem unmittelbaren Umfeld der Schule. Wer weiß? Vielleicht jemand mit der Neigung, aufs Neue zu töten.

«Ihnen allen liegen die Protokolle der gestrigen Befragungen vor. Lassen Sie Ihren Ideen freien Lauf», eröffnet Khan die Diskussion. «Danny Carlisle, mit dem Sarah in einer On-off-Beziehung war, bleibt von Interesse», sagt Maxwell. «Er hatte Grund zur Eifersucht - es kam zu einem Kuss zwischen Sarah und Dannys Bruder Connor, außerdem gibt es die Nachricht, die Danny auf ihrem Telefon gesehen haben will. Nicht gerade eine Vorzeigefreundin. Dannys Mutter hat bestätigt, dass er kurz nach Mitternacht nach Hause kam, aber der Junge war eindeutig durcheinander. Möglicherweise hat er sich später noch mal rausgeschlichen und ist zurückgekehrt, um Sarah zur Rede zu stellen?»

«Hat sonst irgendjemand weitere Verehrer von Sarah erwähnt?», möchte Khan wissen. «Könnte Danny sich das ausgedacht haben? Um uns in die Irre zu führen? Seine Aussage lässt sich nicht bestätigen, weil wir Sarahs Telefon nicht haben.»

Maxwell legt die Stirn in Falten. «Könnte sein. Ich hatte den Eindruck, dass er uns nicht alles erzählt.»

«Und die anderen Schülerinnen und Schüler?»

«Alle erzählen dieselbe Geschichte: Sarah, betrunken und gut drauf. Sarah und Danny, die sich streiten. Danny, der sich mit seinem Bruder Connor prügelt. Schließlich das Ende der Party, alle gehen, nur Sarah, Connor und sein Freund Kevin bleiben noch.»

«Das mit den Carlisle-Brüdern ist doch eindeutig», meldet sich Dave Crawford, ein korpulenter DC, vom anderen Tischende zu Wort. «Einer von beiden muss es gewesen sein.»

Khan wendet sich an Ben. «Wie weit sind wir mit Connor Carlisle?»

«Wenn Silverton sich hinsichtlich des Todeszeitpunkts zwischen zwei und vier Uhr morgens sicher ist ...»

«Ich bin mir sicher», fällt sie ihm ins Wort.

Ben nickt entschuldigend. «Dann war Connor Carlisle zwanzig Meilen weit weg in Bristol. Die Überwachungskameras vom Lakota Nightclub bestätigen das, und für den Rest der Nacht hat er ein Alibi, ein Mädchen, das er im Club aufgegabelt hat.»

Khan runzelt die Stirn. «Dann schließen wir ihn also aus?»

«Im Augenblick können wir Connor Carlisle höchstens etwas Dealerei nachweisen und dass er ein richtiges Arschloch ist.»

«Okay, machen wir weiter mit dem Kollegium. Maxwell, haben Sie mit Sarahs Lehrern gesprochen?»

«Ja, mit den drei Haupttutoren: Mrs Wiley, ihre Schauspiellehrerin, Mr Effeny, Englisch, und Mrs Hall, Psychologie.» DC Maxwell wirft einen Blick in ihre Notizen. «Alle zeichnen dasselbe Bild: Sarah war eine kluge, beliebte Schülerin mit vielversprechender Zukunft. Mrs Wiley beschrieb sie als Spitzenschülerin, die gemeinsam mit ihren Mitschülern Kulissen malte und Text lernte. Sarahs Auftritt im letztjährigen Sommerstück *Les Misérables* hat sie in den höchsten Tönen gelobt.»

Khan wendet sich an DC Crawford. «Haben Sie das Personal der Schule bereits überprüft?»

Crawford schüttelt den Kopf. «Noch nicht. Ich bin gestern den ganzen Tag durch den Wald gestolpert, Chief. Ich kümmere mich drum.» Ben registriert das Augenrollen des Mannes, sobald Khan sich abgewandt hat.

«Tun Sie das», sagt Khan noch, und als Crawford hörbar stöhnt, sieht er ihn scharf an. «Haben Sie ein Problem damit?»

Maxwell wirft Ben einen vielsagenden Blick zu, und Ben antwortet mit einer hochgezogenen Augenbraue.

«Nein, Chief», antwortet Crawford.

«Gibt es sonst noch etwas von der Schule?» Khan wendet sich wieder an Maxwell. «Was geht Ihnen durch den Kopf?», fragt er, als er sieht, wie sie zögert.

«Da war was während der Befragungen gestern. Ich kann nicht wirklich den Finger darauf legen. Es ist mehr so eine Ahnung.»

«Tun Sie sich keinen Zwang an.»

«Ich hatte das Gefühl, einige der Kids würden mir etwas verschweigen. Irgendwas verheimlichen. Danny eingeschlossen.»

«Irgendwelche Ideen, was das sein könnte?»

Ben senkt den Blick. Plötzlich hat er das Bild von Ellie in Rachels Küche vor Augen.

Maxwell schüttelt den Kopf. «Sie haben Wahrheit oder Pflicht gespielt. Vielleicht war Sarahs Tod das Resultat einer aus dem Ruder gelaufenen Mutprobe? Vielleicht hat jemand von den Kids es zu weit getrieben? Und jetzt fühlen sich alle verantwortlich und halten den Mund? Eine Art Schweigekomplott?»

«Aber was ist mit dem Zustand der Leiche?», widerspricht

Ben. «Ich kann mir nicht vorstellen, dass Jugendliche einer Mitschülerin etwas derart Brutales antun würden.»

«Hast du *Herr der Fliegen* nie gelesen?»

«Alles, was wir über Sarah bis jetzt wissen, sagt uns, dass sie ein selbstbewusstes, beliebtes Mädchen war. Eine Anführerin, kein Opfer. Und sicher nicht der Typ, der sich von seiner Clique zu einer gefährlichen Mutprobe verleiten oder in die Falle locken lässt.»

«Sprechen Sie weiter.» Khan spürt, dass Ben auf etwas Bestimmtes hinauswill.

«Aber die Worte, mit denen sie beschmiert wurde», fährt er fort, «das fühlt sich nach etwas Persönlichem an. Als hätte ihr Tod – die Inszenierung der Leiche – eine klare Bedeutung. War es Bestrafung? Rache?»

«Ich bin Ihrer Meinung», sagt Khan. «Die Inszenierung der Leiche ist essenziell für das Verständnis dieses Verbrechens und für das, was im Kopf des Täters oder der Täterin vor sich geht.»

Bens Blick gleitet zurück zu dem makabren Foto der mit schwarzem Ruß auf Sarahs leichenblasse Haut geschmierten Worte. «Christopher Easton hat mit seinen Plänen für das Neubaugebiet in der Gegend einige Wellen geschlagen. Könnte seine exponierte Position Sarah unbeabsichtigt zur Zielscheibe gemacht haben?»

«Habt ihr die große Werbetafel direkt draußen vor der Stadt gesehen?», fragt einer der Polizisten in die Runde.

«Nein», sagt Khan. «Heute noch nicht. Weshalb?»

«Es hat sich jemand mit einer Spraydose darüber hergemacht. BLUTRÜNSTIGE GIER steht quer über der Illustration der Siedlung. Ist gut gemacht, die Buchstaben sehen aus wie Blut, das von der Tafel tropft. Ich könnte mir vorstellen, dass Easton stocksauer ist.»

«Der geile Bock», murmelt eine Kollegin kaum hörbar.

Khan reißt den Kopf hoch. «Was war das?»

Die Beamtin zuckt die Achseln. «Im Vertrauen, eine Freundin von mir arbeitet bei Easton Developments. Es ist kein Geheimnis, dass ihr Chef einen bestimmten Typ Frauen als Sachbearbeiterinnen bevorzugt. Jung. Brünett. Ambitioniert ... wenn Sie wissen, was ich meine.»

Ben sieht Khan an.

Khan nickt ihm zu. «Sprechen Sie mit Christopher Easton. Fragen Sie ihn nach besonders vehementen Formen von Widerstand gegen die Baupläne. Alles, was der Easton Group Probleme macht. Geschäftliche Konflikte. Persönliche Fehden. Das kann nicht schaden. Gibt es sonst noch etwas?» Khan mustert seine Leute.

«Möglicherweise ...», Maxwell zögert.

«Ja?»

«Wahrscheinlich ist es albern.»

«Wir sammeln Ideen. Ich will, dass alles auf den Tisch kommt.»

«Nur etwas, das mir in den Sinn gekommen ist. Es geht um den Namen Sarah. Ich bin gestern Abend ein bisschen im Internet versumpft, habe über die Gegend nachgedacht, über Sarahs Verkleidung und die Geschichte von *Sally in the Wood*. Dabei habe ich erfahren, dass Sally eine altmodische Koseform von Sarah ist. Wussten Sie das?»

Die meisten am Tisch schütteln den Kopf.

«Worauf wollen Sie hinaus?»

«Wie gesagt, wahrscheinlich ist es albern, aber kann es sein, dass sich, wer immer das getan hat, von der Umgebung hat inspirieren lassen? Von den Geschichten über den Turm und das Mädchen, das dort ermordet wurde?»

«Meinen Sie eine Nachahmungstat?»

Maxwell zuckt die Achseln.

Khan wendet sich an Ben. «Auf dem Weg rauf zum Tatort haben Sie die Gespenstergeschichte ebenfalls erwähnt. Wie war das? Ein Mädchen, am Tag der Hochzeit ermordet, zur Strafe für ihre Untreue, und am Turm den Krähen überlassen?»

«So lautet die Geschichte», bestätigt Ben.

Sie sitzen stumm um den Tisch und mustern das Foto von Sarahs Leiche am Fuße des Turms, in ihrem weißen Kleid und mit der Vogelmaske über dem Gesicht.

Khan blickt in die Runde. «DC Crawford», bellt er. «Sind Sie noch bei uns?»

Dave Crawford hebt den Blick vom Telefon, und schuldbewusste Röte überzieht sein Gesicht. «Ja, Chief?»

«Sie haben die Suche im Wald koordiniert, richtig?»

Crawford rappelt sich in seinem Stuhl hoch. «Jawoll. Die Wanderwege waren sauber. Die Zugänge zu den Minen alle verriegelt. Wir haben jede Menge Müll aus dem Steinbruch geholt und zur Spurensicherung geschickt. Diese Kids wissen jedenfalls, wie man feiert», fügt er augenzwinkernd hinzu.

Niemand lacht.

«Irgendeine Spur von dem Telefon des Mädchens?»

«Nein, Chief.»

«Gut. Wenn Sie sich heute an die Arbeit in den Datenbanken machen, um die Hintergrundinfos zum Personal der Schule zu recherchieren, suchen Sie dabei auch nach alten Berichten über außergewöhnliche Vorfälle im betreffenden Gebiet. Alles, was irgendwie rituellen oder okkulten Charakter haben könnte.»

Crawford nickt kurz angebunden und murmelt etwas Unverständliches.

Ben sträuben sich die Haare. Maxwell hat bereits erzählt, dass Crawford unzufrieden ist. Sie hat sich nicht getäuscht. Es ist eindeutig, dass er alles, was von ihm verlangt wird, mit einem Minimum an Einsatz erledigt und sich von seinen Kollegen mit durchziehen lässt. Für jemanden wie ihn ist in ihrem Team kein Platz.

Khan lehnt sich zurück. «Wir müssen das Telefon finden. Die letzte Statusmeldung kam gegen drei Uhr früh aus dem Wald, wir wissen also, dass sie es zu dem Zeitpunkt noch bei sich hatte. Seitdem fehlt von dem Handy jede Spur. Falls Sarah meiner Teenager-Tochter auch nur ein bisschen ähnelt, befindet sich ihr ganzes Leben auf dem Ding.» Er schickt einen durchdringenden Blick in die Runde. «Um zu begreifen, wie ein Mensch gestorben ist, hilft es, zu verstehen, wie er gelebt hat.»

Den Spruch hört Ben von Khan nicht zum ersten Mal. Sie können ihn höchstwahrscheinlich alle auswendig, aber als Ben sich umsieht, registriert er allgemeines Nicken. Sie wissen alle, dass ihr Boss recht hat. Es hilft, unter die Oberfläche des Opfers vorzudringen, seine Geheimnisse kennenzulernen, seine heimlichsten Wünsche, sein Innenleben. Oft ist dort die Wahrheit zu finden.

Mit leichter Enttäuschung sammelt Khan die Unterlagen ein und klopft sie auf der Tischplatte in Form. «Im Moment haben wir immer noch mehr Fragen als Antworten. Also. Machen wir uns wieder an die Arbeit.»

Ben steht als einer der Ersten auf, um Khan an der Tür abzupassen. «Haben Sie einen Augenblick Zeit, Chief?»

«Natürlich. Begleiten Sie mich.» Er gibt Ben ein Zeichen und setzt sich in Bewegung. Im Eingangsbereich schallt ihnen die erregte Stimme einer Frau entgegen, die auf den diensthabenden Polizisten am Empfang einredet.

«... sah aus, als hätte er sich seit Tagen nicht gewaschen, der verlauste Penner. Und erst der Gestank! Wir müssen alle knapsen, aber der hat sich einfach das Zeug geschnappt und ist davongerannt. Übrigens keine Billigware, nein. Eine große Packung Cornflakes. So was Dreistes. Ich sage Ihnen, Officer, so etwas ist mir in all den Jahren ...»

Als der Beamte Ben entdeckt, unterbricht er mit sichtbarer Erleichterung die Niederschrift der Aussage. «Chase? Ich hab da was, das Sie vielleicht interessieren könnte.»

Khan und Chase bleiben an den Schwingtüren stehen. «Was gibt es?» Ben hofft nur, dass er jetzt nicht auch noch in die Ladendiebstahlsanzeige der Frau involviert wird. Er kennt Mrs Kerridge aus dem Co-Op. Wenn die erst mal loslegt, wird's schwierig. Es kommt vor, dass man fünfzehn Minuten ihr gegenüber an der Kasse steht, nur um einen Laib Brot zu bezahlen.

«Da drüben sitzt ein Gemeindearbeiter.» Der diensthabende Inspektor deutet mit dem Kinn zu den Plastikstühlen im Empfangsbereich. «Meint, er hätte heute auf seiner Morgenrunde was gefunden. Was Seltsames. Und weil er gestern Abend die Lokalnachrichten gehört hat, dachte er, es wäre besser, es herzubringen.» Er nickt zur Tür eines leeren Verhörzimmers hinüber. «Es liegt da drinnen.» Der Mann klingt eifrig. «Ich habe es nicht angerührt.»

«Gute Arbeit.» Ben dreht sich zu Khan um. Der zuckt die Achseln.

Auf dem Tisch liegt eine zerknüllte Plastiktüte. Ben zieht sterile Latexhandschuhe aus einer Schachtel auf dem Fensterbrett, öffnet die Tüte, zieht ein Bündel Kleidungsstücke daraus hervor und breitet sie auf dem Tisch aus. Ein grauer Hoodie. Ein paar zerrissene Jeansshorts. Eine zerknäulte, schwarze Strumpfhose. Nichts Besonderes, abgesehen von dem rostroten Spritzer vorne auf dem Hoodie. Es ist eindeutig getrocknetes Blut.

Khan beugt sich vor. «Wo, sagte er, hat er das gefunden?»

Ben macht einen Schritt zurück. Er kann nicht sprechen. Bittere Galle steigt ihm in die Kehle.

Der diensthabende Beamte steht in der Tür und antwortet. «Der Typ meint, er hätte die Tüte draußen an der Thorncombe Lane in einem Streusalzbehälter entdeckt. Er hat heute Morgen die Wintervorräte aufgefüllt und sie dabei entdeckt. Er meinte, man würde sich wundern, was die Leute alles in diese Tonnen stopfen.»

Khan stößt Ben leicht mit dem Ellbogen an. «Das muss zur Spurensicherung. Vielleicht ist es reiner Zufall. Vielleicht ist es aber auch unsere erste handfeste Spur.»

Ben antwortet immer noch nicht. Er kann nicht. Er ist nicht in der Lage, auch nur einen klaren Gedanken zu fassen. Sein Denkvermögen hat ihn in dem Moment verlassen, als er die Kleidungsstücke vor sich auf dem Tisch ausbreitete und ihm klar wurde, dass Ellie genau diese Sachen trug, als er sie Samstagabend vor dem Haus ihrer Mutter absetzte. Unmittelbar, bevor sie sich heimlich in den Wald davonstahl, in dem später ein Mädchen tot aufgefunden werden sollte.

«Chief», presst er schließlich hervor. «Ich muss Ihnen eine Mitteilung machen.»

KAPITEL 18

Dienstag, 12.00 Uhr

Ellie tritt rhythmisch mit dem Turnschuh gegen das metallene Stuhlbein, das monotone Geräusch zerrt an den Nerven. Rachel, die neben ihr am Tisch sitzt, streckt die Hand aus und legt sie ihrer Tochter beruhigend auf den Oberschenkel. Rachel durchschaut die tapfere Maske ihrer Tochter, mit der sie verzweifelt versucht, souverän zu wirken. Sie kann die Angst in Ellies Augen sehen, und sie sieht die dunklen Ringe darunter.

Letzte Nacht wurde Rachel von Schreien geweckt. Ellie hatte im Schlaf laut gerufen, Sarahs Namen. Als Rachel ihr Zimmer betrat, fand sie Ellie aufrecht sitzend im Bett vor, benommen und bleich, im nassgeschwitzten Schlafanzug. Der Anblick hatte Rachel an die Albträume erinnert, unter denen Ellie als kleines Mädchen ab und zu litt. «Was hast du geträumt?»

Ellie hatte den Kopf geschüttelt. «Nur irgendeinen Albtraum. Ich dachte, ich wäre im Wald.»

Rachel hatte ihr die Haare aus der klammen Stirn gestrichen. «Ich weiß, wie beängstigend das momentan ist, aber sie werden den Täter fassen», hatte sie gesagt und dabei stumm gebetet, dass sie recht behalten würde. «Erzähl der Polizei einfach alles, was du weißt. Und mach dir keine Sorgen.»

Ellie hatte ausgesehen, als würde sie anfangen zu weinen, doch als Rachel versuchte, sie an sich zu ziehen, stieß ihre Tochter sie weg. «Ich will einfach nur schlafen.»

Und jetzt sind sie hier. DC Maxwell sitzt ihnen gegenüber, vor sich auf dem Tisch ihren Notizblock und einen Stift, daneben surrt leise das Aufnahmegerät. Rachel kommt sich vor wie in einer albtraumhaften Wiederholung des gestrigen Tages, nur dass sie sich heute in einem Verhörraum auf dem Kommissariat befinden und die Jugendliche nicht irgendeine Schülerin, sondern ihre eigene Tochter ist.

Als der diensthabende Inspektor sie angerufen und gebeten hat, ins Kommissariat zu kommen, war Rachel völlig verwirrt. Sie war davon ausgegangen, dass Ben seine Kollegen über Ellies Teilnahme an der Party informierte und Maxwell irgendwann im Laufe des Tages in der Schule mit Ellie ein Gespräch führen würde wie mit den anderen. Rachel wäre im Traum nicht auf die Idee gekommen, man würde ihr mitteilen, dass Ellie im Streifenwagen von der Schule zum Verhör abgeholt worden ist, mit der dringenden Bitte, sich ebenfalls unverzüglich zur Polizei zu begeben. «Warum so förmlich?», hat sie gefragt.

«Es tut mir leid», hat der Polizist geantwortet. «Anweisung von oben.»

Ben vielleicht? Vielleicht hat er seine Kollegen gebeten, Ellie ein bisschen in die Mangel zu nehmen, um ihr eine Lektion zu erteilen? Es erscheint ihr ziemlich übertrieben, regelrecht grausam und außerdem eine Verschwendung von Ressourcen inmitten der Ermittlungen, aber Ben ist von ihnen beiden schon immer der strengere Elternteil gewesen. Er hat stets auf gespültes Geschirr, ein aufgeräumtes Zimmer, limitierte Fernsehzeit und frühes Zubettgehen bestanden. Vielleicht ist es angesichts ihrer Schwindelei vom

Wochenende ja richtig, sie etwas härter anzufassen. Vielleicht braucht Ellie einen Schuss vor den Bug. Vielleicht ist Rachel zu weich gewesen, zu leichtgläubig. Vielleicht ist das einer der Gründe, warum sie jetzt in diesem Schlamassel stecken.

Doch als sie jetzt neben Ellie beim Ticken der funktionalen Wanduhr in dem überheizten grauen Verhörzimmer sitzt und Fiona Maxwell, auf die Ellbogen gestützt, den wachsamen Blick auf ihre Tochter richtet, schreien ihre mütterlichen Instinkte trotzdem Alarm. Sie möchte Ellie in die Arme nehmen und sie von hier wegbringen, weg von dem Verhör, was ihr zweifelsohne bevorsteht.

«Warum hast du dich Montagmorgen nicht sofort bei uns gemeldet, so wie die anderen?», fragt Maxwell freundlich. Sie wartet einen Moment, und als Ellie nicht antwortet, versucht sie es noch einmal. «Wieso hast du uns nicht erzählt, dass du mit Sarah im Wald warst?»

Ellie wirft ihrer Mutter einen Blick zu. Rachel nickt. *Na los,* denkt sie. *Sag es ihr.*

«Weil ich nicht in Schwierigkeiten kommen wollte. Ich durfte eigentlich nicht auf die Party. Ich habe meine Eltern belogen.»

Maxwell runzelt die Stirn. «Hattest du angesichts dessen, was mit Sarah passiert ist, nicht das Gefühl, erzählen zu müssen, wo du gewesen bist?»

«Ich wusste ja nichts Genaues. Wahrscheinlich hab ich gedacht, ich könnte sowieso nichts beitragen.»

«Aber deine Anwesenheit auf der Party hätte nicht für immer ein Geheimnis bleiben können. Es wäre eh irgendwann rausgekommen, oder nicht?»

Ellie zuckt die Achseln. «Ich dachte, es gäbe wichtigere Leute, mit denen Sie sprechen müssen. Ich dachte, wenn

Sie den Täter schnell finden, dann muss gar niemand mitkriegen, dass ich auch dort war. Hab ich wenigstens gehofft.» Sie lässt den Kopf hängen. «Es tut mir leid.»

«Wichtigere Leute?»

«Ja.»

Maxwell beugt sich zu ihr vor. «Wen meinst du damit?»

«Leute, die Sarah näherstanden.» Wieder zuckt Ellie die Achseln. «Ich kannte sie nicht wirklich gut.»

«Aber Sarah war doch im selben Jahrgang wie du, oder? Ich habe gehört, ihr seid nur etwa zweihundert Schülerinnen und Schüler der Oberstufe?» Maxwell wirft Rachel einen Blick zu, die bestätigt die Zahl mit einem Nicken. «Das sind vergleichsweise wenig. Eure Schulleiterin Mrs Crowe hat mir eure Schule als einen Ort mit warmherziger, kollegialer Atmosphäre beschrieben. Ein Ort, ‹wo jeder jeden kennt›.»

Ellie rutscht auf ihrem Stuhl herum. «Das bedeutet noch lange nicht, dass wir Freundinnen waren.»

Rachel sieht verstohlen zu ihr rüber. Sie wünschte, Ellie würde ihren Ton ein bisschen mäßigen. Es ist zweifelsohne nervenaufreibend, in dieser Umgebung Fragen beantworten zu müssen, aber vor lauter Angst klingt Ellie defensiv, feindselig sogar. Rachel presst die Lippen zusammen und bezwingt den Drang, sich einzumischen.

«Gut, Ellie. Dann erzähl mir bitte von *deinem* Samstagabend. Um wie viel Uhr hast du dich auf den Weg in den Wald gemacht?»

«Ich war bis etwa halb acht bei meinem Dad. Ich hab eine Textnachricht von Mum gefälscht, in der stand, dass ich nach Hause kommen muss, und Dad hat mich gegen acht am Cottage abgesetzt. Ich hab so getan, als würde ich ins Haus gehen, und gewartet, bis Dad wieder weggefahren ist, und dann bin ich rüber in den Theatertrakt, um mich mit Jas zu treffen. Schon klar.» Sie wirft Rachel einen schuldbewussten Blick zu. «Ich hätte nicht lügen dürfen.»

«Meinst du mit Jas Jasmine Ware?»

Ellie nickt.

«Hattet ihr euch dort verabredet?»

«Ja. Wir hatten beide kein Halloween-Kostüm, und Jas hat vorgeschlagen, sich einfach was aus der Theaterabteilung der Schule zu leihen. Irgendwo in einem Regal haben wir ein paar Masken gefunden – so venezianische Dinger. Ziemlich gruselig, ehrlich gesagt. Die haben wir genommen.»

«Kannst du mir deine Maske bitte beschreiben?»

Ellie zuckt die Achseln. «Logisch. Schwarz, mit Vogelfedern und einem langen, gebogenen Schnabel. Jasmines Maske war genauso, nur weiß mit gold.»

Maxwell mustert Ellie ruhig. «Und weiter?»

«Wir haben uns auf den Weg zum Steinbruch gemacht und waren gegen halb zehn da, glaube ich.»

«Was war auf der Party los, als ihr ankamt?»

«Nicht viel, ehrlich gesagt. Es gab ein Lagerfeuer, ein paar Leute hingen rum, tranken was und hörten Musik. Ich bin nicht davon ausgegangen, dass wir lange bleiben würden, aber dann fing Jas an, mit Saul zu quatschen. Sie steht auf ihn. Das würde sie nie zugeben, aber es ist nun mal so. Jemand hatte einen Karton Wein mitgebracht. Mir war langweilig. Ich habe ein bisschen zu viel getrunken.»

Rachel spürt wieder einen schuldbewussten Seitenblick und bemüht sich, ein neutrales Gesicht zu wahren.

«War Sarah Lawson auch da?»

«Ja. Irgendwann fing das mit dem Ouija-Brett an, und ich bin noch ein bisschen geblieben. Um zuzuschauen.»

«Um zuzuschauen?» Maxwell klingt überrascht. «Hast du nicht mitgemacht?»

Zu Rachels Erleichterung schüttelt Sarah den Kopf. «Nein. Das war typisch Sarahs Flex. Ich hatte keinen Bock auf ihre Spielchen.»

«Ihr *Flex*? Was meinst du damit?»

«Angeberei», sagt Ellie. «Sarah war eine von denen, Sie wissen schon ... die es gewöhnt sind, im Mittelpunkt zu stehen. Hübsch, beliebt. Sonnen sich in der Aufmerksamkeit anderer. Sie und Olivia sind durch die Schule stolziert, als wären sie der Mittelpunkt des Universums und wir anderen nur Satelliten auf ihrer Umlaufbahn.»

Rachel runzelt die Stirn. Ellie klingt wütend, regelrecht verbittert. Sie weiß, dass die Mädchen sich in verschiedenen Kreisen bewegt haben, wie zwei Kreise eines Mengendiagramms, die ab und zu eine Schnittmenge bilden, aber von Abneigung hatte sie nichts geahnt. Hatte sie da etwas nicht mitbekommen?

«Am Anfang hat Sarah ihre Position als die Neue ausgenutzt, und dann hatte sie es irgendwann auf Danny abgesehen. Hat angefangen, mit ihm rumzuspielen.»

«Mit ihm rumzuspielen? Was genau meinst du damit?»

Rachel lockert mit dem Zeigefinger den Ausschnitt ihres Pullovers. In dem Verhörraum ist es viel zu warm. Sie hat noch nie verstanden, wie Ben es in dieser stickigen, seelenlosen Umgebung aushalten kann. Sie würde am liebsten ein Fenster aufreißen.

«Danny ist ein netter Kerl. Authentisch. Alle mögen Danny, und Danny ... na ja. Danny mochte Sarah.»

Maxwell hakt sofort nach. «Hat dich das gestört? Das mit Danny und Sarah?»

Ellie wird rot. «Er ist mein Freund. Ich mag es nicht,

wenn meine Freunde für dumm verkauft werden. Sarah hat mit ihm gespielt. Ihn benutzt, wenn es ihr passte. Wenn nicht, hat sie ihn abblitzen lassen. Sie hat so getan, als wäre sie zu gut für ihn. Ehrlich gesagt, ich war schon immer der Meinung, Danny hätte was Besseres verdient», fügt Ellie mit rauer Stimme hinzu. «Aber das hat er einfach nicht kapiert.»

In Rachels Kopf formt sich ein Bild. Ellie und Danny hatten von Anfang an vertraut gewirkt. Sie war davon ausgegangen, dass die Freundschaft vor allem auf ihrer gemeinsamen Position als Stipendiaten an der Schule basierte, aber vielleicht war es um etwas anderes gegangen. Zumindest von Ellie aus. War Ellie auf Sarahs Beziehung zu Danny eifersüchtig gewesen?

«Ein paar der anderen haben ausgesagt, Sarah und Danny hätten auf der Party gestritten. Hast du davon was mitbekommen?»

Ellie nickt.

«Was ist passiert?»

«Daran war Sarah schuld. Sie hat Danny eine Mutprobe vorgeschlagen, von der sie wusste, dass er sie niemals eingehen würde, und zur Strafe dann mit Connor rumgemacht, mit ihm geflirtet ... ihn sogar geküsst.» Ellie zieht die Nase kraus. «Sie hat genau gewusst, was sie Danny damit antut. Es war logisch, dass er rotsehen würde. Ich glaube, sie wollte, dass die Brüder sich ihretwegen prügeln. Noch so ein Flex. Natürlich ist Danny ausgeflippt, was auch sonst. Die Frau steht da und knutscht vor deinen Augen mit deinem dämlichen Bruder rum.»

«Ist Danny Sarah gegenüber gewalttätig geworden?»

Ellie hebt den Kopf und schaut Maxwell wütend an. «Nein! Das würde er niemals tun. Danny ist auf Connor losgegangen. Sarah hätte die Prügelei sofort beenden können, aber sie stand einfach nur da und hat zugeschaut, mit diesem bescheuerten Lächeln im Gesicht. Für sie war das ein Machtrausch. Die Gelegenheit, allen zu zeigen, wie sehr Danny auf sie steht.»

«Hattest du was mit der Prügelei zu tun, Ellie?»

Ellie senkt den Blick. «Eigentlich nicht.»

Rachel mustert ihre Tochter. Ihr Magen krampft sich angstvoll zusammen.

Maxwell wartet ab.

«Es war nicht meine Schuld. Sarah hat mir einfach ihr Telefon in die Hand gedrückt, als sie bei Wahrheit oder Pflicht an der Reihe war. ‹Halt das›, hatte sie im Befehlston gesagt, als wäre ich ihr Dienstmädchen. Ich hatte das Telefon immer noch in der Hand, als die beiden angefangen haben, sich zu prügeln. In dem Moment ist die Nachricht auf dem Bildschirm aufgeploppt. Ich hatte den Beweis direkt in der Hand.»

«Was hast du gesehen?» Maxwell beugt sich vor.

Ellie dreht den Bund ihres Uniformpullovers zwischen den Händen. «Eine Nachricht. Von einem unbekannten Account. Da stand so was wie ‹Ich vermiss dich so heut Nacht. Ich wünschte, wir müssten nicht so heimlichtun.› Dazu noch ein paar Herzchen.» Ellie schüttelt den Kopf. «Es war klar, dass sie hinter Dannys Rücken mit jemand anderem was am Laufen hat.»

«Von wem stammte die Nachricht?»

«Keine Ahnung. Es sah komisch aus. Ein paar Buchstaben, gefolgt von 123. Ich meine, das ist doch verdächtig, oder? Auf alle Fälle was Geheimes.»

Anstatt zu antworten, schiebt Maxwell eine weitere Frage hinterher. «Was hast du daraufhin getan?»

«Das, was jede gute Freundin tun würde. Ich hab's Danny gezeigt. Wie gesagt, ich hatte ein bisschen was getrunken, und ich war total sauer. Er hat verdient, zu erfahren, was für eine Sorte Mädchen Sarah war.»

«Wie hat Danny darauf reagiert?»

«Klar fand er das nicht toll, aber ich glaube, die Prügelei mit Connor hat ihn noch mehr aufgeregt.»

«Weißt du noch, was dann geschah?»

Ellie nickt. «Danny hat Sarah zur Rede gestellt, sie hat sich geweigert, ihm zu sagen, von wem die Nachricht war, und er ist mit Saul abgehauen. Ich wollte ihnen eigentlich hinterher, aber sie waren schnell, und ich war ... betrunken. Mir war schwindlig. Ich hab nicht Schritt halten können und sie im Wald verloren. Hab mich verlaufen.»

Rachel läuft es kalt den Rücken runter vor Angst bei der Vorstellung, wie ihre Tochter mitten in der Nacht allein durch den Wald streift. «Ellie!», sagt sie, unfähig, noch länger zu schweigen. «Was hast du dir dabei gedacht?»

Maxwell wirft ihr einen warnenden Blick zu und bedeutet ihr mit einer Geste, sich zurückzuhalten. «Du warst also allein im Wald. Du hattest Danny aus den Augen verloren. Hattest alle aus den Augen verloren. Was geschah dann?»

Ellie senkt den Blick. «Mir ging's nicht gut. Der viele Wein ... außerdem hab ich ein paar Mal an was gezogen, das die Runde machte. Mir ... mir war schlecht. Ich habe mich übergeben und mich dann ein bisschen auf die Erde gelegt. Um zu warten, dass es vorbeigeht.»

Rachel schüttelt fassungslos den Kopf, entsetzt angesichts der Vorstellung, wie ihre Tochter allein mitten im Wald liegt, von Alkohol und Drogen außer Gefecht gesetzt, während ein brutaler Mörder durch die Gegend streift. Wo waren ihre Freunde? Warum hat niemand nach ihr gesucht?

«Und dann?»

Ellie zuckt die Achseln. «Ich muss ohnmächtig geworden sein, denn irgendwann habe ich mich wieder hochgerappelt und wusste nicht mehr, wo ich bin. Ich hab mich irgendwie orientieren müssen. Mir war klar, wenn ich hügelaufwärts gehe, würde ich irgendwann zum Turm kommen, von wo aus ich auf einem der Wanderwege zur Straße runterlaufen könnte.»

«Also hast du dich auf den Weg zum Turm gemacht?» Maxwells Stimme hat plötzlich einen anderen Klang, und zum ersten Mal registriert Rachel die Kamera mit dem rot blinkenden Licht, die hoch oben in eine Ecke montiert ist. Ihr wird klar, dass das Gespräch aufgezeichnet wird, dass irgendwo im Hintergrund Leute aus dem Ermittlerteam sitzen und wahrscheinlich jede Bewegung im Raum beobachten. Sie ist noch nie auf die Idee gekommen, Ben nach den Kameras zu fragen, hätte niemals gedacht, dass sie je in die Situation kommen würde, verstehen zu müssen, wie Befragungen in einem Verhörraum eigentlich funktionieren. Plötzlich fragt sie sich, ob Ben irgendwo da draußen hockt, ob er zusieht, wie seine Tochter sich auf dem Stuhl windet und abmüht. Sie wünschte, er könnte dem ein Ende bereiten. Sie wünschte, er würde einfach durch die Tür platzen und Ellie vor dieser erbarmungslosen Fragerei retten.

Ellie nickt. «Ja, ich habe den Turm gefunden und den richtigen Wanderweg runter auf die Straße und bin zurück zur Schule. Nach Hause konnte ich nicht, also habe ich Jasmine geweckt. Ich hab bei ihr im Zimmer übernachtet und bin irgendwann am nächsten Tag zu Mum zurück.» Sie zuckt die Achseln. «Ende der Geschichte.»

Rachel sieht ihre Tochter forschend an. Ein unruhiges

Gefühl regt sich in ihr, ein Echo der vergangenen Nacht, als sie vor Ellies Bett gestanden und ihre schlafende Tochter betrachtet hat. Die Erinnerung an Ellies Albtraum und wie sie blass und erschüttert im Bett gesessen hat. *Ich dachte, ich wäre im Wald.* Irgendetwas stimmt hier nicht. Ellie lügt. Sie kennt ihre Tochter. Sie verschweigt etwas.

«Du hast die Vogelmaske erwähnt. Was hattest du Samstagabend sonst noch an?»

Ellie runzelt die Stirn. «Nichts Besonderes.»

«Kannst du mir deine Anziehsachen beschreiben?»

Ellie rollt leicht die Augen, und Rachel betet, dass Fiona Maxwell es nicht gesehen hat. Sie tritt ihrer Tochter unter dem Tisch unauffällig sanft auf den Fuß und wirft ihr einen warnenden Blick zu.

«Einen grauen Hoodie. Abgeschnittene Jeans. Schwarze Strumpfhose. Converse.»

«Sie zieht nie eine Jacke an», sagt Rachel mit gespielt leichtem Tonfall und wirft Fiona einen Blick zu. «Ich kann ihr noch so oft sagen, dass sie frieren wird, sie weigert sich.» Doch Maxwell nickt nur. Sie greift nach einem iPad und wendet sich wieder Ellie zu. «Ich werde dir jetzt einige Fotos zeigen. Ich möchte, dass du mir sagst, ob du die Gegenstände auf den Bildern wiedererkennst.»

Ellie reißt misstrauisch den Kopf hoch. Maxwell scrollt zu einem bestimmten Foto und vergrößert es. Sie schiebt das iPad über den Tisch. Rachel beugt sich vor, um zu sehen, worum es geht. Das Bild zeigt einen grauen Hoodie, über den sich ein großer, rostbrauner Streifen zieht, eine abgeschnittene, mit Dreck verschmierte Jeans und eine schwarze, zerrissene Strumpfhose.

«Erkennst du diese Sachen wieder, Ellie?», fragt Maxwell.

Ellie sieht Rachel an.

«Sind das die Kleidungsstücke, die du mir eben beschrieben hast, die Sachen, die du Samstagabend anhattest?»

Ellie zuckt die Achseln. «Weiß nicht.»

Maxwell scrollt weiter bis zur letzten Aufnahme der Serie, die Nahaufnahme eines Etiketts, vermutlich in dem Hoodie. Es ist mit wasserfestem schwarzen Filzstift beschriftet. *E. Chase.* Rachel erkennt ihre eigene Handschrift. Sie kann sich noch gut an den Morgen erinnern, Ellie war auf dem Weg zu einem Schulausflug, um eine Ausstellung in London zu besuchen, und Rachel hatte Angst, sie würde ihr Lieblingssweatshirt verlieren.

«E. Chase. Ist das dein Name?» Ellie nickt.

«Sind das deine Sachen, Ellie?»

«Ja.» Ellie lässt den Kopf hängen.

«Hast du eine Erklärung dafür, was die Kleidungsstücke, die du deiner Aussage nach Samstagabend getragen hast, in einer Plastiktüte zu suchen hatten, die in einem Streusalzcontainer in der Thorncombe Lane entdeckt wurde?»

Ellie starrt Maxwell ausdruckslos an, aber ihre Wangen sind flammend rot.

«Hast du die Tüte dort deponiert, Ellie?»

Ellie scheint kurz nachzudenken, dann nickt sie langsam. Rachel hat Mühe mitzukommen. «Du hast deine Anziehsachen weggeworfen?»

«Wieso hast du sie nicht in die Wäsche getan? Oder sie zu Hause in die Mülltonne geworfen?» Maxwell sieht Ellie unnachgiebig an. «Warum hast du dir so große Mühe gegeben, die Sachen loszuwerden?»

Rachel mustert die Bilder auf dem iPad. Sie kann den Blick nicht von dem schrecklichen rostroten Spritzer lösen, der in einem großen Bogen auf Ellies Sweatshirt prangt und eindeutig aussieht wie getrocknetes Blut.

Ellie räuspert sich. «Das sieht man doch. Die Sachen waren völlig ruiniert. Ich wusste, dass Mum ausflippen würde, wenn sie das sieht.»

«Stimmt, die Sachen sehen ziemlich ... fleckig aus. Ich vermute, als du dich Samstag auf den Weg zu der Party gemacht hast, waren sie noch nicht in diesem Zustand. Oder war das Teil deines Kostüms?»

Ellie lässt den Kopf hängen. «Nein», sagt sie leise.

«Kannst du also erklären, was passiert ist?» Maxwell deutet auf den großen Spritzer auf dem Hoodie. «Was hat Samstagnacht im Wald dazu geführt, dass deine Kleidung in so einen Zustand geraten ist?»

«Es war voll dreckig da. Das ist nur Schlamm und, na ja ...» Ellie verstummt.

Maxwell lehnt sich zurück und mustert Ellie lange. «Ellie, ich muss dir mitteilen, dass die Kleidung momentan bei der Kriminaltechnik liegt und auf Spuren untersucht wird. Unsere Kollegen suchen nach Beweisen, die diese Kleidungsstücke mit dem Tod von Sarah Lawson in Verbindung bringen.»

Ellie hebt den Kopf und schaut verzweifelt Richtung Tür, als wäre sie auf der Suche nach einem Fluchtweg.

«Falls sich daran tatsächlich irgendwelche belastenden Spuren finden sollten, falls es etwas gibt, das du mir jetzt nicht sagst, uns aber später vielleicht doch sagen möchtest ... na ja, wir wissen beide, dass das für dich nicht von Vorteil wäre.»

Rachel starrt Maxwell an. Ihr ist, als wäre ihr ein Schleier von den Augen genommen und sie würde die Polizistin plötzlich klar sehen. Das ist nicht mehr die nette DC mit dem offenen Gesicht, die Ellie sanft dazu bringen will, von ihren erschreckenden Erlebnissen im Wald zu erzählen.

Hinter dem weichen nördlichen Akzent, den warmen braunen Augen und dem hübschen, sommersprossigen Gesicht verbirgt sich eine berechnende, scharfsinnige Ermittlerin. Maxwell hat ihre Tochter systematisch durch ihre Aussage bis an diesen Punkt geführt und hatte dabei die ganze Zeit die Beweisstücke im Sinn, die auf ihrem iPad darauf warteten, präsentiert zu werden. Ben meinte, sie wäre gut in ihrem Job. Aber das ist zu viel. Was sie da unterstellt, ist einfach nur unlogisch. Unmöglich. Oder nicht?

«Ellie. Du musst mir sagen, was passiert ist.» Maxwell sieht Ellie ungerührt an. «Du musst mir jetzt die Wahrheit sagen.»

Ellie sitzt stocksteif da, den Blick zu Boden gerichtet, während ihre Finger wieder und wieder den Aufschlag des Pullovers kneten. «Okay», sagt sie schließlich und hebt den Kopf. «Das ist Blut. Zufrieden?»

Rachel muss schlucken.

«Wessen Blut, Ellie?»

Rachel kann ihr ansehen, wie sie hin und her überlegt. In diesem Moment möchte sie nichts anderes, als Ellie an der Hand nehmen und sie aus dem Zimmer zerren, um sie vor allem zu beschützen, was sie gleich sagen wird.

«Es ist Sarahs Blut», sagt Ellie schließlich leise, aber deutlich.

Rachel starrt ihre Tochter fassungslos an, obwohl gleichzeitig eine leise Stimme in ihrem Kopf zu flüstern beginnt, eine Stimme, die sagt: *Du hast es doch gewusst. Du hast gewusst, dass sie lügt.*

KAPITEL 19

Dienstag, 14.00 Uhr

Ellie reibt sich die Augen und stößt einen Seufzer aus. An ihren Fingern klebt Wimperntusche. Seltsam, aber es ist eine Erleichterung, es endlich auszusprechen - wie plötzlich etwas Schlechtes loszuwerden, das man aus dem Magen hochwürgt.

«Wäre es besser, wenn Ben dabei wäre?», hört sie ihre Mutter fragen. «Brauchen wir eine Anwältin?»

Ellie schüttelt den Kopf, die Fassungslosigkeit ihrer Mutter raubt ihr den letzten Nerv. Ihr kommt es so vor, als hätten sie schon seit Stunden geredet; sie will einfach nur noch, dass es vorbei ist. «Mach keinen Wirbel, Mum. Ich brauche keinen Anwalt. Ich kann alles erklären. Es ist Sarahs Blut - aber», fügt sie hastig hinzu, «ich schwöre, es ist nicht so, wie es aussieht.» Ihrer Mutter steht blankes Entsetzen ins Gesicht geschrieben. Der Unglaube. *Sarahs Blut?*

Falls die Polizistin, die vor ihr sitzt, auch überrascht sein sollte, lässt sie es sich nicht anmerken. Sie bleibt völlig neutral, zeigt keinerlei Gefühle. «Erklär mir, wie Sarahs Blut auf deinen Pullover gelangt ist», sagt sie. Gegen die hätte man beim Pokern keine Chance.

«Das ist oben am Turm passiert.»

«Nachdem du raufgelaufen warst, um dich ‹neu zu orientieren›?»

«Ja.» Sie versteht nicht, warum die Ermittlerin sie so ansieht, als würde sie ihr nicht glauben. «Ich bin den Steilhang hochgekraxelt. Es war stockfinster, aber als ich mich dem Turm näherte, hab ich Licht durch die Bäume schimmern sehen und Stimmen gehört. Ich dachte, es wären die anderen von der Party, aber ich hab mich trotzdem nicht gleich gezeigt, für alle Fälle.»

«Hast du jemanden erkannt?»

«Ja, Sarah. Dannys Bruder war bei ihr und dieser andere Typ, Kev.»

«Was haben sie getan?»

«Sie haben gestritten. Sie hatten sich ein Feuer gemacht, darum konnte ich sie sehen, aber ich bin trotzdem zwischen den Bäumen geblieben. Die Stimmung war komisch. Connor war echt sauer. Er meinte, Sarah würde ihm Geld für den Joint schulden, den er ihr gegeben hatte, und sie wurde laut und stieß ihm den Finger gegen die Brust. Sie sagte, es wäre seine Schuld, dass Danny abgehauen ist. Sie wirkte wirklich aufgewühlt, und es wurde immer krasser zwischen ihnen, bis Kev Connor zur Seite zog und meinte, er soll sich nicht aufregen. Dann sagte einer der Typen zu Sarah was von Bristol, aber sie hat die beiden angeschrien, sie sollten sich verpissen, also sind sie abgezogen. Connor hat ihr noch zugerufen, sie könnte selbst sehen, wie sie nach Hause kommt. Es klang irgendwie höhnisch, wissen Sie?»

Ellie hört, wie ihre Mutter ein ungläubiges Geräusch macht, aber Maxwell macht immer noch auf undurchschaubaren Robocop. «Und weiter?», fragt sie.

«Ich hab abgewartet. Ich dachte, Sarah geht vielleicht auch, aber sie hat sich auf die Stufen unten am Turm ans Feuer gesetzt. Ich konnte ihre Silhouette sehen. Das weiße Kleid. Die Glut von ihrem Joint.»

«Hast du sie angesprochen?»

Ellie wirft ihrer Mutter einen Blick zu. Die hat die Augen weit aufgerissen und sich eine Hand an die Kehle gelegt. «Ich wollte nachschauen, ob es ihr gut geht. Sie war ganz allein, und ich dachte …» Sie zögert kurz. «Ich glaube, ich habe gedacht, wir könnten zusammen zurücklaufen. Der Weg rauf zum Turm war ziemlich krass, ehrlich gesagt. Man bildet sich alles Mögliche ein. Na ja, nach dem Ouija-Brett und den dämlichen Mutproben. Ich hatte Schiss, okay? Ich weiß, es ist albern, aber ich musste ständig an die Gespenstergeschichte denken. Die über Sally. Im Wald hat es geraschelt, wahrscheinlich irgendwelche Tiere oder die Fledermäuse, aber meine Fantasie ist mit mir durchgegangen. Immer noch besser, mit Sarah zurück nach unten zu laufen, als ganz alleine durch den Wald zu gehen, hab ich gedacht.» Ellie sieht aus dem Augenwinkel, wie ihre Mutter neben ihr bestürzt den Kopf schüttelt. Sie bringt es nicht über sich, sie anzusehen.

«Also bist du auf Sarah zugegangen?»

«Ja.»

«Hat sie sich gefreut, dich zu sehen?»

Ellie denkt kurz über die Frage nach. «Ich glaube, ich habe sie erschreckt. Das wollte ich gar nicht. Sie ist richtig hochgefahren. Als sie mich erkannte, hat sie nur leicht die Achseln gezuckt und neben sich auf die Steinstufe geklopft. Sie hat mir ihren Joint angeboten, aber ich wollte nicht. Mir war immer noch schlecht. Ich wollte nur zurück. Ich hab ihr gesagt, dass ich jetzt gehen würde und sie mitkommen könnte, wenn sie will. Aber Sarah war eben Sarah. Bei der ging nie etwas einfach nur so. Sie meinte, sie würde mitkommen, wenn sie ihre Tüte zu Ende geraucht hat, also hab ich gewartet. Ich dachte, wir würden zusammen runter zur Straße laufen und uns dann trennen.»

«Und? War es so?»

Ellie mustert DC Maxwell. Sie wissen beide, dass es nicht so war. Wenn sie beide es sicher runter zur Straße geschafft hätten, säßen sie jetzt nicht hier. «Nein. So war es nicht.»

Ellie weiß, dass sie ihren Eltern gestern Abend alles hätte erzählen, alles hätte beichten sollen und sich zusammen mit ihnen überlegen, was jetzt am besten zu tun war. Aber gestern Abend hat sie noch keine Ahnung gehabt, dass die dämliche Tüte mit den Klamotten plötzlich hier auftauchen würde. Gestern Abend hat sie noch gedacht, das, was oben am Turm passiert war, könnte ihr Geheimnis bleiben, eine furchtbare Tat, an den Wald gebunden, der stumme Steinturm, die hohen Bäume als die einzigen Zeugen – und ein Mädchen, das inzwischen tot war. Ein schreckliches Gefühl breitet sich in ihrem Magen aus. Furcht krallt sich in ihre Eingeweide.

«Erzähl weiter», sagt Maxwell.

«Mädchen wie Sarah kriegen immer, was sie wollen. Denen serviert das Leben alles auf dem Silbertablett. Ich hätte das Thema Danny nicht noch mal anschneiden sollen, aber er hat was Besseres verdient, und ich war genervt davon, dasitzen zu müssen und zu warten, bis ihre Hoheit endlich beschließt, dass wir gehen können.»

«Was hast du getan, Ellie?»

«Ich hab ihr gesagt, dass sie eine manipulative Schlampe ist.» Ellie wagt nicht einmal einen Seitenblick auf ihre Mutter.

«Wie hat Sarah darauf reagiert?»

Ellie zuckt die Achseln. «Gar nicht. Jedenfalls nicht sofort. Sie hat mich einfach ignoriert. Ich glaube, das hat mich noch mehr angestachelt. Ich hab noch mal gesagt, dass sie eine Schlampe ist und dass Danny irgendwann aufwachen und sie verlassen wird und ich an dem Tag dastehen und laut klatschen würde.» Sie versucht, es zu unterdrücken, aber ihr wird heiß. Sie will eigentlich nicht, dass ihre Mum all diese Dinge mit anhört, aber ein Blick in Maxwells ausdrucksloses Gesicht reicht, um ihr klarzumachen, dass sie keine Wahl hat. Seit Samstagnacht ist ihr die ganze Geschichte immer schneller entglitten und nimmt immer noch weiter an Fahrt auf. Ellie fühlt sich wie auf Glatteis. Sie möchte bremsen, aber die Wahrheit drängt ans Licht, sie lässt sich nicht mehr aufhalten.

«In dem Moment hat sich Sarahs Stimmung verändert. Ich konnte es in ihrem Blick sehen. Ich wusste, dass ich einen Nerv getroffen hab. Sie hat sich mit diesem fiesen Grinsen zu mir umgedreht und mich abfällig gemustert. ‹Glaubst du ernsthaft, er würde sich ausgerechnet *dir* in die Arme werfen?› Sie hat richtig gefeixt und gemeint, ein Junge wie Danny würde sich niemals in so eine wie mich verlieben. Dass ich aufhören sollte zu träumen. Dann hat sie angefangen, sich über mein Engagement für den Skatepark lustig zu machen. Meinte, wir ‹Emos› müssten uns eben einen anderen Ort suchen, weil das Neubauprojekt ihres Onkels so richtig in Fahrt komme. Sie fing an, damit anzugeben, wie viel Kohle er damit machen würde. Sie hat genau gewusst, wie sie mich kriegt. Sie wusste, wie sehr ich gegen das Neubaugebiet bin.»

«Und weiter?»

«Ich gebe es zu – ich habe den Köder geschluckt. Mein Temperament …» Sie schielt zu ihrer Mutter hinüber. «Mum kennt das. Ich bin total hitzköpfig. Ich war so wütend. Ich hab sie angeschrien, gesagt, ihre Familie würde uralte Bäume fällen und Tiere töten und aus persönlicher Profitgier irreversible Schäden anrichten. Ich habe ihr gesagt, ich würde einen Weg finden, das Projekt zu stoppen. Und dass ich nicht aufhören würde, bis ich einen Weg gefunden hätte, die Sache zum Scheitern zu bringen. Sarah hat mich ausgelacht. ‹Glaubst du etwa, mein Onkel lässt sich von einer lahmarschigen Möchtegern-Greta wie dir aufhalten?›» Ellie muss schlucken. «Sie meinte, er würde der Stadt einen großen Gefallen tun, indem er bezahlbaren Wohnraum schafft, Sozialwohnungen für solche ‹Parasiten› wie mich und Mum.» Sie schließt die Augen. Schamesröte schießt ihr ins Gesicht. «Sarah hat gesagt, es stünde mir nicht zu, sie zu belehren, meine Eltern wären nichts als Schmarotzer, die der Schule auf der Tasche liegen – den Eltern auf der Tasche liegen, die für ihre Kinder wirklich Schulgeld bezahlen. Sie meinte, Stipendien wie meins würden von Familien wie ihrer bezahlt, also sollte ich besser die Klappe halten und dankbar für die Bildung sein, die *sie* mir ermöglicht.»

Ellie ballt die Hände zu Fäusten und drängt die Tränen zurück. Sie schaut hilfesuchend zu ihrer Mutter, doch die sieht sie nicht an, sitzt mit gesenktem Kopf da.

«Das klingt sehr verletzend», sagt Maxwell.

Ellie nickt. Sie kann jetzt nichts mehr zurückhalten. «Sarah hat gesagt, mein Stipendium ... unser Cottage auf dem Schulgelände ... das wären alles Almosen, von *ihrer* Familie bezahlt. Sie sagte, sobald das Neubaugebiet steht, könnten Mum und ich endlich in eine Sozialwohnung ziehen und müssten die Schule nicht mehr anbetteln.»

Ellie spürt, dass ihre Mutter den Kopf hebt, aber sie kann sie jetzt nicht ansehen.

«Mir war klar, dass es nicht einfach war», murmelt ihre Mum. «Aber dass es so schlimm ist, habe ich nicht geahnt. Warum hast du mir das nie erzählt?»

«Dir was erzählt?», fragt Ellie zurück. «Hast du ernsthaft geglaubt, jemand wie ich könnte es auf einer Schule wie Folly View leicht haben? Du wolltest immer nur das Positive sehen. Die vielen ‹Möglichkeiten›.» Sie malt zwei Gänsefüßchen in die Luft. «Weil es *dir* so gut in den Kram gepasst hat.»

«Ellie, das stimmt doch nicht. Ich dachte, es wäre die beste Schule für dich und deine Interessen. Die Einrichtungen dort … der Kunstzweig. Und ich hätte dir zugehört. Wenn du mit mir geredet hättest, hätte ich versucht, dir dabei zu helfen, dich zu integrieren …»

Maxwell unterbricht, sie will das Verhör in der Spur halten. «Sarahs Bemerkungen klingen sehr verletzend, Ellie. Wie hast du darauf reagiert?»

Ellie mustert die Beamtin. Ihre Stimme klingt immer noch neutral, aber sie meint einen Schimmer Verständnis in ihrem Blick zu sehen. «Ich hab mich nicht mehr beherrschen können und ihr eine reingehauen.» Sie lässt den Kopf hängen. «Mit der Faust ins Gesicht.»

Sie ignoriert das Keuchen ihrer Mutter und fährt fort. «Sarah hat aufgeschrien. Sie hat sich die Nase gehalten, aber das Blut ist wie wild überall hin gespritzt. Sarah ist völlig ausgeflippt. Es war schrecklich. Sie hat geschrien und gekreischt, ich hätte ihr die Nase gebrochen.» Ellie atmet auf. «Ich habe vorher noch nie irgendwen geschlagen. Ich hatte total Angst. Ich hab versucht, ihr zu helfen. Versuchte, die Blutung zu stoppen. Dabei ist was auf meinem Hoodie gelandet.» Sie zeigt auf die Bilder.

«Ich hab ihr gesagt, es täte mir leid, und noch immer versucht, ihr zu helfen, als sie plötzlich auf mich losgegangen ist. Sie hat sich auf mich gestürzt, und wir sind beide hingefallen und» – Ellie schüttelt den Kopf – «keine Ahnung, wir haben uns im Laub und im Dreck gewälzt, bis ich mich irgendwann freimachen konnte und wieder hochgerappelt hab. Wir haben beide dagestanden und uns keuchend angestarrt, und dann hat Sarah gesagt: ‹Jetzt bist du am Arsch, Ellie Chase. Du hast ja keine Ahnung, wie. Das ist Körperverletzung. Meine Mutter ist Anwältin. Die macht dich fertig. Deine Mum wird ihren Job verlieren. Du wirst dein Stipendium verlieren ... und dein Zuhause.› Mir ist sofort klar gewesen, wie Sarah die Sache hindrehen würde. Ich hatte sowieso schon Ärger, weil ich Schule geschwänzt hab, um zu einer Klima-Demo zu gehen. Sie würden mich von der Schule schmeißen, mitten im Abschlussjahr. Ich würde die Chance verlieren, auf die Kunsthochschule zu gehen.»

«Was hast du getan?»

Ellie sieht Maxwell stirnrunzelnd an. «Ich hab gar nichts getan. Ich hab Sarah gesagt, sie soll mitkommen. Ich hab ihr gesagt, dass es mir leidtut, und ich hatte Angst. Ich wollte endlich raus aus dem Wald. Ich hab ihr gesagt, dass ich jetzt zurückgehen würde und dass wir zusammen gehen sollen.»

Maxwell tippt mit dem Stift gegen ihren Block. «Sarah hat gerade damit gedroht, dich fertigzumachen und dir dein Abschlussjahr zu versauen, deinen Traum von der Kunsthochschule zu zerstören, auch damit, die Karriere deiner Mutter zu zerstören, und damit, dass ihr euer Zuhause verliert, und du ... machst ihr nur den Vorschlag, zusammen nach Hause zu laufen?» In ihrer Stimme schwingt mehr als nur ein Hauch Zweifel.

«Ich wollte nur noch da weg. Ich dachte, dass wir unterwegs reden könnten, die Dinge vielleicht wieder ins Lot bringen, aber sie wollte nichts davon hören. Hat nur gelacht. Mir gesagt, ich wäre ein noch schlimmeres Weichei als Danny. Da hat's mir dann endgültig gereicht, und ich bin losgerannt, den Wanderweg Richtung Straße runter, so schnell ich nur konnte. Nach Hause konnte ich ja nicht – weil meine Eltern beide nicht wussten, wo ich war –, also hab ich Jasmine geweckt. Mir war klar, dass sich das, was ich getan hatte, durch nichts rechtfertigen ließ. Dass Sarah gewonnen hatte.»

«Um wie viel Uhr kam es zu dem Streit, Ellie?»

Sie zuckt die Achseln. «Ich weiß es nicht.»

«Versuch zu schätzen.»

«Gegen eins? Vielleicht?»

«Um wie viel Uhr bist du bei Jasmine gewesen?»

«Ich weiß es nicht.»

Maxwell zögert kurz und blättert in ihren Notizen. «Du sagst also, als du Sarah gegen ein Uhr früh oben am Turm verlassen hast, war sie noch am Leben und es ging ihr gut, abgesehen von einer gebrochenen Nase. Richtig?»

«Ja.»

«Du bist allein zurückgegangen.»

«Ja. Sie wollte nicht mit.»

«In welchem Zustand war Sarah, als du sie verlassen hast? Hat sie geatmet? War sie bei Bewusstsein?»

«Bei Bewusstsein? Natürlich. Sie hat hinter mir hergeschrien, als ich losgerannt bin. Hat gebrüllt, sie würde dafür sorgen, dass ich für das, was ich getan habe, bezahle. Dass ich damit nicht davonkomme.»

«Und der Streit hat sich unten ereignet, am Fuße des Turms, auf der Lichtung, richtig?»

«Ja.»

«Nicht oben?»

«Nein.»

«Ihr wart nicht auf dem Turm?»

«Sicher nicht! Da gehe ich garantiert nicht rauf.»

Maxwell wartet kurz und schlägt dann eine andere Richtung ein. «Als du dann bei Jasmine in ihrem Zimmer warst, hast du ihr erzählt, was passiert ist?»

Ellie schüttelt den Kopf. «Ich hab sie quasi aus dem Tiefschlaf gerissen. Sie war sauer. Sie ist zurück ins Bett getorkelt und hat kurz darauf angefangen zu schnarchen.»

Maxwell sieht Ellie lange durchdringend an. «Hast du sonst irgendwem von dem Streit erzählt?»

«Nein. Ich hatte zu viel Angst ... und es war mir peinlich.»

«Es gibt also keine Zeugen für deine Auseinandersetzung mit Sarah? Niemanden, der deine Aussage bestätigen könnte?»

Ellie lässt den Kopf hängen. «Nein.»

«Und deine Klamotten hast du verschwinden lassen, weil ...?» Maxwell beendet den Satz nicht.

«Weil ich davon ausgegangen bin, dass Mum mich mit Fragen löchern würde, wenn die Sachen in diesem Zustand in der Wäsche landeten. Fragen, die ich nicht beantworten wollte.»

Maxwell runzelt die Stirn. Sie denkt einen Augenblick nach, dann legt sie den Kopf schief. «Ellie? Die Maske mit den Federn, die du aus dem Kostümfundus der Schule mitgenommen hast, hattest du die oben am Turm noch auf?»

«Die hat gejuckt, und das Gummiband war völlig ausgeleiert. Ich hatte sie eigentlich den ganzen Abend um den Hals.»

«Auch dann noch, als du am Turm angekommen bist?»

Ellie denkt nach. «Ich weiß es nicht.»

«Und später, als du in Jasmines Zimmer gekommen bist? Hattest du sie da noch bei dir?»

Ellie kratzt sich am Kopf. «Nein … ich glaube nicht. Vielleicht ist sie abgerissen, als Sarah und ich uns geprügelt haben? Oder als ich mich im Wald übergeben habe. Ich glaube, das ist am ehesten wahrscheinlich, oder?»

Wieder tippt Maxwell mit dem Stift gegen den Block. «Ich bin neugierig, Ellie. Was glaubst du, weshalb hat niemand – weder Danny noch Jasmine noch Saul noch sonst irgendwer – es für nötig befunden, uns zu erzählen, dass du Samstagabend ebenfalls auf der Party am Steinbruch warst?»

Ellie runzelt die Stirn. «Sie wussten alle, dass ich meine Eltern angelogen habe. Ich dachte …» Sie verstummt, muss wieder mit den Tränen kämpfen. «Ich dachte, sie würden es sofort erzählen. Ehrlich? Keine Ahnung, warum sie's nicht getan haben.»

Maxwells Gesicht wird weich. «Vielleicht haben sie versucht, dich zu beschützen?», sagt sie. «Vielleicht mögen deine Freunde dich mehr, als dir klar ist, Ellie?»

Ellie sieht sie irritiert an. Sie fragt sich seit Sonntagmorgen, warum die anderen der Polizei nichts gesagt haben. Haben sie tatsächlich versucht, sie zu beschützen? Und als Montagmorgen dann die Polizei verkündet hat, was mit Sarah passiert ist, haben sie da gedacht, Ellie hätte was damit zu tun? Steckt am Ende jemand von ihnen hinter den Nachrichten von sally@imwald? «Vielleicht», flüstert sie heiser.

Maxwell neigt den Kopf. «Ellie, wärst du damit einverstanden, wenn wir heute deine Fingerabdrücke nehmen?» Als die Ermittlerin Rachels panischen Blick sieht, fügt sie hinzu: «Wir konnten am Tatort einen Teilabdruck sicherstellen. Es könnte dabei helfen, dich zu entlasten, Ellie.»

«Aber sie hat Ihnen doch bereits gesagt, dass sie oben am Turm war …» Rachel verstummt und räuspert sich. «Dass sie sich mit Sarah geprügelt hat. Kann sie sich weigern?»

«Natürlich. Ohne Einverständnis können wir ihre Fingerabdrücke nur nehmen, wenn Ellie unter Arrest steht.»

Ellie erstarrt vor Angst. *Arrest?*

«Was nicht der Fall ist», sagt ihre Mum mit fester Stimme.

«Nein», antwortet Maxwell gedehnt.

Ellie gefällt der Tonfall der Beamtin nicht. Es scheint ein unausgesprochenes «Noch nicht» mitzuschwingen.

«Okay», sagt Ellie.

«Können wir danach gehen?», fragt ihre Mum.

«Wir würden außerdem gern das Cottage durchsuchen.»

«Was? Warum das denn, um alles in der Welt?»

«Ellie, kannst du dich erinnern, ob du Sarahs iPhone gesehen hast, als du mit ihr oben am Turm warst?»

Ellie starrt Maxwell erschrocken an. «Ich weiß es nicht.»

«Aber unten am Steinbruch hast du es gesehen. Laut deiner Aussage.» Maxwell blättert wieder in ihren Notizen. *«Ich hatte es immer noch in der Hand, als die beiden angefangen haben, sich zu prügeln.»* Sie mustert Ellie. «Und du hast keine Ahnung, wo sich das Telefon jetzt befinden könnte?»

«Nein.»

Maxwell wendet sich an Rachel. «Geben Sie uns Ihre Erlaubnis, eine Durchsuchung durchzuführen?»

«Ellie hat Ihnen doch eben gesagt, dass sie nicht weiß, wo es ist.»

«Wir können uns auch einen Durchsuchungsbeschluss besorgen», sagt Maxwell drohend.

Ellies Mum sieht sie fragend an. Ellie zuckt die Achseln. Es klingt, als würden sie's auf alle Fälle tun, ob es ihnen gefällt oder nicht.

«Na schön», sagt ihre Mum. «Meinetwegen.»

«Danke.»

«Aber dann lassen Sie Ellie gehen, okay?»

Maxwell antwortet nicht gleich. Sie lehnt sich zurück und schürzt die Lippen. «Mrs Chase -»

«Dean», verbessert Rachel sie eilig. «Ich heiße inzwischen Ms Dean.»

«Natürlich.» Sie hebt entschuldigend die Hände. «Tut mir leid. Ms Dean, das müssen meine Vorgesetzten entscheiden. Angesichts der soeben erfolgten Aussage über die betreffende Nacht, neben der Tatsache, dass Ellie eine handgreifliche Auseinandersetzung mit dem Opfer eingeräumt hat, und der Beweislage, die sie eindeutig mit dem Tatort in Verbindung bringt, könnte es nötig sein, sie zu weiteren Befragungen hierzubehalten.»

Auf Rachels Gesicht liegt blankes Entsetzen. «Aber sie hat Ihnen doch eben alles erzählt.»

«Im Augenblick ist Ellie nach ihrer eigenen Aussage die Letzte, die Sarah lebend gesehen hat.» Die Tatsache hängt in der Luft wie eine Drohung.

«Ich weiß, wie das aussieht», sagt Ellie. «Aber ich schwöre, ich war das nicht.»

«Natürlich warst du das nicht», sagt ihre Mutter vehement. «Das behauptet ja auch niemand, oder?», fragt sie an Maxwell gewandt.

«Wir warten noch auf die kriminaltechnischen Ergebnisse. Sobald die da sind, werden sich bestimmt weitere Fragen an Ellie ergeben. Ich bin mir sicher, Sie haben dafür Verständnis.»

Ellie dreht sich panisch zu ihrer Mutter um. «Muss ich jetzt etwa hierbleiben, Mum?»

«Wir werden dich noch ein bisschen hierbehalten müssen, Ellie», sagt Maxwell.

In den Augen ihrer Mutter liegt alles andere als Zuversicht.

«Keine Sorge, Ellie. Ich rufe sofort deinen Vater an. Wir bekommen das geregelt, versprochen.»

Ellie sieht die Polizistin an und stellt fest, dass DC Maxwell ihrem Blick ausweicht und in ihren Unterlagen blättert.

«Ich war das nicht», sagt Ellie laut. «Sie verschwenden Ihre Zeit. Das hat jemand anderes Sarah angetan – irgendein kranker Spacko –, und der läuft immer noch da draußen rum. Macht vielleicht gerade Jagd auf das nächste Mädchen. Es könnte jederzeit wieder passieren.»

Maxwell reagiert nicht. Als sie ihre Unterlagen fertig sortiert hat, fragt sie mit unbeschwerter Stimme. «Ach ja, eine Sache noch. Du weißt nicht zufällig etwas über die Sachbeschädigung durch Graffiti an einer Werbetafel für Easton Developments draußen auf der Thorncombe Lane?»

Ellie reckt das Kinn vor. Sie ist froh, dass Maxwell immer noch wegsieht und sie ihr nicht in die hellbraunen Augen sehen muss. «Nein», sagt sie bestimmt. «Darüber weiß ich nichts.»

«Aha», macht Maxwell. «Na gut. Fürs Protokoll: Es ist 15.58 Uhr. Ende des Verhörs von Ellie Chase.»

KAPITEL 20

Dienstag, 16.30 Uhr

Ben weiß, was DCI Khan sagen wird, noch ehe er abgehoben hat. Rachel hat ihn vorhin panisch angerufen, sobald sie das Kommissariat verlassen hat, ihn hektisch über das Verhör informiert und die noch viel beunruhigendere Tatsache, dass sie Ellie im Anschluss in Verwahrung genommen haben, zumindest so lange, bis die Wohnungsdurchsuchung abgeschlossen ist.

«Das hast du gestattet?»

«Ich hatte doch keine Wahl. Außerdem haben wir nichts zu verbergen.»

«Aber Anklage wurde noch nicht erhoben, oder?», hakte er beklommen nach.

«Noch nicht. Sie warten noch auf die kriminaltechnischen Ergebnisse.» Er hat die Angst in ihrer Stimme gehört. «Diese vielen Lügen, Ben! Erst das Schuleschwänzen wegen dieser bescheuerten Demo ... dann das Graffiti an der Bushaltestelle? Ich habe das Gefühl, Ellie entgleitet uns. Ich erkenne sie kaum noch wieder.»

«Sie ist unsere Tochter. Wir müssen ihr glauben.»

«Sie allein dort zurücklassen zu müssen, war unerträglich.»

Ben hat es deutlich vor sich gesehen: Rachel, die davonfährt, neben sich einen leeren Beifahrersitz, mit tiefen Sorgenfalten im Gesicht. «Alles wird gut», sagte er zu ihr, nicht willens, sich einzugestehen, dass er selbst vor Angst halb gelähmt war.

Zehn Minuten später leuchtet Khans Name auf dem Bildschirm auf. Ben hält in einer Parkbucht, wappnet sich kurz und geht dann bei laufendem Motor ran.

«Ich ziehe Sie von dem Fall ab, Chase. Nur, bis wir in der Sache Klarheit haben.» Ein Windstoß fährt durch den Baum, unter dem er geparkt hat. Ben beobachtet ein einzelnes braunes Blatt. Es landet auf der Windschutzscheibe, rutscht in die Lüftungsrille und verschwindet mit dem nächsten Windstoß wirbelnd in der Luft.

«Aber Ellie hat doch alles erklärt, Chief. Ich weiß, wie das aussieht, ich weiß, dass ich mich anhöre wie ein Vater, der sich schützend vor sein Kind stellt, aber so, wie Rachel die Sache schildert, war das ein typisches Handgemenge unter Teenagern. Als Ellie Sarah oben am Turm zurückgelassen hat, lebte sie noch. Ellie sagt, dass sie mit dem Tod des Mädchens nichts zu tun hat. Es gibt keinen Grund, ihr nicht zu glauben.»

Khan zögert kurz. «Tut mir leid, Chase. Ich habe mit der Leitung gesprochen, und wir sind uns darin einig, dass es das Klügste ist, Sie von dem Fall abzuziehen, zumindest bis auf Weiteres. Wir haben uns sowieso von Anfang an hart an den Grenzen des Akzeptablen bewegt – Ihre Exfrau arbeitet in Folly View, Ihre Tochter geht dort zur Schule und war im selben Jahrgang wie das Opfer. Ich fürchte, diese neuste ... Entwicklung lässt uns keine andere Wahl. Es wäre endgültig nicht mehr vertretbar, wenn Sie weiter in die Ermittlungen involviert wären.»

«Sie ist meine Tochter, Chief. Sie ist es nicht gewesen.»

«Die Situation ist heikel. Die Emotionen kochen hoch. Sie wissen selbst, dass ich als leitender Ermittler dafür verantwortlich bin, sicherzustellen, dass alles streng nach Vorschrift läuft. Ein einziger Fehltritt könnte den gesamten Fall gefährden. Ich kann auf keinen Fall den Vorwurf von unsachgemäßer Handhabung riskieren.»

«Sie verhaften ein unschuldiges Mädchen, während der Mörder weiter auf freiem Fuß ist. Sie schicken Beamte zu Rachel nach Hause, die in der Zeit echte Spuren verfolgen könnten. Und jetzt wollen Sie einen Ihrer besten Detectives zum Däumchendrehen nach Hause schicken? Das ergibt doch alles keinen Sinn!» Ben versucht, sich zusammenzureißen, und zwingt sich zu einem ruhigeren Tonfall. «Lassen Sie mich helfen. Lassen Sie mich beweisen, dass Ellie es nicht getan hat.»

In Khans Antwort liegt eine gewisse Schärfe. «Tut mir leid, Chase, das ist genau der Grund, weshalb ich Sie abziehen muss. Ihr Urteilsvermögen ist getrübt.»

«Das stimmt nicht, ich ...»

«Chase, es ist beschlossene Sache. Zumindest vorübergehend.»

Ben ist klar, dass er nicht noch mehr Druck machen kann. Khan ist ein vernünftiger Mensch. Fair. Doch steht sein Entschluss einmal fest, ist es so gut wie unmöglich, ihn noch umzustimmen. «Sitzt sie in einer Zelle?»

«Ja, momentan schon. Ich bin gezwungen, streng nach Vorschrift zu handeln. Glauben Sie mir, falls es heute Abend noch irgendeine Möglichkeit gibt, Ellie wieder auf freien Fuß zu setzen, werde ich es tun.»

«Wer ist die diensthabende Beamtin der U-Haft?»

«Morrow. Sie hat ein Auge auf Ellie, Chase. Versprochen.»

Besser als nichts, denkt Ben. Fay Morrow ist eine lebhafte, mütterliche Frau und definitiv eine der nettesten im Kommissariat.

Als das Telefonat vorüber ist, bleibt Ben einen Moment sitzen und kämpft gegen den Drang an, mit der Faust aufs Lenkrad zu schlagen. Er kennt die Arrestzellen der Dienststelle. Funktional und trostlos. Harte Oberflächen. Hoher Geräuschpegel. Orte, die dazu gemacht wurden, dazusitzen und über sein Leben nachzudenken, darüber, was einen an so einen Ort gebracht hat. Die Vorstellung, wie Ellie hinter Gittern sitzt, verängstigt und allein, ist unerträglich. Khan hat ein Machtwort gesprochen - er ist raus aus dem Fall. Er muss jeglichen elterlichen Instinkt ignorieren und seine Kollegen ihren Job machen lassen.

Weil er nicht weiß, was er sonst tun soll, wendet Ben und fährt zurück in die Stadt, um zu tanken, ehe er sich auf den Heimweg macht. Während er dasteht und zusieht, wie die Zahlen auf der Zapfsäule sich in astronomische Höhen aufschwingen, lässt er sich Ellies rätselhafte Version der Ereignisse durch den Kopf gehen. Eine Prügelei oben am Turm? Haben Rachel und er sich so sehr von ihrer gescheiterten Ehe ablenken lassen, dass ihnen die Schwierigkeiten ihrer Tochter völlig entgangen sind? Dass sie komplett übersehen haben, wie schwer ihr der Wechsel nach Folly View gefallen ist? Waren Ellies Lügen, ihr destruktives Verhalten, ihre widerborstige Art in Wirklichkeit Hilferufe? Ein Flehen nach Aufmerksamkeit? Und falls ja, was sagt das über sie als Eltern aus?

Er reagiert nicht gleich, als direkt gegenüber ein Wagen an der Zapfsäule hält, der ihm bekannt vorkommt, ein eleganter, flaschengrüner Jaguar mit personalisiertem Kennzeichen. EASTON1. Ben stöhnt innerlich auf. Der Motor verstummt. Die Fahrertür öffnet sich.

«Dachte ich's mir doch», sagt Christopher Easton, als sein Kopf über dem Autodach erscheint.

Er sieht genervt aus. Genauer gesagt, er sieht fuchsteufelswild aus. Ben strafft die Schultern und richtet sich zu seiner vollen Größe auf. «Kann ich Ihnen helfen, Mr Easton?»

«Wie ich höre, wurde Ihre Tochter heute ins Kommissariat geschleift.»

Ben runzelt die Stirn. Das kann Christopher Easton unmöglich wissen. Es sei denn, im Ermittlungsteam gibt es eine undichte Stelle. Easton hat auf ihn von Beginn an den Eindruck gemacht, als wäre er jemand, der überall seine Finger im Spiel hat. Bis zu diesem Moment war Ben allerdings nicht klar, dass das auch das örtliche Polizeikommissariat mit einschließt. Obwohl sich alles in ihm sträubt, bemüht er sich um einen versöhnlichen Tonfall. «Ja, eine Routinebefragung, so, wie bei allen Schülerinnen und Schülern, die Samstagabend im Wald waren.»

Easton mustert ihn mit schmalen Augen. «Aber nicht alle Schüler wurden aufs Kommissariat beordert. Zumindest nach allem, was ich weiß.»

«Ich kenne Ihre Quellen nicht, Mrs Easton, aber man versorgt Sie offenbar mit irreführenden Informationen. Wir befinden uns inmitten laufender Ermittlungen. Es wäre gut, wenn Sie uns unsere Arbeit machen lassen würden. Sobald wir über relevante Erkenntnisse verfügen, werden wir Sie ins Bild setzen.»

Bens Antwort gefällt dem Mann offensichtlich nicht. Er wirft ihm einen bösen Blick zu, seine Hand ballt sich um den Autoschlüssel. Ben registriert alle Anzeichen für jemanden mit hitzigem Temperament. «Dieses ‹Wir› ist wohl ein bisschen veraltet, oder? Ich habe gehört, Sie wurden von dem Fall abgezogen.»

Verflucht! Ben zählt stumm bis drei und sagt sich, dass

es keinen Sinn hat, den Köder zu schlucken. Zwei Alphamännchen, die in einer derart emotionalen Sache aufeinander losgehen, das kann nur böse enden. «Wir ziehen doch alle am selben Strang, Mr Easton. Wir alle wollen herausfinden, wer Sarah das angetan hat, und denjenigen zur Verantwortung ziehen.»

Easton mustert ihn mit unverhohlenem Argwohn. «Das will ich schwer hoffen. Sie kommen schließlich nicht jeden Abend zu Ihrer am Boden zerstörten Schwester und Ihrer von Trauer zerfressenen Tochter nach Hause, die nicht in der Lage sind, zu schlafen und zu essen, und zu Ihrer Frau, die nur noch eine leere Hülle ist. Sie sind schließlich nicht derjenige», fügt er noch lauter hinzu, «der versuchen muss, die nervösen Investoren eines Bauprojekts von bedeutender Größenordnung zu beruhigen, dessen potenzieller Standort mit Negativschlagzeilen zu kämpfen hat. Haben Sie die Schweinerei gesehen, die mit unserer Werbetafel veranstaltet wurde? Ich habe nicht den Eindruck, dass Ihre Leute besonders viel Energie daransetzen, diese Hooligans zu erwischen. Diese Öko-Krieger mit ihren Trommeln, die Privateigentum beschädigen, mir riesige Kopfschmerzen bescheren und mich zu endlos langen Meetings und Telefonaten zwingen. Diese Ökos haben es darauf abgesehen, mich zu ruinieren. Warum unternehmen Sie nichts dagegen?»

Ben glaubt seinen Ohren nicht zu trauen. *Negativschlagzeilen?* Macht Christopher Easton sich mehr Sorgen um seine Familie oder um seine Investoren?

«Falls es bestimmte Personengruppen gibt, die wir Ihrer Meinung nach besonders ins Visier nehmen sollten, jemanden, der vielleicht einen Feldzug gegen das Projekt führt, jemanden, der Sarah womöglich in diesem Zusammenhang als Zielscheibe betrachtet hat, sollten Sie uns das dringend wissen lassen.»

«Glauben Sie mir, wenn ich wüsste, wer die sind, würde ich es Ihnen sagen. Aber ist das nicht eher Ihr Job? Das rauszufinden?» Easton erdolcht ihn beinahe mit Blicken. «Sie haben die Kontrolle verloren. Jemand muss gefasst werden. Jemand muss bestraft werden. Je schneller das passiert, desto eher wird meine Schwester wenigstens etwas Seelenfrieden finden und desto schneller können die Geschäfte wieder ihren gewohnten Gang gehen.»

Ben schüttelt den Kopf. *Den gewohnten Gang?* Ist das sein Ernst? «Wir wollen alle dasselbe, Mr Easton. Wir konzentrieren uns darauf, Sarahs Mörder zur Rechenschaft zu ziehen», fügt er betont hinzu. «Bis dahin können wir leider nicht davon ausgehen, dass im Ort keine Gefahr mehr besteht.»

Christopher Easton zeigt mit dem Finger auf ihn. «Ich behalte Sie im Blick. Ich behalte Sie alle im Blick!» Er steigt zurück in den Wagen und verlässt mit unnötig lautem Motorheulen und quietschenden Reifen die Tankstelle.

«Arschloch», murmelt Ben und wartet, bis die roten Rücklichter des Jaguars sich in der Dämmerung verloren haben.

Zehn Minuten später parkt er vor dem Haus, in dem er gemeinsam mit Chrissie wohnt. Er stellt den Motor ab und wartet kurz, versucht, sich zu beruhigen, um nicht den Stress des Tages mit ins Haus zu tragen. Irgendwas an der hässlichen Auseinandersetzung mit Easton lässt ihn nicht los. Er ruft sich das Gespräch noch einmal in Erinnerung, das wütende Gesicht des Mannes, seine Aggressivität, die um den Autoschlüssel geballte Faust. *Jemand muss bestraft werden.* Da war es wieder, dieses Wort. Bestrafen. Er denkt an die mit Ruß auf Sarahs Gliedmaßen geschmierten Begriffe. Nur ein Zufall?

Noch vor drei Tagen hätte die Familie Easton auf Außenstehende als vom Glück gesegnete Bilderbuchfamilie gegolten – und zwar nach allen erdenklichen Maßstäben. Doch Ben ist sich darüber im Klaren, dass selbst hinter der idyllischsten Fassade eine Vielzahl an Verfehlungen lauern kann. Er hat im Laufe der Jahre in seinem Job genug gesehen, um zu wissen, dass es die perfekte Familie nicht gibt. Easton ist ein jähzorniger Choleriker, dessen Wut erkennbar direkt unter der Oberfläche brodelt. Seine Frau hat eindeutig massive Probleme, sie ist vollgepumpt mit Schmerzmitteln und Schlaftabletten. Bleibt noch Olivia, traumatisiert und einsam, eine hilflos in ihrem Palast treibende Prinzessin. Irgendetwas an der Atmosphäre im Haus der Familie war unbestreitbar verstörend gewesen. War Eastons aggressives Gepolter möglicherweise Tarnung für etwas viel Schlimmeres? Es wäre sinnvoll, den Mann genauer unter die Lupe zu nehmen. Tja, er zumindest würde das tun, denkt Ben frustriert, wenn er noch in dem Fall ermitteln würde.

Er mustert die rote Ziegelfassade, die erleuchteten Fenster und die mit Chrysanthemen bepflanzten Blumentöpfe vor der Haustür. Mit Schrecken wird ihm klar, dass das Gefühl, das sich bei diesem Anblick in seiner Magengrube sammelt, deutlich dem Gefühl von Widerwillen ähnelt. Er will da nicht rein. Nicht jetzt. Jetzt würde er viel lieber mit Rachel am Küchentisch sitzen, versuchen, sich gemeinsam mit ihr über den Albtraum klar zu werden, in den sie da hineingeraten sind, und überlegen, wie sie Ellie am besten helfen können.

Chrissie hat ihn erst neulich ziemlich aus der Fassung

gebracht. Sie hatten gemeinsam auf dem Sofa gelegen, ihre Füße auf seinem Schoß, und eine alberne Dating-Show angesehen, auf die Chrissie steht, wo das Paar sich vor dem Traualtar zum ersten Mal begegnet. «Das ist richtig schön, oder?», hatte sie gesagt. «Es fühlt sich an, als wärst du hier zu Hause.»

Er hatte liebevoll ihre Zehen geknetet und zustimmend gelächelt, doch erst später, als er sich beim Zähneputzen im Spiegel betrachtete, ist ihm klar geworden, was sie da eigentlich gesagt hat.

Zuhause. Sowie Chrissie das Wort ausgesprochen hatte, war ein Ort vor seinem inneren Auge erschienen, und es war nicht Chrissies hübscher Neubau gewesen, sondern das viktorianische Reihenhäuschen, das Rachel und er bezogen hatten, nachdem Ellie zur Welt gekommen war. Sie war damals noch so winzig gewesen, dass er sie sich im Tragetuch vor den Bauch gebunden hatte, während sie bei der Besichtigung von Zimmer zu Zimmer gegangen waren, die aufdringliche Maklerin im Schlepptau.

In den allerersten Tagen, nachdem sie die Schlüssel bekommen und inmitten von Umzugskisten die erste Nacht im neuen Haus verbracht hatten, aufgeregt und voller Pläne, hatten sie Stunden Seite an Seite gearbeitet, hatten die grellen Siebzigerjahre-Tapeten bedampft und von den Wänden geholt, hatten neue Leitungen verlegt, Wände verputzt, gestrichen, gefliest. Vor dem Haus hatten sie Blumenbeete angelegt und unten am Ende des langen, schmalen Gartens ein Gemüsebeet. Dort hatte er auch die Schaukel über den dicken Ast eines alten Apfelbaums gehängt und die vor Freude quietschende Ellie geschaukelt: *«Höher, Daddy, noch höher!»* Es war das Zuhause gewesen, in das er jeden Abend zurückgekehrt war, wo er am Küchentisch gesessen und Ellie bei den Hausaufgaben geholfen hatte oder am Herd gestanden und Bolognese gekocht hatte – sein spezielles Dad-Rezept –, während Rachel bis spätabends für ihre Psychologie-Prüfungen gelernt hatte. Dieses Haus war der Ort gewesen, wo sie Freunde und Familie willkommen geheißen hatten, wo seine Schwester Gemma sie immer wieder besucht hatte – ihr «Zuhause fern von zu Hause», hatte sie es immer genannt. Sie war immer dann aufgetaucht, wenn sie mal wieder dringend Erholung von dem unerbittlichen Arbeitspensum am Krankenhaus brauchte. Alle paar Monate war sie mit einem Seesack über der Schulter und einem strahlenden Lächeln im Gesicht durch die Tür gekommen. Es war der Ort, an dem er Gemma zum letzten Mal lebend gesehen hatte.

Nicht, sagt Ben zu sich. Lass das. Er lehnt den Kopf gegen die Stütze, schließt die Augen und verkneift sich die unerbetenen Tränen. Er vermisst die Unbeschwertheit jener Tage, als sich sein Leben noch anfühlte, als sei alles geordnet und am richtigen Platz. Manchmal ist er morgens regelrecht verwirrt, wenn er aufwacht und realisiert, wo er gelandet ist. Er hat so viele Dinge vergeigt, und jetzt auch noch das mit Ellie? War es ein Fehler gewesen, zu gehen? War das der Auslöser für diesen schrecklichen Albtraum mit ihrer Tochter?

Mechanisch greift er zu seinem Telefon und scrollt durch die Kontakte, bis Gemmas Name auf dem Bildschirm erscheint. Er starrt den grünen Anrufbutton an und lässt zu, dass die Trauer sich dumpf und schwer wie nasser Sand in seiner Brust ausbreitet. Anrufen hat keinen Sinn. Der Klang von Gemmas fröhlicher Mailboxansage wurde vor Jahren gelöscht, die Nummer gehört längst jemand anderem. Was würde er nicht dafür geben, die Stimme seiner

Schwester wieder zu hören, mit ihr zu sprechen, sie wegen Ellie um Rat zu fragen.

Gemma war von dem Augenblick an da gewesen, als Ellie zur Welt kam. Rachel hatte sie bei der Hausgeburt dabeihaben wollen, und Ben auch, und er war überglücklich gewesen, als sie den Vorschlag machte. «Eine bestens ausgebildete Hebamme und der witzigste Mensch, den ich kenne ... abgesehen von dir, natürlich», hatte sie beim Anblick seines gespielt empörten Gesichts eilig hinzugefügt. «Natürlich will ich Gem dabeihaben!»

Dabei zusehen zu dürfen, wie seine Schwester mit Rachel arbeitete, sie durch die Wehen begleitete, sie keine Sekunde allein ließ, war eine Erfahrung gewesen, die ihn zutiefst demütig gemacht hatte. Er hatte sie für ihre unaufgeregte, selbstsichere und beruhigende Präsenz bewundert, und er hätte sich kein besseres paar Hände wünschen können, um seine Tochter in Empfang zu nehmen. Ben erinnert sich heute noch voller Ehrfurcht an das Erlebnis. Diese Frauen sind Kriegerinnen, hatte er gedacht. Er war sich regelrecht unwürdig vorgekommen, doch Gemma hatte ihm nur die in ein warmes Tuch gewickelte Ellie in die Arme gelegt und zu ihm gesagt: «Atmen, Benny Boy. Du schaffst das. Du wirst ein toller Dad sein, wart's ab.»

Gemma war auch diejenige gewesen, die ihm regelmäßig den Kopf zurechtgerückt hatte. Sie hatte stets ein offenes Ohr für seine Probleme gehabt, hatte ihn immer an seine Verantwortung erinnert, hatte ihm geholfen, seine Gefühle zu sortieren, war mit ihrem Humor zur Stelle gewesen, wenn es schwierig wurde, und hatte ihn zur Rede gestellt, wenn er Scheiße gebaut hatte.

Sie hätte zu seiner derzeitigen Lebenssituation garantiert etwas zu sagen gehabt – über die Trennung von Rachel, über Ellies Rückzug. Er fragt sich, was sie ihm raten würde, wenn sie noch am Leben wäre, wofür sie ihm den Kopf waschen würde. Er fragt sich, wie anders sein Leben dann wohl aussähe.

Zehn Jahre. Das war alles, was der Dreckskerl, der seine Schwester von der Straße gefegt hatte, bekommen hatte. Fahrlässige Tötung durch riskantes Fahrverhalten. Der junge Mann hatte auf schuldig plädiert, hatte seine Sucht und psychische Probleme geltend gemacht, und seine Anwälte hatten stapelweise medizinische Gutachten präsentiert. Das Strafmaß war für Ben kein Trost gewesen. Er wusste, wie die Dinge liefen. Die Gefängnisse quollen über. Er wäre nach der Hälfte der Zeit wieder draußen. Was war das für eine Strafe dafür, Gemmas Leben auf dem Gewissen zu haben, ihnen eine geliebte Tante und Schwester zu nehmen?

Höchstwahrscheinlich war das Arschloch schon längst wieder auf Bewährung draußen. Diesen Gedanken hat er abends beim Einschlafen oft. Es wäre verlockend, ihn zu recherchieren und ihm einen kleinen Besuch abzustatten, aber die Angst, was Ben dem Kerl möglicherweise antun würde, sollte er ihm von Angesicht zu Angesicht gegenüberstehen, hält ihn davon ab. Dieser Weg würde nur in den Wahnsinn führen - oder ins Gefängnis.

Stattdessen versucht er, sobald der Unfall oder dieser Dreckskerl ihm in den Sinn kommen, an die Zeiten davor zu denken. Er denkt an Gemma, wie sie war, wenn sie glücklich war, bei ihnen zu Hause am Küchentisch, die Hände um eine Kaffeetasse gelegt, ihre blitzenden braunen Augen, wenn sie ihre haarsträubenden Geschichten aus dem Kreißsaal zum Besten gab. Er ruft sich das Bild von ihnen beiden als Teenager vor Augen, wie sie in seiner allerersten

Klapperkiste durch die Gegend fuhren und Gemma fröhlich die Musik aus dem Radio mitsummte. Er erinnert sich an das kleine Mädchen, mit dem er morgens zur Grundschule lief und mittags wieder nach Hause, die kleine Hand in seiner, ganz der große Bruder. Wann immer Wut oder Trauer in ihm aufsteigen wollen, versucht Ben, sich auf ihre Stimme zu konzentrieren, die er immer noch im Kopf hat, geduldig und ruhig: *Lass los, Benny Boy. Du darfst dich davon nicht auffressen lassen.*

Rachel war der Meinung gewesen, er sollte sich Hilfe suchen. Ein Ventil für seine Wut finden. Sich seiner Trauer stellen. Sie hatte gesagt, sie hätte das Gefühl, mit einem Zombie zusammenzuleben. Sie hatte von ihm verlangt, mit dem Trinken aufzuhören, und gemeint, wenn er es nicht täte, würde ihre Ehe das nicht überleben. All das hatte offensichtlich nicht geholfen. Er hatte den Alkoholkonsum zurückgefahren, sich einen Therapeuten gesucht, und ein paar Jahre später hatten sie sich trotzdem getrennt.

Sie hatte Zeit für sich gebraucht – im Wesentlichen hatte sie ihn aufgefordert, auszuziehen –, und er war nicht gut damit umgegangen. «Wenn ich jetzt gehe, bin ich für immer weg», hatte er gesagt, während sich ihm vor Angst die Brust zusammengeschnürt hatte.

Rachel hatte ihn resigniert und traurig angesehen. «Ich brauche doch nur etwas Zeit, Ben. Mehr verlange ich nicht. Du musst dich dem stellen, was passiert ist. Du musst mich an dich ranlassen. Ich kann nicht länger an der Seite eines Gespenstes leben.»

«Ich bin nicht das Gespenst von uns beiden! Das Gespenst bist du. Du bist diejenige, die alles Gefühl verloren hat und mich eiskalt vor die Tür setzt.»

«Weil ich versuche, dir zu helfen.»

«Es ist mein Ernst, Rach, wenn du mich jetzt zwingst zu gehen, dann war's das. Dann bin ich weg.»

«Na ja, das ist deine Entscheidung, oder?»

Tja, und jetzt war er hier, mitten in einer neuen Beziehung, und sie bekamen ein Kind. Das Leben drehte sich in rasender Geschwindigkeit weiter. Er musste das Richtige tun, Verantwortung übernehmen. Er und Chrissie würden sich jetzt ihr eigenes Zuhause erschaffen – gemeinsam – mit dem Baby. Trotzdem war es manchmal schwer zu akzeptieren, wie plötzlich die Axt niedersausen und alles abspalten konnte, was vorher gewesen war. Manchmal vermisst er sein altes Leben, das ist unvermeidbar. Die brutale Wahrheit, die Wahrheit, die er Chrissie gegenüber neulich Abend nicht hat artikulieren wollen, lautet, dass er sich nicht sicher ist, ob er noch weiß, wo er zu Hause ist.

Ben macht die Augen auf und sieht sich im Rückspiegel. O Gott, wie müde er aussieht. Unter seinen Augen hängen Tränensäcke, und an den Schläfen schimmern die ersten grauen Haare. Reiß dich zusammen, befiehlt er sich, steigt aus und schlägt die Autotür zu. Weder sein Selbstmitleid noch diese Nabelschau sind für Ellie in irgendeiner Weise hilfreich. Nur darauf darf er sich jetzt konzentrieren.

Als er durch die Haustür tritt, kommt Chrissie aus der Küche. Sie lächelt überrascht. «Du bist früh dran.»

Sie ist bequem gekleidet, trägt einen langen Strickpullover, schwarze Leggings und graue Plüschpantoffeln. Sie breitet die Arme aus, und er erwidert die Umarmung. Er zieht sie an sich, atmet den Duft ihres Shampoos ein, spürt ihre Wärme. Er schafft das. Dieses Leben wird funktionieren.

«Wolltest du mich überraschen?»

Ben nickt. «Ist 'ne lange Geschichte.»

«Na komm. Erzähl, während ich die Suppe koche.»

Chrissie fängt an, in der Küche herumzuhantieren, schneidet Gemüse, gibt es in den Suppentopf, schneidet Brot, arrangiert Käse auf einem Brett. Ben holt Besteck und Suppenschalen aus dem Schrank und deckt den Tisch, dann setzt er sich auf einen Barhocker und sieht ihr zu. Ihre blonden Haare reflektieren das Licht der Hängelampe über der Kücheninsel. Sie dreht sich lächelnd zu ihm um. «Was ist?»

Er deutet mit dem Kinn auf die winzige Wölbung unter ihrem Pullover, eine fast unsichtbare Schwellung, die sich unter dem Stoff abzeichnet.

Lächelnd zieht Chrissie den Pullover straff und wölbt den Rücken, um den winzigen Bauch zu betonen. «Gestern waren es zwölf Wochen. Ab jetzt sieht man was. Offenbar hat es gerade die Größe einer Pflaume.» Beim Anblick seines Gesichts versiegt ihr Lächeln. «Was ist los?»

«Ich wurde vom Sarah-Lawson-Fall abgezogen.»

«Was? Warum das denn?»

«Ellie hat uns angelogen. Nachdem sie Samstagabend von hier abgehauen ist, hat sie sich heimlich auf die Party im Wald geschlichen. Die Leitung ist der Meinung, es gäbe einen Interessenkonflikt, also muss ich abtreten. Bis auf Weiteres.»

«Nein!» Chrissie steht der Schreck ins Gesicht geschrieben. «Das ist furchtbar.»

Ben hat die Plastiktüte mit den verdreckten Kleidungsstücken vor Augen. Er muss an Ellies einsilbige Antworten auf die Fragen von ihm und Rachel am Vorabend denken. Er möchte mit Chrissie nicht über die Details sprechen. Die Vorstellung, seine größte Angst laut auszusprechen, ist unerträglich. «Sie dürfen eben nichts riskieren», sagt er vage.

Chrissie sieht ihn stirnrunzelnd an. Sie hat aufgehört zu rühren. «Es ist beängstigend, sich vorzustellen, dass da draußen jemand durch die Gegend läuft, der einem jungen Mädchen etwas so Brutales angetan hat. Die Sache ist mir den ganzen Tag nicht aus dem Kopf gegangen.»

Ben nickt. «Wir verfolgen ein paar Spuren, aber alles in allem fühlt es sich noch sehr unkonkret an.»

«Die Vorstellung, dass Ellie an dem Abend auch im Wald war! Wie hinterhältig von ihr, zu lügen, zumal sie hier bei uns hätte sein sollen», fügt Chrissie noch hinzu.

«Wir haben mit ihr geredet.»

«Ihr?» Chrissie dreht sich zu ihm um. «Du *und* Rachel?»

Ben nickt. «Ja. Gestern Abend.»

Er bemerkt seinen Fehler zu spät. Er hatte Chrissie nicht erzählt, dass er gestern Abend noch kurz bei Rachel war. Es hat sich einfach unkomplizierter angefühlt, sie da nicht mit reinzuziehen, aber jetzt sieht es natürlich so aus, als hätte er ihr absichtlich was verschwiegen. Sie ausgegrenzt.

«Ich dachte, du hättest gesagt, du müsstest länger arbeiten», sagt sie gedehnt.

«Musste ich auch. Und auf dem Rückweg wollte ich noch bei Ellie vorbeischauen. Nach allem, was passiert ist», sagt er betont. «Sie braucht mich jetzt.»

«Wer?» Chrissie zieht eine Augenbraue hoch. «Rachel?»

«Ellie!», blafft Ben.

Chrissie verzieht das Gesicht. Er ist nicht blöd. Er weiß, was sie daran stört. Es ist noch nicht mal ein Jahr her, da lebten er und Rachel noch unter einem Dach, als Ehepaar, auch wenn sie sich entfremdet hatten.

Die Suppe droht überzukochen, Chrissie stellt das Gas runter und fängt hektisch an zu rühren. Der Klingelton von

Bens Mobiltelefon durchdringt die bedrückende Stille. Er sieht, wie Chrissie unwillkürlich hinschielt und den Blick sofort wieder abwendet. Es ist eine unbekannte Nummer. Ben hebt ab und stellt überrascht fest, dass Connor Carlisle am anderen Ende ist. «Connor. Was gibt es?» Er verlässt die Küche und zieht die Tür hinter sich zu.

«Hören Sie, Mann, Sie haben mich gestern echt eiskalt erwischt. Ich war voll in der Defensive und so.»

Connor will offensichtlich einen auf amerikanischen Gangster machen, und Ben rollt innerlich mit den Augen. Im Hintergrund sind Verkehrsgeräusche und ein dumpfer Bass zu hören, und er vermutet, dass Connor ihn aus seinem aufgemotzten SUV anruft. «Ich höre», sagt er.

«Sie meinten, wenn mir noch was einfällt, soll ich mich melden.»

«Weiter?» Ben spürt, dass seine Neugier wach wird.

«Also, im Steinbruch, am Lagerfeuer, da ist eine von den Weibern plötzlich total ausgeflippt. Meinte, jemand würde uns beobachten.»

Bens Interesse erstirbt. «Ja, das hat Danny uns bereits erzählt. Er meinte, er und ein Freund wären losgelaufen, um nachzusehen, hätten aber niemanden entdeckt. Sie sagen, das Mädchen hätte sich das nur eingebildet.»

«Ja, Mann, aber die lagen voll daneben.»

Ben runzelt die Stirn. «Wer lag daneben?»

«Danny und sein Kumpel. Sie haben zwar niemanden entdeckt, aber da war trotzdem wer. Ich hab ihn nämlich auch gesehen.»

«Ihn?»

«Japp. Oben über dem Steinbruch zwischen den Bäumen.»

Ben überlegt. Spielt Connor ein Spiel mit ihnen? Sagt er

die Wahrheit oder versucht er, sie in die Irre zu führen, um den Verdacht von seinem jüngeren Bruder abzulenken? «Sie sagen also, Sie hätten Samstagnacht im Wald einen Mann gesehen.»

«Japp.»

«Können Sie ihn beschreiben?»

«Keine Ahnung. Es war dunkel, Mann.»

«Versuchen Sie's trotzdem.»

«Okay. Ich glaub, der war schon älter. Bleich. Tief liegende Augen. Sah irgendwie unheimlich aus, aber vielleicht auch nur, weil's so dunkel war. Wenn ich ihn noch mal wiedersehen würde ...»

«Wenn ich Sie bitten würde, vorbeizukommen und uns bei einem Phantombild zu helfen, könnten ...»

«Nee, Mann, lass stecken. Mit Polizeirevieren hab ich's nicht so ... Außerdem war es echt dunkel ... ich hab ihn wahrscheinlich nicht wirklich gut gesehen ...»

Ben spürt, dass Connor einen Rückzieher macht, dass die potenzielle Spur ihm wieder entgleitet. Es ist so gut wie nichts. Wenn er damit Khan anrufen und ihn bitten würde, es mit in Betracht zu ziehen, würde er wie ein Verzweifelter rüberkommen, der sich an einen Strohhalm klammert, nur um sie von Ellie abzulenken. «Warum haben Sie das auf der Party nicht gesagt?», fragt Ben frustriert. «Warum haben Sie Jasmine nicht recht gegeben?»

Connor seufzt. «Na ja, wenn die alle plötzlich die Hosen vollgehabt hätten, wären sie abgehauen, oder? Wir waren eine große Truppe. Irgendein Perversling im Wald hat mir nicht wirklich was ausgemacht.»

«Und wenn die alle abgehauen wären, hätten Sie keine Abnehmer mehr für Ihren Stoff gehabt?»

Connor verstummt. Im Hintergrund ist nur noch der

dumpfe Bass der Stereoanlage zu hören. «Das hab ich nicht gesagt, Mann.»

«Warum erzählen Sie mir jetzt davon, Connor?»

«Hören Sie. Das Mädel war vielleicht ein verwöhntes Gör, trotzdem hat sie das nicht verdient.»

«Aha. Es geht hier also nicht darum, Ihren Arsch zu retten. Oder Ihren kleinen Bruder zu beschützen?»

«Nein, Mann. Ich hab ein wasserdichtes Alibi. Und Danny hat auf keinen Fall was damit zu tun. Er nervt wie die Seuche, aber er ist trotzdem okay.»

Das Gespräch wird von lautem Hupen unterbrochen, dann brüllt Connor: «Wichser!»

«Hören Sie, Mann», sagt er dann wieder zu Ben. «Glauben Sie mir oder lassen Sie's bleiben. Mir ist das schnurz. Ich hätte Sie nicht anrufen müssen.» Er legt auf.

Das sind zwar keine Neuigkeiten, aber es bestätigt die Aussage von Jasmine Ware. Abgesehen davon hat Connor nicht unrecht. Auch wenn Ben nicht wirklich geneigt ist, alles, was er sagt, für bare Münze zu nehmen, hat Connor im Grunde nichts davon, sich noch mal bei ihm zu melden. Ben weiß von früheren Begegnungen mit ihm, dass Connor einiges auf sich nimmt, um einen großen Bogen um die Polizei zu machen. Vielleicht ist bei Connor Carlisle doch noch nicht Hopfen und Malz verloren.

Er geht in die Küche zurück und setzt sich zu der immer noch schmollenden Chrissie an den Tisch. Die Luft zwischen ihnen ist zum Schneiden, als sie stumm die Suppe essen, und die Atmosphäre bleibt weiter angespannt, als Chrissie verkündet, sie wäre müde und würde früh ins Bett gehen.

«Ich komme mit», sagt Ben in der Hoffnung, die Stimmung zu heben, aber Chrissie meidet seinen Blick und knipst, sobald sie im Bett liegt, die Nachttischlampe aus und dreht sich von ihm weg.

Ben liegt hellwach neben ihr im Dunkeln und starrt die Decke an. «Chrissie, es tut mir leid. Ich hätte dir sagen sollen, dass ich bei Rachel war.»

Chrissies gemurmelte Antwort ist nicht zu verstehen.

«Was hast du gesagt?»

«Schlaf jetzt», sagt sie. «Ich will mich nicht streiten. Stress ist schlecht für das Baby.»

Ben dreht sich bedrückt zur Seite. Er hat kein Recht darauf, genervt zu sein. Chrissie trägt keine Schuld daran. Sie ist immer nur lieb und nett zu ihm gewesen, von Anfang an, seit jenem Abend, als Rachel ihn gebeten hatte zu gehen und er in den nächsten Pub gestürmt war.

Außer sich vor Wut hatte er in Windeseile zwei Pint und einen Whiskey runtergestürzt. Irgendwann hatte er das leere Glas abgesetzt und Chrissie entdeckt. Sie saß direkt vor ihm am Ende der Bar auf einem Hocker. Sie sah unfassbar heiß aus, trug einen Minilederrock und ein Angora-Strickjäckchen, und die blonden Locken ergossen sich über ihre Schultern. Sie hatte ihm mit ihrem Gin Tonic zugeprostet und verhalten gelächelt. «Sieht aus, als wäre dein Abend noch schlimmer als meiner.»

Wie sich rausstellte, war sie von einem Tinder-Date versetzt worden. Ben war betrunken und griesgrämig gewesen, im Grunde grässliche Gesellschaft, wenn er jetzt darüber nachdenkt. Gott weiß, warum sie ihn mit zu sich genommen hat, aber als er am nächsten Morgen verkatert und krank vor schlechtem Gewissen in Chrissies Bett wieder zu sich kam, war ihm klar gewesen, dass das, was er letzte Nacht getan hatte, eine mögliche Versöhnung mit Rachel endgültig unmöglich machte.

Von da an war es leichter gewesen, nach vorn statt zurückzuschauen. Er hatte die Scheuklappen festgezogen und stur geradeaus gestarrt. Chrissie sah gut aus und hatte Humor, und er war verletzt und gedemütigt und – ja, kindisch. Chrissie war zur rechten Zeit am rechten Ort gewesen, hatte seine Wunden versorgt, sein Ego gefüttert und ihm wieder das Gefühl gegeben, ein Mann zu sein. Sie nervte ihn nicht mit bohrenden Fragen über seine Emotionen und zwang ihn auch nicht, sich den schmerzhaften Verlusten seiner Vergangenheit zu stellen. Wenn er mit Chrissie zusammen war, musste er nicht an Rachel – oder Gemma – denken, und bald wurde aus der Frau, die anfangs lediglich eine bequeme Ablenkung dargestellt hatte, eine feste Größe in seinem Leben.

Mit Ellies Gefühlen umzugehen und sich ihrem Schmerz über das Auseinanderbrechen ihrer Familie auszusetzen, war herausfordernd, aber Ben hatte sich eingeredet, dass es besser wäre, wenn wenigstens er mit Chrissie glücklich war, als dass sie alle litten. Chrissie repräsentierte Unbeschwertheit und Lebendigkeit, und genau das hatte er auch bekommen – ein leichtes, unbeschwertes Leben ohne Blicke nach rechts und links –, bis zu dem Augenblick, als sie ihm erzählte, dass sie schwanger war.

Chrissies Stimme holt ihn aus seinen Gedanken in die Gegenwart zurück. «Wenigstens ein Gutes hat es, dass sie dich von dem Fall abgezogen haben», sagt sie leise und hebt den Kopf vom Kissen.

Er dreht sich zu ihr um. «Was hast du gesagt?»

«Du kannst mich morgen begleiten.»

Ben runzelt im Dunkeln die Stirn.

«Die Vorsorgeuntersuchung. Das hast du doch nicht vergessen, oder?»

Er kann jetzt unmöglich zugeben, dass ihm der Termin im Aufruhr der letzten Tage tatsächlich entfallen ist. Er schmiegt sich an ihre warme Schulter. «Natürlich nicht. Ich werde da sein. Versprochen.»

Ihr Rücken bildet immer noch eine solide Mauer, aber sie hebt den Arm an die Schulter, und ihre Finger tasten suchend nach seiner. Er drückt sie zärtlich und küsst ihren Handrücken. «Es tut mir leid, Liebling. Ich werde mich bessern. Ich verspreche es.»

KAPITEL 21

Dienstag, 21.30 Uhr

Die diensthabende Beamtin ruft bei Rachel an, um ihr mitzuteilen, sie könne Ellie um 22 Uhr abholen. Sie sagte etwas von Verzögerungen bei der Kriminaltechnik und dass Ellie am nächsten Morgen höchstwahrscheinlich noch einmal auf dem Kommissariat erscheinen müsse.

«Also. Keine Auslandsreisen», sagt die Beamtin nur halb im Scherz.

Rachel wird vor Erleichterung fast schwindlig, als Ellie kurz darauf durch die matt verglasten Schwingtüren kommt und den Wartebereich des Polizeireviers betritt. «Na komm», sagt sie und legt ihrer Tochter den Arm um die Schultern. «Nichts wie weg von hier.»

Die Rückfahrt nach Hause verläuft größtenteils schweigend. Rachel möchte Ellie nicht unter Druck setzen. Sie sind beide müde und erschöpft. Ellie hält den Blick starr geradeaus gerichtet. Erst, als ihr Telefon vibriert, kommt ein bisschen Leben in sie. Sie dreht den Bildschirm weg, aber Rachel sieht, wie ihr beim Lesen die Farbe ins Gesicht steigt. «Und? Wollen die anderen wissen, wie's dir geht?»

«So was in der Art», murmelt Ellie.

Rachel biegt ab, passiert das Schultor und muss scharf bremsen. Sie keucht erschrocken auf. Vor ihr auf der Zufahrt ragt eine bleiche Gestalt auf, groß und dürr, das Gesicht kalkweiß im Strahl der Scheinwerfer. Der Mann tritt beiseite und lässt sie mit einem Winken passieren. «Kranker Spinner», murmelt Ellie halblaut.

«Ellie!»

«Was denn? Der Typ ist echt krank. Schleicht nachts auf dem Campus herum.»

«Er hält sich sicher nur fit. Macht einen Abendspaziergang», sagt Rachel, bemüht, möglichst beiläufig zu klingen. Doch als sie in den Rückspiegel blickt, hat Malcolm sich noch immer nicht vom Fleck gerührt. Wie ein Wächter steht er am Tor und sieht ihnen nach, sein Gesicht ein bleicher Fleck in der Dunkelheit. «Gibt es noch einen Grund, weshalb du ihn für ‹krank› hältst, Ellie?»

Ellie zuckt die Achseln.

«Ellie?»

«Ach, nichts.»

Rachel beschleicht eine Ahnung. Ihre Haut fängt an zu kribbeln. Es ist wirklich etwas seltsam, dass Malcolm nach einem derart schrecklichen Ereignis im Dunkeln herumstreift, insbesondere mit einem verstauchten Knöchel. Selbst wenn er es auf sich genommen hat, als selbsternannter Schulwächter zu fungieren, ist ein Verhalten wie dieses kaum geeignet, einen Campus voll nervöser Schüler und Lehrer zu beruhigen. Seit der Versammlung am Montag sind Angst und Misstrauen allgegenwärtig. Offenbar ist inzwischen niemand mehr vor einem Verdacht gefeit, nicht mal der humpelnde Malcolm. «Na dann. Wie wäre es also mit ein bisschen Großmut? Malcolm ist ein alter Mann, der für die Schule sein Bestes tut.» Rachel merkt, dass sie das nicht nur sagt, um Ellie zu beschwichtigen, sondern auch sich selbst.

Sie sind schon fast am Cottage, als Ellie sagt: «Was glaubst du? Sind Menschen von Grund auf eher gut oder eher schlecht?» Sie hält den Blick immer noch starr geradeaus gerichtet.

Rachel runzelt nachdenklich die Stirn. Sie denkt weniger über eine passende Antwort nach als vielmehr darüber, was ihre Tochter zu einer derart philosophischen Frage bewegt haben mag. Geht es hier immer noch um Malcolm? «Ich weiß es nicht, Ellie. Was denkst du?»

Ellie zuckt die Achseln.

Rachel hätte sich treten mögen. Ein professioneller Beratungsansatz ist jetzt wirklich fehl am Platz. Ellie fordert etwas von ihr ein. Offenheit. Aufrichtigkeit. Sie versucht es noch einmal. «Ich glaube weder noch, Ellie. Ich glaube, wir werden von unseren Erfahrungen geprägt. Von unseren Familien, unseren Freundschaften, von den Dingen, die uns widerfahren ... all das macht uns zu dem, was wir sind. Menschen sind komplizierte Wesen. Nichts ist immer nur Schwarz und Weiß.»

«Also glaubst du, dass Prägung wichtiger ist als Veranlagung?»

Rachel weiß noch immer nicht, worauf Ellie mit ihren Fragen hinauswill. «Ich glaube, es ist eine Mischung aus beidem. Jedenfalls bin ich nicht der Meinung, dass jemand als schlechter Mensch geboren wird. Das kann ich mir nicht vorstellen. Du etwa?»

Ellie antwortet nicht. Einen Moment lang sind beide still und lauschen auf den knirschenden Kies unter den Reifen. «Ich glaube, dass es Menschen mit von Grund auf schlechtem Charakter gibt. Wie der faule Kern von einem Apfel. Man sieht ihn nicht unbedingt auf den ersten Blick, aber er ist da, und irgendwann kommt er zum Vorschein.»

«Ellie, du glaubst aber nicht, dass du einen faulen Kern hast, oder?»

Ellie sieht sie an, und Rachel meint in den Augen ihrer Tochter etwas Verstörendes zu sehen, etwas Heißes, Brennendes, und das macht ihr ein wenig Angst.

«Denn das sehe ich in dir definitiv nicht», fügt sie hinzu. «Ganz im Gegenteil. Ich sehe ein liebevolles, mitfühlendes Mädchen. Ein Mädchen mit tiefen Gefühlen. Wir sind momentan mit sehr traurigen und schwierigen Dingen konfrontiert. Die schreckliche Sache mit Sarah. Und auch die Trennung von mir und deinem Dad. Ich weiß, wie sehr dir das zu schaffen gemacht hat. Und jetzt auch noch Chrissies Schwangerschaft. Das ist im Augenblick alles ziemlich viel, aber ich verspreche dir, das wird sich wieder ändern.»

Ellie entfährt ein heftiger Seufzer. «Gott, Mum! Für eine ausgebildete Therapeutin hast du manchmal echt überhaupt keine Ahnung.»

«Na, dann sag du es mir. Was übersehe ich?»

Ellie schüttelt den Kopf. «Die Sache mit Sarah. Das ist echt schlimm. Ich wünschte wirklich, sie wäre noch am Leben. Dass es ihr gut ginge. Aber jetzt sprechen alle über sie, als wäre sie so was wie 'ne Heilige gewesen. Sie wird für immer als Golden Girl in Erinnerung bleiben. Tja, und dieses Bild hat einfach nichts mit dem Menschen zu tun, den ich gekannt habe.»

Rachel verstummt. «Es tut mir leid, dass ich nicht gemerkt habe, wie schwer die Eingewöhnung an dieser Schule für dich gewesen ist. Es tut mir leid, dass ich nicht gesehen habe, wie hart es für dich war.»

Es tut ihr tatsächlich leid. Rachel hat immer nur die Vorteile im Blick gehabt, die es mit sich brachte, an Ellies Schule zu arbeiten, und geglaubt, dass die Nähe zu Ellie vieles von den negativen Dingen aufwiegen würde, aber vielleicht war es für Ellie eher ein Nachteil, dass ihre Mutter zum Kollegium gehört. Allen anderen stand sie in ihrer Funktion als Schulpsychologin jederzeit als Beraterin zur Verfügung, aber für Ellie ist sie immer nur «Mum». Wen sonst hatte ihre Tochter eigentlich zum Reden?

«Mir ist bewusst, dass du mich nicht immer ins Vertrauen ziehen möchtest, oder deinen Dad. Aber wenn du mal das Bedürfnis hast, mit jemandem über deine Probleme zu sprechen, dann könnte ich das arrangieren. Eine neutrale Person, meine ich. Das muss nicht zwingend eine Therapeutin sein. Dein Klassenlehrer zum Beispiel, Edward Morgan, den magst du doch, oder? Vielleicht könnten wir ihn fragen, ob er ...»

«Lass es gut sein, Mum. Ich brauche niemanden.» Ellie lässt die Rollläden runter.

Rachel verstummt betroffen, stellt das Auto vor dem Cottage ab, und sie bleiben beide noch einen Moment sitzen und schauen hinaus zu dem kleinen Steinhaus und den bewaldeten, mondbeschienenen Hügeln, die sich direkt dahinter steil in den Nachthimmel erheben. Irgendwo bellt heiser ein Fuchs, rau und beunruhigend.

Rachel wirft Ellie einen verstohlenen Blick zu, mustert den vertrauten Schwung ihrer Nase, die genauso aussieht wie Bens, die verstreuten Sommersprossen, die neuen, dunklen Schatten unter ihren Augen, das stolz gereckte Kinn. Sie wünschte, sie könnte in ihre Tochter hineinsehen, um den Schmerz und ihre Wut zu verstehen.

Ellie dreht sich um und schaut sie an. «Was?» Ohne ihre Antwort abzuwarten, steigt sie mit einem genervten Seufzer aus und knallt die Autotür hinter sich zu.

«Nichts», antwortet Rachel dem leeren Beifahrersitz.

Die Angst lässt sich nicht abschütteln. Jede Zelle ihres Körpers schreit, dass mit Ellie etwas nicht stimmt, dass sie vielleicht immer noch in Schwierigkeiten steckt. Aber was soll sie tun? Sie kann ihr nicht noch näher auf die Pelle rücken. Sie darf sie auf keinen Fall mit noch mehr Fragen löchern, denn dann würde Ellie sich nur noch weiter zurückziehen.

Ellie betritt das Haus, bleibt stehen und beäugt das Durcheinander. Die Polizei hat alles gründlich durchsucht, und Rachel hat bereits mehrere Stunden damit zugebracht, wieder Ordnung zu schaffen. «Sie haben nichts gefunden.» Rachel streckt die Hand aus, um Ellie mitfühlend die Schulter zu drücken.

Ellie schüttelt sie ab. «Das hätte ich dir auch vorher sagen können.»

Sie verzieht sich nach oben, und Rachel lässt sie in Ruhe und räumt weiter, legt Dinge in Schubladen, stellt Bücher ins Regal zurück, ordnet die Sofakissen. Nach einer Weile gibt sie es auf und sieht sich nach einem Platz zum Hinsetzen um. Zum Schlafen ist sie viel zu aufgedreht.

Wenn sie könnte, würde sie arbeiten. Durch die jüngsten Ereignisse ist weiß Gott einiges liegengeblieben. Der Bericht für den Schulrat muss dringend entworfen werden, sie muss ihre Notizen für eine Schülerbewertung ins Reine schreiben und auf die E-Mails besorgter Eltern antworten. Lauter Aufgaben, die auf ihrer Prioritätenliste in den letzten schrecklichen Tagen sträflich weit nach unten gerutscht sind. Doch die Unterlagen, die sie dazu bräuchte, liegen in ihrem Büro auf dem Schreibtisch, genau wie der Laptop. Sie hatte in der Eile alles stehen und liegen lassen, um Ellie zu ihrem Verhör zu begleiten.

Rachel tritt ans Fenster und sieht zum Nachthimmel hinauf. Dünne Wolken ziehen wie Rauch über den Halbmond. Die Vorstellung, noch mal nach draußen ins Dunkel zu müssen, ist wenig verlockend, aber wenn sie jetzt geht, könnte sie im Büro alles Notwendige zusammenpacken und wäre in zwanzig Minuten zurück. Dann könnte sie am nächsten Tag von zu Hause aus arbeiten - vorausgesetzt, Ellie wird nicht noch einmal zurück ins Kommissariat zitiert.

Sie ruft in Richtung Ellies Zimmer nach oben, dass sie noch mal kurz aus dem Haus geht, zieht den Mantel an und schlüpft zur Haustür hinaus.

Die Luft ist ungewohnt kalt, wie nach einem Temperatursturz, als sie sich quer über den Campus auf den Weg macht. Bis auf das Geräusch ihrer Stiefel auf dem Kiesweg und den gespenstischen Ruf einer Eule irgendwo in den Bäumen ist alles still. Rachel schaudert. Sie macht, so schnell sie kann. Rein und wieder raus. Und dann sofort wieder ab nach Hause.

Die Pracht des Schulgeländes hat in ihr immer ein Gefühl der Begeisterung geweckt, leiser Stolz, ein kleiner Teil von etwas so Altem, so Renommiertem zu sein. Doch was ihr einst als sicheres, an die Hügel geschmiegtes Nest erschienen war, wirkt plötzlich finster und beklemmend. Die hoch aufragenden Bäume kommen ihr nicht mehr wie wohlmeinende, stumme Hüter vor, sondern eher wie etwas Bedrohliches, als hätten sie die Reihen geschlossen, um jede Menge finsterer Geheimnisse zu verbergen. Rachel befällt ein beklemmendes Gefühl von Klaustrophobie. Doch da ist noch etwas in ihr - sie erkennt es an ihrem zu schnellen Pulsschlag. Angst. Als wäre die Schule nicht nur in Dunkelheit gehüllt, sondern in einen seltsamen, neuen Schrecken. Dieser Hort des Friedens hat sich in einen Ort des Grauens verwandelt. Ein Ort, an dem etwas Furchtbares geschehen ist. Wo jederzeit wieder etwas Furchtbares geschehen kann.

Rachel stellen sich die Nackenhaare auf. Sicher ist das nur die Kälte, redet sie sich ein, trotzdem beschleunigt sie ihre Schritte und ist dankbar, als sie schließlich vor dem Verwaltungstrakt steht, den Schlüssel ins Schloss steckt und die unbeleuchtete Eingangshalle betritt.

Es ist schon spät, und wie nicht anders zu erwarten, liegt das Gebäude still und verlassen da. Rachel ist erleichtert. Keine peinlichen Fragen zu Ellies Besuch auf dem Kommissariat. Keine neugierigen Kolleginnen, um die sie einen Bogen machen müsste. Sie eilt durch den holzvertäfelten Flur und löst dabei die Sicherheitsbeleuchtung aus. Von den an den Wänden aufgereihten, strengen Portraits ehemaliger Schulleiter und Schulleiterinnen starren ernste Augen auf sie herab. Vor ihrer Bürotür bleibt Rachel abrupt stehen.

Zu ihrer Überraschung fällt ein schmaler Lichtstreifen durch den Spalt unter der Tür hindurch. Sie runzelt die Stirn. Hat sie vorhin in der Eile, zu Ellie zu kommen, versehentlich das Licht angelassen?

Während sie noch dasteht und versucht, sich zu erinnern, herrscht um sie herum plötzlich Dunkelheit. Die Sicherheitsbeleuchtung im Flur ist wieder ausgegangen. Hinter der Tür ist etwas zu hören. Es klingt wie schlurfende Schritte, dazu das Rascheln von Papier.

Rachel ist nicht allein.

Es ist mitten in der Nacht, und irgendjemand ist in ihrem Büro.

Rachel wappnet sich und öffnet entschlossen die Tür.

KAPITEL 22

Mittwoch, 0.30 Uhr

Ben träumt von Ellie. Er sitzt an einem kiesbedeckten Strand, das Meer ist grau und aufgewühlt, und er sieht Ellie beim Schwimmen zu. Sie ist nicht allzu weit draußen, krault direkt hinter den Brandungswellen, parallel zum Strand. Sie taucht die schlanken Arme regelmäßig ins Wasser, Schlag für Schlag, genau, wie er es ihr beigebracht hat.

Rachel sitzt neben ihm auf einem Handtuch, die langen, nackten Beine ausgestreckt, die dicken, roten Haare zu einem Pferdeschwanz hochgebunden. Ihre hellbraunen Augen wirken sanft und freundlich, die vollen Lippen sind leicht geöffnet.

Als er wieder aufs Wasser hinausschaut, sieht er, dass Ellie nicht länger allein ist. Er kneift die Augen zusammen und wird von Gefühlen übermannt. Es ist Gemma. Die beiden Köpfe - der seiner Tochter und der seiner Schwester - tanzen seltsam auf den Wellen auf und ab, wie körperlos. Plötzlich fangen sie an, sich synchron zu bewegen. Sie ändern die Richtung und kraulen gemeinsam auf den Horizont zu, ruhig und regelmäßig. Ben muss zusehen, und der Schmerz in seiner Brust verstärkt sich mit jedem Armschlag, bis die zwei tanzenden Köpfe nur noch winzige Punkte sind. Er steht da und brüllt ihre Namen, Panik steigt in ihm hoch. Er weiß, dass sie zu weit entfernt sind, um ihn zu hören, und muss hilflos mit ansehen, wie die winzigen Pünktchen langsam verschwinden. Er dreht sich zu Rachel um, doch auch sie ist nicht mehr da.

Ben reißt die Augen auf. Er ist auf einen Schlag hellwach. Ellie. Er muss sofort nach ihr sehen.

Das blaue Licht des Weckers beleuchtet die blonden Locken auf dem Kissen neben ihm. Das ist Chrissie. Nicht Rachel. Er ist zu Hause bei Chrissie. Was bedeutet, dass er sich jetzt nicht aus dem Bett quälen wird, um nach Ellie zu sehen. Sie ist nicht hier.

Auf dem Radiowecker ist es 0.31 Uhr. Er hat nur etwa eine Stunde geschlafen. Das bedeutet, er hat eine lange Nacht vor sich. Ben dreht sich auf den Rücken, starrt an die Decke und wartet darauf, dass sein Herzschlag sich beruhigt. Die aufwühlende Panik ist ihm nicht fremd. Das Adrenalin. Die Albträume. All das kennt er nur zu gut. Sie waren nach Gemmas Tod seine ständigen Begleiter.

Er liegt im Dunkeln und kehrt in Gedanken zu der Therapiestunde zurück, die er nach Gemmas Tod genommen hatte. Rachel hatte sie für ihn organisiert. Er hatte in einem ruhigen Raum auf einem mit Kissen übersäten Sofa gesessen und zugehört, während eine Frau mit leiser Stimme und schottischem Akzent ihm Fragen zu diesen Momenten der Panik stellte. Wie er damit umging. Was er tat.

Er hatte sie verständnislos angesehen. Was er tat? Er tat gar nichts. Er ertrug es. Er ließ zu, dass sich die Panik wie eine Flutwelle aus dem schmerzhaften Chaos in seinem Innersten erhob und ihn verschlang. «Ich bin Polizist», hatte er zu der Therapeutin gesagt. «Das gehört dazu.»

Darüber hatte sie kurz nachgedacht. «Ja. Für Ihren Job ist die Kampf-oder-Flucht-Reaktion unerlässlich. Es ist ein Schutzmechanismus. Aber das heißt nicht, dass Sie sich davon überwältigen lassen sollten. Es gibt durchaus Dinge, die Sie tun können, um sich in Momenten von extremem Stress zu regulieren.» Sie hatte ihn fest angesehen. «Oder in Momenten von extremen Emotionen, wie Angst … oder Trauer.»

Sie hatte ihm beigebracht, sich in eine positive Erinnerung zurückzuversetzen, um sich damit zu beruhigen. In der geborgenen Umgebung ihres Sprechzimmers hatte Ben dagesessen und war in Gedanken zu einem besonders schönen Nachmittag zurückgekehrt. Er und Ellie, damals noch ein kleines Mädchen, waren gemeinsam in einem Skatepark gewesen, und er hatte stolz zugesehen, wie sie sich todesmutig über Betonrampen und in Halfpipes gestürzt hatte. Im Anschluss hatten sie auf einer Bank gesessen und Eis gegessen, und Ellie hatte mit den kurzen Beinchen geschaukelt, sich zu ihm umgedreht und spontan gesagt: «Daddy, ich hab dich lieb.»

«Wie sehr?», hatte er sie im Scherz gefragt und mit dem Ellbogen angestupst.

«Mehr als Skateboards *und* Eis.»

So unschuldig. So unkompliziert.

Bis zu einem gewissen Grad hatte Rachel recht gehabt. Die Sitzung hatte ihm tatsächlich ein wenig geholfen. Es war manchmal ziemlich lästig gewesen, mit einer Therapeutin verheiratet zu sein. Doch jetzt liegt er hier, die altvertraute Panik steigt wieder in ihm hoch, der Schweiß steht ihm auf der Stirn, und die Albträume von Gemma kehren mit voller Wucht zurück, nur dass sich diesmal auch noch seine Angst um Ellie mit hineinmischt. Um das zu enträtseln, braucht er keine Therapeutin. Doch sosehr Ben auch versucht, sich auf einen glücklichen, friedvollen Moment aus vergangenen Zeiten zu konzentrieren, gelingt es ihm nicht, diesen neuen Traum abzuschütteln, das Bild von Ellie, wie sie mit Gemma hinaus ins graue Meer schwimmt. Auf der Welt geschehen schreckliche Dinge. Keiner der Menschen, die er liebt, ist davor gefeit. Wie soll er damit leben, dass er die, die er liebt, nicht beschützen kann?

Seine Gedanken wandern zu Rachel. Er fragt sich, ob sie ebenfalls wach ist. Ob sie auch im Bett liegt und die Decke anstarrt und sich Sorgen um ihre Tochter macht. Er ist sich fast sicher, dass es so ist, vorausgesetzt, sie hat sich nicht völlig verändert.

Ben versucht es mit einer Atemübung, und nach einer Weile, als er merkt, wie sein Pulsschlag sich tatsächlich allmählich beruhigt, fällt ihm auf, dass da noch etwas anderes ist. Etwas, das er nicht zu fassen bekommt. Er kennt dieses Gefühl. Es ist ihm aus früheren Fällen vertraut. Die quälende Ahnung, dass eine Art Ordnung zu finden ist, wenn es ihm nur gelingt, die Puzzleteile richtig aneinanderzulegen. Er versucht, sich zu konzentrieren. Versucht, alle Gedanken an Rachel und Ellie beiseitezuschieben und die Fragmente an der Peripherie seines Bewusstseins einzufangen, aber sie verändern immer wieder die Form und entgleiten ihm hartnäckig. Neben ihm murmelt Chrissie im Schlaf. Sie dreht sich um, wacht aber nicht auf.

Was übersieht er?

Er weiß, wie seine Kollegen arbeiten, kennt ihre Vorgehensweise. Kennt die Theorien, die sie wieder und wieder durchkauen. Eigentlich funktioniert er genauso. Er bemüht sich darum, unvoreingenommen zu bleiben. Sich an die Beweise zu halten, der Spur der Brotkrumen zu folgen. Nur, dass diese Spur diesmal beharrlich in ein und dieselbe Richtung führt. Direkt zurück zu Ellie. Zu ihren Lügen. Zu ihrer blutverschmierten Kleidung. Zu ihrer Halloween-Maske. Zu ihrem Streit mit der Toten oben am Turm. Er muss daran denken, wie Ellie in Rachels Küche vor ihm stand, seinem Blick ausgewichen ist und sich unter ihren prüfenden Fragen beinahe gekrümmt hat. Sie hat euch angelogen, sagt eine leise Stimme in seinem Kopf. Worüber lügt sie noch? Was versteckt sie noch vor euch?

Bens Gedanken rasten ein. *Verstecken.*

Was hatte Ellie gesagt? Es hatte was mit dem Wald zu tun. Etwas, das ihn stutzig gemacht hat. Etwas, das ihm gesagt hat, dass sie nicht ganz ehrlich ist. Er ringt mit seiner Erinnerung, spult sie innerlich wieder und wieder ab, bis er ihre Worte deutlich hören kann. *Haben sie den Wald durchforstet?*, hatte sie gefragt. *Da gibt es lauter gute Verstecke.*

In dem Moment war ihm ihre Bemerkung seltsam vorgekommen. Wusste sie etwas? Wollte sie andeuten, dass sie bei der Untersuchung des Tatortes etwas übersehen haben?

Leise schlüpft Ben aus dem Bett. Er setzt sich an die Kücheninsel und fährt den Laptop hoch. Sie haben ihn zwar von dem Sarah-Lawson-Fall abgezogen, aber er hat trotzdem noch Zugang zur zentralen Datenbank der Polizei. Ben kaut auf der Unterlippe. Der Bildschirm taucht sein Gesicht in bläuliches Licht. Er loggt sich ein und tippt «Thorncombe Folly» in die Suchmaske. Das System spuckt etwa zwölf Anzeigen aus, die er nacheinander überfliegt, in der Hoffnung, dass ihm dabei etwas ins Auge springt.

Der Großteil der Protokolle betrifft Sachbeschädigungen am Turm, die weiter zurückdatieren, es geht hauptsächlich um Graffitis und Vandalismus an der Stahltür, die früher den Zugang zum Turm blockiert hat. Ben überfliegt auch den Rest, ein Bericht bezieht sich auf einen acht Jahre zurückliegenden, dilettantischen Fall von versuchter Brandstiftung, als irgendein Idiot versuchte, das Gebäude abzufackeln; außerdem die Beschwerde eines besorgten Spaziergängers über weggeworfene Spritzen in der Umgebung des Turms. Der letzte Bericht betrifft einen Fall von illegaler Abholzung, die auf eine Gruppe moderne Nomaden zurückgeführt werden konnte, die 2021 durch die Gegend gezogen ist.

Ben versucht es mit einem anderen Suchbegriff und tippt «Thorncombe Wald» ein, um seine Netze ein wenig weiter auszuwerfen - vielleicht zu weit -, aber einen Versuch ist es wert. Die Suche beschert ihm eine Flut neuer Berichte. Illegale Müllentsorgung. Ein gestohlenes Fahrzeug, das einen der Wanderwege blockierte. Ein Liebespaar, das wegen Erregung öffentlichen Ärgernisses auf dem Waldparkplatz mit einem Bußgeld verwarnt wurde. Kurz schweben seine Finger über dem Unfallbericht «Verkehrsunfall mit Todesfolge» auf der *Sally-in-the-Wood*-Strecke von vor fünf Jahren, datiert auf den Tag von Gemmas Tod. Ben seufzt. Es hat keinen Zweck. Nichts davon scheint mit dem Sarah-Lawson-Fall in Verbindung zu stehen.

Er reibt sich die Augen. Seine Erschöpfung macht sich bemerkbar. Er müsste eigentlich dringend zurück ins Bett und versuchen, noch ein paar Stunden Schlaf zu bekommen, aber das nagende Gefühl ist immer noch da. *Den Wald durchforsten*, hat sie gesagt.

Sie *haben* den Wald durchforstet. Khan hatte für den gesamten Bereich eine Rasterfahndung angeordnet.

Der Wald ist riesig, da ist der Steinbruch, dann die Höhlen … da gibt es lauter gute Verstecke.

Er streckt den Rücken. Die Höhlen. Warum hat Ellie die Höhlen erwähnt? Waren die Kids dort öfter unterwegs? Vielleicht war die Bemerkung nur Zufall, aber ist es nicht auch möglich, dass Ellie etwas weiß? Etwas, das sie übersehen haben? Kennen die Jugendlichen einen Zugang zu den Höhlen, den sie nicht gefunden haben?

DC Crawford hat ihnen bei der Besprechung versichert, dass die Zugänge zu den Höhlen unterhalb des Steilhangs verrammelt sind. Aber hat er das auch überprüft? Was, wenn es gar nicht um den Wald oben geht, sondern um etwas, das *darunter* liegt?

Ohne große Hoffnungen tippt Ben «Thorncombe Höhlen» in die Suchzeile ein, und die zentrale Datenbank spuckt tatsächlich zwei Berichte aus. Der eine betrifft einen Höhlenforscher, der 2020 für einigen Wirbel sorgte, weil er sich während des Lockdowns in dem weitläufigen Tunnelsystem verlaufen hatte. Der zweite Bericht ist neueren Datums und wurde vor zwei Monaten verfasst. Ben öffnet den Report eines Falls von sittenwidriger Entblößung auf dem Hügel oberhalb von *Sally in the Wood* und fragt sich, warum die Anzeige mit dem Schlagwort «Höhlen» verknüpft ist.

Er hat erst ein paar Zeilen gelesen, als sich ihm die Nackenhaare aufstellen. Zwei Spaziergängerinnen, die mit einem Hund unterwegs waren, berichteten von der frühmorgendlichen Begegnung mit einem unbekannten Mann im Wald. Sie waren auf dem steil ansteigenden Wanderweg oberhalb der Straße um eine Kehre gekommen und dort auf einen ungepflegt wirkenden, halb entkleideten Mann gestoßen. Als eine der Frauen erschrocken aufschrie, war der Mann in den Wald geflohen, und der Hund hatte die Verfolgung aufgenommen. Der Hund war zwischen den Bäumen verschwunden und hatte laut gebellt. Weil er sämtliche Rufe und Befehle ignorierte, waren die Frauen schließlich gezwungen gewesen, ihm nachzugehen. Sie hatten ihn, noch immer laut bellend, vor einem verschlossenen Eingang zu dem alten Stollensystem des Steinbruchs gefunden. Es war ihnen gelungen, den Hund an die Leine zu nehmen und ohne weiteren Zwischenfall auf den Wanderweg zurückzukehren, doch die Begegnung hatte sie derart beunruhigt, dass sie im Anschluss an ihren Spaziergang zur Polizei fuhren, um davon zu berichten. Der Beamte, der den Fall damals zu den Akten nahm? DC Dave Crawford.

Ben holt scharf Luft. Crawford hat sich am Steinbruch umgesehen, jedoch keine Spur gefunden und berichtet, der Zugang zu den Stollen sei verriegelt. Im weiteren Verlauf des Berichts stößt Ben auf eine Personenbeschreibung. «Das Alter konnte ich nicht einschätzen, er wirkte blass, hatte schütteres, strähniges Haar, und er war von oben bis unten mit irgendwas beschmiert. Da waren Zeichen auf seiner Haut. Worte, vielleicht tätowiert, aber eigentlich sah es nicht so aus. Es war sehr unheimlich.»

Ben bleibt fast die Luft weg. Er verkleinert den Reiter auf dem Bildschirm, öffnet eine Internetsuchmaschine und tippt «Zugang Thorncombe Höhlen» ein. Dann scrollt er nach unten, bis er auf eine lokale Webseite für Hobbyhöhlenforscher und Kletterer stößt. Er überfliegt die Beiträge im Forum und stößt dort auf den Chatverlauf einer Handvoll Höhlenkletterer, die sich darüber austauschen, wie man in die verriegelten Höhlen hineinkommt. Es ist sogar noch leichter, als Ben gedacht hat. Offenbar kann jeder, der es darauf abgesehen hat, sich mit etwas Entschlossenheit und dem passenden Werkzeug Zugang zu den Stollen verschaffen.

Ben lässt sich gegen die Hockerlehne sinken, während seine Gedanken zu wirbeln beginnen. *Lauter gute Verstecke.* Vielleicht ist nichts dahinter. Aber was, wenn doch? Er riskiert nicht viel, wenn er noch mal in den Wald fährt und auf eigene Faust ein bisschen recherchiert.

KAPITEL 23

Mittwoch, 0.30 Uhr

Rachel tritt in den Raum und sieht einen Mann, der sich mit dem Rücken zu ihr über ihren Schreibtisch beugt.

«Hallo?» Die Angst macht ihre Stimme laut und schrill. Sie durchschneidet die Stille, und sie erschrecken beide, sie und der Eindringling. Sie hat gerade noch Zeit, den schütteren weißen Haarschopf und die krumme Haltung zu registrieren, dann fährt er auch schon herum und sieht sie erschrocken an.

«Malcolm!», keucht sie. «Was zum Teufel?»

Malcolm Crowe hält irgendwas in den Händen. Es entgleitet ihm, fällt zu Boden und zerspringt in tausend Scherben. «Verflucht!», sagt er und weicht zurück.

«Was haben Sie hier zu suchen?»

«Sie hatten ein Problem mit Ihrer Schreibtischlampe gemeldet?», sagt er fragend und nickt zu dem Scherbenhaufen hinunter. «Ich wollte die Glühbirne auswechseln. Sie haben mich erschreckt», fügt er hinzu und sieht Rachel vorwurfsvoll an, als wäre sie und nicht er hier der Eindringling.

Tatsächlich, sie erinnert sich, dass sie letzte Woche dem Hausmeister die flackernde Schreibtischlampe gemeldet hatte, doch Malcolms Gesichtsausdruck verursacht trotzdem ein mulmiges Gefühl in ihr. Ihm steigt heftig das Blut in die Wangen und verteilt sich von dort über sein trockenes, schuppiges Gesicht. Als würde er die schuldbewusste

Hitzewallung spüren, hebt Malcolm die Hand und kratzt sich die schuppige Wange. Rachel unterdrückt ein Schaudern bei der Vorstellung, wie in diesem Augenblick tote Hautschuppen auf ihren Schreibtisch hinunterrieseln. «Um diese Uhrzeit? Wäre es nicht besser, so etwas tagsüber zu erledigen? Oder es dem Hausmeister zu überlassen?»

Er zuckt die Achseln. «Ich schlafe schlecht. Ich habe es mit den Gelenken. Nachts ist es schlimmer, also mache ich mich nützlich. Außerdem ist es einfacher, Dinge zu erledigen, wenn sonst niemand unterwegs ist. Als ich Sie und Ellie vorhin zurückkommen sah, ist es mir wieder eingefallen.» Er verschränkt die Arme vor der Brust. «Dachte, es wäre schön für Sie, wenn's endlich erledigt wäre.»

Rachel schielt zu ihrem Schreibtisch. Etwas ist anders als sonst. Es dauert einen Moment, doch dann sieht sie, was. Auf dem Tisch steht eine Vase mit weißen Rosen. «Oh», sagt sie überrascht. «Blumen.»

Malcolm mustert die Vase und dreht sich mit einem seltsam klebrigen Lächeln wieder zu ihr um. «Mit Karte.»

Bei seinem Tonfall zieht sich ihr der Magen zusammen, und einen schrecklichen Augenblick lang glaubt sie, die Blumen wären von Malcolm.

«Sie haben einen Verehrer», fügt er mit einem seltsamen Augenzucken hinzu, das Rachel mit etwas Verzögerung als Zwinkern erkennt.

Entschlossen tritt sie an den Tisch und nimmt die kleine, an die Vase gelehnte Karte an sich.

Ich habe gehört, dass du wegmusstest.
Ich hoffe, mit Ellie ist alles okay.
Falls du Unterstützung brauchst, ich bin da.
Edward

Also doch nicht von Malcolm. Aber die Erleichterung währt nur kurz. Sein schiefes Grinsen verrät ihr, dass er die Karte gelesen hat, und das bedeutet, Edwards nette Geste wird unverzüglich auch Margaret zu Ohren kommen. Der letzte Rest Erleichterung verfliegt, als ihr bewusst wird, dass, wenn Edward bereits von Ellies Ausflug aufs Revier wusste, das polizeiliche Interesse an ihrer Tochter in der Schule bereits die Runde gemacht hat.

Die Scherben knirschen unter Malcolms Schuhsohlen. «Und? Wie ist es Ellie heute ergangen?», fragt er und bestätigt damit ihre schlimmsten Befürchtungen.

«Gut», antwortet sie knapp.

«Höchst ungewöhnlich, dass man sie im Streifenwagen abtransportiert hat.»

«Reine Routine.» Rachel versucht, locker zu klingen, aber Malcolm sieht sie weiter skeptisch an. Er bleibt immer noch stehen, abwartend, als wolle er noch etwas sagen. «Können Sie wohl Schaufel und Besen holen gehen?», fragt Rachel demonstrativ. «Oder soll ich das morgen früh selbst zusammenkehren?»

Malcolm wendet sich achselzuckend ab und humpelt zur Tür. Dort bleibt er noch einmal stehen und dreht sich zu ihr um. Sein Gesicht liegt im Schatten, nur die glänzenden Augen sind deutlich zu erkennen. «Ich bin mir sicher, Sie sind höchst qualifiziert, Ms Dean, und mir ist bewusst, dass sich inzwischen alles nur noch darum dreht, Gefühle mit Samthandschuhen anzufassen und Rücksicht auf ‹psychische Probleme› zu nehmen, aber zu meiner Zeit haben böse Mädchen bekommen, was sie verdienten. Böse Mädchen wurden für ihre Untaten bestraft.»

Rachel fehlen vor Bestürzung die Worte. Sie starrt ihn an, sieht zu, wie er durch die Tür nach draußen humpelt, und plötzlich kriecht es ihr eiskalt den Rücken hinauf. Was um alles in der Welt hat er mit «böse Mädchen» gemeint? War das eine Anspielung auf Ellie?, denkt sie empört. Hat er damit ihre Tochter gemeint? Oder am Ende Sarah?

Die schreckliche Aufnahme kommt ihr in den Sinn, die Maxwell ihr gezeigt hat, und die mit Ruß beschmierten, blutleeren Arme des Mädchens. Eines der Worte hallt besonders grell in ihr wider und fliegt hinter Malcolm her durch den Flur. *Bestrafen.* Sie erschaudert. Wie auch immer sie es dreht und wendet, es ist eine sehr merkwürdige Bemerkung.

Sobald seine Schritte verhallt sind, sammelt sie die Unterlagen ein, ihren Laptop und das Ladekabel. Als sie nach dem Terminkalender greift, fällt ihr Blick auf eine Aktenmappe, die auf ihrem Schreibtisch liegt. Eine Akte, die eigentlich sicher weggesperrt in ihrem Aktenschrank hängen sollte. Der Name auf dem Reiter sticht ihr förmlich ins Auge: SARAH LAWSON.

Rachel runzelt die Stirn. Ihr Blick schießt zur offenstehenden Tür.

Was zum Teufel hatte Malcolm Crowe mit Sarahs vertraulicher Schülerinnenakte zu schaffen? Ist die kaputte Glühbirne nur die Ausrede gewesen, um sich Zugang zu ihren Aufzeichnungen zu verschaffen und in den vertraulichen Daten des Mädchens herumzuschnüffeln? Welches Interesse sollte er daran haben?

Gleichermaßen beunruhigt wie entnervt und nicht bereit, weiteren Verstößen Vorschub zu leisten, hängt Rachel die Akte zurück in den Aktenschrank, schließt ab und steckt den Schlüssel ein. Dann rafft sie eilig ihre Sachen zusammen und läuft zur Tür. Sie will auf keinen Fall hier sein, wenn Malcolm mit Schaufel und Besen zurückkommt.

KAPITEL 24

Mittwoch, 5.00 Uhr

Noch vor der ersten Dämmerung erreicht Ben den Parkplatz im Wald. Ihm ist bewusst, dass polizeiliche Absperrbänder Menschen nicht immer von einem Tatort fernhalten und dass manchmal genau das Gegenteil passiert und die Neugierigen davon erst angezogen werden, doch als er sich an den Aufstieg macht, wird schnell klar, dass die Leute die Gegend nach der schrecklichen Entdeckung vom Wochenende, zumindest bis jetzt, tatsächlich gemieden haben. Ben kann das gut verstehen. Er ist nicht abergläubisch, aber während er durch die toten Blätter watet und die kalte Luft an seinen Jackenaufschlägen zerrt, spürt er deutlich die unheimliche Unruhe, die auf dem Wald liegt, als würde das Grauen, das sich hier ereignet hat, noch nachklingen wie leise Nachbeben. Es hängt eindeutig noch immer in der Luft. Ben würde sich auch von hier fernhalten, hätte er keine Tochter, die plötzlich zum Kreis der Verdächtigen zählt, und eine nagende Ahnung, die ihn antreibt.

Trockene Zweige und Bucheckern knacken unter seinen Schuhsohlen, als er hinauf zum Steinbruch steigt. Unterwegs verhandelt er mit seinem schlechten Gewissen. Er hat hier definitiv nichts verloren. Er verstößt eindeutig gegen Khans Anweisungen, auch wenn Ben, wäre er pedantisch, dagegenhalten könnte, dass der Chief ihm nicht ausdrücklich auferlegt hat, sich vom Wald fernzuhalten. Ja, er hat ihn von dem Fall abgezogen, aber heißt das auch, dass er in seiner Freizeit keinen Morgenspaziergang machen darf? Nur mal kurz umsehen, redet er sich ein, und dann haut er sofort wieder ab. Wenn sich nichts ergibt, fühlt er sich danach wenigstens besser, weil er weiß, dass eine mögliche Spur unergiebig war.

Er bleibt stehen und studiert im Schein der Taschenlampe die Karte der Amateurhöhlenkletterer, die er bei Chrissie ausgedruckt hat. Quer durch den Wald sind ein halbes Dutzend Eingänge markiert, die alle zu den alten Stollen führen, die sich unterhalb der Steilwand kreuz und quer durch den Hügel ziehen. Jeden Zugang zu untersuchen, würde Tage dauern. Falls Jasmine und Connor tatsächlich jemanden in der Nähe der Party gesehen haben, wäre das Nächstliegende, sich auf den Höhlenzugang zu konzentrieren, der dem Schauplatz der Feier am nächsten liegt - ein naheliegendes Versteck für jemanden, dem plötzlich die Jungs auf der Suche nach dem «Spanner» auf den Fersen waren.

Ben ist sich bewusst, dass die Vermutung ziemlich weit hergeholt und seine Unterstellung, was DC Crawfords mangelnde Detailfreude betrifft, womöglich unfair ist. Vielleicht hat er die Höhlenzugänge tatsächlich gründlich untersucht. Trotzdem. Alles, was den Fall vorwärtsbringen könnte - und, ja, alles, was Ellie helfen könnte -, rechtfertigt einen zweiten Blick.

Das erste, blasse Morgenlicht erscheint zwischen den Bäumen, die nackten Äste treten hervor, und langsam werden auch die gedämpften Braunorangetöne der herbstlichen Landschaft sichtbar. Ben bleibt ein zweites Mal stehen, um sich zu orientieren. Er steigt hinauf bis zum oberen Rand des Steinbruchs und sieht sich um. Hier oben auf der Kante des Beckens spähen die Bäume wie stumme Zuschauer über den Rand, und ihre dicken Wurzeln klammern sich in den Untergrund und halten damit das labile Erdreich fest. Ben steht inmitten von Farnen und Brombeergestrüpp. Ein Blick nach unten in das Becken des Steinbruchs genügt, um den vertrauten Schwindel seiner Höhenangst auszulösen.

Sich ausgerechnet hier einen Zugang in den Untergrund vorzustellen, ist schwer, doch da ist tatsächlich etwas: Eine schmale Trampelspur führt durchs Dickicht und verschwindet zwischen den Bäumen. Ben folgt ihr ein paar Schritte und zögert. Ist das tatsächlich ein Weg? Er ist sich nicht sicher. Vielleicht ist es nur eine Fuchsspur, trotzdem setzt er vorsichtig einen Fuß vor den anderen und folgt dem kaum sichtbaren Pfad über Wurzeln, Brombeerranken und Felsen.

Nach etwa hundert Metern endet der Pfad an einem glatten, wie eine Steilwand aufragenden Felsen. Ben runzelt die Stirn. Hat er die Karte falsch interpretiert? Gerade, als er sich fragt, ob er lieber wieder nach unten klettern und sich neu orientieren soll, bewegen sich die Baumkronen über ihm im Wind, schwaches Morgenlicht fällt auf den Fels, und etwas Silbernes glitzert auf. Bens Herz fängt an zu pochen.

Er tritt näher an die Wand heran und stößt tatsächlich auf ein Absperrgitter, verrostet und verdreckt, hinter dem sich ein Tunneleingang befindet. Ben leuchtet mit der Taschenlampe durch die Stäbe und entdeckt unter dem felsigen Überhang einen dunklen Hohlraum, der sich nach hinten verengt und sich in der Finsternis verliert. Das Gewicht der sich über ihm auftürmenden Felswand wirkt beklemmend. Ihn überkommt eine Woge Klaustrophobie, als er sich vorstellt, in die dunkle Finsternis zu steigen und sich durch die unterirdischen Kammern zu bewegen. Plötzlich sieht er etwas. Auf dem Boden der Höhle, am hinteren Rand des Taschenlampenstrahls, liegt zusammengesackt etwas Graues.

Ben rüttelt an dem Gitter und spürt, wie es sich unter seinen Händen bewegt. Es gibt zwar nicht nach, aber es ist kurz davor. Ben kann es spüren. Die Verankerungen sind nicht so solide, wie sie sein sollten. Er ruft sich die Tipps aus dem Kletter-Chat in Erinnerung und mustert das Gitter genauer. Einer der Bolzen fehlt. Die Absperrung wird im Grunde lediglich von den Angeln und einer großen Schraube rechts unten an Ort und Stelle gehalten. Ben stellt fest, dass sich die Schraube mühelos bewegen lässt. Er braucht dazu nicht einmal das mitgebrachte Werkzeug. Er dreht die Schraube mit den Fingern heraus und hält sie kurz darauf in der Hand. Als er wieder an dem Gitter zerrt, schwingt es an den verrosteten Angeln mühelos auf und gibt den finsteren Raum dahinter frei.

Ben betritt die Höhle. In der Luft hängt schwer der modrige Geruch nach feuchtem Stein und Erde. Beim Einatmen fängt Bens Schädeldecke an zu kribbeln. Das Gefühl rieselt ihm kalt den Rücken hinunter. Er lässt den Lichtstrahl durch den Hohlraum gleiten. Er ist niedrig und eng. Vorn bietet er gerade genug Platz, um zu stehen, dann fällt der Boden auch schon ab, eine niedrige zerklüftete Felsendecke drückt abwärts, wo der Tunnel steil nach unten in die Erde führt. Von irgendwo aus der Tiefe dringt das Geräusch von Tropfwasser herauf. In gebückter Haltung wagt Ben sich ein paar Schritte tiefer in die Höhle hinein, den Blick fest auf die im Schatten verborgenen Gegenstände gerichtet.

Direkt unter dem Felsüberhang ist ein Haufen weißer Asche zu sehen, daneben liegen verkohlte, unvollständig verbrannte Holzreste verstreut. In der Ecke liegt verdreht ein schmuddeliger Schlafsack, daneben ein halbvoller Wasserkanister und eine zerkratzte Blechtasse. Ein Stückchen weiter entdeckt Ben eine aufgerissene Müslipackung und mehrere braune Apfelbutzen. Irgendwer hat in der Höhle sein Lager aufgeschlagen. Kids? Eher unwahrscheinlich. Ein Obdachloser? Schon eher.

Er lässt den Taschenlampenstrahl noch einmal über den Müll gleiten. Sein Blick bleibt an dem roten «K» der Verpackung hängen. Bei ihm klingelt etwas. Cornflakes. Eine schrille, empörte Stimme. Dann fällt es ihm wieder ein: Mrs Kerridge, am Empfangstresen des Reviers, die sich über einen verwahrlosten Ladendieb beschwert. *Verlauster Penner ... hat sich einfach die Cornflakes geschnappt und ist davongerannt.*

Er lässt den Strahl weiter über die Wände und die Decke gleiten und hätte vor Schreck beinahe die Taschenlampe fallen lassen. «Was zum Teufel?» Er bekommt sie gerade noch zu fassen und beleuchtet die niedrige Decke.

Kreuz und quer an den Wänden sind mit dicken, schwarzen Strichen Worte und Figuren gemalt. Kindhafte Zeichnungen – von Mädchen, begreift Ben, mit dreieckigen Röcken und langen Haaren – und dazwischen Schmähworte, überall auf den Fels geschmiert. BESTRAFEN. ZERSTÖREN. BEREUEN.

Ben pocht der Puls in den Ohren. Er nähert sich dem Schlafsack und stupst ihn mit der Schuhspitze an. Unter dem Stoff spürt er etwas, klein und hart. Mit dem Schuh hebt er den Schlafsack an und entdeckt rosarote Metallteile. Er runzelt die Stirn. Olivia Eastons ängstliches Gesicht taucht vor ihm auf. *Ohne ihr Handy geht sie nirgendwohin. Ein iPhone. Roségold.* Falls es sich um das Telefon des Mädchens handelt, ist es jetzt jedenfalls kaputt.

Ben wendet sich zum Gehen, er muss seine Entdeckung sofort melden und will auf keinen Fall die in der Höhle verstreuten Beweisstücke weiter verändern. In diesem Moment hallt ein Geräusch aus dem Tunnel. Ein Schlurfen, gefolgt von dem Rieseln kleiner Steine, die über den Boden rollen. Ben stellen sich die Nackenhaare auf.

Er fährt herum, und der Strahl seiner Taschenlampe fängt im Schatten eine Bewegung ein. Einen dunklen Umriss. Etwas Weißes, Leuchtendes. Zwei Augen im Dunkeln, nur ganz kurz, dann sind sie wieder verschwunden. «Stehen bleiben!», ruft Ben. «Polizei!»

Aber wer immer es ist, bleibt nicht stehen, sondern zieht sich eilig tiefer in den Tunnel zurück.

Bens erster Instinkt ist, dem Flüchtigen zu folgen, aber bei dem Gedanken an das Wirrwarr aus Tunneln auf der Karte ist ihm klar, dass er keine Chance hat. Die Stollen unter der Steilwand graben sich tief ins Erdreich. Den Verdächtigen allein zu verfolgen, ist zu gefährlich. Wie sollte er ihn - oder sie - da unten aufspüren, geschweige denn festnehmen? So gern er auch den Helden spielen würde, Ben weiß, was zu tun ist.

Ohne in der Höhle noch etwas zu verändern, klettert er zurück durch das Gitter in den fahlen Morgen und überprüft sein Telefon auf Empfang. Nichts.

Fluchend schlittert und stolpert er zurück nach unten, überquert das Becken des Steinbruchs und eilt weiter, bis endlich ein Balken sichtbar wird. Einer ist genug. Noch immer vollgepumpt mit Adrenalin, drückt er die Kurzwahltaste.

Khan klingt verschlafen, als er ans Telefon geht. Als hätte Ben ihn beim Gähnen erwischt. «Chase. Ehe Sie loslegen, ich weiß, dass Sie sich Sorgen machen, aber sie ist ...»

«Chief!» Ben schneidet ihm das Wort ab. «Hören Sie zu. Ich hab was gefunden – jemanden. Er oder sie versteckt sich in den Stollen beim Steinbruch.»

«Sie sind im Wald?» Khan ist sofort hellwach. Seine Stimme klingt alarmiert.

«Runterputzen können Sie mich später. Da ist alles voll mit Beweisen. Ein Lager. Sarahs Telefon. Wir brauchen sofort die Kriminaltechniker. Und ein Suchteam. Hunde. Das ganze Programm. Vertrauen Sie mir, Chief, Sie müssen herkommen. Sofort.»

KAPITEL 25

Mittwoch, 7.30 Uhr

Die Erdnussbutter ist leer. Schon wieder. Ellie kratzt das Glas aus und streicht die letzten Reste auf eine Scheibe Toastbrot, dann setzt sie sich an den Küchentisch und verliert sich in dem Getöse aus Drums und Gitarren, das aus ihren Earbuds dröhnt.

Sie hat keinen Appetit, aber sie muss wenigstens so tun, als würde sie frühstücken, um den wachsamen Blick ihrer Mutter loszuwerden, der sich in ihren Rücken bohrt. Also bleibt sie eine Zeitlang sitzen und lässt die Musik ihre Arbeit tun. Sie übertönt alle sorgenvollen Gedanken, die versuchen, ihren Verstand zu belagern, und füllt jede noch so kleine Nische, in der Raum zum Nachdenken wäre, mit Lärm. Immer noch besser, als dazusitzen und darauf zu warten, dass das Telefon klingelt oder Blaulicht vor dem Cottage auftaucht. Es ist garantiert nur eine Frage der Zeit, bis die Polizei wiederkommt und sie zur nächsten Runde aufs Kommissariat geschleppt wird.

Ihre Mutter steht im Arbeitsoutfit am Spülbecken, langes schwarzes Kleid und cremefarbener Blazer. Sie stürzt einen Becher Tee herunter, setzt die leere Tasse ab und fängt an zu reden. Ihre Lippen bewegen sich schnell. Sie deutet auf Ellies Teller, und Ellie nickt. Sie hat keine Ahnung, was ihre Mutter eben gesagt hat, jedenfalls spricht sie immer noch, und Ellie nickt wieder, in der Hoffnung, dass es genügt.

Es genügt nicht. Ihre Mum bedeutet ihr, die Earbuds rauszunehmen.

«Konntest du schlafen?»

Ellie nickt.

«Wie fühlst du dich? Meinst du, du kannst heute zur Schule gehen?»

Ellie kaut auf der Unterlippe. «Die anderen hatten garantiert ihren Spaß dabei, sich hinter meinem Rücken das Maul zu zerreißen, aber irgendwann muss ich da schließlich durch, oder? Wenn ich mich verstecke, sieht das nur noch verdächtiger aus.»

«Ja. Augen zu und durch.»

Ellie antwortet nicht. Sie pickt ein paar verstreute Toastkrümel vom Tisch und spielt damit.

«Wie sieht's in deinem Zimmer aus?»

Ellie zuckt die Achseln. «Die haben alles durchwühlt.»

Rachel greift wieder zum Teebecher und mustert Ellie über den Rand. «Hör mal, du musst niemandem irgendwas erzählen, wenn du nicht willst. Was gestern auf dem Kommissariat passiert ist, geht keinen etwas an. Okay?»

Ellie nickt wieder.

Die Sorgenfalte zwischen den Augenbrauen ihrer Mutter vertieft sich.

«Was denn noch?»

«Ich muss dich etwas fragen. Kannst du bitte das Telefon weglegen?»

Seufzend gehorcht Ellie.

«Gestern Abend auf dem Rückweg hast du etwas über Mr Crowe gesagt.»

«Was? Dass er ein Spinner ist?»

«Ja, genau.»

Ihre Mutter umklammert den Becher so fest, dass die

Knöchel weiß hervortreten. Krass, denkt Ellie. Sie ist noch gestresster als ich. «Ja, ich weiß», seufzt sie. «Das war nicht nett. Ich reiß mich in Zukunft zusammen.» Sie will sich wieder ihrem Telefon zuwenden, aber ihre Mum ist immer noch nicht fertig.

«Nein, darum geht es nicht. Ich habe mich gefragt, ob dir je irgendwelche Gerüchte zu Ohren gekommen sind. Ich meine, hast du je gehört, dass er sich einer deiner Freundinnen oder Mitschülerinnen gegenüber ... ich weiß nicht ... schräg ... oder ... oder unangemessen verhalten hat?»

Ellie schaut sie misstrauisch an. «Dass Mr Crowe ein bisschen schräg ist, sieht man ja wohl auf den ersten Blick, oder?»

«Ja, aber vielleicht hast du in der Schule mal irgendwas gehört. Irgendwelche Gerüchte, die ich nicht kenne.»

«Redest du davon, dass er abends durch die Gegend schleicht und den Mädchen nachspioniert?»

«Wie bitte?» Ihre Mum wird sichtlich blass. «Er spioniert Schülerinnen hinterher?»

«Mum, du weißt doch, wie es an Schulen zugeht. Vor allem an dieser», fügt sie leise hinzu. «Jeden Tag geht ein neues Gerücht rum. Und über Leute wie Mr Crowe denkt man sich besonders gern Geschichten aus. Findest du nicht, dass er irgendwie die ideale Zielscheibe ist?»

«Wer sagt diese Dinge?»

«Keine Ahnung. Einmal leise geflüstert, und schon macht ein Lauffeuer die Runde.»

«Solche Gerüchte können einem Menschen das Leben ruinieren.» Rachel runzelt die Stirn. «Wieso hast du mir nichts davon erzählt?»

Ellie verdreht die Augen. «Himmel, Mum! Schon mal was von Grenzen gehört? Ich bin nicht dein Spitzel. Du kannst nicht von mir erwarten, dass ich dir jedes dämliche Gerücht erzähle, das an der Schule rumgeht. Es ist für mich auch so schon schwer genug, dass du hier arbeitest, ohne dass alle denken, ich wäre ein Maulwurf.»

Ihre Mutter schüttelt den Kopf. «Aber das sind ernsthafte Anschuldigungen, Ellie.»

«Es sind eben keine Anschuldigungen, sondern nur Gerüchte. Wenn du's unbedingt wissen willst, ich glaube Sarah war diejenige, die es erzählt hat. Alle wissen, dass er gerne bei den Mannschaftsspielen zusieht. Für Korbball interessiert er sich angeblich besonders, falls du weißt, was ich meine. Aber, wie gesagt, ich bin nicht dein Spitzel.»

Ihre Mutter macht ein entsetztes Gesicht. «Aber so was muss doch gemeldet werden.»

Ellie schaut sie vielsagend an. «Mrs Crowe wird wohl kaum ein besonders offenes Ohr dafür haben, wenn jemand was Negatives über ihren Mann sagt, oder?»

Genervt von dem Gespräch, das sich sowieso nur im Kreis dreht, greift Ellie zu den Earbuds und steckt sie sich mit Nachdruck zurück in die Ohren. Sie hebt noch ein oder zwei Mal den Blick, sieht, wie ihre Mutter mit besorgter Miene die Tasse abspült und sich dann, zum Glück, mit einem Winken verabschiedet und zur Haustür rausgeht, mit Laptoptasche über der Schulter und Sorgenfalte auf der Stirn.

Erleichtert, das Haus für sich zu haben, knabbert Ellie an ihrem Toast. Im Grunde ist sie nicht gern gemein zu ihrer Mutter. Sie hasst diesen verletzten Gesichtsausdruck. Zwischen ihnen läuft es erst so schlecht, seit ihr Dad ausgezogen ist. Seitdem schleicht ihre Mum um sie herum, seufzend und mit fragenden Blicken, als hätte sie die geheime Fantasie, sie beide würden sich jeden Moment in die *Gil-*

more Girls verwandeln, beste Freundinnen, die zusammen frühstücken gehen und sich in identischen Schlafanzügen vor dem Fernseher zum Filmabend treffen. Obwohl ihnen eigentlich beiden klar sein müsste, dass es dazu niemals kommen wird.

Es ist offensichtlich, dass ihre Mutter Schuldgefühle hat, weil die Beziehung ihrer Eltern so geendet ist, und Ellie weiß, wie sehr das mit Chrissie sie verletzt, denn, ehrlich gesagt, sie ist auch verletzt. Und jetzt auch noch ein Baby? Was für ein Scheiß. Es ist so krass. Und unnötig. Als wollte ihr Vater sie beide ausradieren, als wollte er sich mit einer perfekten neuen Familie von allen Fehlern der Vergangenheit reinwaschen. Für sie hat es sich angefühlt wie die schlimmste Form von Zurückweisung.

Sie zwingt sich noch einen Bissen Toast hinunter, das Brot liegt ihr im Mund wie Pappe. Ihr Telefon meldet eine Nachricht. Ellie wischt über den Bildschirm.

Wenn du heute in den Wald gehst ...

Sie erstarrt. Das Telefon fühlt sich plötzlich brennend heiß an. Schon wieder eine Nachricht von sally@imwald. Sie wartet. Sie weiß, da kommt noch was.

Böses, böses Mädchen ...

Sie wird von eisiger Angst gepackt.

Du kannst gar nicht anders, stimmt's?

Nur einmal aus der Reihe treten ... ein einziger Fehltritt ...

Und Sally wird dich strafen.

Sie schielt zum Küchenfenster hinaus, wo das Herbstlaub im fahlen Morgenlicht matt an den Bäumen hängt. Die Hügel werfen tiefe Schatten. Gut möglich, dass in diesem Augenblick irgendwer irgendwo da draußen lauert, nur darauf wartet, dass sie aus dem Haus geht. Ellie fühlt sich allein und ausgeliefert. Verletzlich. Leichte Beute für einen unsichtbaren Verfolger. Wie eine Maus, die auf die zuschlagenden Krallen wartet.

Was hat ihre Mum gestern Abend gesagt? Wenn du das Bedürfnis hast, mit jemandem zu sprechen ...

Mit wem, bitte, sollte sie *darüber* sprechen? Mit Jasmine ganz bestimmt nicht. Seit Samstagabend hat Jas nur noch Saul im Kopf. Rennt dem Typen hinterher, als wäre er ein beschissener Sexgott. Sie hat die beiden gestern Vormittag zusammen rumschleichen sehen, verstohlen knutschend. Im Augenblick hat Ellie nicht das Gefühl, Jasmine würde irgendwas von dem, was sie ihr erzählt, ernst nehmen.

Danny war eigentlich immer nett zu ihr. Er ist zu allen nett. Nur, dass Danny ihr kaum noch in die Augen schauen kann. Sie weiß, dass er ihr die Schuld für seinen Streit mit Sarah gibt, was schon krass ist, wenn man bedenkt, wie Sarah mit Danny umgesprungen ist. Man sollte meinen, er hätte an dem Abend im Steinbruch selbst kapiert, was für eine manipulative Zicke sie war, ohne dass Ellie ihm die Beweise auf Sarahs Telefon hätte zeigen müssen. Wie dumm von ihr zu denken, es würde ihn interessieren, dass das Mädchen, auf das er steht, ihn wie einen Vollpfosten behandelt. Wenn er seine Schuldgefühle, Sarah Samstagabend im Wald allein gelassen zu haben, auf sie abwälzen will, dann bitte sehr.

Aber wen hat sie denn noch, wenn Jasmine und Danny ausfallen? Ihr Dad ist damit beschäftigt, mit Chrissie heile Familie zu spielen. Und mit seiner Arbeit. Ihre Mum ist viel zu nahe an allem dran ... aber vielleicht hat sie trotzdem recht. Vielleicht könnte sie tatsächlich mit Edward Morgan sprechen, ihrem Klassenlehrer. Von allen Lehrerinnen und Lehrern war er von Anfang an der netteste und engagierteste. Er hat sich vom ersten Tag an für sie interessiert, als er mit ihr das Bewerbungsgespräch für das Oberstufenstipendium geführt hat.

«Sehr clever», hat er gesagt, als er ihre Mappe durchgesehen hat. «Mir gefällt dein Blick auf die Welt. Deine Art, Erwartungen zu untergraben und alles auf den Kopf zu stellen. Und die hier», hatte er hinzugefügt und auf eine der von den berühmten Graffiti-Wänden in Bristol inspirierte Skizzenreihe gezeigt, «die sind wirklich großartig. Echt aufregend.»

Damals, bei ihrem ersten Gespräch, hat sie im Kunstsaal gesessen und sich die unfassbare Ausstattung angesehen, die makellosen Arbeitstische, die großen Holzstaffeleien, die Pinsel und Farben, und die Bäume, die sich vor der riesigen Glasfront im Wind wiegten, vom Frühlingssonnenschein in warmen Glanz getaucht. Unwillkürlich hat sich in ihr leise Aufregung breitgemacht. «Malen Sie auch?», hat sie ihn gefragt.

«Ja. In meiner Freizeit. Zur Entspannung.» Er hat zu einem Gemälde hinter seinem Pult genickt. «Das stammt von mir.»

Ellie hat staunend die Leinwand betrachtet, gefesselt von der Landschaft in stimmungsvoll verwaschenen Grau- und Blautönen. «Das ist toll.»

Sie ist mit mehr als gemischten Gefühlen in das Bewerbungsgespräch gegangen, und es war Edward Morgan, der sie davon überzeugt hat, ihre Vorbehalte gegen Folly View beiseitezuschieben, und als dann, in steifem weißen Umschlag mit eingeprägtem Schullogo, die Zusage für das Stipendium ins Haus flatterte, hat Ellie bereits gewusst, dass sie annehmen würde. Edward war ein Lehrer, der sie inspirieren würde, ein Lehrer, der sie darin unterstützen würde, das Beste aus sich herauszuholen. Falls sie sich tatsächlich dem Auswahlverfahren zur Aufnahme auf eine der renommierten Kunsthochschulen wie der Londoner University of the Arts stellen wollte, brauchte sie jemanden wie ihn an ihrer Seite.

Seitdem ist Edward für sie Lehrer und Mentor, drängt sie dazu, beständig noch mehr in die Tiefe zu denken, fordert ihre künstlerischen Fertigkeiten, versucht, sie aus ihrem Schneckenhaus herauszulocken und ihr diverse außerschulische Kurse schmackhaft zu machen. «Komm zum Kulissen-Workshop, Ellie. Wir brauchen dringend jemanden wie dich. Natürlich arbeiten alle mit, die auf der Bühne stehen, aber was uns fehlt, ist eine echte Künstlerin. Jemand mit Verständnis für Farben und Perspektiven», hat er hinzugefügt. «Wenn wir das allein der Schauspielklasse überlassen, werden unsere Pariser Straßenzüge *une catastrophe.*»

Sie ist geschmeichelt gewesen, hat aber trotzdem abgelehnt. Sie kannte die Schauspieltypen. Lauter Extrovertierte mit großen Klappen, Mädchen wie Sarah Lawson, die Schülerinnen mit dem größten Selbstbewusstsein, die ständig und überall im Mittelpunkt stehen müssen. Das ist nicht ihre Welt. Sollen Edward und seine Schar Bewunderer sich darum kümmern. Davon gibt es jedenfalls genug, vor allem Mädchen, die an seinen Lippen hängen und um den Platz als Lieblingsschülerin buhlen.

Ellie wirft einen letzten Blick auf die Drohnachrichten, schließt mit einem Wisch die App und schaltet das Telefon auf stumm. Es gibt niemanden, mit dem sie sprechen kann. Auch nicht mit Edward Morgan. Wenn sie die Nachrichten einfach ignoriert, wird es dem- oder derjenigen, die sie schickt, irgendwann zu langweilig. Oder nicht?

Sie schiebt den Teller weg. Ihr ist auch noch der letzte Rest Appetit vergangen.

KAPITEL 26

Mittwoch, 8.30 Uhr

Ben hat das Gefühl, dass die Verstärkung ewig braucht, obwohl wahrscheinlich kaum mehr als eine halbe Stunde vergangen ist, als endlich die ersten Einsatzfahrzeuge mit Blaulicht schlitternd auf den Waldparkplatz einbiegen. Sie halten eine kurze Besprechung ab, um zu entscheiden, nach welchem Prinzip sie das Stollensystem absuchen sollen, welche Zugänge besetzt werden und welche Route die effektivste sein könnte, um den Flüchtigen aufzustöbern. Dann eine weitere Verzögerung, weil auf die Hundestaffel gewartet werden muss. Ben juckt es in den Fingern, er will endlich los, befürchtet, dass jeder Augenblick, der verstreicht, ein Augenblick mehr ist, den der Verdächtige nutzen kann, um sich noch tiefer in den Tunneln zu verkriechen.

Sein Telefon vibriert. Es ist Rachel, ausgerechnet jetzt, zum denkbar ungünstigsten Zeitpunkt. Er will sie schon wegdrücken, doch dann fällt ihm sein Traum wieder ein. «Hey», sagt er. «Alles okay?» In dem Moment biegt der weiße Bus der Hundestaffel auf den Parkplatz ein.

«Ellie geht's gut. Sie ist zu Hause. Aber deshalb rufe ich nicht an. Ich wollte dir was weiterleiten. Könnte sein, dass es für deinen Fall wichtig ist.»

Ben beobachtet den Wagen beim Einparken. Aufgeregtes Bellen und Fiepen erfüllt die Lichtung. «Ich hab jetzt keine

Zeit, Rach, wir sind mitten in einer Operation.» Ungeduldig und nur mit halbem Ohr bei der Sache, beäugt er den weißen Bus.

«Okay. Vielleicht ist auch nichts dran, und ich vermute, eure Leute haben sich das Schulpersonal angesehen. Insbesondere –»

«Rach.» Er dreht den versammelten Leuten den Rücken zu und senkt die Stimme. «Das hast du jetzt nicht von mir, aber wir haben wen. Einen Verdächtigen. Ich bin im Wald.» In dem Moment biegt Khans Volvo auf den Parkplatz ein, und Ben hebt die Hand zum Gruß.

«Oh. Ach so.» Sie klingt überrascht.

«Das ist gut, Rachel. Damit sollte Ellie endgültig von der Liste sein.»

«Ja.» In ihrer Stimme schwingt immer noch Zweifel. «Also habt ihr euch die Belegschaft der Schule angesehen?»

«Ja. Maxwell hat mit sämtlichen Lehrerinnen und Lehrern von Sarah gesprochen, und Khan hat jemanden an die Akten der Belegschaft gesetzt. Wieso? Gibt es da noch was? Was Besonderes?»

Rachel zögert. «Nein. Ich lass dich mal machen. Ich wollte nicht stören.»

Ben legt auf und geht zu Khan hinüber. «Setzen Sie mich ins Bild», sagt der DCI beim Aussteigen, ohne Zeit mit Geplänkel zu verschwenden.

Ben bringt seinen Boss eilig auf den neusten Stand, während sie sich auf den Weg zum eine halbe Meile entfernten Steinbruch machen. Am Becken angekommen, teilen sich die Leute vom Suchtrupp und die Spürhunde in zwei Gruppen auf. Ben wendet sich mit der ersten Gruppe nach links und führt sie hinauf zu dem Zugang, den er entdeckt hatte, und Khan stolpert ihm auf dem zugewucherten Pfad hinterher. Die anderen schwärmen, wie besprochen, auf der anderen Seite der Steilwand zu den Nebenzugängen aus, die sie zuvor auf der Karte identifiziert haben. Sollte es ihnen tatsächlich gelingen, den Verdächtigen in dem Stollensystem aufzustöbern, müssen sie ihm sämtliche potenziellen Fluchtwege versperren.

Ben rückt sich die Stirnlampe zurecht und steigt durch das Gitter zurück in den niedrigen Hohlraum, wo ein Team der Spurensicherung bereits die Beweisstücke dokumentiert und gesichert hat.

Khan folgt als Zweiter. Beim Anblick der Wände stößt er einen leisen Pfiff aus. «Ist die Spurensicherung hier fertig? Alles fotografiert?», ruft er über die Schulter nach draußen.

«Ja, Chief.»

Der Spürhund, ein quirliger braun-weißer English Springer Spaniel, bekommt die Duftprobe. Die Hündin nimmt die Fährte auf und zerrt an der Leine.

«Wir können nur hoffen, dass die verdächtige Person nicht zu weit unten ist», sagt Ben. «Sonst könnte es haarig werden.»

«Alle bereit?», fragt Khan.

Im Gänsemarsch durchqueren sie den kleinen Hohlraum und beginnen mit dem riskanten Abstieg durch den abschüssigen Tunnel. Schon nach wenigen Schritten haben sie das Tageslicht hinter sich gelassen. Zu Beginn hat die Decke noch eine vernünftige Höhe, doch bald schon stolpern sie in gebückter Haltung weiter, die kalte Luft und der dumpfe Geruch von Stein und Erde legt sich um sie wie ein klammer Umhang. Je tiefer sie in den Berg vordringen, desto größer wird Bens Unbehagen. Das hier ist was anderes als seine Höhenangst, es ist eher ein allgemeines Gefühl von Klaustrophobie, als würden sie langsam, aber sicher unter massivem Erdreich lebendig begraben werden.

Wieder stößt Khan einen leisen Pfiff aus. «Ich hatte keine Ahnung von diesen Tunneln.»

Ben hat inzwischen angefangen zu keuchen. Tief gebückt tastet er sich mit den Händen an den feuchtkalten Wänden weiter vorwärts, immer tiefer hinunter. «Der Großteil des Baumaterials in Bath stammt von diesen Hügeln. Im Krieg wurden die Höhlen als Munitionslager benutzt.»

«Nachvollziehbar. Das perfekte Versteck.»

«Allerdings», sagt Ben finster.

Als sie an eine Abzweigung kommen, eilen die Beamten an der Spitze des Suchtrupps, dem immer noch eifrigen Hund folgend, unbeirrt weiter. Nur Ben bleibt zurück. Er weiß selbst nicht warum, aber irgendetwas – sein Instinkt – lässt ihn innehalten. Wenn er allein hier unten wäre und sich vor Verfolgern verstecken müsste, er wäre spätestens jetzt an seine Grenzen gekommen und würde auf keinen Fall blindlings immer weiterstolpern wollen.

Er bleibt still stehen, dann knipst er die Stirnlampe aus und lässt sich von der undurchdringlichen Schwärze verschlucken, während die Geräusche des Suchtrupps sich langsam entfernen. Er wartet ab, darum bemüht, sich von der beklemmenden Atmosphäre nicht durcheinanderbringen zu lassen. Dann hört er es.

Ein leises Schaben, ein beinahe unhörbares Kratzen auf Stein. Ben spitzt die Ohren. Er verharrt regungslos, versucht, seine Atmung zu kontrollieren, fragt sich, ob er sich möglicherweise getäuscht hat. Vielleicht nur eine Ratte, eine Fledermaus oder sonst ein unterirdisch hausendes Tier, das er nicht wirklich identifizieren möchte. Doch dann hört er es wieder. Schritte; Schritte, die sich von ihm wegbewegen, zurück in die Richtung, aus der sie eben gekommen sind. Jemand ist ihnen aus dem Weg gegangen und läuft jetzt zurück.

Ben wartet noch einen Augenblick ab. Sein Herz hämmert so laut, dass er sich einbildet, wer auch immer mit ihm im Tunnel ist, müsste es hören. Dann knipst er mit einer einzigen, schnellen Bewegung die Stirnlampe an. Vor ihm ist ein Mann und eilt tief gebückt auf den Ausgang zu. Er dreht sich zu Ben um, die panischen Augen vom Lampenstrahl beleuchtet. Dann rennt er los.

Ben stößt einen lauten Schrei aus, um die anderen zu warnen, dann folgt er ihm. Er stürzt den Tunnel aufwärts, so schnell der schmale, niedrige Stollen es zulässt. Der Mann läuft gebückt, Ben holt auf und stürzt sich mit einem Satz auf ihn, drängt ihn zu Boden und hält ihn mit seinem Körpergewicht fest.

Der Flüchtige windet sich, schlägt um sich, reißt Ben die Stirnlampe vom Kopf und schleudert sie davon. Ben fühlt unter sich nichts als Haut und Knochen. Lange, fettige Haare und knochige Gliedmaßen, die nach ihm schlagen und treten. Ben drückt fester zu, spürt, wie er von heftigem Zorn gepackt wird, er will dem Mann wehtun, so, wie der Sarah wehgetan hat, dann schreit der Mann plötzlich auf, und Ben lässt unwillkürlich locker, als ein heiseres Flüstern durch die Dunkelheit an sein Ohr dringt. «Ich hab mich um sie gekümmert», zischt der Mann. «Ich hab mich gut um sie gekümmert.»

Ben drückt sein Gesicht in den Dreck. Dem Mann entströmt ein derartiger Gestank, dass es Ben beinahe den Magen umdreht. Er wendet das Gesicht ab, zieht Handschellen aus der Tasche und legt sie ihm an.

«Sie sind verhaftet. Sie stehen unter Mordverdacht an Sarah Lawson. Alles, was Sie von jetzt an sagen, kann vor Gericht gegen Sie verwendet werden.»

Als Ben mit der Verhaftungsformel fertig ist, taucht der Rest der Mannschaft aus der Dunkelheit auf. Einer der Beamten tritt hinzu, zieht den Verdächtigen hoch und führt ihn ab. Ben nimmt sich einen Moment Zeit, sich zu sammeln und wieder zu Atem zu kommen. «Gute Arbeit, Chase», sagt der Kollege im Vorbeigehen und schlägt Ben auf die Schulter.

Sie kehren durch den Tunnel und die Höhle zurück ans Tageslicht. Ben lässt den stolpernden Mann vor sich nicht aus den Augen. Dann steht er endlich wieder an der frischen Luft. Er ist dankbar für die sanften Herbstfarben des Waldes und das bleiche Sonnenlicht.

Unten am Parkplatz sieht Ben zu, wie der Verdächtige unsanft in einen wartenden Polizeitransporter verfrachtet wird. Stirnrunzelnd wendet er sich ab. Irgendetwas an dem Typen, an seiner Haltung, dem schlurfenden Gang, irritiert ihn, als hätte er einen winzigen Stein im Schuh.

«Okay, Chase. Welchen Teil von ‹Sie sind von dem Fall abgezogen› haben Sie nicht verstanden?» DCI Khan steht plötzlich neben ihm.

«Ich hab nur ein bisschen frische Luft geschnappt, Chief.»

Khan steht mit verschränkten Armen vor ihm, versucht, es mit Bens Größe und Statur aufzunehmen. «Ich müsste Ihnen jetzt die Hölle heißmachen, und zwar nicht nur, weil Sie mich schon wieder in denen da hier raufgezerrt haben.» Er zeigt auf seine einst auf Hochglanz polierten, dreckverkrusteten schwarzen Halbschuhe. «Mit Ihrer Caveman-Nummer hätten Sie uns den ganzen Fall torpedieren können.»

«Hätten wir uns auf DC Crawford verlassen, würden wir

jetzt immer noch dastehen und in der Nase bohren. So viel zu dem Thema, die Höhlenzugänge wären überprüft worden.»

Khan schnalzt unwillig mit der Zunge. «Darum kümmere ich mich gleich.»

«Wurde das Telefon sichergestellt?»

«Was davon übrig ist. Die Techniker werden zaubern müssen.» Khan sieht ihn forschend an. «Und jetzt raus mit der Sprache», sagt er. «Was hat Sie dazu gebracht, zu den Höhlen zu gehen?»

«Connor Carlisle hat mich angerufen und Jasmine Wares Aussage bestätigt, dass jemand oben zwischen den Bäumen gestanden und die Party beobachtet hätte. Ich dachte mir, wenn der Spanner die Kids also bespitzelt, sich dann aber in Luft aufgelöst hat, als die Jungs nach ihm suchten, wäre eine Höhle wahrscheinlich das nächstbeste Versteck. Es erschien mir naheliegend, das Ganze noch einmal aus der Nähe zu betrachten.»

Khan wirft ihm einen neidischen Blick zu. «Gute Arbeit, Chase.»

Ben zögert, dann sagt er: «Lassen Sie mich das Verhör führen.»

Khan runzelt skeptisch die Stirn.

«Das wäre nur sinnvoll», sagt Ben. «Das Team ist überlastet. Ferguson ist immer noch krank. Maxwell hat weiterhin in der Schule zu tun, und Crawford wollen Sie da ja wohl auf keinen Fall ranlassen.»

Khan zieht die Unterlippe zwischen die Zähne, und Ben spürt, dass er wankt.

«Diese Festnahme ändert alles», sagt Ben drängend. «Das wissen Sie. Ellie dürfte damit endgültig nicht mehr verdächtig sein. Holen Sie mich zurück ins Team.»

Khan nickt. «In Ordnung. Wir verhören ihn gemeinsam. Wir treffen uns auf dem Kommissariat.»

Auf dem Weg zum Auto schreibt Ben Chrissie hastig eine Nachricht. «Wurde reingerufen. Könnte heute länger werden. Sorry, Liebling.» Sekunden später tauchen hinter der Nachricht zwei blaue Häkchen auf. Ben wartet darauf, dass die drei Pünktchen erscheinen, aber Chrissie antwortet nicht. Zwei Sekunden später ist ihr Online-Status verschwunden.

Als er losfährt, beginnt sein Adrenalinspiegel langsam wieder zu sinken. Sie haben heute einen riesigen Sprung nach vorne gemacht. Wer auch immer der Verdächtige ist, Ben ist zuversichtlich, dass sie ihn zum Reden bringen. Sie brauchen ein Geständnis. Es wäre jedenfalls gut, die Dinge voranzutreiben, solange die Techniker an dem Telefon sitzen. Das sind gute Nachrichten. Mit dem Wissen, dass ein Mann in Untersuchungshaft sitzt, können hoffentlich heute Abend alle in und außerhalb der Schule wieder etwas ruhiger schlafen. Warum also, fragt Ben sich und mustert sein besorgtes Gesicht im Rückspiegel, ist er dann trotzdem so angespannt? Warum hat er, sobald er an den verwahrlosten Mann denkt, den sie eben in Handschellen abgeführt haben, das Gefühl, ihm wäre etwas entgangen? Das Gefühl, etwas würde nicht stimmen?

KAPITEL 27

Mittwoch, 10.00 Uhr

Noch ein paar Schritte vom Verwaltungsgebäude entfernt, hat Rachel plötzlich das Gefühl, dass jemand ihr folgt. Direkt hinter ihr erklingt das hochtourige Dröhnen eines Motors. Sie macht einen Schritt zur Seite, um auf dem Rasen weiterzulaufen, und geht davon aus, dass das Auto an ihr vorbeifährt, doch dem ist nicht so. Der Wagen kommt näher und bleibt dann mit ihr auf gleicher Höhe, unangenehm nah. Das Brummen des Motors klingt regelrecht bedrohlich. Beunruhigt dreht Rachel den Kopf und sieht einen eleganten flaschengrünen Wagen neben sich. Auf der polierten Motorhaube spiegelt sich das Tageslicht. Rachel bleibt stehen und winkt ihn vorbei, doch der Fahrer macht noch immer keine Anstalten zu überholen. Die Situation hat etwas Bedrohliches, etwas Vorsätzliches. Rachel versucht, durch die Windschutzscheibe jemanden zu erkennen, doch der wolkenverhangene Himmel spiegelt sich im Glas und verbirgt das Gesicht des Fahrers. Ihr bleibt nichts übrig, als abzuwarten. Sie fühlt sich plötzlich ungeschützt, verletzlich. Der Fahrer gibt Gas, zwingt sie, noch einen Schritt zurückzumachen, dann, so schnell, wie der Wagen aufgetaucht ist, beschleunigt er plötzlich wieder und verschwindet kiesspritzend in Richtung Tor. Was zum Teufel? Als ihr endlich der Gedanke kommt, einen Blick auf das Nummernschild zu werfen, ist er schon wieder verschwunden.

Noch immer aufgewühlt betritt sie den Gang zu ihrem Büro. Vor ihrer Tür warten bereits zwei Schülerinnen. Sie haben die Köpfe zusammengesteckt, eine ist blond, die andere dunkelhaarig. Als Rachel näher kommt, blicken die Mädchen ihr entgegen, und sie erkennt, dass eine von beiden weint. Ihr Gesicht ist tränennass, die Unterlippe zittert. Zwei Siebtklässlerinnen, klein, mit großen Augen, die Schulblazer noch ein bisschen zu groß. «Wartet ihr auf mich?»

Die beiden nicken.

«Kommt rein», sagt sie, schließt die Tür auf, schaltet das Licht ein und stellt erleichtert fest, dass die Scherben inzwischen aufgekehrt wurden. In ihrem Büro herrscht wieder Ordnung. «Was kann ich für euch tun?»

Die nächste halbe Stunde verbringt Rachel damit, die zwei Mädchen davon zu überzeugen, dass «Sallys Geist» nachts nicht in ihrem Schlafsaal spukt und es sehr viel wahrscheinlicher ist, dass ein paar Jungs aus der Neunten ihnen abends Streiche spielen. Außerdem gelingt es ihr, sie davon zu überzeugen, dass die mörderischen Schreie, die nachts über den Campus hallen, von Füchsen stammen, die auf Partnersuche sind.

Rachel lehnt sich zurück. «Ich weiß, wie beunruhigend die Situation momentan ist. Ich weiß, dass ihr Angst habt, aber ihr dürft mir glauben, dass Mrs Crowe, die gesamte Belegschaft der Schule und die Polizei ... dass wir alle unser Bestes dafür tun, damit ihr in Sicherheit seid.»

Sie würde ihnen gern noch mehr sagen. Sie würde ihnen gern erzählen, dass die Polizei in diesem Moment einen sehr konkreten, sehr menschlichen Verdächtigen befragt, aber es steht ihr nicht zu, Bens Interna zu verbreiten, und so bleibt ihr nur, den Kindern zuzuhören und zu versuchen, ihnen die Angst zu nehmen. «Ich spreche mit eurer

Hausmutter. Ich werde sie bitten, ein strenges Auge auf die Jungs zu werfen. Ich bin mir sicher, dass sich das mit den Streichen bald wieder erledigt hat. Es ist gut, dass ihr zu mir gekommen seid. Falls noch mal was passiert, kommt ihr sofort wieder. Okay?»

Die zwei Mädchen lächeln verhalten und nicken. Die ärmsten. Sie wird mit Margaret darüber sprechen müssen. Die Dinge im Keim ersticken, ehe die ganze traumatisierte Schule glaubt, rachsüchtige, kreischende Gespenster würden das Schulgelände heimsuchen.

Sie verabschiedet die Mädchen, wirft einen Blick auf die Uhr und beschließt, den Stier bei den Hörnern zu packen und sich direkt ins Lehrerzimmer zu begeben. Der Vormittag ist jetzt schon schräg genug. Erst der Wagen. Dann die verängstigten Mädchen. Ihr ist klar, dass inzwischen sicher die wildesten Gerüchte über Ellie und ihr Verhör auf dem Kommissariat die Runde gemacht haben. Sie muss sich dringend blicken lassen. Es ist wichtig, das Gerede möglichst schnell zu entkräften. Zu zeigen, dass sie nichts zu verbergen haben. Dass es nichts gibt, wofür sie sich schämen müssten.

Zu ihrer Erleichterung ist der Aufenthaltsraum so gut wie leer. Nur auf dem Sofa am Fenster sitzen zwei Kolleginnen mit ihren Laptops und haben die Köpfe zusammengesteckt. Als Rachel den Raum betritt, sehen sie automatisch auf, und als Rachel ihnen zunickt, gefriert das automatische Begrüßungslächeln auf ihren Gesichtern. Eilig senken sie die Blicke und kehren zu ihrer geflüsterten Unterhaltung zurück. Wahrscheinlich immer noch besser als eine Willkommensparty, wo alle sie mit Fragen löchern, denkt Rachel. Sei ganz natürlich. Hol dir eine Tasse Kaffee. Tu so, als wäre dies ein ganz normaler Tag.

Es hat lange gedauert, bis sie sich als Teil dieser Schule gefühlt hat. Nicht zu dem konservativen, traditionellen Lehrkörper zu passen, war damals bei dem Bewerbungsgespräch mit Margaret Crowe eine ihrer Hauptsorgen. Ja, sie hatte schon zuvor für Schulleiterinnen wie Margaret gearbeitet: leidenschaftliche, engagierte, ergebnisorientierte Pädagogen, die fest an das Potenzial jeder und jedes Einzelnen glauben. Doch Margaret Crowe hatte an jenem Tag besonders eindringlich gewirkt. Rachel hatte ihr in dem mit Bücherregalen gesäumten Arbeitszimmer gegenübergesessen, losen Assam aus einer zierlichen Porzellantasse getrunken und an einem Crumpet geknabbert, das morgens frisch (so war ihr gesagt worden) in der Schulküche gebacken worden war.

Sie hatte die Leidenschaft in Margarets Blick erkannt, den beinahe fiebrigen Eifer registriert, als sie über Prüfungsergebnisse und Sporttabellen, über Hochschulzugänge und prestigeträchtige Preise sprach. Margaret hielt ihr einen Vortrag, von dem Rachel ahnte, dass sie ihn schon viele Male gehalten hatte: Sie sah es als Aufgabe jeder einzelnen Schülerin und jedes einzelnen Schülers sowie aller Angestellten dieser Institution, die Reputation des Folly View College zu repräsentieren, zu bereichern und zu erheben. *Imus supra et ultra.* Mit stolzgeschwellter Brust hatte sie das Motto der Schule zitiert: *Wir gehen weit darüber hinaus.*

«Wir sind hier eine Familie, Rachel», hatte Margaret gesagt und die Teetasse an ihre dünnen, ungeschminkten Lippen gehoben. «Ja, ich weiß», hatte sie mit einem leichten Lachen hinzugefügt. «Das macht mich in gewisser Weise zur *Mutter*, aber da ich keine eigenen Kinder habe, widme ich mich voll und ganz dieser Schule. Folly View ist ein komplexes, eng verwobenes System, in dem jede und jeder von uns eine wesentliche Rolle spielt, um dafür zu sorgen, dass sich die uns anvertrauten Schülerinnen und Schüler in einer motivierenden, fürsorglichen Umgebung entfalten können. Ich möchte, dass alle Mitglieder meiner Belegschaft sich gleichermaßen unterstützt wie gefördert fühlen, und im Gegenzug erwarte ich von ihnen allerhöchsten Einsatz.» Sie hatte wieder gelacht. «Selbst mein Mann hat sich in diese *Familie* hineinziehen lassen. Er war vor seiner Pensionierung ebenfalls Lehrer, und wenn er nicht gerade einen seiner Spaziergänge macht oder eines seiner kleinen Projekte verfolgt, werden Sie ihn zuverlässig irgendwo auf dem Campus antreffen, um eine unserer Mannschaften anzufeuern oder sich mit Besen oder Schraubenzieher in der Hand nützlich zu machen. Er mag das. So ist das bei uns. Wir leisten alle unseren Beitrag. Wir gehen alle weit über das Übliche hinaus, um aus dieser Schule die bestmögliche zu machen. Es gibt kaum etwas, das ich nicht tun würde, um unser hohes Niveau aufrechtzuerhalten.»

Rachel hatte genickt. Die Vorstellung von Margaret als «Mutter aller» schien zwar etwas übertrieben, aber das leidenschaftliche Ethos der Frau war unbestreitbar. «Eine Familie. Das gefällt mir.»

«Haben Sie Familie, Rachel?», hatte Margaret Crowe sie gefragt und die Tasse zurück auf die geblümte Untertasse gesetzt.

«Ich habe eine Tochter. Ellie. Ihr Vater und ich haben uns vor Kurzem getrennt.»

«Haben Sie in Betracht gezogen, Ellie nach Folly View zu schicken?»

Rachel hatte sie angelächelt. «Ich habe beim Rundgang Ihre unglaubliche Kunstabteilung gesehen. Ellie würde es lieben. Sie begeistert sich schon eine ganze Weile für Kunst.

Doch ich fürchte, selbst mit Ihrem überaus großzügigen Gehaltsangebot», hatte sie eilig und mit bedauerndem Lächeln hinzugefügt, «wäre das Schulgeld mehr, als Ellies Vater und ich aufbringen könnten.»

«Ja, wir sind eine exklusive Einrichtung, das ist wahr, aber gleichzeitig sind wir uns bewusst, wie wichtig es ist, junge Talente zu fördern, unabhängig von persönlicher Situation und Einkommen. Wir haben ein hervorragendes und sehr großzügiges Stipendienprogramm für herausragende junge Talente, von denen wir glauben, sie könnten für die Schulgemeinschaft von Folly View eine Bereicherung sein.» Margaret hatte Rachel aufmerksam gemustert. «Falls dies eine Option ist, über die Ihre Tochter nachdenken möchte, sollten Sie sich mit Mr Morgan unterhalten, dem Leiter unserer Fachschaft Kunst. Natürlich können wir nichts versprechen …», hatte sie hinzugefügt.

«Natürlich nicht», war Rachel ihr beigesprungen. «Vielen Dank. Das ist definitiv eine Überlegung wert.»

Rachel war damals beeindruckt und inspiriert aus dem Bewerbungsgespräch gekommen, und womöglich auch ein wenig eingeschüchtert. Sie wusste, dass sie gut in ihrem Job war. Sie wusste, dass sie Talent hatte, zu Kindern und Jugendlichen eine echte Verbindung aufzubauen, sie dazu zu kriegen, sich zu öffnen und ihr zu vertrauen. Sie schätzte Margaret Crowes Philosophie, ihren Wunsch, eine eng verbundene Schulgemeinschaft zu fördern – aber war sie in der Lage, diesen hohen Anforderungen gerecht zu werden? War sie in der Lage, ein psychologisches und pädagogisches Unterstützungsprogramm für die Schüler zu liefern, das dem Anspruch einer derart enthusiastischen Schulleiterin, dem Anspruch derart qualitätsbewusster Eltern gerecht werden würde? Vor allem aber stellte sich die

Frage, ob sie dem notorisch unterfinanzierten staatlichen Schulsystem tatsächlich den Rücken kehren wollte, um an einer Schule zu arbeiten, die die Reichen und Privilegierten förderte, die all denen, die es sich leisten konnten, anbot, «weit darüber hinaus» zu gehen. War das fair, selbst mit der Unterstützung großzügiger Stipendienprogramme?

Rachel hatte mehrere Tage mit Selbstzweifeln und ihren Moralvorstellungen gerungen, doch als dann das Jobangebot in der Post gewesen war, mit einem Gehalt, das um ein Drittel höher lag als alles, was sie an einer staatlichen Schule jemals bekommen würde, hatte sie gewusst, dass sie nicht ablehnen konnte. Sie sagte sich, dass es im Grunde keine Rolle spielte. Schließlich waren an allen Schulen und überall im Land Kinder von persönlichen und psychischen Problemen betroffen, von Lernstörungen, Mobbing und Missbrauch, völlig unabhängig von Einkommen und sozialem Status der Eltern. Ja, ihre neue Vorgesetzte war ein wenig furchteinflößend, aber vielleicht war Margarets Eindringlichkeit auch ihrer Position geschuldet. Wenn eine Schule derart exorbitante Gebühren erhob, musste auf den Schultern der Leitung immenser Druck lasten. Die Frau trug diesen Druck wie ein Ehrenabzeichen.

Rachel hat kaum Zeit, eine saubere Tasse zu finden und das Kaffee-Pad in die Maschine zu stecken, da sieht sie aus dem Augenwinkel, wie jemand sich ihr nähert: Margaret Crowe, wer auch sonst, mit ihrem unheimlichen Gespür dafür, stets genau zu wissen, wo sich jedes Mitglied ihrer Belegschaft gerade aufhält. Sie navigiert durch die Sitzgarnituren hindurch wie ein eindrucksvoller Schoner, der elegant kleineren Schiffen ausweicht, ihren Fokus laserscharf auf Rachel an der Kaffeemaschine gerichtet. Rachel wird ein wenig flau im Magen. Sie schaut sich um, hofft auf ein freundliches Gesicht, das als ahnungsloser Puffer herhalten könnte, um aufzuschieben, was unausweichlich ist, aber die anderen sind alle beschäftigt oder meiden sie absichtlich, die Köpfe tief über ihre Bildschirme gebeugt.

«Ich habe Sie überall gesucht», sagt Margaret, einen Hauch Vorwurf in der Stimme, und baut sich, die Hände in die Hüften gestemmt, vor ihr auf.

«Hier bin ich», erwidert Rachel mit gespielter Fröhlichkeit. «Was kann ich für Sie tun?» Sie wappnet sich innerlich, fragt sich, ob es um Ellies Verhör geht oder womöglich um etwas, das Malcolm ihr erzählt hat, über ihre seltsame, spätabendliche Begegnung.

Margaret beugt sich vor und fragt leise: «Wie geht es Ellie?»

Rachel nickt. Das war zu erwarten gewesen. «Alles gut», sagt sie leichthin. «Sie ist wieder zu Hause. Eine reine Routinebefragung», fügt sie hinzu, als sie merkt, wie die Kolleginnen auf dem Sofa die Hälse recken.

«Das muss beängstigend für das arme Mädchen gewesen sein, regelrecht abgeführt zu werden. Mir kam das Verhalten der Polizei doch recht hart vor.» Margaret sieht sie durchdringend an.

Rachel zwingt sich zu einem Lächeln. «Ach, Sie wissen doch, wie Väter so sind. Ich glaube, Ben wollte ihr eine Lektion erteilen. Er war sauer, weil Ellie wegen der Party gelogen hat, und hat seine Kollegen um einen Gefallen gebeten.»

Margaret mustert sie besorgt, als müssten Bens erzieherische Fähigkeiten ernsthaft in Frage gestellt werden, und Rachel bekommt ein schlechtes Gewissen, weil sie ihn quasi den Wölfen zum Fraß vorgeworfen hat. Aber immer noch besser Ben als Ellie.

«Das ist entsetzlich. Ich kann mir beim besten Willen nicht vorstellen, dass die ernsthaft der Meinung waren, sie könnte irgendwie –»

«Ja, ich weiß», fällt Rachel ihr ins Wort. «Die machen alle nur ihren Job.»

«Natürlich», lenkt Margaret ein. «Nun, jedenfalls bin ich froh zu hören, dass es ihr gut geht. Ich habe noch etwas auf dem Herzen, Rachel, über das ich gerne kurz mit Ihnen sprechen würde», sagt sie eilig, weil Rachels Wunsch, ihr zu entkommen, sicher spürbar ist.

Jetzt kommt's, denkt Rachel und hat sofort Malcolms schuppiges Gesicht vor Augen.

«Olivia Easton hat beschlossen, wieder den Unterricht zu besuchen.»

Rachel kann ihre Überraschung nicht verbergen. «Himmel, das ist aber mutig. Fühlt sie sich wirklich schon bereit dazu?»

Margaret nickt. «Ich hatte vorhin ein Gespräch mit ihrem Vater, und er ist der Meinung, die Rückkehr in eine vertraute Routine, soweit das überhaupt möglich ist, könnte hilfreich für sie sein. Natürlich, dieses Jahr stehen außerdem wichtige Prüfungen an. Ich habe ihm versichert, dass wir alle unser Bestes geben werden, um Olivia durch diese schwere Zeit zu helfen.»

«Absolut», sagt Rachel, obwohl sie sich, was das Timing betrifft, nicht wirklich sicher ist. Es ist erst ein paar Tage her. Sie hatte damit gerechnet, dass die Eastons sich noch etwas Zeit als Familie nehmen würden, um die traumatischen Erlebnisse zu verarbeiten, um einander Trost und Sicherheit zu spenden. Der Prüfungssommer liegt noch in weiter Ferne.

Wie zwei Meerkatzen recken die beiden Kolleginnen

auf dem Sofa die Hälse und werfen ihnen über die Ränder ihrer Rechner hinweg neugierige Blicke zu. Sobald sie merken, dass sie entdeckt worden sind, ducken sie sich wieder weg.

Margaret sieht Rachel ernst an. «Ich möchte nicht, dass Olivia sich von der Aufmerksamkeit der anderen überfordert fühlt, deshalb schlage ich vor, dass sie sich zuallererst mit Ihnen trifft. Ich gehe davon aus, dass Sie einige freundliche Worte oder Ratschläge für das Mädchen finden werden. Auf alle Fälle können Sie Olivia versichern, dass wir alle für sie da sind, was auch immer sie von uns braucht. Eine offene Tür und so weiter und so fort. Heute Nachmittag um zwei. In Ordnung?»

«Ich werde gerne mit ihr sprechen.» Sie sieht Margaret abwartend an, fragt sich, ob sie doch noch ihre spätabendliche Begegnung mit Malcolm zur Sprache bringen wird, fragt sich, ob er versucht hat, sich zu rechtfertigen, und wie sie ihrerseits das heikle Thema hinsichtlich Sarahs Schülerakte ansprechen könnte. Doch Margaret Crowe hat ihr im Augenblick offenbar nichts weiter zu sagen. Sie macht auf dem Absatz kehrt und durchquert entschlossen das Lehrerzimmer. Ihre Absätze klackern vernehmlich auf dem Parkettboden, als sie den anderen im Vorbeigehen knapp zunickt.

Vielleicht hat Malcolm Margaret von ihrer seltsamen Begegnung überhaupt nichts erzählt. Vielleicht hat er seiner Frau den Vorfall verschwiegen. Wenn dem so ist, würde das die ganze Sache nicht noch verdächtiger machen?, fragt eine leise Stimme in ihrem Kopf.

«Meine Mutter hat mir immer gesagt, ich darf die Stirn nicht so in Falten ziehen.» Eine tiefe Stimme direkt hinter ihr reißt Rachel aus ihren Gedanken. Sie dreht sich um und entdeckt Edward an der Kaffeemaschine, eine leere Tasse in der Hand. «Unsere furchtlose Führerin hat dich offenbar ins Visier genommen. Ist alles okay bei dir?»

«Olivia Easton kehrt heute in die Schule zurück.»

Edward zieht erstaunt eine Augenbraue hoch. «Jetzt schon?»

Sie nickt.

«Wie mutig.»

«Genau dasselbe habe ich auch gesagt.»

Er bedient die Maschine, und ein Espresso läuft in seine Tasse. «Ich habe gehört, Ellie hatte gestern einen ziemlich heftigen Tag.» Er sieht sie mitfühlend an. «Wie geht es ihr?»

Rachel zuckt die Achseln. «Hier machen die Dinge ziemlich schnell die Runde.»

«Tut mir leid. Das lag an dem Streifenwagen. Es hat hier ziemlich für Wirbel gesorgt, dass sie Ellie einfach so mitgenommen haben. Das muss für euch beide ziemlich hart gewesen sein. Ich hoffe, meine kleine Geste war nicht übertrieben?» Er wartet kurz, dann sagt er: «Entschuldigung, das war vielleicht unangemessen.» Verlegen rückt er sich die Krawatte zurecht, trinkt einen Schluck Kaffee und sieht sie über den Rand seiner Tasse forschend an. «Ich wollte dir einfach nur eine kleine Freude machen.»

Endlich fällt bei Rachel der Groschen. «Oh! Die Blumen. Ich habe mich überhaupt nicht bedankt. Wie peinlich.» Voller Scham wird ihr klar, dass sie seine nette Aufmerksamkeit mit keinem Wort erwähnt hat. «Es war sehr nett von dir, an mich zu denken.» Sie registriert überrascht, dass er rot wird.

«Meine Floristenkünste lassen definitiv zu wünschen übrig.»

«Nein, sie sind wirklich schön. Was für eine Überraschung. Es tut mir leid, aber ich bin völlig durch den Wind.»

«Du siehst müde aus.»

Sie lächelt schief. «Vielen Dank.»

«Nein, ich wollte nicht ... du siehst gut aus. Du siehst immer gut aus.»

Voller Entsetzen stellt sie fest, dass ihr ebenfalls die Röte ins Gesicht steigt.

«Aber geht es euch gut?», fragt er weiter. «... ich meine nach gestern?»

Er ist wirklich sehr nett, sein Blick ist voller Mitgefühl, aber sie weiß nicht, was sie ihm erzählen soll. Sie will nicht über Ellie sprechen und schon gar nicht über die Einzelheiten, die ihre Tochter der Polizei gestern gestanden hat. Sie ist erschöpft und durcheinander und würde die ganze Sache am liebsten für ein paar Stunden komplett aus ihrem Kopf verbannen. Doch er sieht sie erwartungsvoll an. «Ich ... wir ... Ellie hat auf dem Kommissariat eine Aussage gemacht. Alles gut», fügt sie eilig hinzu. «Wie sich rausgestellt hat, war Ellie ebenfalls auf der Party am Steinbruch. Sie hatte uns angelogen.» Sie hebt die Hände. «Das ist natürlich nicht toll, aber die Hauptsache ist doch, dass sie jetzt das Richtige getan hat.»

«Geht es Ellie gut?»

«Ja. Ich glaube, mir wäre lieber, ich könnte das alles für ein paar Stunden einfach vergessen, falls das okay ist?» Sie deutet unauffällig zu den anderen hinüber. «Einfach nur den Kopf einziehen.»

«Klar.»

Er wirkt ein wenig verletzt, und als sie an die Blumen auf ihrem Schreibtisch denkt, an die zarten weißen Knospen, deren hauchdünne Blütenblätter sich eben zu öffnen beginnen, wird ihr klar, dass sie nicht sehr nett zu ihm ist. «Wie geht es dir?», fragt sie, um es wiedergutzumachen. «Auf dem Campus herrscht eine so seltsame Atmosphäre.» Sie sieht sich um. «Überall Angst und Misstrauen. Kommst du damit klar?»

Er zuckt die Achseln. «Für mich ist am wichtigsten, die Schüler zu unterstützen. Ich habe den Eindruck, die Mädchen sind besonders verstört.»

«Bei mir standen vorhin zwei Siebtklässlerinnen vor der Tür. Denen schlotterten die Knie vor Angst. Ich hoffe, dass es mir gelungen ist, sie ein bisschen zu beruhigen, aber ...» Sie zuckt die Achseln. «Ich weiß es nicht.»

«Wo du das gerade erwähnst, gut, dass ich dir über den Weg gelaufen bin», sagt Edward. «Mir ist da eine Idee gekommen. Ein Projekt, mit dem wir die Schüler vielleicht unterstützen könnten. Ich würde das gerne mit dir besprechen.»

Rachel nickt. «Wie schön. Wollen wir einen Termin vereinbaren?»

«Da fällt mir was Besseres ein. Komm doch heute Abend zu mir. Dann können wir reden. Ich koche uns was.»

Rachel sieht ihn an, ein seltsames, warmes Gefühl durchrieselt ihre Brust. Abendessen? Was wird das denn? Ist das ein Date? Die Komplikationen einer möglichen Romanze sind das Letzte, was sie im Augenblick brauchen kann, all die unausgesprochenen Regeln und Verunsicherungen. Edward sieht sie hoffnungsvoll an, und es fällt ihr schwer, klar zu denken. Er ist so nett. Er hat so schöne braune Augen. Ihr Gehirn ist viel zu müde.

«Ganz unkompliziert», sagt er schließlich. «Nur zwei Freunde, die zusammen eine Flasche Wein trinken. Ich rühre uns eine Schüssel Nudeln zusammen und erzähle dir von meiner Idee.» Er mustert sie besorgt. «Ich wette, du wurdest schon eine ganze Weile nicht mehr bekocht.»

«Zählt Toast mit Erdnussbutter auch?»

«Damit ist es beschlossene Sache», sagt er lachend. «Du brauchst einen Abend Pause. Sieben Uhr?»

«Ich weiß nicht …» Ellie wäre dann allein zu Hause, denkt sie, aber er gibt ihr nicht die Chance zu widersprechen, sondern drückt nur sanft ihren Arm, verspricht, ihr seine Adresse zu schicken, und schon steht Rachel wieder allein an der Kaffeemaschine, mit dem Gefühl, ein bisschen überrumpelt worden zu sein, und womöglich, stellt sie überrascht fest, auch ein winziges bisschen aufgeregt.

KAPITEL 28

Mittwoch, 13.00 Uhr

Der Mann sagt kein Wort Er sitzt zusammengesackt auf einem Stuhl, die Lippen zusammengepresst und stumm, den Kopf gebeugt, die strähnigen Haare vor dem Gesicht. Er bewegt sich kaum, gelegentlich ziept er mit geschwärzten Fingern an seiner wunden Nagelhaut herum und lässt die Hand dann den Arm hinaufgleiten, um an ein paar entzündeten Wunden zu kratzen. Er hat lange Striemen auf der Haut. Verursacht von etwas Spitzem ... wie Dornenranken ... oder Fingernägeln, wird Ben schaudernd klar. Gemessen an dem beißenden Gestank im Raum und dem Dreck auf seiner Haut, kann Ben nur vermuten, dass der Mann schon seit einer ganzen Weile im Wald schläft.

Sie haben seine Fingerabdrücke und eine DNA-Probe genommen, und inzwischen ist der Pflichtverteidiger eingetroffen, um dem Verdächtigen zur Seite zu stehen. Der Anwalt, ein schmaler Mann in grauem, abgetragenem Anzug, hat ihnen zähneknirschend die Erlaubnis erteilt, mit der Befragung fortzufahren. «Er spricht nicht. Nennt nicht mal seinen Namen. Ich gestatte Ihnen, ihn zu befragen, solange er ruhig bleibt. Aber beim ersten Anzeichen von Ärger», hatte er sie ermahnt, «werde ich zur Begutachtung medizinisches Fachpersonal hinzurufen.»

Ben hat die Führung übernommen, dem Mann seine Rechte verlesen und mit der Befragung begonnen. «Bitte nennen Sie fürs Protokoll Ihren vollständigen Namen und Ihr Geburtsdatum.»

Schweigen.

«Können Sie uns sagen, wo Sie sich am Abend des 31. Oktober aufgehalten haben?»

Schweigen.

«Was haben Sie in den Thorncombe-Höhlen gemacht?»

Schweigen.

«Campieren Sie im Wald?»

Nichts.

Er schiebt ein Foto des Schlafsacks aus der Höhle über den Tisch. «Können Sie uns bestätigen, dass es sich hierbei um Ihren Besitz handelt?»

Noch immer nichts.

«Kennen Sie dieses Mädchen?» Ben schiebt dem Mann ein Foto von Sarah Lawson hinüber, aber er hebt nicht einmal den Kopf.

«Wie ist dieses Mobiltelefon in Ihren Besitz geraten?»

Auch das dritte Foto schaut der Mann sich nicht an, das Bild der auf dem Höhlenboden verstreuten Splitter des roségoldenen iPhones.

Ben probiert es mit einer anderen Taktik. «Ich habe Verständnis dafür, dass Sie von Ihrem Recht zu schweigen Gebrauch machen, aber dies ist die Gelegenheit, uns Ihre Version der Geschichte zu erzählen. Wenn Sie weiterhin schweigen, wird man vor Gericht vielleicht eigene Schlüsse daraus ziehen, weshalb Sie sich weigern zu reden.»

Ben wartet ab. Der Mann schweigt. So geht es immer weiter, eine Runde nach der anderen, ein wahres Fragenkarussell, das bei ihrem Verdächtigen nicht mal einen Funken Interesse weckt. Genauso gut könnte Ben mit einer Wand sprechen.

Entnervt wirft er die Arme hoch und greift mit großer Geste zu seinem Telefon, um auf die Uhr zu sehen. Eine Stunde schon, und sie sind noch keinen Schritt weiter. Seufzend legt er das Telefon auf den Tisch und greift zu seinem Wasserbecher. In dem Moment kommt Bewegung in den Mann. Er hebt den Kopf und beäugt mit tränenden Augen durch den Vorhang aus strähnigen Haaren Bens Telefon.

Es ist, als hätte er einen elektrischen Schlag erhalten. Sein Körper wird steif, er fängt an, auf seinem Stuhl vor und zurück zu schaukeln, hebt die Fäuste und schlägt sie sich immer wieder gegen den Kopf. «Bestrafen. Bestrafen. Bestrafen», schreit er im Takt der Schläge.

Der Pflichtverteidiger weicht erschrocken zurück. «Ich glaube, wir beenden das Verhör an dieser Stelle.»

Mist. Ben weiß genau, wie das läuft. Jetzt wird der Anzugträger jeden Moment ein medizinisches Gutachten fordern, sie verlieren den Typen ans Gesundheitssystem, und das Geständnis, das sie brauchen, gleitet ihnen durch die Finger. Er wirft Khan einen verzweifelten Blick zu. Es kann nicht sein, dass er hier der Einzige ist, der die Bedeutung dieses plötzlichen Ausbruchs erkennt. Khan nickt ihm unauffällig zu.

Den Plastikbecher noch immer in der Hand, beugt Ben sich vor. «Sagen Sie, ist sie das erste Mädchen, das Sie ermordet haben, oder gibt es da draußen noch andere?»

«Chase!», sagt Khan mit warnendem Unterton, aber Bens Frage hat offensichtlich wie ein Pfeil ins Schwarze getroffen.

Der Verdächtige lässt die Arme sinken, und Ben entdeckt an seinem Oberarm erschreckende Narben, in die weiche Haut der Innenseite ist das Wort «BESTRAFEN» geritzt. Narbengewebe, wie von einer stumpfen Klinge verursacht.

Der Mann gibt ein tiefes Stöhnen von sich. Im Raum herrscht angespannte Stille. «Ich wollte ihr nicht wehtun», flüstert er mit rauer Stimme. «Ich will da nicht wieder hin.» Er hebt den Kopf und sieht Ben zum ersten Mal direkt an. «Ich will da nicht wieder hin.»

Beim Anblick der tränenden, blutunterlaufenen, aber gleichzeitig irritierend blauen Augen taucht in Bens Bewusstsein völlig unerwartet eine Erinnerung auf und rutscht an ihren Platz wie ein Schlüssel in ein verrostetes Schloss. Ben muss zweimal hinsehen.

Er ist schmerzhaft mager inzwischen, die Haare sind viel länger, und er ist so dreckverkrustet, dass es Ben schwerfällt, ihn mit dem Mann in Einklang zu bringen, den er zum letzten Mal in einem Gerichtssaal gesehen hat, damals in einem schlecht sitzenden braunen Anzug, die dunklen Haare fast bis auf den Schädel rasiert. Doch diese Augen kennt er - dieses Gesicht. Er würde diese Augen überall wiedererkennen. Sie haben sich vor fünf Jahren in sein Gedächtnis gebrannt, als er auf der letzten Bank im Gerichtssaal saß und dabei zusah, wie der Richter diesen Mann für einen anderen Todesfall verurteilte.

Bens Faust ballt sich um den Plastikbecher, zerknüllt ihn, Wasser spritzt über den Tisch. Khan fährt zurück. «Chase! Was zum -»

Der Anwalt, der sowieso schon in Alarmbereitschaft war, schreit auf, als Ben mit lautem Knarzen seinen Stuhl zurückschiebt. An seinen Schläfen pocht es wie wild, beide Hände sind zu Fäusten geballt. Er will über den Tisch springen, er will den Kerl packen, jeder Muskel, jede Sehne seines Körpers bebt vor Zorn.

«Chase?», sagt Khan warnend.

Ben braucht jeden Funken Selbstbeherrschung, über den

er verfügt, um den Drang zu bekämpfen, seinem Gegenüber an die Gurgel zu gehen. Stattdessen macht er auf dem Absatz kehrt und verlässt den Verhörraum.

«Fürs Protokoll, es ist 14:17 Uhr, und DS Ben Chase verlässt den Verhörraum», sagt Khan, ehe die Tür ins Schloss knallt.

Draußen auf dem Flur geht Ben mit großen Schritten auf und ab und fasst sich unter den Hemdkragen. Kurze Zeit später ist Khan bei ihm. «Was zum Teufel ist da eben passiert?», fragt er.

Ben spürt, wie all die unterdrückte Wut und Trauer in ihm aufsteigen wie eine Flutwelle, drohen, ihn mitzureißen und zurück in den Raum zu spülen, wo er, das weiß er, etwas sehr Unüberlegtes tun würde. Er schüttelt heftig den Kopf, um den Gedanken zu vertreiben. «Ich kann da nicht wieder rein.»

«Warum nicht?»

«Weil ich den Mann kenne. Das ist der Kerl, der meine Schwester totgefahren hat.»

KAPITEL 29

Mittwoch, 14.00 Uhr

Olivia Easton erscheint um kurz nach zwei. Sie klopft leise an die Tür und sieht sich nervös um, dann nimmt sie in dem angebotenen Sessel Platz. «Ich dachte, wir setzen uns an den Kamin», sagt Rachel. «In diesen alten Kästen zieht es immer so unangenehm. Am Feuer ist es gemütlicher.»

Es ist nicht das erste Mal, dass Rachel einer trauernden Schülerin beisteht. Sie hatte im Laufe ihrer Karriere mit Schülern zu tun, die mit allen möglichen Formen von Verlust konfrontiert waren. Scheidung. Krankheit. Der Tod eines Familienmitglieds. Doch das heute hat eine andere Qualität. Rachel sitzt Olivia gegenüber, mustert das gequälte Gesicht und die stocksteife Haltung. Sie wäre die Erste, die, würde man sie fragen, zugeben würde, dass die Situation sie entmutigt, vielleicht sogar ein wenig überfordert. Eine Jugendliche dabei zu unterstützen, die eine geliebte Angehörige betrauert, ist das eine, aber eine Schülerin durch die Nachwirkungen eines Gewaltverbrechens zu begleiten, ist etwas völlig anderes. Die Landschaft, in der sie sich gemeinsam zurechtfinden müssen, ist unvertraut und komplex, außerdem sieht Olivia nicht gerade froh aus, hier bei ihr zu sitzen. Das macht die Sache nicht leichter. Viel eher sieht sie aus, als würde sie am liebsten zwischen den Sesselkissen verschwinden.

Rachel räuspert sich. «Ich weiß, dass dieses Treffen nicht

deine Idee war, Olivia. Mrs Crowe war der Meinung, es wäre gut, dass wir gemeinsam überlegen, wie die Schule dich unterstützen kann, und uns ein bisschen unterhalten. Meinst du, das wäre hilfreich?»

Olivia hält den Blick gesenkt. Sie trägt die Haare zu einem ordentlichen Pferdeschwanz gebunden, nur ein paar lose Strähnen umrahmen ihr hübsches Gesicht, aber wer weiß, wonach er suchen muss, sieht unschwer die Anzeichen für ihr großes Leid. Rachel erkennt es in den abgekauten Fingernägeln, den dunklen Schatten unter den Augen, dem rastlos tippenden Fuß auf dem Parkett.

«Wir müssen über nichts sprechen, worüber du nicht reden willst», fährt Rachel fort. «Ich möchte, dass du diesen Raum als sicheren Ort begreifst, wann immer du ihn brauchst.»

Olivia schürzt die Lippen. Rachel wartet ab, doch das Mädchen bleibt stumm. Nur das beständige Tippen ihrer Ferse auf dem Boden ist zu hören. Rachel beschließt den Rückzug in etwas sicherere Gefilde. «Wie geht es dir mit deiner Rückkehr an die Schule?»

Das Mädchen zuckt die Achseln. «Keine Ahnung.»

«Ich kann mir vorstellen, dass das in dir einige Gefühle auslöst.»

Olivia wendet den Blick zum Fenster. Draußen ist es grau und trübe. Im Kamin knistert ein Holzscheit. Rachel fragt sich wieder, ob Mr Easton und Margaret Crowe womöglich die falsche Entscheidung getroffen haben, ob es für Olivia zu früh ist, zurückzukehren. Das Mädchen steht eindeutig noch immer unter Schock. Aber nach einer langen Weile antwortet Olivia doch noch.

«Ich glaube, ich bin innen taub. Aber lieber bin ich hier, als weiter zu Hause rumzusitzen.»

«Wie ist es zu Hause für dich?»

Olivia dreht sich zurück und erwidert Rachels Blick. «Einsam. Erstickend.»

Rachel nickt, sagt aber nichts, um ihr Raum für weitere Worte zu geben.

«Diana weint die ganze Zeit. Dad sperrt sich in seinem Arbeitszimmer ein und ist gestresst wegen dem Neubaugebiet und den Protesten dagegen. Mum tut … na ja … was Mum eben tut. Und Sarahs Zimmer ist einfach nur da. Genau so, wie sie's verlassen hat. Manchmal gehe ich zu ihr rüber, um mich zu vergewissern, dass es real ist.» Sie beißt sich auf die Lippe. «Dass sie wirklich weg ist.»

Olivias Einsamkeit ist beinahe mit Händen greifbar. Sie hängt wie ein dünner Schleier über dem Mädchen. Dann der Kommentar über ihre Mutter. Rachel nimmt sich vor, später darauf zurückzukommen. «Hoffst du, dass die Schule dich ablenken kann?»

Olivia zieht die Augenbrauen zusammen. «Vielleicht. Ich meine, wahrscheinlich eher nicht. Es spielt keine Rolle, wo ich bin, oder? Sarah ist trotzdem … weg. Und meine Gefühle, tja …» Sie tastet nach dem Anhänger um ihren Hals. «Sind nun mal ein Teil von mir.» Sie schließt die Augen und presst die Kiefer aufeinander. Ihre Lippen beben. «Das Schlimmste ist, dass der Mensch, dem ich mich am nächsten gefühlt habe, die einzige Person auf der Welt, mit der ich wirklich reden konnte, einfach … *verschwunden ist.*» Olivia treten die Tränen in die Augen.

«Du vermisst sie.»

Olivia reißt den Kopf hoch und schaut sie für den Bruchteil einer Sekunde verständnislos an, doch dann wird ihr Blick weich. «Ich erwarte ständig, sie zu sehen. Sie lachen zu hören. Dass sie jeden Moment in mein Zimmer gestürmt kommt und mir sagt, dass alles nur ein schrecklicher Witz war.» Olivia schluckt. «Aber es ist kein Witz, und nichts, was ich tue, bringt sie wieder zurück.»

«Ich weiß, wie nahe ihr beide euch gestanden habt.» Rachel legt eine Pause ein. Sie sieht Olivia an, dass sie mit den Tränen kämpft. «Was geht gerade in dir vor, Olivia?»

Das Mädchen schüttelt den Kopf.

«Es ist okay, Olivia. Ich bin nicht hier, um über dich zu urteilen. Ich bin hier, um dir zuzuhören. Und um zu helfen, wenn ich kann.»

Olivia lässt den Herzanhänger los und verbirgt die Hände in den Ärmeln ihres Schulblazers. Dann stößt sie einen langen Seufzer aus. «Ich kann nicht mit Ihnen reden. Ich kann mit niemandem reden. Es ist zu schwer.»

«Du hast gesagt, der Mensch, dem du dich am nächsten gefühlt hast, wäre verschwunden. Was würdest du zu Sarah sagen, wenn du jetzt mit ihr sprechen könntest?»

Olivia starrt Rachel stumm an und schüttelt den Kopf.

Das ist zu viel, denkt Rachel. Zieh dich zurück. Das Mädchen steht direkt am Abgrund, kann sich kaum noch aufrecht halten. «Jemanden zu verlieren, den wir lieben, kann sich grausam und unfair anfühlen. Unsere Trauer äußert sich auf vielerlei Weise. In Form von Beklemmung oder Angst. Wut. Schuld. Es kann sich anfühlen, als wäre uns alles genommen worden, was uns je das Gefühl gab, glücklich, sicher und zufrieden zu sein.»

Olivia schaudert sichtlich, und Rachel fragt sich, ob sie mit ihren Worten ein wenig näher an sie herangekommen ist.

«Genau so fühle ich mich», sagt Olivia. «Mein Leben ist plötzlich wie in zwei Hälften gerissen. Da ist das Vorher, als ich dachte, ich hätte alles verstanden, dachte, ich wüsste, welchen Weg die Dinge nehmen würden. Und jetzt lebe ich plötzlich im Danach. Sarah ist tot, und alles ist weg. Es ist, als wäre alles, was in meinem Leben gut war, mit ihr gestorben.»

«Das muss hart sein. Desorientierend.»

«Als gäbe es eine Version von mir auf der einen Seite dieser Nacht. Und eine völlig andere Person, jetzt hier auf dieser Seite. Ich will nur, dass alles wieder so ist, wie es vorher war.»

Sie lässt den Kopf hängen. «Wie ich dachte, dass es war.» Sie zuckt die Achseln. «Ich habe keine Ahnung mehr, wer ich sein soll ... was ich machen soll.»

«Möchtest du mir ein bisschen von Sarah erzählen?»

Olivia atmet langsam aus. «Ich hasse es, Einzelkind zu sein. Meine Eltern sind ... beschäftigt. Abgelenkt. Es ist schwierig.»

«Ich möchte dich was fragen. Das bleibt absolut hier im Raum, keine Sorge. Deine Mutter», sagt Rachel behutsam. «Steht ihr beide euch nahe?»

Olivia zuckt die Achseln. «Eigentlich nicht. Es ist schwer, jemandem nahezukommen, der meistens nicht wirklich anwesend ist.»

Rachel beugt sich behutsam vor. «Was genau meinst du damit?»

«Früher war sie ein absoluter Wirbelwind. Sie war ständig unterwegs – mit Freundinnen, mit den Pferden, auf Turnieren, hat Partys geschmissen. Dad nannte sie immer seine ‹Geheimwaffe›, seinen ‹geselligen Schmetterling›. Aber nach dem Sturz hat sie sich völlig verändert.»

«Der Sturz?»

«Sie nahm an den Badminton Horse Trials teil. Eines unserer Pferde hat sie abgeworfen.» Olivia hebt den Blick und sieht Rachel an. «Sie wurde schwer verletzt und lag wochenlang im Krankenhaus. Seitdem nimmt sie Tabletten ... gegen die Schmerzen und so. Die beamen sie total weg ... helfen ihr zu schlafen.» Olivia seufzt. «Vielleicht sollte ich die auch mal ausprobieren.»

Rachel runzelt die Stirn. «Davon würde ich dir abraten. Was ist mit deinem Dad? Kannst du mit ihm sprechen?»

«Früher schon. Bei Dad stand schon immer die Arbeit im Mittelpunkt, aber in letzter Zeit ist es richtig krass geworden. Er denkt an nichts anderes mehr als an sein Neubauprojekt. Er sitzt da jetzt schon seit Monaten dran, und gerade, als er dachte, er hätte alles in trockenen Tüchern, macht ihm eine Horde lokaler Demonstranten neue Probleme. Ich weiß, dass er wegen Sarah am Boden zerstört ist, aber offensichtlich hat er nur Kapazitäten für eine Sache auf einmal. Er verbarrikadiert sich hinter Bauplänen und Telefonaten in seinem Arbeitszimmer.» In Olivias Augen blitzt Wut auf. «Diese Leute binden seine ganze Aufmerksamkeit, und das jetzt, wo wir ihn so dringend brauchen. Wo *ich* ihn brauche», fügt sie leise hinzu.

Das, was Olivia ihr eben erzählt hat, bringt Rachel zu der Frage, ob es nicht noch einen anderen Grund gibt, weshalb Mr Easton so vehement dafür war, seine Tochter schon jetzt wieder zurück in die Schule zu schicken.

«Das klingt, als wäre es bei dir zu Hause sehr einsam.»

«Ja. War es. Ist es.»

«Ohne Sarah bestimmt noch mehr, könnte ich mir vorstellen.»

Olivia nickt. «Ich habe hart dafür gekämpft, dass Sarah zurück nach England kommt und bei uns lebt. Sie hat die internationale Schule in Dubai gehasst. Sie hatte sich nach dem Tod ihres Vaters mit einer Clique krasser Zicken verkracht, und ich wollte, dass sie zu uns kommt. Es war ein Volltreffer. Mit Sarah unter einem Dach zu leben, war genau so, wie ich mir das Leben mit einer Schwester immer vorgestellt habe. Ich hab mich nicht mehr so allein gefühlt.»

Rachel nickt nur zustimmend. Olivia fängt endlich an zu reden, und sie möchte sie nicht unterbrechen.

«Es war der Hammer. Sarah war eine echte Naturgewalt, verstehen Sie? Voller Ideen. Total enthusiastisch. Als Sarah bei uns eingezogen ist, wurde das Leben plötzlich viel spannender.» Sie bringt ein verzagtes Lächeln zustande. «Ich ... ich war ganz anders, wenn sie bei mir war.»

«Inwiefern anders?»

«Selbstbewusster, glaube ich. Ich hatte endlich jemanden, dem ich Dinge erzählen konnte. Sie hat mich dazu gebracht, mutiger zu sein. Auch mal ein Risiko einzugehen. Mir zu holen, was ich wollte. Es war schön, wen zu haben, bei dem ich meine Probleme abladen konnte. Sie war immer da. Hatte immer ein offenes Ohr für mich ... wir haben über alles geredet. Die Schule. Jungs. Meine Eltern.» Olivias Gesicht verfinstert sich. «Und jetzt ... und jetzt ist mir all das einfach genommen worden. Und jetzt ...» Sie verstummt abrupt, hebt den Blick und starrt Rachel beschwörend an. «Und jetzt ist sie ... tot.» Olivias Unterlippe beginnt wieder zu zittern, in ihren Augen schwimmen Tränen. Die Trauer hängt beinahe greifbar im Zimmer. «Ich bin so wütend auf sie», flüstert Olivia mit rauer Stimme.

Rachel kann ihr die Fassungslosigkeit und den Schmerz deutlich ansehen. All das sind ganz normale Trauerreaktionen. Solange noch niemand identifiziert wurde, der die Schuld an Sarahs Tod trägt, ist es verständlich, dass Olivias Wut sich gegen die Person richtet, der sie vertraut hat, die immer für sie da sein sollte, die sie verlassen hat. «Es war nicht Sarahs Schuld, und es war auch ganz bestimmt nicht deine Schuld, Olivia.»

Olivia schüttelt den Kopf.

«Wut ist ein normaler Bestandteil von Trauer.»

«Ich war mit ihr auf der Party und ich ... ich bin so sauer geworden. Ich hab ihr gesagt, dass wir gehen müssen. Sie hat nicht auf mich gehört und ich ... ich ...» Olivias Stimme bricht. Sie senkt den Blick. «Ich hab sie dort allein gelassen.» Sie schließt die Augen. «Es ist meine Schuld.»

Rachel beugt sich zu ihr vor. «Weißt du noch, was du mir eben über Sarah erzählt hast?» Olivia reagiert nicht, und sie fährt fort: «Du hast gesagt, Sarah war eine Naturgewalt. Hat sie sich oft zu Dingen überreden lassen, die sie nicht wollte?» Ihre Stimme ist sanft.

Olivia schüttelt den Kopf, die Augen immer noch geschlossen. «Nein.»

«Hast du sie an dem Abend gebeten, mit dir zu kommen? Hast du sie daran erinnert, wann ihr zu Hause sein solltet?»

Olivia nickt.

«Hast du Sarah dazu gezwungen, irgendetwas zu tun, das sie nicht wollte?»

Olivia schüttelt den Kopf. «Sarah hatte das Sagen.»

«Manchmal passieren schreckliche Dinge – Dinge, die sich unserer Kontrolle entziehen. Das ist schwer zu akzeptieren, aber ich möchte, dass du an unser Gespräch denkst, wenn du dich mit diesen überwältigenden Gefühlen auseinandersetzt. Es ist normal, dass wir uns in gewisser Weise verantwortlich fühlen, uns fragen, was wir hätten anders machen können, dass wir wütend werden und Schuldgefühle entwickeln; aber manchmal müssen wir akzeptieren, dass guten Menschen schlimme Dinge zustoßen. So schwer es ist, unsere Aufgabe ist dann, uns mit dem Selbstmitgefühl und der Fürsorge zu begegnen, die unsere Liebsten uns garantiert gewünscht hätten.»

Olivia sinkt in ihrem Lehnsessel zusammen. Ihre Hände liegen wieder an ihrer Kehle, und die Finger reiben sanft über das halbe Herz an ihrer Kette. Als sie schließlich wieder die Augen öffnet, erkennt Rachel enttäuscht, dass sie Olivia offenbar nicht erreicht hat.

«Das hat doch alles gar keinen Sinn mehr. Ich mache dieses Jahr meinen Abschluss» – sie sieht Rachel achselzuckend an – «na und? Die Zukunft ist mir völlig egal. Es fühlt sich nicht an, als gäbe es eine. Nicht für mich. Nicht mehr.»

Rachel gefällt nicht, welche Richtung Olivias Gedanken nehmen. «Hast du jemanden, mit dem du reden kannst?»

Olivia stehen wieder die Tränen in den Augen.

«Enge Freundinnen oder Freunde?», fragt Rachel. «Einen festen Freund, vielleicht?» Olivia verzieht das Gesicht, und Rachel spürt, dass sie einen Nerv getroffen hat. «Was ist passiert?»

«Er war nicht der Mensch, für den ich ihn gehalten habe.» Sie presst die Lippen zusammen.

«Ist Sarahs Tod der Grund? Es gibt Menschen, die können mit Trauer nicht umgehen. Sie haben Angst, es noch schlimmer zu machen, und ziehen sich zurück.»

Olivia schüttelt den Kopf. «Ich will nicht über ihn sprechen.»

Die Qualen der ersten Liebe, denkt Rachel. Olivia tut ihr leid. Unwillkürlich muss sie an Ellie denken und an deren Isolation. «Ich bin mir sicher, es gibt unter den Schülerinnen und Schülern viele, die gern für dich da wären. Wir denken oft, alle anderen hätten ihr Leben im Griff, aber das stimmt meistens nicht. Was, glaubst du, würde Sarah jetzt zu dir sagen? Was würde sie für dich wollen?»

Olivia durchfährt ein Schaudern. «Ich habe Albträume. Ich sehe sie im Wald. Allein am Turm.»

Rachel hätte sich für den Fehlgriff treten mögen, dafür, dass sie ein beängstigendes Bild ausgelöst hat. Ellies Albträume fallen ihr ein, wie sie ihre Tochter neulich im Bett vorgefunden hatte, verwirrt, erschüttert, schweißnass. Bei Olivia war es bestimmt genauso. Die Kids haben alle Angst. Angst, dass da draußen ein durchgeknallter Mörder frei herumläuft. «Mir ist klar, wie beängstigend die Situation ist, Olivia, aber die Polizei tut alles, was sie kann. Es dauert sicher nicht mehr lange, bis es in dem Fall einen Durchbruch gibt.» Olivia reißt den Kopf hoch, und Rachel erschrickt. Das hätte sie nicht sagen dürfen. «Was ich damit sagen will - die Ermittler tun alles, was in ihrer Macht steht, um die Person, die das getan hat, zu finden. Ich hoffe, das weißt du. Ich möchte außerdem, dass du weißt, dass meine Tür dir jederzeit offen steht.»

Rachel sieht zu, wie Olivia sich mühsam aus dem Sessel erhebt und fast apathisch zur Tür geht. Sie wirkt so niedergeschlagen, so allein. Die Vorstellung, wie sie in ein riesengroßes, leeres Haus mit zwei Eltern zurückkehrt, die kaum Notiz von ihr nehmen, bricht Rachel fast das Herz. Sie wünschte, sie könnte noch mehr für sie tun. «Olivia?», ruft sie und winkt sie noch einmal zu sich. Rachel geht an den Schreibtisch und kritzelt etwas auf einen Notizblock, reißt das Blatt ab und gibt es ihr. «Das tue ich normalerweise nicht. Hier hast du meine Handynummer. Wenn du merkst, dass dir alles zu viel wird, dass du keinen Ausweg mehr siehst, dann ruf mich bitte an.»

Olivia lächelt verzagt und lässt den Blick über Rachels überladenen Schreibtisch gleiten. «Hübsch», sagt sie und reckt das Kinn.

Rachel dreht sich um und sieht, was Olivia meint: die weißen Rosen und die Karte, die noch immer an der Vase lehnt.

«Sie waren mit dem Detective verheiratet, oder? Der, der bei uns zu Hause war. DS Chase?» Sie schluckt. «Scheint nett zu sein.»

Rachel nickt. «Wir haben uns getrennt.» Sie sagt es möglichst beiläufig und hofft, dass Olivia jetzt keine Details aus den Ermittlungen von ihr möchte, aber die Neugier des Mädchens hat sich bereits wieder den Blumen zugewandt.

Mist, denkt Rachel. Edwards Karte mit seiner künstlerischen Unterschrift steht direkt vor ihrer Nase. Erst Malcolm. Jetzt Olivia. Bis zum Abendbrot hat das Gerücht garantiert in der ganzen Schule die Runde gemacht. «Nimm», sagt sie und wedelt mit dem Zettel, um Olivias Aufmerksamkeit auf sich zu lenken. «Ruf mich an, wenn du etwas brauchst. Wir sind alle für dich da.»

Olivia steckt die Nummer in die Jackentasche. «Nicht alle», sagt sie und hat wieder Tränen in den Augen. «Der Mensch, den ich jetzt am dringendsten bräuchte, nicht.» Sie wendet sich zum Gehen, dann zögert sie. «Ist er gut in seinem Job?»

Rachel sieht sie verständnislos an, bis ihr klar wird, dass Olivia von Ben spricht, nicht von Edward. «Sehr. Wenn ich eines über meinen Exmann sagen kann, dann, dass er ein absolut hartnäckiger Mensch und ein guter Polizist ist. Ich weiß, dass er alles dafür tut, dass nicht noch etwas passiert.»

Olivia nickt, aber sie wirkt skeptisch. «Glauben *Sie*, dass es ihm gelingen wird, den Mörder zu finden?»

Rachel nickt. «Vorher wird er nicht aufgeben.»

Sie hofft, dass sie Olivia mit ihrer Überzeugung erreicht hat, dass sie bei dem Mädchen etwas bewirken konnte, doch als Olivia das Zimmer verlässt, sieht sie die Angst auf ihrem Gesicht, und sie weiß, dass ihr Gespräch kaum an der Oberfläche ihrer Gefühle gekratzt hat. Rachel hat sich noch nie in ihrem Leben so unfähig gefühlt.

KAPITEL 30

Mittwoch, 15.45 Uhr

Irgendetwas im Haus fühlt sich komisch an. Ellie sitzt am Küchentisch, versucht, die verlorene Zeit aufzuholen, sich auf die komplizierteren Details ihrer Arbeit zu konzentrieren, aber der Pinsel will ihr nicht gehorchen. Jeder Strich fühlt sich bemüht an, jeder Farbtupfer fehl am Platz. Ihre Schultern sind verspannt, und sie schaut immer wieder rüber zum Fenster. Draußen dämmert es schon wieder. Der graue Tag passt zu ihrer Stimmung. Finster. Schwer. Bedrückt. Hinter dem verwilderten Garten ragen die Bäume auf, nackte Äste bewegen sich im Wind, und mit einem stummen Stöhnen lösen sich die letzten Blätter und treiben davon. Ellie hat das Gefühl, die Mauern des Hauses würden immer näher rücken, die bewaldeten Hügel sie umzingeln. Die Luft, die sie einatmet, ist schwer und erstickend.

Sie hat letzte Nacht schon wieder schlecht geschlafen. Hat von Sarah geträumt. Sie stand am Fußende ihres Betts, Blut lief ihr über das Gesicht bis hinunter zu den Händen – Hände, die sie nach Ellie ausstreckte, erst flehend, dann tastend. Sie zerrte an der Decke und kroch über das Bett auf sie zu.

Ellie ist schweißgebadet und in ihr Bettzeug verheddert aufgewacht, und jetzt kann sie den ganzen Tag an nichts anderes denken als an Sarah, an den Abend im Wald und was sie dafür geben würde, die Zeit zurückzudrehen und alles anders zu machen.

Dieses verdammte Ouija-Brett. Sie wünschte, sie hätte gar nicht erst zugesehen, wie das Glas über Sauls improvisiertes Brett gerutscht ist. Alle haben behauptet, Sarah hätte es geschoben, aber was, wenn nicht? Was, wenn im Wald tatsächlich ein böser Geist gelauert hat? Der Geist eines ermordeten Mädchens. Ganz und gar unmöglich ist es nicht, oder? Haben Geschichten, die sich so hartnäckig halten, nicht immer einen wahren Kern?

Ein Geräusch vor dem Haus lässt sie hochfahren, ein scharfes Knacken, als wäre ein trockener Ast zerbrochen. Ellie geht ans Fenster, aber es ist nichts zu sehen, nur die Bäume, die sich im heftigen Wind bewegen, und Blätter, die über den kleinen, ungepflegten Rasen wehen. Es sieht nach Regen aus. Sie späht rüber zum Wald. Die Bäume stehen irgendwie näher als sonst. Gott, wahrscheinlich verliert sie gerade den Verstand.

Sie setzt sich zurück an den Tisch, greift zum Telefon und öffnet eine Suchmaschine.

Funktionieren Ouija-Bretter wirklich?

Beweise für Leben nach dem Tod

Sind Geister echt?

Erste Anzeichen für Wahnsinn

Sie scrollt durch die Ergebnisse, findet nichts Tröstliches, gibt auf und surft auf den Kanälen mit Reels und Posts der Aktivist*innen, denen sie folgt, Bilder von Jungs, die sich mit Sekundenkleber auf Autobahnen festkleben, und maskierten Frauen, die ein kostbares Gemälde in Paris mit Farbe bespritzen. Sie weiß, wie radikal das ist. Polarisierend. Sie weiß, was ihre Eltern davon halten, kennt ihre Sorgen. Aber ist nicht genau das der Punkt? Die Welt schlittert unaufhaltsam einer irreversiblen ökologischen Katastrophe entgegen, und niemand schaut hin. Sie *müssen* extrem handeln. Wenn sie diesen Kampf verlieren, ist es vorbei. Klein anfangen, lokal agieren. So lautet der Rat auf den Accounts, denen Ellie folgt. Den Wandel in der eigenen Kommune vorantreiben.

Wieder hört sie draußen ein Geräusch, diesmal näher. Sie späht hinaus und sieht gerade noch, wie etwas am Fenster vorbeigleitet. Etwas Weißes, Unscharfes, schwebend, wie eine Feder im Wind. Ellie schaudert. Dann piept ihr Telefon, und noch ehe sie hinschaut, weiß sie, wer es ist. sally@imwald.

Wie hast du dich gefühlt, an dem Abend im Wald?

Blut an deinen Händen.

Hast du dich gut gefühlt?

Hast du dich stark gefühlt?

Ellie schluckt, und ein beängstigender Gedanke steigt in ihr auf, während sie die Punkte auf dem Bildschirm beobachtet. Wer auch immer ihr schreibt, weiß von dem Streit mit Sarah. Was nicht möglich ist. Die einzigen Menschen, die davon wissen, sind ihre Eltern und die Polizei ... und Sarah, natürlich.

Du zerstörst gern Dinge, stimmt's?

Ich auch. Dein Pech.

Ellie läuft es eiskalt den Rücken hinunter. *Blut an deinen Händen.*

Wer auch immer Samstagnacht noch da oben am Turm gewesen ist, hat sie beobachtet. Abgewartet. Wer immer da gestanden und gesehen hat, wie Ellie und Sarah sich prügelten, hat darauf gewartet, dass sie geht.

Ellie steht auf und fängt hektisch an, durchs Haus zu laufen. Sie zieht sämtliche Vorhänge zu und macht unten alle Lichter aus. Wer auch immer da draußen ist, wer auch immer Sarah wehgetan hat, hat offensichtlich nun sie im Blick.

KAPITEL 31

Mittwoch, 19.30 Uhr

Wäre es nicht schon zu spät, würde Rachel absagen. Die Vorstellung von einer Badewanne, einem Glas Wein und einer Familientafel Schokolade auf dem Sofa ist sehr viel verlockender, als noch mal in den ungemütlichen Abend rauszumüssen. Doch weil sie nun mal so höflich und gewissenhaft ist, wie sie ist, fährt sie stattdessen durch Wind und Regen durch Thorncombe und folgt der blauen Linie auf ihrem Navi zu einer Adresse am anderen Ende der Stadt.

Als sie von der Arbeit kam, war Ellie oben in ihrem Zimmer. Die Haustür war zugeschlossen und sämtliche Vorhänge vorgezogen, auf dem Küchentisch lagen ein paar Pinsel und Stifte verstreut, aber Ellie selbst hatte sich verzogen und wollte offensichtlich nicht runterkommen, um zu reden. Als Rachel kurz bei ihr reinschaute, um Bescheid zu sagen, dass sie noch mal aus dem Haus ging, hatte Ellie auf dem Fußboden in ihrem Zimmer gekauert, inmitten eines Chaos aus Farben und Papier, das Telefon in der Hand. «Kannst du nicht anklopfen?», hatte sie gefaucht und sich den Bildschirm schützend an die Brust gedrückt.

«Entschuldige. Ich hab gerufen. Du hast nicht reagiert. Ich wollte noch mal weg, aber wenn es dir lieber ist, dass ich heute Abend zu Hause bleibe, sage ich ab.»

Ellie sah zögerlich aus, und eine Sekunde lang hatte

Rachel damit gerechnet, sie würde sie bitten dazubleiben. «Geh», sagte sie schließlich. «Mir geht's gut.»

«Ganz sicher?» Sie war zu ihr hinübergegangen, hatte ihr die Haare aus dem Gesicht gestrichen und sich zu ihr runtergebeugt, um ihr einen Kuss auf die Stirn zu geben, als wäre Ellie ein kleines Mädchen. So hatte sie es früher oft gemacht, und sie war ein bisschen erstaunt, weil Ellie nicht sofort zurückzuckte, sondern sich an sie lehnte, ein leichter, warmer Druck gegen ihren Oberschenkel. Die letzten vierundzwanzig Stunden hatten sie beide verletzlicher gemacht. Rachel hatten die Ereignisse jedenfalls daran erinnert, dass Ellie immer ihr kleines Mädchen bleiben würde, egal, was passierte. «Ich sperr die Haustür wieder ab, ja?»

Daraufhin hatte Ellie entnervt die Augen verdreht. Der Moment der Verbundenheit hatte sich bereits wieder in Luft aufgelöst.

Der Wagen wird von heftigen Böen durchgerüttelt, und ein Schwall Herbstlaub landet auf der Windschutzscheibe, als Rachel sich einen Weg durch tiefe Pfützen und Schlaglöcher bahnt, eine abgelegene Straße entlang zu dem mysteriös klingenden «Krähennest», dessen Adresse Edward ihr geschickt hatte. Sie hat sich betont schlicht angezogen, Jeans und einen alten Kaschmirpullover, und bis auf frisch gebürstete Haare und einen Hauch Lippenstift keinerlei Aufwand betrieben. Sie will den Abend auf keinen Fall als Date betrachten. Sie sind nur zwei Kollegen, die sich auf einen Happen zu essen treffen, um über die Schule zu sprechen. Andererseits ist Edward nett, und sie kann ein bisschen Nettigkeit im Augenblick weiß Gott brauchen.

Unterwegs fragt sie sich, was sie geantwortet hätte, wenn Ellie gefragt hätte, wohin sie geht. Sie hätte ihr natürlich die Wahrheit gesagt, auch wenn das gar nicht gut angekommen wäre. In Ellies Augen wäre der Umstand, dass ihre Mutter sich ausgerechnet mit ihrem Lieblingslehrer «verbündet», nur ein weiteres Beispiel dafür, wie Rachel sämtliche Grenzen niedertrampelt. Denn dass Rachel in Folly View selbst Freundschaften schließen könnte, ist natürlich unvorstellbar. Ellies Meinung nach ist alles, was Rachel tut, nur darauf ausgerichtet, ihre Tochter bloßzustellen oder zu nerven. Typische Teenager-Egozentrik.

Die Straße wird zunehmend schmaler und mündet in einer Reihe Haarnadelkurven. Das Gebüsch zu beiden Seiten wird immer dichter, und gerade, als Rachel beginnt, sich zu fragen, ob sie irgendwo falsch abgebogen ist, taucht vor ihr im Dunkeln ein hohes, schmales Gebäude auf. Die beiden beleuchteten Bogenfenster im Erdgeschoss sehen aus wie Augen. Rachel versucht, durch die hektisch winkenden Scheibenwischer etwas zu erkennen, und stellt fest, dass das windschiefe Haus durchaus Charme hat, es wirkt irgendwie nach Gothic Chic, mit bleiverglasten Fenstern und einem ungewöhnlich spitzen Erkerturm, der im zweiten Stock aus der Fassade vorspringt. Der Anblick dieses verwunschenen Hauses ausgerechnet an einem so windgepeitschten, regnerischen Abend erweckt in Rachel sofort Erinnerungen an fantastische Märchen und kichernde Hexen auf Besenstielen.

Sie parkt auf der Straße vor dem Haus und eilt geduckt zwischen ein paar gespenstisch weißen Hängebirken den unkrautüberwucherten Weg hinauf. Aus der Nähe bemerkt sie hinter den Fenstern des Erkerzimmers einen schwachen Lichtschein. Sie streicht sich über die feuchten Haare und fragt sich, ob Edward sich womöglich gerade dort oben aufhält und ob er die altmodische Zugklingel überhaupt hört.

Nach einer ziemlich langen Weile taucht hinter dem Riffelglas der Haustür eine schemenhafte Gestalt auf. «Perfektes Timing», sagt er beim Öffnen und winkt sie lächelnd herein. «Was für ein Abend. Komm erst mal aus dem Regen raus.»

Das Äußere des Hauses legt einen Ort nahe, an dem die Zeit stehengeblieben ist, mit uralten Möbeln und mottenzerfressen Teppichen. Rachel rechnet mit einer Ausstattung im Stile der Adams-Family, aber sie liegt weit daneben. Als Edward ihr den Mantel abnimmt, erhascht sie einen Blick in ein Zimmer mit abgeschliffenen Dielen, knisterndem Kaminfeuer und einem niedrigen, kunstvoll abgewetzten Vintage-Ledersofa. «Wow!», sagt sie. «Du hast es aber schön hier.»

«Danke sehr.» Edward trägt olivgrüne Hosen und ein beigefarbenes Leinenhemd. Die Farbe betont seine hellbraun getupften Augen. Sie registriert, dass er sie ebenfalls mustert, wenn auch subtil, und zupft verlegen an ihrem abgetragenen Pullover herum. Plötzlich wäre ihr lieber, sie hätte sich ein bisschen mehr Mühe gegeben.

«Komm, wir gehen in die Küche», sagt er. «Da ist es wärmer, ich habe den alten Herd angeschürt. Ich habe schon eine Flasche aufgemacht. Ist rot okay?»

Rachel nickt. «Aber nur einen Schluck. Danke.»

Sie folgt ihm in den hinteren Bereich des Hauses und betritt eine schicke Küche mit beeindruckendem Küchenofen. Vor zwei Terrassentüren, die ihre blassen Spiegelbilder zurückwerfen, steht langgestreckt ein großer, antiker Esstisch aus Walnussholz. Auf dem Tisch flackert neben einer Schale mit Äpfeln und einer Flasche Wein eine einzelne Kerze. Vom Herd steigt ihr der Duft von Rosmarin und Knoblauch in die Nase. Die Atmosphäre in der Küche ist intim und gemütlich. Edward schenkt zwei Gläser Wein ein. «Schön, dass du gekommen bist», sagt er. «Ich habe gern Gesellschaft.»

«Schön, hier zu sein», antwortet sie und registriert erstaunt, dass es stimmt. Nach dem Dauerstress, der klaustrophobischen Atmosphäre auf dem Campus, der Enge im Cottage, Ellies Lügen und Bens emotionalen Tretminen, fühlt Edwards Haus sich an wie ein stilles, ruhiges Refugium. Der richtige Ort für eine Verschnaufpause von dem Chaos der letzten Tage. Die Chance, einfach nur sie selbst zu sein, Rachel, nicht Schulpsychologin, Mutter oder Exfrau.

Sie prosten sich zu, er sieht sie über den Rand seines Glases hinweg an, bis Rachel den Blick senkt und hastig einen Schluck trinkt. Sie hat Angst, dass er mitbekommt, wie nervös sie ist, und stellt erschrocken fest, dass ihr Herz rast. Wie dämlich, sagt sie sich. Es ist nur ein Abendessen unter Kollegen. «Wie lange lebst du schon hier?», fragt sie, um die plötzlich sehr intensive Stille zu brechen.

«Einige Jahre. Als meine Mutter starb, habe ich das Haus geerbt.»

«Das mit deiner Mutter tut mir leid.» Sie bemerkt die Farbspritzer an seinen Händen. «Hast du gearbeitet?», fragt sie und deutet mit dem Kinn auf seine Finger.

«Ich war oben, als du gekommen bist. Ich hab die Zeit aus den Augen verloren. Das Zeug lässt sich schwer wieder abkriegen.»

Erst jetzt bemerkt sie die gerahmten Landschaftsbilder, die hinter ihm an der Wand hängen, gesprenkelte Bäume und sturmgepeitschte Täler, stimmungsvolle, atmosphärische Szenen in Öl. «Sind die von dir?», fragt sie mit einer Geste.

Er nickt ein bisschen verlegen. «Alle. Mum war ein Fan von mir. Ich weiß, dass sie nicht jeden Geschmack treffen.»

«Mir gefallen sie», sagt Rachel und tritt näher, um die Bilder zu betrachten. «Düster. Erinnern mich an Thomas Hardy.»

«Landschaften haben mich schon immer inspiriert. Bäume. Täler. Moore. Weiter Himmel. Ich bin gern zu Fuß in der Natur unterwegs. Ich finde, es hilft, den Kopf frei zu kriegen», sagt er, während er den Tisch deckt. Rachel geht weiter zum nächsten Bild. Es ist anders als die anderen. Das Portrait eines vertrauten Gesichts. Er sieht etwas jünger aus, die olivfarbene Haut um die braunen Augen ist glatt und faltenfrei, aber es ist eindeutig Edward.

«Ehe du mich für einen völligen Narzissten hältst», sagt er, als er ihren Blick bemerkt, «das habe ich meiner Mutter zum Geburtstag gemalt. Sie hat um ein Selbstbildnis gebeten. Eigentlich will ich es schon lange abnehmen, aber dann sehe ich jedes Mal ihr missbilligendes Gesicht vor mir», fügt er lächelnd hinzu.

«Nicht abnehmen. Es ist toll.» Rachel kann die einzelnen Pinselstriche sehen, die subtilen Schatten auf dem Gesicht, die haselbraunen Tupfen in den dunklen Augen. Fuchsaugen, denkt sie. «Es ist wirklich beeindruckend. Ich habe das Gefühl, direkt in dich hineinzusehen.»

Er tritt näher und betrachtet über ihre Schulter hinweg das Bild. Seine Nähe verursacht ihr Gänsehaut. «Ich bin mir nicht sicher, dass meine Mutter so was wie das im Sinn hatte. Sie sagte immer, ich würde ‹verstört› aussehen.»

«Definitiv nachdenklich.» Sie sieht es nicht sofort, und als sie es entdeckt, ist sie überrascht, dass es ihr nicht gleich aufgefallen ist – im Bildhintergrund lauert ein dunkler Umriss. Sie fragt sich, ob es sein Schatten sein soll, aber als sie noch einmal Edwards Gesichtsausdruck studiert, den Blick seiner Augen, ist ihr die Bedeutung glasklar. Genau diesen Blick hat sie auch schon bei einem anderen Mann gesehen. «Du bist in Trauer», sagt sie und zeigt auf den Schatten.

Er nickt. «Du bist der erste Mensch, der das erkennt. Es versteht. Das Bild entstand ein paar Monate nach dem Tod meines Vaters. Unsere Beziehung war ... kompliziert. Er war manchmal kein einfacher Mensch.»

Rachel kann den Blick nicht von Edwards gequältem Gesichtsausdruck lösen. «Ich weiß nicht, wie ich mir deine Kunst vorgestellt habe», sagt sie, «jedenfalls nicht so. Sie hat etwas Düsteres an sich.»

Er nickt. «Wir haben alle eine Tendenz zur Düsternis in uns, findest du nicht?» Er zögert. «Ich glaube, das ist es, was ich in meiner Arbeit erforschen möchte. Es gibt kein Licht ohne Schatten.»

«Wie wahr. Woran arbeitest du im Moment?»

«Ellie hat dir doch bestimmt von dem Thema des Mixed-Media-Moduls in diesem Halbjahr erzählt?»

Rachel ist es peinlich, zugeben zu müssen, dass sie keine Ahnung hat, woran Ellie gerade arbeitet, weil inzwischen alles an Kommunikation, was über ein Knurren oder Augenverdrehen hinausgeht, einem Wunder gleichkommt. «Ein bisschen», lügt sie. «Sie kann ab und zu ziemlich verschlossen sein.»

«Ellies Klasse gestaltet Kunstwerke, die von der örtlichen Umgebung inspiriert sind. Ich habe mich ebenfalls davon inspirieren lassen. Ich verwende verschiedene Elemente aus der Gegend, um sie in meiner Arbeit zu erforschen. Mir gefällt die Vorstellung, die Geschichten, die in einer Gegend zu Hause sind, künstlerisch zu interpretieren. Ich meine Geschichten, die mit dem Ort und den Menschen verwoben sind und die von Generation zu Generation weitergegeben werden.»

Rachel lässt den Blick über die Bilder an der Wand schweifen. «Ellie hat gesagt, du hättest Talent.»

«Tatsächlich?»

«Ja, du hast bei eurem ersten Informationsgespräch zum Thema Stipendium bei ihr ziemlich großen Eindruck hinterlassen.»

«Ich fühle mich geschmeichelt.»

«Zu Recht», sagt sie. «Sie befindet sich in einer Phase, wo es viel leichter ist, sich zynisch zu allem zu äußern, als sich anmerken zu lassen, wie beeindruckt man ist.»

Edward sieht sie stirnrunzelnd an. «So schätze ich Ellie ganz und gar nicht ein. Auf mich wirkt sie offen und sehr engagiert. Ich habe schon öfter erlebt, dass sie für die Themen, die sie interessieren, förmlich brennt. Ungerechtigkeit. Klimawandel. Kunst. Selbstausdruck. Ich habe in der Klasse schon so manche hitzige Debatte moderiert.»

Rachel seufzt. «Wahrscheinlich will sie mir diese Seite von sich einfach nicht mehr zeigen. Seit ihr Vater und ich uns getrennt haben, schließt sie mich von einem Großteil ihres Lebens aus. Ich glaube, das ist meine Strafe dafür, dass die Ehe gescheitert ist.»

«Oder aber, es liegt schlicht daran, dass du ihre Mutter bist und sie eine Teenagerin und dass ihr die Erkenntnis wehtut, dass es im Leben nicht immer zugeht wie im Märchen. Die Erkenntnis, dass wir es nicht verhindern können, dass schreckliche Dinge passieren, auch wenn wir uns das noch so sehr wünschen. Ich glaube, die gesamte Schülerschaft hat diese Woche sehr damit zu tun, dieser harten Wahrheit ins Gesicht zu sehen.»

Rachel nickt. «Definitiv.»

Als sie sich zu ihm umdreht, stellt sie fest, dass er inzwischen noch dichter hinter ihr steht, so nah, dass sie, wenn sie wollte, die Hand ausstrecken und den leicht schiefen Hemdkragen geraderücken könnte, so nah, dass sie mit dem Zeigefinger den geschwungenen Bogen seiner Lippen nachfahren könnte. Bei der Vorstellung läuft ihr ein Schauer über den Rücken. Rachel räuspert sich. «Es ist sicher gar nicht so leicht, als Fachbereichsleiter noch Zeit zum Malen zu finden, oder?», fragt sie, um die Atmosphäre etwas aufzulockern.

«Ich versuche, für meine Arbeit die Abende zu reservieren. Mein Atelier ist meine Zuflucht.»

Sie erinnert sich an den Lichtschein im zweiten Stock des Hauses. «Das Turmzimmer?»

Edward nickt. «Das Licht da oben ist unglaublich, sogar bei schlechtem Wetter.»

«Das würde ich zu gerne sehen. Es sieht schon von außen sehr interessant aus.»

Sein Lächeln versiegt. «Tut mir leid, aber da oben herrscht das totale Chaos, überall halbfertige Leinwände. Sobald die Bilder fertig sind, zeige ich dir gerne alles.» Er zieht eine Augenbraue hoch. «Du bekommst eine Privatführung.»

Obwohl sie die Anspielung durchaus gehört hat, übertönt das nicht sein klares «Nein», und Rachel ist es peinlich, zu weit gegangen zu sein. *Natürlich* würde er ihr seine unfertigen Arbeiten nicht zeigen. Warum sollte er in dieser Beziehung anders sein als Ellie?

In dem Moment klingelt der Küchenwecker, und Edward macht sich am Herd zu schaffen, gießt Nudeln ab, holt eine Auflaufform aus dem Ofen, mischt breite Tagliatelle mit

Lammragout, füllt zwei Teller und garniert das Ganze mit frisch gehackter Petersilie.

Rachel setzt sich. «Künstler und Koch? Ich bin beeindruckt. Das duftet köstlich», sagt Rachel und prostet ihm zu.

«Danke sehr.»

«Du wolltest etwas mit mir besprechen», sagt sie, als ihr plötzlich der Grund für dieses Abendessen wieder einfällt. Sofort hat sie wieder Olivia Eastons gequältes Gesicht vor Augen. «Ich habe nicht das Gefühl, den Kids mit meiner Arbeit in den letzten Tagen irgendwie geholfen zu haben.»

«Sei nicht so streng mit dir. Ich sehe doch, wie sich die Schüler dir gegenüber verhalten. Du hast großes Talent, eine Verbindung zu ihnen herzustellen, sie aus sich selbst herauszulocken.»

«Dasselbe könnte ich über dich sagen», erwidert Rachel. «Die Kids umschwärmen dich auf dem Campus in Scharen. Du hast einen richtigen Groupie-Fanclub», frotzelt sie.

Er runzelt die Stirn, ein Schatten zieht über sein Gesicht, und Rachel fürchtet plötzlich, er könnte ihr Kompliment als anzüglich missverstanden haben. Eilig fügt sie hinzu: «Ich meinte nicht ... ich wollte nur sagen, dass du bei den Schülern beliebt bist. Du kannst gut mit ihnen.»

Edward wirkt sichtlich erleichtert. «Ich dachte schon, du würdest andeuten wollen ...» Er lächelt verhalten. «Ich habe immer mal wieder mit verliebten Teenagern zu tun, aber da passe ich sehr auf.»

«Davon bin ich überzeugt.» Sie schämt sich fast für die versehentliche Andeutung.

«Ich glaube, im Grunde tun wir beide dasselbe. Das Geheimnis lautet, die Schüler wie junge Erwachsene zu behandeln. Auf Augenhöhe. Ihnen zuzuhören. Ihnen ein paar Freiheiten zu lassen. Mir ist bewusst, dass Margaret das anders sieht, aber ich sehe kein Problem darin, wenn die Röcke ein paar Zentimeter kürzer sind oder die Kids bei der Arbeit im Atelier ihre Kopfhörer tragen. Bei dir ist es genauso, da bin ich mir sicher. Für das, was wir tun, gibt es keine vorgefertigten Schablonen. Man muss auf das Individuum eingehen, mit dem man es zu tun hat. Den Kindern die Möglichkeit geben, authentisch zu sein, ganz sie selbst.»

«Ja, das stimmt.» Rachel schwenkt ihr Glas, und der dunkelrote, schwere Wein legt sich als dünner Film an die Seiten. «Also gut. Erzähl mir von deiner Idee, die Kinder zu unterstützen.»

«Gerne. Wir könnten einen gemeinsamen Workshop anbieten, den Schülern der Oberstufe einen Raum zur Verfügung stellen, in dem sie ihre Erinnerungen an Sarah miteinander teilen können. Ein sicherer Ort, um zu reden, zu schreiben, zu malen. Sich auszudrücken und das Geschehene zu verarbeiten.»

Rachel nickt. Sie denkt an Ellies blockierte Emotionen und Olivias verstörtes Gesicht. «Das ist eine gute Idee. Ich mache mir nämlich Sorgen, dass einige von ihnen das Trauma in sich hineinfressen.»

«Genau.» Edward beugt sich vor. «Mir war klar, dass du verstehst, worum es mir geht.»

«Wir müssten dabei allerdings sehr bedacht vorgehen», gibt sie zu bedenken. «Wir brauchen Margarets Zustimmung und müssen über den richtigen Zeitpunkt nachdenken.» Sie wickelt ein paar Nudeln auf die Gabel. «Hast du schon gehört, dass die Polizei jemanden verhaftet hat?»

Edward sieht sie erstaunt an.

«Das hat Ben mir heute Morgen erzählt. Sie haben einen Mann gefasst.»

Er lehnt sich erleichtert zurück. «Gott sei Dank. Ich habe mich schon gefragt, ob du wohl Insiderinformationen bekommst.» Er zögert kurz. «Wie läuft es mit Ben?», fragt er schließlich.

«Gut. Die Trennung ist für uns alle nicht einfach, aber ich glaube trotzdem, dass es die richtige Entscheidung war. Es lief schon eine ganze Weile nicht mehr gut zwischen uns. Bei ihm entwickeln die Dinge sich weiter. Seine Freundin bekommt ein Kind», fügt sie ein bisschen zu lebhaft hinzu.

«Oh. Das muss ...» Er schüttelt den Kopf. «Entschuldige, ich hätte nicht fragen sollen. Das war wohl reine Neugier. Ich stelle es mir hart vor, mit jemandem von der Polizei zusammen zu sein. Heißt es nicht immer, die wären alle mit ihrem Job verheiratet?»

Rachel nickt. «So in der Art. Ich bin jedenfalls sehr froh, dass sie wen verhaftet haben», sagt sie, um das Gespräch von ihrer gescheiterten Ehe wegzulenken. «Ich hoffe, das wirkt dem Misstrauen und der Angst entgegen, die sich hier in den letzten Tagen aufgebaut haben. Dieses Gefühl, dass alle irgendwie verdächtig sind.»

«Klingt, als hättest du deine eigenen Überlegungen dazu angestellt.»

Rachel dreht den Stiel des Weinglases zwischen den Fingern. «Jetzt kommt es mir ziemlich albern vor ...»

Verschwörerisch beugt er sich wieder vor. «Erzähl.»

«Ich bin mir nicht sicher, ob ich es sagen sollte. Ich möchte keine Gerüchte streuen ...» Sie verstummt.

«Um wen geht es?»

Sie sieht ihn an. «Um Malcolm.»

Edward holt amüsiert Luft. «Malcolm Crowe? Margarets Mann?»

Sie nickt. «Ja, ich weiß, es klingt völlig verrückt.»

«Wow. Zugegeben, er ist ein schräger Kauz, und wie er immer durch die Gegend schleicht, so steif und aufrecht wie ein missbilligender viktorianischer Großvater, aber ... im Ernst? Malcolm? Hast du was Handfestes?»

«Eigentlich nicht. Ich hab ihn gestern spätabends in meinem Büro erwischt. Die Begegnung war ziemlich seltsam.» Sie lacht. «Ich glaube, meine Fantasie ist mit mir durchgegangen.» Sie beschließt, die offene Akte auf ihrem Schreibtisch nicht zu erwähnen. «Außerdem», sagt sie nachdenklich, «habe ich ihn am Morgen nach Sarahs Tod gesehen. Er stand bei sich zu Hause oben am Fenster und starrte hinüber in den Wald. Fast, als ...» Rachel schaudert. «Und dann ist da noch die Tatsache, dass er hinkt», fügt sie mit hochgezogener Augenbraue hinzu.

«Er sagte, er wäre die Stufen hinuntergestolpert.»

«Weißt du noch, was er Montagmorgen bei der Versammlung zu uns gesagt hat? Diese seltsame Bemerkung über Kinder, die nachts im Wald rumspazieren. Ich habe mich die ganze Zeit gefragt, woher er zu dem Zeitpunkt schon wusste, dass die Kids Halloween im Wald gewesen sind. Wir waren doch noch gar nicht sicher, ob es sich um eine unserer Schülerinnen handelte.»

«Eine Vermutung, vielleicht? Das Jagdhaus steht direkt vorne am Tor. Ihm entgeht garantiert nie, wer kommt und wer geht. Er ist nicht dumm.»

«Siehst du? Ich mit meiner überbordenden Fantasie würde eine schöne Miss Marple abgeben.» Rachel grinst. «Armer Malcolm. Das ist üble Nachrede. Versprich mir, dass du niemandem erzählst, was ich gedacht habe.»

Edward steht auf und macht sich an den Tellern zu schaffen. «Komm, wir setzen uns nach nebenan ans Feuer. Da ist es gemütlicher.»

Edward besteht darauf, den Tisch allein abzuräumen, und sie geht mit ihrem Weinglas hinüber ins Wohnzimmer. Die Vorhänge sind noch geöffnet, und das Feuer im Ofen ist zu einem dunkelroten Glimmen runtergebrannt. Rachel wirft ein weiteres Holzscheit auf die Glut und stochert mit dem Schürhaken darin herum, bis das Holz Feuer fängt. Sie dreht sich zurück zum Raum und keucht erschrocken auf. An die regennasse Fensterscheibe presst sich verschwommen etwas Blasses, Rundes, ein Gesicht, und verschwindet, sobald sie es sieht, in der Dunkelheit.

«Was ist los?» Edward steht mit dem Glas in der Hand an der Tür.

«Ich ... ich dachte, ich hätte was gesehen.» Sie schüttelt den Kopf. «Am Fenster.»

Edward sieht sie ratlos an. «Was? Wen denn?»

«Ich weiß es nicht. Da war ein Gesicht, nur den Bruchteil einer Sekunde lang ...» Sie verstummt. «Keine Ahnung.»

Edward geht ans Fenster und späht nach draußen in die Dunkelheit. «Bist du dir sicher?»

«Nein.» Sie lacht verlegen. «Vielleicht nur eine Katze auf dem Fensterbrett. Hast du eine Katze?»

«Eine Katze?» Er schüttelt den Kopf. «Weder Katze noch Hund.» Edward sieht wieder nach draußen. «Ich sehe niemanden.»

«Vielleicht war es nur mein Spiegelbild.»

Mit Schwung zieht er die Vorhänge zu. «Egal. Was immer du gesehen hast, jetzt ist es jedenfalls weg.» Er setzt sich auf das Ledersofa und macht eine einladende Geste.

Rachel macht es sich neben ihm bequem. «Das ganze Gerede von Malcolm. Ich habe mich offensichtlich selbst ganz kirre gemacht.» Sie schüttelt den Kopf. «Heute Vormittag war ich plötzlich fest davon überzeugt, jemand hätte versucht, mich mit dem Auto zu überfahren», sagt sie ihm und lacht verlegen.

«Mit dem Auto?»

Sie nickt. «Es war ziemlich bedrohlich in dem Moment, aber dann ist mir aufgegangen, dass es Mr Easton gewesen sein könnte. Margaret hat erwähnt, er wäre bei ihr gewesen, um über Olivias Rückkehr in den Unterricht zu sprechen. Vielleicht war er einfach in Gedanken, hatte es eilig und hat mich nicht gesehen? Er hat zurzeit ziemlich viel um die Ohren.» Sie runzelt die Stirn, weil sie selbst an ihrer Interpretation zweifelt. Es ist alles so verworren, so angespannt, sie weiß nicht mehr, was real ist und was Stress und Sorge verstärkt oder verfälscht haben.

Edward sieht sie besorgt an. «Wenn so was noch mal vorkommt ... egal was ... dann kommst du zu mir. Einverstanden?»

Das Licht im Wohnzimmer ist gedämpft, um sie herum ist alles in tiefe Schatten getaucht, und im Kamin knistert das Feuer. Die Intensität in Edwards dunklen Augen erinnert sie an sein Selbstportrait in der Küche. Er sitzt ihr zugewandt, und die mit Farbsprenkeln übersäte Hand auf seinem Knie berührt ums Haar die ihre. Rachel stockt der Atem. Der Moment zieht sich in die Länge. Sie fragt sich, ob er sie küssen wird, fragt sich, ob sie das möchte. Sie stellt sich vor, wie sie nach seiner Hand greift und sie einladend zu sich zieht. «Ich werde ... vielleicht sollte ich ...» Ihr versagt die Stimme. Sie deutet in Richtung Tür. «Kann ich bitte kurz dein Bad benutzen?»

Er nickt. «Im ersten Stock. Die letzte Tür rechts. Ich mache uns etwas Musik.»

Ihre Hände zittern immer noch, als sie die knarzende Treppe nach oben geht und dabei fest den polierten Handlauf umfasst. Am Ende der Treppe befindet sich ein breiter Absatz, und ein dunkelroter Läufer verliert sich in der Dunkelheit des Flurs. Eine Serie Sturmlandschaften - stürmische Meere und windgepeitschte Moore - ziert die holzvertäfelten Wände. Sie bleibt zögernd stehen, hat schon wieder vergessen, was er gesagt hatte. Die letzte Tür war es. Sie geht durch den Flur bis ganz nach hinten und öffnet die Tür.

Doch dahinter verbirgt sich kein Bad, sondern eine Wendeltreppe, die sich ins Dunkle hinaufwindet. Das muss der Zugang zu dem Turmzimmer sein, das sie von der Straße aus gesehen hatte. Edwards Atelier.

Rachel bemerkt ihren Fehler, schließt eilig die Tür, versucht eine andere direkt hinter sich und findet beim zweiten Anlauf das Bad. Sie wirft einen Blick in den altersfleckigen Spiegel über dem Waschbecken und erschrickt. Verschmierter Lippenstift. Vom Wein gerötete Wangen. Große, kugelrunde Augen. Sie legt sich die Hand aufs Herz und ist sich sicher, dass das Pochen durch die Rippen hindurch zu spüren ist. Was tut sie hier? Hegt Edward irgendwelche Gefühle für sie? Und falls ja, wie geht es ihr damit? Ist sie schon wieder bereit für eine Beziehung? Verwechselt sie die Angst und Einsamkeit der letzten Tage mit Romantik? Hat die ganze Situation in ihr womöglich einfach die Sehnsucht geweckt, jemand anderem nahe zu sein? Oder ist es eine Gegenreaktion auf die Neuigkeit von Bens Baby? Könnte sie mit einer lockeren Affäre umgehen ... oder sogar mit einer Beziehung? Wäre es klug, sich mit einem Kollegen einzulassen? Sie wirft sich einen ernsten Blick zu. *Du bist erwachsen,* sagt sie sich streng. *Benimm dich auch so.*

Zurück im Flur, dringt von unten leise Musik herauf und Geräusche aus der Küche: das Klappern von Töpfen und fließendes Wasser. Sie zögert. Wie magisch wird ihr Blick von der Tür zum Atelier angezogen. *Er hat voll das große Talent,* echot Ellies Bewunderung in ihren Ohren. Scheiß drauf, denkt sie, ermutigt vom Wein und von den aufgewühlten Gefühlen in ihr. Nur mal gucken. Das tut doch keinem weh.

Ein zweites Mal schwingt die Tür zum Atelier auf, und Rachel tastet an der Wand nach dem Lichtschalter. Plötzlich wird es gleißend hell. Vor ihr windet sich die Wendeltreppe nach oben, und der Geruch nach Staub, Öl und Terpentin weht ihr entgegen, um sie zu begrüßen. Rachel schaut sich verstohlen um und steigt die Treppe ins Turmzimmer hinauf.

Zuerst sieht sie nichts als Bäume. Dutzende Bäume, wie ein dichter Wald, der sich auf unzähligen Leinwänden kreuz und quer durch den Raum zieht. Sie entdeckt verrenkte Äste, dunkle, rissige Rinde, wuchernden Efeu und dazwischen immer wieder steil herabfallende Lichtstreifen. Rachel fühlt sich augenblicklich an ihre frühmorgendlichen Waldläufe in den Hügeln oben über der Schule erinnert. Die impressionistischen Bilder sind über das runde Zimmer verteilt und hüllen den Raum regelrecht ein.

In der Mitte steht eine mit einem Laken abgedeckte Staffelei, deren farbbespritzte Holzbeine unter dem Stoff herausragen. Daneben liegen auf einem überladenen Beistelltisch eine mit einer dicken grünen Farbschicht und braunen und beigen Tupfern überzogene Palette, flankiert von Farbdosen, einer leinenen Pinseltasche und einem silbern glänzenden Spachtel. In dem Zimmer herrschte eine seltsam dichte Atmosphäre, ein Gefühl von Präsenz, als hätte Edward gerade erst das Werkzeug hingelegt, die Staffelei abgedeckt und den Raum verlassen. Sie hat seine Hände vor Augen, die grünen und braunen Farbspritzer auf seiner Haut, Hände, die sie in ihrer Fantasie gerade noch berührt haben.

Von weit unten dringt ein Geräusch herauf. Etwas ist auf die Küchenfliesen gefallen. Sie hat noch einen Moment. Rachel ist sich bewusst, dass sie eine Grenze überschreitet, Edwards Privatsphäre verletzt, aber sie kann nicht anders, ihre Neugier und der Wunsch, diesen Mann da unten besser kennenzulernen, drängen ihre Hand zu dem Laken hin. Mit gespannter Erwartung hebt sie eine Ecke hoch.

Zuerst sieht das Bild aus wie eine weitere Waldstudie. Sie kann die Struktur von Rinde erkennen, grüne, leicht gekrümmte Blätter, die dabei sind, sich kupferbraun zu verfärben, alles in unheimliches Dämmerlicht getaucht. Sie hebt das Tuch weiter nach oben und lässt den Blick über die riesige Leinwand schweifen. Plötzlich entdeckt sie ein erschreckendes neues Detail. Zwischen den Bäumen ist undeutlich eine verschwommene Gestalt zu erkennen - ein Mädchen - mit wehendem weißen Kleid, die goldblonden Haare in fließender Bewegung, wie ein im Wind wehendes Band.

Rachel muss schlucken. Sie tritt näher heran und sieht genauer hin. Das Gesicht des Mädchens ist verborgen, doch die Umrisse sind deutlich zu erkennen. Unter dem blütenreinen, hauchdünnen Kleid zeichnen sich lange, schlanke Beine ab, eine schmale Taille und der geschwungene Umriss einer Brust. Rachel spürt, wie sich ein Schaudern in ihr breitmacht. Unter dem Laken lugt etwas Glänzendes hervor. Sie hebt den Stoff noch ein Stück weiter an. Darunter kommt ein Foto zum Vorschein, ein Portrait, direkt neben die große Leinwand gepinnt. Ein Mädchen. Schlank und zierlich. Sie sitzt auf einem Hocker, in ebendiesem Zimmer. Sie hat den Körper der Kamera zugedreht, doch das zu Boden gerichtete Gesicht wird von langen, blonden Haaren verdeckt. Ihr dünnes, weißes Kleid sieht aus wie das von dem Mädchen auf dem Bild, der weite Ausschnitt enthüllt eine nackte, sonnengebräunte Schulter, und unter dem dünnen Stoff zeichnet sich die Kontur ihrer nackten Brust ab.

Rachel zieht das Tuch noch höher und entdeckt weitere Fotos. Ein schlanker Arm. Eine Wade. Ein blasser, geschwungener Nacken. Eine Hand auf einem Kinn, und ganz am Rand des Fotos von einem Lächeln umspielte Lippen. Lauter seltsame, intime, zergliederte Bilder eines Mädchenkörpers aus nächster Nähe.

Rachel steigt bittere Galle die Kehle hinauf. Das Atelier kommt ihr mit einem Mal beengt und stickig vor, es wirkt, als kämen die gekrümmten Wände näher. Rachel wendet sich von den Fotos ab und wieder dem Gemälde zu. Sie sieht das Laub auf dem Waldboden. Die mit Flechten bewachsene Rinde der Bäume. Und dann entdeckt sie auch das letzte Detail, das bis jetzt unter dem Tuch verborgen war: Am obersten Bildrand erhebt sich wie eine dunkle Nadel der hohe, schlanke Zierturm. Die Erkenntnis trifft Rachel wie ein Schlag in den Magen: Sarah war hier, in diesem Raum, bei Edward.

Die Theatergruppe. Hat er nicht behauptet, ihre Wege hätten sich dort gekreuzt? Er hat bei den Kulissen geholfen, hat Sarah als klug und talentiert beschrieben. Rachel dreht sich der Magen um. Hat er sie im Anschluss zu sich gelockt? Unter dem Vorwand der Arbeit an dem Theaterstück?

Auf einen Schlag sind sämtliche grausamen Details wieder da, die Rachel über den Mord an Sarah kennt. Das furchtbare Foto von dem Mädchen im weißen Kleid, am Fuß des Turms im Dreck. Sarahs blutüberströmter Körper, die gebrochenen Knochen. Sie hat keinen Zweifel daran, dass dieses Bild Sarah zeigt. Sarah in ihrem weißen Kleid. Sarah im Wald. Sarah, die in Richtung Turm rennt. Sarah, die auf ihren Tod zurennt.

Die Fotos – die an der Staffelei und das Bild, das Maxwell ihr in ihrem Büro gezeigt hat – vermischen sich vor ihren Augen, bis sie nichts anderes mehr sehen kann als weiße, leblose, mit schwarzer Schrift beschmierte Gliedmaßen.

Edward.

Edward, bei allen Schülern beliebt. Edward, Ellies Lieblingslehrer. Edward, der Mann, der ihr wunderschöne weiße Rosen auf den Tisch gestellt hat.

Auf ihren Tisch. Der Tisch, auf dem offen Sarahs Akte lag. Plötzlich fällt der Groschen. Wie dumm, wie dumm, wie dumm! Nicht Malcolm hatte in ihrem Büro in Sarahs vertraulicher Schülerakte gewühlt. Das war Edward. Vielleicht, um herauszufinden, ob Sarah sich bei ihr über diese unangebrachten Modellsitzungen zwischen Lehrer und Schülerin geäußert hat? Vielleicht auf der Suche nach einem Beweis, der ihn mit dem ermordeten Mädchen in Verbindung bringen könnte? Geht es ihm heute Abend in Wirklichkeit darum? Seine Fragen nach Ben. Die Freundschaftsanfrage auf Facebook, die persönlichen Nachrichten mit Fragen nach den Aussagen der Schüler. Auf einmal ist Rachel der Grund für sein plötzliches Interesse an ihr glasklar.

Ihr ist schwindlig vor Schreck. Instinktiv streckt sie die Hand aus, um sich an irgendwas festzuhalten, und erwischt den Beistelltisch. Sie stößt gegen den Metallspachtel, und er fällt scheppernd zu Boden.

Hektisch zerrt sie das Laken wieder über die Staffelei, stolpert die Wendeltreppe hinunter, knipst das Licht aus und zieht die Tür hinter sich zu. Mit pochendem Herzen schleicht sie sich im Dunkeln zurück zur Treppe.

«Alles okay da oben?»

Rachel erstarrt. Am Fuß der Treppe steht Edward, eine Hand auf dem Geländer, das Gesicht im Schatten.

«Ja - ja, alles gut.» Vorsichtig geht sie Stufe um Stufe hinunter und hält sich an dem Handlauf fest.

In der freien Hand hält Edward die Weinflasche. Der Anblick des schimmernden Glases, das Gewicht der Flasche, die blutrote Flüssigkeit darin, machen ihr plötzlich schreckliche Angst. Sie ist allein mit diesem Mann, in seinem Haus, mitten im Nirgendwo. Niemand weiß, wo sie ist. Nicht einmal Ellie.

«Ich ... ich habe gerade gemerkt, wie spät es ist.» Ihr Mund ist staubtrocken, die Worte bleiben ihr in der Kehle hängen wie Wattekügelchen. «Ich muss jetzt gehen.»

Sie ist schon fast an der untersten Stufe, aber Edward rührt sich nicht vom Fleck. Er versperrt ihr den Weg. «Bist du sicher?», fragt er und sieht sie forschend an. «Ich habe Ellie versprochen, nicht zu spät zurückzukommen.» Sie umklammert das Geländer und hofft, dass er ihre zitternden Hände nicht bemerkt. Sie lächelt gezwungen. «Tut mir leid, dass ich so stürmisch aufbreche. Danke für den ... schönen Abend.»

«Kann ich dich nicht mal mit einem Kaffee locken? Oder einer Tasse Kräutertee, falls das eher dein Ding ist?»

«Danke, aber ich möchte nicht, dass Ellie sich Sorgen macht. Sie wartet auf mich ...» Rachel weiß nicht, was sie noch sagen soll, und ist erleichtert, als er endlich beiseitetritt, die Weinflasche auf einer Truhe abstellt und den Weg frei gibt.

«Danke für das Abendessen.» Ihre Stimme klingt hohl und schrill. Eilig schlüpft sie in den Mantel, den er ihr hinhält, und greift nach ihrer Tasche. Sie will nur noch raus aus diesem Haus, aber sie zwingt sich, an der Haustür noch einmal stehen zu bleiben und sich umzudrehen. Der Wind fährt ihr in die Haare, zerrt an ihrem Mantel, drängt sie davon. Sie lächelt. «Bis morgen.»

Edward hat den Blick über ihren Kopf hinweg auf die Straße gerichtet. Seine Augen sind dunkel. Er nickt. «Ja. Bis morgen.» Jede Faser ihres Körpers schreit stumm Nein!, als er sich zu ihr beugt und seine Lippen ihre Wange streifen. Dann rennt sie über den Weg zur Gartenpforte, die Handtasche schlenkert gegen ihren Arm, sie flieht durch den Regen, sperrt das Auto auf und versucht mit zitternden Händen den Schlüssel ins Zündschloss zu stecken. Im Davonfahren wagt sie einen einzigen Blick zurück zu dem windschiefen Haus und zu Edward, der immer noch auf der Stufe vor der Haustür steht, eine dunkle Silhouette, beschienen vom Licht, das durch die Tür fällt, eine Hand zum Abschied erhoben.

Scheiße, Scheiße, Scheiße, Scheiße, murmelt Rachel vor sich hin, während das Auto durch tiefe Pfützen und Schlaglöcher poltert. *Einatmen. Ausatmen.* Erst am Ende der Straße verlangsamt sie, kommt auf einem Grasstreifen zum Stehen und wühlt in der Tasche hektisch nach ihrem Telefon. Sie hofft, dass sie Empfang hat. Bange schaut sie in den Rückspiegel auf die dunkle Straße hinter ihr. Sie rechnet fast damit, dass jeden Moment Scheinwerfer auftauchen oder eine dunkle Gestalt, die auf sie zuläuft, oder ein blasses Gesicht, das durch die Heckscheibe zu ihr reinstarrt. Rachel schaudert.

«Heb ab!», sagt sie drängend. «Heb doch bitte, bitte ab.»

Dann, endlich, ein Klicken in der Leitung.

«Hallo, dies ist der Anschluss von DS Ben Chase. Ich kann Ihren Anruf im Augenblick nicht persönlich entgegennehmen ...»

Scheiße. Nervös wartet sie auf den Piep. «Ben», sagt sie. «Es ist wichtig.» Sie verhaspelt sich fast. «Ruf mich zurück. *Bitte!*»

KAPITEL 32

Mittwoch, 22.00 Uhr

Ben schließt die Haustür, zieht Jacke und Schuhe aus und geht leise in die Küche, wo über der Kücheninsel eine einzelne Hängelampe leuchtet. Er will nur noch ein großes Glas Wasser trinken und dann sofort ins Bett, als unvermittelt Chrissies Stimme durch die geöffnete Wohnzimmertür dringt. «Wo bist du gewesen?»

Er späht in den fast dunklen Raum und entdeckt sie zusammengerollt an einem Ende des Sofas, eine Decke über den Beinen. Sie ist aufgeblieben, um auf ihn zu warten. Er fühlt sich noch mieser als sowieso schon. «Entschuldige. Ich dachte, du wärst schon im Bett.»

«Wo bist du gewesen?», fragt sie noch einmal. «Du hast den Termin verpasst.»

Ben erschrickt. Der Termin. Natürlich. Er hebt zerknirscht die Hände. «Es tut mir leid. Meine Schuld. Ich mache es wieder gut, versprochen, Chrissie.» Er räuspert sich. «Wir hatten einen Durchbruch in dem Fall. Etwas sehr Großes. Ich musste mich darum kümmern. Das sind gute Neuigkeiten», fügt er hinzu. Er fragt sich, warum sie nicht reagiert. «Wir konnten jemanden verhaften.» Er wartet. «Chrissie?»

«Ich dachte, du wärst von dem Fall abgezogen.» Ihre Stimme klingt tonlos.

«War ich auch. Bin ich. Das ist im Moment nicht ganz

klar. Wenn wir ein Geständnis kriegen, ist dieser ganze Albtraum vielleicht bald vorbei.»

Sie hebt den Kopf, doch es ist unmöglich, im Dunkeln aus ihrem blassen Gesicht etwas herauszulesen. Ben greift zum Lichtschalter. «Nein. Ich will kein Licht.» Ihre Stimme ist eiskalt.

«Chrissie, bitte. Es tut mir leid, dass ich den Ultraschall-Termin verpasst habe. Nächstes Mal komme ich mit. Versprochen.» In diesem Augenblick spürt er ein Surren. Das Telefon vibriert an seinem Hüftknochen. Vielleicht Khan, mit Neuigkeiten. Maxwell, die sich meldet. Er weiß, er sollte da jetzt nicht rangehen, er muss sich dringend darauf konzentrieren, Chrissie zu besänftigen, aber er kann nicht widerstehen, einen kurzen Blick zu riskieren, um zu sehen, wer anruft. Nicht Khan. Und auch nicht Maxwell. Es ist Rachel. Die muss warten. Er telefoniert in dieser Situation auf keinen Fall mit seiner Exfrau. Er schiebt das Telefon zurück in die Hosentasche und greift wieder zum Lichtschalter.

«Ich sagte Nein.»

Der Wechsel von Dunkelheit zu gleißendem Licht lässt sie beide zusammenzucken. Chrissie wendet sich ab, aber nicht schnell genug. Er hat ihre verweinten Augen und die verlaufene Wimperntusche gesehen. Der Anblick ihrer Verzweiflung verursacht ihm neue Schuldgefühle. «Chrissie, es tut mir leid. Mein Job nervt. Was soll ich denn noch dazu sagen?»

Er wartet, aber sie antwortet nicht, und plötzlich spürt er in sich einen Funken Groll aufflackern. Sie wusste von Anfang an, dass sein Job lange, manchmal komplett unsoziale Arbeitszeiten erfordert. Abgesehen davon ist dieser Fall absolut extrem. Er hat nichts mit der üblichen Routinearbeit zu tun. Sie müssen einen Mörder überführen. Ein einziger verpasster Termin ist doch kein Weltuntergang. Eine leise Stimme in seinem Hinterkopf flüstert, *so hat Rachel nie reagiert*, aber er verdrängt sie. Ihm ist klar, wie schlimm es ist, so einen Vergleich auch nur in Gedanken zuzulassen. «Ich hatte einen Höllentag, Liebling. Können wir bitte morgen früh darüber reden?»

«*Du* hattest einen Höllentag?», murmelt sie.

Irritiert geht er zum Sofa, setzt sich neben sie und legt ihr sanft die Hand auf die zugedeckten Beine. «Ich weiß, dass ich dich im Stich gelassen habe. Ich verspreche, mich zu ändern. Für dich und das Kind.»

Chrissie dreht sich weg und schluchzt leise auf.

«Chrissie, was ist los?»

Erschrocken sieht er, dass sie wieder angefangen hat zu weinen. Sie vergräbt das Gesicht in der Decke. Ihre Schultern beben. «Was ist passiert?»

«Du ... warst ... nicht da», sagt sie zwischen Schluchzern.

«Ich habe gesagt, dass es mir leidtut. Nächstes Mal bin ich mit dabei.»

«Nein. Bist du nicht.» Sie hebt den Kopf und sieht ihn aus rot geweinten Augen an. «Die Ärztin konnte keinen Herzschlag feststellen.»

Ben starrt sie an.

«Ich habe das Kind verloren.» Chrissies Stimme bricht. Sie schüttelt den Kopf, ihre Unterlippe bebt. «Sie sagte, die Schwangerschaft wäre ‹beendet›. Eine ‹verhaltene Fehlgeburt› hat sie es genannt.»

Ben atmet lange und langsam aus. In seiner Brust sackt etwas in sich zusammen. Ein Vogel, der zu Boden stürzt. Ein Stein, der in einem tiefen See versinkt. «Oh, Chrissie.» Er greift nach ihrer Hand, doch Chrissie schlägt sie weg.

«Nicht.»

«Es tut mir leid.»

«Wirklich?»

«Ja. Natürlich!» Ben ist selbst überrascht über die Tiefe der Traurigkeit, die in ihm aufsteigt.

«Ich dachte, du wärst vielleicht erleichtert», sagt sie leise.

«Erleichtert?» Er schüttelt den Kopf. «Komm her.» Er zieht sie an sich, und diesmal gibt sie nach, lässt zu, dass er sie in die Arme nimmt und auf den Scheitel küsst und sanfte Worte murmelt, die sie hoffentlich trösten, während sie an seiner Brust weint. Mag sein, dass das Kind nicht geplant war, aber jetzt, wo er weiß, dass es niemals sein wird, wird Ben bewusst, was sie da verloren haben. So viel Leben. So viel Freude. So viel Liebe. Der Schmerz in seiner Brust fühlt sich an wie ein scharfer Stich. Er streicht ihr über die Haare. «Ich nehme mir morgen frei.»

«Was ist mit dem Durchbruch?», fragt sie weinend.

«Ich habe meinen Beitrag geleistet. Khan übernimmt. Das hier ist jetzt wichtiger.»

Chrissie mustert ihn misstrauisch. «Du hast ... du hast eben schon wieder aufs Telefon gesehen.»

«Egal. Schau.» Er holt das Handy aus der Tasche und schaltet es mit großer Geste aus. «Die kommen auch ohne mich zurecht. Ich bin für dich da. Ich bleibe zu Hause und kümmere mich um dich. Du bist wichtiger.»

Sie steht auf und geht hinaus. Er folgt ihr die Treppe hinauf, hilft ihr, den Schlafanzug anzuziehen, bringt sie ins Bett und deckt sie zu wie ein kleines Kind. Beim Zähneputzen widersteht er dem Drang, das Telefon wieder einzuschalten, um nachzusehen, ob es was Neues vom Kommissariat gibt. Er hat es ihr versprochen. Außerdem wird das Team angesichts seiner Verbindung zu dem Verdächtigen froh sein, wenn er sich raushält. Maxwell kann für ihn einspringen. Sie freut sich bestimmt über die Herausforderung. Auf diese Weise ist allen gedient. Als er im Bett liegt und die Nachttischlampe ausknipst, sagt er sich, dass er seinen Teil in diesem Fall geleistet hat. Es ist ihm zu verdanken, dass sie den Typen geschnappt haben. Er dreht sich zu Chrissie um und lässt die Fingerspitzen über ihr Schulterblatt gleiten. Jetzt ist Schluss mit Schattenjagen. Es ist Zeit, sich auf das zu konzentrieren, was wirklich wichtig ist. Das, was er unmittelbar vor sich hat.

KAPITEL 33

Donnerstag, 6.30 Uhr

Rachel hat kaum ein Auge zugetan. Egal, ob sie wach lag oder sich in Albträumen wälzte, Edwards Gemälde ist ständig präsent, verstörende Bilder wirbeln in einem makaberen Karussell in ihrem Kopf herum, ein Horrorfilm, den sie nicht abschalten kann. Sarah, wie sie im weißen Kleid durch den Wald rennt. Malcolm Crowe, der ihr zwischen den Bäumen hinterherhumpelt. Auch Edward, der Sarah den Turm hinaufjagt, seine hallenden Schritte auf den steinernen Stufen, ihr Kleid zwischen seinen farbbespritzten Fingern, sein Atem auf ihrer Haut, seine Lippen, die nicht Sarahs Lippen, sondern die von Rachel berühren, und gleichzeitig mit der Berührung ein plötzlicher, brutaler Schubs, der sie nach hinten stößt, sodass Rachel stolpert und aus großer Höhe abwärtsstürzt ... ehe sie mit einem Schreck erwacht.

Die Vorhänge sind nicht richtig geschlossen, und durch den Spalt drückt erstes dämmriges Licht gegen die Fensterscheiben, gespenstisches Weiß. Es taucht das Zimmer in einen eigenartigen, gedämpften Schein. Zuerst fragt sie sich, ob letzte Fetzen ihres Albtraums ihr noch den Verstand vernebeln, doch als sie die Decke zurückschlägt und ans Fenster tritt, sieht sie, dass aus den bewaldeten Hügeln dichter Nebel herabgestiegen ist und das ganze Tal und den Schulcampus in eine unheimliche Decke hüllt.

Die Welt hinter ihrem wackeligen Gartentor ist verschwunden.

Rachel checkt ihr Telefon, um nachzusehen, ob Ben geantwortet hat, aber sie hat nur eine einzige neue Nachricht. Als sie sieht, von wem, zieht sich ihr krampfhaft der Magen zusammen.

Ich hoffe, du bist heil und unversehrt nach Hause gekommen. E. X

Rachel steigt bittere Galle auf. Auf den ersten Blick könnte man es für eine fürsorgliche Nachricht halten, eine freundliche Nachfrage nach einem gemeinsam verbrachten Abend, aber die Worte «heil und unversehrt» haben etwas Unheilvolles an sich, fast wie eine milde Drohung. Sie ruft wieder bei Ben an, obwohl es noch früh ist, aber sein Telefon ist immer noch abgeschaltet, und sie wird sofort zur Mailbox weitergeleitet.

Frustriert schleppt sie sich ins Bad und stellt sich unter den brühend heißen Duschstrahl, zieht sich dann eilig an und geht nach unten, um eine Tasse starken Kaffee zu trinken und sich zu einer Scheibe Toast zu zwingen. Ehe sie das Haus verlässt, klopft sie an Ellies Tür. «Ich gehe heute früher rüber», sagt sie durch den Spalt. «Kommst du klar?»

Unter ihrer Bettdecke murmelt Ellie etwas Unverständliches.

«Schlaf nicht wieder ein», mahnt Rachel sie. «Und sperr ab, wenn du gehst.»

Als sie aus dem Haus in die frühmorgendliche Luft tritt, wird deutlich, dass sich der Nebel nicht verziehen wird. Er heftet sich, sobald Rachel losläuft, an ihre Haare und bedeckt ihren Wollmantel mit einem Schleier aus winzigen Perlen. Sie kann nur ein paar Schritte weit sehen, ehe sich der Kiesweg vor ihr in undurchdringlichem Weiß verliert.

Um sie herum ist es unheimlich still, selbst ihre Atemgeräusche und ihre knirschenden Schritte werden vom Nebel verschluckt.

Das Bild von Edwards Gemälde geht ihr noch immer nicht aus dem Kopf. Sie versucht, sich einen Reim auf seine Motivation zu machen, versucht, den Mann, für den sie ihn gehalten hat, mit der quälenden Furcht in Übereinstimmung zu bringen, die sie jetzt verspürt. Hat er mit der Arbeit an dem Bild womöglich erst *nach* den Ereignissen des Wochenendes begonnen? Ist es als eine Art verquere Hommage an Sarah gedacht? Sie runzelt die Stirn. Selbst wenn das der Fall wäre, selbst wenn es ihm gelungen wäre, in den wenigen Tagen nach Sarahs Tod eine ganze Serie von Waldstudien und Gemälden herzustellen, erklärt das noch nicht die Fotos. Sarah war in seinem Atelier. Rachel hat die Beweise mit eigenen Augen gesehen. Sarah, die in einem weißen Vintage-Nachthemd posiert, das aussieht wie das Kleid, in dem sie oben am Turm gefunden wurde. Wie Rachel es auch dreht und wendet, die Tatsachen lassen sich nicht leugnen.

Irgendwo in dem undurchdringlichen Weiß knackt ein Zweig, und sie zuckt zusammen. «Hallo?», ruft sie. Sie bleibt stehen, dreht sich einmal um die eigene Achse und versucht, im Nebel irgendwelche Formen auszumachen. Sie wird von der unheimlichen Erkenntnis gepackt, dass da irgendwo jemand ist und ihr folgt. Rachel ist sich sicher, sie spürt tief im Nebel Blicke, die auf sie geheftet sind. «Hallo?», ruft sie noch einmal. «Wer ist da?»

Niemand antwortet. Sie beschleunigt ihren Schritt und überlegt, ob sie es noch einmal bei Ben versuchen soll, als sich plötzlich dumpfe Laufschritte nähern. Keuchender Atem hallt durch den Nebel. Rachel schießt heiße Angst den Rücken hinauf, und sie tritt eilig beiseite, als auch schon ein groß gewachsener Teenager in Laufzeug und mit dicken Kopfhörern an ihr vorbeitrabt. «Entschuldigung, Ms Dean», ruft er ihr über die Schulter zu. «Ich hab Sie gar nicht gesehen.»

Rachel hebt zitternd die Hand zum Gruß, aber der Nebel hat den Jungen – es war jemand aus der Fußballmannschaft – schon wieder verschluckt.

Sie schlägt den Mantelkragen hoch und geht eilig weiter. Sie kann es kaum erwarten, endlich in ihrem warmen, sicheren Büro zu sein. Ein letztes Mal spricht sie Ben auf die Mailbox. «Bitte ruf mich zurück. Es ist wichtig. Ich weiß, dass ihr jemanden verhaftet habt, aber es gibt einen Mann hier an der Schule. Jemand vom Personal. Ich glaube, er könnte was damit zu tun haben. Ruf mich bitte an, Ben.»

Wenn er sich nicht bald bei ihr meldet, geht sie damit zu Margaret Crowe. Falls Edward tatsächlich unangemessen engen Kontakt zu Schülerinnen hat und wenn er seine Verbindung mit Sarah verschwiegen hat, weiß nur Gott, was er womöglich sonst noch verschweigt.

KAPITEL 34

Donnerstag, 7.45 Uhr

Sie sind seit frühmorgens wach, und Chrissie hat kaum ein Wort gesprochen. Ben hat ihr Tee ans Bett gebracht und versucht, mit ihr zu reden, aber sie liegt nur zusammengerollt da und starrt die Wand an. «Das da draußen solltest du dir ansehen.» Er versucht es anders. «Der Nebel ist so dicht, man kann nicht mal bis zum Zaun sehen.»

Sie dreht sich um und schaut ihn an, und Ben merkt, dass Smalltalk definitiv die falsche Herangehensweise ist. In ihrem Blick liegt etwas wie Entschlossenheit. «Ich kann auch keinen Weg nach vorne mehr sehen», sagt sie mit gepresster Stimme.

Er greift nach ihrer Hand, doch Chrissie entzieht sie ihm. «Wir reden mit der Ärztin. Ich bin da, was auch immer jetzt kommt. Versprochen.»

«Ich meine für uns», sagt sie. «Ich habe die ganze Nacht wach gelegen und über uns nachgedacht, über dich und mich. Ich sehe einfach keinen Weg, wie das mit uns funktionieren kann.»

Ben zuckt zurück und stößt gegen das Kopfteil. «Liegt es daran, dass ich gestern arbeiten musste?»

«Nein. Zumindest nicht *nur*.»

Damit hat Ben nicht gerechnet. «Hätte ich gewusst, was uns bevorsteht, wäre ich natürlich dabei gewesen, Chrissie, aber ich kann nicht hellsehen …» Er verstummt. Das ist keine Entschuldigung. Er hat gesagt, er würde mitgehen, und er hat es nicht getan. «Es tut mir leid. Ich habe dich im Stich gelassen.»

Chrissie schüttelt den Kopf. «Ich kann das nicht, Ben. Ich dachte, es würde reichen, alles richtig zu machen - dich auf die richtige Weise zu lieben. Aber leider hat sich rausgestellt, dass das ...», sie deutet auf sich und auf ihn, «... mit uns, mit dem Baby, alles viel zu schnell gegangen ist.» Sie zögert. «Findest du nicht?»

«Chrissie ...»

«Du bist noch nicht bereit dafür.»

«Doch. Bin ich. Ich bin ...»

«Du bist noch nicht über Rachel weg», sagt sie gepresst und hebt den Kopf, damit er den Schmerz in ihren blauen Augen sehen kann.

Ben antwortet nicht sofort. Er macht den Mund auf, aber er weiß nicht, was er sagen soll. Er hat keine Antwort darauf, und Chrissie fühlt sich bestätigt. Sie nickt.

«Hör mal, ich habe beruflich gerade viel um die Ohren, auch mit Ellie. Ich weiß nicht, wo mir der Kopf steht. Ich gebe mir wirklich Mühe, Chrissie.»

«Ich will aber nichts sein, wofür du dir *Mühe* geben musst. Ich will nicht, dass du das Gefühl hast, für mich da sein zu *müssen*. Ich will, dass du für mich da sein möchtest.»

Er nickt, aber die Vergewisserung, die sie jetzt bräuchte, steckt noch immer in seiner Kehle fest. «Mein Leben ist im Augenblick kompliziert ...» Er verstummt wieder, weil ihm klar wird, dass das, was er sagt, kein Trost für sie sein kann, weil ihm klar wird, dass das, was sie verarbeiten und betrauern muss, ebenso komplex ist.

«Ich glaube, wir brauchen Abstand», sagt sie. «Das Beste

wäre, du suchst dir was anderes, während wir rausfinden, wie es weitergeht.»

Ben macht die Augen zu. Ihre Worte klingen wie das Echo von dem, was Rachel erst vor einigen Monaten zu ihm gesagt hat. Herrgott. Hat er denn gar nichts dazugelernt? Er macht einfach immer blind so weiter. Macht immer wieder dieselben Fehler. Verkackt es, egal, was er tut. Chrissie hat recht. Er ist nicht bereit. «Es tut mir leid.» Er weiß nicht, was er sonst sagen soll.

Sie nickt, dann dreht sie sich weg und starrt an die Decke. «Mir tut es auch leid.»

Er steht auf, geht nach unten, stellt sich ans Küchenfenster und lauscht, wie oben das Badewasser einläuft. Der Nebel hat sich noch immer nicht gelichtet. Sogar die Terrasse ist fast vollständig verschwunden, Ben kann nur die Pflanzkübel sehen, die direkt am Haus stehen, die welken Blätter an den Zweigen und dahinter schemenhaft den Metalltisch und die Gartenstühle, die immer noch auf den Pizzaofen ausgerichtet sind, den er vor nicht mal einer Woche aufgebaut hat. Ist es wirklich weniger als eine Woche her, dass Ellie bei ihnen war und sie ihr von dem Baby erzählt haben? Nicht mal eine Woche, seit Sarah Lawson tot im Wald gefunden wurde?

Man sollte meinen, er hätte inzwischen kapiert, wie schnell das Leben sich radikal ändern kann, dass es nur einen einzigen Wimpernschlag braucht, um ein Leben zu zerstören oder vom Kurs abzubringen, und trotzdem steht er wieder fassungslos vor dieser Tatsache, während ihm alles, was er für gewiss gehalten hat, wie Sand durch die Finger rinnt. Sie haben ihr Kind verloren. Er hat Chrissie nicht verdient. Er hat eine Zukunft an ihrer Seite nicht verdient.

In dem Versuch, sich von den aufwallenden Gefühlen abzulenken, führt er seine Gedanken doch wieder zurück zu dem Fall. Er nimmt das Telefon aus der Hosentasche und schaltet es ein. Ein nicht enden wollender Strom von Benachrichtigungen erhellt den Bildschirm. Rachel ... dann wieder Rachel. Dann zwei Nachrichten von Khan, eben erst abgeschickt.

Er meldet sich als Erstes bei seinem Chef. «Was ist los, Chief?», fragt er. «Hat er gestanden?»

«Wir mussten das Verhör unterbrechen.» Khan klingt erschöpft.

Ben sinkt der Mut. «Warum?»

«Sie wissen, dass wir streng nach Vorschrift handeln müssen. Wir können das Risiko nicht eingehen, dass irgendein Richter unsere Beweise als unzulässig verwirft. Jamie McIvor leidet unter schweren psychischen Störungen. Offensichtlich nimmt er seine Medikamente nicht mehr, seit er seine Bewährungsauflagen über den Haufen geworfen hat. Er wurde zur psychischen Begutachtung in eine Klinik eingewiesen.»

«Scheiße», stöhnt Ben.

«Fünf Jahre Knast mögen ihn von der Straße ferngehalten haben, aber was sein Suchtproblem betrifft, hat die Zeit dem Kerl nicht gutgetan. Wir wissen beide, wie sehr unser Strafsystem einen sowieso schon labilen Insassen fertigmachen kann, und kennen die Herausforderungen, mit denen das Gefängnispersonal landauf, landab konfrontiert ist.»

Ben hat die Arme des Kerls vor Augen, die Kratzer und Narben, den hässlich in die Haut geritzten Begriff, ein typisches Gefängnis-Tattoo. «Aber ich habe doch gehört, was er gesagt hat. ‹Ich *wollte* ihr nicht wehtun.› Das ist so gut wie ein Geständnis.»

Khan seufzt gedehnt. «Er meinte damit Gemma, Ben. Er meinte den Tod Ihrer Schwester.»

«Was? Das ist doch Blödsinn! Er hatte Sarahs Telefon bei seinen Sachen. Die Worte in der Höhle stimmen mit den Worten auf Sarahs Leiche überein. Es gibt eindeutige Beweise, die ihn zweifelsfrei mit dem Mädchen in Zusammenhang bringen.» Ben schafft es nicht, den Frust aus seiner Stimme zu verbannen.

«Beweise, die ihn mit dem Fundort und der Leiche in Verbindung bringen, das ja.» Khan zögert. «Aber er sagt, als er sie fand, wäre Sarah Lawson bereits tot gewesen.»

«Wie bitte?» Ben lehnt sich gegen den Küchentresen. «Das glauben Sie doch nicht im Ernst? Wir haben einen Typen gefasst, der gerade erst aus dem Knast entlassen wurde, wo er wegen dem Tod einer anderen Frau saß; einen Typen, der in unmittelbarer Nähe des ersten Tatorts in einer Höhle campiert und dort durch die Wälder streift, und nur Tage später wird nur ein paar Meilen weiter die nächste Leiche einer jungen Frau gefunden? Erzählen Sie mir nicht, dass das Zufall ist!»

«Nein, Ben, das ist kein Zufall. Wir haben ihn wirklich in die Mangel genommen, zumindest so sehr, wie sein Anwalt es zugelassen hat, ehe ein Arzt dazukam. Und Maxwell konnte ein paar wichtige Fortschritte erzielen. Irgendwann hat sich McIvor nämlich ein bisschen geöffnet. Offenbar war es leichter für ihn, mit ihr zu reden anstatt mit mir. Er hat ihr erzählt, er wäre in den Wald zurückgekommen, um sich zu bestrafen. Er ist übel drauf. Paranoia. Wahnvorstellungen. Er hat tagelang in der Höhle campiert. So wie's aussieht, war das sein Unterschlupf. Er sagte, er wäre zurückgekommen, um in der Nähe der Stelle zu sein, an der Gemma starb. Zurück zu *Sally in the Wood.* Er sagt, er würde Stimmen hören. Dinge sehen. Er dachte, er könnte sie finden. Um sich bei ihr zu entschuldigen.»

Ben muss schlucken. Bei der Vorstellung, dass Jamie McIvor im Wald nach Gemma sucht, schnürt sich ihm die Kehle zu. «Das bedeutet nicht, dass er nicht für Sarahs Tod verantwortlich ist.»

«Laut Aussage von Jamie McIvor war er Samstagabend tatsächlich im Wald. Die Party in der Nähe seines Lagers hat ihn verstört. Er hat sich entfernt, ist weiter rauf in den Wald gegangen und da oben umhergestreift, als er eine Frau schreien hörte und nachsehen gegangen ist. Er sagte Maxwell, er hätte gedacht, es wäre Gemma, die ihn rief. Stattdessen fand er Sarah tot am Fuße des Turms.»

Ben macht die Augen zu. «Glauben Sie das?» Er schüttelt den Kopf. «Er hört einen Schrei. Geht nachsehen. Findet die Leiche. Bewegt sie, bahrt sie auf, legt ihr die Maske aufs Gesicht, bekritzelt sie mit seltsamen Worten und zerstört ihr Telefon?» Ben verstummt kurz. «Das ist ziemlich schräg. Wozu das alles?»

«Wenn Sie's wirklich wissen wollen, er meint, er hätte sich um sie kümmern wollen. Es wäre sein Versuch gewesen, es wiedergutzumachen. Das mit Gemma.»

«Wollen Sie mich auf den Arm nehmen?»

«Seine Schilderungen der Auffindungssituation ... wie er sie bewegt hat ... all das stimmt mit der kriminaltechnischen Interpretation des Fundortes überein.»

«Ist doch logisch. Er war dabei, als sie gestorben ist. Er hat alles zugegeben, außer, dass er sie umgebracht hat. Seine Geschichte erklärt seine DNS am Fundort und spricht ihn gleichzeitig von dem Mord los. Eins muss man ihm lassen – dumm ist der nicht.»

«Die Psychologin, mit der ich gesprochen habe, sagt, der

Anblick von Sarahs Leiche im Wald hätte ihn womöglich retraumatisiert.»

«Wenn er so labil ist, weshalb wurde er dann auf Bewährung entlassen?»

«Sie wissen so gut wie ich, dass Insassen so schnell wie möglich wieder rausgeworfen werden. Verfluchter Kostendruck.»

«Verfluchter Leichtsinn, würde ich sagen.»

«Da widerspreche ich Ihnen nicht, Chase. Aber während des Verhörs wurde deutlich, dass vor allem der Zustand von Sarahs Gesicht McIvor zugesetzt hat. Weil es so schlimm zugerichtet war. Er sagt, er hätte es mit einer Maske abgedeckt, die er zuvor im Wald gefunden hat. Er hat ihr die Zweige und Blätter aus den Haaren gezogen und sie gerade hingelegt. Er muss eine ganze Weile bei ihr geblieben sein.»

Das Echo von McIvors rauem Flüstern im Tunnel dringt als Erinnerung an Bens Ohr. *Ich hab mich um sie gekümmert.*
«Und das Telefon?»

«Wissen Sie noch, wie er reagiert hat, als Sie während des Verhörs Ihr Telefon rausgeholt haben? Sie haben es auf den Tisch gelegt, und er ist ausgerastet.»

Ben überlegt, erinnert sich an das verstörende Stöhnen, daran, wie der Typ sich plötzlich mit den Fäusten gegen den Schädel getrommelt hat.

«Er wurde für schuldig befunden, am Steuer eines Autos mit dem Mobiltelefon telefoniert zu haben. Er sagt, er hätte Sarahs Telefon mit in die Höhle genommen und dort zertrümmert, weil, Zitat, ‹Telefone zerstören Leben›.»

Ben stößt einen langen Seufzer aus.

«Hören Sie sich das bitte an. Maxwell hat recherchiert und sich die Urteilsbegründung in dem Verfahren vor sechs Jahren angesehen. Da steht», Khan räuspert sich: *«Ihr*

Leichtsinn zerstörte das Leben einer jungen Frau, die ihre Zukunft noch vor sich hatte. Mr McIvor, Sie müssen bestraft werden. Ich bin der festen Überzeugung, dass eine gewisse Haftstrafe Ihnen die notwendige Zeit verschafft, sich zu rehabilitieren und Ihre Handlungen zu bereuen.» Khan unterbricht sich und holt Luft. «Es ist alles da, in der richterlichen Urteilsverkündung. Zerstören. Bestrafen. Bereuen. Dieselben Begriffe wie auf Sarahs Gliedmaßen und in der Höhle. Ich habe erfahren, dass auch seine Zelle damit vollgeschmiert war. Außerdem hat er sich die Worte selbst in die Haut geritzt. Ich glaube keine Sekunde, dass fünf Jahre Haft für einen Menschen wie McIvor mit seiner Sucht und seinen mentalen Problemen eine leichte Strafe waren. Gemmas Tod verfolgt ihn. Der Unfall hat ihn traumatisiert.»

Ben will nichts von Jamie McIvors Trauma wissen. Der Mann, der seine Schwester umgebracht hat, hat sein Mitleid nicht verdient. «Es war kein Unfall», sagt Ben gepresst. «Es war fahrlässige Tötung. Er hat meine Schwester umgebracht. Und wenn er ohne seine Medikamente derart instabil ist, sollten wir uns dann nicht fragen, wozu dieser Mann sonst noch fähig ist?»

«Möglicherweise. Aber wir müssen dabei behutsam vorgehen. Wie gesagt, streng nach Vorschrift agieren.»

«Sie glauben nicht, dass er es war, richtig?»

Khan zögert. «Genau wie Sie will ich diese Sache so schnell wie möglich geklärt haben. Mir ist dringend daran gelegen, einen gefährlichen Mörder dingfest zu machen und unsere Kids in Sicherheit zu wissen, das können Sie mir glauben. Trotzdem nein, nach dem Verhör von gestern Abend sagt mir mein Bauchgefühl, dass er nicht unser Mann ist.»

Ben starrt hinaus in die welkenden Blätter an Chrissies

Topfpflanzen und muss gegen den Drang ankämpfen, mit der Faust die Scheibe einzuschlagen.

«Chase, Sie sind viel zu nah an dem Fall dran, das müssen Sie zugeben. Ellie. Rachel. Die Schule. Das vernebelt Ihre Instinkte.»

«Falls Sie mir jetzt sagen wollen, dass Sie mich wieder von dem Fall abziehen ...»

«Nein. Aber ich möchte, dass Sie sich in die zweite Reihe zurückfallen lassen. Wir müssen die Regularien berücksichtigen. Und Sie müssen sich die Zeit geben, Ihre Emotionen ein wenig abzukühlen.»

Ben lässt sich resigniert gegen den Küchentresen sinken. Ihm ist bewusst, dass sie mit einer ungerechtfertigten Festnahme nur wertvolle Zeit verschwenden und sich mit ihren Ermittlungen verfransen würden, während der Mörder weiter frei herumläuft. Frustriert boxt er mit der Faust gegen die Wand. Er hört, wie Khan auf seinem Schreibtisch mit Unterlagen raschelt. «Wenn ich Sie schon einmal dran habe», sagt Khan, «ich möchte Sie um einen Gefallen bitten. Heute Morgen kam über die Hotline der Anruf eines ortsansässigen Taxifahrers rein. Der Mann heißt John Slater. Er meint, in der Nacht des Mordes womöglich etwas gesehen zu haben, das für uns relevant sein könnte.»

«Weshalb meldet er sich so spät?» Ben gefällt das nicht. Für ihn klingt das nach reiner Zeitverschwendung, nach jemandem, der seine fünf Minuten Ruhm reklamieren will.

«Ich bitte Sie nur ungern, aber Maxwell ist mit McIvors Aussage beschäftigt. Können Sie eine halbe Stunde erübrigen, um seine Aussage aufzunehmen? Sie zu den Akten nehmen und abhaken?»

Ben verdreht seufzend die Augen. Er ist genervt, weil Khan ihn mit diesem Routinejob wieder an den unbedeutenden Rand des größten Falls seit Jahren schiebt. Andererseits weiß er, dass Khan recht hat. Wenn sie den Täter überführen wollen, können sie es sich nicht leisten, auch nur eine einzige Spur nicht zu verfolgen. Wenigstens kommt er, wenn er jetzt losfährt, auf andere Gedanken, und Chrissie kriegt den Freiraum, um den sie gebeten hat. «Klar, Boss», sagt er. «Schicken Sie mir die Adresse.»

Eine Stunde später steht Ben vor der Haustür einer adretten Doppelhaushälfte aus den Fünfzigerjahren in einem Vorort von Bath. John Slaters Frau, eine gebräunte, blond gefärbte Endfünfzigerin, macht ihm in schwarzer Hose und Leoparden-Shirt die Tür auf. An ihren Ohren baumeln lange goldene Ohrringe. Sie stellt sich selbst als Mandy vor und bittet ihn herein. «Kommen Sie, mein Lieber. Aber stolpern Sie nicht über die Koffer», fügt sie hinzu und deutet mit dem Kopf auf den Stapel Gepäck in dem mit Teppich ausgelegten Flur. «Wir hatten noch keine Zeit auszupacken. John ist sofort unten.»

«Waren Sie verreist?»

«Ja, eine Miniauszeit auf Teneriffa, um unseren Hochzeitstag zu feiern. Da ist es um diese Jahreszeit immer noch sonnig und warm. Ohne die Verspätung auf dem Rückflug wäre es der perfekte Urlaub gewesen.» Sie macht ein abfälliges Geräusch. «Diese Billig-Airlines, da wird man behandelt wie Vieh, finden Sie nicht? Am liebsten würden die einem noch die Scheißservietten in Rechnung stellen.» Ben folgt ihr durch den Flur in ein vollgestopftes Wohnzimmer mit großblumigen Tapeten an den Wänden und einer kitschigen Porzellanfigur auf jeder freien Oberfläche. Ein lederner Massagesessel und ein Sofa sind auf einen riesigen Flachbildschirm ausgerichtet, auf dem stumm Werbung läuft.

«Seit John gestern Abend die Schlagzeilen in der Zeitung gesehen hat, kriegt er sich gar nicht mehr ein.» Sie schnalzt wieder mit der Zunge. «Dass direkt vor der eigenen Haustür etwas so Furchtbares passiert ist! Da kommt man schon ins Nachdenken, finden Sie nicht?»

Ben nickt unbestimmt.

«Hätten Sie gern eine Tasse Tee?»

«Das wäre wunderbar, vielen Dank. Nur Milch, kein Zucker, bitte.»

«Machen Sie sich's bequem.»

Er versinkt in einer Sofaecke und starrt den stummen Bildschirm an, auf dem Werbung für eine Sterbeversicherung läuft. Die Werbesendung wechselt von Zahnweißcreme zu Hausratversicherungen und weiter, bis schließlich ein riesiger Mann, groß und bärenhaft und mit sensationellem Sonnenbrand, im Türrahmen auftaucht. Er hält zwei dampfende Becher Tee in den Händen. Er setzt sie auf dem Couchtisch ab und begrüßt Ben mit festem Händedruck. «John Slater», sagt er.

Ben ergreift erst die Hand und dann den Becher. «Was kann ich für Sie tun, Mr Slater?»

John setzt sich nach vorne gebeugt in den Massagesessel, die Ellbogen auf die Knie gestützt, der Bauch hängt ihm über den Hosenbund. «Mir ist klar, dass Sie viel zu tun haben. Ehrlich gesagt, ich war mir eigentlich nicht ganz sicher, aber Mandy meinte, ich sollte mich unbedingt bei Ihnen melden. Sie meinte, es würde Sie sicher interessieren.»

Ben trinkt einen Schluck Tee, verbrennt sich die Zunge und setzt den Becher ab. «Das ist gut. Wie wär's, wenn Sie mir alles erzählen?»

Slater kratzt sich stirnrunzelnd am Kinn. «Ich fürchte, es klingt ein bisschen lächerlich.»

«Mal sehen.» Ben blättert das Notizheft auf.

Der Mann räuspert sich. «Also, es geht um Samstagnacht letzte Woche, Halloween. Das war doch die Nacht, als das Mädchen ermordet wurde, oder?»

«Ja, das stimmt.»

«Ich fahre also über *Sally in the Wood* nach Hause. Ziemlich spät.»

«Wie spät?»

«Nach zwei, eher gegen halb drei, soweit ich mich erinnere. Ich hatte ursprünglich nicht vor, so lange zu arbeiten, aber in Bath haben mich zwei junge Frauen angehalten. Ohne Jacken oder Mäntel, frierend in ihren dünnen Paillettenkleidchen und blinkenden Hörnern, eindeutig angetrunken, aber nicht so sehr, dass sie eine Gefahr für die Polster gewesen wären, falls Sie verstehen, was ich meine.»

Ben nickt.

«Sie haben mir leidgetan. Ich bin zu weichherzig. Mandy wirft mir das ständig vor. Aber es war spät - und kalt -, und an Halloween sind alle möglichen schrägen Gestalten unterwegs. Ich mochte das noch nie, Filmblut und aufgemalte Wunden und den ganzen Hexenquatsch. Weihnachten und Ostern? Jederzeit. Jedenfalls wusste ich, dass ich mit dem Wissen ruhiger schlafen würde, dass die beiden wohlbehalten nach Hause gekommen sind. Ich habe selbst eine Tochter, Susie, sie ist inzwischen erwachsen, aber ich kann mich noch zu gut an diese Nächte erinnern.»

Ben hat sich noch nichts notiert. Er ist sich immer noch nicht sicher, dass das hier keine Zeitverschwendung ist.

«Ich setze die beiden Frauen also ab und fahre über *Sally in the Wood* zurück Richtung Bath und versuche, mir auszurechnen, wie viele Stunden Schlaf ich wohl noch bekomme, ehe wir zum Flughafen aufbrechen müssen. Nicht genug, so viel ist klar», fügt er mit einem schiefen Lächeln hinzu. «Jedenfalls fahre ich vorsichtig, weil es auf dem Streckenabschnitt schon so manchen zerlegt hat. Ich bin nicht abergläubisch, ich glaube natürlich nicht an diese Geschichten ... aber blöd bin ich auch nicht. Das ist objektiv betrachtet ein ganz schön gefährliches Stück Straße da im Wald.»

Ben muss schlucken. «Sie fahren also über *Sally in the Wood ...*», wiederholt er, um den Mann zurück zu seiner Geschichte zu lenken.

«Ja, ich nehme also eine Kurve - nicht schnell, ist ja klar -, aber es ist dunkel und ich bin müde, und plötzlich kommt direkt vor mir etwas aus den Bäumen rausgeschossen. Ich sag Ihnen, ich habe den Schreck meines Lebens bekommen.»

«Etwas kommt herausgeschossen?» Ben sieht ihn stirnrunzelnd an. «Konnten Sie erkennen, was?»

«Wie gesagt, es war dunkel, ich sah nur etwas Weißes über die Straße flitzen. Ein Wunder, dass ich es nicht mitgenommen habe.» Er reibt sich das Kinn. «Damals dachte ich, es wäre ein Tier. Ein Reh. Es gibt doch ab und zu weiße Rehe, oder? Oder eine dieser Rieseneulen.»

Ben hebt den Blick von seinem Notizbuch und sieht ihn an. «Aber jetzt sind Sie sich nicht mehr sicher?»

John Slater zuckt die Achseln. «Als ich nach Hause kam, hab ich mir einen kleinen Whiskey gegönnt, für den Schreck. Ich dachte, ich könnte dann besser schlafen. Aber als ich mich hingelegt und die Augen geschlossen hab, war das Bild sofort wieder da, und plötzlich hatte ich so ein seltsames Gefühl. Das war kein *Etwas*. Das war ein *Jemand*.»

Ben stellen sich die Härchen auf den Unterarmen auf. «Ein Mensch. Männlich? Weiblich?»

Der Mann zuckt wieder die Achseln. «Wenn ich raten müsste, würde ich sagen, weiblich.»

«Wie kommen Sie darauf?»

«Sie war schnell. Rannte, als wäre was hinter ihr her. Da war was Helles, das sich durchs Dunkel bewegte. Lange, blonde Haare. Oder Stoff. Ein Kleid, vielleicht.»

«Aber sie haben nicht angehalten, um nachzusehen, richtig?»

Der Mann sieht ihn zerknirscht an. «Ich war müde. Erschrocken und angespannt. Diese ganzen Geschichten über den Wald, wissen Sie? Wie gesagt, ich bin nicht abergläubisch, aber Halloween hat mich doch ein bisschen nervös gemacht. Außerdem war die Stelle zum Anhalten nicht wirklich gut geeignet. Wenn im Dunkeln jemand um die Kurve gekommen wäre, wäre er direkt in mich reingekracht.»

«Und Sie sind auch nicht auf die Idee gekommen, es der Polizei zu melden?»

«Wir sind am nächsten Morgen in aller Frühe nach Teneriffa geflogen, und, ehrlich gesagt, habe ich es schnell verdrängt. Es ist mir erst wieder eingefallen, als ich gestern Abend am Flughafen die Zeitungsstapel mit der Geschichte über das tote Mädchen im weißen Kleid gesehen habe. Na ja», sagt er und sieht Ben hoffnungsvoll an. «Es heißt, Sie hätten den Kerl gefasst, oder?»

Ben ignoriert die Frage und entsperrt sein Telefon, um Slater das Foto von Sarah zu zeigen, das die Eastons zur Verfügung gestellt hatten. «Erkennen Sie dieses Mädchen?»

John Slater nickt. «Das ist die aus der Zeitung.»

«Könnte sie diejenige gewesen sein, die vor Ihnen über die Straße gerannt ist?»

Der Mann mustert das Foto. «Wie gesagt, das ging alles sehr schnell. Ich konnte nichts erkennen.» Er kratzt sich wieder am Kinn, die Stoppeln reiben auf der Haut. «Könnte sein. Wenn es denn überhaupt ein Mädchen war. Wie gesagt, ganz sicher bin ich mir nicht.»

«Haben Sie sonst noch irgendwas gesehen? Jemanden, der hinter ihr her war, zum Beispiel?»

Slater schüttelt den Kopf. «Nein. Nur der weiße Streifen vor meinem Wagen, dann nichts mehr.»

Ben öffnet auf dem Telefon eine Karte. «Sie sind sicher bestens vertraut mit den Straßen in der Gegend. Können Sie mir sagen, wo genau auf dem *Sally in the Wood* genannten Straßenabschnitt das passiert ist?»

Slater beugt sich vor und zeigt mit dem Finger auf eine S-Kurve. «Genau da.»

Ben markiert den Punkt mit einem Pin, verkleinert die Karte und mustert die Umgebung. Rechts von der Stelle, etwas höher im Wald gelegen, steht der Turm und weiter östlich, wieder talabwärts, der Steinbruch, wo die Party stattfand. Er geht zurück zu der Markierung und betrachtet die Gegend auf der anderen Seite der Straße. Noch etwas Wald und dahinter Thornfield Manor, der Wohnsitz der Eastons und Sarahs Zuhause.

«Wenn wir für einen Moment davon ausgehen, dass Sie tatsächlich ein Mädchen gesehen haben, von wo kam sie und in welche Richtung ist sie gerannt?» Er zeigt auf die zwei Möglichkeiten, hinauf zum Turm und in Richtung Thornfield Manor.

«Da entlang», sagt John Slater.

Ben runzelt nachdenklich die Stirn. Wenn Sarah tatsächlich um zwei Uhr morgens in der von Slater angedeuteten Richtung über die Straße gerannt ist, war sie auf dem Weg nach Hause. Warum hätte sie noch einmal zum Turm zurückkehren sollen? Weshalb hätte sie ihre Meinung ändern sollen? Das ergibt keinen Sinn.

John Slater zuckt die Achseln. «Wie gesagt, vielleicht habe ich mich getäuscht. Vielleicht war es doch nur ein Reh.» Er hebt die Hand. «Tut mir echt leid. Das ging alles so schnell.»

Ben weiß, welche Kraft Suggestion haben kann. Das Ganze ist inzwischen ein paar Tage her. Gut möglich, dass die Zeitungsberichte und Bilder diesen wohlmeinenden Menschen auf die Idee gebracht haben. Er will ganz offensichtlich helfen, aber vielleicht stellt er sich Dinge vor, die so nicht da waren.

John Slater deutet mit dem Kinn zum Fernseher. «Das ist schlimm für die Schule. Ich bin wirklich kein Fan dieser privaten Einrichtungen. Ich finde es unfair, dass nicht alle Kinder dieselben Chancen bekommen, trotzdem tun mir die Kinder und die Lehrer leid. Die sind bestimmt total durch den Wind.»

Ben folgt Slaters Blick. Die Werbung ist zu Ende und hat einer lokalen Nachrichtensendung Platz gemacht. Auf einem Ticker am unteren Bildschirmrand laufen die Schlagzeilen durch. Im Bild ist das Folly View College von außen zu sehen, die getrimmten immergrünen Hecken, das hohe, schmiedeeiserne Tor und das beeindruckende Schild, dann macht die Kamera einen Schwenk, und Margaret Crowes verdrießliches Gesicht kommt in Nahaufnahme ins Bild. Ihr werden mehrere Mikrofone hingehalten. Unten läuft der Ticker weiter: MORDVERDÄCHTIGER IM FOLLY-VIEW-FALL VERHAFTET.

Margaret ist in ihrem hochgeschlossenen schwarzen Blazer eine beeindruckende Erscheinung. Sie sieht aus, als würde sie vor den drängelnden Reportern Hof halten. Mitglieder des Lehrkörpers flankieren sie zu beiden Seiten wie Wachposten, während sie eine Erklärung abliest. Ben kneift die Augen zusammen. Was zum Teufel treibt sie da? «Könnten Sie bitte den Ton laut stellen?»

John Slater greift zur Fernbedienung, und Margaret Crowes akkurate Stimme erfüllt den Raum: «... erfreut und erleichtert zu hören, dass die Polizei im Zusammenhang mit dem Mord an Sarah Lawson eine Verhaftung vermeldet hat. Wir hoffen sehr, dass diese Entwicklung einen Schlusspunkt für die Ermittlungen bedeutet und für unsere Schulgemeinschaft den Beginn einer Phase der Heilung. Ich möchte die Medien höflichst ersuchen, die Privatsphäre unseres Lehrkörpers, der Schülerschaft und der Familien zu respektieren, während wir um eine beliebte und hoch geschätzte Schülerin trauern.»

Ben mustert sie mit finsterem Blick. Er hat keine Ahnung, wer - falls überhaupt jemand - der Schulleiterin grünes Licht dafür gegeben hat, vor laufenden Kameras voreilige Schlüsse zu ziehen. «Sie tut gerade so, als hätten wir ein unterschriebenes Geständnis auf dem Tisch», murmelt er halblaut. Was sie damit bezweckt, ist klar: Sie distanziert sich und die Schule von den Ereignissen, gibt sich gelassen und signalisiert damit Schulbeiräten und Eltern, die Jahr für Jahr ihr Gehalt bezahlen, dass die Schule absolut nichts mit den Ereignissen im Wald zu tun hat, die zu Sarahs grausamem Tod geführt haben.

Sein Telefon vibriert in der Jackentasche. Ben greift danach, in der Annahme, jemand aus der Dienststelle würde anrufen und zu dem heiklen PR-Event vor der Schule Stellung nehmen. Doch zu seiner Überraschung blinkt auf dem Bildschirm der Name Connor Carlisle auf. «Entschuldigen Sie mich», sagt er zu John Slater, steht auf und geht nach draußen auf den Flur. «Connor», sagt er. «Was verschafft mir die Ehre?»

«Sehen Sie die Nachrichten?», sagt er ohne einleitende Höflichkeiten. Ben hört die Aufregung in seiner Stimme.

«Zufällig ja.»

«Er steht direkt da», sagt Connor.

Ben fragt sich, ob der Kerl was genommen hat und ob er es am Ende bereuen wird, Connor seine Handynummer gegeben zu haben. «Ich bin ziemlich beschäftigt, Connor. Falls Sie mir etwas ...»

«Er ist es!», fällt Connor ihm ins Wort. «Der unheimliche Scheißer, der uns im Wald beobachtet hat. Sie wollten wissen, ob ich ihn wiedererkennen würde. Also: Er ist da, im Fernsehen, direkt neben der alten Vogelscheuche.»

Ben geht zurück zur offenstehenden Wohnzimmertür und mustert den Bildschirm. Die Kamera ist immer noch auf Margaret und ihre Gefolgsleute gerichtet. «Der Mann, den Sie Samstagnacht im Wald gesehen haben, ist bei der Pressekonferenz der Schule anwesend?»

«Ja, Mann, Sie haben's erfasst.» Connor klingt ungeduldig, als würde Ben auf der Leitung stehen. «Genau das versuche ich Ihnen zu sagen.»

Ben betrachtet die Gesichter. Margaret ist von zwei Männern eingerahmt. Einer der beiden ist ihm bekannt. Groß, gutaussehend, gewelltes braunes Haar, die Arme locker über einem Wolljackett gekreuzt. Edward Morgan. Ellies Kunstlehrer. Der andere trägt einen Anorak, und dünne weiße Haare liegen ihm wirr um den Kopf. Er hat das faltige Gesicht zu Boden gerichtet, als würde er seine Schuhspitzen betrachten. «Welcher von beiden?»

«Der Typ rechts von ihr. Er ist es. Glauben Sie mir, Mann.

Er war in der Nacht im Wald. Er hat uns auf der Party beobachtet.»

«Sind Sie sich sicher?»

Connor atmet gedehnt aus. Ben hört ihn an seiner Vape ziehen und wartet. «Er ist es. Da bin ich mir ganz sicher. Hundertpro.»

Als er wieder im Auto sitzt, hört er die erste von Rachels drängenden Nachrichten ab. *Es gibt einen Mann hier an der Schule. Jemanden vom Personal.*

Das reicht. Mehr muss er nicht hören. Er legt auf und ruft im Kommissariat an. «Schicken Sie sofort jemanden zur Schule», sagt er zu Khan. «Umgehend. Wir haben unseren Spanner aus dem Wald.»

KAPITEL 35

Donnerstag, 10.00 Uhr

Ellie sitzt seit einer halben Stunde inmitten einer lärmenden, sich selbst überlassenen Klasse und versucht vergeblich, an ihrem Portfolio zu arbeiten, als Edward Morgan endlich auftaucht. «Sorry, Leute», sagt er und wirft sein Sakko über die Stuhllehne. «Mrs Crowe hat mich gebeten, an einer dringenden Sitzung teilzunehmen, aber ich bin froh zu sehen, dass ihr meine Abwesenheit genutzt habt, um weiterzukommen. Ich muss euch schließlich nicht an den drohenden Abgabetermin erinnern.»

Ellie wirft einen schuldbewussten Blick auf das so gut wie leere Blatt vor sich auf dem Pult. Weiterkommen ist kein Begriff, den sie diese Woche für sich in Anspruch nehmen kann.

«Stimmt es, dass es direkt außerhalb der Schule eine Pressekonferenz gab?», fragt Jasmine laut.

«Das macht ja schnell die Runde.» Edward nickt. «Ja, das stimmt.»

«Worum ging es da?»

«Die Polizei hat jemanden verhaftet.» In der Klasse erhebt sich Gemurmel. «Ich bin mir sicher, ihr werdet zu gegebener Zeit darüber informiert werden, aber Mrs Crowe war es wichtig, dazu ein offizielles Statement abzugeben. Ihrer Meinung nach war es hilfreich, die Schule von den Ereignissen zu distanzieren.»

«Wer ist denn verhaftet worden?» Wieder hat Jasmine das Wort ergriffen, aber Ellie ist genauso neugierig auf die Antwort wie sie alle.

«Wir werden bestimmt bald weitere Einzelheiten erfahren. Ich hoffe sehr, dass ihr euch wieder ein bisschen sicherer fühlt, jetzt, wo die Polizei jemanden in Gewahrsam genommen hat.» Edward lässt den Blick schweifen und schließlich auf Ellie ruhen. Sie sieht eilig weg. Sie hat ihr eigenes Erlebnis auf der Wache noch allzu deutlich in Erinnerung. «Die letzten Tage waren für uns alle beängstigend», fügt er leise hinzu.

«Weiß Olivia das schon?», fragt Jasmine weiter.

«Ich gehe davon aus, dass Sarahs Familie informiert wurde. Olivia wird zurückkommen, sobald sie dazu bereit ist. Jetzt aber an die Arbeit, würde ich sagen.»

Edward geht im Atelier herum, sieht sich die Mappen an und steht seinen Schützlingen bereitwillig mit Rat und Ermutigung zur Seite. Ellie hält den Kopf gesenkt. Ihr fehlt der Fokus. Sie muss dringend die schriftliche Abhandlung fertigstellen, die begleitend zu ihrer Installation gehört, aber sie kann sich nicht konzentrieren. Alles, was sie bis jetzt hat, ist die Überschrift in fetten Großbuchstaben, die aussehen, als würden sie von der Seite laufen: KUNST ALS PROTEST. Sie hat versucht, mehr zu schreiben, aber die Worte wollen nicht kommen. Sie ist so unfassbar müde. Am liebsten würde sie unter den Tisch kriechen, sich zusammenrollen und eine Woche durchschlafen.

Aus dem Augenwinkel sieht sie Edward näher kommen. Sie rutscht von ihrem Hocker und geht zu den Waschbecken hinüber. Auf dem Regal daneben liegen zwei neue Packungen mit Pinseln und Farben, und Ellie schlitzt sie mit einem Tapeziermesser auf und räumt den Inhalt in die

Fächer, langsam, um Zeit zu schinden. Als sie es nicht weiter hinauszögern kann, faltet sie die leeren Kartons zusammen, hängt das Tapeziermesser zurück an seinen Haken und kehrt endlich zu ihrem Platz zurück.

Sekunden später steht Edward neben ihr. Er hat garantiert auf sie gewartet. Er steht direkt hinter ihrer Schulter, und sie weiß, dass er ihr Skizzenbuch mustert. Sie würde am liebsten die Hände über das leere Blatt schieben.

«Wie kommst du voran, Ellie?»

«Ganz okay», lügt sie.

«Du machst um dein Projekt ein ziemliches Geheimnis. Bist du sicher, dass du pünktlich abgeben kannst?»

Als Ellie sich umdreht, wird ihr klar, dass er nicht ihre Arbeit gemustert hat, sondern sie. Sie muss schlucken. Die offensichtliche Besorgnis in seinem Blick trifft sie, und plötzlich verspürt sie den fast übermächtigen Drang, sich ihm anzuvertrauen. Sie möchte ihm erzählen, dass sie in letzter Zeit so schrecklich abgelenkt ist, dass sie nicht schlafen kann, Schwierigkeiten hat, sich auf irgendwas zu konzentrieren, weil sie die ganze Zeit nur an Sarah denken muss und an das, was an Halloween im Wald passiert ist. Sie räuspert sich, hat keine Ahnung, wie sie sich in dem plötzlich stillen Atelier mitteilen soll, weil sie keinen Bock darauf hat, dass ihre persönlichen Sorgen und Nöte zum Schultratsch werden. In dem Moment geht knarzend die Tür auf und rettet sie.

Olivia Easton betritt den Kunstsaal, und alle drehen sich zu ihr um. Sobald sie merkt, dass sie im Mittelpunkt der Aufmerksamkeit steht, lächelt sie tapfer. Jasmine, die vorne an der Tür ihren Platz hat, steht auf und umarmt Olivia ungeschickt. Olivia lässt die Geste steif über sich ergehen. Ellie fällt auf, dass ihre sonst so strahlende Haut aschfahl, fast grau ist. Ihre Haare sind zu einem schlaffen Pferdeschwanz zurückgebunden, und sie hat dunkle Ringe unter den Augen. Sie sieht richtig scheiße aus, denkt Ellie mit einem Anflug von Mitleid.

«Es muss total erleichternd sein zu wissen, dass sie den Täter gefasst haben, oder?», plappert Jasmine drauflos, eher ungeschickt in ihrer selbstgewählten Rolle als Empfangsabordnung.

Olivia nickt.

«Wir sind hier alle für dich da. Das weißt du, oder?»

«Ich bin gleich wieder bei dir, Ellie.» Edward wendet sich von ihr ab und geht auf Olivia zu. Taktvoll befreit er sie aus Jasmines Fängen und schickt die wohlmeinende Schülerin zurück an ihre Staffelei. Ellie beobachtet, wie er leise mit Olivia spricht. Sie senkt den Blick, ihr Kinn zittert. Ellie hasst sich für den winzigen Anflug von Eifersucht, weil Olivia Edwards Aufmerksamkeit auf sich gezogen hat. Das Mädchen ist durch die Hölle gegangen. Sie hat ihre Cousine verloren, ihre beste Freundin. Ellie würde nicht mit ihr tauschen wollen. Um nichts auf der Welt. Wie kommt sie dazu, ihr Edwards Aufmerksamkeit zu missgönnen?

Olivia deutet auf ihren Arbeitsplatz. «Ich würde in der Pause gern weiterarbeiten, okay? Ich habe ziemlich was nachzuholen.»

«Gern», sagt Edward. «Schau einfach, wie weit du heute kommst. Kein Druck.»

Olivia steigen Tränen in die Augen, und Ellie fragt sich, ob sie womöglich zusammenbricht, aber dann dreht sie sich um, geht zu ihrer Staffelei, setzt sich und hält einen Moment wie benommen inne. Dann bückt sie sich und holt ihr Skizzenbuch und die Zeichenkohle aus der Tasche.

Ellie wird von Gewissensbissen gequält. Angesichts der Anstrengung, die Olivia auf sich nimmt, ist ihr eigener Mangel an Konzentration noch beschämender. Wenn sie es schafft, sich trotz ihrer Trauer zur Schule zu schleppen und an ihrer Mappe zu arbeiten, gibt es für Ellie erst recht keine Entschuldigung.

In den nächsten zwanzig Minuten versucht sie, sich eine Einleitung zu ihrem Essay aus den Fingern zu saugen. Sie ist froh, als es klingelt und die Stunde vorbei ist. Sie will gerade zusammenpacken, als Edward an ihre Werkbank zurückkommt und sich einen Hocker heranzieht. «Hast du noch einen Augenblick Zeit, Ellie? Wir konnten unser Gespräch eben nicht beenden. Sag mal, ganz ehrlich, wie läuft's?» Er mustert sie ruhig.

Ellie würde am liebsten in ein Mauseloch kriechen. «Mir ist klar, dass es aussieht, als hätte ich nichts getan, aber ich werde damit fertig.»

«Ich meinte eigentlich nicht deine Arbeit. Ich meinte, wie läuft es bei *dir*?»

Ellie sieht sich um. Jasmine winkt ihr von der Tür aus zu, die Mappe unter einem Arm, und macht eine Geste, die entweder bedeutet, dass sie draußen wartet oder dass man sich später sieht. Hinter ihr verlassen die letzten Schüler den Raum, bis nur noch Olivia übrig ist. Sie steht drüben am Waschtisch und mischt ihre Farben an. Ellie seufzt. «Mir geht es gut. Na ja … harte Woche und so.»

«Deine Mum hat mit mir gesprochen. Sie macht sich Sorgen um dich.»

Ellie gefällt die Vorstellung nicht, dass ihre Mum sich mit ihren Lehrern über sie unterhält.

«Ich habe die Vermutung, dass es dir nicht eben leichtfällt, das Gespräch mit unserer Schulpsychologin zu suchen, angesichts der Tatsache, dass sie gleichzeitig deine Mutter ist», sagt er und lächelt verhalten.

Ellie starrt ihre Schuhspitzen an. «Eher nicht.»

«Falls du jemanden zum Reden brauchst, Ellie, meine Tür steht dir immer offen. Ich habe deiner Mum gesagt, ich würde ein Auge auf dich haben, und das meine ich auch so. Manchmal fällt es leichter, sich jemandem anzuvertrauen, der nicht zur Familie gehört.»

Er ist so nett zu ihr, dass die steinharte Stelle tief in ihrem Inneren einen Riss bekommt. Ihr schnürt es die Kehle zu. *Fang jetzt bloß nicht an zu heulen*, befiehlt sie sich und reibt sich wütend die Augen.

«Hast du geschlafen?», fragt er. «Was gegessen?»

Sie schüttelt den Kopf. «Kaum was.» Sie schaut verstohlen zu Olivia hinüber und senkt die Stimme. Die Worte, die sie so verkrampft in sich verschlossen hat, brechen sich in einem einzigen Schwall Bahn. «Ich muss die ganze Zeit an den Wald denken. An die Party. Ich denke ständig nur an Sarah ... ob ich irgendwas hätte anders machen können.» Ellie holt tief Luft. «Ich frage mich, wer ihr das angetan hat. Ob sie Angst hatte. Ob sie versucht hat wegzurennen.»

Edward lehnt sich zurück und mustert sie. «Es ist verständlich, dass Sarahs Tod dir nahegeht. Das Verhör bei der Polizei muss traumatisierend für dich gewesen sein.»

Sie nickt. «Ich weiß, dass ich mich auf meine Arbeit konzentrieren muss. Wenn ich an die Kunsthochschule möchte ...» Sie schüttelt den Kopf. «Ich kann mich einfach nicht konzentrieren. Das, was zwischen Sarah und mir passiert ist ... ich wünschte ... ich wünschte einfach, ich könnte ...» Sie zuckt die Achseln. «Ach, keine Ahnung, ... mich entschuldigen, wahrscheinlich.» Ellie wischt sich eine Träne von der Wange.

«Du kannst Gefühle nicht einfach begraben, Ellie. Manchmal muss man sich ihnen stellen, auch wenn sie sich überwältigend anfühlen. Verdrängen hilft nicht weiter. Deine Mum erzählt dir sicher was ganz Ähnliches, oder?»

Ellie nickt. «Manchmal.»

Edward sieht sie nachdenklich an. Er kratzt sich am Kinn. «Vertraust du mir?», fragt er.

Ellie nickt.

Er beugt sich vor und legt ihr die Hand auf die Schulter. Seine Fingerspitzen drücken sich warm durch den dünnen T-Shirt-Stoff. «Ich habe eine Idee. Etwas, das dir helfen könnte. Begleitest du mich?»

«Wohin denn?»

«Manchmal müssen wir zurückgehen, um vorwärtszukommen.»

«Das verstehe ich nicht.»

«Manchmal» - er ist bereits aufgestanden, löst den Knoten seiner Krawatte, nimmt sie ab, greift zu seinem Schlüssel und nimmt die Lederjacke von einem Haken an seinem Pult - «müssen wir an jenen Ort gehen, den wir am meisten fürchten.»

Ellie merkt, dass Olivia sie beobachtet. Ihr Blick ist voller Misstrauen, und als sie Ellies Blick bemerkt, senkt sie eilig den Kopf hinter der Staffelei.

«Na, komm.» Edward verschwindet durch die Tür und winkt Ellie, ihm zu folgen. Ellie runzelt die Stirn, aber sie greift trotzdem nach ihrer Jacke.

Draußen herrscht immer noch Nebel. Überrascht registriert sie, dass Edward auf das Motorrad zusteuert, das unter einer Hängebirke geparkt steht. «Wo fahren wir denn hin?», fragt sie ihn noch einmal, als er aus dem Heckkoffer einen zweiten Helm zieht und ihr in die Hand drückt.

Er lächelt. «Du hast gesagt, du vertraust mir.»

Ellie ist klar, dass es sicher hundert andere Dinge gäbe, mit denen er seine Zeit verbringen könnte, hundert andere Schülerinnen, die er unterstützen könnte, und weil sie weder kindisch noch undankbar wirken will, setzt sie den Helm auf und steigt unsicher hinter ihm auf das Motorrad.

«Bist du schon mal mitgefahren?», fragt er über die Schulter.

«Nein», gibt sie zu.

«Also. Wenn du nicht runterfallen willst, dann halt dich gut fest. Bei einer Kurve lehnst du dich rein. Wenn du dich gegen die Kurve stemmst, fliegen wir beide.»

Befangen greift sie nach seiner Lederjacke.

«Fester», sagt er, und sie kann den amüsierten Tonfall in seiner Stimme hören. «Glaub mir, du willst dich an mir festhalten.»

Er lässt den Motor an, wendet die Maschine, schiebt sie vom Randstein weg und gibt ein paar Mal im Leerlauf Gas. Alles ist in dichten Nebel gehüllt, aber als Ellie einen Blick über die Schulter wirft, sieht sie auf den Stufen zum Kunstgebäude eine schemenhafte Gestalt stehen. Falls das Jasmine ist, weiß Ellie, was ihr bevorsteht. Ein «Ausflug» mit Edward. Dafür wird sie für den Rest des Schuljahres büßen, sie wird zur Zielscheibe von Spott und Witzen werden. *Lehrerliebling.* In Ellie steigt Wut auf ihre Mutter hoch. Schließlich hat die Edward gebeten, sich um Ellie zu kümmern, und sie so in diese Situation gebracht. Doch dann gibt Edward Gas.

Ganz kurz glaubt Ellie, sie würden kippen. Der Neigungswinkel der Maschine und das Gleichgewicht kommen ihr gefährlich und beängstigend vor. Aber sie fallen nicht um, sie fliegen, die Maschine dröhnt unter ihr, und

Ellie überlässt sich dem Adrenalin und der erregenden Bewegung. Als sie sich über den Campus auf das Haupttor zubewegen wie ein Stein, der übers Wasser hüpft, hat sie den Eindruck, der Nebel würde vor ihnen zurückweichen.

Unscharf gleiten die vertrauten Schulgebäude an ihnen vorbei, die Umrisse von Schülern tauchen auf und verschwinden wieder, und Ellie sinkt ein bisschen in sich zusammen. Am Tor bremst Edward ab und fährt links ran, um einem Fahrzeug Platz zu machen, das in hoher Geschwindigkeit auf sie zukommt. Ein Einsatzwagen mit blinkendem Blaulicht.

«Die hören wohl nie auf», ruft sie, und die Worte drohen ihr im Hals stecken zu bleiben, weil sie sofort wieder ihre eigene Fahrt in einem Streifenwagen zum Kommissariat vor Augen hat. «Ich frage mich, was die jetzt schon wieder wollen.»

Edward dreht sich zu ihr um und sagt etwas. Der Helm verschluckt seine Stimme, und er muss rufen. «Mach dir darüber keine Gedanken. Wir konzentrieren uns jetzt nur darauf, was *du* brauchst.»

Ellie dreht sich um und sieht zu, wie das Blaulicht sich im Nebel auflöst, dann ist auch das schmiedeeiserne Tor verschwunden. Es ist ein seltsames Gefühl, dabei zuzusehen, wie die Schule sich auflöst, als würde sie verschwinden, als würde sie von der riesigen, unheimlichen weißen Weite um sie herum verschlungen werden. Ja, was *braucht* sie? Sie hat keine Ahnung, aber vielleicht ist es nicht das Schlechteste, eine Weile in dieser seltsamen, gedämpften Nebelwelt zu verschwinden.

KAPITEL 36

Donnerstag, 11.00 Uhr

Rachel hat den Vormittag mit dem Versuch verbracht, sich um den Berg Arbeit zu kümmern, der sich auf ihrem Schreibtisch türmt, hat Berichte geschrieben und auf Mails besorgter Eltern geantwortet, als Ben endlich auf ihre Nachrichten reagiert.

Hallo. Sorry. Tel war aus. Streifenwagen jetzt auf dem Weg zur Schule. Durchhalten. Bald ist der Wahnsinn vorbei.

Sie atmet erleichtert auf. Je eher Edward verhaftet und verhört wird, desto schneller wird sie sich wieder sicher fühlen. Sie schaudert, wenn sie daran denkt, wie sie ahnungslos bei ihm zu Hause saß, fröhlich mit ihm gegessen und Wein getrunken hat, geschmeichelt von seiner Aufmerksamkeit, während er die ganze Zeit versucht hat, seine Verbindung zu Sarah zu kaschieren und sie nach Einzelheiten zum Stand der Ermittlungen auszuhorchen. Während über ihnen in seinem Atelier das unheimliche Bild stand. Es muss etwas zu bedeuten haben, und was immer das ist, eines ist ihr klar: Es ist nichts Gutes.

Die Nebelsuppe hängt direkt vor den Fenstern ihres Büros. Es kommt ihr fast so vor, als würde er ins Haus eindringen und sie alle ersticken, wenn sie das Fenster öffnete. Auf der anderen Seite ächzt und stöhnt der gusseiserne Heizkörper in dem wackeren Bemühen, das zugige Zimmer zu heizen, vor sich hin wie ein alter Mann, der versucht, sich aus einem Sessel hochzuhieven. Rachel steht auf und knipst sämtliche Lampen an, um die Düsternis auch aus den finstersten Ecken zu vertreiben. Sie will Licht und Wärme statt Schatten und Dunkelheit.

Als sie an den Schreibtisch zurückkehrt, fällt ihr Blick auf die Vase mit den weißen Rosen. Die zarten Köpfe haben sich inzwischen zu üppigen, samtigen Blüten geöffnet. Bei dem Anblick durchzuckt sie ein Schreck. Sie packt den Blumenstrauß und stopft ihn so, wie er ist, in den Papierkorb, froh, die Dinger los zu sein. *Frag ihn nach dem Bild,* schreibt sie zurück.

Nicht mal fünf Minuten später blinken Blaulichter vor dem Gebäude auf und beleuchten den Nebel wie Trockeneis. Sie stellt sich vor, wie uniformierte Beamte über den Campus marschieren und den Kunstsaal betreten. Ob Edward freiwillig mitgeht? Ob er aus Rücksicht auf seine Schüler kooperiert? Falls ihr eigenes Gefühl, hintergangen worden zu sein, als Maßstab dienen kann, kann sie sich den Schock der Schüler ungefähr vorstellen. Ein Lehrer, zu dem sie aufschauen, dem sie vertrauen, den sie bewundern, verwickelt in ein Schwerverbrechen? Ellie wird am Boden zerstört sein. Genau wie alle anderen.

Kurz darauf ertönt dumpf das Zuschlagen von Autotüren, ein Motor wird angelassen und die Blaulichter verblassen im Weiß. Rachel überlegt, ob sie ins Lehrerzimmer rübergehen soll, wo sich garantiert alle versammeln werden, sobald die Neuigkeit die Runde macht, aber sie ist sich nicht sicher, ob sie die Nerven für dieses Drama hat. Außerdem ist im Augenblick viel wichtiger, über den Umgang mit den Schülern und ihren Eltern nachzudenken. Gut möglich, dass Margaret sie um Rat bitten wird.

Sie sitzt gerade an einem entsprechenden Entwurf, als es

leise an der Tür klopft. «Herein?», ruft sie, die Tür schwingt auf, und Olivia Easton steht, in einen beigen Mantel gehüllt und mit gequältem Gesicht, auf der Türschwelle.

«Sie haben gesagt, ich dürfte zu Ihnen kommen ... wenn ... wenn ich ...» Sie verstummt, den Tränen nahe.

«Natürlich. Komm rein, Olivia.»

«Ich wusste nicht, was ich sonst tun soll.»

Olivia muss gesehen haben, wie Edward abgeführt wurde, denkt Rachel. Sie zeigt auf die Sitzgruppe vor dem Kamin. «Das war gut so. Komm, setz dich erst mal hin.»

Olivia zieht den Mantel aus und setzt sich steif in einen der Armsessel. Etwas an ihrem Verhalten beunruhigt Rachel. Sie wirkt fahrig, ihr Blick hat etwas Abwesendes.

«Möchtest du mir erzählen, was los ist?» Sie darf jetzt auf keinen Fall vorgreifen. Es ist wichtig, dass Olivia ihr mit eigenen Worten davon erzählt.

Olivia sackt in sich zusammen. Ihr Gesicht ist schmerzverzerrt. «Man will doch eigentlich von anderen immer nur das Beste denken, oder?»

«Sprichst du von Mr Morgan?»

Olivia steht der Schreck deutlich ins Gesicht geschrieben. Edward ist eine Autoritätsperson. Olivia hat ihm vertraut. Zu ihm aufgesehen.

Das Mädchen nickt. «Ich hätte gleich was sagen sollen, als die Polizei mich befragt hat, aber ich habe es nicht über mich gebracht, es zuzugeben.»

Rachel runzelt die Stirn. «Wovon sprichst du, Olivia?»

Olivia schaut zu Boden. «Ich glaube, es ist alles meine Schuld.»

«Aber nein, Olivia. Ganz sicher nicht. Wie kommst du darauf?»

Olivia hebt den Kopf. Sie hat Tränen in den Augen. «Es

fing alles am Ende des Sommerhalbjahrs an. Damals hatte Mr Morgan … Edward … mich gefragt.»

Rachel mustert sie verständnislos. «Was hat er dich gefragt?»

«Ob ich schon einmal Modell gesessen hätte.» Sie schluckt. «Er hat mich gefragt, ob ich bereit wäre, für ein Bild Modell zu sitzen.»

Rachel starrt Olivia an. Sie traut ihren Ohren nicht. Edward hat *Olivia* gebeten, für ihn Modell zu sitzen?

«Ich war geschmeichelt, weil er dachte, ich wäre gut genug. Hübsch genug», fügt sie schüchtern hinzu.

«Hast du es getan?» Rachel befürchtet, dass sie die Antwort bereits kennt.

Olivia nickt. «Er hat mich auf dem Motorrad mit zu sich nach Hause genommen. Sarah fand es nicht gut, aber ich habe zu ihr gesagt, sie sollte sich keine Sorgen machen. Wir haben in der Zwölften in der Zeichenklasse mit einem echten Modell gearbeitet, und ich wusste, wie wichtig das sein kann, weil es hilft, den menschlichen Körper richtig hinzubekommen. Außerdem war es schließlich Edward. Alle mögen Edward, hab ich recht?»

Rachel ist nicht sicher, ob sie sich Olivias wissenden Blick nur einbildet, aber sie nickt. «Erzähl weiter.»

«Als wir bei ihm waren, bat er mich, ein bestimmtes Kleid anzuziehen. Das hatte er in einem Vintage-Shop in Bath extra besorgt. Ein weißes fließendes Flatterding. Hübsch, aber alt.»

Rachels Gedanken rasen zurück zu dem gesichtslosen Foto an Edwards Staffelei. Die blonden Haare. Der weiße Stoff. Die blasse Haut. Sie war automatisch davon ausgegangen, dass das Mädchen auf den Bildern Sarah war. Hatte sie sich getäuscht? Waren die Fotos in Wirklichkeit Schnappschüsse von Olivia? Richtig. Aus bestimmten Blickwinkeln betrachtet, haben die beiden Mädchen sich frappierend ähnlich gesehen. *Viel eher Schwestern als Cousinen.* Hat sie gestern Abend in seinem Atelier die falschen Schlüsse gezogen?

«Was ist passiert, Olivia?», fragt Rachel behutsam. «Was hat er getan?»

Olivia hebt überrascht den Kopf. «Getan? Er hat gar nichts getan.» Ihr wird klar, worauf Rachel anspielt. «Nichts Schlimmes. Nicht, was Sie denken. Ich habe das Kleid angezogen, und er hat ein paar Fotos gemacht. Nichts Schmutziges», fügt sie in Reaktion auf Rachels entsetzten Blick hinzu. «Sie waren künstlerisch. Geschmackvoll. Hinterher saßen wir noch auf eine Tasse Tee und ein paar Kekse bei ihm in der Küche und haben uns ein bisschen über meine Studiumspläne unterhalten. Er hatte in Falmouth studiert, und ich wollte wissen, wie es da war.» Olivia zuckt die Achseln. «Dann bin ich wieder gefahren. Das Kleid durfte ich behalten, als Dankeschön dafür, dass ich seine «Muse» war. Er hat gesagt, es würde mir stehen. Ich dachte, damit wäre es erledigt.»

Rachel muss schlucken. «Aber es war nicht erledigt?»

Olivia schüttelt den Kopf. «Es war schön, Zeit allein mit ihm zu verbringen. Es war, als ...» – sie zuckt wieder mit den Achseln – «als wäre zwischen uns so ein Band entstanden ... er war ganz anders als die Jungs in der Schule. Er wirkte interessiert ... und interessant. Er hat sich mit mir unterhalten, als würde ich ihm etwas bedeuten.» Sie hebt den Kopf und sieht Rachel schüchtern an. «Ich habe eine Schwingung zwischen uns gespürt. Elektrizität. Ich habe mich gefragt, ob es ihm genauso ging, ob er mich deshalb zu sich eingeladen hat.»

Mit leicht geröteten Wangen sieht Olivia Rachel forschend an. Sie hofft eindeutig auf Zustimmung. Rachel weiß nicht, was sie sagen soll, ihr Verstand ist noch damit beschäftigt, zu verstehen, was sie da hört, aber Olivia hat noch mehr auf dem Herzen. «Ich habe mich Sarah anvertraut. Ich wollte wissen, ob sie mich für verrückt hält, ihn toll zu finden, zu glauben, da wäre vielleicht was zwischen uns.»

«Wie hat Sarah reagiert?»

«Sie hat gesagt, ich wäre dumm. Sie meinte, Edward wäre ein alter Mann.» Olivia seufzt. «Sarah war immer so direkt.»

Rachel bringt ein freundliches Lächeln zustande.

«Ich habe versucht, ihn zu vergessen; habe die Vorstellung von ihm und mir verdrängt. Aber dann hat sich herausgestellt, dass ich mir den Funken zwischen uns doch nicht eingebildet hatte.» Sie lächelt schüchtern. «Ein paar Tage später schickte Edward mir über Facebook eine Freundschaftsanfrage. So hat das mit den Nachrichten zwischen uns angefangen.»

Als Olivia die Freundschaftsanfrage erwähnt, erschrickt Rachel. Dasselbe hatte er mir ihr auch gemacht. «Nachrichten?», fragt sie. Der Knoten in ihrem Magen schnürt sich immer enger.

«Ja. Er hat vorgeschlagen, ich solle einen geheimen Messenger-Account anlegen, damit wir privat chatten können. Damit niemand auf falsche Gedanken kommt. Das ging ganz einfach, nur ein Fake-Name und ein falsches Profilbild. Hier.»

Olivia entsperrt ihr Telefon und öffnet eine App. Stumm scrollt sie Hunderte von Nachrichten zurück, aber Rachel achtet gar nicht auf den Inhalt. Ihr Blick ist an dem kleinen, runden Profilbild zuoberst in dem Thread hängengeblieben, dasselbe Profilbild - das von der Website der Schule - das sie vor Augen hatte, als sie ihre eigenen, vorsichtig formulierten Nachrichten an Edward schrieb. Die Galle steigt ihr hoch, und plötzlich hat sie einen bitteren Geschmack im Mund. «Willst du mir damit sagen, dass Edward Morgan dir von diesem Account aus über Monate persönliche Nachrichten geschickt hat?»

Olivia nickt stumm.

Rachel wird schlecht, während sie die Nachrichten überfliegt und ihr in erschreckenden Details immer wieder einzelne Worte und Satzfetzen ins Auge springen. *Trag die Haare morgen offen ... ich wünschte, ich könnte dich berühren ... ich habe letzte Nacht von dir geträumt ... meine schöne Muse ... ich möchte meine Gefühle für dich in die Welt hinausrufen ...* Beim Scrollen fällt Rachel der immer intimer werdende Tonfall auf, irgendwann ist von einem Tag in der Zukunft die Rede, an dem sie endlich zum ersten Mal tatsächlich körperlich zusammen sein werden. *Das Warten lohnt sich*, hatte Edward geschrieben. *Das wird die schönste Nacht deines Lebens, das verspreche ich dir.*

Sie drückt Olivia so abrupt das Telefon in die Hand, als hätte sie sich verbrannt. Edward hatte direkt vor ihrer aller Augen Grooming betrieben, sich an eine Minderjährige rangemacht. Kein Wunder, dass das arme Mädchen so verzweifelt und verstört ist. «Ich fürchte, Edwards Verhalten war höchst unangemessen», sagt sie. «Er hat seine Machtposition missbraucht, um dich auszunutzen.»

Olivia sieht Rachel aus großen, tränennassen Augen an. «Ich dachte, es hätte etwas zu bedeuten. Ich dachte, er hätte mich gern ... würde mich sogar lieben. Er hat gesagt, wir würden ein Paar sein, und versprochen, wenn ich niemandem was erzähle, würden wir zusammen sein, sobald ich die Schule verlassen habe.»

«Also hast du eure ...» – das Wort geht Rachel nicht leicht von der Zunge – «Beziehung vor allen geheim gehalten?»

Olivia nickt. «Er meinte, das wäre wichtig. Wenn jemals jemand was davon erführe, wäre es zwischen uns aus und vorbei. Er würde seinen Job verlieren. Er würde alles verlieren.»

Klassisches Grooming, denkt Rachel. Was für ein übler, manipulativer Mist. «Hat er ... hat er dich je berührt ... oder dich dazu gebracht, etwas zu tun, was du nicht wolltest?»

Olivia runzelt die Stirn. «Nein. Gar nichts. Das war alles ausschließlich online. Wir durften nichts riskieren. Wir haben gewartet.»

Rachel seufzt. «Hast du außer mir irgendjemandem davon erzählt, Olivia?»

Das Mädchen sackt in sich zusammen. «Nein! Er hat gesagt, das soll ich nicht.»

Wow!, denkt Rachel und schüttelt den Kopf. Edward hat Olivia wirklich richtig übel mitgespielt. Ihnen beiden. «Olivia, er hat gesagt, dass das ein Geheimnis bleiben muss, weil er weiß, dass es falsch ist. Und tief in dir weißt du das auch, hab ich recht? Er ist dein Lehrer.» Plötzlich hat sie wieder das unheimliche, halbfertige Gemälde in seinem Atelier vor Augen. Das Mädchen in Weiß, das durch den Wald rennt. «Er hat uns alle getäuscht.»

Olivia sträubt sich sichtlich gegen diese Behauptung. «Sie mögen ihn doch auch», sagt sie in beleidigtem Tonfall und nickt zu Rachel rüber. «Stimmt's?»

Rachel wird rot. Sie möchte sich mit Olivia nicht auf ein Gespräch darüber einlassen. Was auch immer Edward unternommen hat, um Rachel zu manipulieren, ist ein Klacks verglichen mit dem Missbrauch einer Schülerin. «Olivia, ich muss dich etwas sehr Wichtiges fragen.» Vor ihrem inneren Auge schwebt deutlich das Bild. Das Mädchen in Weiß. Der Turm. «Glaubst du, Mr Morgan könnte etwas mit dem zu tun haben, was Sarah letztes Wochenende passiert ist?»

Olivia wirkt hin- und hergerissen. Sie sieht Rachel gequält an.

«Du musst ihn nicht länger beschützen, Olivia. Denk an Sarah.»

«Ich will nicht ... ich will ihn nicht ...» Sie seufzt. «Ich liebe ihn.»

Rachel spürt, dass Olivia ein «aber» auf der Zunge liegt.

Olivia schnieft. «Ich glaube, er war nicht der, für den ich ihn gehalten habe.»

Rachel bemüht sich, ihre Stimme im Zaum zu halten. «Warum sagst du das?»

Olivia verzieht das Gesicht, und Rachel kann erkennen, wie tief ihre Qualen reichen.

«Du darfst ihn nicht länger beschützen, Olivia. Wer immer Sarah getötet hat, *muss* zur Rechenschaft gezogen werden, falls du also etwas weißt, irgendetwas, dann solltest du es jetzt sagen.»

Sie sieht dem Mädchen seinen Zwiespalt an. Schließlich strafft Olivia die Schultern und presst die Kiefer zusammen. Sie sieht entschlossen aus. Olivia greift wieder zu ihrem Telefon und öffnet den Nachrichten-Thread mit Edward. Sie hält Rachel den Bildschirm hin und deutet auf die letzten Nachrichten. Rachel beugt sich vor. Die erste Nachricht, die sie sieht, stammt von Olivia und wurde am Samstagnachmittag vor der Party abgeschickt, um 17.02 Uhr. *Ich hab Angst, dir das zu sagen, aber ich glaub, ich hab's verbockt. Sarah weiß Bescheid.*

Edwards Antwort kommt um 18.12 Uhr. *Was ist passiert?*

Sie hat einen Witz darüber gemacht, dass ich auf alte Männer stehe. Dass ich auf einen Bestimmten warte. Sie weiß es.

Eine Minute später antwortet er wieder. *Vergiss es. Um Sarah kümmere ich mich.*

Olivia hebt den Kopf und sieht Rachel verzweifelt an. «Sehen Sie?»

Rachel nickt. Ihr dreht sich fast der Magen um. *Um Sarah kümmere ich mich.*

Die letzten drei Nachrichten stammen von Olivia, alle verschickt am Abend der Party. Rachel überfliegt sie eilig.

Ich vermisse dich. Ich wünschte, es wäre endlich kein Geheimnis mehr. Ich will einfach nur bei dir sein ♥♥♥

Dann, viel später, die letzten beiden Nachrichten.

Wie konntest du nur?

Das werde ich dir niemals verzeihen.

Edward hat nicht mehr geantwortet.

Olivia starrt sie aus aufgerissenen Augen an. «Seitdem gibt es zwischen uns keinen Kontakt mehr. Heute im Kunstraum hat er sich total normal gegeben ... mitfühlend und betroffen, aber das ist alles nur Show. Ich glaube, er ... er ...» Ihre Stimme bricht, und sie fängt an zu schluchzen.

Rachel dreht sich der Kopf. Edward hat ein glasklares Motiv, was Sarah betrifft. Er musste sie zum Schweigen bringen, um seine Beziehung zu Olivia geheim halten zu können, weil ihm sonst sein Job und sein ganzes Leben um die Ohren geflogen wären. Rachel spürt die Wahrheit wie einen brennenden Messerstich im Bauch. Sie spürt den Betrug und die tiefe Scham, dass auch sie so naiv gewesen ist, auf seinen Charme reinzufallen; dass auch sie so dumm gewesen ist, zu glauben, Edward würde sie mögen, zwischen ihnen gäbe es eine «besondere Verbundenheit». Er hat mit ihnen allen gespielt, als wären sie Figuren auf einem Schachbrett und Edward der Großmeister.

«Es war sehr mutig von dir, damit zu mir zu kommen, Olivia, aber jetzt müssen wir die Polizei informieren.» Als sie die Angst in Olivias Augen sieht, wird ihr Tonfall sanft. «Du musst mich verstehen. Ich habe die Verantwortung, das an die betreffenden Stellen weiterzutragen. Was, wenn er noch jemandem etwas antut?»

In Olivias Augen wird ein Funkeln sichtbar. «Deshalb bin ich ja hier. Wegen Ellie.»

«Ellie?» Rachel sieht sie verständnislos an. «Was hat Ellie damit zu tun?»

«Sie ist mit Edward weggefahren.»

Rachel ist vor Schreck wie gelähmt. «Das kann nicht sein», widerspricht sie. «Die Polizei hat ihn zum Verhör mitgenommen. Ich habe selbst gesehen, wie der Streifenwagen losgefahren ist.»

Olivia schüttelt den Kopf. «Das war nicht Edward. Er und Ellie sind nach dem Kunstunterricht zusammen weggefahren. Auf seinem Motorrad. Ich konnte mir zuerst keinen Reim darauf machen, aber wenn er Sarah tatsächlich was getan hat ... und dann ermittelt Ellies Vater auch noch als Polizist in dem Fall ... deshalb bin ich zu Ihnen gekommen.»

Die Angst schnürt Rachel die Kehle zu. Da sitzen sie die ganze Zeit hier und reden, und währenddessen ist Ellie mit Edward Gott weiß wo. «Wohin, Olivia? Wo ist er mit ihr hingefahren?»

«Ich weiß es nicht. Ich habe nur gehört, dass er zu ihr gesagt hat, sie müsste sich mit ihren Ängsten konfrontieren. Er sagte, sie müsste zu dem Ort zurückkehren, der ihr Angst macht.» Sie zuckt die Achseln.

Der Ort, der ihr Angst macht? Denk nach, schreit Rachels Kopf. Wovor hat Ellie Angst? Doch dann fallen ihr Ellies nächtliche Angstschreie ein, die schlimmen Träume, die sie seit Halloween verfolgen, und plötzlich weiß sie genau, wohin Edward ihre Tochter bringt. Ihr ist plötzlich eiskalt.

In ihren Ohren fängt es an zu dröhnen, statt Gedanken hat sie nur noch Nebel im Kopf. Sie springt auf. «Ich muss gehen.»

Olivia packt ihren Mantel. «Ich komme mit.»

«Nein, Olivia. Das ist zu gefährlich.»

«Das ist mir egal.» Ihre Kieferknochen mahlen, ihre Augen glänzen vor Entschlossenheit. Sie schiebt die Hände in die Taschen. Rachel spürt ihre Zielstrebigkeit. «Sie sollten nicht alleine los. Ich kann mit ihm sprechen. Vielleicht hört er auf mich.»

«Olivia», widerspricht Rachel. «Du solltest auf gar keinen Fall in die Nähe dieses Mannes kommen. Das ist keine gute Idee.»

Aber Olivia ist schon auf dem Weg zur Tür, und Rachel fehlt die Zeit, sich zu streiten. Ellie ist mit Edward allein und schwebt vielleicht ernsthaft in Gefahr. Sie eilt Olivia durch den langen, holzgetäfelten Flur hinterher und hinaus in das kalte, helle Licht.

KAPITEL 37

Donnerstag, 11.45 Uhr

Ben verfolgt das Verhör im Nebenraum, DCI Khan stellt die Fragen, und Malcolm Crowe sitzt schmallippig und stocksteif auf dem Stuhl gegenüber. Rachel hat nicht auf seine letzte Nachricht reagiert. Er hat keine Ahnung, was sie mit *Frag ihn nach dem Bild* meinte. Das Telefon liegt auf stumm geschaltet neben ihm, für den Fall, dass sie sich doch noch meldet und etwas Licht in die Sache bringt.

«Was hat Sie Samstagabend in den Wald geführt, Mr Crowe?» Ungeduldig klopft Khan mit dem Stift auf einen Stapel Papier.

Ben beobachtet Malcolm Crowes Gesicht. Er zeigt keine Reaktion, sieht Khan nur weiter ruhig an. Seine tränenden Augen sind so undurchdringlich wie tiefes, stilles Wasser.

«Hatten Sie es auf die Kids abgesehen? Wollten Sie sie im Auge behalten? Vielleicht eine davon ganz besonders?», fügt Khan in dem Versuch hinzu, eine Reaktion zu provozieren.

Kurz zuckt in der gleichgültigen Miene etwas auf. «Wie ich Ihren Leuten vor ein paar Tagen bereits sagte», antwortet Crowe ruppig, «war ich Samstagabend mit Margaret zu Hause.»

Ben beugt sich näher an den Monitor, versucht, aus Crowes Miene irgendetwas herauszulesen. Connor hat darauf beharrt, dass er gesehen hat, wie Malcolm Crowe Samstagabend die Party beobachtete. Ben glaubt ihm. Es gibt für den jungen Kerl keinen Grund zu lügen, doch das unerschütterliche Beharren des Mannes im Verhörraum weckt kurz Zweifel in ihm. Der Alte ist wirklich gut. Das muss man ihm lassen.

Ben hatte noch vor dem Haus des Taxifahrers Maxwell angerufen, unmittelbar nachdem er mit Khan gesprochen hatte. «Wer hat die Überprüfung des Schulpersonals übernommen?», hatte er sie ohne Umschweife gefragt.

«Crawford.»

Ben hatte gestöhnt. «Tu mir einen Gefallen. Schau dir bitte die Infos über Malcolm Crowe noch mal genauer an. Vielleicht hat er was übersehen.»

«Bin schon dabei», hatte sie nur gelassen gesagt.

DCI Khan erhöht den Druck. «Es gibt einen Zeugen, der aussagt, Sie Samstagnacht im Wald gesehen zu haben. Es klingt sehr überzeugend.»

Crowe ist sichtlich unbehaglich zumute. Er windet sich auf seinem Stuhl. Ben weiß, dass die deutliche Körpersprache auch Khan nicht entgangen ist, weiß, dass er jetzt gleich Maxwells Munition in Anschlag bringen wird.

«Eine meiner Mitarbeiterinnen hat sich die Mühe gemacht, ein wenig nachzuforschen. Offensichtlich gab es an Ihrer früheren Schule massive Anschuldigungen gegen Sie, nur einen Monat ehe Sie den vorzeitigen Ruhestand angetreten haben.»

Im Stillen spricht Ben Maxwell wieder einmal seinen Dank aus für ihre ruhige, zupackende Effizienz. Sie hat dringend eine Beförderung verdient.

«Das Mädchen hat gelogen», sagt Malcolm schroff. «Gott allein weiß, weshalb sie sich so was ausgedacht hat, aber sie hat es getan.» Malcolms Körperhaltung strahlt Trotz aus. «Sie hat damit meinen Ruf zerstört.»

«Wie genau lautete der Vorwurf des Mädchens?», fragt Khan wie beiläufig und blättert in seinen Unterlagen. «Ah, hier. Nachspionieren von Schülerinnen. Das Wort ‹Spanner› ist gefallen.»

«Ich schaue mir gerne die Mannschaftssportarten an. Das ist ja wohl kein Verbrechen, oder? Was die da behauptet hat, ich wäre durch die Mädchenumkleideräume spaziert und hätte heimlich durchs Fenster gespäht, das ist Unsinn. Alles erstunken und erlogen.»

«Und da haben Sie trotzdem beschlossen, Ihre Stellung als Lehrer aufzugeben und vorzeitig in Ruhestand zu gehen?»

Malcolm lässt den Kopf hängen. «So etwas erschüttert einen. Ich hatte für diese Schule alles gegeben. Zwanzig Jahre als Fachbereichsleiter für Naturwissenschaften. Bei der Polizei hat das Mädchen dann zugegeben, dass sie sich das mit ihren Freundinnen alles nur ausgedacht hat, ein fieser kleiner Streich, aber da war es für mich schon zu spät. Mein Ruf war ruiniert. Dieses Lachen, wenn ich durch die Flure ging. Die misstrauischen Blicke der Kollegen. Eine einzige Lüge hat gereicht, um über Nacht meine Laufbahn zu zerstören.» Er schließt die Augen und stößt einen tiefen Seufzer aus.

«Wir haben vereinbart, dass ich vorzeitig in Ruhestand gehe. Der dortige Direktor hielt es für das Beste. Margaret und ich haben uns besprochen und beschlossen, woanders einen Neustart zu wagen. Sie wollte sich nach einer neuen Rolle umsehen, in einem neuen County, weit weg von dem ganzen Trara. Also haben wir genau das getan, hier in Folly View. Es erschien mir das Richtige, einen

Schritt zurückzutreten. Mich auf meine Hobbys zu konzentrieren.»

«Hobbys wie nachts durch die Wälder zu streifen? Und Schülern hinterherzuspionieren?» Khan mustert ihn aufmerksam. «Ich fürchte, falls es da nicht eine bisher unerwähnte Neigung zum Schlafwandeln gibt, sind Sie ein wenig in Erklärungsnot.»

Malcolm sieht sich in dem kahlen Verhörzimmer um, als wäre er auf der Suche nach etwas, worauf er den Blick ruhen lassen kann. Er hebt den Kopf und blickt direkt in die Kamera, die oben in eine Ecke montiert ist. Mit seinen großen, glotzenden Augen hinter der runden Nickelbrille und der hohen, durch den fliehenden Haaransatz noch betonteren Stirn erinnert er Ben an den grimmigen Farmer auf dem berühmten *American-Gothic*-Bild. Fehlt nur noch die Heugabel, und er wäre der perfekte Doppelgänger.

Weil Crowe weiter schweigt, greift Khan von anderer Seite an. «Ich glaube, Mrs Crowe war diejenige, die Ihnen für Samstagnacht ein Alibi gegeben hat, richtig?» Er blättert mit großer Geste in seinen Unterlagen. «Falls Sie selbst Mühe haben, sich genau zu erinnern, können wir auch gerne Ihre Frau aufs Kommissariat bringen lassen, um sie noch einmal dazu zu befragen.»

Wieder windet Malcolm sich auf seinem Stuhl. «Margaret hat nichts damit zu tun.»

«Mit was, Mr Crowe? Womit verbringen Sie denn dieser Tage Ihre Zeit?»

«Ich glaube, man könnte mich als Hauswart bezeichnen», sagt Malcolm tonlos. «Ich kümmere mich um die Dinge.»

«Soweit ich das verstanden habe, bekleiden Sie keine offizielle Stellung als Hausmeister, oder liege ich da falsch?»

Malcolm Crowe macht ein abfälliges Geräusch. «Das mag so sein, aber ich helfe trotzdem aus, wo ich kann. Ich habe gern etwas zu tun. Ich halte die Dinge in Ordnung, für Margaret. Meine Frau hat keinen leichten Job, eine Einrichtung wie Folly View zu leiten, ist nicht einfach. Wir beide nehmen das Motto der Schule sehr ernst. *Wir gehen weit darüber hinaus.* Das bezieht sich auch auf die Pflichten.»

«Ging es Samstagnacht im Wald also darum? Über Ihre Pflicht hinauszugehen? Sich um die Dinge zu kümmern?»

«In gewisser Weise.» Malcolm verschränkt die Arme vor der Brust.

Khan, der von Malcolm Crowes ausweichenden Antworten offensichtlich genug hat, wird direkt. «Haben Sie sich Samstagnacht um Sarah Lawson ‹gekümmert›?»

Der Vorwurf hängt schwer im Raum. Ben sieht den Widerwillen in Crowes Gesicht und hofft, dass Khan jetzt im Druck nicht nachlässt.

«Was mich an dieser Stelle besonders beunruhigt, ist das falsche Alibi, das Ihre Frau Ihnen gegeben hat.» Khan legt eine Kunstpause ein. «Wenn unser Zeuge recht hat, könnte Mrs Crowe wegen Falschaussage und Behinderung der Justiz belangt werden.»

Malcolm Crowe stößt ein leises, missbilligendes Räuspern aus, aber die Halsstarrigkeit in seiner Miene ist eindeutig Besorgnis gewichen.

«Der Vorwurf der Vertuschung wäre dem Aufsichtsgremium der Schule gegenüber gewiss schwer zu vermitteln. Die glanzvolle Karriere Ihrer Frau könnte auf dem Spiel stehen. Außerdem muss ich Sie bestimmt nicht daran erinnern, dass ein Meineid vor Gericht für Sie und Ihre Frau eine Gefängnisstrafe bedeuten könnte.» Khan verstummt, um seinem Gegenüber die Tragweite klarzumachen. «Das ginge alles auch viel einfacher, Mr Crowe, aber dazu müssten Sie mit uns kooperieren.» Khan beugt sich ein wenig über den Tisch. «Ich glaube, es ist Zeit, dass Sie aufhören, den Ahnungslosen zu spielen, und mir die Wahrheit sagen.»

Malcolm schließt die Augen, und als er sie wieder öffnet, liegt ein neuer Ausdruck darin, etwas wie Resignation.

«Margaret war diejenige, die plötzlich draußen Lärm hörte. Das war um kurz vor neun. Wir saßen vor dem Fernseher und schauten uns diese alberne Tanzsendung an, die sie so liebt. Sie hat den Ton leiser gestellt und gefragt, ob ich das gerade eben auch gehört hätte.»

Khan nickt. «Weiter.»

«Ich sagte, das wären wahrscheinlich nur die Füchse, die versuchten, an die Mülltonnen ranzukommen, aber ich bin trotzdem nach draußen gegangen, um nachzusehen.»

«Und, was ist es gewesen?»

Malcolm schnalzt abfällig mit der Zunge. «Eine gottverdammte Sauerei. Überall zerschlagene Eier, auf der Veranda, an den Fenstern, direkt vor dem Haus ein zu Brei getrampelter Riesenkürbis. Was für eine Verschwendung von Lebensmitteln. Und das wieder sauber zu kriegen!»

«Das muss sehr ärgerlich gewesen sein», sagt Khan, um einen neutralen Tonfall bemüht.

«Für die Schüler war das bestimmt ein grandioser Halloween-Streich, aber Margaret hat sich dieser Schule mit Haut und Haaren verschrieben. Ihr gegenüber war es unfassbar respektlos.»

«Was haben Sie daraufhin getan?»

«Ich hörte die Kids im Wald verschwinden, also bin ich ihnen gefolgt.» Malcolm verschränkt die Arme vor der Brust. «Ich wollte denen gehörig den Marsch blasen.»

«Konnten Sie die Schüler, die für den Halloween-Streich verantwortlich waren, identifizieren?»

Malcolm schüttelt den Kopf. «Nein, aber sie waren zu zweit, zwei Jungen, so viel hatte ich erkennen können. Sarah war nicht dabei. Also das Mädchen, das gestorben ist, falls Sie darauf hinauswollen.»

«Sie sind den Jungen also gefolgt.»

«Ja. Ich bin ihnen nachgegangen, hinauf in den Wald, doch dann habe ich sie aus den Augen verloren. Ich dachte, sie hätten mich abgehängt, doch als ich in die Nähe des Steinbruchs kam, sah ich plötzlich eine ganze Horde dort versammelt. Mir war sofort klar, dass die nichts Gutes im Schilde führen. Ja, ich habe den Jungen den Marsch blasen wollen, aber ich wollte es auf keinen Fall mit der ganzen Gruppe aufnehmen. Zumal es aussah, als würde die Feier außer Rand und Band geraten.»

«Was meinen Sie damit?»

Er schüttelt den Kopf. «Jedenfalls kein Benehmen, wie man es von Schülern einer Institution wie Folly View erwarten würde. Sie haben irgendwelche obskuren Spiele gespielt. Getrunken und geraucht. Haben sich liederlich und unanständig benommen. Es kam zu mutwilliger Sachbeschädigung. Die Rothaarige war auch mit dabei, die Tochter der netten Schulpsychologin. Sie hat einen Felsen mit ihrem hässlichen Gekrakel besprüht. Böse Mädchen sollten bestraft werden. Ich bin der Meinung, dass sie beim letzten Mal, als sie dabei ertappt wurde, wie sie in der Stadt ihr scheußliches Geschmier verbreitete, entschieden zu milde davongekommen ist.» Er verschränkt wieder die Arme vor der Brust. «Das habe ich ihrer Mutter übrigens erst neulich abends auch sehr deutlich zu verstehen gegeben.»

Ben fällt Rachels Nachricht wieder ein. *Frag ihn nach*

dem Bild. Hatte sie das damit gemeint? Er runzelt die Stirn. Nein, das ergibt immer noch keinen Sinn.

«Da waren also die Kids im Wald und haben wild gefeiert. Und was haben *Sie* getan?»

Malcolm zuckt die Achseln. «Ich bin geblieben. Ich bin zu der Anhöhe über dem Steinbruch hochgestiegen und habe sie von dort aus beobachtet.»

«Warum?»

Malcolm reibt sich das Kinn. «Ich glaube, weil mir nicht gefiel, was ich sah. Es waren ein paar ältere Jungs aufgetaucht. Ich dachte, die Dinge könnten vielleicht außer Kontrolle geraten. Es könnte was passieren.»

«Also sind Sie dageblieben, um aufzupassen? Für alle Fälle?» Khan sind seine Zweifel deutlich anzuhören.

«Na ja, da sind schließlich auch noch die Fledermäuse.»

«Die Fledermäuse?»

«Ja! Die Fledermausschlafplätze in den Höhlen. Hufeisennasen. Das ist eine gefährdete Art, verstehen Sie? Ich beobachte sie schon eine ganze Weile. Erforsche ihre Schlafplätze. Das ist ein kleines Hobby von mir. Faszinierende Kreaturen. Mir gefiel der Gedanke nicht, dass die Jugendlichen sie aufstöbern könnten. Wäre es nötig gewesen, zu intervenieren, hätte ich es getan.»

«Intervenieren?»

«Die Tiere stehen unter Schutz.»

«Haben Sie ... interveniert?»

«Nein. Ich bin geblieben, wo ich war, bis eines der Mädchen mich plötzlich entdeckt hat. Als ich hörte, dass einige Jungen nachsehen wollten, hab ich mich davongestohlen. Ich wollte auf keinen Fall gesehen werden. Mir war ja klar, wie das aussehen würde, zumal nach dem Vorfall an meiner vorherigen Schule.»

Khan zieht eine Augenbraue hoch. «Alle würden sagen, Sie hätten den Jugendlichen nachspioniert?»

«Wie gesagt» - Malcolm verschränkt die Arme vor der Brust - «ich war besorgt.»

«Sind Sie von dort aus direkt nach Hause gegangen? Ohne weitere Vorkommnisse?»

«Nein, das kann man so nicht sagen. Ich bin auf dem Pfad gestolpert und habe mir den Knöchel verstaucht. Musste nach Hause humpeln. Der Fuß bereitet mir schon die ganze Woche Probleme.»

Khan lehnt sich wieder zurück und lässt den Stift gegen den Notizblock schnalzen. «Warum die Lügen, Mr Crowe? Warum haben Sie uns all das nicht schon Anfang der Woche erzählt?»

Malcolm seufzt. «Wir haben uns besprochen, Margaret und ich. Angesichts der letzten *haltlosen* Anschuldigungen hielten wir es für das Beste, wenn ich mich aus der ganzen Sache raushalten würde. Wir wollten Ihre Ermittlungen nicht unnötig komplizierter machen, und Margaret war beunruhigt wegen der Schule. Sie machte sich Sorgen, wie das aussehen würde. Sie war der Meinung, wir sollten uns möglichst schnell distanzieren. Können Sie uns das angesichts unserer Erfahrungen mit Ihren Leuten etwa verübeln? Bei uns gilt die Unschuldsvermutung? Was für ein Quark!»

Die Tür zum Nebenraum geht auf, und DC Maxwell kommt herein, einen Stapel Papiere in Händen. «Ist der Chief noch dabei, Crowe in die Zange zu nehmen?»

Ben nickt.

«Ich hab da was ...»

«Warte.» Ben hebt die Hand und spitzt die Ohren. Malcolm hat sich zurückgelehnt. Er scheint sich plötzlich in seiner Haut wieder wohler zu fühlen. «... wirklich gedacht, Sie hätten diesen Lehrer inzwischen längst befragt.»

«Welchen Lehrer?» Khan kneift die Augen zusammen und beugt sich wieder vor. «Von wem sprechen Sie?»

«Den Kunstlehrer. Morgan.»

«Chase!», sagt Maxwell. «Du musst dir ...»

«Sorry, Maxwell. Warte noch kurz.»

«... habe sie gesehen, rotzfrech, fuhren mitten durch Thorncombe», fährt Malcolm fort. «Das Mädchen saß auf seinem Motorrad, klebte förmlich an ihm, die blonden Haare flatterten unter dem Helm heraus. Im Rückblick betrachtet, kommt mir das alles sehr verdächtig vor.»

«Sie haben Sarah Lawson mit dem Kunstlehrer von Folly View gesehen?», hakt Khan nach. «Gemeinsam, auf seinem Motorrad?»

«Die Beifahrerin sah jedenfalls sehr nach ihr aus, ja. Und jetzt schleicht er herum und macht unserer Schulpsychologin schöne Augen, schenkt ihr Blumen, streicht ihr Honig um den Bart.»

«Warum sind Sie mit diesen Informationen nicht früher zu uns gekommen?» Khans Tonfall schwankt zwischen Verblüffung und Empörung.

«Wie gesagt, angesichts meiner Erfahrungen mit der Polizei hatte ich keine besonders große Lust, in irgendwas hineingezogen zu werden. Außerdem ist meine Sehkraft nicht mehr die beste. Ich hätte nicht mit Gewissheit sagen können, ob Sarah das Mädchen auf dem Motorrad war. Ich habe mich dann selbst ein bisschen umgesehen. Hab mir Sarahs Schulakte angeschaut, um rauszufinden, ob sie seinen Unterricht besucht oder ob sie sich womöglich der Psychologin anvertraut hat, aber beides war nicht der Fall. Da dachte ich, ich hätte mich vielleicht doch getäuscht. Ich war der Meinung, ich hätte nicht genug, um mich damit an Sie …»

«Chase! Bitte!» Maxwells drängender Tonfall unterbricht Malcolms empörten Monolog.

Ben dreht sich zu ihr um. «Entschuldige. Was hast du für mich?»

«Die KT konnte die Daten von Sarahs Telefon auswerten.»

Ben ist sofort hellwach. «Und?»

«Wir haben Glück. McIvor hat zwar das Gehäuse zerstört, aber die SIM-Karte war relativ leicht zu retten. Das wird dich interessieren.»

Sie hält ihm die Ausdrucke hin, und Ben nimmt ihr den Stapel ab. Er blättert durch die Seiten und überfliegt den Inhalt.

«Facebook-Messages?», fragt er und sieht Maxwell an.

«Ja.»

Ben liest Nachricht um Nachricht und zieht die Augenbrauen hoch. «Was zum Teufel? Die sind alle von dem Kunstlehrer. Edward Morgan.»

Maxwell nickt und wartet stumm, bis es bei ihm Klick macht. Ben stößt einen leisen Pfiff aus. «Malcolm Crowe hat gerade von ihm gesprochen.»

Maxwell nickt. «Hab ich gehört.»

«Da hat uns jemand einen riesengroßen Bären aufgebunden.»

«Das ist ein Motiv, richtig? Ein Grund, Sarah etwas antun zu wollen.»

Ben blättert weiter und stößt auf weitere Threads. Er überfliegt sie eilig, und plötzlich rutschen die Einzelteile eines verwirrenden Puzzles an ihren Platz. John Slaters Aussage aus der Mordnacht. Auf einmal ergibt alles einen

Sinn. Er hebt den Kopf und schaut Maxwell an. «Es ist alles hier.»

Fiona Maxwell nickt zum Monitor. «Wir müssen das Verhör stoppen.»

«Absolut», sagt Ben. «Wir haben den Falschen.»

KAPITEL 38

Donnerstag, 12.00 Uhr

Ellie wünschte, sie hätte feste Schuhe an. Hätte Edward ihr gesagt, wo sie hinfuhren, hätte sie vorgeschlagen, sich noch ihre Turnschuhe zu holen. Quatsch, völliger Blödsinn, denkt sie leise fluchend, hätte sie gewusst, wo er mit ihr hinwill, hätte sie eine Ausrede erfunden, um sich vor diesem kackbescheuerten Trip zu drücken. Während sie den nebelverhangenen Waldweg hügelaufwärts stolpert, bedauert Ellie die Entscheidung, Edward blind gefolgt zu sein, immer mehr. Sie rutscht ständig aus, weil sich der Untergrund durch das ständige Hoch und Runter der Polizisten und den heftigen Regen in Matsch verwandelt hat. Zu allem Überfluss liegt auch noch überall glitschiges Laub herum, das der Wind über Nacht von den Bäumen geweht hat. Es besteht inzwischen kein Zweifel mehr, wohin Edward mit ihr will, und ihr wird vor Angst ganz mulmig zumute.

Sie haben während der Fahrt kein Wort gewechselt. Da sind nur sie beide gewesen und der Nebel. Ellie klammerte sich an seiner Jacke fest, vor ihnen verlor sich der Scheinwerferstrahl des Motorrads in den driftenden Nebelschwaden, und schließlich rumpelten sie über einen unbefestigten Weg und bogen in den kleinen Wanderparkplatz ein. «Hier?», fragte Ellie und spürte dabei das erste angstvolle Prickeln.

Edward drehte den Zündschlüssel um, und das Dröhnen

des Motors wich der tiefen Stille des Waldes. Er nahm den Helm ab und fuhr sich mit der Hand durch die Haare. «Ich kann gut verstehen, wie du dich fühlst», sagte er.

Sie nickte, aber insgeheim fragte sie sich, woher er das wissen sollte.

«Sarahs Tod hat dich getroffen. Sehr sogar.»

Als Sarahs Name fiel, schwoll der Kloß, der ihr seit Samstagnacht in der Kehle steckte, noch weiter an. Ellie beschäftigte sich damit, den Helm abzunehmen, und nestelte extra umständlich am Verschluss herum.

«Es ist beängstigend, wenn plötzlich die Scheuklappen wegfallen und man begreift, dass die Welt ein chaotischer Ort ist, nicht wahr? Ohne richtige Ordnung. Dieser Moment ist gewissermaßen der Verlust der Unschuld.»

Ellie runzelte die Stirn. Wollte er damit sagen, sie wäre naiv gewesen ... kindisch? Sie hätte nicht gewusst, dass auf der Welt schlimme Dinge passieren? Falls ja, irrte er sich. Diese Blase war bereits an dem Tag mit einem großen Knall geplatzt, als ihre Tante Gemma gestorben war. Und dann noch einmal an dem Tag, als ihr Dad zu Hause ausgezogen war. Sie wusste ganz genau, dass es im Leben großen Schmerz und tiefe Trauer gab. Sie wollte protestieren, doch Edward war noch nicht fertig.

«Ein Ort wie Thorncombe kann sich anfühlen wie eine Blase, als könnte hier niemals etwas Schlimmes passieren. Aber in Wirklichkeit gibt es keinen sicheren Ort. Um das zu verstehen, muss man nur einen Blick in die Geschichte werfen.»

Sie war nicht sicher, was er damit meinte.

«Viele von uns haben nie gelernt, über den Tod zu sprechen oder wie wir damit umgehen sollen, vor allem, wenn er schnell und unerwartet eintritt. Was einigermaßen seltsam ist angesichts der Tatsache, dass die Geburt und der Tod die natürlichsten zwei Prozesse sind, die wir je erleben, und außerdem die einzigen beiden echten Gewissheiten in unserem Leben, findest du nicht?»

Ellie legte den Kopf schief. «Wahrscheinlich. Darüber habe ich noch nie nachgedacht ...» Sie verstummte. Soweit sie wusste, war an Sarahs Tod überhaupt nichts Natürliches gewesen, doch noch ehe sie dieses Argument anführen konnte, hatte Edward schon wieder das Wort ergriffen.

«Über dieses Thema denken wir eben nicht so gerne nach, stimmt's?» Er drehte sich zu ihr um, und sie nickte, weil sie ihm gefallen wollte, obwohl sie immer noch nicht verstand, worauf er eigentlich hinauswollte. «Wir leben unser Leben, als wären wir unsterblich. Als würden wir ewig leben. Bei euch Teenagern ist es am schlimmsten», fügte er mit einem verhaltenen Lächeln hinzu. «Ihr seid quasi darauf programmiert, euch auszuprobieren, Risiken einzugehen ... zu leben, als wärt ihr unverwundbar. Das ist der Grund, weshalb uns, wenn etwas aus heiterem Himmel geschieht, etwas, das die Ordnung stört, wie Sarahs Tod zum Beispiel, oft die Worte oder auch die Fähigkeiten fehlen, so ein Ereignis zu verarbeiten.» Er schüttelte den Kopf. «Kein Wunder, dass du unter dieser Last leidest, Ellie.»

Er nahm ihr den Helm ab, half ihr beim Absteigen und ging los. Der Knoten in ihrem Magen wurde immer enger. «Was tun wir hier?», fragte sie ihn.

«Die Beziehung zwischen meinem Vater und mir war nicht einfach, Ellie», antwortete Edward. «Zwischen uns herrschte böses Blut. Es gab viele Missverständnisse. Er hat sich nie mit meiner Entscheidung, Kunst zu machen, abgefunden. Nach seinem Tod wurde mir bewusst, dass es Dinge gab, die ich ihm gerne gesagt hätte. Da war viel Bedauern ...

auch Schuld. Wenn wir keine Möglichkeit finden, solche Gefühle loszulassen, können sie uns ein Leben lang belasten. Sie können uns blockieren ... emotional» – er drehte sich zu ihr um, mit leuchtenden Augen – «... und kreativ.»

Ellie sah ihn zweifelnd an. «Was haben Sie dagegen getan?»

«Eine Therapeutin gab mir den Rat, all die Dinge, die ich ihm nie habe sagen können, laut auszusprechen. Mir einen Ort zu suchen, der mich an ihn erinnert, und ihm alles zu sagen, was mir auf dem Herzen lag. Und das habe ich getan.»

Ellies Neugier war geweckt. «Hat es geholfen?»

«Ich hatte nicht ernsthaft damit gerechnet, aber es hat tatsächlich geholfen. Und ich glaube, dir könnte es ebenfalls helfen.»

«Mir?»

«Du hast vorhin gesagt, du wünschtest, du könntest dich bei Sarah entschuldigen, dass du nicht aufhören kannst, an sie zu denken. An das, was zwischen euch beiden in der Nacht ihres Todes im Wald passiert ist. Wie wäre es also, wenn wir jetzt da raufgehen» – er deutete mit dem Kinn bergauf –, «und du sprichst alles, was du Sarah sagen willst, laut aus? An der Stelle, wo ihr beide zum letzten Mal zusammen wart?»

Ellie riss unwillkürlich die Augen auf. «Das klingt irgendwie ...schräg.»

«Kann sein, aber was, wenn es dir tatsächlich helfen würde, einige dieser überwältigenden Gefühle zu verarbeiten? Was, wenn es hieße, dass du dich wieder besser konzentrieren kannst? Wenn du nämlich wirklich an die UAL möchtest, hast du ein anstrengendes Jahr vor dir. Es steht viel auf dem Spiel. Das ist doch einen Versuch wert, oder?»

«Ich weiß nicht», sagte Ellie. Ihr graute vor der Vorstellung. «Ich glaube, ich will nicht mit Sarah sprechen. Jedenfalls nicht vor Ihnen.»

«Du musst die Worte nicht laut aussprechen. Sprich in Gedanken mit ihr, ganz intim, wenn sich das besser für dich anfühlt. Ich bin lediglich zu deiner moralischen Unterstützung in der Nähe.»

Ellie verzog zweifelnd das Gesicht. Sie brachte es nicht über sich, ihm klarzumachen, dass sie das nicht tun wollte, wo er ihr doch gerade das mit seinem Vater anvertraut hatte, wo er sich doch die Mühe gemacht hatte, extra mit ihr hierherzufahren. Wie sollte sie ihm klarmachen, dass noch einmal da rauf in den Wald zu gehen das Letzte war, was sie wollte – an den Ort, wo dieser ganze Albtraum begonnen hat?

Aber Edward war bereits in den Wanderweg eingebogen. Er hatte den Jackenkragen hochgeschlagen und war losgestapft. Ellie seufzte. Wenn ihre Mum oder ihr Dad sie hierhergeschleift hätten, hätte sie schlicht gesagt, wo sie oder er sich die Idee hinstecken könnte, und hätte sich geweigert, auch nur einen Schritt zu machen, aber das hier war Edward – ihr Lehrer. Trotzdem zögerte sie einen Augenblick, warf einen sehnsüchtigen Blick auf das Motorrad und den Zufahrtsweg und spürte, dass ihr die Knie zitterten. Jede Zelle ihres Körpers schrie: *Tu das nicht*, aber Edward winkte sie zu sich, und sie sah den Anflug von Ungeduld, der über sein Gesicht zog. Mit einem bangen Gefühl setzte sie sich schließlich in Bewegung und folgte ihm, hinein in den Nebel. Sie hatte nicht den Eindruck, wirklich eine Wahl zu haben.

Jetzt stolpert sie hinter ihm durch den nebelverhangenen Wald und verflucht sich dafür, dass sie so dumm war, einfach blindlings auf sein Motorrad zu steigen, anstatt eine Ausrede zu erfinden und in die Sicherheit des Aufenthaltsraums zu fliehen. Sie konzentriert sich auf den Anblick seiner Lederjacke und auf die weißen Atemwölkchen vor ihrem Gesicht. *Dumm, dumm, dumm,* sagt sie stumm im Takt ihrer Schritte vor sich her.

«Weißt du, dass es in diesen Wäldern angeblich spuken soll?», ruft Edward ihr über die Schulter zu.

Daran möchte Ellie jetzt auf keinen Fall denken. Hier ist es auch normalerweise schon gruselig genug, aber nach allem, was passiert ist, und auch noch mit dem Nebel, der zwischen den Bäumen hängt, wirkt der Wald um sie herum noch unheilvoller als sonst.

«Kennst du die Geschichte von dem Mädchen, das oben am Turm ermordet wurde?»

«Das ist nur ein Ammenmärchen», sagt Ellie forscher, als sie sich fühlt. Sie schaut sich um, versucht, die undeutlichen Umrisse im Nebel zu erkennen. Überall Bäume, die sich bedrohlich über ihr erheben, mit ihren Ästen nach ihr greifen, und Edward, der vor ihr den Weg hochsteigt. «Also, für mich ist das völlig okay, das jetzt nicht zu tun», sagt sie. «Ich glaube, in ein paar Tagen geht es mir von ganz allein wieder besser.»

Aber statt auf sie zu reagieren, fängt Edward wieder an zu sprechen, und seine Stimme weht zu ihr nach unten. «Ich sitze gerade an einer Serie von Bildern, die auf den Geschichten dieser Gegend basieren», ruft er ihr über die Schulter zu. «Habe ich dir je davon erzählt?»

«Nein», keucht sie. Sie hat Mühe, mit ihm Schritt zu halten, und muss einen kurzen Sprint einlegen. Edward ist an einer knorrigen Eiche stehen geblieben und wartet auf sie.

«Ja, ihr habt mich dazu inspiriert mit euren Kunstprojekten, die sich alle auf die Landschaft hier beziehen, und ich dachte, ich könnte mit meiner nächsten Serie dasselbe versuchen. Ich habe mich schon immer für die Echos eines Ortes interessiert. Dabei ist mir die Geschichte von dem Mädchen am Turm eingefallen, und jetzt sind wir hier. Was für ein seltsamer Zufall. Ich hatte an einem Bild vom Turm gearbeitet.» Er mustert sie. «Aber das werde ich wohl niemals öffentlich zeigen können.»

«Warum denn nicht?» Ellie ist froh über die kleine Verschnaufpause.

«Weil es mir falsch vorkäme.»

Ellie schaut sich um. Sie beschleicht ein eigenartiges Gefühl - als würde jemand sie beobachten. Als könnte Sarah jeden Moment in ihrem weißen Kleid aus dem Nebel gleiten und plötzlich vor ihnen stehen. Die Vorstellung jagt ihr einen Schauer über den Rücken.

Schließlich treten sie zwischen den Bäumen hinaus auf die Lichtung. Der Turm erhebt sich steil über ihnen und verschwindet im weißen Nebel. Seit sie zuletzt hier war, ist viel kupferfarbenes Herbstlaub gefallen, das der Wind an den steinernen Mauern zu hohen Wehen zusammengefegt hat. Beim Anblick der verlorenen Reste des Absperrbands, das in Fetzen von Ästen und Zweigen hängt, fällt Ellie zurück. Ihr wird schlecht. Hier ist Sarah gestorben. Hier haben sie sich letzten Samstag gestritten.

Um sie herum ist es eigenartig still. Der Nebel scheint die Stille des Ortes einzuhüllen und in sich aufzunehmen, und Ellie hat das Gefühl, sie hätten ein Vakuum betreten und wären irgendwo außerhalb von Ort und Zeit gelandet. Nicht ein einziger Vogel singt. Ihr Blick wandert zögernd die steinerne Turmwand hinauf, die sich dunkel von den wabernden Nebelschwaden abhebt. Von dort oben, aus dem weißen Nichts, ist Sarah herabgestürzt. Vor ihrem inneren Auge spulen sich Fantasiebilder ab. Ellie schaudert. Arme Sarah.

«Es ist die Angst, die deine Kreativität blockiert, Ellie», sagt Edward, dem ihre Reaktion nicht entgangen ist.

Ellie zuckt die Achseln. «Kann schon sein. Ich meine … keine Ahnung …»

«Weißt du, wie du die Angst verlieren kannst?»

Sie schüttelt den Kopf.

«Indem du dich direkt damit konfrontierst. Zermalmen lässt sie sich nicht. Also musst du sie fühlen und dann trotzdem handeln. Wenn du das tust, bist du frei. Unbesiegbar.»

Ellie schaut ihn zweifelnd an. Sie weiß immer noch nicht genau, wovon er spricht oder was sie hier oben eigentlich wollen. Als er ihre Verwirrung sieht, macht er einen Schritt auf sie zu.

«Wovor hast du am meisten Angst, Ellie?»

Sie schaut zu dem Turm hinauf, der sich über ihnen erhebt.

Edward folgt ihrem Blick. «Das ist es. Genau da gehen wir jetzt hin.» Ohne zu zögern, geht er auf den schwarz klaffenden Eingang zu und betritt den Turm. Schon halb drinnen, bleibt er stehen und schaut sich noch einmal nach ihr um. «Komm schon. Worauf wartest du?»

«Ich … ich will da nicht rauf.»

Er wendet den Kopf, schaut hinauf zu der Wendeltreppe im Inneren und sieht wieder zu ihr. Er hat bereits einen Fuß auf der untersten Stufe, seine Zähne schimmern weiß, aber sie kann seine Augen nicht sehen, sie sind im Dunkel des Turms verschwunden. «Wenn man erst mal drin ist, ist es gar nicht mehr so schlimm. Komm schon.»

Ihm ist seine Ungeduld inzwischen deutlich anzumerken. Ellie spürt, dass Edward langsam sauer wird, weil sie seine Idee nicht so toll findet wie er, und sie hat nicht nur Angst vor dem Turm, sondern auch davor, ihn zu enttäuschen. Er möchte ihr nur helfen. Sie wirft einen letzten Blick zurück zum Weg und zu den Bäumen, sieht, wie sich der Nebel um die Stämme sammelt, und setzt sich in Bewegung. Sie betritt den Turm und folgt Edward hinauf in den Schatten.

KAPITEL 39

Donnerstag, 12.00 Uhr

Rachel fährt so schnell, wie der Nebel es zulässt. Adrenalin jagt in Wellen durch ihren Körper, während sie über die gewundene Straße schlingert. Falls sie mit ihrer Ahnung richtigliegt, weiß sie, wohin Edward mit Ellie will, und dann wäre der Waldparkplatz der beste Ausgangspunkt. Es ist der kürzeste Weg.

Gleichzeitig versucht sie ununterbrochen, Ben zu erreichen, drückt ständig auf Wiederwahl, will ihn mit Telepathie dazu zwingen, ans Telefon zu gehen, doch dann kommt das Funkloch, und sie braucht mehrere Versuche, bis sie es klingeln hört. Dann, zum Glück, ist über die Freisprechanlage endlich Bens Stimme zu hören. «Rachel. Was ist ...»

«Ben! Er hat Ellie. Er ist mit ihr in den Wald gefahren.»

«Wa...» In der Leitung rauscht und knistert es. «... heißen, er hat Ellie?»

«Du hast gesagt, ihr würdet ihn verhaften, aber er ist immer noch auf freiem Fuß, und er hat unsere Tochter!» Ihre schrille Stimme überschlägt sich fast vor Angst. Sie gerät in eine Schlammpfütze, das Fahrzeugheck bricht aus, und Rachel hat große Mühe, das Lenkrad unter Kontrolle zu halten. Sie flucht und spürt Olivias erschrockenen Blick auf sich.

«Rachel! Langsam ... keinen Sinn ... mit Khan sprechen.»

Sie versteht nur jedes dritte Wort, der Empfang ist miserabel.

«Ich bin mit Olivia unterwegs. Sie hat die beiden wegfahren sehen, Ben. Edward hat uns alle belogen. Und jetzt hat er Ellie. Ich habe Angst, dass er ihr was antut.»

Es ist so lange nichts zu hören, dass sie schon glaubt, die Verbindung wäre endgültig weg. Rachel flucht, dann ist Bens Stimme wieder da. «... bist du? Bleib an Ort und ...»

«Ich muss Ellie von ihm wegholen.»

«Rachel ... ist gefährlich ... neue Informationen. Du musst ... beschützen ... Olivia ... Ellie.»

«Das versuche ich doch die ganze Zeit, dir zu erklären, Ben!» Frustriert schlägt sie mit der Faust aufs Lenkrad.

«Bleib einfach ...»

Dann ist die Verbindung endgültig weg. Rachel blickt zu Olivia. Das Mädchen ist aschfahl, sie wippt hektisch mit einem Bein und bewegt nervös die Hand in der Jackentasche, als würde sie einen kleinen Stein zwischen den Fingern drehen. Rachel wird von Schuldgefühlen überwältigt. Sie hätte Olivia auf keinen Fall mitnehmen dürfen. Es ist viel zu gefährlich. Sie hat auch so schon genug durchgemacht. «Ich kann dich hier rauslassen. Ich fahre allein weiter.»

Olivia schüttelt heftig den Kopf. «Hier? Mitten im Nirgendwo?»

Rachel mustert die neblige Straße. Olivia hat recht. «Was, glaubst du, will er von Ellie?» Sie muss schlucken. Es ist eine Frage, die sie sich nicht zu stellen gewagt hat, und jetzt, wo sie ausgesprochen ist, kommen ihr jede Menge beängstigende Szenarien in den Sinn.

Olivia zuckt die Achseln. «Keine Ahnung. Ich dachte, ich würde ihn kennen. Ich dachte, er liebt mich. Aber jetzt ist mir klar, dass ich keine Ahnung hatte, wer er ist.»

Bens Satzfetzen gehen ihr nicht aus dem Sinn. *Du musst ... beschützen ...* «Wenn wir am Parkplatz sind, bleibst du im Wagen. Verstanden?»

Olivia antwortet nicht, und Rachel gibt Gas.

KAPITEL 40

Donnerstag, 12.30 Uhr

Vorsichtig steigt Ellie Stufe um Stufe hinter Edward den Turm hinauf, die Hand an der feuchten Steinmauer. Ihre Schritte hallen durch den Hohlraum, während sie sich unweigerlich der Plattform nähern.

Als sie endlich oben angekommen ist und mit beiden Beinen fest auf der hölzernen Plattform steht, atmet sie zitternd auf, macht einen letzten Schritt und hält sich an der Mauer fest. Die offenen Dachsparren über ihr sind mit grauen Spinnweben überzogen, die wie schmutzige Lumpen im Wind wehen.

«Komm und schau», sagt Edward und winkt sie zu sich an die bogenförmige Öffnung. «Es ist umwerfend.»

Vor dem weißen Himmel zeichnet sich stabil sein Umriss ab. Ellie schüttelt den Kopf. Sie hat zu viel Angst, um die letzten Schritte zu tun und die Lücke zu schließen.

«Komm, ich bin bei dir. Es geht darum, dich deiner Angst zu stellen, weißt du noch?»

Zögernd rutscht sie Zentimeter für Zentimeter vorwärts, mit ausgestreckten Armen. Dann steht sie schließlich direkt neben ihm. Hinter Edward, jenseits der Öffnung, ragen die Baumwipfel wie schwarze Speerspitzen aus der dichten, weichen Nebeldecke. Das Tal selbst liegt darunter verborgen. «Oh!» Das Wort löst sich wie von selbst aus ihr, ein sanfter Hauch. Der Anblick ist seltsam und surreal und, sie muss Edward recht geben, umwerfend. Zaghaft lächelnd dreht Ellie sich zu ihm um. «So etwas habe ich noch nie gesehen.»

«Siehst du?», sagt er. «Ist doch gar nicht so schlimm hier.»

Ellie nickt, aber so gespenstisch schön es hier oben auch sein mag, sie muss trotzdem an Sarah denken, an das, was sie Samstagnacht kurz vor ihrem Tod hier oben wahrscheinlich durchgemacht hat. Wie solch ein Sturz sich wohl anfühlen würde? Wie es wäre, zu spüren, wie man durch die Luft fällt und der Boden auf einen zurast? Sie schaudert bei der Vorstellung, und Edward, der sie genau beobachtet, legt ihr eine Hand auf die Schulter. «Ist das hier der richtige Ort? Möchtest du versuchen, mit Sarah zu sprechen?»

Sie nickt, obwohl sie sich immer noch nicht sicher ist, ob sie das wirklich will. Aber sie muss ihm wenigstens zeigen, dass sie sich Mühe gibt. Sie will die Sache möglichst schnell hinter sich bringen. Sie schaut hinaus zum weißen Horizont und versucht, die Worte und Gefühle zu artikulieren, die sie seit Samstagnacht so aufwühlen, dass sie nicht mehr schlafen kann. Worte des Bedauerns, Worte der Entschuldigung. *Es tut mir leid, es tut mir leid, es tut mir leid,* sagt sie innerlich und denkt an den dämlichen Streit, an die Wut, mit der sie auf Sarahs Häme reagiert hatte, an ihre schrecklich impulsive Reaktion. *Entschuldige, dass ich zugelassen habe, dass meine Wut mit mir durchgeht. Ich wünschte, ich wäre bei dir geblieben. Ich wünschte, das alles wäre nicht passiert. Ich wünschte, ich hätte dich beschützen können.*

Eine Amsel erhebt sich von einem Ast und schießt wie ein schwarzer Pfeil durchs Weiß. Ellie verfolgt sie mit Blicken, sieht sie weiter unten landen und keucht auf. In dem Moment tritt am Fuß des Turms eine Gestalt aus dem Nebel hervor, ein weiß gekleidetes Mädchen mit langen blonden Haaren. Ellie starrt sie fassungslos an, und im selben Moment wendet das Mädchen das herzförmige Gesicht nach oben. «Sarah?», keucht Ellie.

Sie strauchelt, muss sich an der Mauer festhalten. Das ist alles nur Einbildung. Es muss Einbildung sein, denn Ellie will nicht an Gespenster glauben, und Sarah könnte in diesem Augenblick nur hier sein, wenn dieser verfluchte Wald sie herbeigezaubert hätte, ihren rachsüchtigen Geist zwischen den Bäumen herausgezerrt hätte.

«Was hast du denn?», fragt Edward und tritt nach vorn, um nachzusehen, was ihr einen solchen Schrecken einjagt.

Ellie macht den Mund auf, aber es kommt kein Ton heraus. Sie bildet sich das ein, denkt sie. Das geht nicht anders. Doch dann schaut sie Edward an, auf der Suche nach Beruhigung, und sie sieht den Schrecken in seinem Blick.

«Was zum Teufel …», sagt er und schaut nach unten.

«Wo kommt *die* denn plötzlich her?»

KAPITEL 41

Donnerstag, 12.30 Uhr

Kaum ist Rachel in den Waldparkplatz eingebogen und kommt neben Edwards Motorrad zum Stehen, springt Olivia, die doch unbedingt sitzen bleiben sollte, auch schon aus dem Wagen und rennt los, rennt über den nebelverhangenen Wanderweg bergauf, während Rachel sich noch nicht einmal vollständig abgeschnallt hat. «Olivia! Warte!», ruft sie und eilt ihr nach, doch ihre vom Nebel gedämpfte Stimme begegnet nur unheimlicher Stille. Verzweifelt versucht sie, mit dem Mädchen Schritt zu halten. Immer wieder taucht ein Zipfel von Olivias hellem Mantel zwischen den Baumstämmen auf, doch dann ist sie auch schon wieder weg, im Dunst verschwunden.

Der Weg ist glitschig vor Schlamm und nassem Laub. Überall lauern Stolperfallen, Steine und Wurzeln. Kurz vor dem Ziel stolpert Rachel, verliert das Gleichgewicht und fällt hart auf die Knie. Sie rappelt sich hoch und eilt weiter, ohne auf Kratzer und Abschürfungen zu achten. Etwas an der unheimlichen Stille hält sie davon ab, noch einmal laut zu rufen. Sie ist jetzt kurz vor dem Turm, und sie möchte Edward auf keinen Fall auf sich aufmerksam machen. Sie hat Angst vor dem, was er tun wird, wenn er weiß, dass sie in der Nähe sind.

Stolpernd erreicht Rachel die Lichtung und bleibt abrupt stehen. Olivia steht, den Kopf in den Nacken gelegt, direkt vor dem Turm und schaut an der hohen Mauer entlang nach oben. Rachel folgt ihrem Blick und keucht auf. Da ist Ellie, direkt an der Kante der bogenförmigen Öffnung, wie ein Vogel auf einem Zweig, der kurz davor ist, abzufliegen. Direkt hinter ihr ragt Edward auf, groß und bedrohlich. Rachel bleiben die verzweifelten Warnrufe im Halse stecken. Er bräuchte nur die Hand auszustrecken und sie zu schubsen. Die Vorstellung lässt ihr das Mark in den Knochen gefrieren.

Ellie hält sich mit einer Hand an der Mauer fest und starrt entsetzt zu Olivia hinunter. Rachel macht noch ein, zwei Schritte in die Lichtung hinein, und Ellie wendet den Kopf und sieht sie. «Mum?» Das Wort hallt zu ihnen hinunter. «Was ist denn los?»

Rachel hebt die Arme, als wollte sie ihre Tochter vom Rand wegstoßen. «Ellie, geh da weg!»

«Was tust du hier?»

Rachel sieht sich suchend nach Olivia um, doch das Mädchen ist nicht mehr da. Vielleicht ist sie auf die andere Seite des Turms gegangen oder zurück zwischen die Bäume. Ihr fehlt die Zeit, sich über Olivia Gedanken zu machen, denn oben auf dem Turm registriert sie eine Bewegung. Edward hat entschlossen einen Schritt auf Ellie zugemacht. «Bleib weg von ihr, Edward!»

Edward hört nicht auf sie. Er macht noch einen Schritt und steht jetzt direkt neben Ellie an der Kante. Er schaut zu ihr hinunter. «Rachel?»

«Edward, ich warne dich, wenn Ellie irgendwas passiert …»

Er hebt die Hände. Im Geiste sieht sie ganz deutlich, wie ihre Tochter nach vorne fliegt, mit den Händen verzweifelt nach etwas zum Festkrallen sucht, über den Rand stürzt und fällt und fällt – die Wiederholung des Albtraums, mit dem sie heute Morgen aufgewacht ist.

«Nein!», schreit Rachel und presst die Augen zusammen, aber der dumpfe, entsetzliche Schlag bleibt aus, und als sie die Augen wieder öffnet, steht Ellie immer noch oben und starrt zu ihr herunter.

«Was tust du hier?», fragt Edward. Er klingt äußerst beunruhigt.

«Lass sie gehen, Edward.»

«Wen? Ellie?»

«Ich habe die Nachrichten gelesen, Edward. Die Fotos gesehen. Dein Gemälde. Es ist vorbei. Lass Ellie runter, und dann reden wir. Nur wir beide. Aber zuerst lässt du sie gehen.»

Edward schüttelt den Kopf. «Welche Nachrichten? Wovon sprichst du?»

«Ich weiß Bescheid über dein Grooming. Die Zwangskontrolle. Die heimliche Beziehung.»

Edward schaut zweifelnd zu ihr runter. «Rachel? Ist alles in Ordnung mit dir? Ich habe keine Ahnung, wovon du sprichst.»

«Mum?» Ellie wirkt verängstigt. Sie krallt sich an den steinernen Rundbogen. «Was ist denn los?»

«Edward, ich habe alles gesehen. Das Bild in deinem Atelier. Die Fotos. Die Nachrichten auf Olivias Telefon.»

Er wirkt schockiert. «Du hast das Bild gesehen?»

Sie nickt. «Es wäre besser, ihr kommt da runter. Ellie zuerst. Dann du.»

Ellie dreht sich zu Edward um.

«Ich kann das erklären», sagt Edward. «Das Bild war ein Fehler. Ich hätte Olivia niemals fragen dürfen, ob sie mir an dem Nachmittag Modell sitzt. Das war dumm von mir.

Ich hatte es nicht gut durchdacht. Aber wie hätte ich denn ahnen sollen, dass mein Bild am Ende spiegeln würde, was Sarah zugestoßen ist? Das alles ist nichts als ein unheimlicher Zufall. Ich bin nicht schuld daran.» Er hebt die Hände. «Du kennst mich doch, Rachel. Du weißt, dass ich niemals jemandem etwas antun würde.»

Er klingt sanft, beinahe überzeugend, und plötzlich ist Rachel klar, wie es ihm gelingen konnte, sie alle so lange hinters Licht zu führen.

«Aber es ist nicht bei dem einen Nachmittag geblieben, oder? Du und Olivia, ihr seid seit Monaten in einer heimlichen Beziehung.»

«Nein!», widerspricht Edward. «Das ist nicht wahr.»

«Zu lügen hat keinen Sinn. Ich habe die Nachrichten gelesen. Die vielen Lügen. Die vielen Versprechen.» Er wirkt aufrichtig verdutzt, aber das kauft sie ihm nicht ab.

«Rachel! Im Ernst, ich habe keine Ahnung, wovon du sprichst. Zwischen Olivia und mir läuft nichts. Sie ist lediglich eine meiner Schülerinnen. Sonst gar nichts.»

Aus dem Inneren des Turms ertönt ein schriller Schrei, ein gequältes Jaulen, das von den steinernen Wänden widerhallt, durch die dunkle Öffnung bricht und hinaus auf die Lichtung schallt. Ein Kreischen voller Pein und Entrüstung. Ein Schmerzensschrei. Rachel sieht, wie Edward herumfährt. Dann stürmt eine weitere Person zu Ellie und ihm auf die hölzerne Plattform.

Strauchelnd erscheint sie in der Öffnung. Es ist Olivia. In ihrer Hand blitzt etwas auf. Sie stürmt nach vorne, direkt auf Edward und Ellie zu, die immer noch gefährlich nahe am Rand stehen.

«Olivia! Nein!», schreit Rachel aus vollem Halse, doch es ist zu spät.

Es kommt zu einem Handgemenge, direkt an der Kante, ein Gewirr aus Leibern und Gliedmaßen, und Rachel muss entsetzt mit ansehen, wie jemand stolpert. Dann ein überraschter Schreckensschrei. Arme, die durch die Luft wedeln, hilflos nach dem Himmel greifen, während ein Körper wie ein Stein auf den Boden zurast.

KAPITEL 42

Donnerstag, 12.45 Uhr

Ben hat die Lichtung fast erreicht, als der Schrei ertönt. Er durchdringt den Nebel, hallt durch die Bäume und schreckt direkt neben ihm einen Vogel auf. Das Geräusch genügt, um ihn anzutreiben, ihn dazu zu bringen, den steilen Pfad noch schneller hinaufzurennen, mit schmerzenden Muskeln und brennender Lunge. Er ist seit Rachels verzweifeltem Anruf keine Sekunde lang stehen geblieben, ist in den Wald gerast, hat Rachels Wagen und Edwards Motorrad auf dem Parkplatz vorgefunden und ist wie ein Verrückter den schlammigen Wanderweg hinaufgestürzt. Was für eine heillose Katastrophe. Er kann nur hoffen, dass er nicht zu spät kommt.

Endlich erreicht er die Lichtung. Plötzlich ist alles eigenartig still. Der Zierturm steht als stummes Monument im weißen Nebel, und die feuchte Luft trägt leises Schluchzen zu ihm hinunter. In kurzer Entfernung entdeckt er Rachel. Sie kniet vornübergebeugt. Vor ihr in einem hohen Laubhaufen liegt etwas. Ben blinzelt, und das Objekt nimmt Form an – nicht etwas, sondern jemand. Da liegt ein Mensch.

Rachel überprüft offensichtlich den Atem, öffnet sanft, aber bestimmt eine Kinnlade, befreit die Atemwege. Ben stürmt auf sie zu und bekommt vor Erleichterung weiche Knie, als er sieht, dass dort im Laub nicht Ellie liegt, sondern der Lehrer, Edward Morgan. Sein Bein steht in unnatürlichem Winkel vom Rumpf ab, er ist totenbleich, der leblose Blick ist in den Himmel gerichtet. Aus seinem Mundwinkel sickert Blut.

«Wo sind die Mädchen?»

Rachel hebt kurz den Kopf und nickt zum Turm. «Da oben. In Sicherheit. Gott sei Dank bist du hier. Ich kann seinen Puls spüren, aber nur schwach. Ich glaube nicht, dass er es schafft.»

Ben hebt den Kopf. Über ihm schwebt noch immer leises Weinen durch die Luft. «Verstärkung ist unterwegs. Ich gehe rauf und hole die Mädchen. Kommst du alleine klar?»

Rachel nickt. «Ja. Er kann uns jetzt nichts mehr tun.»

Ben schüttelt den Kopf und hält sich den Finger an die Lippen. Er hat jetzt keine Zeit für Erklärungen. «Bleib hier», murmelt er. «Ich gehe zu Ellie.»

Edward stöhnt leise, und Rachel beugt sich über ihn und legt ihm den Mund ans Ohr. «Edward, ich bin's, Rachel. Hilfe ist auf dem Weg.»

Ben weiß, dass er für den Mann augenblicklich nichts tun kann, was Rachel nicht bereits tut. Edward braucht dringend einen Krankenwagen. Einen Notarzt. Er lässt Rachel allein, umrundet den Turm in Richtung Zugang und betritt den dunklen Innenraum. Als er die sich nach oben schraubenden Stufen hinaufschaut, werden seine Beine ein wenig weich. Sein Herz fängt schon bei der Vorstellung, da raufzugehen, an zu rasen. Reiß dich zusammen, sagt er stumm zu sich. Du schaffst das. Das sind nur ein paar Stufen. Tu es für Ellie.

In dem Moment erklingt von oben ihre Stimme. «Dad?» Der angstvolle Tremor in diesem einen Wort durchbohrt sein Herz und zwingt seinen Fuß auf die unterste Stufe. «Ich komme, Süße. Bleib, wo du bist.»

Stufe um Stufe besteigt er mit zitternden Beinen den Turm. Er hat die Plattform schon fast erreicht, als von oben eine zweite Stimme erklingt. «Keinen Schritt weiter.»

Ben hält sich an der Mauer fest und wagt einen Blick in die Dachsparren über seinem Kopf, doch er bereut es augenblicklich, denn sie fangen sofort an sich zu drehen wie die Speichen eines Karussells. Um ein Haar hätte es ihm die Beine weggezogen. Das Gefühl, jeden Moment den steilen Schacht hinunterzustürzen, ist überwältigend. Seine Höhenangst hat ihn fest im Griff.

Er holt ein paar Mal tief und gleichmäßig Luft, ehe er reagiert. «Olivia, ich möchte nur nach oben kommen und reden. Sonst nichts.»

Er interpretiert ihr Schweigen als Zustimmung, zwingt sich die letzten Stufen hinauf und betritt durch die Lücke die Plattform.

Olivia steht direkt am Rundbogen, einen Arm um Ellie geschlungen. Sie hat ein Cuttermesser in der Hand und drückt Ellie die Spitze an den Hals. Dabei laufen ihr Tränen übers Gesicht, und er kann die Verzweiflung in ihrem Blick erkennen. Olivia steht quasi mit dem Rücken zur Wand. Ellie steht starr da und starrt Ben mit schreckgeweiteten Augen an. *Braves Kind*, denkt er. *Beweg dich nicht. Bleib ganz ruhig.* Er bemüht sich, sie möglichst zuversichtlich anzusehen.

Ben schätzt die Entfernung bis zu den Mädchen ab und weiß, dass er unmöglich schnell genug bei ihnen sein kann. Selbst wenn seine zittrigen Beine es zuließen, einen Satz auf Olivia zuzumachen, würde er damit riskieren, dass beide Mädchen durch die Öffnung stürzen oder dass Olivia Ellie mit der Klinge verletzt. Er hält beschwichtigend die Hände hoch. «Olivia, es ist vorbei. Wir wissen, was an Halloween passiert ist. Es wäre das Beste, du kommst jetzt mit mir nach unten, langsam und vorsichtig.» Er wagt sich ein Stück vor.

«Nicht. Das ist nah genug», ruft Olivia. Sie drückt Ellie das Cuttermesser fester ins Fleisch, und Ben hört seine Tochter wimmern.

Er lässt die Hände sinken. Er will kein Risiko eingehen. «Ich rühre mich nicht vom Fleck.»

Olivia blinzelt langsam. «Ist er tot?» Ihre Stimme ist leise und zittrig.

Ben will sie nicht anlügen. «Edward ist schwer verletzt, aber Hilfe ist unterwegs.»

«Ich wollte ihm nicht wehtun. Ich liebe ihn», sagt sie mit tränennassen Wangen. «Ich liebe ihn doch so sehr.»

«Ich weiß, Olivia. Ich weiß alles. Leg bitte das Messer weg.»

«Aber wenn ich Ellie jetzt gehen lasse, ist alles vorbei, oder? Ich will doch nur, dass alles wieder ist wie vorher – so, wie ich *dachte*, dass es wäre.»

«Olivia, es ist nicht nötig, dass noch jemandem etwas passiert.»

Ihre Hände zittern inzwischen heftig. «Ich wollte nur, dass Sarah mir sagt, warum sie das getan hat. Warum sie das gefaked hat. Warum sie mich dermaßen ins Lächerliche gezogen hat.» Olivias Stimme bebt. «Sechs Monate hat sie dieses kranke Spiel mit mir gespielt. Ein halbes Jahr. Wie eine Katze mit der Maus …»

«Wir wissen, dass sämtliche Nachrichten von Edward an dich in Wirklichkeit von Sarah kamen. Wir haben inzwischen ihr Telefon gefunden, Olivia. Catfishing heißt das in Fachkreisen, glaube ich. Das Vortäuschen einer falschen Identität, um jemanden zu betrügen.»

Olivia nickt wie betäubt.

Reden ist gut, denkt Ben. Reden bedeutet, dass sie nicht an Ellie denkt oder an die Klinge in ihrer Hand. Ben muss dafür sorgen, dass sie weiterredet. «Das war sehr grausam», fährt er fort. «Wie hast du es herausgefunden? Womit hat sie sich verraten?» Unauffällig gleitet er ein Stück weiter nach vorn, ohne Olivia und die spitze Klinge an Ellies Hals aus den Augen zu lassen.

«Auf der Party. Connor hat von Sarah eine Pflicht verlangt, und sie hat sich drauf eingelassen. Hat ihn geküsst. Und alle haben zugeschaut. Ich konnte nicht fassen, dass sie Danny so was antut. Es war so gemein. So kindisch. Ich hatte von der Party die Nase voll und wollte nur noch nach Hause. Ich habe Edward geschrieben, von meinem Geheimaccount, um ihm zu sagen, dass ich ihn vermisse.»

Behutsam tut Ben noch einen Schritt in ihre Richtung.

«Im selben Moment fängt Ellie an, Trara zu machen, wegen einer Nachricht auf Sarahs Telefon. Sie hat es ihr weggenommen und damit rumgewedelt, um Danny darauf aufmerksam zu machen. In dem Moment, als Danny dann die Nachricht laut vorliest und von Sarah verlangt, ihm zu erklären, warum jemand ihr schreibt, dass er sie vermisst, und ihr Herzchen schickt, ist mir klar geworden, dass das *meine* Nachricht war. Er hat sie Wort für Wort vorgelesen.»

Ben sucht Ellies Blick und sieht ihr fest in die Augen. Er versucht, ihr Sicherheit zu geben, ihr zu signalisieren, dass er da ist und nicht zulassen wird, dass ihr etwas zustößt.

«Ich konnte es zuerst gar nicht glauben», fährt Olivia fort. «Ich dachte, ich hätte einen Fehler gemacht, aber als ich Danny das Telefon wegnahm, habe ich es mit eigenen Augen gesehen. Das war meine Nachricht, von meinem Account. MU5E123. In dem Moment ist mir alles klar geworden. Eine ganze Ewigkeit. So viele Lügen. Sarah hat sich die ganze Zeit als Edward ausgegeben. Hat mir ständig Nachrichten geschickt, so getan, als wäre sie er. So getan, als wäre er in mich verliebt. Hat mir erzählt, ich wäre was ganz Besonderes ... seine Muse. Und mich dazu gebracht, meine tiefsten Gefühle preiszugeben ... hat mich glauben lassen, wir wären in einer Beziehung, und dabei war das die ganze Zeit nur Sarah, die mich verarscht hat ... sich über mich kaputtgelacht hat.»

«Das muss sehr verletzend gewesen sein.»

Olivia nickt. Ihre Unterlippe zittert. «In dem Augenblick habe ich auf einen Schlag die beiden Menschen verloren, denen ich am meisten vertraut habe. Die eine, weil sie mich belogen hat. Den anderen, weil er in Wirklichkeit nie existiert hat, zumindest nicht so, wie ich geglaubt hatte.» Sie holt zitternd Luft. «Plötzlich war mir klar, weshalb Edward sich im Unterricht immer so gut verstellen konnte, seine lässige Art, wenn wir beide uns begegneten. Ich dachte, er wäre ein großartiger Schauspieler, dabei war ich für ihn einfach nur irgendeine Schülerin. Unsere Liebesgeschichte war nur eine Erfindung. In Wirklichkeit bin ich für ihn nie etwas Besonderes gewesen. Ich war nie seine Muse.» Sie schluchzt auf, ihre Hand bebt, die Klinge glitzert im fahlen Licht. «Er hat mich nie geliebt. Eigentlich hat er nie wirklich existiert.»

Ben nickt. «Sarah hat dir einen sehr grausamen Streich gespielt.»

Olivia schluchzt noch einmal auf. «Ich wollte ihr nicht wehtun.»

«Leg das Messer weg, Olivia, lass uns in Ruhe darüber reden.»

«Sie verstehen das nicht!» Olivia schüttelt den Kopf. Ihr Blick schießt wild hin und her. «Ich hab die anderen allein gelassen und bin nach Hause gegangen, aber ich konnte nicht einschlafen. Ich musste wissen, warum Sarah das getan hat. Also bin ich aufgeblieben und habe gewartet. Es wurde Mitternacht, und irgendwann war es ein Uhr morgens, aber von Sarah keine Spur. Ich habe ihr geschrieben. Erst von meinem Geheimaccount an ihre ‹Edward›-Adresse und dann von meiner Nummer an ihre. Ich wollte ihr klarmachen, dass ich Bescheid weiß. Ich konnte sehen, dass sie die Nachrichten gelesen hat, aber sie hat nicht reagiert. War zu feige, um mir gegenüberzutreten.»

Olivias Gesicht ist jetzt wutverzerrt. Ben weiß, dass er sie unbedingt beruhigen muss, um Ellie zu schützen, aber sie kennt jetzt kein Halten mehr, ihre Geheimnisse sprudeln nur so aus ihr heraus.

«Weil sie sich weigerte, mir zu antworten, habe ich mich noch mal rausgeschlichen. Die Tracking-App hat mir gezeigt, dass sie immer noch oben am Turm war. Als ich hinkam, war sie allein, oben auf der Plattform, mit einer Weinflasche. Ihre Nase war blutig und geschwollen, und das weiße Kleid, das ich ihr geliehen hatte, war voller Blut. *Mein* Kleid.»

Ben registriert, wie Ellie zusammenzuckt.

«Sie hatte mir versprochen, darauf aufzupassen, und jetzt war es ruiniert. Sie hatte das einzige Geschenk zerstört, das ich je von Edward bekommen habe – sein Dankeschön für den Nachmittag in seinem Atelier und das einzig Echte und Bedeutungsvolle zwischen uns.» Olivias Augen blitzen. «Sarah hat dir die Schuld gegeben», zischt sie Ellie zu. «Sie hat gesagt, ihr hättet euch geprügelt und du hättest ihr die Nase gebrochen. Sie sagte, du hättest Blut an den Händen und dass du das teuer bezahlen würdest.»

Plötzlich reißt Ellie die Augen auf, als würde ihr etwas klar werden. «Du warst das!», sagt sie leise. «Die Nachrichten, die waren alle von dir.»

In Olivias Blick tritt etwas Gehässiges. «Sarah hat sich über dich lustig gemacht, Ellie. Sie hat mir erzählt, wie sauer du wärst und dass du die ganze Zeit rumgetönt hättest, du würdest Dads Bauprojekt stoppen. Für sie war das alles ein großer Witz, aber wie es mir damit ging, hat sie nicht verstanden. Sie hat nicht begriffen, dass alles, was ihr da abzieht, du und deine dämliche Öko-Horde, um Dads Projekt zu blockieren, ihn nur von uns fernhält, von mir und meiner Mum. Aber von so was hast du natürlich keine Ahnung, oder, Ellie? Du bist für deine Eltern schließlich nicht unsichtbar.»

Ben sieht, dass Ellie Tränen in die Augen steigen. *Alles gut*, versucht er ihr zu signalisieren. *Bleib ganz ruhig.*

«Das war so unfair», sagt Olivia. «Du hattest alles und hast mir und meiner Familie mit deinem Plan, das Bauprojekt zu kippen, noch Ärger gemacht. Dann ist Sarah gestorben, und mein Vater konnte wieder nicht für mich da sein. Tja. Er hatte keine Zeit für mich. Hatte zu viel damit zu tun, sich mit illegalen Protesten und Umweltschützern rumzuschlagen. Ich wollte, dass du dich endlich da raushältst, Ellie. Ich wollte, dass du deinen bescheuerten Kreuzzug aufgibst, damit das Bauprojekt endlich ins Laufen kommt und ich meinen Dad wiederkriege.»

Ben gefällt die Richtung nicht, die Olivias Fokus plötzlich nimmt. Er muss dafür sorgen, dass sie sich wieder auf ihn konzentriert. Nicht auf Ellie. Nicht auf das Messer in ihrer Hand. «Olivia, sieh mich an. Sag mir, warum hat Sarah das getan? Warum hat sie so getan, als wäre sie Edward? Hat sie dir das erklärt?»

Olivia verzieht das Gesicht. «Sie war so dreist, zu behaupten, sie hätte es getan, um mir zu helfen, als Booster für mein Selbstbewusstsein. Sie meinte, sie wollte, dass ich mich selbst für ‹liebenswert› halte. Aber das habe ich ihr nicht abgenommen. Ich glaube, es war ein Machttrip. Mit Danny hat sie es genauso gemacht, hat an seinen Strippen gezogen und ihn baumeln lassen. Ich glaube, es hat ihr Spaß gemacht, mit uns zu spielen, uns zu ihren Marionetten zu machen und uns nach ihrer Pfeife tanzen zu lassen. Für sie war das alles nur ein krankes Spiel. Aber sie hat mich damit gedemütigt. Sie hat mir das einzige Gute genommen, von dem ich dachte, es wäre meins.»

«Was ist passiert, Olivia?»

«Wir haben uns geprügelt. Hier, auf dem Turm.» Olivia sieht sich mit wildem Blick um. «Ich hatte ihre Ausreden satt. Ich konnte mich nicht mehr beherrschen. Ich habe sie gekratzt und geboxt, und dann habe ich sie geschubst. Wir standen sehr dicht an der Kante, und sie ... sie ist gestolpert.» Olivia schüttelt den Kopf. «Sie stand da, hat sich rechts und links an die Mauer gekrallt, und eine Sekunde später war sie plötzlich weg.»

«Ist sie runtergestürzt?»

Olivia zuckt die Achseln. Sie schaut ihn nicht an. «Ich weiß es nicht. Ich meine, sie hat nicht mal geschrien. Ist einfach gefallen, ganz still und stumm, bis sie dumpf unten aufgeprallt ist.» Olivia schaudert.

«Ich bin runtergerannt, und da lag sie mit dem Gesicht nach unten im Dreck. Ich wusste gleich, dass sie tot war. Ich habe geschrien. Ich hatte solche Angst. Ich wusste, nicht, was ich machen soll, und dann habe ich im Wald was gehört. Es hat geraschelt, das Geräusch kam immer näher, und ich habe Panik bekommen. Ich hatte Angst, dass jemand mich gesehen hat. Da bin ich weggerannt.»

McIvor. Ben kommt die Aussage des Mannes in den Sinn, wie vehement er darauf bestanden hat, den Schrei einer Frau gehört zu haben, und setzt im Geiste die Puzzleteile zusammen: Die seltsam ehrfurchtsvolle Art, wie der Mann sich um die Leiche gekümmert hat, die er am Turm gefunden hatte, weil er Sarah in seinem vernebelten Verstand mit Gemmas Tod vor so vielen Jahren in Verbindung gebracht hat.

«Ich bin den ganzen Weg nach Hause gerannt. Ich hatte solche Angst, dass ich in blinder Panik bei *Sally in the Wood* direkt vor einem Auto über die Straße geschossen bin. Es hätte mich fast erwischt. Erst, als ich im Bett lag, fiel mir ein, dass Sarahs Telefon noch am Turm lag. Mit allen Nachrichten. Mit allen Beweisen für das, was sie getan hat. Als Sie dann nachmittags bei uns zu Hause aufgetaucht sind, dachte ich, Sie hätten sich längst alles zusammengereimt und wären gekommen, um mich zu verhaften. Als Sie mir dann das mit den Worten auf ihrer Haut und der Maske über dem Gesicht erzählten, habe ich's mit der Angst zu tun bekommen. So was Krankes würde ich niemals tun. Das müssen Sie mir glauben.»

«Ich glaube dir, Olivia. Wir wissen, dass du das nicht warst. Wir wissen inzwischen alles. Ich will, dass du jetzt das Messer weglegst, dann wird alles wieder gut.»

Ein Ausdruck von Erleichterung huscht über ihr Gesicht, ihr Blick wird weicher, der Arm, mit dem sie Ellie hält, gibt etwas nach. Ja, denkt er, und eine Millisekunde lang glaubt er tatsächlich, es würde alles gut und sie ließe Ellie los, doch dann dringt von unten Rachels panische Stimme zu ihnen hinauf. «Ben!», schreit sie. «Er atmet nicht mehr!»

Olivia schluchzt auf. «Er darf nicht sterben», sagt sie flehend. «Ich liebe ihn.» Sie späht durch die Öffnung nach unten, und Wut und Schmerz bahnen sich wieder ihren Weg. «Aber er liebt mich nicht. Er will *sie!*», keift sie. «Ich habe sie beobachtet. Bei ihm zu Hause. Ein romantisches Abendessen zu zweit. Ich wette, das hast du nicht gewusst!» Sie rüttelt Ellie heftig und wirft Ben einen zornigen Blick zu. «Er will sie, nicht mich, und ich kann nichts dagegen tun.»

Ellie sieht Ben flehend an. Die spitze Klinge bohrt sich immer noch in ihren Hals, und erste Blutstropfen treten aus der Haut. Er ballt die Hände zu Fäusten. «Hilfe kommt jeden Moment, Olivia. Edward wird nicht sterben», lügt er. «Niemandem muss etwas passieren.»

Er kann es ihr am Gesicht ablesen. Das Zögern, das Hin und Her zwischen zwei Möglichkeiten, dann die Entschlossenheit, als sie sich entscheidet.

«Nein!», ruft er, doch es ist zu spät.

In einer einzigen, fließenden Bewegung stößt sie Ellie von sich und dreht sich zu der Öffnung um.

Ben stürzt sich auf sie.

Den Bruchteil einer Sekunde lang scheint Olivia schwerelos auf der Kante zu balancieren, dann macht sie den entscheidenden Schritt.

Ben erwischt sie am Arm, spürt, wie er von ihrem Gewicht mitgerissen wird. Er schlittert über die Holzplanken, die Schwerkraft droht ihn über die Kante zu zerren. Er stöhnt auf, hat das Gefühl, ihm wird der Arm ausgekugelt, während er Olivia mit aller Kraft festhält, direkt über dem Abgrund.

Olivias Angst und Verzweiflung brechen sich in einem schrecklichen Schrei Bahn, aber Ben lässt sie nicht los, und dann ist Ellie bei ihm, sie legt sich neben ihn auf die Bretter und greift nach Olivias zweiter Hand. «Nicht loslassen, Dad», sagt sie, und das tun sie auch nicht. Zentimeter für Zentimeter zerren sie das Mädchen zurück nach oben, bis sie zu dritt auf der Plattform liegen, atemlos keuchend und tränenüberströmt. Ben hält die schluchzende Olivia im Arm, schützend und tröstend, Ellie klammert sich an ihren Vater, und so bleiben sie in sicherem Abstand zu der Kante sitzen, bis das Knistern von Funkgeräten und Stimmen durch den Nebel dringen und den Turm aus seiner Stille reißen.

KAPITEL 43

12. Dezember, 12.00 Uhr

Die Eingangshalle ist mit goldenen und silbernen Sternen geschmückt, und an einem großen Weihnachtsbaum blinken bunte Lichterketten. Sie durchqueren den Eingangsbereich des Krankenhauses in Richtung Orthopädie. Ellie begleitet ihre Mutter jetzt zum zweiten Mal und kennt den Weg, weiß, welcher Anblick sie hinter der großen Doppeltür erwartet, wo Edward im Streckverband liegt.

Er hätte großes Glück gehabt, den Sturz überlebt zu haben, hat ihnen die Krankenschwester mit den rosigen Wangen erzählt, die eindeutig ein bisschen in ihn verliebt ist. Bei ihrem ersten Besuch hat sie bereitwillig die lange Liste von Verletzungen aufgezählt, wie beeindruckende Kampfesnarben. Innere Blutungen. Schwere Gehirnerschütterung. Schädelfraktur. Beckentrümmerbruch. Frakturen an Handgelenk, Schlüsselbein und Oberschenkelknochen. «Wenn wir mit ihm fertig sind, ist er der Bionic Man», hatte sie auf dem Weg zum Bett gescherzt.

«Ich habe keine Ahnung, wie er das überleben konnte», hatte Rachel gemurmelt. Die einzige Erklärung bot das dicht wie eine Schneewehe aufgetürmte Herbstlaub am Fuß des Turms, das den Sturz wesentlich abgefedert hatte, und dazu Rachels heldinnenhafte Erste-Hilfe-Maßnahmen, mit denen sie ihn offenbar am Leben gehalten hatte, bis endlich Hilfe kam. Man war sich einig, dass er ohne beides höchstwahrscheinlich gestorben wäre. Stattdessen hat Edward nun einen langwierigen Genesungsweg vor sich, Monate der Heilung, Therapie und Reha, doch am anderen Ende lockt das Leben.

«Sagen wir mal so», hat er ihnen tapfer lächelnd erzählt. «Mit dem Motorradfahren wird es erst mal nichts.»

Als sie seine kleine Kabine betreten, hellt sich seine Miene merklich auf, und Ellie schiebt sich die Mappe, die sie dabeihat, unter einen Arm, um ihm schüchtern zuzuwinken. Er sieht verändert aus, und das liegt nicht nur an dem Gewirr von Apparaturen und Maschinen um ihn herum. Seine Haare sind zu wilden Büscheln gewachsen, und er hat einen dichten, dunklen Vollbart im Gesicht.

«Wie schön, dass ihr mich wieder besuchen kommt», sagt er. Er wirkt aufrichtig erfreut. «Ich kann euch sagen, ich bin den langweiligen Anblick dieser Deckenverschalung schon gründlich leid.»

«Wir haben dir ein paar Dinge mitgebracht», sagt Rachel und reicht ihm Kopfhörer und ein iPad. «Jetzt kannst du dir die Zeit mit Filmen und Podcasts vertreiben.»

«Wie nett von dir. Vielen Dank.» Er strahlt Rachel an, dann wendet er sich an Ellie. «Und was hast du mir mitgebracht?»

«Mum dachte, Sie hätten vielleicht Lust, sich meine Kunstmappe anzusehen.»

«Deine Mum hat recht. Schrecklich gern. Ich habe gehört, du hast es gerockt und die Höchstpunktzahl abgeräumt. Und du bist Stadtgespräch, so wie es klingt. Sehr schlau gemacht.»

Ellie nickt. «Es hing nur zwölf Stunden. Dann musste ich es wieder abmontieren. Aber es gibt jede Menge Fotos und sogar ein paar Pressestimmen. Ist alles hier drin. Bitte sehr.»

Sie legt die Mappe quer aufs Bett und erklärt ihm die verschiedenen Stadien ihrer Installation. Es handelt sich um die Neuinterpretation einer Werbetafel, die sie gestaltet hat, eine Persiflage auf die computergenerierte Darstellung des fertigen Baugebietes auf der Wildblumenwiese. Auf den ersten Blick gleicht ihre Tafel dem Original, doch bei näherem Hinsehen wird klar, dass sie die Präsentation von allem Hochglanz befreit hat. Sämtliche Details der Idylle wurden gründlich untergraben. Die Bäume sind verdorrt und tragen kaum Laub. Das Gras ist braun. Das Baby in dem Kinderwagen weint. Die Autos in der Wohnstraße stoßen Abgaswolken aus. Die Fassaden der Häuser haben Risse, fehlende Dachschindeln und zerbrochene Fenster. Auf den Gehwegen liegt Hundekot. Das Eindrucksvollste jedoch ist der winzige Friedhof mit Kreuzen, die für die Gräber all der Tiere stehen, die für den Bau der Siedlung gestorben sind. Aus dem bewaldeten Hügel fließt ein Fluss aus Blut und schlängelt sich zwischen den Gräbern hindurch.

«Es war so groß, dass ich abschnittsweise daran arbeiten musste. Teils mit Sprühdosen, teils in Öl. Ich habe meine Ausrüstung im Wald versteckt, um nicht ständig alles vom Campus hin und wieder zurückschleppen zu müssen. Als alles fertig war, bin ich im Dunkeln hingefahren und habe mein Schild über dem Original montiert. Dann habe ich eine Kamera aufgestellt, um das Ganze in Zeitraffer zu filmen. Lustig ist, dass auf dem Film auch sämtliche Autos zu sehen sind, die am nächsten Morgen vorbeikamen und oft auch stehen geblieben sind. Die Leute haben sich mein Bild angeschaut und sind teilweise sogar ausgestiegen, um es aus der Nähe zu betrachten oder Fotos zu machen.»

«Ich habe gehört, die Baupläne sollen noch mal überprüft werden?»

Ellie kann sich das strahlende Grinsen nicht verkneifen.

«Ja», sagt ihre Mutter stolz. «Ellie hat definitiv den Gemeinschaftssinn in der Kommune befeuert. Ein lokaler Nachrichtensender kam, um ein Interview zu machen. Aber das ist nicht nur Ellie allein zu verdanken. Malcolm Crowe steckt da ebenfalls mit drin. Seine Untersuchungen zu den Hufeisennasen, die in den Höhlen am Steinbruch hausen, haben einen nationalen Naturschutzbund auf den Plan gerufen. Sie haben Beweise dafür gefunden, dass die Wildblumenwiese für die Fledermäuse eine wichtige Flugschneise darstellt. Eine Siedlung auf dem Gebiet würde die Flugbahn der Tiere stören. Hufeisennasen gehören zu den gefährdeten Arten, weshalb der Fall ziemlich klar zu sein scheint. Gegen Ellie und Malcolm wird nicht mal Christopher Easton sich rauskaufen können.»

Edward wirft Ellies Mutter einen schiefen Blick zu. «Ich habe gehört, er hätte sich von einem korrupten Polizisten ermittlungsinterne Infos beschafft?»

Rachel nickt. «Zu Bens Freude wurde DC Crawford vom Dienst suspendiert. Mir wurde im Vertrauen gesagt, er sei für die gesamten Ermittlungen eine Belastung gewesen.»

Edward wendet sich wieder an Ellie. «Egal aus welcher Perspektive man es betrachtet, dein Projekt ist ein Triumph, Ellie. Ich hoffe, das fließt alles in deine Bewerbung mit ein. Das ist genau die Sorte Projekt, die sie an der Uni lieben, etwas, womit du dich von deinen Mitbewerberinnen und Mitbewerbern absetzen kannst.»

Ellie wird rot. «Unsere Vertretungslehrerin ist nicht halb so gut wie Sie, aber sie sagt, sie hilft mir mit den Bewerbungsunterlagen.»

«Das freut mich, Ellie. Du hast eine strahlende Zukunft vor dir.»

Die Erwähnung ihrer Zukunft bringt Edward auf einen weniger angenehmen Gedanken. Er fragt: «Weiß man schon, was aus Olivia wird?»

«Das hängt vom Gerichtsverfahren ab», sagt Rachel. «Ich glaube, es gibt inzwischen einen Termin für eine Anhörung. Bis dahin ist sie im Jugendarrest.» Sie sieht Edward an. «Ben sagt, du willst auf eine Anzeige wegen des Angriffs im Turm verzichten?»

Edward will lässig die Schultern heben und zuckt vor Schmerz zusammen. «Sie wird wegen Sarahs Tod bereits strafrechtlich verfolgt. Nach allem, was Sarah ihr angetan hat, gefolgt von den traumatischen Ereignissen in der Woche nach Halloween und angesichts der privaten Umstände bei ihr zu Hause - nun, ich bin mir sicher, dass Olivia schon genug durchgemacht hat. Das Wichtigste ist, dass sie jetzt die Hilfe bekommt, die sie braucht. Ich weiß nicht, wie das System sie behandeln wird, aber ich hoffe sehr, dass es auch Raum für Mitgefühl gibt.»

Rachel nickt. «Dir muss allerdings klar sein, dass die Staatsanwaltschaft die Sache womöglich auch dann weiterverfolgt, wenn du deine Aussage zurückziehst. Dass sie die Sache völlig fallen lassen, ist eher unwahrscheinlich», fügt sie hinzu.

«Was auch immer passiert, mir ist dabei vor allem wichtig, Olivia zu signalisieren, dass *ich* ihr keinen Vorwurf mache. Ich hoffe, es ist angesichts dessen, was dem armen Mädchen bevorsteht, zumindest ein kleiner Trost.»

Ellies Mutter sieht ihn betreten an. «Ich fühle mich immer noch so schrecklich, weil ich gedacht habe ... weil ich glauben konnte ... du ... du wärst dazu im Stande ...» Sie verstummt.

Edward schüttelt den Kopf. «Nicht, Rachel. Du hast dich

doch schon entschuldigt. Was hättest du denn sonst glauben sollen angesichts der Beweise, die sie dir gezeigt hat, und nach allem, was sie dir erzählte?»

Edwards Großmut, was Olivia betrifft, geht Ellie nicht aus dem Kopf. Sie fragt sich, ob sie selbst deshalb niemandem von den unheimlichen Nachrichten erzählt hat, die Olivia an sie geschickt hat, von den spöttischen Botschaften von sally@imwald, die sie in den Tagen nach Sarahs Tod bekommen hatte. Sie glaubt inzwischen zu verstehen, weshalb Olivia das getan hat. Sie hat im Nachhinein viel mit ihrer Mutter darüber gesprochen, vor allem auch, weil sie versuchen wollte, Olivias Verhalten zu verstehen und die Ereignisse am Turm für sich selbst in eine Art Ordnung zu bringen. «Ich glaube, Olivia war furchtbar einsam», hat ihre Mum gesagt. «Nach Sarahs Verrat, nachdem sie im selben Moment das Vertrauen in ihre beste Freundin und in einen Mann verloren hatte, von dem sie dachte, er würde sie aufrichtig lieben, nach der schrecklichen Nacht am Turm und Sarahs Tod hätte sie dringend Liebe und Fürsorge gebraucht. Ich vermute, dass Olivias Mutter traurigerweise schon seit Langem nicht mehr in der Lage ist, sich um sie zu kümmern, seit diesem Reitunfall, und ihr Vater war viel zu sehr mit seiner Arbeit beschäftigt und von dem verbissenen Kampf gegen alles und jeden, der sich ihm in den Weg stellte. Nach Sarahs Tod hätte Olivia ihre Familie dringender gebraucht denn je, aber es war niemand für sie da.»

Ellie hat verstanden, dass Olivias anonyme Nachrichten tatsächlich der Versuch gewesen sind, Ellie davon abzuhalten, weiteren Ärger zu machen. Der Versuch, sie zu vergraulen und ihr die Pläne madigzumachen, von denen sie Sarah in der Nacht oben am Turm erzählt und die Sarah im

Anschluss Olivia weitererzählt hatte. Olivia hat versucht, dem Projekt ihres Vaters den Weg zu ebnen, um ihn so zurück in ihr Leben zu holen.

Der Einblick in Olivias verkorkstes Privatleben und ihre Verzweiflung hat Ellies Angst vor dem Absender der Nachrichten in Mitleid verwandelt. Und nach dem, was Edward gerade gesagt hat, hat sie den Eindruck, es geht ihm mit Olivia ähnlich. Hat er das gemeint, als er davon sprach, «sich seinen Ängsten zu stellen»? Dass man ihnen die Macht nimmt, wenn man lernt, sie zu analysieren und zu verstehen?

«Übrigens», sagt ihre Mutter jetzt, «habe ich mich ein bisschen umgehört, was Sarahs Leben betrifft, ehe sie zurück nach Großbritannien gezogen ist. Ich habe mit dem Direktor ihrer ehemaligen Schule in Dubai telefoniert. Er erzählte mir, dass Sarah schon einmal mit Catfishing zu tun gehabt hat. Sie hat ihre ehemals beste Freundin auf ganz ähnliche Weise hintergangen und in den sozialen Medien ein Fake-Profil erstellt - einen angeblichen Freund -, um mit ihr zu interagieren. Als die Sache aufgeflogen ist, hat sich ihre Clique von ihr abgewendet. Das war einer der Gründe, weshalb sie herkam. Die Schule in Dubai war einverstanden, die Sache nicht an die große Glocke zu hängen. Sie wollten keinen Skandal. Der Rektor hat mir erzählt, dass sie bei Sarah angesichts des Todes ihres Vaters und der Tatsache, dass sie sowieso die Schule wechseln wollte, Milde haben walten lassen. Daher ist der Vorfall auch nicht in ihre Schulakte gekommen.»

«Ich verstehe immer noch nicht, weshalb sie so was getan hat», murmelt Ellie. «Warum hintergeht man auf so fiese Art seine beste Freundin? Die eigene Cousine? Das ist doch schräg.»

«Ja, es ist schräg, aber es kommt trotzdem vor. Ich vermute, die Menschen in ihrem engsten Umfeld zu manipulieren, hat Sarah ein Gefühl von Macht oder Kontrolle gegeben», erklärt ihre Mum. «Sie hatte kurz zuvor ihren Vater verloren. Möglicherweise hatte sie das Gefühl, ihr Leben nicht mehr im Griff zu haben, und das hat ihr Angst gemacht. Vielleicht war ihr Verhalten eine Reaktion auf seinen Tod. Trauer macht mit Menschen manchmal komische Sachen», sagt sie. «Trauer kann uns in die Isolation treiben, uns wütend machen oder nachtragend. Sie kann dazu führen, dass wir uns mit den Menschen, die wir lieben, nicht mehr verbunden fühlen.» Ellie sieht ihre Mutter abschätzend an. Sie hat das leise Gefühl, dass es hier nicht mehr nur um Sarah geht.

«Es tut mir leid, dass ich nicht an Sarahs Trauerfeier teilnehmen konnte», sagt Edward. «Ich wäre gern dabei gewesen.»

«Ja, die Schule hat sie sehr schön gewürdigt», erzählt ihre Mum.

«Warst du dort, Ellie?»

Sie nickt. Sie hatte sich dagegen gesträubt, an der Trauerfeier teilzunehmen, wollte nicht hingehen, aus Angst, dass dann alles wieder hochkäme, aber ihre Mum hat ihr erklärt, wie wichtig es sei, dabei zu sein, weil es ihnen die Möglichkeit gäbe, die positiven Seiten in Sarahs Leben zu ehren. Es war für alle eine Chance, ihren Tod ein Stück weit zu verarbeiten und sich von ihr zu verabschieden. In gewisser Weise hat ihre Mutter recht behalten. Die Nachrufe von Sarahs Lehrern und Mitschülern zu hören, dem Schulchor zu lauschen, der einige ihrer Lieblingssongs aufführte, hat ihre Emotionen wachgerüttelt. Es hat Ellie dabei geholfen, sich an Sarah als das lebendige Mädchen zu erinnern, das in ihrer Mitte gelebt hat, und nicht an das Mädchen im Wald, an das Mädchen aus ihren Albträumen. Ellie hat das Gefühl, dass sich nach der Trauerfeier einige der komplizierteren Emotionen in ihr hatten lösen können.

«Erzähl mal, Ellie, was hast du in den Weihnachtsferien für Pläne?» Edward schneidet ein etwas leichteres Thema an.

«Eigentlich nichts. Am Weihnachtsmorgen bin ich zu Hause bei Mum und nachmittags bei meinem Dad in seiner neuen Wohnung. In der Schule findet für die Oberstufe ein Jahresabschlussball statt. Nichts Großes ... *auf dem Campus*», fügt sie mit einem ironischen Lächeln hinzu. «Mrs Crowe ist der Meinung, nach allem, was war, hätten wir etwas Spaß verdient.» Sie zupft an ihren Ärmeln. «Wird wahrscheinlich stinklangweilig, aber ich glaube, ich werde trotzdem hingehen. Jas und Danny sagen, ich muss. Tja ...» Sie zuckt die Achseln.

«Das freut mich für euch.»

«Bloß schade, dass Sie nicht dabei sein können.»

Edward verzieht das Gesicht. «Meine besten Neunziger-Tanz-Moves bei der Schul-Disco?» Er macht eine ausladende Handbewegung. «Ach, hier ist es eigentlich doch auch ganz nett.»

Ellie erwidert sein Lächeln, aber sie sieht ihm an, dass er gute Miene macht. Es muss schrecklich sein, für wer weiß wie lange hier gefangen zu sein. «Das wird aber wieder, oder?», fragt sie.

Edward nickt. «Noch ein paar Wochen hier und dann jede Menge Reha, aber die haben mir versprochen, wenn ich erst mal fertig bin, werde ich eine nagelneue Idealversion meiner selbst sein.»

«Was Ihnen passiert ist, tut mir leid.»

Edward lächelt traurig. «Mir tut auch leid, was dir passiert ist.»

Als es Zeit wird, wieder zu gehen, sammelt ihre Mutter die Jacken ein und verspricht, bald wiederzukommen. Ellie winkt zum Abschied und zieht sich dann taktvoll zurück, um den beiden einen kurzen Moment allein zu geben.

«Das wäre nicht nötig gewesen», sagt ihre Mutter auf dem Weg zum Ausgang. «Da läuft nichts zwischen uns.»

«Ach, nicht?», antwortet Ellie. «Ich hätte nichts dagegen, wenn du wieder jemanden daten willst.»

«Gut zu wissen.» Ihre Mum lächelt und zieht sie kurz an sich. «Aber weißt du, ich glaube, im Moment halte ich mich von allzu ernsten Dingen lieber fern. Ich muss mir erst noch über ein paar Sachen klar werden.»

Sie treten durch die automatischen Türen aus dem überhitzten Gebäude hinaus in den kalten, strahlenden Tag. Ihr Vater sitzt unter einem großen Baum auf einer Bank, haargenau da, wo sie ihn verlassen haben, um sie nach Hause zu begleiten. Er nimmt Ellie die Mappe ab, schiebt sie sich unter den Arm und greift nach ihrer Hand. «Alles in Ordnung?», fragt er. Sein Blick ist auf ihre Mum gerichtet. Er sieht sie hoffnungsvoll an.

«Alles in Ordnung», antwortet ihre Mutter.

Ellie fällt auf, wie sie ihm in die Augen schaut, während sie zu dritt zum Auto laufen. Interessant, denkt Ellie, und in ihren Mundwinkeln zuckt ein leises Lächeln. Sehr interessant.

DANKSAGUNG

Bei *Sally in the Wood* handelt es sich um einen kurvenreichen Straßenabschnitt an der Grenze zwischen Somerset und Wiltshire, der durch ein dichtes Waldgebiet in der Nähe von Bath führt. Für den seltsamen Namen existieren diverse Erklärungen, und über die Geschichte und die Mythen der Gegend ist viel spekuliert und geschrieben worden. Obwohl auch dieser Roman lose von der Gegend und den Geschichten rund um *Sally in the Wood* und dem Zierturm, der in der Nähe auf einem Hügel steht, inspiriert wurde, habe ich mir die Freiheit genommen, die Umgebung um weitere erfundene Details zu ergänzen. Orte und Personen sind einzig meiner Fantasie entsprungen. Ich hoffe, die Leserschaft, die mit der Umgebung vertraut ist, vergibt mir meine kreative Freiheit.

Die Idee für diesen Thriller entstand, ein paar Tage nachdem meine Tochter mit ihrer Pfadfinderinnengruppe eine Nachtwanderung zu dem steinernen Zierturm oberhalb der unheimlichen Stelle namens *Sally in the Wood* unternommen hatte. Aus diesem Grund gebührt mein Dank zuallererst Gracie, dafür, dass sie mir von der Wanderung erzählt hat und auch, wie gruselig es war. Ihr und ein paar Streifzügen mit dem Hund durch den Wald ist es zu verdanken, dass dieses Buch heute existiert.

Außerdem geht mein Dank, wie immer, an Sarah Lutyens, die beste Agentin, die ich mir nur wünschen kann, und deren Unterstützung weit über alles hinausgeht, was ich mir vor Jahren als neue Autorin hätte träumen lassen. Matschspaziergänge bei Dämmerung und Vormittage mit hausgemachtem Kombucha auf der Farm gehören inzwischen zu meinen absoluten Lieblingen. Außerdem gilt mein Dank dem gesamten Team bei Lutyens & Rubinstein, das sich mit meinen grauenvollen administrativen Fähigkeiten und Steuerfragen herumschlagen muss (sorry, Lily). Ein Riesendank geht auch an den großartigen David Forrer bei Inkwell, der mich in Nordamerika so wunderbar vertritt. Es geht einfach nichts über ein freundschaftliches Gespräch mit David bei Champagner und Oliven.

Ich finde es wunderbar, Teil des Teams von Simon & Schuster zu sein. Ich danke meinen Verlegerinnen Clare Hey, Kaitlin Olson, Cassandra di Bello, Anthea Bariamis, Adrienne Kerr und allen anderen quer durch sämtliche Abteilungen bei Simon & Schuster rund um den Globus, die daran beteiligt waren, aus meinem chaotischen Manuskript ein Buch zu machen. All ihnen gilt mein Dank.

Ein megagroßes Dankeschön außerdem an alle Buchhändler*innen, Bibliothekar*innen, Kritiker*innen und Blogger*innen, die dafür sorgen, dass die Welt der Literatur floriert. Ein spezieller Gruß geht hiermit an Graham bei Paper Plus in Whakatāne in Neuseeland, der mich mit seinen Instagram-Reels immer wieder zum Lachen bringt. Ich freue mich schon auf unser Bratwurstbrötchen, irgendwann.

Ich danke Adrian Thompson-Boyce für die Beantwortung meiner Recherchefragen. Sämtliche fachlichen Fehler in diesem Buch gehen allein auf meine Kappe.

Meiner Schwester Jess, die immer meine erste Leserin ist, meine Cheerleaderin und mein Resonanzboden, sende ich viel Liebe.

Liebe und Dankbarkeit gehen auch an meine wunderbare Familie und meine Freund*innen, vor allem an Matt, Jude, Gracie, Noah, Zac und Sadie. Ihr seid die Besten.

Und zu guter Letzt danke ich Ihnen, meinen Leser*innen, dafür, dass Sie dieses Buch zur Hand genommen haben. Ich liebe es, Geschichten zu erzählen, und Sie sind der Grund dafür, dass ich Geschichten erzählen kann. Ich hoffe, die Lektüre hat Ihnen gefallen. Falls Sie mich wissen lassen möchten, was Sie von dieser Geschichte oder auch von einem meiner anderen Bücher halten, finden Sie mich online.

@hannahrichell
@hannahrichellauthor
hannahrichell.com